READER'S DIGEST
AUSWAHLBÜCHER

Die Kurzfassungen in diesem Buch erscheinen
mit Genehmigung der Autoren und Verleger

4075 (274)
Printed in Germany
ISBN Hardcover: 978-3-89915-400-9
ISBN Softcover: 978-3-89915-402-3

www.readersdigest.de

READER'S DIGEST AUSWAHLBÜCHER

Reader's Digest
DEUTSCHLAND · SCHWEIZ · ÖSTERREICH

INHALT

Seite 6

Für Margaret und Steve Frawley wird der Albtraum aller Eltern wahr: Während sie den Abend außer Haus verbringen, überwältigen zwei Männer die Babysitterin und entführen die dreijährigen Zwillingstöchter des Paares. Das geforderte Lösegeld ist so hoch, dass die verzweifelten Frawleys nicht wissen, wie sie es aufbringen sollen. Doch auch als ihnen finanzielle Hilfe angeboten wird, ist die unversehrte Rückkehr der Mädchen mehr als fraglich.

Seite 160

Als John Grogan und seine Frau Jenny beschließen, sich einen Hund zuzulegen, schwebt ihnen ein ruhiges, sanftmütiges und leicht erziehbares Tier vor. Stattdessen bekommen sie Marley – einen unkontrollierbaren, aber äußerst liebenswerten Labrador. Er bringt Chaos und Freude in ihr Leben und geht mit ihnen durch gute und schlechte Zeiten. Denn so unbekümmert Marley alle Verbote missachtet, so grenzenlos sind auch seine Liebe und Treue.

Seite 292

Ein dramatisches Abenteuer hoch über den Wolken. Mitten über dem Atlantik erfährt der Funker des „Graf Zeppelin“, dass das gigantische Luftschiff „Hindenburg“ in Lakehurst verbrannt ist – ein Attentat. Und auch an Bord des „Graf Zeppelin“ ist eine Bombe versteckt. Fast jeder der Passagiere hat etwas zu verbergen. In der luxuriösen abgeschlossenen Welt des Zeppelins beginnt eine fieberhafte Suche nach dem Saboteur.

Seite 432

Mit 38 steht Angela DeSaria vor den Trümmern ihres Lebens: Ihr Mann hat sie verlassen und ihr sehnlichster Wunsch, Kinder zu haben, wird niemals in Erfüllung gehen. Traurig kehrt sie in ihr idyllisches Heimatstädtchen zurück, um ihrer Mutter zu helfen, das italienische Familienrestaurant wieder in Schwung zu bringen. Doch dann erkennt sie, dass das Glück einem manchmal eine zweite Chance gibt …

MARY HIGGINS CLARK

Weil deine Augen ihn nicht sehen

Nur noch ein paar Tage durchhalten, sagen sich die Entführer, dann winkt das große Geld. Die Polizei tappt im Dunkeln, und von den Opfern droht auch keine Gefahr. Schließlich sind es nur zwei verängstigte kleine Mädchen …

MARY HIGGINS CLARK

Weil deine Augen ihn nicht sehen

Nur noch ein paar Tage durchhalten, sagen sich die Entführer, dann winkt das große Geld. Die Polizei tappt im Dunkeln, und von den Opfern droht auch keine Gefahr. Schließlich sind es nur zwei verängstigte kleine Mädchen ...

1

„Warte mal, Rob, ich glaube, eine von den Zwillingen hat angefangen zu weinen. Ich ruf dich später zurück."

Die 19-jährige Trish Logan legte ihr Handy weg, sprang vom Sofa auf und hastete aus dem Wohnzimmer. Es war das erste Mal, dass sie als Babysitterin für die Frawleys arbeitete, die vor ein paar Monaten in die Stadt gezogen waren. Trish hatte sie auf Anhieb sympathisch gefunden. Mrs Frawley hatte ihr erzählt, sie sei als kleines Mädchen oft mit ihren Eltern in Connecticut gewesen, um Freunde zu besuchen, und es habe ihr so gut gefallen, dass sie sich schon damals gewünscht habe, einmal selbst dort zu wohnen. „Als wir letztes Jahr auf der Suche nach einem Haus zufällig durch Ridgefield kamen, dachte ich sofort, dass dies der Ort ist, in dem ich wohnen will", hatte sie Trish berichtet.

Die Frawleys hatten das alte Farmhaus der Cunninghams gekauft, ein richtiges Schnäppchen, denn es war eine ziemliche Bruchbude. Am heutigen Donnerstag, dem 24. März, feierten die eineiigen Zwillinge ihren dritten Geburtstag. Trish war angeheuert worden, um zunächst bei der Feier zu helfen und dann am Abend die beiden Mädchen zu hüten, weil die Eltern zu einem offiziellen Dinner nach New York fahren mussten.

Nach dem ganzen Trubel auf ihrer Geburtstagsparty habe ich eigentlich geglaubt, die beiden seien total erledigt, dachte Trish, als sie die Treppe erreichte, die zum Schlafzimmer der Zwillinge führte. Die Frawleys hatten den abgetretenen Teppichboden herausgerissen, der im ganzen Haus verlegt gewesen war, und die Stufen aus dem 19. Jahrhundert knarzten unter Trishs Füßen.

Kurz vor der obersten Stufe hielt sie inne. Sie hatte das Licht im Flur angelassen, doch nun war alles dunkel. Wahrscheinlich war wieder eine Sicherung durchgebrannt. Die elektrische Anlage in dem alten Haus war eine einzige Katastrophe. Erst am Nachmittag war dasselbe in der Küche passiert.

Das Zimmer der Zwillinge befand sich am Ende des Flurs. Es war jetzt nichts mehr zu hören. Wahrscheinlich hat eines der Mädchen im Schlaf geweint, überlegte Trish, während sie sich durch die Dunkelheit tastete. Plötzlich blieb sie wie angewurzelt stehen. Es ist nicht nur das Licht im Flur. Ich hatte die Tür zu ihrem Zimmer offen gelassen, damit ich mitbekomme, wenn sie aufwachen. Man müsste den Schein des Nachtlichts in ihrem Zimmer sehen. Die Tür ist zu. Aber gerade eben muss sie noch auf gewesen sein, sonst hätte ich unmöglich hören können, dass eine der beiden geweint hat.

Mit einem Mal hatte sie Angst und horchte angestrengt in die Stille. Was war das für ein Geräusch? Mit namenlosem Schrecken erkannte sie plötzlich, was es war: schleichende Schritte. Dazu, kaum vernehmlich, leise Atemzüge. Und der säuerliche Geruch von Schweiß. *Jemand befand sich hinter ihr!*

Trish wollte wegrennen, doch ihre Beine gehorchten ihr nicht. Sie spürte, wie eine Hand in ihre Haare griff und ihren Kopf nach hinten riss. Das Letzte, woran sie sich erinnern konnte, war, dass ihr die Kehle zugedrückt wurde.

Der Angreifer löste seinen Griff und ließ Trish zu Boden sinken. Er knipste seine Taschenlampe an, fesselte und knebelte das Mädchen und verband ihm die Augen. Dann richtete er den Lichtstrahl zu Boden, lief eilig den Flur hinunter und öffnete die Tür zum Schlafzimmer der Zwillinge.

Mit weit aufgerissenen Augen lagen Kathy und Kelly in dem großen Kinderbett, in dem sie gemeinsam schliefen. Kathys rechte Hand hielt Kellys linke umklammert, mit der jeweils anderen Hand versuchten sie die Tücher wegzuziehen, mit denen man ihnen den Mund zugebunden hatte.

Der Mann, der die Einzelheiten der Entführung geplant hatte, stand neben dem Bett. „Bist du sicher, dass sie dich nicht gesehen hat, Harry?“, fragte er scharf.

„Hundertprozentig. Und damit meine ich hundertprozentig, Bert“, antwortete der andere. Beide achteten darauf, jene Namen zu benutzen, die sie sich für diesen Job ausgedacht hatten: Bert und Harry, nach den Zeichentrickfiguren einer Bierwerbung aus den Sechzigerjahren.

Bert hob Kathy aus dem Bett und befahl Harry: „Nimm du die andere. Wickle sie in eine Decke. Es ist kalt draußen.“

Die zwei Männer hasteten die rückwärtige Treppe hinunter, durchquerten die Küche und huschten zur Hintertür hinaus, ohne sie hinter sich zu schließen. Im Transporter hockte sich Harry auf den Boden vor der Rückbank, beide Zwillinge fest in seine fleischigen Arme geschlossen. Bert fuhr den Wagen aus dem dunklen Schatten der Eingangsveranda hervor.

Zwanzig Minuten später kamen sie bei dem Häuschen an, wo Angie Ames auf sie wartete. „Die sind ja richtig süß!“, rief sie aus, als die Männer die Kinder hereintrugen und sie in das weiße Gitterbett legten, das für sie vorbereitet worden war. Mit flinken Bewegungen löste Angie die Knebel der kleinen Mädchen.

Die Zwillinge klammerten sich aneinander und heulten los. „Mommy ... Mommy!“, schrien sie unisono.

„Pssst, psssst, ihr braucht keine Angst zu haben“, beschwichtigte Angie sie, während sie das Seitenteil des Bettes hochklappte. Sie steckte die Arme durch die Gitterstäbe und tätschelte die dunkelblonden Lockenköpfchen. „Es ist alles in Ordnung“, säuselte sie, „ihr könnt jetzt weiterschlafen. Kathy, Kelly, kommt, schlaft jetzt. Mona wird auf euch aufpassen. Mona hat euch lieb.“ Mona war der Name, den sie in Anwesenheit der Zwillinge benutzen sollte.

„Sorg dafür, dass sie still sind!“, befahl Bert. „Sie machen zu viel Lärm.“

„Entspann dich. Hier kann sie keiner hören“, beruhigte ihn Harry.

Er hat Recht, dachte Lucas Wohl, wie „Bert“ mit richtigem Namen hieß. Einer der Gründe, weshalb er Clint Downes – „Harry“ – mit ins Boot geholt hatte, war, dass dieser als Hausmeister in dem Häuschen auf dem Gelände des Danbury Country Club wohnte. Vom Tag der Arbeit, dem jeweils am ersten Montag im September gefeierten *Labor Day*, bis zum 31. Mai war der Klub geschlossen, die Zugänge waren abgesperrt. Von der Diensteinfahrt aus, durch die Clint auf das Gelände gelangte, war das Häuschen kaum zu sehen, und er musste zudem einen Code eingeben, um die Schranke zu öffnen. Es war der ideale Ort, um die Zwillinge versteckt zu halten, und die Tatsache, dass Clints Freundin Angie öfter als Babysitterin arbeitete, war das Tüpfelchen auf dem i.

„Die werden schon aufhören zu weinen“, sagte sie. „Ich kenne mich mit kleinen Kindern aus. Irgendwann werden sie schon wieder einschlafen.“ Sie strich ihnen über den Rücken und sang ziemlich falsch dazu: *„Zwei kleine Mädchen, in ihren blauen Kleidchen ...“*

Lucas stieß einen leisen Fluch aus und zwängte sich durch den schmalen Gang zwischen Doppel- und Kinderbett. Er verließ das Schlafzimmer, durchquerte den Wohnraum und betrat die Küche. Erst jetzt zogen er und Clint ihre Kapuzenjacken aus und streiften die Handschuhe ab. Sie hatten hier eine volle Flasche Scotch deponiert, um auf den erfolgreichen Abschluss der Unternehmung anzustoßen.

Die beiden Männer setzten sich einander gegenüber und musterten sich schweigend. Wieder einmal dachte Lucas, dass wohl kaum ein größerer

Unterschied zwischen zwei Menschen denkbar war – und zwar sowohl was ihr Äußeres als auch ihr Wesen betraf. In Bezug auf sein eigenes Aussehen gab er sich keinen großen Illusionen hin. Als Augenzeuge hätte er sich selbst folgendermaßen beschrieben: etwa fünfzig Jahre alt, schmächtig, durchschnittliche Größe, schütteres Haar, schmales Gesicht. Er arbeitete als selbstständiger Mietchauffeur und hatte sich die Erscheinung und Haltung eines servilen Angestellten angeeignet, die er automatisch annahm, wenn er seine schwarze Chauffeuruniform anlegte.

Er hatte Clint kennen gelernt, als sie zusammen im Gefängnis gesessen hatten, und im Lauf der letzten Jahre hatte er mit ihm eine Reihe von Einbrüchen verübt. Sie waren nie erwischt worden, weil Lucas stets vorsichtig geblieben war. So hatten sie keines ihrer Verbrechen in Connecticut begangen, weil Lucas nichts davon hielt, das eigene Nest zu beschmutzen. Die Geschichte jetzt war allerdings ein zu großes Ding, als dass man sie sich hätte entgehen lassen können, und so hatte er gegen seine eiserne Regel verstoßen.

Er sah zu, wie Clint die Flasche öffnete und die Gläser bis zum Rand füllte. „Auf nächste Woche, wenn wir in St Kitts in einem Boot herumschippern werden, die Taschen voller Kohle.“ Clint sah Lucas mit einem hoffnungsvollen Lächeln an.

Wieder warf dieser einen abschätzigen Blick auf seinen Kumpan. Clint war Anfang vierzig und hoffnungslos aus dem Leim gegangen. Fünfzig Pfund zu viel auf den Rippen – wo er schon von Natur aus ziemlich kompakt geraten war – ließen ihn selbst in einer kühlen Märznacht wie dieser schnell ins Schwitzen kommen. Der tonnenförmige Brustkorb und die dicken Arme standen in einem merkwürdigen Missverhältnis zu seinem jungenhaften Gesicht und dem langen Pferdeschwanz, den er sich hatte wachsen lassen, weil seine langjährige Freundin auch einen trug.

Angie. Dünn und ausgemergelt wie eine Dörrzwetschge, dachte Lucas verächtlich. Ein Gesicht wie eine Leiche. Genau wie Clint wirkte sie in ihrem ausgeleierten T-Shirt und ihren ausgefransten Jeans immer schlampig angezogen. In Lucas' Augen war das einzig Gute an ihr, dass sie viel Erfahrung als Babysitterin besaß. Nichts durfte den Kindern zustoßen, bevor sich das Lösegeld in ihren Händen befand und sie die beiden irgendwo wieder loswerden konnten. Immerhin fiel Lucas doch noch etwas ein, das für Angie sprach. Sie war gierig. Sie war scharf auf das Geld. Sie wollte unbedingt auf einem Boot in der Karibik leben.

Lucas setzte das Glas an die Lippen. Der Scotch fühlte sich weich auf der Zunge an, und seine Wärme tat wohl, als er die Kehle hinunterrann. „So weit, so gut", meinte Lucas zu Clint. „Ich hau jetzt ab. Hast du das Handy griffbereit, das ich dir gegeben habe?"

„Ja."

„Wenn der Boss sich meldet, sag ihm, ich muss morgen um fünf in der Früh jemanden abholen. Ich werde mein Handy abschalten. Ich brauche ein bisschen Schlaf."

„Wann kriegt man den eigentlich mal zu sehen?"

„Gar nicht." Lucas kippte den Rest Scotch hinunter und rückte den Stuhl vom Tisch.

Aus dem Schlafzimmer war Angie zu hören, die immer noch den Zwillingen vorsang. *„Sie waren Schwestern, und wir waren Brüder, und beide liebten wir sie ..."*

DAS GERÄUSCH quietschender Bremsen vor dem Haus zeigte Captain Robert „Marty" Martinson von der Polizei Ridgefield an, dass die Eltern der entführten Zwillinge zurückgekehrt waren.

Nur wenige Minuten nach Eingang des Notrufs hatten sie sich telefonisch bei der Polizeiwache gemeldet. „Ich bin Margaret Frawley." Die Stimme der Frau hatte vor Angst gebebt. „Wir wohnen in der Old Woods Road Nummer 10. Wir können unsere Babysitterin nicht erreichen, weder auf unserem Hausanschluss noch auf ihrem Handy. Sie sollte unsere drei Jahre alten Zwillinge hüten. Vielleicht ist etwas passiert. Wir befinden uns auf dem Rückweg von New York."

„Wir werden sofort rüberfahren und nach dem Rechten sehen", hatte ihr Martinson versprochen. Weil die Eltern auf dem Highway unterwegs waren und sich offensichtlich bereits große Sorgen machten, hatte er keinen Sinn darin gesehen, ihnen mitzuteilen, dass tatsächlich etwas Schlimmes passiert war. Denn kurz vorher hatte bereits der Vater der Babysitterin aus dem Haus in der Old Woods Road angerufen: „Ich habe meine Tochter gefesselt und geknebelt aufgefunden. Die Zwillinge, die sie gehütet hat, sind spurlos verschwunden. Im Schlafzimmer liegt ein Zettel mit einer Lösegeldforderung."

Eine Stunde war seitdem vergangen, und inzwischen waren das gesamte Grundstück und die Auffahrt mit Bändern abgesperrt worden. Jeden Augenblick musste die Spurensicherung eintreffen. Martinson hätte gern verhindert, dass die Medien frühzeitig von der Entführung Wind bekamen, doch das war ein aussichtsloses Unterfangen. Er hatte bereits erfahren, dass die Eltern von Trish Logan in der Notaufnahme, in die man das Mädchen zur Untersuchung gebracht hatte, so gut wie jedem vom Verschwinden der

Zwillinge erzählt hatten. Jeden Moment konnten die ersten Reporter auftauchen. Die Bundespolizei FBI war auch verständigt worden, die Agenten waren bereits unterwegs.

Als sich die Küchentür öffnete und die Eltern der entführten Zwillinge hereinstürzten, richtete sich Martinsons volle Aufmerksamkeit auf sie. Beide Anfang dreißig, dachte er, als Margaret und Steve Frawley mit raschen Schritten auf ihn zueilten. Ein gut aussehendes Paar, beide in Abendkleidung. Die Mutter trug ihr braunes, schulterlanges Haar offen. Sie war sehr schlank, und ihre dunkelblauen Augen erschienen fast schwarz, als er ihrem durchdringenden Blick begegnete.

Steve Frawley war groß, ungefähr einsneunzig, mit dunkelblondem Haar und hellblauen Augen. Er war breitschultrig und hatte kräftige Arme, seine zu knapp geschnittene Smokingjacke spannte an den Nähten. „Ist unseren Töchtern etwas zugestoßen?“, fragte er und legte seine Hände auf die Arme seiner Frau, als ob er sie gegen eine möglicherweise schreckliche Nachricht wappnen wollte.

Es gab keine schonende Art, den Eltern mitzuteilen, dass Unbekannte ihre Kinder entführt und auf dem Bett eine Lösegeldforderung über acht Millionen Dollar hinterlegt hatten. Ein Ausdruck fassungsloser Ungläubigkeit zeichnete sich in den Mienen des jungen Paares ab.

„Acht Millionen! Warum nicht gleich achtzig Millionen?!“, rief Steve mit kreidebleichem Gesicht. „Wir haben alles zusammengekratzt, um dieses Haus zu kaufen. Im Moment haben wir vielleicht 1500 Dollar auf dem Konto, mehr nicht.“

„Haben Sie vielleicht vermögende Verwandte?“, erkundigte sich Martinson.

Die Frawleys brachen in ein fast hysterisches Lachen aus. Steve zog seine Frau an sich, und sie klammerten sich aneinander. Das Lachen erstarb. Er schluchzte lautlos, während sie aufheulte: „Ich will meine Kleinen! Ich will meine Kleinen!“

UM ELF UHR klingelte das besondere Handy. Clint meldete sich.

„Kater Karlo hier.“

Dieser Typ, wer auch immer er ist, versucht, seine Stimme zu verstellen, dachte Clint, während er durch das kleine Wohnzimmer lief, um sich so weit wie möglich von Angie zu entfernen, die noch immer die Zwillinge in den Schlaf sang. So ein Schwachsinn, die Kleinen schlafen schon längst, ärgerte er sich. Kann sie denn nicht endlich Ruhe geben?

„Ich kann Bert nicht erreichen.“

„Ich soll Ihnen von ihm ausrichten, dass er um fünf in der Früh jemanden fahren muss. Er hat sein Handy ausgeschaltet. Ich hoffe, es ...“

„Harry, stellen Sie den Fernseher an“, unterbrach ihn Kater Karlo. „Es gibt gerade eine Sondersendung über die Entführung. Ich melde mich morgen früh wieder.“

Clint griff nach der Fernbedienung. Auf dem Bildschirm erschien das Haus in der Old Woods Road. Im Licht der Eingangsveranda konnte man die abblätternde Farbe und die schief hängenden Fensterläden erkennen. Die gesamte Vorderfront war mit gelbem Plastikband abgesperrt, um Presse und Schaulustige vom Tatort fernzuhalten.

„Die neuen Eigentümer, Stephen und Margaret Frawley, sind erst vor ein paar Monaten hierhergezogen“, berichtete der Reporter. „Nachbarn haben uns erzählt, das alte Haus sollte abgerissen werden, doch die Frawleys beabsichtigten, es nach und nach instand zu setzen. Am heutigen Nachmittag waren einige der Nachbarskinder auf der Geburtstagsfeier der entführten Zwillinge zu Gast. Dieses Foto wurde erst vor wenigen Stunden aufgenommen.“

Auf dem Bildschirm tauchten die Gesichter der Zwillinge auf, die mit großen Augen auf ihre Geburtstagstorte blickten. Auf jeder Hälfte steckten drei Kerzen, in der Mitte befand sich eine größere Kerze. „Die Nachbarin erzählte uns, dass die Kerze in der Mitte für das neue Lebensjahr stehe. Die Zwillinge seien sich in allem so ähnlich, dass die Mutter im Scherz sagte, zwei Kerzen in der Mitte wären reine Verschwendung gewesen.“

Clint wechselte das Programm. Hier wurde ein anderes Foto der Zwillinge in ihren blauen Samtkleidchen gezeigt. Sie hielten sich an der Hand.

„Ach Clint, schau doch, wie süß! Sie sind einfach hinreißend.“ Er zuckte zusammen, als Angies Stimme direkt hinter ihm ertönte. „Sogar im Schlaf halten sie sich noch an der Hand. Ist das nicht goldig?“

Er hatte sie nicht kommen hören. Jetzt schlang sie die Arme um seinen Hals. „Ich wollte immer ein Baby haben, aber mir wurde gesagt, ich könnte keins kriegen.“ Sie schmiegte sich an seine Wange.

„Ich weiß, Schatz“, erwiderte er geduldig. Die Geschichte war ihm nicht neu.

„Damals waren wir lange Zeit getrennt.“

„Ja, du musstest in diese Spezialklinik, Schatz. Du hattest jemanden ziemlich schwer verletzt.“

„Aber jetzt haben wir bald eine Menge Geld, und dann werden wir auf einem Boot in der Karibik leben.“

„Ja, sehr bald. Davon haben wir immer geträumt.“

„Ich habe eine Idee. Wir nehmen die beiden kleinen Mädchen einfach mit."

Clint schaltete den Fernseher aus und packte sie bei den Handgelenken. „Angie, sag, warum sind diese Kinder hier?"

Sie sah ihn mit weit aufgerissenen Augen an und schluckte nervös. „Wir haben sie entführt."

„Und warum?"

„Damit wir eine Menge Geld kriegen und auf einem Boot leben können."

„Was würde mit uns passieren, wenn die Bullen uns erwischen?"

„Dann würden wir für lange, lange Zeit ins Gefängnis wandern."

„Und was hast du versprochen?"

„Mich um die Kinder zu kümmern, mit ihnen zu spielen, sie zu füttern und anzuziehen."

„Und in ein paar Tagen werden wir sie wieder abliefern und unser Geld bekommen."

„Clint, vielleicht könnten wir ..." Angie brach ab. Er würde doch nur sauer werden, wenn sie jetzt vorschlüge, wenigstens eines der Mädchen zu behalten. Doch insgeheim schwor sie sich, genau das zu tun. Und sie wusste auch schon, wie sie es anstellen wollte. Lucas hält sich für besonders schlau, dachte sie. Aber so schlau wie ich ist er noch lange nicht.

Margaret Frawley schloss die Hände um die dampfende Tasse Tee. Sie fror. Steve hatte eine Decke von der Couch im Wohnzimmer gebracht und sie ihr um die Schultern gelegt, aber gegen das Zittern, das durch ihren ganzen Körper lief, half sie nicht.

Kathy und Kelly waren verschwunden. Jemand hatte sie entführt und einen Zettel mit einer Lösegeldforderung hinterlassen. Es ergab keinen Sinn. Unablässig hämmerten die Worte in Margarets Kopf: *Die Zwillinge sind verschwunden.*

Die Polizei hatte ihnen nicht gestattet, das Schlafzimmer der Mädchen zu betreten. „Unsere Aufgabe ist es, sie heil zurückzubringen", hatte ihnen Captain Martinson erklärt. „Es ist äußerst wichtig, dass der Tatort unberührt bleibt und uns keine Fingerabdrücke oder DNA-Spuren entgehen."

Auch der gesamte Flur im oberen Stock, in dem die Babysitterin überfallen worden war, gehörte zum gesperrten Bereich. Trish ging es so weit ganz gut. Sie befand sich noch im Krankenhaus und hatte der Polizei alles erzählt, woran sie sich erinnern konnte. Sie habe gerade auf dem Handy mit ihrem Freund telefoniert, als sie geglaubt habe, eines der beiden Mädchen weinen zu hören. Sie sei nach oben gegangen und habe jemanden hinter ihrem Rücken bemerkt. Danach könne sie sich an nichts mehr erinnern.

Gab es noch jemanden, fragte sich Margaret, jemanden, der sich im Zimmer der Mädchen aufhielt? Kelly wacht leichter auf, aber Kathy könnte auch unruhig geschlafen haben. Ich glaube, sie ist gerade dabei, sich zu erkälten. Und wenn nun eines der Mädchen anfing zu weinen – brachte jemand sie vielleicht zum Schweigen?

Margaret ließ die Tasse fallen und zuckte zusammen, als heißer Tee ihr auf Bluse und Rock spritzte, die sie bei der Abendgesellschaft getragen hatte. Ich muss nach oben, dachte sie. Vielleicht verstecken sich die Zwillinge ja im Schrank. Das haben sie schon mal gemacht. Ich tat so, als ob ich sie suchte. Dann hörte ich, wie sie kicherten, als ich nach ihnen rief.

Welche Angst müssen sie gehabt haben, als jemand sie packte und einfach mitnahm! Und jemand hält sie jetzt irgendwo versteckt. Das kann einfach nicht sein. Das ist ein Albtraum, gleich werde ich aufwachen. *Ich will meine Kleinen!* Margaret schloss die Augen.

„Mrs Frawley?"

Sie sah auf. Ein Mann hatte den Raum betreten.

„Mein Name ist Walter Carlson, ich bin vom FBI. Ich habe selbst drei Kinder und kann mir vorstellen, wie Sie sich fühlen müssen. Ich will Ihnen helfen, dass Sie Ihre Kinder zurückbekommen, aber dafür brauchen wir Ihre Hilfe. Sind Sie in der Lage, ein paar Fragen zu beantworten?"

Carlsons Blick war mitfühlend. Er schien nicht viel älter als Mitte vierzig zu sein, daher war anzunehmen, dass seine Kinder höchstens im Teenageralter waren.

„Warum hat jemand ausgerechnet meine Kleinen entführt?", fragte Margaret.

„Das werden wir herausfinden, Mrs Frawley."

Carlson machte einen Riesenschritt und fing Margaret gerade noch rechtzeitig auf, als sie ohnmächtig vom Stuhl glitt.

2

Franklin Bailey, Leiter der Finanzabteilung einer Lebensmittelhandelskette, war die Person, die Lucas um fünf Uhr morgens abholen sollte. Er reiste häufig über Nacht die Ostküste hinauf und wieder herunter und war ein regelmäßiger Kunde. Manchmal, wie heute auch, fuhr Lucas ihn nach Manhattan zu einer Sitzung; er wartete dann auf ihn und fuhr ihn anschließend wieder zurück.

Bailey wohnte in der High Ridge Road in Ridgefield, nur zwei Querstraßen von der Old Woods Road entfernt. Fünf Minuten vor fünf bog Lucas in die Auffahrt ein und ließ den Motor laufen, damit es im Wagen schön warm für Bailey blieb.

Die Haustür der schmucken Villa im Tudorstil ging auf. Lucas sprang aus dem Wagen und beeilte sich, die rechte Hintertür für seinen Kunden zu öffnen.

Bailey hatte silbergraues Haar und ging auf die siebzig zu. Mit abwesendem Blick murmelte er einen kurzen Gruß. Doch als sich der Wagen in Bewegung setzte, sagte er: „Lucas, fahren Sie bitte durch die Old Woods Road. Ich möchte mich vergewissern, ob die Polizei noch da ist."

Lucas spürte, wie sich ihm die Kehle zuschnürte. Welchen Grund hatte Bailey, dort vorbeizuschauen? Sensationsgier wohl kaum. Er musste seine Gründe haben. Natürlich, er war in der Stadt ein hohes Tier. Schließlich war er eine Zeit lang Bürgermeister gewesen. Lucas hoffte, die Tatsache, dass Bailey dort aufkreuzte, lenkte die Aufmerksamkeit von dem Wagen ab, in dem er saß.

„Ganz wie Sie wünschen, Mr Bailey. Aber warum sollte die Polizei in der Old Woods Road sein?"

„Sie haben wohl die Nachrichten nicht gesehen, Lucas. In der vergangenen Nacht wurden die dreijährigen Zwillinge des Ehepaares im alten Cunningham-Haus gekidnappt."

„Das gibt's doch nicht!"

„Ich fürchte, doch", bestätigte Bailey grimmig. „Aber wer hätte gedacht, dass so etwas bei uns in Ridgefield geschehen könnte! Ich bin den Frawleys schon bei mehreren Gelegenheiten begegnet und schätze sie sehr."

Die Bullen haben keinen Grund, mich genauer unter die Lupe zu nehmen, beruhigte sich Lucas. Seit zwanzig Jahren fahre ich die Leute aus dieser Gegend herum und bin nie irgendwie aufgefallen. Er wusste, dass seine Nachbarn im nahen Danbury, wo er wohnte, ihn als ruhigen, zuverlässigen Menschen einschätzten.

Lucas passierte zwei Seitenstraßen und bog in die Old Woods Road ein. Vor dem Haus der Frawleys, in das er acht Stunden zuvor eingedrungen war, hatte die Polizei jetzt Absperrungen eingerichtet. Auf der gegenüberliegenden Straßenseite standen Medienfahrzeuge. Mit Notizbüchern in der Hand hielten zwei Polizeibeamte vor den Absperrungen Wache.

Bailey ließ das hintere Seitenfenster herunter und wurde vom diensthabenden Beamten erkannt, der sich sofort dafür entschuldigte, dass er ihn hier nicht parken lassen dürfe.

Bailey fiel ihm ins Wort. „Ned, ich habe nicht die Absicht, hier zu parken. Aber vielleicht kann ich behilflich sein. Ich habe einen Termin in New York und werde gegen elf Uhr zurück sein. Wer ist da drinnen? Marty Martinson?"

„Ja, Sir. Und das FBI."

„Geben Sie Marty meine Karte. Ich habe die halbe Nacht Nachrichten gesehen. Die Frawleys sind neu hier und scheinen keine Verwandten in der Nähe zu haben, die ihnen helfen könnten. Sagen Sie Marty, dass ich bereit bin, als Kontaktperson zu dienen. Sagen Sie ihm, dass damals in den Dreißigerjahren bei dem berühmten Fall um das Baby von Charles Lindbergh ein Professor, der sich als Kontaktperson zur Verfügung gestellt hatte, derjenige war, an den sich die Kidnapper wandten."

„Ich werde es ihm ausrichten, Sir." Sergeant Barker nahm die Visitenkarte entgegen und machte sich eine Notiz. Dazu erklärte er in leicht entschuldigendem Ton: „Ich muss die persönlichen Daten von jedem aufnehmen, der hier vorbeifährt, Sir."

„Natürlich."

Barker blickte Lucas an. „Kann ich mal Ihren Führerschein sehen, Sir?"

Lucas setzte sein beflissenes, diensteifriges Lächeln auf. „Selbstverständlich, Sergeant, selbstverständlich."

Der Polizist musterte das Dokument, dann ließ er den Blick über Lucas' Gesicht gleiten. Kommentarlos reichte er ihm den Führerschein zurück und machte eine weitere Notiz.

Bailey ließ das Fenster wieder hochfahren und lehnte sich zurück. „Gut, dann wollen wir mal. Vermutlich war das jetzt völlig umsonst, aber irgendwie hatte ich das Bedürfnis, etwas zu tun."

„Eine großartige Geste von Ihnen, Sir."

ZWEI Kinderstimmen, die hartnäckig „Mommy!" riefen, rissen Clint aus einem schweren, scotchgetränkten Schlaf. Nachdem sie bislang nicht beachtet worden waren, versuchten die Zwillinge nun, über das hohe Seitenteil des Kinderbetts zu klettern.

Angie lag neben Clint und schnarchte. Er fragte sich, wie viel sie wohl noch getrunken hatte, nachdem er ins Bett gegangen war. Sie blieb oft die halbe Nacht auf und guckte sich alte Filme an, immer eine Flasche Wein in Reichweite.

Er stieß ihr den Ellbogen in die Seite. „Wach auf!"

Sie vergrub den Kopf im Kissen.

Er rüttelte an ihrer Schulter. „Ich hab gesagt, wach auf!", raunzte er.

Widerstrebend hob sie den Kopf und blickte zum Kinderbett. „Legt euch wieder hin, ihr zwei! Ihr sollt schlafen!", zischte sie.

Ängstlich blickten Kathy und Kelly in ihr wütendes Gesicht und fingen an zu weinen. „Mommy ... Daddy!"

„Hört sofort auf! Aufhören, hab ich gesagt!"

Wimmernd legten sich die beiden Zwillinge wieder hin und klammerten sich aneinander. Nur noch das leise Geräusch ihrer unterdrückten Schluchzer drang aus dem Kinderbett.

„Ruhe, hört ihr? Haltet die Klappe!"

Die Schluchzer verebbten. Jetzt war nur noch leises Schniefen zu hören.

„Ruhe jetzt!" Angie stupste Clint in die Seite. „Um neun wird Mona sie wieder lieb haben. Keine Minute früher."

DIE GANZE Nacht saßen Margaret und Steve mit Martinson und Carlson zusammen. Nach ihrem Ohnmachtsanfall hatte sich Margaret hartnäckig geweigert, in ein Krankenhaus gebracht zu werden. „Sie haben doch selbst gesagt, dass Sie meine Hilfe brauchen", hatte sie dem FBI-Agenten entgegengehalten.

Gemeinsam mit Steve beantwortete sie Carlsons Fragen. Noch einmal bekräftigten sie, dass sie keine nennenswerte Geldsumme zusammenbringen könnten, geschweige denn mehrere Millionen.

„Mein Vater ist gestorben, als ich fünfzehn war", erklärte Margaret. „Meine Mutter arbeitet als Sekretärin in einer Arztpraxis. Ich selbst muss die Schulden für meine Studiendarlehen noch weitere zehn Jahre abbezahlen."

„Mein Vater war bei der New Yorker Feuerwehr", erläuterte Steve. „Er ist mittlerweile im Ruhestand und lebt mit meiner Mutter in einer Eigentumswohnung in North Carolina. Sie haben sie schon vor einiger Zeit gekauft, bevor die Preise in die Höhe schossen."

Als sie nach weiteren Verwandten gefragt wurden, gab Steve zu, dass er sich mit seinem Halbbruder Richie nicht besonders gut verstand. „Er ist sechsunddreißig, fünf Jahre älter als ich. Meine Mutter war eine junge Witwe, als sie meinen Vater kennen lernte. Richie war schon als Kind ziemlich wild. Wir standen uns nie besonders nahe."

„Was macht Richie jetzt?", erkundigte sich Carlson.

„Er arbeitet beim Gepäckdienst auf dem Flughafen Newark. Er hat zwei geschiedene Ehen hinter sich. Sein eigenes Studium hat er abgebrochen, aber er kann es nur schwer ertragen, dass ich mein Jurastudium abgeschlossen habe.“ Steve zögerte. „Ich kann es Ihnen auch gleich sagen. Er hat ein paar Einträge im Jugendstrafregister und fünf Jahre im Gefängnis gesessen, weil er sich an einer krummen Geldgeschichte beteiligte. Aber so etwas wie das hier würde er niemals tun.“

„Mag sein, trotzdem werden wir ihn überprüfen“, entgegnete Carlson. „Doch jetzt überlegen Sie noch einmal genau, ob es vielleicht noch andere Personen gibt, die irgendeinen Groll gegen Sie hegen oder vielleicht Kontakt zu den Zwillingen hatten und auf die Idee gekommen sein könnten, sie zu entführen. Waren vielleicht Handwerker in Ihrem Haus, seit Sie hier eingezogen sind?“

„Nein. Mein Vater repariert immer alles selbst, und das hat er uns auch beigebracht.“ Steves Stimme klang müde. „Ich habe hier schon Abende und Wochenenden damit zugebracht, die allernötigsten Instandsetzungsarbeiten vorzunehmen.“

„Was ist mit der Firma, die Sie mit dem Umzug beauftragt haben?“

„Das waren Polizisten, die das als Nebenjob außerhalb ihrer Dienstzeit machen.“ Steve musste beinahe lächeln. „Die haben alle Kinder. Sie haben mir sogar Fotos gezeigt. Einige von den Kindern sind im gleichen Alter wie die Zwillinge.“

„Und was ist mit Ihren Kollegen?“

„Ich bin erst seit drei Monaten bei der Firma. CFG&Y ist eine internationale Investmentgesellschaft.“

Als Nächstes kam Carlson darauf zu sprechen, dass Margaret vor der Geburt der Zwillinge als Pflichtverteidigerin in Manhattan gearbeitet hatte. „Mrs Frawley, könnte es sein, dass eine der Personen, die Sie verteidigt haben, etwas gegen Sie hat?“

„Das glaube ich nicht.“ Doch dann stockte sie. „Na ja, es gab da einen Mann, der am Ende lebenslänglich bekam. Ich habe ihn bekniet, sich auf einen Handel mit der Staatsanwaltschaft einzulassen, aber er lehnte ab. Als er dann schuldig gesprochen wurde, verpasste der Richter ihm die Höchststrafe. Seine Verwandten warfen mir Obszönitäten an den Kopf, als er abgeführt wurde.“

Komisch, dachte sie, während sie zuschaute, wie Carlson sich den Namen des verurteilten Mandanten notierte. Im Moment empfinde ich überhaupt nichts. Es fühlt sich einfach nur taub an.

Um sieben Uhr, als das erste Licht hinter den heruntergelassenen Jalousien durchschimmerte, erhob sich Carlson. „Ich empfehle Ihnen, sich jetzt etwas schlafen zu legen. Ich verspreche Ihnen, dass wir Ihnen sofort Bescheid geben, falls die Kidnapper Kontakt zu uns aufnehmen. Sie können Ihr Schlafzimmer betreten, aber bitte gehen Sie nicht in die Nähe des Zimmers der Mädchen. Die Spurensicherung ist dort immer noch zugange."

Steve und Margaret nickten stumm. Sie wirkten äußerst erschöpft, als sie aufstanden und sich nach oben begaben.

„Sie machen uns nichts vor", meinte Carlson leise zu Martinson. „Dafür lege ich meine Hand ins Feuer. Sie haben das Geld nicht. Weshalb ich mich frage, ob diese Lösegeldforderung nicht ein Ablenkungsmanöver ist. Vielleicht hat es jemand nur auf die Kinder abgesehen und versucht, uns in die Irre zu führen."

„Daran habe ich auch schon gedacht", stimmte Martinson zu. „Ist es nicht so, dass in den allermeisten Fällen die Eltern ausdrücklich davor gewarnt werden, die Polizei einzuschalten?"

„So ist es. Ich kann nur beten, dass die beiden Mädchen, während wir hier reden, nicht in einem Flugzeug nach Südamerika unterwegs sind."

Am Freitagmorgen bestimmte die Entführung der Frawley-Zwillinge die Schlagzeilen an der gesamten Ostküste, und bis zum frühen Nachmittag entwickelte sie sich zu einem nationalen Medienereignis. Im ganzen Land wurde das Geburtstagsfoto der bezaubernden Mädchen mit ihren Engelsgesichtchen, den langen blonden Haaren und den blauen Samtkleidchen in den Nachrichtensendungen gezeigt und in den Zeitungen abgedruckt.

Im Esszimmer des Hauses an der Old Woods Road wurde eine Kommandozentrale eingerichtet. Um fünf Uhr nachmittags erschienen Steve und Margaret im Fernsehen. Vor ihrem Haus stehend, baten sie die Entführer, die Mädchen gut zu behandeln und sie unversehrt freizugeben. „Wir haben kein Geld", sagte Margaret mit flehender Stimme. „Aber unsere Freunde haben den ganzen Tag angerufen. Sie wollen für uns sammeln. Sie haben jetzt schon fast 200 000 Dollar beisammen. Bitte, Sie müssen sich geirrt haben, als Sie meinten, wir könnten acht Millionen aufbringen. Das schaffen wir einfach nicht. Nur tun Sie bitte unseren Kindern nichts an. Geben Sie sie uns zurück. Ich verspreche Ihnen, dass wir 200 000 Dollar zusammenbekommen werden."

Steve hatte seinen Arm um Margaret gelegt und fügte hinzu: „Wir bitten Sie, mit uns Kontakt aufzunehmen. Wir müssen wissen, ob unsere Töchter noch am Leben sind."

Im Anschluss ergriff Captain Martinson das Wort. „Wir geben Ihnen jetzt zusätzlich die Telefon- und die Faxnummer von Franklin Bailey bekannt, dem ehemaligen Bürgermeister dieser Stadt. Falls Sie Bedenken haben, direkt bei den Frawleys anzurufen, bitten wir Sie, mit ihm Kontakt aufzunehmen."

Doch Freitagabend, der ganze Samstag und auch der Sonntag vergingen, ohne dass die Kidnapper das geringste Zeichen von sich gaben.

Am Montagmorgen geschah es dann, dass sich die bekannte NBC-Moderatorin Katie Couric während ihrer Livesendung „Today" unterbrach, als sie gerade einen pensionierten FBI-Agenten über die Entführung befragte. Mitten im Satz hielt sie inne, fasste an ihren Ohrhörer, lauschte aufmerksam und verkündete dann: „Es könnte sich um einen üblen Scherz handeln, aber wir haben hier jemanden in der Telefonleitung, der behauptet, der Entführer der Frawley-Zwillinge zu sein. Auf seinen Wunsch wird die Technik den Anrufer jetzt direkt zu uns ins Studio schalten."

Eine raue, offensichtlich verstellte Stimme krächzte in barschem Ton: „Sagen Sie den Frawleys, die Zeit läuft ab! Wir haben gesagt: acht Millionen, und dabei bleibt es auch. Und jetzt hören Sie die Kinder."

Zwei Stimmen riefen verängstigt: „Mommy und Daddy, wir haben euch lieb!" Dann platzte es aus einem der Mädchen heraus: „Wir wollen nach Hause!"

Fünf Minuten später wurde dieser Teil der Sendung Steve und Margaret vorgespielt. Martinson und Carlson brauchten nicht erst nachzufragen, ob die Frawleys den Anruf für authentisch hielten. Ihr Gesichtsausdruck sagte genug. Endlich war der Kontakt zu den Kidnappern hergestellt worden.

Ein zunehmend nervöser Lucas war sowohl am Samstag- als auch am Sonntagabend kurz zum Hausmeisterhäuschen gefahren, um nach dem Rechten zu schauen. Sich das Geschrei der Zwillinge anzuhören war das Letzte, worauf er Lust hatte, daher hatte er seinen Besuch auf neun Uhr gelegt, weil er annahm, dass sie zu dieser Zeit schliefen.

Am Samstagabend versuchte er sich noch einzureden, dass alles wie geplant lief. Clint versicherte prahlerisch, dass Angie großartig mit den Kleinen zurechtkomme. „Sie haben brav gegessen, und dann hat sie mit ihnen gespielt und sie zwischendurch auch mal schlafen gelegt. Sie ist ganz hin und weg von ihnen. Aber ich kann dir sagen, es ist fast unheimlich, den beiden zuzuschauen. Als ob du einen Menschen in zweifacher Ausführung vor dir hättest."

„Hast du sie auf Band aufgenommen?", fragte Lucas ungerührt.

„Ja, klar. Wir haben sie dazu gebracht, zusammen den Satz aufzusagen: *Mommy und Daddy, wir haben euch lieb.* Sie hören sich richtig gut an. Dann fing eine von beiden an zu plärren: *Wir wollen nach Hause!* Angie hob drohend die Hand, als ob sie ihr eine runterhauen wollte, und da begannen beide zu weinen. Das haben wir auch alles auf dem Band."

Lucas steckte die Kassette ein. Wie mit dem Boss vereinbart, fuhr er zu „Clancy's Pub" an der Route 7 und kam dort gegen halb elf an. Den Anweisungen entsprechend, stellte er den Wagen auf dem gut gefüllten Parkplatz unverschlossen ab, hinterließ die Kassette auf dem Vordersitz und ging in das Lokal, um ein Bier zu trinken. Als er zum Wagen zurückkehrte, war das Band verschwunden.

Am Sonntagabend konnte er feststellen, dass Angie langsam die Geduld verlor. „Der verdammte Trockner hat den Geist aufgegeben, und natürlich können wir niemanden kommen lassen, um ihn zu reparieren. Du brauchst nicht zu glauben, dass Harry sich mit so was auskennt!", stieß sie verächtlich hervor, während sie zwei identische Polohemden und Latzhosen aus der Waschmaschine holte und sie über einen Wäscheständer hängte. „Ein paar Tage, hast du gesagt. Wie lang soll ich das denn noch aushalten?"

„Kater Karlo wird uns mitteilen, wo und wann wir die Kinder abgeben sollen", knurrte Lucas sie an. Doch am liebsten hätte er ihr gesagt, sie solle sich zum Teufel scheren.

Ziemlich clever ausgedacht, das muss man dem Boss lassen, dachte Lucas am folgenden Morgen, als er sich die „Today"-Sendung anschaute und Zeuge der dramatischen Reaktionen auf den Anruf von Kater Karlo wurde. Wahrscheinlich will jetzt die ganze Welt Geld spenden, damit die beiden Kleinen wieder heil nach Hause kommen.

Aber wir sind diejenigen, die das gesamte Risiko tragen müssen, überlegte er ein paar Stunden später, nachdem er sich im Fernsehen eine Weile das endlose Geschwätz der Kommentatoren über die Entführung angehört hatte. Wir haben die Kinder gekidnappt. Wir verstecken sie. Wir sind diejenigen, die das Geld abholen werden, wenn sie es zusammengekratzt haben. Ich weiß, wer der Boss ist, aber es gibt nichts, was ihn mit mir in Verbindung bringen würde. Angenommen, sie schnappen uns, und ich sage aus, er sei der Anstifter gewesen, würde er mich einfach für verrückt erklären.

Bis zum nächsten Morgen, dem Dienstag, hatte Lucas keine Aufträge mehr auszuführen. Gegen zwei Uhr konnte er es nicht mehr ertragen, untätig in seiner Wohnung zu sitzen und zu warten. Kater Karlo hatte ihm eingeschärft, sich unbedingt die Abendnachrichten von CBS anzusehen.

Er rechnete aus, dass ihm noch genug Zeit für einen Flug blieb. Kurz entschlossen fuhr er zum Flughafen Danbury, wo er in einem Fliegerklub Mitglied war. Er mietete sich eine der einmotorigen Maschinen und startete zu einer kleinen Runde. Seine Lieblingstour verlief zunächst entlang der Küste von Connecticut bis Rhode Island und dann ein Stückchen über den Atlantik. In sechshundert Meter Höhe über der Erde zu schweben, verlieh ihm das Gefühl, alles vollkommen unter Kontrolle zu haben, und dieses Gefühl brauchte er jetzt.

Es war ein kalter Tag, der Wind wehte schwach, und nur im Westen gab es ein paar Wolken: gutes Flugwetter. Doch obwohl Lucas versuchte, sich zu entspannen und das befreiende Gefühl zu genießen, durch die Lüfte getragen zu werden, konnte er die ihn ständig plagende Unruhe nicht abschütteln. Er war sich sicher, dass ihm irgendetwas entgangen war, nur kam er nicht darauf, was das gewesen sein sollte. Die beiden Kleinen zu holen war kinderleicht gewesen. Und den Nachrichtenberichten zufolge konnte sich die Babysitterin nur erinnern, dass die Person, die sie von hinten überfallen hatte, stark nach Schweiß gerochen hatte.

In diesem Punkt muss man dem Mädel Recht geben, dachte Lucas und verzog die Mundwinkel zu einem kurzen Grinsen, während unter ihm Newport vorüberzog. Könnte nicht schaden, wenn Angie jedes Hemd, das Clint abstreift, umgehend in die Waschmaschine stopfen würde.

Das war es! *Diese Kleider, die sie gewaschen hatte.* Zwei Paar identische Polohemden und Latzhosen. Woher hatte sie die? Die Kinder hatten Schlafanzüge angehabt, als sie sie sich geschnappt hatten. War diese blöde Ziege etwa in ein Geschäft gegangen und hatte nach Klamotten für drei Jahre alte Zwillinge gefragt? – Garantiert. Lucas war sich ganz sicher.

EINE schonende Weise, den Eltern die neueste Nachricht der Entführer mitzuteilen, gab es nicht. Am Montagabend erhielt Carlson einen Anruf und betrat danach das Wohnzimmer, in dem Margaret und Steve nebeneinander auf der Couch saßen. „Vor fünfzehn Minuten hat der Kidnapper während der Abendnachrichten bei CBS angerufen“, teilte er ihnen mit grimmiger Miene mit. „Sie werden die Passage jetzt wiederholen. Darauf ist dieselbe Aufnahme mit den Stimmen der Zwillinge zu hören, die heute Morgen bei Katie Couric abgespielt wurde, aber mit einem Zusatz.“

Es ist, als ob man zuschauen würde, wie Menschen gefoltert werden, dachte er beim Anblick der entsetzten elterlichen Mienen, als die klägliche Kinderstimme zu hören war: „Wir wollen nach Hause ...“

„Das ist Kelly“, flüsterte Margaret.

Eine Pause ... Dann ertönte das Heulen der Zwillinge.

Margaret schlug sich die Hände vors Gesicht. „Ich ... ich kann nicht ...“

Eine schneidende, offensichtlich verstellte Stimme meldete sich: „Acht Millionen. Und ich will sie sofort. Das ist Ihre letzte Chance!“

„Margaret“, Carlson blickte ihr mit fester Miene ins Gesicht, „Sie müssen versuchen, die positive Seite zu sehen. Die Entführer halten Kontakt zu uns. Wir haben den Beweis, dass Ihre Töchter am Leben sind. Wir werden sie finden.“

„Und was ist mit den acht Millionen Dollar Lösegeld, stellen Sie die auch zur Verfügung?“, fragte Steve bitter.

Carlson war sich unschlüssig, ob er ihnen zu diesem Zeitpunkt schon Hoffnungen machen sollte. Sein Kollege Dom Picella hatte heute mit einer Reihe von Agenten den ganzen Tag bei der Investmentgesellschaft zugebracht, bei der Steve seit Kurzem angestellt war. Sie hatten seine Kollegen befragt, um herauszufinden, ob es Leute gab, die ihm nicht wohlgesinnt waren oder vielleicht auf seinen Posten spekuliert hatten. In den Medien waren gegen die Firma vor Kurzem Vorwürfe wegen Insidergeschäften erhoben worden, und Picella hatte erfahren, dass für den heutigen Abend in aller Eile eine Vorstandssitzung mit Konferenzschaltungen zu den Direktoren in aller Welt einberufen worden war. Das Gerücht ging um, die Unternehmensspitze erwöge, das Lösegeld für die Frawley-Zwillinge zu stellen.

„Eine der Sekretärinnen ist eine Tratschtante, wie sie im Buche steht“, hatte Picella Carlson am späten Nachmittag berichtet. „Sie meinte, die Firma habe gerade erst schlappe fünfhundert Millionen Dollar gezahlt, als Bußgeld, das ihr von der Börsenaufsichtsbehörde auferlegt worden sei, und die Presseberichte darüber seien katastrophal gewesen. Ihrer Meinung nach wäre es für CFG&Y viel effektiver, das Lösegeld zu zahlen, als eine Reihe PR-Agenturen damit zu beauftragen, das Image des Unternehmens wieder aufzupolieren. Die Vorstandssitzung ist für heute Abend acht Uhr anberaumt.“

Carlson betrachtete die Frawleys, die seit der Entführung der Zwillinge vor drei Tagen um Jahre gealtert schienen. Ihre Gesichter waren bleich, die Augenlider schwer vor Müdigkeit, die Schultern eingesunken. Den ganzen Tag über hatten die beiden keinen einzigen Bissen zu sich genommen. Carlson wusste aus Erfahrung, dass dies normalerweise der Zeitpunkt war, zu dem sich hilfsbereite Verwandte einfanden. Aber er hatte mitbekommen, wie Margaret ihre Mutter am Telefon gebeten hatte, in Florida zu bleiben.

„Mom, du würdest mir mehr helfen, wenn du die ganze Zeit über für uns betest“, hatte sie mit brechender Stimme gesagt. „Aber wenn du hier wärst und wir uns ständig weinend in den Armen lägen – ich glaube, das könnte ich nicht durchstehen.“

Steves Mutter hatte gerade erst eine Knieoperation hinter sich und konnte weder reisen noch allein gelassen werden. Freunde hatten das Haus mit Anrufen überschüttet, doch sie waren gebeten worden, die Leitung für den Fall, dass sich die Entführer direkt bei den Frawleys melden sollten, rasch wieder freizugeben.

Carlson zögerte. Er war sich ganz und gar nicht sicher, ob er richtig handelte. Doch dann sagte er: „Ich möchte Ihnen auf keinen Fall falsche Hoffnungen machen, die sich schon sehr bald wieder zerschlagen könnten, aber der Vorstandsvorsitzende Ihrer Firma, Steve, hat den Vorstand zu einer außerordentlichen Sitzung einberufen. Anscheinend besteht die Möglichkeit, dass sie beschließen werden, das Lösegeld zu zahlen.“

Hoffentlich habe ich nichts Falsches gesagt, überlegte er, als er sah, wie sich aufkeimende Hoffnung auf den Gesichtern der Eltern abzeichnete. „Etwas anderes: Ich weiß nicht, wie es Ihnen geht“, fuhr er fort, „aber ich bin hungrig. Ihre Nachbarin hat Abendessen gekocht. Sie würde es vorbeibringen, wann immer es Ihnen passt.“

ERSCHROCKEN blickten Kathy und Kelly auf. Sie saßen auf dem Sofa und hatten sich Zeichentrickvideos angeschaut, aber Mona hatte plötzlich auf Fernsehen umgeschaltet und sah sich nun die Nachrichten an.

Sie hatten Angst vor Mona. Vorhin hatte jemand Harry angerufen, und danach hatte der Mona angebrüllt. Er war wütend, weil Mona Kleider für sie gekauft hatte. Mona hatte zurückgeschrien: „Natürlich habe ich ein paar Kleider gekauft und auch Spielsachen und ein paar Videos! Du könntest jetzt deine große Klappe halten und für uns alle ein paar Hamburger besorgen. Ich habe keine Lust zu kochen. Kapiert?“

Gerade als Harry mit den Burgern wiederkam, hörten sie den Mann im Fernsehen sagen: „Ich vernehme soeben von der Regie, dass wir den Entführer der Frawley-Zwillinge in der Leitung haben.“

„Die reden über uns“, flüsterte Kathy.

Sie lauschten, und dann kam Kellys Stimme aus dem Fernseher: „Wir wollen nach Hause!“

Kathy versuchte, ihre Tränen zurückzuhalten. „Ich will *jetzt* nach Hause. Ich will zu meiner Mommy. Mir ist schlecht.“

„Ich versteh kein Wort von dem, was die Kleine sagt", meckerte Harry.

„Manchmal verstehe ich auch nichts, wenn sie miteinander reden", erwiderte Mona ärgerlich. „Sie unterhalten sich in Zwillingssprache. Darüber habe ich mal was gelesen." Mit einer wegwerfenden Geste wechselte sie das Thema. „Warum hat Kater Karlo ihnen nicht gesagt, wo sie das Geld hinterlegen sollen? Worauf wartet er? Warum hat er nur gesagt: *Ich melde mich bald wieder*?"

„Bert meint, das ist seine Methode, um sie weichzuklopfen. Morgen wird er wieder Kontakt aufnehmen." Harry hielt immer noch die Burgertüte in der Hand. „Lasst uns essen, solange die Sachen warm sind. Kommt an den Tisch, Kinder."

Kelly sprang vom Sofa auf, doch Kathy rollte sich zusammen.

Mona ging schnell zum Sofa und legte ihr die Hand auf die Stirn. „Das Kind hat Fieber." Sie blickte zu Harry. „Beeil dich mit dem Essen. Danach gehst du Baby-Aspirin besorgen. Das fehlte gerade noch, dass sich eine von den beiden eine Lungenentzündung holt."

Sie beugte sich über Kathy. „Komm, mein Engel, nicht weinen. Mona wird sich um dich kümmern. Mona hat dich besonders gern, Kathy. Du bist viel netter als deine Schwester. Du bist Monas kleiner Liebling, weißt du?"

3

Im Konferenzsaal von CFG&Y in der New Yorker Park Avenue wartete der Vorstandsvorsitzende Robinson Geisler ungeduldig, während sich die auswärtigen Vorstandsmitglieder nach und nach zu der Schaltkonferenz einfanden. Als Folge der Strafzahlung, die die Börsenaufsicht dem Unternehmen auferlegt hatte, war Geislers Stellung bereits bedrohlich ins Wanken geraten, und er war sich nur allzu bewusst, dass sich die Haltung, die er in Sachen Lösegeld für die Frawley-Zwillinge einzunehmen gedachte, als entscheidender Fehler erweisen konnte. Die Frage lautete schlicht und ergreifend: Wenn CFG&Y anböte, die acht Millionen Dollar zu zahlen, wäre das der erhoffte PR-Knüller, oder sähen sich dadurch – wie manche Vorstandsmitglieder glaubten – nicht vielmehr andere Kidnapper geradezu ermuntert, es ihrerseits zu versuchen?

Gregg Stanford, der Leiter der Finanzabteilung, vertrat letzteren Standpunkt. „Es ist eine schreckliche Situation, aber wenn wir dieses Mal zahlen, um die Zwillinge freizubekommen, was sollen wir dann tun, wenn die

Frau oder das Kind eines anderen Mitarbeiters gekidnappt wird? Unser Unternehmen ist weltweit vertreten, und an einem guten Dutzend Orten, an denen wir Filialen unterhalten, besteht schon jetzt die potenzielle Gefahr, dass etwas in dieser Art passiert."

Geisler schätzte, dass mindestens ein Drittel der 15 Vorstandsmitglieder diese Ansicht teilten. Andererseits, so sagte er sich, wie stünde ein Unternehmen da, das soeben ein Bußgeld von fünfhundert Millionen Dollar geleistet hatte und sich jetzt weigerte, einen Bruchteil dieser Summe zu zahlen, um das Leben zweier kleiner Mädchen zu retten? Das war das Hauptargument, das er vorbringen wollte. Wenn die Sache aber schieflief, wäre er derjenige, den man dafür in die Wüste schickte.

Im Alter von 56 Jahren hatte Rob Geisler endlich die Position erreicht, die er immer angestrebt hatte. Ziemlich schmächtig von Statur, hatte er immer gegen die unvermeidlichen Vorurteile kämpfen müssen, die einem klein gewachsenen Mann in der Geschäftswelt entgegenschlugen. Er hatte es bis an die Spitze geschafft, doch auf dem Weg nach oben hatte er sich auch viele Feinde gemacht, und mindestens drei von ihnen saßen in diesem Augenblick zusammen mit ihm am Tisch.

Inzwischen hatte sich auch der letzte der auswärtigen Vorstände gemeldet, und alle Blicke richteten sich nun auf Geisler. „Sie wissen, aus welchem Grund wir zusammengekommen sind", begann er knapp, „und ich bin mir sehr wohl bewusst, dass manche unter Ihnen das Gefühl haben, wir würden vor den Kidnappern kapitulieren, wenn wir anbieten, das verlangte Lösegeld zu zahlen."

„Genau das denken einige von uns, Rob", warf Gregg Stanford ruhig ein. „Dieses Unternehmen hat bereits genug unter schlechter Publicity gelitten. Wir sollten daher noch nicht mal in Erwägung ziehen, mit Kriminellen zu kooperieren."

Geisler warf seinem Kollegen einen verächtlichen Blick zu. Er machte nicht den geringsten Versuch, seine tiefe Antipathie zu verbergen. Stanford war das medientaugliche Musterbeispiel eines leitenden Managers. Er war 46 Jahre alt, einsdreiundneunzig groß und ungewöhnlich gut aussehend, mit rotblonden, sonnengebleichten Haaren. Er war immer untadelig gekleidet und blieb stets liebenswürdig, selbst wenn er einem Freund in den Rücken fiel. Durch geschickte Heiratspolitik war er in die oberen Etagen der Geschäftswelt vorgedrungen – seine dritte und aktuelle Ehefrau war eine Alleinerbin, deren Familie zehn Prozent des Aktienkapitals der Firma gehörte.

Geisler wusste, dass Stanford scharf auf seinen Posten war. Und selbst wenn dieser sich mit seiner strikten Haltung, unter keinen Umständen auf Lösegeldforderungen einzugehen, im Vorstand durchsetzte, wäre Geisler im Endeffekt derjenige, den die Medien aufs Korn nähmen, wenn das Unternehmen öffentlich bekannt gäbe, dass es nicht für das Lösegeld aufkommen werde. Er gab der Sekretärin, die die Sitzung protokollierte, ein Zeichen, worauf sie sich erhob und den Fernseher einschaltete. „Ich möchte, dass Sie sich dies ansehen", bat Geisler eindringlich. „Und dann versetzen Sie sich einmal in die Lage der Frawleys."

Auf seinen Wunsch hin hatte die Presseabteilung ein Videoband angefertigt, auf dem die Abfolge der Ereignisse zusammengestellt worden war: zunächst die Außenansicht des Hauses, dann die verzweifelten Bitten der Eltern an die Kidnapper, der Anruf bei Katie Couric und der zweite Anruf während der CBS-Nachrichten. Das Band endete mit der kläglichen Kinderstimme, die „Wir wollen nach Hause!" rief, dem verängstigten Weinen der Zwillinge und schließlich der letzten Drohung des Entführers.

„Die meisten von uns haben selbst Kinder", sagte Geisler. „Wir müssen wenigstens den Versuch unternehmen, diese Mädchen zu retten. Vielleicht scheitern wir damit. Vielleicht gelingt es uns, das Geld zurückzubekommen, vielleicht auch nicht. Aber ich kann mir einfach nicht vorstellen, dass irgendjemand in dieser Runde gegen die Zahlung des Lösegelds stimmen wird."

Er beobachtete, wie sich die Blicke aller in Erwartung von dessen Reaktion auf Gregg Stanford richteten. „Ich bin der Ansicht, dass wir unter keinen Umständen mit Kriminellen kooperieren sollten", bekräftigte er.

Norman Bond meldete sich als Nächster zu Wort. „Ich habe Steve Frawley zu uns geholt und glaube, eine sehr gute Wahl getroffen zu haben. Ich plädiere dafür, das Lösegeld zu zahlen, und möchte darauf dringen, dass der Vorstand darüber einen einstimmigen Beschluss herbeiführt. Diese beiden Kinder schweben in großer Gefahr, und je schneller wir uns entschließen, sie zu retten, desto größer sind die Chancen, dass die Entführer ihnen nichts antun."

Diese Unterstützung kam für Geisler unerwartet. Er und Bond gerieten bei Vorstandssitzungen häufig aneinander. Bond hatte Frawley angeworben, obwohl drei Kandidaten aus dem Unternehmen sich berechtigte Hoffnungen auf den Posten gemacht hatten. Frawley war praktisch als Quereinsteiger in das obere Management aufgerückt. Geisler hatte erwartet, dass der geschiedene und kinderlose Bond sich gegen die Zahlung des Lösegelds ausspräche, weil er sich vielleicht verantwortlich für die entstandene Situation fühlte.

„Ich danke Ihnen, Norman“, sagte Geisler. „Und da einige noch immer nicht überzeugt sind, schlage ich vor, dass wir uns das Video noch einmal ansehen und anschließend abstimmen.“

Um Viertel vor neun beschloss der Vorstand mit 14 Stimmen bei einer Gegenstimme die Zahlung des Lösegelds.

In eisigem Ton wandte sich Geisler an Stanford. „Ich verlange ein einstimmiges Votum. Danach steht es Ihnen frei, wie Sie es schon früher praktiziert haben, die Medien über eine anonyme Quelle wissen zu lassen, dass Ihrer Meinung nach die Kinder durch die Zahlung des Lösegelds eher in noch größere Gefahr geraten könnten. Aber solange ich auf diesem Stuhl sitze und nicht Sie, verlange ich einen einstimmigen Beschluss.“

Stanfords Lächeln hatte fast etwas von einem hämischen Grinsen. Er nickte. „Von mir aus kann der Beschluss auch einstimmig gefasst werden. Und wenn Sie sich morgen früh für das Pressefoto vor diese Bruchbude stellen, in der die Frawleys wohnen, werden sich bestimmt alle hier Anwesenden drängeln, um mit aufs Bild zu kommen.“

„Sie natürlich eingeschlossen?“, fragte Geisler sarkastisch.

„Nein, ohne mich.“ Stanford erhob sich. „Ich hebe mir meinen Auftritt vor den Medien für einen anderen Tag auf.“

ES GELANG Margaret, ein paar Bissen von dem gebratenen Huhn zu essen, das ihre Nachbarin Rena Chapman herübergebracht hatte. Während Steve nach dem Abendessen zusammen mit Carlson auf die ersten Nachrichten über das Ergebnis der Vorstandssitzung bei CFG&Y wartete, schlüpfte sie aus dem Wohnzimmer und ging nach oben in das Zimmer der Zwillinge.

Es war der einzige Raum, den sie fertig renoviert hatten, bevor sie eingezogen waren. Steve hatte die Wände hellblau gestrichen und einen billig erstandenen Restposten weißen Teppichboden auf den alten rissigen Dielen verlegt. Und dann waren sie in einem Antikgeschäft auf ein weißes Himmelbett und eine dazu passende Kommode gestoßen. Uns war klar, dass es sinnlos gewesen wäre, zwei Einzelbetten zu kaufen, erinnerte sich Margaret, als sie sich auf den niedrigen Stuhl setzte, der schon in ihrem eigenen Kinderzimmer gestanden hatte. Am Ende hätten sie doch in einem Bett geschlafen.

Die Leute vom FBI hatten die Laken, Bettdecken, Kopfkissenbezüge und die Tagesdecke mitgenommen, um sie auf DNA-Spuren zu untersuchen. Sie hatten die Möbel nach Fingerabdrücken abgesucht und auch einige Kleidungsstücke der Zwillinge mitgenommen, damit die Polizeihunde, die in den letzten drei Tagen von Beamten der Staatspolizei von Connecticut durch die nahe gelegenen Parks geführt worden waren, ihren Geruch hatten aufnehmen können. Margaret wusste, was diese Suche bedeutete. Doch das glaube ich nicht, sagte sie sich. *Sie sind nicht tot.* Ich würde es spüren, wenn sie tot wären.

Nachdem die Spurensicherung fertig gewesen war und sie und Steve vor den Fernsehkameras gesprochen hatten, war es für Margaret am Samstag eine kurze Entlastung gewesen, das Zimmer der Mädchen aufzuräumen und das Bett frisch zu beziehen. Sie werden müde und verängstigt sein, wenn sie nach Hause kommen, hatte sie gedacht. Ich werde mich als Erstes mit ihnen ins Bett legen, bis sie sich wieder beruhigt haben.

Sie schauderte. Mir wird einfach nicht warm, stellte sie fest. Selbst mit einem Pullover unter der Trainingsjacke wird mir nicht warm. Ich will meine beiden Engelchen wiederhaben.

Margaret stand auf und lief zur Fensterbank. Sie bückte sich, nahm die beiden abgewetzten Teddybären, die heiß geliebten Kuscheltiere der Zwillinge, in den Arm und drückte sie fest an sich. Als sie aus dem Fenster blickte, bemerkte sie zu ihrer Überraschung, dass es angefangen hatte zu regnen. Den ganzen Tag über war es sonnig gewesen – kalt, aber sonnig. Kathy hatte sich gerade eine Erkältung geholt. Margaret spürte, wie sich ihr die Kehle zuschnürte. Sie kämpfte gegen das aufkommende Schluchzen an und erinnerte sich daran, was Carlson gesagt hatte.

Das FBI sucht fieberhaft nach den Zwillingen – Dutzende von Agenten sind unterwegs. Andere durchkämmen in der FBI-Zentrale die Akten und überprüfen jeden, der in irgendeiner Weise mit Erpressung oder Kindesmissbrauch zu tun hatte. Captain Martinson schickt seine Beamten in jedes Haus dieser Stadt, um die Leute zu fragen, ob ihnen etwas Verdächtiges aufgefallen ist. Sie haben sogar mit dem Makler gesprochen, der uns das Haus verkauft hat, um zu erfahren, ob es andere Leute gab, die sich dafür interessierten und daher mit dem Grundriss vertraut sein könnten. Sie sagen, es sei nur eine Frage der Zeit, bis der erste Hinweis auftauche. Irgendjemand *muss* etwas gesehen haben. Handzettel mit dem Bild der Mädchen werden gedruckt. Ihr Bild wurde im Internet veröffentlicht. Und sie sind in allen Zeitungen auf der ersten Seite abgebildet.

Mit den Teddys im Arm lief Margaret zum Schrank und öffnete ihn. Mit der Hand fuhr sie über die Samtkleidchen, die die Zwillinge bei der Geburtstagsparty getragen hatten. Als sie entführt worden waren, hatten die Mädchen Schlafanzüge angehabt. Ob sie die immer noch trugen?

Hinter ihr wurde die Tür geöffnet. Margaret drehte sich um und erblickte Steve. Sie sah seiner erleichterten Miene sofort an, dass die Firma sich bereiterklärt hatte, das Lösegeld zu stellen.

„Sie werden es sofort bekannt geben", verkündete er.

Am Montagabend um Viertel nach neun saß Lucas in seiner Wohnung in Danbury und sah fern, als das normale Programm unterbrochen und eine Sondermeldung angekündigt wurde. CFG&Y beabsichtigte, die Lösegeldsumme für die Frawley-Zwillinge zu zahlen. Nur wenige Augenblicke später klingelte das besondere Handy. Lucas schaltete das Aufnahmegerät ein, das er auf dem Heimweg vom Flughafen gekauft hatte.

„Die Sache kommt langsam in Gang", flüsterte die heisere Stimme.

Streng dich ruhig an, dachte Lucas höhnisch. Die Bullen verfügen über ziemlich ausgeklügelte Stimmerkennungsmethoden. Und falls was schiefläuft, habe ich immer noch was in der Hand, um mit ihnen ins Geschäft zu kommen. Dann werde ich dich verpfeifen, mein Junge.

„Ich hab's gerade im Fernsehen gesehen", erwiderte er.

„Vor einer Stunde habe ich Harry angerufen", fuhr Kater Karlo fort. „Im Hintergrund hat eine der beiden Kleinen geweint. Wann haben Sie zuletzt dort nach dem Rechten gesehen?"

„Ich war gestern Abend dort. Es ging ihnen gut."

„Kümmert sich Mona auch um sie? Ich möchte nicht, dass jemand Bockmist baut."

Lucas konnte sich nicht verkneifen, seinem Ärger Luft zu machen. „Diese blöde Zicke kümmert sich so rührend um die beiden, dass sie dämlich genug war, Zwillingsklamotten für sie zu kaufen."

„Was?! Wo?!" Diesmal war die Stimme nicht verstellt.

„Keine Ahnung."

„Hat sie etwa vor, die beiden noch hübsch anzuziehen, bevor wir sie abladen? Will sie, dass die Bullen die Klamottenkäufe zurückverfolgen können?!"

Es gefiel Lucas, dass Kater Karlo außer Fassung geriet. Das nahm ihm ein bisschen von der Angst, die ihn selbst quälte. „Ich habe Harry gesagt, er soll sie nicht mehr aus dem Haus lassen."

„In 48 Stunden haben wir es hinter uns, dann kann jeder machen, was er will. Morgen werde ich die Anweisungen für die Geldübergabe durchgeben. Am Mittwoch holen Sie das Bargeld. Mittwochabend werden Sie die Kinder abladen. Mit genau denselben Sachen, die sie trugen, als Sie sie holten."

Die Verbindung wurde beendet.

Lucas drückte auf die Stopptaste des Aufnahmegeräts. Sieben Millionen für dich, jeweils eine halbe Million für mich und Clint, dachte er. Ich glaube, lieber Kater Karlo, da ist noch eine Korrektur fällig.

Der Zeitpunkt, zu dem Rob Geisler mit Margaret und Steve vor die versammelten Medien treten sollte, war auf Dienstagmorgen zehn Uhr festgesetzt worden. Kurz vor zehn ging Margaret mit Steve die Treppe ins Erdgeschoss hinunter und sprach Geisler im Eingangsbereich an. „Ich bin Ihnen und Ihrem Unternehmen unendlich dankbar."

Steve öffnete die Haustür und nahm Margaret bei der Hand, als das Blitzlichtgewitter auf sie niederging. Zusammen mit Geisler traten sie zu den Tischen und Stühlen, die für das Interview aufgestellt worden waren. Margaret war froh, dass Franklin Bailey, der sich als Mittelsmann angeboten hatte, ebenfalls anwesend war.

Es hatte aufgehört zu regnen. Ein Hauch von Frühling lag an diesem Märzmorgen in der Luft. Margaret ließ ihren ausdruckslosen Blick über die versammelten Presseleute, die Polizeibeamten, die die Schaulustigen zurückhielten, und die Reihe der geparkten Medienfahrzeuge schweifen. Sie hörte, wie Geisler bekräftigte, das Unternehmen werde das Lösegeld zahlen, und wie Bailey sich als Mittelsperson zur Verfügung stellte.

„Mrs Frawley, was ist jetzt Ihre größte Sorge, nachdem Sie wissen, dass die Forderung der Kidnapper erfüllt werden wird?", fragte jemand.

So eine dumme Frage, dachte Margaret. „Natürlich dass noch etwas schiefgehen könnte zwischen der Zahlung des Lösegelds und der Freilassung unserer Kinder. Kathy war im Begriff, sich eine Erkältung zu holen. Sie bekommt ziemlich leicht Bronchitis. Einmal, als sie noch sehr klein war, stand es sogar sehr kritisch um sie." Sie starrte in die Kamera. „Bitte, ich flehe Sie an, wenn sie krank sein sollte, besorgen Sie ihr Medizin. Die Mädchen hatten nur ihre Schlafanzüge an, als Sie sie mitnahmen."

Das wollte ich doch gar nicht sagen, wunderte sie sich. Warum habe ich das gesagt? Es gab einen Grund, doch sie kam nicht darauf. Es musste etwas mit den Schlafanzügen zu tun haben.

Geisler, Steve und Bailey beantworteten nun Fragen. So viele Fragen. Und wenn die Mädchen jetzt zuschauten? Ich muss zu ihnen sprechen, beschloss Margaret. Abrupt unterbrach sie einen der Reporter. „Ich liebe dich, Kelly. Ich liebe dich, Kathy. Wir werden einen Weg finden, euch sehr bald wieder nach Hause zu holen."

AM SELBEN Nachmittag wurde um fünf Uhr heftig an Baileys Haustür gepocht. Als er öffnete, stand sein Nachbar, der pensionierte Richter Sylvan, vor ihm und rief atemlos: „Franklin, ich habe gerade einen Anruf bekommen! Ich glaube, es war der Kidnapper. Er wird in genau drei Minuten noch einmal bei mir anrufen."

„Er wird sich gedacht haben, dass mein Telefon überwacht wird", erwiderte Bailey. „Deshalb ruft er bei Ihnen an."

Die beiden Männer eilten über die weite Rasenfläche, die zwischen ihren Häusern lag. Kaum waren sie bei der offen stehenden Haustür des Richters angelangt, klingelte das Telefon in seinem Arbeitszimmer. Sylvan hastete voraus und nahm ab. Nach Atem ringend keuchte er: „Franklin Bailey steht neben mir", bevor er diesem den Hörer übergab.

Der Anrufer stellte sich als „Kater Karlo" vor. Seine Anweisungen waren knapp und deutlich: Bis zum folgenden Morgen um zehn Uhr, wenn er nochmals anrufe, solle CFG&Y bereit sein, sieben Millionen Dollar auf ein Konto im Ausland zu überweisen. Die restliche Million solle in zwei Koffern für eine Übergabe in bar bereitstehen, und zwar in gebrauchten Fünfzig- und Zwanzigdollarscheinen ohne fortlaufende Seriennummern. „Wenn die Überweisung erfolgt ist, werde ich weitere Anweisungen für die Geldübergabe durchgeben."

Bailey hatte Notizen auf einen Block gekritzelt, der auf dem Schreibtisch des Richters lag. „Wir müssen einen Beweis haben, dass die Mädchen am Leben sind", forderte er.

„Legen Sie jetzt auf. In einer Minute werden Sie die Stimmen der beiden hören."

Wortlos blickten sich Bailey und Sylvan an, bevor Bailey langsam den Hörer auf die Gabel legte. Nach wenigen Augenblicken schrillte der Apparat. Als Bailey den Hörer wieder aufnahm, hörte er eine Kinderstimme. „Hallo, Mr Bailey. Wir haben Sie heute Morgen im Fernsehen gesehen, zusammen mit Mommy und Daddy."

Eine zweite Stimme flüsterte: „Hallo, Mr ..." Aber ihre Worte endeten in einem heftigen, rasselnden Husten, als die Verbindung unterbrochen wurde.

WÄHREND Kater Karlo seine Anweisungen an Bailey durchgab, schob Angie ihren Einkaufswagen durch die Reihen des Drugstores und hielt Ausschau nach allem, was ihrer Meinung nach verhindern konnte, dass Kathy noch schlimmer krank wurde. Im Wagen lagen bereits Baby-Aspirin, Nasentropfen, Franzbranntwein und ein Inhalator.

Als ich klein war, hat Grandma immer Wick VapoRub in den Inhalator getan, überlegte sie. Ob das heute wohl immer noch gemacht wird? Vielleicht sollte ich besser Julio fragen. Der kennt sich aus. Ihr war klar, dass Lucas einen Anfall bekäme, wenn er wüsste, dass sie gerade Babyprodukte einkaufte. Aber was sollte sie machen? Vielleicht warten, bis die Kleine starb?

Sie schob den Einkaufswagen in die Apothekenabteilung und erstarrte. Neben der Theke hing ein lebensgroßes Bild der Zwillinge. Darunter stand in fetten Buchstaben: ENTFÜHRT. BELOHNUNG FÜR JEDEN HINWEIS AUF IHREN AUFENTHALTSORT.

Es waren keine anderen Kunden da, und sie wurde sofort von Julio angesprochen. „Hallo Angie." Er deutete auf das Plakat. „Schrecklich, diese Entführung. Man fragt sich, was das bloß für Leute sind, die so was machen."

„Ja, wirklich schrecklich", stimmte sie zu.

Er schüttelte den Kopf. „ Was kann ich für Sie tun, Angie?"

Ihr war bewusst, dass ihr Schweißperlen auf der Stirn standen. Umständlich kramte sie in ihrer Handtasche herum, tat, als suchte sie etwas, dann zuckte sie die Schultern. „Nicht viel, glaube ich. Anscheinend habe ich das Rezept zu Hause liegen gelassen." Selbst in ihren eigenen Ohren klang die Erklärung wenig überzeugend.

„Ich kann Ihren Arzt anrufen."

„Vielen Dank, aber der ist in New York. Ich weiß, dass er jetzt nicht da ist. Ich werde wohl wiederkommen müssen."

Sie musste an das eine Mal denken, als sie hier gewesen war, um die Salbe für Clints Schulter zu besorgen. Sie hatte sich ein paar Minuten mit Julio unterhalten und zufällig erwähnt, sie wohne mit Clint im Hausmeisterhaus des Country Club. Das war mindestens sechs Monate her, und trotzdem hatte sich Julio sofort an ihren Namen erinnert. Würde er sich auch daran erinnern, wo sie wohnte? Ganz bestimmt!

Sie bemerkte, wie er mit einem kurzen Blick den Inhalt ihres Wagens musterte. Wunderte er sich darüber, dass sie lauter Sachen für ein krankes Kind kaufte? Angie versuchte, den beängstigenden Gedanken gleich wieder zu verscheuchen. Diese Besorgungen waren sehr wichtig. Ich werde ein Fläschchen Wick VapoRub kaufen und ein bisschen davon in den Inhalator tun, entschied sie. Als ich klein war, hat das auch immer gewirkt.

Sie eilte zurück zu Gang Nummer drei, nahm ein Fläschchen Wick aus dem Regal und ging rasch zu den Kassen. Eine war geschlossen, vor der anderen stand eine Schlange von sechs Leuten. Jetzt beeilt euch halt!, dachte Angie und versetzte ihrem Wagen unwillkürlich einen Stoß.

Der Kunde vor ihr, ein breitschultriger Mann mit einem vollen Einkaufswagen, drehte sich um. Seine verärgerte Miene klärte sich sofort zu einem breiten Grinsen. „Sag mal, Angie, hast du vor, mir die Füße abzufahren?"

„Hallo Gus." Sie versuchte zu lächeln. Gus Svenson war eine Nervensäge, die ihnen manchmal über den Weg lief, wenn sie und Clint im „Danbury Pub" aßen. Ein Blödmann, der immer alle Leute anquatschte, neben denen er an der Bar saß. Als selbstständiger Klempner hatte er während der Saison öfter im Country Club zu tun. Die Tatsache, dass sie und Clint im Hausmeisterhäuschen wohnten, brachte Gus dazu, sich so zu benehmen, als hätten sie ungeheuer viel gemeinsam. Blutsbrüder gewissermaßen, weil sie beide die Drecksarbeit für Leute mit Geld machten.

„Wie geht's meinem Freund Clint?" Gus hatte die Angewohnheit, so laut zu reden, als ob sich sein Gegenüber in zwanzig Meter Entfernung befände. Einige Leute drehten sich nach ihnen um.

„Blendend, Gus, blendend."

Er lud seine Einkäufe aufs Band und glotzte dabei in ihren Wagen. „Baby-Aspirin. Baby-Nasentropfen. Sag mal, gibt's da etwa was, was ihr beiden mir bisher verschwiegen habt?"

Die Sorge, die Angie beim Gespräch mit dem Apotheker beschlichen hatte, schlug jetzt in blanke Angst um. Lucas hatte Recht, dachte sie. Ich hätte nichts für die Kinder einkaufen dürfen oder wenigstens nicht dort, wo man mich kennt. „Red keinen Unsinn, Gus", gab sie zurück. „Ich passe auf das Kind einer Freundin auf, und die Kleine hat sich gerade erkältet."

„Das macht dann 122,18", sagte die Angestellte hinter der Kasse.

„Hör mal, wenn du sowieso mit Babysitten beschäftigt bist – vielleicht hätte Clint Lust, ein paar Bierchen mit mir zu zischen. Ich hole ihn ab. Dann brauchst du dir keine Sorgen zu machen, dass er sich ein paar zu viel hinter die Binde kippt. Ich weiß immer, wann ich aufhören muss. Ich rufe an."

Bevor Angie etwas entgegnen konnte, hatte Gus sich umgedreht, zahlte und verschwand in Richtung Ausgang. Sie warf den Inhalt ihres Wagens auf das Band. Es kostete mehr, als sie an Bargeld dabeihatte, und das bedeutete, dass sie die Kreditkarte benutzen musste. Daran hatte sie gar nicht gedacht, als sie den Inhalator aus dem Regal genommen hatte. Lucas hatte sie ermahnt, keine „schriftlichen Spuren" zu hinterlassen. Aber nun gab es sie. Für die Kleidung der Zwillinge hatte sie schon mit der Karte zahlen müssen, und jetzt wieder.

Bald ist alles vorbei, beruhigte sie sich. Lucas zufolge erhielte Kater Karlo morgen die Banküberweisung. Und morgen Abend holten sie sich die Million Dollar in bar. Wenn sie sich dann davon überzeugt hätten, dass alles korrekt abgelaufen sei, würden sie am frühen Donnerstagmorgen irgendwo die Kinder absetzen und den Eltern einen Hinweis geben, wo sie sie finden könnten.

So hat Lucas es sich gedacht, überlegte Angie. Aber ich habe da so meine eigenen Vorstellungen.

4

Am Mittwochmorgen war das unbeständige Märzwetter wieder in bittere Kälte umgeschlagen. Ein schneidender Wind rüttelte an den Fenstern des Esszimmers, in dem Steve und Margaret mit Carlson und dessen Kollegen Tony Realto zusammensaßen. Eine zweite Kanne Kaffee stand unangetastet auf dem Tisch.

Carlson war der Ansicht, es stehe ihm nicht zu, die Aussage von Bailey herunterzuspielen, eines der beiden Mädchen habe einen tiefen, rasselnden Husten, der nach Bronchitis klinge. „Ich weiß, die Nachricht, dass Kathy krank ist, muss für Sie erschreckend sein“, sagte er.

Margarets Gesicht war kreidebleich. „Hoffentlich geben sie ihr was gegen den Husten, damit sie keine Lungenentzündung bekommt“, erwiderte sie mit brechender Stimme.

„Ich habe den Eindruck, dass dem oder den Tätern daran liegt, die Kinder gesund und wohlbehalten zurückzugeben.“

Es war Viertel vor zehn. Kater Karlo hatte gesagt, er werde sich um zehn Uhr melden. Im Wohnzimmer trat jetzt Schweigen ein. Ihnen blieb nichts anderes übrig, als zu warten.

Um zehn kam Rena Chapman, die Nachbarin, aus ihrem Haus gerannt. „Bei uns ist jemand am Telefon, der behauptet, er hätte wichtige Informationen über die Zwillinge für das FBI“, meldete sie atemlos dem Polizeibeamten, der vor dem Haus Wache stand.

Dicht gefolgt von Steve und Margaret, rannten Realto und Carlson zum Haus der Chapmans. Carlson riss den Hörer hoch und nannte seinen Namen.

„Haben Sie Papier und was zu schreiben?“, fragte der Anrufer.

Carlson zog Notizblock und Stift aus seiner Brusttasche.

„Sieben Millionen Dollar sollen auf Konto 507 964 bei der Nemidonam

Bank in Hongkong überwiesen werden. Sie haben drei Minuten, um das in die Wege zu leiten. Sobald ich sicher weiß, dass die Überweisung stattgefunden hat, melde ich mich wieder."

„Ich werde das sofort veranlassen", entgegnete Carlson bestimmt. Er hörte das Knacken in der Leitung.

„War das der Kidnapper?", fragte Margaret. „Waren die Mädchen bei ihm?"

„Es war der Kidnapper. Die Kinder hat er nicht erwähnt. Es ging nur um das Lösegeld." Carlson wählte Rob Geislers Privatnummer im Vorstandsbüro von CFG&Y.

Geisler hatte versprochen, dort auf Anweisungen für die Geldüberweisung zu warten. Knapp und präzise wiederholte er den Namen der Bank und die Kontonummer. „Die Überweisung wird innerhalb von sechzig Sekunden erfolgen, und die Koffer mit dem Bargeld stehen ebenfalls bereit", versicherte er dem Agenten.

Sofort danach rief Carlson die Kommunikationsabteilung des FBI an und wies sie an, die Hausleitung der Chapmans zu überwachen, in der Hoffnung, den Aufenthaltsort von Kater Karlo orten zu können, wenn er sich wieder meldete.

So dumm ist er nicht, dachte Margaret. Jetzt hat er die sieben Millionen. Carlson hatte ihr und Steve erläutert, dass einige Banken in exotischen Ländern sich gegen Zahlung einer Provision dazu hergäben, Überweisungen aus dem Ausland anzunehmen, die dann sofort weiterverschoben würden. Angenommen, das reicht ihm, überlegte sie mit einem Schaudern. Angenommen, wir hören nie wieder etwas von ihm.

„Mr Carlson, kommen Sie! Ein neuer Anruf. Drei Häuser weiter." Einer der Polizeibeamten aus Ridgefield, die vor dem Haus der Frawleys Posten bezogen hatten, war zu Rena Chapmans Küchentür gerannt und hatte sie, ohne anzuklopfen, aufgerissen.

Der Wind blies Margaret die Haare ins Gesicht, als sie und Steve Hand in Hand hinter Carlson und Realto zu dem Haus rannten, vor dem eine ihnen unbekannte Nachbarin stand und aufgeregt winkte.

Kater Karlo hatte sofort eingehängt, doch es dauerte keine Minute, bis er wieder anrief. „Das war sehr vernünftig von Ihnen", lobte er Carlson. „Schönen Dank für die Überweisung. Jetzt passen Sie genau auf. Ihr hilfsbereiter Freund, Franklin Bailey, soll heute Abend um acht Uhr in Manhattan vor dem Time Warner Building am Columbus Circle stehen. Sagen Sie ihm, er soll einen blauen Schlips tragen und einen roten Schlips in seiner

Tasche bereithalten. Er soll die Koffer mit dem Geld bei sich haben und außerdem ein Handy. Wie lautet die Nummer Ihres Handys, Mr FBI-Agent?"

„917-555-3291", antwortete Carlson.

„Geben Sie Bailey Ihr Handy. Und denken Sie daran: Wir werden ihn genau beobachten. Jeder Versuch, ihn zu verfolgen, oder denjenigen, der die Koffer übernehmen wird, festzunehmen, würde bedeuten, dass die Zwillinge für immer verschwinden. Wenn Sie sich aber vernünftig verhalten und wir uns vergewissert haben, dass mit dem Geld alles in Ordnung ist, wird irgendjemand irgendwann nach Mitternacht einen Anruf erhalten, in dem wir mitteilen werden, wo Sie die Zwillinge in Empfang nehmen können. Sie haben großes Heimweh, und eines der Mädchen hat Fieber. Besser also, Sie kümmern sich darum, dass alles reibungslos verläuft."

Auf dem Rückweg vom Haus der Nachbarin klammerte sich Margaret an Steves Arm. Sie versuchte, fest daran zu glauben, dass die Zwillinge innerhalb von 24 Stunden wieder zu Hause wären. Ich *muss* daran glauben, schärfte sie sich ein. Kathy, ich hab dich lieb. Kelly, ich hab dich lieb.

Als sie aus dem Haus gestürzt war, zuerst zu Rena Chapman, dann zu der anderen Nachbarin, hatte sie die an der Straße aufgereihten Fahrzeuge der Medien gar nicht wahrgenommen. Doch jetzt standen die Reporter vor dem Haus und riefen lautstark ihre Fragen.

„Haben sich die Entführer gemeldet?"

„Wurde das Lösegeld gezahlt?"

„Haben Sie einen Beweis, dass die Zwillinge am Leben sind?"

„Im Moment können wir keinerlei Erklärung abgeben", verkündete Carlson bestimmt.

Margaret und Steve eilten die Auffahrt hinauf. Vor dem Eingang wartete Captain Martinson auf sie. Gestern hatten Einwohner der Stadt eine Belohnung von zehntausend Dollar für jeden Hinweis versprochen, der dazu führe, die Zwillinge wohlbehalten ihren Eltern zurückzugeben. Hatte vielleicht jemand darauf reagiert?, fragte sich Margaret.

Martinson wartete, bis sie im Wohnzimmer waren, bevor er sprach. „Es gibt ein Problem. Franklin Bailey hatte heute in der Früh einen Ohnmachtsanfall und wurde sofort ins Krankenhaus gebracht. Sein EKG war in Ordnung. Der Arzt meint, es war eine Panikattacke, hervorgerufen durch Stress."

„Gerade eben hat uns der Kidnapper instruiert, dass Bailey heute Abend um acht Uhr vor dem Time Warner Building stehen soll", informierte Carlson ihn. „Wenn er sich nicht zeigt, werden die Entführer vielleicht glauben, dass wir sie reinlegen wollen."

„Aber er *muss* da sein!" Margaret bemerkte den fast hysterischen Ton in ihrer Stimme. „Er *muss*!"

„Er hat die feste Absicht, dort zu sein. Er wollte um keinen Preis im Krankenhaus bleiben." Martinson tauschte Blicke mit den Agenten aus.

Am Ende war es Steve, der aussprach, was sie alle dachten: „Und wenn er wieder einen Anfall bekommt? Wenn er in dem Augenblick, in dem er die Nachricht erhält, wo er das Geld übergeben soll, verwirrt ist oder ohnmächtig wird? Was passiert dann? Für den Fall, dass Bailey keinen Kontakt aufnimmt, hat Kater Karlo angedroht, dass wir unsere Kinder nie wiedersehen."

AM MITTWOCHMORGEN stand Lucas um zwanzig nach zehn am Fenster seiner Wohnung, stierte auf die Straße und zog nervös an seiner fünften Zigarette an diesem Tag. Und wenn sich Kater Karlo die sieben Millionen schnappt und uns einfach sitzen lässt?, ging ihm durch den Kopf. Ich habe zwar die Aufnahme mit seiner Stimme, aber vielleicht reicht das nicht. Und was sollen wir mit den Kindern machen, wenn er sich einfach absetzt?

Aber auch wenn er es ehrlich meint und die Übergabe der Million arrangiert, müssen wir auf jeden Fall zu zweit sein, Clint und ich, um uns das Geld zu schnappen und verschwinden zu können, ohne dass sie uns erwischen. Bestimmt wird irgendwas schiefgehen. Auch damals, als er in dieses Haus eingebrochen war, hatte eine dunkle Ahnung ihn davor gewarnt, es zu betreten, und dann hatte er sechs Jahre im Knast absitzen müssen. Sollten sie ihn heute Abend erwischen, gäbe es voraussichtlich lebenslänglich.

Das Handy klingelte. Kater Karlo war dran. Lucas schaltete sein Aufnahmegerät ein.

„Die Sache läuft wie geschmiert, Bert. Die Auslandsüberweisung hat geklappt. Und ich bin mir sicher, dass das FBI nicht das Leben der Kinder aufs Spiel setzt, indem es Ihnen zu dicht auf den Fersen sein wird."

Kater Karlo sprach wieder mit diesem heiseren Krächzen, wodurch er seine Stimme verstellen zu können glaubte. Lucas drückte den glimmenden Zigarettenstummel auf dem Fensterbrett aus. Red nur weiter, Junge, dachte er sich.

„Sie sind jetzt am Zug", fuhr Kater Karlo fort. „Wenn Sie heute Abend Ihr Geld zählen wollen, dann hören Sie jetzt genau zu. Wie Sie wissen, werden Sie ein gestohlenes Auto brauchen."

„Ja. Das ist eines der wenigen Dinge, die Harry wirklich gut beherrscht."

„Den ersten Kontakt mit Franklin Bailey werden wir heute Abend um acht Uhr in Manhattan herstellen. Und jetzt verrate ich Ihnen, wie die Sache ablaufen wird."

Lucas lauschte und musste widerstrebend anerkennen, dass der Plan gute Aussichten auf Erfolg hatte. Nachdem die Verbindung unterbrochen war, dachte er: Na schön, jetzt weiß ich, wie es ablaufen soll. Als er sich eine neue Zigarette anzündete, klingelte sein eigenes Handy.

Es lag auf der Kommode in seinem Schlafzimmer, und er beeilte sich, es aufzunehmen. „Lucas", meldete sich eine schwache und angestrengt klingende Stimme, „Franklin Bailey hier. Ich brauche Sie heute Abend. Wenn Sie schon einen Auftrag haben, lassen Sie den bitte von einem Ersatzfahrer übernehmen. Ich habe eine äußerst wichtige Angelegenheit zu erledigen und muss um acht Uhr in Manhattan sein."

Lucas' Gedanken rasten. „Ich habe tatsächlich bereits einen anderen Auftrag, aber vielleicht lässt sich da was machen. Wie lange wird es voraussichtlich dauern, Mr Bailey?"

„Das weiß ich nicht."

Lucas musste daran denken, wie ihn der Bulle am Freitag gemustert hatte, als er den Umweg über das Haus der Frawleys gemacht hatte, damit Bailey seine Dienste als Vermittler hatte anbieten können. Wenn es das FBI für richtig hielt, dass Bailey seinen eigenen Fahrer benutzte, und erführe, dass Lucas nicht zur Verfügung stand, fragten sie sich vielleicht, was so wichtig sei, dass er seinem langjährigen Stammkunden diesen Dienst nicht erweisen konnte.

„Ich werde mich um einen Ersatzmann für meinen anderen Auftrag kümmern. Um wie viel Uhr soll ich bei Ihnen sein, Mr Bailey?"

„Um sechs. Wir werden wahrscheinlich zu früh dran sein, aber ich darf auf keinen Fall zu spät kommen."

„Ich werde um Punkt sechs da sein, Sir."

Lucas schmiss sein Handy aufs Bett, lief die paar Schritte zurück in sein unordentliches Wohnzimmer und ergriff das besondere Handy. Als sich Kater Karlo meldete, berichtete er ihm, was passiert war. „Ich konnte unmöglich ablehnen, und das bedeutet, dass unser Plan hinfällig ist."

Obwohl Kater Karlo immer noch versuchte, seine Stimme zu verstellen, war der amüsierte Unterton unüberhörbar. „Sie haben gleichzeitig Recht und Unrecht, Bert. Ablehnen war nicht möglich, aber wir werden unseren Plan trotzdem durchziehen. Im Grunde genommen kommt uns das sogar entgegen. Sie wollten doch noch einen Flug unternehmen, nicht wahr?"

„Ja, sobald Harry mir das Zeug gegeben hat."

„Stellen Sie sicher, dass Sie die Schreibmaschine, auf der die Lösegeldforderung getippt wurde, mitnehmen, außerdem alle Kleider und Spielsachen, die für die Kinder gekauft wurden. Es darf nicht den geringsten Hinweis darauf geben, dass die Kinder in Harrys Haus waren."

„Ich weiß, ich weiß." Sie waren das alles schon einmal durchgegangen.

„Sagen Sie Harry, er soll mich anrufen, sobald er den Wagen hat. Und Sie rufen mich an, sobald Sie Bailey rausgelassen haben. Ich werde Ihnen dann sagen, was Sie als Nächstes tun sollen."

UM HALB ELF saß Angie mit den Zwillingen beim Frühstück und trank ihre dritte Tasse schwarzen Kaffee. Sie hatte eine schlimme Nacht hinter sich. Sie blickte zu Kathy. Man sah ihr an, dass der Inhalator und das Aspirin ihr gutgetan hatten. Obwohl es im ganzen Schlafzimmer nach Wick VapoRub stank, hatte der Dampf wenigstens ihren Husten etwas gelöst. Aber sie war immer noch ziemlich krank, und in der Nacht war sie wieder und wieder aufgewacht und hatte nach ihrer Mutter gerufen. Angie war müde, hundemüde. Wenigstens hatte die andere einigermaßen geschlafen. Obwohl – manchmal, wenn Kathy wieder mal einen ihrer Hustenanfälle bekommen hatte, hatte auch Kelly angefangen zu husten.

„Wird die jetzt auch noch krank?", hatte Clint ein halbes Dutzend Mal gefragt.

„Ach was! Schlaf weiter!", hatte Angie ihn angeschnauzt. „Ich will nicht, dass du heute Abend todmüde bist."

Sie blickte zu Kelly, die sie unverwandt anstarrte. Sie hatte nicht übel Lust, dem frechen Gör eine zu kleben. „Wir wollen nach Hause", wiederholte die Kleine ständig. Ich kann's kaum erwarten, dich los zu sein, dachte Angie.

Clint war ein einziges Nervenbündel, das konnte man deutlich sehen. Er hatte sich mit seiner Tasse Kaffee auf das Sofa vor den Fernseher gesetzt und trommelte unablässig mit den Fingern auf dem Stück Schrott herum, das als Couchtisch diente. Kelly hatte ein bisschen von den Cornflakes gegessen und Kathy wenigstens einige wenige Löffel.

Angie schob ihren Stuhl zurück. „Okay, Kinder. Zeit für ein kleines Nickerchen."

Sie hatten sich schon daran gewöhnt, nach dem Frühstück wieder in das Kinderbett abgeschoben zu werden. Kathy streckte sogar die Arme aus, um hochgehoben zu werden. Sie weiß, dass ich sie lieb habe, dachte Angie, doch dann stieß sie einen unterdrückten Fluch aus, als Kathys Ellbogen gegen den Teller mit den Cornflakes stieß, worauf sich der Inhalt auf den Schlafanzug des Mädchens ergoss. Kathy begann zu weinen, ein jämmerliches Heulen, das in einem Hustenanfall endete.

„Ist schon gut, ist schon gut“, tröstete Angie sie gereizt. Und was soll ich jetzt machen?, fragte sie sich. Gleich wird dieser blöde Lucas kommen, und mir wurde gesagt, ich soll die Kleinen den ganzen Tag in ihren Schlafanzügen lassen. Wenn ich ein Handtuch unter dem nassen Teil befestige, wird es vielleicht trocknen. „Pssst, ist ja gut“, brummte sie ungeduldig, als sie Kathy hochhob und ins Schlafzimmer trug. Kelly kletterte von ihrem Stuhl und lief neben ihnen her. Dabei streckte sie ihre Hand hoch und tätschelte den Fuß ihrer Schwester.

Angie legte Kathy in das Kinderbett und holte ein Handtuch aus der Kommode, das sie unter dem nassen Oberteil des Schlafanzugs befestigte. Danach rollte Kathy sich ein und begann am Daumen zu lutschen. Das ist neu, fiel Angie auf, während sie Kelly hochhob und in das Kinderbett fallen ließ. Die Kleine kam sofort wieder auf die Beine und klammerte sich an den Gitterstäben fest. „Wir wollen nach Hause. Jetzt gleich“, forderte sie.

„Heute Abend kannst du nach Hause“, antwortete Angie. „Also halt gefälligst den Mund!“ Sie ging in die Küche zurück und knallte als Warnung an Kelly die Tür hinter sich zu. Gestern Abend, als der Rotzbalg angefangen hatte, am Gitter zu rütteln, hatte ein ordentlicher Kniff in den Arm ihn wieder zur Vernunft gebracht.

Clint saß immer noch vor dem Fernseher. Angie begann den Tisch abzuräumen. „Diese Zeichentrickvideos da“, kommandierte sie, während sie die Teller ins Becken stellte, „die müssen noch in den Karton mit der Schreibmaschine und dem anderen Zeug.“ Dieser komische Kater Karlo hatte Lucas angewiesen, alles, was sie mit der Entführung in Verbindung bringen könnte, im Meer zu versenken.

„Dieser Karton ist zu groß!“, protestierte Clint. „Lucas wird Probleme haben, den zu versenken.“

„Er ist überhaupt nicht zu groß!“, keifte sie zurück. „Der Inhalator muss auch noch rein, kapiert?“

„Schade, dass das Kinderbett nicht reinpasst.“

„Wenn wir die Mädchen weggebracht haben, kannst du es gleich auseinandernehmen und morgen wegschaffen.“

Zwei Stunden später bekam Lucas beim Anblick des Kartons einen Wutanfall, aber darauf war Angie vorbereitet. „Hättest du nicht einen kleineren nehmen können?!“, herrschte er sie an.

„Der hier stand im Keller. Und es passt alles rein."

„Angie, ich glaube, wir haben unten auch noch kleinere Kartons", warf Clint ein.

„Ich hab diesen schon zugeklebt und zugebunden!", schrie sie. „Fertig, aus!"

Kurze Zeit später sah sie mit großer Befriedigung zu, wie Lucas den schweren, sperrigen Karton zu seinem Auto trug.

LILA JACKSON, Verkäuferin in Abby's Quality Discount an der Route 7, war im Kreis ihrer Familie und Freunde so etwas wie eine Berühmtheit geworden. Sie war es, die zwei Tage vor der Entführung die blauen Samtkleidchen für die Zwillinge an Margaret Frawley verkauft hatte. 34 Jahre alt, klein und zierlich, aber überschäumend vor Energie, hatte sie erst vor Kurzem ihren Schreibtischjob in Manhattan aufgegeben, war mit ihrer verwitweten Mutter hierher gezogen und hatte die Stelle bei Abby's angenommen. Sie liebte es, Kleider zu verkaufen. Am Tag der Entführung hatte Lila sowohl Margaret Frawley als auch die Kleider der Zwillinge auf dem Foto erkannt, das im Fernsehen gezeigt worden war.

„Sie war so was von nett", erzählte Lila aufgeregt einem immer größer werdenden Kreis von Leuten, die der Gedanke faszinierte, dass sie nur wenige Tage bevor die Zwillinge entführt worden waren mit deren Mutter gesprochen hatte. „Mrs Frawley ist wirklich eine klasse Frau, auf eine ruhige, nette Art. Und sie weiß echte Qualität zu schätzen. Ich wies sie darauf hin, dass die gleichen Kleider bei Bergdorf's in New York vierhundert Dollar das Stück kosten und sie zu 42 Dollar fast geschenkt seien. Sie lachte kurz und meinte, sie hoffe nur, dass es ihr gelingen würde, ein gutes Foto von den Zwillingen zu machen, bevor die neuen Kleider verkleckert wären. Wir haben uns dann noch nett unterhalten, und ich erzählte Mrs Frawley, dass an diesem Tag schon eine andere Frau da war, die zweimal die gleichen Kleider für Zwillinge kaufen wollte. Aber das waren wohl nicht ihre eigenen Kinder, denn sie war sich nicht sicher, welche Größe sie kaufen sollte, und bat mich um Hilfe. Sie meinte, sie seien drei Jahre alt und durchschnittlich groß."

Am Mittwochmorgen sah sich Lila die Nachrichten an, während sie sich fertig machte, um zur Arbeit zu gehen. Voller Mitgefühl verfolgte sie, wie Margaret und Steve Frawley über die Straße zum Nachbarhaus und, ein paar Minuten später, zu einem anderen, etwas weiter entfernten Haus rannten.

„Obwohl derzeit weder von den Eltern noch vom FBI eine Bestätigung zu erhalten ist, besteht Grund zur Annahme, dass der Kidnapper, der sich

Kater Karlo nennt, heute Morgen bei verschiedenen Nachbarn des Ehepaars Frawley angerufen hat, um seine Forderungen für die Lösegeldübergabe zu übermitteln“, verkündete der Nachrichtensprecher von CBS.

Auf dem Bildschirm erschien Margaret Frawley in Großaufnahme. Lila sah ihre verängstigte Miene und die dunklen Schatten unter ihren Augen.

„Robinson Geisler, der Vorstandsvorsitzende von CFG&Y, ist im Augenblick nicht zu einer Auskunft bereit, ob es schon zu einer Lösegeldüberweisung gekommen ist oder nicht“, fuhr der Sprecher fort, „doch wenn dies der Fall sein sollte, werden aller Voraussicht nach die nächsten 24 Stunden entscheidend sein. Heute ist bereits der sechste Tag, seit Kathy und Kelly aus ihrem Schlafzimmer entführt wurden. Das Verbrechen geschah am vergangenen Donnerstagabend gegen neun Uhr.“

Sie müssen ihre Schlafanzüge angehabt haben, als man sie mitgenommen hat, überlegte Lila, als sie die Autoschlüssel aus der Schublade holte. Der Gedanke ging ihr im Kopf herum, als sie zur Arbeit fuhr, und beschäftigte sie noch, als sie ihren Mantel aufhängte und sich ihr Namensschild ansteckte. Dann ging sie in das winzige Zimmer, in dem sich die Buchhaltung befand.

„Ich möchte nur kurz meine Verkäufe vom letzten Dienstag durchsehen, Jean“, erklärte sie der Buchhalterin. Ich kann mich nicht an den Namen der Frau erinnern, dachte sie, aber sie hat jeweils zwei gleiche Latzhosen und Polohemden gekauft, dazu Unterwäsche und Socken.

Nach fünf Minuten hatte sie gefunden, wonach sie suchte. Die Quittung für die Kleidung war von einer gewissen Mrs Clint Downes unterschrieben, und sie hatte eine Visa-Kreditkarte benutzt. Lila bat Jean, bei Visa anzurufen und nach ihrer Adresse zu fragen.

„Aber gern, Lila. Wenn sie die Adresse nicht rausrücken wollen, behaupte ich einfach, dass die Frau vermutlich ein Paket bei uns liegen gelassen hat.“

„Danke, Jean.“

Bei Visa wurde Mrs Clint Downes unter der Adresse Orchard Avenue Nummer 100 in Danbury geführt.

Lila, die jetzt noch unsicherer war, was sie tun sollte, erinnerte sich, dass an diesem Abend Jim Gilbert, ein pensionierter Polizeibeamter aus Danbury, bei ihrer Mutter zum Abendessen eingeladen war. Ihn würde sie um Rat fragen.

Als sie nach Hause kam, saßen ihre Mutter und Jim im Wohnzimmer bei einem Cocktail. Lila goss sich ein Glas Wein ein und setzte sich auf den Rand des Kamins, mit dem Rücken zum Feuer. „Jim, bestimmt hat Mutter

Ihnen erzählt, dass ich diese blauen Samtkleidchen an Margaret Frawley verkauft habe."

„Ja, habe ich gehört." Seine liebenswürdige Miene verdüsterte sich. „Eine üble Geschichte. Ich bin mir ziemlich sicher, dass sie ihre beiden Töchter nie mehr wiedersehen werden, weder tot noch lebendig. Ich vermute, dass sie bereits außer Landes sind und dieses ganze Gerede über Lösegeld nur ein Ablenkungsmanöver ist."

„Jim, kurz bevor Mrs Frawley die Kleider für die Mädchen gekauft hat, habe ich eine Frau bedient, die nach Kleidung für dreijährige Zwillinge fragte und anscheinend keine Ahnung hatte, welche Größe passen könnte."

„Ja, und?"

Lila wagte den Vorstoß. „Wäre es nicht denkbar, dass diese Frau etwas mit der Entführung zu tun hat? Die Frawley-Zwillinge trugen Schlafanzüge, als man sie entführte. Man kann Kinder schlecht fünf Tage lang in denselben Sachen lassen."

„Jetzt geht Ihre Fantasie mit Ihnen durch", erwiderte Jim nachsichtig. „Was meinen Sie, wie viele Hinweise dieser Art die Polizei von Ridgefield und das FBI schon erhalten haben."

„Der Name der Frau lautet Mrs Clint Downes, und sie wohnt hier in Danbury", beharrte Lila.

„Ich kenne diesen Clint Downes. Das ist der Hausmeister, der in dem Häuschen im Country Club wohnt. War die Frau dünn, mit einem Pferdeschwanz, und sah ein bisschen schlampig aus?"

„Ja."

„Das ist Clints Freundin, Angie. Vielleicht unterschreibt sie mit *Mrs Downes*, aber sie ist nicht Mrs Downes. Sie arbeitet häufig als Babysitterin. Streichen Sie die beiden von Ihrer Liste der Verdächtigen, Lila. Um eine Entführung wie diese auf die Beine zu stellen, sind beide nicht helle genug."

LUCAS entging nicht, dass Charley Fox, ein Mechaniker, der erst seit Kurzem auf dem Flughafen arbeitete, ihn beobachtete, als er mit dem sperrigen Karton auf dem Arm ins Flugzeug stieg. Natürlich wird er annehmen, dass ich das Ding abwerfen will. Er wird vermuten, dass ich irgendetwas dringend loswerden will, oder dass ich vielleicht Drogen transportiere.

Trotzdem ist es gut, alles verschwinden zu lassen, was mit den Zwillingen in Verbindung gebracht werden kann, redete er sich ein und ließ den Karton auf den Kopilotensitz fallen. Heute Abend, wenn wir die Zwillinge weggebracht haben, werde ich Clint helfen, das Kinderbett auseinanderzunehmen, und dann werden wir die einzelnen Teile irgendwo entsorgen. An der Matratze befinden sich sicherlich jede Menge DNA-Spuren der Mädchen.

Während er die Instrumente vor dem Abflug noch einmal überprüfte, huschte ein gequältes Grinsen über sein Gesicht. Irgendwo hatte er mal gelesen, dass eineiige Zwillinge dieselbe DNA besäßen. Die könnten also nur beweisen, dass wir *eine* von den beiden im Haus hatten, dachte er. Großartig!

Der kräftige Wind hatte nicht nachgelassen. Nicht das beste Flugwetter für eine kleine Sportmaschine, aber ein leichter Nervenkitzel wirkte auf Lucas immer beruhigend. Jetzt nähme er ihm vielleicht etwas von seiner immer stärker werdenden Angst vor dem heutigen Abend. Entweder holen wir uns das Geld, sagte er sich, oder wir sitzen ohne Geld da, und man schnappt uns vielleicht trotzdem.

Es war ein kurzer Flug, nur ein paar Kilometer auf den Ozean hinaus. Dann hielt Lucas das Steuer mit den Knien fest, verringerte die Geschwindigkeit, wuchtete den sperrigen Karton auf seinen Schoß, öffnete vorsichtig die Tür und gab dem Karton einen Stoß. Er blickte ihm hinterher. Das Meer war grau und aufgewühlt. Der Karton verschwand in den Wellen, aufschäumende Gischt zeigte die Stelle an, wo er aufgeschlagen war. Lucas zog die Tür wieder zu und legte die Hände ans Steuer. Das war die leichtere Übung gewesen, ab jetzt wurde es ernst.

Als er wieder auf dem Flughafen gelandet war, ließ sich Charley Fox zu seiner Erleichterung nirgendwo blicken. So konnte der Mechaniker nicht wissen, ob er den Karton wieder mitgebracht hatte oder nicht.

Es war fast vier Uhr. Der Wind hatte etwas nachgelassen, dafür hatten sich dunkle Wolken zusammengebraut. Wäre Regen günstig für ihr Vorhaben, oder ergäben sich dadurch Probleme? Lucas ging zum Parkplatz und stieg in sein Auto. Wir werden schon sehen, dachte er. Zunächst einmal sollte er die Mietlimousine aus der Garage holen.

Zwei Stunden später saß Lucas frisch geduscht und rasiert in seiner tadellosen Chauffeuruniform am Steuer seiner auf Glanz polierten Limousine und bog in die Auffahrt vor Baileys Haus ein.

DRAUSSEN wird es dunkel, dachte Margaret. Es ist sieben Uhr. In einer Stunde wird Franklin Bailey vor dem Time Warner Building warten. Wenn die Geldübergabe funktioniert, werde ich vielleicht heute Abend meine beiden Kleinen wiedersehen.

Vor einer Stunde hatte Steve darauf gedrängt, dass sie ein Beruhigungsmittel nahm. Aber sie konnte das verschwommene Gefühl nicht ertragen, das sie davon bekam, und hatte jetzt Mühe, sich auf das zu konzentrieren, was Carlson gerade sagte.

Sie hörte, wie der Wasserkessel zu pfeifen anfing. Rena Chapman war herübergekommen, beladen mit einer Auflaufform voll überbackener Makkaroni sowie frisch gebackenem Virginia-Schinken. Wir haben so tolle Nachbarn, dachte Margaret. Wenn wir unsere Kinder wiederhaben, werde ich sie alle einladen, um mich bei ihnen zu bedanken.

„Margaret, hör zu", ermahnte sie Steve.

„Ich möchte, dass Sie sich noch einmal die Akten einiger Leute ansehen, die Sie verteidigt haben", bat Carlson. „Wir haben es auf drei, vier eingeschränkt, die Ihnen nach ihrer Verurteilung die Schuld daran gaben, dass sie ihren Prozess verloren haben."

Margaret zwang sich, sich auf die Namen zu konzentrieren. „Ich habe mich nach besten Kräften bemüht, sie zu verteidigen. Die Beweismittel gegen sie waren erdrückend. Ich hatte eine günstige Vereinbarung mit der Staatsanwaltschaft ausgehandelt, doch sie lehnten sie ab. Als sie dann später verurteilt wurden und längere Strafen bekamen, als wenn sie den Deal akzeptiert hätten, war ich plötzlich die Schuldige. Das erlebt man ziemlich häufig als Pflichtverteidiger."

„Nach seiner Verurteilung hat Donny Mars sich in seiner Zelle erhängt", beharrte Carlson. „Bei seiner Beerdigung schrie seine Mutter: ‚Irgendwann wird diese Frawley auch erleben, was es heißt, ein Kind zu verlieren!'"

„Das war vor vier Jahren – bevor die Zwillinge geboren wurden. Sie war völlig außer sich."

„Gut, vielleicht war sie völlig außer sich, aber sie ist seitdem von der Bildfläche verschwunden, ebenso wie ihr anderer Sohn."

„Donny war manisch-depressiv. Ich habe den Richter gedrängt, ihn in die Psychiatrie einweisen zu lassen. Sein Bruder schrieb mir einen kurzen Brief, in dem er sich für die Worte seiner Mutter entschuldigte. Sie hatte es nicht so gemeint." Margaret schloss die Augen, dann öffnete sie sie langsam wieder. „Das war das andere, an das ich mich versucht habe zu erinnern."

Carlson und Steve starrten sie an. Das Beruhigungsmittel begann zu wirken, sie wurde schläfrig. Ihre Stimme wurde immer leiser, und die beiden Männer mussten sich vorbeugen, um sie zu verstehen. „Ich muss Sylvia anrufen", flüsterte Margaret. „Kathy ist krank. Wenn sie und Kelly wieder da sind, möchte ich, dass sich Sylvia um Kathy kümmert."

Carlson blickte zu Steve. „ Sylvia ist ...?"

„Dr. Sylvia Harris. Eine Kinderärztin. Sie arbeitet im New York Presbyterian Hospital in Manhattan und hat viel über die Verhaltensmuster von Zwillingen veröffentlicht. Sie hat sich immer um die Mädchen gekümmert."

„Sobald wir die beiden gefunden haben, werden wir sie sofort zur Untersuchung in ein nahe gelegenes Krankenhaus bringen", erklärte Carlson. „Vielleicht können wir arrangieren, dass Dr. Harris sich dann auch dort einfindet."

Als plötzlich einsetzender Regen gegen die Scheiben prasselte, grübelte Carlson über das nach, was Margaret gerade gesagt hatte. *Das war das andere, an das ich mich versucht habe zu erinnern*. Und was war das Erste?, fragte er sich. Das könnte entscheidend sein.

5

Die Fahrt von Ridgefield nach Manhattan dauerte eine Stunde und fünfzehn Minuten. Um Viertel nach sieben parkte Lucas südlich des Central Park, ganz in der Nähe des Time Warner Building.

Der Regen fiel jetzt stärker. Auf der Fahrt in die Stadt hatte Bailey nervös erklärt, warum er darauf bestanden habe, dass Lucas ihn fahren solle. „Das FBI ging davon aus, die Entführer könnten zunächst argwöhnen, ich würde von einem Agenten gefahren. Falls sie mein Haus überwacht haben, konnten sie nun aber beobachten, dass ich den Fahrer und den Wagen benutze, den ich immer benutze, und so können wir ihnen zu verstehen geben, dass wir nur daran interessiert sind, die Kinder gesund und unbeschadet zurückzubekommen."

„Ich verstehe, Sir", erwiderte Lucas.

„Ich weiß, dass es um das Time Warner Building herum von Polizeibeamten wimmelt und dass sie in Taxis und unauffälligen Autos in der unmittelbaren Umgebung herumfahren. Sie halten sich alle bereit, um mir diskret zu folgen, sobald ich die Anweisungen bekomme", erzählte Bailey mit vor Aufregung zitternder Stimme.

Lucas warf einen Blick in den Rückspiegel. Er sieht so elend aus, wie ich mich fühle, dachte er bitter. Das Ganze ist eine Falle für mich und Clint, nichts anderes. Das FBI wartet nur darauf, sie zuschnappen zu lassen. Bestimmt sind sie in diesem Augenblick schon bei Angie und legen ihr Handschellen an.

„Lucas, haben Sie Ihr Handy bei sich?", fragte Bailey zum zehnten Mal.

„Ja, Sir."

„Wenn die Geldübergabe erfolgt ist, werde ich Sie sofort anrufen. Sie parken hier in der Nähe?“

„Ja, Sir, ich halte mich bereit, Sie abzuholen, wo immer Sie sind.“ Lucas spürte, dass seine Hände klamm wurden. Nervös rieb er sie sich. Das Warten machte ihn verrückt.

Um zwei Minuten vor acht hielt er vor dem Time Warner Building. Er drückte den Knopf für den Kofferraum, sprang aus dem Auto und öffnete Bailey die hintere Tür. Einen kurzen Moment verweilte sein Blick auf den beiden Koffern und der Gepäckkarre, die ein FBI-Agent vor Baileys Haus in den Kofferraum gepackt hatte. Als Lucas die Koffer auf der Karre stapelte und befestigte, juckte es ihn in den Fingern, sie sich einfach zu schnappen und wegzurennen.

Inzwischen regnete es in Strömen, und Bailey schlug den Mantelkragen hoch. Er hatte eine Mütze aufgesetzt, doch nicht rechtzeitig genug, sodass ihm bereits einige nasse weiße Strähnen an der Stirn klebten. Er zog das Handy von Carlson aus der Tasche und hielt es ängstlich ans Ohr.

„Ich fahre jetzt besser weiter, Mr Bailey. Alles Gute, Sir. Ich warte auf Ihren Anruf.“

Lucas stieg in seinen Wagen und warf einen kurzen Blick nach allen Seiten. Bailey war am Bordstein stehen geblieben. Der Verkehr bewegte sich träge um den Columbus Circle. Lucas reihte sich ein und fuhr langsam zurück zum südlichen Central Park.

DIE MÄDCHEN hatten fast den ganzen Nachmittag geschlafen. Als sie aufwachten, fiel Angie auf, dass Kathys Gesicht leicht gerötet war. Bestimmt bekam sie wieder Fieber. Ich hätte sie nicht in diesem nassen Schlafanzug lassen sollen, hielt Angie sich vor und befühlte den Stoff. Er war immer noch feucht. Dennoch wartete sie, bis Clint gegen fünf Uhr aus dem Haus ging, bevor sie Kathy eine der beiden Latzhosen und eines der Polohemden überstreifte, die sie nicht mit in den Karton geworfen hatte.

„Ich will auch was anderes anziehen!“, protestierte Kelly, doch als ihr Angies wütender Blick begegnete, schwieg sie.

Um sieben Uhr rief Clint an, um mitzuteilen, dass er ein neues Auto, einen schwarzen Toyota, in New Jersey gekauft habe, was bedeutete, dass er ein Auto gestohlen und ihm ein Kennzeichen von New Jersey verpasst hatte. Er beendete den Anruf mit den Worten: „Keine Angst, Angie, heute Abend wird gefeiert.“

Worauf du dich verlassen kannst, dachte sie.

Um acht Uhr steckte sie die Zwillinge wieder in das Kinderbett. Kathy atmete schwer, und ihre Stirn fühlte sich immer noch sehr warm an. Angie gab ihr ein weiteres Aspirin und sah dann zu, wie sie den Daumen in den Mund steckte und sich einrollte. Bald werden Clint und Lucas auf den treffen, der ihnen das Geld überbringen soll, dachte Angie mit klopfendem Herzen.

Kelly saß aufrecht im Bett, den Arm um ihre Schwester gelegt. Der blaue Schlafanzug mit den Teddybären, den sie seit gestern Abend trug, war verknittert. Die Latzhose, die Kathy jetzt anhatte, war dunkelblau, das Polohemd darunter weiß-blau kariert.

„Zwei kleine Mädchen“, begann Angie zu singen. *„Zwei kleine Mädchen, in ihren blauen Kleidchen ...“*

Kelly blickte zu ihr und machte ein ernstes Gesicht, als Angie die letzte Zeile des Refrains zweimal wiederholte: *„Doch das Schicksal hat uns getrennt.“*

Angie machte das Licht aus, schloss die Schlafzimmertür und ging zurück ins Wohnzimmer. Alles paletti. Aber es war ein Fehler gewesen, den Inhalator mit in den Karton zu tun. Und alles nur wegen Lucas.

DIE 63-JÄHRIGE Dr. Sylvia Harris mit den einfühlsam blickenden braunen Augen und dem leicht gewellten grauen Haar war die Leiterin der Kinderklinik im New York Presbyterian Hospital. Als sie in den Nachrichten von der Entführung erfahren hatte, hatte sie versucht, Steve und Margaret telefonisch zu erreichen, jedoch nur eine Nachricht hinterlassen können. Frustriert hatte sie in Steves Büro angerufen und seine Sekretärin gebeten, ihm auszurichten, dass sie und ihre sämtlichen Bekannten und Freunde für die glückliche Heimkehr der Zwillinge beteten.

Wie bei einem Videoband, das immer wieder von Neuem abgespielt wurde, erinnerte sich Sylvia an den Herbsttag vor dreieinhalb Jahren, als Margaret sie angerufen hatte, um einen Termin zu vereinbaren. Noch vor der Geburt der Zwillinge war aus ihrer Beziehung zu den Frawleys eine richtige Freundschaft geworden. Sie hatte ihnen einen Stapel Bücher mit Beispielen über die besondere Bindung zwischen eineiigen Zwillingen zu lesen gegeben, die selbst über Kontinente hinweg den körperlichen Schmerz des jeweils anderen spüren konnten und untereinander telepathische Botschaften austauschten.

Als die Ärztin gerade ihren Schreibtisch abgeschlossen hatte, um nach Hause zu gehen, klingelte ihr Telefon. Einen Augenblick lang war sie geneigt, einfach den Anrufbeantworter laufen zu lassen, doch dann nahm sie den Hörer auf. Es war Margaret, ihre Stimme klang fast tonlos.

„Sylvia, die Lösegeldübergabe soll in diesem Augenblick über die Bühne gehen, und wir glauben, dass wir unsere beiden Mädchen bald wiedersehen werden. Wäre es Ihnen möglich, zu uns zu kommen? Ich verlange ziemlich viel von Ihnen, aber wir haben keine Ahnung, wie es um die Gesundheit der beiden steht. Ich weiß nur, dass Kathy einen schlimmen Husten hat."

„Ich bin schon unterwegs", antwortete Sylvia. „Ich brauche nur noch jemanden, der mir den Weg zu Ihrem Haus beschreibt."

DAS HANDY, das Franklin Bailey in der Hand hielt, klingelte. Mit zitternden Fingern klappte er es auf und presste es ans Ohr. Unsicher meldete er sich mit seinem Namen.

„Mr Bailey, ich gratuliere, Sie sind wirklich bemerkenswert pünktlich." Die Stimme klang wie ein heiseres Flüstern. „Gehen Sie jetzt sofort die 8th Avenue hinunter zur 75. Straße. Biegen Sie nach rechts in die 75. und gehen Sie westlich bis zur 9th Avenue. Warten Sie an der nordwestlichen Ecke. Wir überwachen jeden Ihrer Schritte. Ich werde Sie in genau fünf Minuten wieder anrufen."

FBI-AGENT ANGUS SOMMERS war mit zerschlissener und verschmutzter Kleidung als Obdachloser getarnt und hockte auf dem Bürgersteig, den Rücken an jene architektonische Kuriosität gelehnt, die früher einmal das Huntington Hartford Museum beherbergt hatte. Neben ihm stand ein verbogener Einkaufswagen, der mit alten Zeitungen gefüllt war. Wie bei den anderen Agenten, die sich in der Nähe befanden, war sein Handy darauf programmiert worden, den erwarteten Anruf von Kater Karlo zu empfangen. Jetzt sah er zu, wie Franklin Bailey die Gepäckkarre im Regen hinter sich her über die Straße zog.

Mit zusammengekniffenen Augen suchte Sommers die Umgegend des Columbus Circle ab. Hatte sich der Entführer unter die unzähligen Menschen gemischt, die mit Schirmen durch den Regen eilten? Oder beabsichtigte er, Bailey kreuz und quer durch New York zu jagen, um eventuelle Verfolger abzuschütteln?

Als Bailey außer Sichtweite geriet, stand Sommers langsam auf, schob seinen Einkaufswagen bis zur Ecke und wartete an der Ampel. Er wusste, dass jeder Zentimeter des Platzes von Kameras überwacht wurde, die am Time Warner Building und in der Rotunde installiert waren. Er überquerte die 85. Straße und wandte sich nach links. Dort übernahm ein jüngerer Agent, der ebenfalls als Obdachloser getarnt war, den Einkaufswagen. Sommers stieg in einen der wartenden Wagen des FBI ein, und zwei Minuten später wurde er, jetzt im Burberry-Regenmantel mit dazu passendem Hut, am „Holiday Inn" an der 75. Straße abgesetzt, einen halben Häuserblock von der 9th Avenue entfernt.

„BERT, ich bin's, Kater Karlo. Wo befinden Sie sich?"

„In der 55. Straße zwischen 8th und 9th Avenue. Ich stehe im Parkverbot, vor einem Hydranten. Ich kann hier nicht bleiben. Bailey hat gesagt, dass es in der gesamten Umgebung von FBI-Leuten nur so wimmelt."

„Nun, das war auch nicht anders zu erwarten. Fahren Sie jetzt zur 10th Avenue und biegen Sie nach Osten in die 65. Straße. Halten Sie, sobald Sie können, irgendwo am Bordstein. Ich gebe jetzt Clint die gleichen Anweisungen."

VÖLLIG durchnässt und schwer atmend wartete Bailey an der nordwestlichen Ecke von 9th Avenue und 75. Straße. Trotz der Gewissheit, dass jeder seiner Schritte vom FBI überwacht wurde, zitterte seine Hand so stark, als das Handy abermals klingelte, dass er es fallen ließ. Mit einem Stoßgebet zum Himmel, dass es noch funktionieren möge, klappte er es auf. „Ich bin da."

„Das sehe ich. Laufen Sie jetzt zur Ecke 95. Straße und 10th Avenue. Gehen Sie in den Drugstore an der Nordwestecke. Kaufen Sie dort ein Prepaid-Handy und eine Packung Müllsäcke. Ich werde in zehn Minuten wieder anrufen."

ES GEHT ihm darum, unser Handy loszuwerden, dachte Agent Sommers, der in der Auffahrt des Holiday Inn stand und den Anruf abhörte. Wenn er in der Lage ist, sämtliche Schritte von Bailey zu verfolgen, könnte er sich in einem der Wohngebäude hier in der Nähe befinden.

Sommers beobachtete, wie auf der gegenüberliegenden Straßenseite ein Taxi anhielt und ein Pärchen ausstieg. Er wusste, dass einige der Agenten als Taxifahrer unterwegs waren, mit weiteren Agenten auf dem Rücksitz. Sie sollten die angeblichen Fahrgäste in der Nähe des Ortes absetzen, an dem Bailey wartete. Falls er dann aufgefordert würde, ein Taxi herbeizuwinken, fiele es nicht weiter auf, wenn sofort eines zur Stelle wäre. Doch dieser Kater Karlo schien sich einen Ablauf ausgedacht zu haben, in dem jeder Versuch, Bailey zu folgen, sofort erkennbar wäre.

Vier weitere Häuserblocks in diesem Regen und mit den schweren Koffern, dachte Sommers besorgt, als er zusah, wie Bailey den Anweisungen von Kater Karlo folgte und sich Richtung Norden wandte. Ich hoffe nur, dass er nicht zusammenbricht, bevor es zur Übergabe kommt.

Ein Wagen mit Lizenzschildern der New Yorker Taxibehörde hielt auf seiner Höhe. Sommers stieg schnell ein. „Wir fahren zum Columbus Circle“, wies er den FBI-Agenten an, der am Steuer saß, „und dann parken wir an der 10th Avenue, ungefähr bei der 60. Straße.“

ALS BAILEY wieder aus dem Drugstore herauskam, hielt er ein kleines Paket in der einen und ein Handy in der anderen Hand, aber Sommers konnte nicht mehr mithören, was Kater Karlo zu ihm sagte. Der Agent sah zu, wie Bailey in einen Wagen stieg, der sofort davonfuhr.

EXCEL-FAHRER ANGEL ROSARIO fuhr an der Ecke 95. Straße und 10th Avenue rechts ran und parkte in zweiter Reihe. Der alte Mann mit der Gepäckkarre, der wartend am Bordstein stand, musste sein angekündigter Fahrgast sein. Angel sprang aus dem Wagen. „Mr Bailey?“

„Ja.“

Angel streckte die Hand nach der Gepäckkarre aus. „Ich werde den Kofferraum öffnen, Sir.“

„Nein, ich muss noch etwas aus den Koffern holen. Stellen Sie sie auf den Rücksitz.“

„Aber sie sind nass“, warf Angel ein.

„Dann stellen Sie sie auf den Boden“, verlangte Bailey ungeduldig. „Machen Sie schon!“

„Schon gut, schon gut.“ In den zwanzig Jahren, die er für Excel fuhr, hatte Angel schon einige durchgeknallte Fahrgäste erlebt, aber dieser Alte hier sah aus, als ob er gleich einen Herzanfall bekäme, und Angel hatte keine Lust, die Sache noch zu verschlimmern, indem er sich mit ihm anlegte. Außerdem gab es vielleicht ein gutes Trinkgeld, wenn er sich hilfsbereit zeigte. Baileys Kleidung war zwar völlig durchnässt, aber von teurer Qualität.

Angel öffnete die hintere Wagentür, aber Bailey machte keinerlei Anstalten einzusteigen, ehe nicht die Koffer von der Gepäckkarre genommen und auf dem Boden vor dem Rücksitz verstaut waren. Die zusammengeklappte Karre legte Angel auf den rechten Vordersitz und setzte sich dann hinters Steuer. „Zum Brooklyn Museum, nicht wahr, Sir?“

„Ich nehme an, das hat man Ihnen gesagt.“ Es klang fast wie eine Frage.

„Ja. Wir werden Ihren Freund abholen und ihn zusammen mit Ihnen zurück ins ‚Pierre Hotel' bringen. Aber ich sage Ihnen gleich, das kann eine Weile dauern. Bei dem Regen kommt man schlecht vorwärts."

„Ich verstehe."

Als der Wagen losfuhr, klingelte Baileys neues Handy. „Füllen Sie jetzt das Geld aus den Koffern in zwei Müllsäcke. Binden Sie den einen Sack mit dem blauen Schlips zu, den Sie tragen, und den anderen mit dem roten Schlips, den Sie zusätzlich dabeihaben sollten. Ich werde Sie in Kürze wieder anrufen."

Inzwischen war es zwanzig vor neun.

Um Viertel nach neun klingelte das Telefon im Hausmeisterhaus. Angie fuhr vor Schreck zusammen. Hastig zog sie die Tür zum Schlafzimmer zu und lief zum Telefon. „Hallo?"

„Angie, ich bin beleidigt, total beleidigt. Ich habe gestern Abend darauf gewartet, dass mich mein alter Kumpel Clint anruft, damit wir uns auf ein Bierchen treffen."

Das durfte nicht wahr sein. Es war Gus, dieser Idiot! Die Geräusche im Hintergrund ließen darauf schließen, dass er sich im Danbury Pub befand. Von wegen *ich weiß immer, wann ich aufhören muss*, dachte Angie, der sein schwerer Zungenschlag nicht entgangen war. Dennoch musste sie vorsichtig sein. Sie erinnerte sich, dass Gus auf der Suche nach Gesellschaft einmal völlig unangemeldet vor der Tür gestanden hatte.

„Hallo Gus." Sie bemühte sich, freundlich zu klingen. „Hat Clint dich nicht angerufen? Eigentlich habe ich es ihm ausgerichtet. Na ja, er fühlte sich ziemlich mies gestern Abend und ist früh ins Bett gegangen."

Aus dem Schlafzimmer hörte sie Kathy weinen, ein lautes, verzweifeltes Heulen. In der Eile hatte sie die Tür offenbar doch nicht richtig geschlossen. Als sie den Hörer mit der Hand bedeckte, war es schon zu spät.

„Das ist wohl das Kind, das du hüten musst, was? Ich glaube, es ist am Heulen."

„Ja, das ist das Kind. Ich muss mal nach ihm sehen. Clint ist weg, um sich ein Auto anzugucken, das so ein Typ in Yonkers verkauft. Ich sag ihm, er soll sich morgen Abend mit dir auf ein Glas treffen, kannst dich drauf verlassen."

Angie legte auf, doch noch bevor der Hörer die Gabel erreichte, fing Kelly, die jetzt auch wach geworden war, laut zu schreien an: „Mommy, Mommy!"

Ob Gus noch bemerkt hatte, dass da zwei Kinder weinten, oder war er dazu schon zu betrunken?, fragte sich Angie voller Sorge. Sie ging ins Schlafzimmer. Beide Mädchen standen jetzt im Bett, klammerten sich an die Gitterstangen und riefen nach ihrer Mutter. Wenigstens einer von euch beiden werde ich das Maul stopfen, dachte Angie. Sie holte eine Socke aus der Kommode, um sie Kelly um den Mund zu binden.

FBI-AGENT SOMMERS hielt das Handy ans Ohr. Ebenso wie sein Kollege Ben Taglione, der am Steuer saß, ließ er den Wagen, in dem Franklin Bailey saß, keine Sekunde aus den Augen. Sobald sie das Logo des Excel-Fahrdienstes gesehen hatten, hatte Sommers Kontakt zur Telefonzentrale des Unternehmens aufgenommen. Wagen Nummer 142 war unterwegs zum Brooklyn Museum. Dort sollte ein weiterer Fahrgast abgeholt werden, und danach sollte es zum Pierre Hotel an der Ecke 61. Straße und 5th Avenue gehen. Das klingt mir zu glatt, hatte Sommers geäußert, und seine Kollegen hatten ihm zugestimmt. Dennoch war ein rundes Dutzend FBI-Agenten bereits auf dem Weg zum Museum, und einige mehr sollten vor dem Pierre Hotel Posten beziehen.

Fünf weitere Fahrzeuge mit Agenten verfolgten den Wagen mit Bailey. Auf dem West Side Drive ging es nur noch im Schritttempo vorwärts. Derjenige, der jetzt irgendwo am geplanten Treffpunkt auf die Geldübergabe mit Bailey wartet, könnte langsam nervös werden, überlegte Sommers voller Sorge. Wenn die Entführer in Panik gerieten, konnte das Leben der Zwillinge in Gefahr geraten.

Auf Höhe der Ausfahrt, die einmal zum World Trade Center geführt hatte, geriet die Ursache des Staus in Sicht. Durch einen Auffahrunfall waren zwei Fahrbahnen blockiert. Als sie es schließlich geschafft hatten, die ineinander verkeilten Fahrzeuge zu umfahren, floss der Verkehr wieder sehr viel schneller. Sommers beugte sich vor und spähte angestrengt durch die Windschutzscheibe, um die schwarze Excel-Limousine – eines von vielen schwarzen Autos, die im Regen alle ähnlich aussahen – nicht aus den Augen zu verlieren.

Immer drei Wagen zwischen sich und der Limousine lassend, folgten die beiden Agenten ihr um die Spitze von Manhattan herum und weiter Richtung Norden auf den Franklin D. Roosevelt Drive. Die Brooklyn Bridge, deren Lichter im windgepeitschten Regen nur schwach funkelten, geriet in Sicht. Dann bog die Limousine ganz plötzlich von der Schnellstraße ab und verschwand in die Ausfahrt South Street. Taglione versuchte dranzubleiben, kam aber an dem großen Geländewagen unmittelbar neben ihnen nicht mehr vorbei; er hätte ihn unweigerlich gerammt.

Sommers ballte die Fäuste, als auch schon sein Handy klingelte. „Wir sind immer noch hinter ihnen", berichtete Agent Buddy Winters. „Er fährt jetzt wieder Richtung Norden."

Inzwischen war es 21.30 Uhr.

DR. SYLVIA HARRIS umarmte die schluchzende Margaret. In solchen Situationen sind Worte nicht nur unangebracht, dachte sie, sie sind einfach zwecklos. Über Margarets Schulter hinweg traf ihr Blick auf den von Steve. So schmal und bleich wirkte er verwundbar und viel jünger als 31. Sie sah, wie er gegen die Tränen kämpfte.

„Sie *müssen* einfach heute Abend wieder zu Hause sein", flüsterte Margaret mit gebrochener Stimme. „Sie *werden* heute Abend wieder da sein, das weiß ich genau!"

„Wir brauchen Sie, Sylvia." Steves Stimme klang erstickt. Mit sichtlicher Mühe fügte er hinzu: „Auch wenn die Entführer sie gut behandelt haben, müssen sie ja völlig verängstigt und verstört sein. Und Kathy hat einen schlimmen Husten."

„Ja, das hat Margaret mir erzählt, als sie mich angerufen hat", erwiderte Sylvia leise.

Carlson sah ihre besorgte Miene und meinte, ihre Gedanken erraten zu können. Da Dr. Harris Kathy schon einmal wegen Lungenentzündung behandelt hatte, musste sie befürchten, dass ein schwerer Husten, gegen den nichts unternommen wurde, gefährlich für ihre kleine Patientin werden konnte.

Carlson entschuldigte sich und ging zurück ins Esszimmer, wo das angezapfte Telefon auf dem Tisch stand. Ein dumpfes Gefühl sagte ihm, dass Kater Karlo sich doch noch direkt bei den Frawleys melden würde.

Es war Viertel vor zehn. Fast zwei Stunden waren vergangen, seit Franklin Bailey die ersten Anweisungen von Kater Karlo für die Geldübergabe erhalten hatte.

„BERT, in den nächsten Minuten werden Sie einen Anruf von Bailey bekommen, der Ihnen sagen wird, dass Sie in der 65. Straße auf ihn warten sollen, auf der Höhe der Passage zwischen 65. und 75., gleich östlich der 6th Avenue", teilte Kater Karlo Lucas mit. „Harry wartet dort bereits in seinem Wagen. Sobald ich die Bestätigung habe, dass Sie angekommen sind, werde ich Bailey die Anweisung geben, die Müllsäcke mit dem Geld abzustellen, und zwar in der 75., vor dem Optikergeschäft Cohen Fashion. Er wird sie oben auf die Müllsäcke stellen, die dort zur Abholung für die Abfuhr bereitstehen. Die beiden Säcke sind jeweils mit einer Krawatte zugebunden. Sie und Harry werden durch die Passage kommen, sich die Säcke holen, zurück durch die Passage rennen und sie in Harrys Kofferraum verstauen. Bis das FBI zur Stelle ist, wird Harry über alle Berge sein."

„Sie meinen, wir sollen eine Strecke von einem Häuserblock mit den Säcken in der Hand rennen? Das ist doch idiotisch!", protestierte Lucas.

„Das ist überhaupt nicht idiotisch. Selbst wenn es dem FBI gelungen sein sollte, Baileys Wagen die ganze Zeit über zu verfolgen, werden sie weit genug entfernt sein, damit Sie und Harry die Gelegenheit haben, sich die Säcke zu schnappen und unerkannt durch die Passage zu entkommen. Danach werden Sie bei Ihrem Auto bleiben, und wenn Bailey und das FBI auftauchen, werden Sie wahrheitsgemäß angeben, dass Bailey Ihnen aufgetragen hat, ihn dort abzuholen. Die Agenten werden es nicht wagen, Ihnen zu dicht auf den Fersen zu sein und Sie direkt durch die Passage zu verfolgen, weil sie vermeiden müssen, von Ihnen gesehen zu werden. Wenn sie dann wirklich auftauchen, werden Sie als Zeuge auftreten und aussagen, dass Sie zwei Männer gesehen haben, die Müllsäcke in den Kofferraum eines in der Nähe stehenden Autos geworfen haben und eilig davongefahren sind. Danach werden Sie eine irreführende Beschreibung dieses Autos abgeben."

Es war jetzt sechs Minuten vor zehn.

Bailey hatte sich genötigt gesehen, Angel zu erklären, weshalb sie ständig die Richtung wechselten. Im Rückspiegel hatte der Fahrer gesehen, dass die Geldscheine aus den Koffern in die Müllsäcke umgefüllt worden waren, und gedroht, zur nächstbesten Polizeistation zu fahren. Daraufhin hatte ihn Bailey rasch eingeweiht, dass es sich um das Lösegeld für die Frawley-Zwillinge handelte, und ihn dringend gebeten, bei der Übergabe mitzuwirken.

„Ich habe selbst zwei Kinder", hatte Angel geantwortet. „Ich fahre überallhin, wohin der Kerl uns schickt."

Nachdem sie in die Ausfahrt South Street abgebogen waren, hatte man sie instruiert, die 1st Avenue hinaufzufahren, nach Westen in die 65. Straße abzubiegen und möglichst nahe an der 10th Avenue einen Platz zu suchen, an dem sie halten konnten. Fünfzehn Minuten vergingen, bevor sich Kater Karlo erneut meldete.

„Mr Bailey, wir befinden uns in der Endphase unseres gemeinsamen Abenteuers. Rufen Sie nun Ihren persönlichen Fahrer an und sagen Sie ihm, er möge in der 65. Straße West auf Sie warten, und zwar bei der Fußgängerpassage, die die 75. und 65. verbindet. Sie befindet sich gleich östlich der 6th Avenue. Rufen Sie ihn jetzt an. Ich melde mich gleich wieder."

Zehn Minuten später rief Kater Karlo Bailey erneut an. „Haben Sie Ihren Fahrer erreicht?"

„Ja. Er befand sich in der Nähe. Er wird jeden Moment dort sein."

„Es ist eine regnerische Nacht, Mr Bailey. Ich will Sie nicht über Gebühr in Anspruch nehmen. Sagen Sie dem Excel-Fahrer, er soll die 75. Straße ansteuern, nach rechts einbiegen und Richtung Osten fahren. Sobald er die 6th Avenue überquert hat, soll er ganz langsam fahren und sich rechts halten. Vor dem Optikergeschäft Cohen Fashion werden Sie einen Stapel Müllsäcke sehen. Stellen Sie die beiden Säcke mit dem Geld oben auf die anderen Säcke. Achten Sie darauf, dass die beiden Schlipse gut sichtbar sind. Dann fahren Sie weiter Richtung Osten. Ich werde Sie wieder anrufen."

Es war sechs Minuten nach zehn.

„BERT, hier ist Kater Karlo. Gehen Sie jetzt sofort durch die Passage. Die Müllsäcke werden in diesem Augenblick abgestellt."

Lucas hatte bereits seine Uniformmütze abgesetzt, eine Regenjacke mit Kapuze übergestreift und eine dunkle Sonnenbrille aufgesetzt, die sein Gesicht fast zur Hälfte bedeckte. Er sprang aus dem Wagen, spannte seinen großen Regenschirm auf und folgte Clint, der genauso gekleidet war und ebenfalls einen Schirm trug, durch die Passage. Es regnete immer noch so stark, dass Lucas sich sicher war, dass die wenigen Passanten, denen sie begegneten, sie nicht beachteten.

Hinter seinem schützend vorgehaltenen Schirm sah er, wie Bailey in ein Auto stieg. Als Clint vorwärtsstürmte, die Müllsäcke mit den Krawatten packte und über den Bürgersteig zurück zur Passage rannte, blieb Lucas stehen. Er wartete, bis der Wagen mit Bailey davongefahren war und er sicher sein konnte, nicht gesehen zu werden, bevor er Clint folgte und ihm einen der Säcke abnahm.

Innerhalb von wenigen Sekunden waren sie zurück in der 65. Straße. Clint drückte den Knopf für den Kofferraum, doch der Deckel des gestohlenen Toyota ließ sich nicht öffnen. Leise fluchend stürzte er zur hinteren Tür, doch auch diese war abgeschlossen.

Lucas wusste, dass sie keine Sekunde zu verlieren hatten. Er riss den Kofferraumdeckel seiner Limousine auf. „Schmeiß sie hier rein!“, herrschte er Clint an.

Er saß wieder hinter dem Steuer, die Regenjacke zusammengerollt unter dem Vordersitz, die Uniformmütze auf dem Kopf, als einige Männer, die er sofort als FBI-Agenten erkannte, aus der Passage stürzten. Andere kamen aus beiden Richtungen die Straße heruntergerannt. Mit klopfendem Herzen, doch äußerlich ruhig, reagierte Lucas auf das laute Klopfen an sein Seitenfenster. „Ist etwas passiert?“, fragte er.

„Haben Sie einen Mann gesehen, der vor wenigen Augenblicken aus dieser Passage kam und Müllsäcke trug?“, fragte Agent Sommers.

„Ja. Das Auto, mit dem sie weggefahren sind, stand genau hier.“ Lucas deutete auf die Stelle, von der Clint soeben losgebraust war.

„*Sie*? Wollen Sie damit sagen, dass es zwei waren?“

„Ja. Der eine war ziemlich stämmig, der andere lang und dünn. Die Gesichter habe ich nicht gesehen.“

Sommers und Taglione waren zu weit entfernt gewesen, um mitzubekommen, wie die Müllsäcke abgelegt worden waren, weil ihr Auto an der Kreuzung zur 6th Avenue vor einer Ampel stecken geblieben war. Sie hatten gerade noch gesehen, wie sich der Excel-Wagen von der Stelle vor dem Optikergeschäft aus wieder in den Verkehr eingefädelt hatte. Nachdem sie nirgendwo eine Spur der beiden Koffer hatten entdecken können, waren sie der Limousine weiter zur 5th Avenue gefolgt.

Erst durch den Anruf eines anderen Agenten verständigt, hatten sie ihren Wagen geparkt und waren zurückgerannt. Ein Fußgänger, der stehen geblieben war, um einen Anruf auf seinem Handy entgegenzunehmen, hatte ihnen mitgeteilt, er habe einen stämmigen Mann gesehen, der mit zwei gerade abgestellten Müllsäcken durch die Passage verschwunden sei. Als sie dann am anderen Ende des Duchgangs herausgekommen waren, hatten sie nur noch Baileys Fahrer in seiner Limousine vorgefunden.

„Beschreiben Sie das Auto“, forderte Sommers Lucas auf.

„Dunkelblau oder schwarz. Neueres Modell, viertüriger Lexus.“

Obwohl seine Hände klamm waren, gelang es Lucas, die Fragen in dem beflissenen Ton zu beantworten, den er immer verwendete, wenn er mit Bailey sprach. Wahrscheinlich sucht bald jeder Bulle in New York nach dem Lexus, dachte er, statt nach dem alten schwarzen Toyota, den Clint geklaut hat.

Einige Minuten vergingen, dann tauchte der Excel-Wagen auf und parkte hinter Lucas. Bailey, der sich mittlerweile am Rande eines Zusammenbruchs befand, wurde, von FBI-Agenten gestützt, zur Limousine gebracht. Zwei Agenten stiegen mit ein, und andere folgten, als Lucas nach Ridgefield zurückfuhr. Er hörte zu, wie sie Bailey über die Anweisungen befragten, die er von Kater Karlo erhalten hatte. Mit Erleichterung hörte er Bailey aussagen: „Ich hatte Lucas gebeten, in der Nähe vom Columbus Circle zu warten. Etwa um zehn Uhr gab mir der Kidnapper den Auftrag, Lucas anzurufen und ihm zu sagen, er solle an genau jener Stelle in der 65. Straße auf mich warten. Die letzte Anweisung lautete, ebenfalls dorthin zu fahren. Kater Karlo meinte, er wolle verhindern, dass ich nass werde."

Um Viertel nach zwölf bog Lucas in die Auffahrt vor Baileys Villa. Die Agenten brachten Bailey ins Haus. Mit dem Lösegeld im Kofferraum fuhr Lucas zu seiner Garage, stellte die Limousine ab, lud die Müllsäcke in sein altes Auto um und fuhr zum Hausmeisterhaus, wo ein jubelnder Clint und eine merkwürdig schweigsame Angie auf ihn warteten.

Die Lösegeldübergabe war erfolgt, aber das FBI hatte die Spur der Täter, die das Geld abgeholt hatten, verloren. Jetzt konnten sie nur noch warten. Steve, Margaret und Sylvia saßen schweigend zusammen. Jeder betete im Stillen, dass das Telefon endlich klingeln möge, dass jemand, vielleicht ein anderer Nachbar, meldete: „Ich habe gerade einen Anruf bekommen, in dem mitgeteilt wurde, wo die Zwillinge sind." Aber alles blieb still.

Wo werden sie die Mädchen aussetzen?, fragte sich Margaret verzweifelt. Sie können schlecht an einen öffentlichen Ort gehen, ohne dass es auffiele. Immer schauen alle nach den Zwillingen, wenn ich mit ihnen unterwegs bin. Meine beiden Engel in den blauen Kleidchen. So haben die Zeitungen sie genannt.

Und wenn die Entführer sich überhaupt nicht mehr melden?

6

Ich kann's immer noch nicht fassen, dass du seelenruhig das Geld nach Hause gefahren hast, mit den FBI-Typen an Bord", kicherte Clint.

Die Geldscheine lagen säuberlich aufgestapelt im Wohnzimmer auf dem Fußboden, hauptsächlich Fünfziger, der Rest in Zwanzigern. Es waren gebrauchte Scheine, wie verlangt. Eine flüchtige Überprüfung hatte ergeben, dass sie nicht mit durchlaufenden Nummern versehen waren.

„So war's aber", entgegnete Lucas ärgerlich. „Pack deine Hälfte in einen der Säcke. Ich nehme dann den anderen für meine." Obwohl er vor dem erbeuteten Geld saß, war Lucas immer noch überzeugt, dass etwas schiefginge. Dieser Trottel von Clint hatte nicht einmal daran gedacht, sich vorher zu vergewissern, dass sich der Kofferraumdeckel öffnen ließ. Wenn ich nicht mit der Limousine dagestanden hätte, wäre er wie ein Anfänger geschnappt worden, dachte Lucas. Er hatte das Gefühl, dass sich alle seine Eingeweide zusammenkrampften. Und warum hatte Kater Karlo noch nicht angerufen?

Um fünf nach drei morgens ließ das durchdringende Klingeln des Telefons alle drei zusammenfahren. Angie rappelte sich vom Fußboden auf und nahm ab. Sie hoffte, es war nicht wieder dieses Ekel Gus.

„Geben Sie mir Bert!", befahl Kater Karlo.

Lucas ging zum Telefon und nahm Angie den Hörer aus der Hand. „Ich habe mich schon gefragt, ob Sie überhaupt noch anrufen!", raunzte er.

„Sie klingen nicht gerade wie jemand, der eine Million Dollar vor sich liegen hat. Hören Sie mir genau zu. Sie werden in dem geliehenen Auto zum Parkplatz des Restaurants ‚La Cantina' fahren, am nördlichen Zweig des Saw Mill River Parkway in Elmsford. Es ist schon seit einigen Jahren geschlossen."

„Ich weiß, wo das ist."

„Dann wissen Sie sicher auch, dass der Parkplatz hinter dem Gebäude liegt und von der Straße aus nicht einsehbar ist. Harry und Mona werden Ihnen mit den Zwillingen in Harrys Transporter folgen. Sie werden dann das Mitgebrachte in das geliehene Auto hinübertragen und dort einschließen. Danach werden Sie alle drei im Transporter zum Häuschen zurückfahren. Ich werde gegen fünf Uhr nochmals anrufen und mich überzeugen, dass Sie meine Anweisungen befolgt haben. Anschließend werde ich den letzten Schritt in die Wege leiten. Danach wird keiner von Ihnen je wieder etwas von mir hören."

Um Viertel nach drei starteten sie zu ihrer nächtlichen Fahrt. Lucas saß am Steuer des gestohlenen Wagens und sah zu, wie Angie und Clint die schlafenden Zwillinge hinaustrugen. Wenn sie einen Platten haben mit der alten Klapperkiste; wenn wir in eine Straßenkontrolle geraten; wenn ein Betrunkener einem von uns reinfährt ... Die ganze Palette möglicher Zwischenfälle schoss Lucas durch den Kopf, während er den Motor anließ und im leichten Regen durch Danbury Richtung Westen fuhr.

Wenig später bog er auf den Saw Mill River Parkway ein. In zehn Minuten musste er da sein. Auf der Straße herrschte kaum Verkehr. Lucas stockte der Atem, als er einen Streifenwagen hinter sich bemerkte. Er warf einen Blick auf den Tacho – seine Geschwindigkeit war in Ordnung.

An der nächsten Ausfahrt bog der Streifenwagen ab. Bisher ging's ja gut, dachte Lucas und fuhr sich mit der Zungenspitze über die Lippen. Noch knapp fünf Minuten. Vier. Drei. Zwei.

Das verwahrloste Gebäude des ehemaligen Restaurants tauchte auf der rechten Seite auf. Kein Auto war zu sehen. Mit einer entschlossenen Bewegung schaltete Lucas die Scheinwerfer aus, bog rechts in die Straße, die am Restaurant vorbeiführte, und fuhr auf den Parkplatz dahinter. Dort stellte er den Motor ab und wartete, bis das Geräusch eines sich nähernden Autos die letzte Phase des Unternehmens ankündigte.

„Es dauert lang, bis man eine Million Dollar mit der Hand gezählt hat", betonte Carlson in der Hoffnung, dass sein Argument überzeugte.

„Die Geldübergabe fand kurz nach zehn statt", entgegnete Steve. „Das war vor fünf Stunden." Er blickte nach unten, doch Margaret hielt die Augen geschlossen. Sie lag zusammengerollt auf der Couch, den Kopf in seinem Schoß. Sylvia Harris saß aufrecht im Ohrensessel neben der Couch. Eine gefasste und beruhigende Präsenz, fand Carlson. Genau, was man brauchte.

Obwohl der Agent zuversichtlich klingen wollte, wusste er nur zu genau, wie sehr sich die Wahrscheinlichkeit mit jeder Minute verringerte, dass die Entführer sich noch meldeten. Kater Karlo sagte mir, wir würden nach Mitternacht die Nachricht erhalten, wo wir die Zwillinge finden könnten. Steve hat Recht. Sie haben das Geld schon seit Stunden. Wir müssen uns darauf einstellen, dass die Zwillinge bereits tot sind.

Während die Stunden verronnen waren, hatte sich ein unbestimmtes Gefühl Carlsons bemächtigt. Eine intuitive Ahnung sagte ihm, dass er diesen Lucas Wohl etwas genauer unter die Lupe nehmen sollte. Diesen allgegenwärtigen Mietchauffeur, der genau an der Stelle geparkt hatte, von wo aus er hatte beobachten können, wie die Entführer das Geld zu ihrem Auto gebracht hatten, und der dann eine genaue Beschreibung des Fahrzeugs, mit dem sie angeblich weggefahren waren, geliefert hatte.

Carlson räumte allerdings ein, dass es vielleicht doch genau so abgelaufen war, wie Bailey behauptet hatte: Er habe während der Irrfahrt mit dem Excel-Wagen einen Anruf von Kater Karlo erhalten, der ihm aufgetragen habe, Lucas an diesen Ort zu beordern. Angus Sommers, der den New Yorker FBI-Einsatz geleitet hatte, war mit Bailey zurückgefahren und davon überzeugt, dass dieser und der Fahrer die Wahrheit gesagt hatten. Dennoch beschloss Carlson, Connor Ryan anzurufen, der leitender Special Agent in New Haven und sein unmittelbarer Vorgesetzter war. Ryan saß jetzt zusammen mit den anderen Jungs in seinem Büro und war bereit, sich sofort in Bewegung zu setzen, wenn die Nachricht käme, dass die Zwillinge im nördlichen Teil von Connecticut ausgesetzt worden seien. Er könnte sofort mit der Überprüfung von Lucas Wohl anfangen.

Margaret hob den Kopf und setzte sich langsam auf. Sie strich sich die Haare mit einer so müden Handbewegung aus dem Gesicht, dass Carlson den Eindruck hatte, allein den Arm zu heben kostete sie schon unendliche Mühe. „Hat der Kidnapper nicht gesagt, er würde gegen Mitternacht anrufen?“, fragte sie.

Carlson blieb nichts anderes übrig, als wahrheitsgemäß zu antworten: „Ja, das hat er.“

CLINT wusste, dass sie bereits in der Nähe des La Cantina sein mussten, und fürchtete, es zu verpassen. Mit zusammengekniffenen Augen suchte er die rechte Straßenseite ab. Er hatte den Streifenwagen gesehen und sich sofort zurückfallen lassen, um die Bullen nicht auf den Gedanken zu bringen, dass er hinter Lucas herfahre. Jetzt war von diesem nichts mehr zu sehen.

Angie saß neben Clint und wiegte das kranke Kind im Arm. Seit sie im Transporter Platz genommen hatte, sang sie ununterbrochen das Lied von den beiden kleinen Mädchen in ihren blauen Kleidchen. *„Doch ... das Schicksal ... hat ... uns ... getrennt“*, schmachtete sie jetzt wieder, wobei sie die letzte Zeile übermäßig dehnte.

„Es wäre schön, wenn du mit der verfluchten Singerei aufhören könntest“, raunzte Clint genervt.

„Kathy möchte aber gern, dass ich ihr was vorsinge!“, gab Angie giftig zurück.

Clint warf ihr einen nervösen Seitenblick zu. Irgendetwas war heute Abend komisch an ihr. Sie hatte wieder eine ihrer verrückten Launen. Als sie in das Schlafzimmer gegangen waren, um die Kleinen zu holen, hatte er gesehen, dass einer der beiden eine Socke um den Mund gebunden worden war. Als er sie hatte entfernen wollen, hatte Angie ihn daran gehindert. Und dann hatte sie noch darauf bestanden, dass er dieses Kind im Auto auf den Boden vor die Rückbank legte und eine aufgefaltete Zeitung darüberbreitete. Sein Einwand, dass die Kleine womöglich ersticken könne, hatte Angie in Rage versetzt. „Sie wird nicht ersticken, und außerdem, wenn wir zufällig in eine Verkehrskontrolle geraten, wären wir schön aufgeschmissen, wenn die Bullen auf zwei kleine Mädchen stießen, die sich wie ein Ei dem anderen ähneln!"

Das andere Kind, das Angie in den Armen hielt, war unruhig und wimmerte leise vor sich hin. Nur gut, dass es bald wieder bei seinen Eltern sein würde. Man musste kein Arzt sein, um zu sehen, dass es ernstlich krank war.

Dieses Gebäude muss das Restaurant sein, dachte Clint, als ein dunkles Gebilde in der Ferne auftauchte. Er wechselte auf die rechte Spur und spürte, wie ihm am ganzen Körper der Schweiß ausbrach. Er passierte das Restaurant, bog rechts in die Zufahrtsstraße ein und dann wieder rechts auf den Parkplatz. Er sah, dass Lucas dicht am Gebäude geparkt hatte, und stellte den Transporter direkt hinter dem Pkw ab.

„Sie waren Schwestern ... ", sang Angie jetzt mit lauter Stimme.

Kathy begann zu weinen.

„Hör auf, Angie!", flehte Clint. „Wenn Lucas die Tür aufmacht und mitbekommt, was für einen Lärm du veranstaltest, ist er zu allem fähig."

„Ich habe keine Angst vor ihm. Hier, halt sie mal." Mit einer raschen Bewegung drückte sie Kathy in seine Arme, öffnete die Tür, eilte zur Fahrerseite des gestohlenen Autos und klopfte an das Fenster.

Wie gelähmt sah Clint zu, als Lucas die Scheibe hinuntergleiten ließ und Angie sich vorbeugte. Den Bruchteil einer Sekunde später hallte ein lauter Knall, der nur von einem Schuss herrühren konnte, über das verlassene Gelände.

Angie rannte zum Transporter zurück, öffnete die hintere Tür, hob Kelly hoch und trug sie zu dem gestohlenen Auto, wo sie die Kleine auf die Rückbank legte. Dann stieg sie vorn auf der Beifahrerseite ein. Als sie zurückkehrte, hatte sie beide Handys von Lucas und einen Schlüsselbund bei sich. „Wenn Kater Karlo sich meldet, müssen wir den Anruf entgegennehmen können", erklärte sie in fast fröhlichem Ton.

„Du hast Lucas erschossen!", stammelte Clint benommen. Er hielt immer noch Kathy im Arm, deren Weinen wieder in einen Hustenanfall übergegangen war.

Angie nahm ihm das Mädchen ab. „Er hat einen Abschiedsbrief hinterlassen. Der wurde auf derselben Schreibmaschine getippt wie die Lösegeldforderung. Darin steht, dass er Kathy nicht umbringen wollte. Aber sie hat so viel geweint, dass er ihr die Hand auf den Mund drückte. Als er dann feststellen musste, dass sie tot war, steckte er sie in einen Karton, flog aufs

Meer hinaus und versenkte ihn dort. War das nicht eine geniale Idee von mir? Ich musste es so aussehen lassen, als ob er Selbstmord begangen hätte. Jetzt haben wir die ganze Million für uns allein, und außerdem habe ich mein Kind. Komm, lass uns verschwinden."

Plötzlich von Panik ergriffen, ließ Clint den Motor an und fuhr mit Vollgas davon.

„Fahr langsamer, du Idiot!", herrschte Angie ihn an. „Bring einfach nur deine kleine Familie ganz gemütlich nach Hause."

Als er wieder auf die Schnellstraße einbog, begann Angie von Neuem zu singen, diesmal mit gedämpfter Stimme: *„Sie waren Schwestern ... doch das Schicksal hat sie getrennt."*

IN DER Vorstandsetage von CFG&Y brannte die ganze Nacht über Licht. Einige Vorstandsmitglieder hielten Wache, sie waren begierig darauf, an der triumphalen Rückkehr der Frawley-Zwillinge in den Schoß ihrer Familie teilzunehmen.

Allen war bekannt, dass Kater Karlo versprochen hatte, sich gegen Mitternacht wieder zu melden, wenn der Bargeldanteil an der Lösegeldsumme erfolgreich übergeben worden sei. Doch Mitternacht war vorüber, und während die Stunden verrannen, wich die anfängliche Vorfreude auf die umfangreiche Berichterstattung in den Medien und den damit verbundenen riesigen PR-Erfolg für die Firma zunehmenden Sorgen und Zweifeln.

Um fünf Uhr morgens probte Rob Geisler an seinem Schreibtisch dennoch laut die Ansprache, die er vor den Medien halten wollte. „Manche Leute meinen, wir hätten mit Kriminellen kooperiert, indem wir das Lösegeld gezahlt haben. Aber fragen Sie einen beliebigen FBI-Agenten, jeder wird Ihnen sagen, das oberste Ziel sei immer, die Opfer freizubekommen. Erst danach sei es den Behörden möglich, die Täter unnachgiebig zu verfolgen. Dieser Fall wird nicht als Beispiel dafür dienen, dass es Verbrechern gelungen ist, Lösegeld zu erpressen, sondern dafür, dass sie nicht den Hauch einer Chance haben, es auszugeben."

Das wird Gregg Stanford überhaupt nicht schmecken, dachte er mit einem Anflug von Lächeln.

„ALS ERSTES müssen wir sein Auto loswerden", bemerkte Angie in sachlichem Ton, als sie Danbury erreichten. „Wir holen seinen Anteil aus dem Kofferraum, dann fährst du den Wagen zurück und stellst ihn vor seiner Wohnung ab. Ich werde hinter dir herfahren."

„Damit kommen wir auf keinen Fall durch, Angie. Du kannst dieses Kind doch nicht ewig verstecken."

„Doch, das kann ich."

„Sie werden eine Verbindung zwischen Lucas und uns finden. Wenn sie seine Fingerabdrücke haben, werden sie rausfinden, dass der echte Lucas Wohl schon seit zwanzig Jahren tot ist, dass der richtige Name des Typen, den sie gefunden haben, Jimmy Nelson lautet und dass er gesessen hat. Und dass ich mit ihm in derselben Zelle saß."

„Deshalb ist dein richtiger Name auch nicht Clint Downes. Aber wer außer uns weiß das? Du und Lucas, ihr seid nur zusammen gewesen, wenn ihr gemeinsam ein Ding gedreht habt. Und in unser Haus ist er nur in den letzten Wochen ein paarmal abends gekommen."

„Er war gestern Nachmittag da, um den ganzen Kram abzuholen."

„Mit seinem alten braunen Ford, der so aussieht wie jeder x-beliebige andere alte Ford. Es wäre was anderes, wenn er mit der Limousine gekommen wäre. Wir wissen, dass er dich nie mit dem besonderen Handy angerufen hat, und das habe ich jetzt."

„Trotzdem glaube ich ..."

„Und ich glaube, dass wir jetzt eine ganze Million haben und dass ich das Kind habe, das ich immer wollte, und dass dieses Schwein, das uns wie Dreck behandelt hat, jetzt mausetot in seinem Auto sitzt und uns nicht mehr im Weg ist, also halt die Klappe!"

Um fünf nach fünf, als sie gerade in die Einfahrt zum Häuschen einbogen, klingelte das besondere Handy. Clint starrte auf das Gerät. „Was wirst du ihm sagen?"

„Wir gehen gar nicht ran", antwortete Angie mit einem Grinsen. „Soll er doch denken, dass wir immer noch auf dem Highway sind und uns vielleicht mit den Bullen unterhalten." Sie warf ihm den Schlüsselbund zu. „Das sind seine. Fahren wir seine Karre weg."

Um zwanzig nach fünf stellte Clint den Wagen von Lucas vor dessen Haus ab. Im oberen Stockwerk schimmerte schwach Licht hinter der Jalousie. Lucas hatte für seine Heimkehr eine Lampe brennen lassen.

Clint stieg aus und stolperte hastig zum Transporter. Sein jungenhaftes Gesicht glänzte vor Schweiß, als er sich hinter das Steuer zwängte. Das besondere Handy klingelte ein weiteres Mal. „Er hat bestimmt die Hosen voll vor Angst", gluckste Angie. „Okay, lass uns nach Hause fahren. Mein kleiner Engel wird wieder wach."

Kathy bewegte sich und tastete mit der Hand umher.

„Sie sucht nach ihrer Zwillingsschwester. Ist das nicht süß?“ Angie nahm Kathys Hand, doch das Mädchen zog sie sofort zurück. „Ich will zu meiner Kelly“, klagte sie mit heiserer Stimme. „Ich will nicht zu Mona.“

Clint ließ den Motor an und warf einen besorgten Blick auf Angie. Sie mochte es nicht, wenn sie zurückgewiesen wurde, sie konnte das nicht ertragen. Ihm war klar, dass sie genug von dem Kind hätte, bevor die Woche um war. Was dann? Für sie gab es jetzt kein Zurück mehr. Ihren Hang zum Bösen hatte er in dieser Nacht wieder einmal erlebt. Ich muss weg von hier, dachte er, weg aus dieser Stadt, weg aus Connecticut.

Auf der Straße war alles ruhig. Er bemühte sich, nicht zu zeigen, wie sehr ihn die nackte Angst gepackt hatte, und fuhr mit ausgeschalteten Scheinwerfern, bis sie die Route 7 erreichten. Erst als sie die Diensteinfahrt des Country Club passiert hatten, konnte er wieder tief durchatmen.

Kathy hatte wieder zu schluchzen angefangen. „Kelly ... Kelly ...“

Clint hielt vor der Haustür und beeilte sich, sie zu öffnen. Mit Kathy auf dem Arm ging Angie ins Haus, lief schnurstracks ins Schlafzimmer und legte das kleine Mädchen in das Kinderbett. „Du wirst schon drüber wegkommen, meine Süße.“ Sie drehte sich um und ging zurück ins Wohnzimmer.

Das besondere Handy klingelte wieder. Diesmal nahm Angie es zur Hand. „Hallo, Mr Kater Karlo.“ Sie hörte eine Weile zu. „Wir wissen, dass Lucas sich nicht auf seinem Handy gemeldet hat. Auf dem Parkway war ein Unfall, und es wimmelte dort nur so vor Bullen. Es gibt da so ein Gesetz, dass man beim Fahren nicht mit dem Handy telefonieren darf, wissen Sie. Aber es ist alles glattgelaufen. Lucas hatte so eine Ahnung, dass die vom FBI sich noch mal mit ihm unterhalten wollen, und deswegen wollte er das Ding nicht bei sich haben. Ja. Ja. Alles ist wunderbar glattgelaufen. Sagen Sie den Leuten jetzt, wo sie die beiden Mädchen finden können. Ich hoffe, dass wir nie mehr mit Ihnen zu tun haben werden. Ich wünsche Ihnen alles Gute.“

UM 5.45 UHR am Donnerstagmorgen erhielt die Telefonzentrale der katholischen Gemeinde von St Mary's in Ridgefield einen Anruf. „Ich bin verzweifelt. Ich muss mit einem Priester reden“, sagte eine heisere Stimme.

Rita Schless, die Telefonistin, war sich sicher, dass der Anrufer sich bemühte, seine Stimme zu verstellen. „Sind Sie verletzt oder krank?“, fragte sie schroff.

„Verbinden Sie mich sofort mit einem Priester. Es geht um Leben und Tod.“

„Gut, bleiben Sie dran, Sir“, antwortete Rita. Ich kaufe ihm das nicht ab, dachte sie, aber ich kann es nicht drauf ankommen lassen. Widerstrebend rief sie den 75-jährigen Monsignore Romney an, der ihr aufgetragen hatte, alle Anrufe, die mitten in der Nacht kämen, an ihn weiterzuleiten. „Ich bin sowieso die halbe Nacht wach“, hatte er gesagt. „Versuchen Sie es ruhig zuerst bei mir.“

„Ich glaube nicht, dass dieser Kerl es ernst meint“, teilte Rita ihm jetzt mit. „Ich bin mir sicher, dass er seine Stimme verstellt.“

„Nun, das werden wir bestimmt bald herausfinden“, brummte Romney. Er setzte sich auf und schwang die Beine aus dem Bett. Als er die Hand nach seiner Brille ausstreckte, hörte er das Knacken, welches anzeigte, dass der Anruf durchgestellt wurde. „Monsignore Romney“, meldete er sich. „Was kann ich für Sie tun?“

„Monsignore, ich nehme an, Sie haben von den Zwillingen gehört, die entführt wurden?“

„Ja, natürlich. Die Frawleys sind neue Mitglieder unserer Kirchengemeinde.“ Rita hat Recht, dachte Romney. Dieser Mensch versucht, seine Stimme zu verstellen.

„Kathy und Kelly sind in Sicherheit. Sie befinden sich in einem abgeschlossenen Auto hinter dem ehemaligen Restaurant La Cantina am Saw Mill River Parkway, in der Nähe von Elmsford.“

Romney spürte, wie ihm das Herz pochte. „Ist das vielleicht ein Scherz?“

„Das ist kein Scherz, Monsignore. Ich bin Kater Karlo, und ich habe Sie ausgewählt, um den Frawleys die frohe Botschaft zu überbringen. Am ehemaligen Restaurant La Cantina, in der Nähe von Elmsford. Haben Sie das verstanden?“

„Ja. Ja.“

„Dann schlage ich vor, dass Sie schnellstens die Polizei verständigen. Die Nacht ist ungemütlich.“

ALS ES dämmerte, setzte sich Walter Carlson, der den Anblick von Elend und Verzweiflung in den Gesichtern der Frawleys nicht länger ertragen konnte, an den Esszimmertisch neben dem Telefon. Als es um fünf vor sechs klingelte, griff er zum Hörer und machte sich auf eine schlechte Nachricht gefasst.

Es war Marty Martinson, der von der Polizeistation aus anrief. „Soeben hat Monsignore Romney von St Mary’s einen Anruf von jemandem erhalten, der behauptete, Kater Karlo zu sein. Er sagte, die Zwillinge seien in einem abgeschlossenen Auto hinter einem ehemaligen Restaurant am Saw Mill River Parkway. Die Kollegen von der Staatspolizei werden in fünf Minuten dort sein."

Carlson bemerkte, wie hinter seinem Rücken die Frawleys und Sylvia Harris ins Esszimmer stürmten. Sie hatten das Klingeln des Telefons gehört. Er drehte sich um und blickte in ihre hoffnungsvollen Gesichter. „Warte mal einen Moment, Marty." Er konnte ihnen nichts anbieten außer der Wahrheit. „Es hat einen Anruf im Pfarrhaus gegeben. In ein paar Minuten werden wir wissen, ob es sich nur um einen schlechten Scherz handelt", erklärte er ihnen ruhig.

„War es Kater Karlo?", stieß Margaret atemlos hervor.

„Hat er gesagt, wo sie sind?", fragte Steve.

Carlson antwortete nicht. „Marty", sprach er in den Hörer, „wenn was an der Sache dran ist, müssen unsere Jungs die Spuren am Auto sichern."

„Das ist den Leuten von der Staatspolizei klar", antwortete Martinson. „Sie haben bereits Ihr Büro in Westchester verständigt."

Carlson legte den Hörer auf. „Wenn der Anruf bei Monsignore Romney authentisch war, dann wurden die Zwillinge unversehrt in einem abgesperrten Auto zurückgelassen, nahe dem Saw Mill River Parkway, in der Nähe von Elmsford. Die Staatspolizei ist bereits auf dem Weg dorthin."

„Kater Karlo hat Wort gehalten!" Margaret warf sich Steve in die Arme. „Meine kleinen Engel kommen nach Hause zurück!"

„Es könnte ein übler Scherz sein", mahnte Sylvia.

„Das würde uns Gott nicht antun", erwiderte Margaret mit Nachdruck, während Steve, der kein Wort mehr herausbrachte, das Gesicht in ihren Haaren vergrub.

Als eine Viertelstunde verstrich, ohne dass ein weiterer Anruf kam, war sich Carlson sicher, dass etwas Schlimmes passiert sein musste. Als es dann an der Haustür klingelte, wusste er, dass es nur eine schlechte Nachricht sein konnte.

Steve, Margaret und Sylvia folgten ihm in den Eingangsbereich. Carlson öffnete die Tür. Unter dem Vordach standen Monsignore Romney und Marty Martinson.

Der Priester trat auf Margaret und Steve zu und sagte mit vor Anteilnahme bebender Stimme: „Gott hat Ihnen eines Ihrer beiden kleinen Mädchen zurückgegeben. Kelly ist unversehrt. Aber Kathy ist von uns gegangen."

Die Nachricht, dass einer der beiden Zwillinge tot war, löste landesweit eine Welle von Mitgefühl aus. Den Medien gelang es lediglich, einige wenige Aufnahmen von Kelly zu machen, als ihre verzweifelten Eltern sie aus dem Krankenhaus von Elmsford trugen, wohin man sie zur Untersuchung gebracht hatte. Die Bilder waren jedoch scharf genug, um den krassen Unterschied zu dem eine Woche zuvor veröffentlichten Geburtstagsfoto der Zwillinge deutlich erkennen zu können. Kellys Augen waren weit aufgerissen und blickten ängstlich, und sie schien einen blauen Fleck im Gesicht zu haben. Auf allen Bildern hatte sie einen Arm um den Hals ihrer Mutter geschlungen, während sie den anderen ausstreckte und mit den Fingern eine andere Hand zu suchen schien.

Der Polizist, der als Erster beim La Cantina eingetroffen war, beschrieb die Szene, die sich ihm dort geboten hatte: „Das Auto war abgeschlossen. Ich sah einen Mann, der über dem Lenkrad zusammengesunken war. Nur eines der beiden Mädchen war da. Sie lag zusammengekrümmt auf dem Boden vor der Rückbank. Das Auto war schon ausgekühlt. Sie hatte nur einen Schlafanzug an und zitterte. Sie war so fest geknebelt, dass sie leicht hätte ersticken können. Als ich den Knebel losband, fing sie an zu winseln wie ein verletztes junges Hündchen. Ich zog meine Jacke aus und wickelte sie darin ein, dann brachte ich sie zum Streifenwagen, um sie aufzuwärmen. Gleich darauf trafen weitere Kollegen und die Leute vom FBI ein, die dann den Abschiedsbrief auf dem Beifahrersitz fanden."

Die Frawleys hatten Interviews abgelehnt. Monsignore Romney übernahm es, ihre Erklärung vor der versammelten Presse zu verlesen. „Margaret und Steve empfinden tiefe Dankbarkeit für die vielen Botschaften des Mitgefühls, die sie erreicht haben. Gegenwärtig benötigen sie vor allem Ruhe, um Kelly zu trösten, die ihre Zwillingsschwester sehr vermisst, und um selbst die Trauer über den Verlust von Kathy verarbeiten zu können."

Carlson trat mit einer anderen Botschaft vor die Kameras. „Der Mann, der unter dem Namen Lucas Wohl bekannt war, ist tot, aber sein Komplize oder seine Komplizen sind noch am Leben. Wir werden die Verfolgung nach ihnen aufnehmen, und wir werden sie finden. Sie werden ihrer gerechten Strafe nicht entgehen."

Bei CFG&Y drückte Rob Geisler seine tief empfundene Trauer über den Verlust eines der Zwillinge aus, äußerte aber auch, er sei überzeugt, dass die Bereitschaft seiner Firma, für das Lösegeld aufzukommen, dazu geführt habe, dass das zweite Mädchen wohlbehalten zu seiner Familie habe zurückkehren können.

In einem getrennten Interview setzte sich Vorstandsmitglied Gregg Stanford von seinem Vorsitzenden ab. „Der Beschluss zur Zahlung des Lösegeldes wurde von einer von mir angeführten Minderheit im Vorstand heftig bekämpft. Ich bin fest davon überzeugt, dass man die Entführer vor eine schwierige Entscheidung gestellt hätte, wenn die Lösegeldforderung von vornherein abgelehnt worden wäre. Hätten sie den Kindern etwas angetan, hätten sie noch größere Schuld auf sich geladen. Immerhin haben wir in Connecticut noch die Todesstrafe. Hätten sie allerdings die Zwillinge freigelassen, dann hätten sie, wenn sie erwischt werden, auf mildernde Umstände hoffen dürfen. Zum Schluss möchte ich als Mitglied des Vorstands all jenen, die jetzt vielleicht glauben, dass unsere Firma in Zukunft wieder mit Kriminellen verhandeln wird, in aller Deutlichkeit sagen: Dies wird nie wieder geschehen."

„Mr Kater Karlo, Lucas ist tot. Vielleicht hat er sich umgebracht. Vielleicht auch nicht. Was macht das für einen Unterschied? Eigentlich können Sie froh sein. Er wusste schließlich, wer Sie sind, im Gegensatz zu uns. Falls es Sie interessiert, er hat Ihre Anrufe auf Band aufgenommen. Ich habe die Kassetten im Handschuhfach seines Fords gefunden. Wahrscheinlich wollte er Sie damit erpressen."

„Ist das andere Mädchen tot?"

„Sie ist nicht tot. Sie schläft nur. Wenn Sie es genau wissen wollen, ich habe sie gerade auf dem Arm. Rufen Sie nicht wieder an. Sonst wacht sie noch auf." Angie legte das Handy weg und gab Kathy einen Kuss auf die Wange. „Eigentlich sollte man doch denken, dass er mit seinen sieben Millionen zufrieden sein könnte, findest du nicht?", fragte sie Clint.

Es war elf Uhr. Clint sah fern. Auf allen Kanälen liefen Berichte über das Ende der Frawley-Entführung. Es war bestätigt worden, dass Lucas Wohl am Mittwochnachmittag vom Flughafen Danbury aus zu einem Flug gestartet war und einen schweren Karton bei sich gehabt hatte. „Es ist zu vermuten, dass sich die Leiche der kleinen Kathy in diesem Karton befand", spekulierte der Moderator. „In seinem Abschiedsbrief schrieb Wohl, er habe Kathys Leichnam dem Meer übergeben."

„Was sollen wir mit ihr machen?", fragte Clint. Die Müdigkeit nach der schlaflosen Nacht und der Schock über Angies kaltblütigen Mord zeigten allmählich Wirkung. Sein schwerer Körper war im Sessel zusammengesackt. Die eingesunkenen Augen in seinem feisten Gesicht waren nur noch zwei rot geränderte Schlitze.

„Wir nehmen sie mit nach Florida, und dann kaufen wir ein Boot und segeln durch die Karibik, genau das werden wir machen. Doch im Augenblick hat sie wieder Probleme mit dem Atmen."

„Angie, sie ist krank. Sie braucht Medikamente, sie muss zu einem Arzt. Wenn sie uns wegstirbt, und wir werden geschnappt ..."

„Sie stirbt schon nicht, und hör endlich auf, dir darüber Gedanken zu machen, dass man uns mit Lucas in Verbindung bringen könnte. Wir haben alles richtig gemacht. Und jetzt bringst du Kathy ins Bad und drehst in der Dusche das heiße Wasser auf, bis alles voller Dampf ist."

Clint hütete sich, weiter mit ihr zu streiten. Das Gesicht dieses kleinen Mädchens ist in allen Zeitungen des Landes auf der ersten Seite abgebildet, dachte er. Sie hat mit mir oder Angie genauso wenig Ähnlichkeit wie ich mit Elvis Presley. Sobald wir uns mit ihr irgendwo in der Öffentlichkeit zeigen, wird unweigerlich jemand auf uns aufmerksam werden. Inzwischen müssten die Bullen rausgefunden haben, dass Lucas in Wirklichkeit Jimmy Nelson hieß und eine Weile in Attica gesessen hat. Als Nächstes werden sie auf seinen Kumpel Ralphie Hudson stoßen, und den werden sie früher oder später bis zu diesem Haus verfolgen, und danach wird mich niemand mehr mit Clint anreden.

Ich muss verrückt gewesen sein, als ich Angie wieder bei mir aufgenommen habe, nachdem sie aus der Klapsmühle entlassen worden war, hielt er sich vor, während er Kathy ins Bad trug und das heiße Wasser in der Dusche aufdrehte. Sie hat die Mutter eines Babys, das sie hütete, fast umgebracht, als diese ihr Kind abholte und in den Arm nehmen wollte. Ich hätte verhindern sollen, dass sie wieder mit Kindern zu tun hat.

Er klappte den Deckel der Toilette zu und setzte sich darauf. Mit ungeschickten Fingern öffnete er den obersten Knopf des Polohemds, das Kathy immer noch trug. Dann drehte er sie so herum, dass sie den Dampf einatmete, mit dem sich das kleine Badezimmer rasch füllte. Die Kleine begann, irgendetwas zu brabbeln. Er verstand kein Wort. War das jetzt diese Zwillingssprache, von der Angie gesprochen hatte? „Außer mir kann dich niemand hören, Kindchen", sagte er. „Also – wenn du was zu sagen hast, dann sag es laut und deutlich."

SYLVIA HARRIS wusste, dass Margaret und Steve ihre entsetzliche Trauer um Kathy bis zu einem gewissen Grad erst einmal verdrängt hatten. Im Augenblick richteten sie ihre gesamte Aufmerksamkeit auf Kelly. Sie hatte kein einziges Wort gesagt, seit sie im Krankenhaus ihre Eltern wiedergesehen hatte. Die körperliche Untersuchung hatte keinerlei Anzeichen für einen sexuellen Missbrauch ergeben, doch der feste Knebel hatte an den Mundwinkeln Blutergüsse hinterlassen. Die blauen Flecken an Armen und Beinen deuteten darauf hin, dass sie brutal gezwickt worden war.

Als sie ihre Eltern in das Krankenhauszimmer hatte kommen sehen, hatte Kelly sie angestarrt und sich dann abgewendet. „Im Moment ist sie zornig auf Sie", hatte Sylvia so einfühlsam wie möglich erklärt. „Aber schon morgen wird sie Sie nicht mehr aus den Augen lassen."

Gegen elf Uhr kamen sie zu Hause an. Sie eilten an den Fotografen vorbei, die von allen Seiten zusammenliefen, um Aufnahmen von Kelly zu erhaschen. Margaret brachte ihre Tochter nach oben in das Zimmer der Zwillinge und zog ihr einen Schlafanzug an. Etwas besorgt, weil Kelly überhaupt keine Reaktionen zeigte, gab Sylvia ihr ein mildes Beruhigungsmittel. „Sie braucht Schlaf", flüsterte sie Steve und Margaret zu.

Steve brachte die Kleine zu Bett, legte ihr ihren Teddybären auf die Brust und den anderen auf das leere Kissen daneben. Kelly schlug die Augen auf. Mit einer spontanen Bewegung streckte sie die Hand aus, ergriff Kathys Teddybären, drückte beide Stofftiere an sich und wiegte stumm den Körper hin und her. Jetzt erst fingen Steve und Margaret, die zu beiden Seiten auf dem Bettrand saßen, zu weinen an, ein lautloses Weinen, das Sylvia zu Herzen ging.

Leise stieg sie die Treppe hinunter, wo sie auf Carlson traf, der sich gerade anschickte zu gehen. Er sah furchtbar müde und abgespannt aus, und sie sagte: „Ich hoffe, dass Sie sich jetzt etwas ausruhen können."

„Ja. Ich gehe nach Hause und werde erst einmal acht Stunden schlafen. Sonst bin ich zu nichts mehr zu gebrauchen."

„Darf ich mir eine Bemerkung erlauben?"

„Natürlich."

„Bei meiner ehrenamtlichen Arbeit sehe ich öfter misshandelte Kinder. Ein Kind zu kneifen ist eher typisch für eine Frau, nicht für einen Mann."

„Dieser Meinung bin ich auch. Es wäre denkbar, dass eine Frau beteiligt war und auf die Zwillinge aufgepasst hat, während die beiden Männer das Lösegeld holten."

„Dieser Kater Karlo, war das Lucas Wohl?"

„Ich habe da meine Zweifel." Carlson fügte nicht hinzu, dass der Autopsiebericht die Selbstmordthese infrage stellte, nicht zuletzt wegen des Einschusswinkels der Kugel, die Wohl tödlich getroffen hatte. „Dr. Harris, wie lange werden Sie noch hierbleiben?"

„Kellys Gemütszustand wird noch ein paar Tage sehr labil sein. Ich glaube, dass ich ihr durch meine Anwesenheit helfen kann, ebenso wie Steve und Margaret."

„Was ist mit den nahen Verwandten der Frawleys?"

„Margarets Mutter und ihre Tante sollen nächste Woche kommen. Margaret hat sie gebeten, noch etwas damit zu warten. Ihre Mutter weint so viel, dass sie kaum in der Lage ist zu sprechen. Steves Mutter ist nicht reisefähig, und sein Vater kann sie nicht allein lassen."

Carlson nickte. „Dr. Harris, soweit ich es beurteilen kann, ist Kelly eine ziemlich aufgeweckte Dreijährige. Würden Sie, sobald sie wieder anfängt zu reden, alles aufschreiben, was möglicherweise mit ihren Erlebnissen während der Entführung zu tun hat?"

„Selbstverständlich."

Sie wandten sich beide um, als sie eilige Schritte auf der Treppe hörten. Es war Steve. „Kelly hat angefangen, im Schlaf zu reden", teilte er ihnen mit. „Sie hat zwei Namen genannt, ‚Mona' und ‚Harry'. Glauben Sie, dass sie die Entführer meinte?"

„Ja. Ist das alles, was Kelly gesagt hat?"

Steve stiegen Tränen in die Augen. „Sie ging dann zur Zwillingssprache über. Sie versucht, mit Kathy zu reden."

„NIEMAND würde auf die Idee kommen, dass es dasselbe Kind ist. Sie sieht aus wie ein kleiner Junge", verkündete Angie fröhlich, als sie das Ergebnis ihrer Bemühungen um Kathys Aussehen betrachtete. Die ehemals dunkelblonden Haare des Mädchens waren jetzt dunkelbraun, ähnlich wie die Haare von Angie selbst. Und sie waren nicht mehr schulterlang, sondern bedeckten gerade noch ihre Ohren. „Wir werden sie Stephen nennen. Nach ihrem Vater, verstehst du? Gefällt dir dein neuer Name, Stevie? Na?"

„Hör auf damit!", fuhr Clint sie an. „Wir sollten besser unsere Sachen packen und von hier verschwinden."

„Nein. Das wäre das Blödeste, was wir tun könnten. Du musst einen Brief an den Manager des Klubs schreiben und ihm darin mitteilen, dass du einen Job in Florida angeboten gekriegt hast und dich melden würdest."

„Angie, ich weiß, wie die beim FBI arbeiten. In diesem Augenblick suchen sie nach allen Leuten, mit denen Lucas je Kontakt hatte. Vielleicht steht unsere Nummer ja in seinem Adressbuch."

„Komm mir bloß nicht damit! Ihr habt nie anders miteinander telefoniert als mit euren Prepaid-Handys."

„Wenn einer von uns auch nur einen einzigen Fingerabdruck in diesem Wagen hinterlassen hat, werden die Bullen in ihren Datenbanken darauf stoßen."

„Du hast Handschuhe getragen, als du den Wagen geklaut hast, und als du Lucas' Wagen zu seiner Wohnung zurückgefahren hast, auch. Außerdem bist du jetzt seit über fünfzehn Jahren als Clint Downes bekannt. Also hör auf damit, hör auf, hör auf!"

Kathy war beinahe eingeschlafen. Als Angie die Stimme erhob, glitt sie von ihrem Schoß herunter, stellte sich vor Angie und Clint und schaute zu ihnen empor.

Plötzlich änderte sich Angies Stimmung, und sie sagte: „Ich bin sicher, dass Stevie mir immer ähnlicher sehen wird, Clint. Du hast das wohl mit dem Dampf sehr gut gemacht. Sie scheint jetzt besser Luft zu bekommen."

„Angie, sie braucht richtige Medikamente."

„Darum werde ich mich schon kümmern, mach dir keine Gedanken." Sie erzählte Clint nicht, dass sie im Badezimmerschrank gewühlt und ein paar Penizillinkapseln und Hustensaft gefunden hatte. Ich werde eine Kapsel aufbrechen und in Wasser auflösen, beschloss sie. Penizillin hilft so ziemlich gegen alles.

„Warum musstest du unbedingt Gus zusagen, dass ich ihn heute Abend treffe? Ich bin hundemüde. Ich habe keine Lust auszugehen."

„Du musst dich mit ihm treffen. Auf diese Weise wirst du ihn los. Du kannst ihm sogar erzählen, dass du einen neuen Job annehmen wirst. Du musst nur aufpassen, dass du nicht nach ein paar Bier anfängst, ihm von deinem alten Freund Lucas vorzuheulen."

Kathy drehte sich um und lief ins Schlafzimmer. Angie stand auf, um ihr nachzugehen. Sie sah zu, wie Kathy die Decke aus dem Kinderbett zog, sich darin einwickelte und auf den Boden legte.

„Hör mal zu, Süße, wenn du müde bist, gibt es ein Bett, in dem du schlafen kannst." Angie nahm das Mädchen auf den Arm. „Hat Stevie seine Mommy lieb, hmmm?"

Kathy schloss die Augen und wandte den Kopf ab. Angie schüttelte sie. „Ich habe es langsam satt, von dir so behandelt zu werden! Und fang ja nicht wieder mit deiner Geheimsprache an!"

Das durchdringende Geräusch der Türklingel ließ Angie erstarren. Vielleicht hatte Clint doch Recht. Vielleicht sind ihm die Bullen über Lucas doch schon auf die Spur gekommen, dachte sie, vor Angst wie gelähmt. Sie hörte, wie Clint langsam zur Haustür schlurfte und öffnete.

„Hallo, alter Junge. Hab gedacht, ich hol dich ab und erspar dir das Fahren. Du kannst Angie sagen, nach zwei Bier ist heute Abend Schluss bei mir. Ehrenwort." Es war die dröhnende Stimme von Gus.

Er hat den Verdacht, dass irgendwas faul ist, argwöhnte Angie wütend. Bestimmt hat er doch beide Mädchen weinen gehört und ist neugierig geworden. Kurz entschlossen wickelte sie die Decke fest um Kathy, sodass nur noch ihr Hinterkopf mit den kurz geschnittenen braunen Haaren zu sehen war, und trat ins Wohnzimmer. „Hallo Gus."

„Oh, Angie. Ist das das Kind, auf das du aufpassen musst?"

„Ja. Das ist Stevie, den du gestern Abend hast weinen hören. Seine Leute sind bei einem Familienbegräbnis in Wisconsin. Der Kleine ist süß, aber ich könnte ein bisschen Schlaf ganz gut gebrauchen." Unter der Decke hielt sie Kathy so fest, dass diese den Kopf nicht drehen konnte.

„Bis später, Angie." Clint drängte Gus zur Haustür.

Angie sah, dass Gus' Kleinlaster vor dem Haus stand. Das bedeutete, dass er durch die Diensteinfahrt gekommen war und den Code kannte. Und das bedeutete wiederum, dass er jederzeit, wenn ihm danach war, hier vorbeischauen konnte. „Bis später, amüsiert euch gut", sagte Angie, bevor die Haustür hinter den Männern ins Schloss fiel.

Sie blickte dem Wagen durch das Fenster nach, bis er hinter einer Kurve verschwand. Dann strich sie Kathy über den Kopf. „Mein kleiner Liebling, ich glaube, wir beide werden uns jetzt sofort mit dem Geld auf die Socken machen. Daddy Clint hat ausnahmsweise mal Recht gehabt. In diesem Haus sind wir nicht mehr sicher."

7

Norman Bond war nicht sonderlich überrascht, als am Freitagmorgen zwei FBI-Agenten in seinem Büro auftauchten. Natürlich hatte man ihnen erzählt, dass drei gut qualifizierte Mitarbeiter von CFG&Y übergangen worden waren, damit er Steve Frawley hatte einstellen können. Sie hatten wohl auch herausbekommen, dass nur jemand mit außerordentlichen finanztechnischen Kenntnissen wissen konnte, dass bestimmte Banken in Übersee bereit waren, gegen Provision illegal erworbene Gelder anzunehmen und sofort weiterzuleiten.

Einen der beiden Agenten, Angus Sommers, hatte Bond bereits am Mittwoch kennen gelernt. Nummer zwei war eine schlanke, etwa dreißigjährige

Frau, die Sommers ihm als Ruthanne Scaturro vorstellte. Er wusste, dass noch mehr Agenten im Gebäude herumliefen und Fragen stellten.

Bond, der einen dunklen Anzug mit tadellosem weißem Hemd und blauer Krawatte trug, begrüßte die Besucher mit einem kurzen Kopfnicken. Als Zeichen der Höflichkeit deutete er ein kurzes Aufstehen an, setzte sich jedoch rasch wieder und blickte sie mit gelassener Miene an.

„Mr Bond", begann Sommers, „das war eine ziemlich starke Erklärung, die ihr Finanzchef Gregg Stanford gestern vor den Medien abgegeben hat. Teilen Sie seine Meinung?"

„Ich stimme nie mit Gregg Stanfords Meinung überein. Oder lassen Sie es mich anders formulieren: Er ist Chef der Finanzabteilung, weil die Familie seiner Gattin zehn Prozent des Aktienkapitals besitzt. Er weiß, dass wir ihn alle als Leichtgewicht einschätzen. Er hat die lächerliche Vorstellung, dass er, wenn er nur die entgegengesetzte Haltung zu unserem Vorsitzenden Robinson Geisler einnimmt, eine Gefolgschaft an sich ziehen wird. Er strebt die Position des Vorsitzenden an. Und hat die Gelegenheit ergriffen, sich nach der Tragödie als derjenige aufzuspielen, der alles besser gewusst hat."

„Streben Sie auch die Position des Vorsitzenden an, Mr Bond?", erkundigte sich Ruthanne Scaturro.

„Ich hoffe, zu gegebener Zeit dafür in Betracht zu kommen."

„Warum haben Sie Steve Frawley angeheuert?", wollte Sommers wissen.

„Mir scheint, wir haben über diese Frage bereits vor zwei Tagen gesprochen." Bewusst ließ Bond eine Spur Verärgerung in seiner Stimme anklingen.

„Dann wollen wir noch einmal darüber reden. Es gibt drei recht verbitterte Personen in Ihrem Unternehmen, die der Ansicht sind, dass Sie weder das Recht hatten, noch die Notwendigkeit dazu bestand, jemanden von außerhalb zu holen."

„Lassen Sie mich Ihnen etwas über Unternehmenspolitik erklären, Mr Sommers. Diese drei Männer wollen alle *meinen* Job. Ich bin ein ziemlich guter Menschenkenner, und Steve Frawley ist ein kluger Kopf, ein sehr kluger sogar. Mit einem Abschluss in Betriebswirtschaft *und* Jura wird er noch weit kommen. Wir haben ein ausführliches Gespräch über dieses Unternehmen geführt, und was er sagte, gefiel mir gut."

Bond lehnte sich zurück und presste die Handflächen gegeneinander. „Und jetzt müssen Sie mich bitte entschuldigen. Ich werde oben zu einer Besprechung erwartet."

„Nur ein paar Fragen noch“, erwiderte Sommers. „Vorgestern sagten Sie uns nicht, dass Sie früher mal in Ridgefield, Connecticut, gewohnt haben.“

„Ich habe an vielen Orten gewohnt. In Ridgefield lebte ich vor mehr als zwanzig Jahren, als ich verheiratet war.“

„Hat Ihre Frau nicht Zwillinge zur Welt gebracht, zwei Jungen, die bei der Geburt starben?“

„Ja, das stimmt.“ Bonds Blick wurde ausdruckslos.

„Sie liebten Ihre Frau sehr, aber sie hat Sie kurz danach verlassen, nicht wahr?“

„Sie zog nach Kalifornien. Sie wollte ganz von vorn anfangen. Trauer trennt die einen, wie sie die anderen zusammenschweißt.“

„Als sie weg war, hatten Sie so etwas wie einen Zusammenbruch, richtig?“

„Trauer kann auch zu Depressionen führen, Mr Sommers. Mir war klar, dass ich Hilfe benötigte, deshalb ging ich in eine Klinik. Heute sind Trauergruppen gang und gäbe. Vor zwanzig Jahren noch nicht.“

„Hatten Sie weiter Kontakt zu Ihrer ehemaligen Gattin?“

„Sie hat ziemlich bald wieder geheiratet. Für uns beide war es besser, dieses Kapitel in unserem Leben abzuschließen.“

„Doch unglücklicherweise ist das Kapitel immer noch nicht abgeschlossen, oder? Einige Jahre nachdem sie zum zweiten Mal geheiratet hatte, verschwand Ihre frühere Frau spurlos. Hat man Ihnen deswegen Fragen gestellt?“

„Ich wurde gefragt, ob ich wüsste, wohin sie gegangen sein könnte. Natürlich wusste ich das nicht. Ich habe mich aber an der Belohnung beteiligt, die für Informationen zu ihrem Auffinden ausgesetzt wurde.“

„Diese Belohnung musste bisher nicht ausbezahlt werden?“

„Nein.“

„Als Sie Steve Frawley kennen lernten, haben Sie da nicht etwas von sich selbst in ihm gesehen: einen jungen, intelligenten und ehrgeizigen Mann mit einer attraktiven, intelligenten Frau und wunderschönen Kindern?“

„Mr Sommers, Ihre Art der Befragung wird immer absurder. Wollen Sie wirklich andeuten, dass ich mit dem Verschwinden meiner verstorbenen Gattin ebenso wie mit der Entführung der Frawley-Zwillinge etwas zu tun haben könnte? Wie können Sie es wagen, mich so zu beleidigen! Verlassen Sie mein Büro!“

„Ihrer *verstorbenen* Gattin, Mr Bond? Woher wissen Sie, dass sie tot ist?“

„ICH WAR schon immer ein vorausschauender Mensch, mein Schätzchen“, sagte Angie mehr zu sich selbst als zu Kathy, die in dem Motelzimmer auf dem Bett lag, unter dem Kopf zwei Kissen und warm zugedeckt. „Ich denke immer voraus. Das ist der Unterschied zwischen mir und Clint.“

Es war Freitagmorgen, zehn Uhr, und Angie war rundum mit sich zufrieden. Eine Stunde nachdem Clint und Gus zur Kneipe gefahren waren, war sie mit Kathy im Transporter aufgebrochen. Sie hatte das Lösegeld in Koffer umgefüllt und hastig ein paar Kleider zusammen mit den beiden Prepaid-Handys, die Kater Karlo Lucas und Clint geschickt hatte, in eine Tasche geworfen. Sie hatte auch daran gedacht, Lucas' Tonbandkassetten mitzunehmen und außerdem einen Führerschein, den sie im vergangenen Jahr einer Frau gestohlen hatte, deren Kind sie gehütet hatte. Zuletzt hatte sie noch eine Nachricht für Clint auf einen Zettel gekritzelt: *Mach dir keine Sorgen. Ich rufe dich morgen früh an.*

In dreieinhalb Stunden war sie direkt nach Cape Cod zum „Hyannis Motel“ gefahren, wo sie vor Jahren schon einmal übernachtet hatte, als sie mit einem Typen auf ein Wochenende hergekommen war. Das Cape hatte ihr so gut gefallen, dass sie einen Sommerjob im Jachthafen von Harwich angenommen hatte.

„Ich hatte immer einen Fluchtplan im Kopf für den Fall, dass sie Clint erwischen würden, wenn er mit Lucas ein Ding drehte“, erzählte sie Kathy mit einem Kichern. Doch als sie sah, dass die Kleine wieder einschlummerte, verzog sie das Gesicht, lief zum Bett und klopfte ihr auf die Schulter. „Hör mir zu, wenn ich mit dir rede. Da kannst du noch was lernen.“

Kathy hielt die Augen geschlossen.

„Vielleicht habe ich dir zu viel von dem Hustensaft gegeben“, überlegte Angie. „Clint wurde schläfrig davon, als er ihn letztes Jahr genommen hat. Gut möglich, dass dich dieses Zeug richtig umhaut.“

Sie ging zur Theke, wo noch ein bisschen von dem Kaffee in der Kanne übrig war, den sie sich in der Früh gekocht hatte. Ich habe Hunger, dachte sie. Ich könnte ein anständiges Frühstück brauchen, aber ich kann das Kind nicht halb schlafend und ohne Jacke mit mir herumschleppen. Vielleicht sollte ich sie einfach im Zimmer einsperren und mir was zu essen besorgen. Dann könnte ich noch ein paar Sachen zum Anziehen für sie einkaufen. Ich werde die Koffer unter das Bett schieben und das BITTE NICHT STÖREN-Schild an die Tür hängen. Vielleicht sollte ich ihr außerdem noch ein bisschen von dem Hustensaft geben – dann wird sie *richtig* schlafen.

Angie merkte, dass ihre gute Laune ziemlich verflogen war. Nachdem die Kleine noch vor der Dämmerung zu husten und zu weinen begonnen hatte, hatte sie selbst nur noch dösen können und fühlte sich jetzt nicht sonderlich fit. Wenigstens war ich schlau genug, diesen Führerschein mitzunehmen und mich hier unter dem Namen „Linda Hagen“ anzumelden, dachte sie. Letztes Jahr habe ich mal eine Zeit lang ihr Kind gehütet und den Führerschein zwischen den beiden Vordersitzen im Auto entdeckt. Ein echter Fund. Wir haben beide ein schmales Gesicht und dunkelbraune Haare. Wenn ich in eine Verkehrskontrolle gerate, werde ich schnell eine Sonnenbrille aufsetzen. Man muss sich das Foto schon sehr genau ansehen, um zu merken, dass es nicht von mir ist. Solange die Bullen Clint noch nicht aufgespürt haben und nach dem Transporter fahnden, bin ich jedenfalls erst mal für eine Weile sicher.

Und wenn ich sicher bin, dass sie Clint nicht auf den Fersen sind, werde ich ihm vielleicht verraten, wo ich bin, damit er hierherkommen kann. Vielleicht lasse ich es aber auch sein. Doch ich habe ihm versprochen, heute Morgen anzurufen, also werde ich das auch tun.

Sie nahm eines der Prepaid-Handys und gab Clints Nummer ein. Er war nach dem ersten Klingeln dran. „Wo steckst du?“, fragte er aufgebracht.

„Hör zu, es war besser, dass ich schnell verschwunden bin. Ich habe das Geld bei mir, mach dir keine Sorgen. Denn was, wenn das FBI dich doch finden würde und das Kind und das Geld? Jetzt hör mir zu: Lass das Kinderbett verschwinden! Hast du Gus gesagt, dass du beim Klub kündigen willst?“

„Ja, ja. Ich habe ihm erzählt, man hätte mir einen Job in Orlando angeboten.“

„Gut. Dann reich heute deine Kündigung ein. Wenn dieser Schnüffler Gus wieder auftaucht, kannst du ihm erzählen, dass die Mutter des Jungen, auf den ich gerade aufpasse, mich gebeten hat, ihren Sohn nach Wisconsin zu bringen. Sag ihm, wir würden uns in Florida treffen.“

„Angie, treib ja kein falsches Spiel mit mir!“

„Das tue ich auch nicht. Ich habe Gus erzählt, du wärst in Yonkers, um nach einem neuen Auto zu schauen. Sag ihm, du hättest den Transporter verkauft, und dann miete dir erst mal einen Wagen.“

„Du hast mir nicht einen Schein von dem Geld dagelassen!“, klagte er verbittert.

„Bezahl doch einfach alles mit der Kreditkarte. In zwei Wochen oder so werden wir sowieso von der Bildfläche verschwunden sein. Ich muss jetzt los, ich habe Hunger. Mach’s gut.“

Sie klappte das Handy zu und blickte auf Kathy hinunter. Schläft sie, oder tut sie nur so?, überlegte Angie. Sie wird langsam genauso unverschämt wie die andere. Ich mache alles für sie, aber sie ignoriert mich einfach.

Der Hustensaft stand neben dem Bett. Angie goss etwas von dem klebrigen Sirup auf einen Löffel. Dann drückte sie Kathys Lippen auseinander und ließ die Flüssigkeit in ihren Mund laufen. „Jetzt schluck's runter!“, befahl sie.

In einer schläfrigen, reflexartigen Reaktion schluckte Kathy den größten Teil des Sirups hinunter. Ein paar Tropfen gerieten aber in ihre Luftröhre, und sie fing an zu husten und zu weinen. Angie stieß sie in das Kissen zurück. „Ach nee, fang bloß nicht wieder damit an!“, zischte sie mit zusammengebissenen Zähnen.

Kathy schloss die Augen, wandte sich ab und zog sich die Decke über das Gesicht. Sie versuchte, nicht zu weinen. In Gedanken sah sie Kelly zwischen Mommy und Daddy in der Kirche sitzen. Sie bewegte lautlos die Lippen, während sie spürte, wie Angie sie an das Bett fesselte.

IN DER ersten Reihe von St Mary's hielten sich Margaret und Steve Kelly an den Händen, während sie sich zur Totenmesse hinknieten. Neben ihnen wischte sich Sylvia ein paar Tränen aus den Augenwinkeln, als Monsignore Romney das Eröffnungsgebet sprach.

Da zog Kelly an Margarets Hand. „Mommy.“ Zum ersten Mal, seit sie wieder bei ihnen war, ertönte ihre Stimme laut und deutlich. „Kathy hat so Angst vor der Frau. Sie weint. Du sollst sie auch nach Hause holen. Jetzt sofort!“

SPECIAL AGENT CHRIS SMITH, Chef des FBI-Büros in North Carolina, hatte bei den Eltern von Steve Frawley in Winston-Salem angerufen und um ein kurzes Gespräch gebeten.

Frawleys Vater Tom, ein pensionierter und hoch dekorierter Hauptmann der Feuerwehr von New York, war nicht sehr erbaut darüber. „Eine unserer Enkelinnen ist tot. Und meine Frau hatte vor drei Wochen eine Knieoperation, sie leidet immer noch unter schrecklichen Schmerzen. Weshalb wollen Sie uns sprechen?“

„Wir müssen mit Ihnen über Mrs Frawleys älteren Sohn, Ihren Stiefsohn Richie Mason, reden“, antwortete Smith.

„Ach, mein Gott, das hätte ich mir denken können! Kommen Sie gegen elf Uhr vorbei.“

Smith nahm Carla Rogers mit, eine junge Agentin, die erst vor Kurzem seiner Abteilung zugewiesen worden war.

Um elf öffnete Tom Frawley die Haustür und bat die Agenten einzutreten. Das Erste, dessen Smith ansichtig wurde, war eine Collage von Fotos der Zwillinge an der dem Eingang gegenüberliegenden Wand. So hübsche Kinder, dachte er. Was für ein Jammer, dass wir nicht beide heil zurückbringen konnten.

Frawley führte sie in das gemütliche Wohnzimmer. Grace Frawley saß in einem Ledersessel, die Füße auf eine Polsterbank hochgelegt.

Smith trat auf sie zu. „Mrs Frawley, es tut mir furchtbar leid, Sie zu stören. Wir werden Sie nicht lang behelligen. Unser Büro in Connecticut hat uns gebeten, Ihnen und Ihrem Mann ein paar Fragen über Ihren Sohn Richard Mason zu stellen."

„Bitte, setzen Sie sich." Tom Frawley deutete auf die Couch und zog für sich selbst einen Stuhl neben seine Frau heran. „In was für Schwierigkeiten steckt Richie denn jetzt wieder?"

„Ich habe nicht gesagt, dass Richie in Schwierigkeiten steckt. Davon weiß ich nichts. Wir wollten mit ihm sprechen, aber er ist am Mittwochabend nicht an seinem Arbeitsplatz auf dem Flughafen Newark aufgetaucht, und nach Aussage seiner Nachbarn ist er seit letzter Woche nicht mehr in der Nähe seiner Wohnung gesehen worden."

„Uns hat er gesagt, er müsse wieder zurück an die Arbeit", erklärte Grace Frawley nervös. „Richie war letztes Wochenende zu Besuch da. Ist ihm vielleicht etwas zugestoßen? Hatte er vielleicht auf dem Rückweg einen Unfall?"

„Grace, bleib realistisch", mahnte ihr Mann sie sanft. „Richie hasst diesen Job. Er hat immer gesagt, er sei viel zu intelligent, um Gepäck herumzufahren. Es würde mich nicht überraschen, wenn er plötzlich so eine Eingebung hatte und nach Las Vegas oder an einen ähnlichen Ort gefahren ist. So was hat er früher schon getan. Es geht ihm bestimmt gut, meine Liebe. Mach dir keine Gedanken, du hast weiß Gott genug andere Sorgen."

Smith hörte den unterdrückten Ärger aus Frawleys Worten heraus. Dem Bericht über Richie Mason nach zu urteilen, hatte dieser seiner Mutter in seinem bisherigen Leben nichts als Kummer bereitet. Schulabbruch, Einträge im Jugendstrafregister, fünf Jahre Gefängnis für einen Betrug, der ein Dutzend Investoren ein Vermögen gekostet hatte.

Grace Frawley hatte das abgespannte, erschöpfte Aussehen eines Menschen, der eine Menge körperlicher und seelischer Schmerzen zu erleiden hatte. Sie musste um die sechzig sein, schätzte Smith, eine attraktive Frau mit grauen Haaren und einem zierlichen Körperbau. Ihr Mann war groß und breitschultrig, vielleicht ein paar Jahre älter als sie.

„Mrs Frawley, Ihre Operation war vor drei Wochen. Warum hat Richie Sie erst jetzt besucht?"

„Ich war bis letzten Donnerstag in einer Rehaklinik."

„Wann ist Richie hier eingetroffen und wann wieder abgefahren?"

„Er kam ungefähr um drei Uhr früh am Samstag an. Bis um drei Uhr nachmittags hatte er am Flughafen zu tun, und wir erwarteten ihn gegen Mitternacht", antwortete Tom Frawley für seine Frau. „Doch dann rief er an, um Bescheid zu geben, dass sehr viel Verkehr auf der Straße sei. Wir sollten schon ins Bett gehen, aber die Tür nicht abschließen. Ich habe einen leichten Schlaf, daher hörte ich, wie er kam. Am Dienstagmorgen gegen zehn reiste er ab, gleich nachdem wir Steve und Margaret im Fernsehen gesehen hatten."

„Hat er viel telefoniert?", fragte Smith.

„Nicht mit unserem Apparat. Aber er hatte natürlich sein Handy dabei. Das benutzte er auch, aber wie oft, kann ich nicht sagen."

„Besucht Richie Sie regelmäßig, Mrs Frawley?", fragte Carla Rogers.

„Er kam kurz vorbei, um uns zu sehen, als wir Steve und Margaret gleich nach ihrem Umzug in Ridgefield besuchten. Davor hatten wir ihn fast ein Jahr nicht gesehen." Grace Frawley klang müde und traurig. „Ich rufe ihn regelmäßig an. Er geht fast nie ran, aber ich hinterlasse ihm eine Nachricht und sage, dass wir an ihn denken und ihn lieb haben. Im Grunde ist er ein guter Junge. Als Richies Vater starb, war er erst zwei Jahre alt. Ich habe Tom drei Jahre danach geheiratet, und kein Mensch hätte ein besserer Vater für Richie sein können. Aber als Jugendlicher geriet er in die falschen Kreise und fand nie wieder auf den richtigen Weg zurück."

„Wie ist sein Verhältnis zu Steve?"

„Nicht sehr gut", räumte Tom Frawley ein. „Er war immer neidisch auf Steve. Richie hätte studieren können. Er hatte bereits an der State University New York begonnen. Er ist intelligent, sehr intelligent sogar, aber er brach das Studium im ersten Jahr ab und brannte nach Las Vegas durch. Auf diese Weise geriet er in eine Clique von Spielern und Betrügern. Wie Ihnen sicherlich bekannt ist, saß er eine Zeit lang im Gefängnis, wegen einer Betrugsgeschichte, in die er verwickelt war."

„Ihr Stiefsohn muss in Finanzdingen sehr beschlagen sein, wenn es ihm möglich war, so viele Menschen zu Investitionen in einer Schwindelfirma zu überreden. Und wie Sie gerade selbst sagten, ist er extrem eifersüchtig auf Ihren Sohn Steve."

Grace Frawley blickte Smith voller Zorn an. „Ich weiß, dass Sie und Ihre Kollegen versuchen, diejenigen zu finden, die meine Enkelinnen entführt haben und verantwortlich für Kathys Tod sind, aber jetzt hören Sie mir genau zu: Es ist mir herzlich egal, ob Richie sich bei seiner Arbeit hat blicken lassen oder nicht. Wenn ich Sie richtig verstanden habe, wollen Sie darauf hinaus, dass er irgendetwas mit der Entführung zu tun haben könnte. Das ist absolut lächerlich! Meine Enkelin ist tot. Das schmerzt mich so sehr, dass ich es fast nicht ertragen kann. Mein Sohn und meine Schwiegertochter sind völlig am Boden zerstört. Mein anderer Sohn mag schwach und leichtsinnig sein, aber niemals wäre er zu einer so abscheulichen Tat fähig, wie seine eigenen Nichten zu kidnappen. Deshalb möchte ich Sie bitten, Ihre und unsere Zeit nicht mehr mit Ermittlungen in diese Richtung zu verschwenden."

Smith hatte mit unbewegtem Gesicht zugehört. „Falls Richie sich bei Ihnen meldet, würden Sie ihm dann bitte ausrichten, dass wir ihn unbedingt sprechen müssen? Ich werde Ihnen meine Karte geben." Er nickte den Frawleys zu und verließ die Wohnung, gefolgt von Carla Rogers.

Als sie im Wagen saßen, steckte Smith den Schlüssel ins Zündschloss und meinte: „Richie war nicht vor dem frühen Samstagmorgen hier, das bedeutet, dass er genug Zeit gehabt hätte, an der Entführung teilzunehmen. Er war vor ein paar Monaten in dem Haus in Ridgefield, kannte also den Grundriss. Er könnte versucht haben, sich ein Alibi zu verschaffen, indem er seine Mutter besuchte. Er könnte einer der beiden Männer sein, die das Lösegeld abgeholt haben."

„Wenn er einer der Kidnapper wäre, hätte er eine Maske tragen müssen. Ohne hätte er riskiert, von den Zwillingen wiedererkannt zu werden, selbst wenn sie ihn kaum kannten."

„Angenommen, eine von den beiden hat ihn tatsächlich erkannt? Angenommen, genau aus diesem Grund durfte sie nicht nach Hause zurückkehren? Und angenommen, Lucas Wohl hat sich nicht selbst umgebracht?"

Carla Rogers starrte ihren Vorgesetzten an. „Ich wusste nicht, dass die Jungs in New York und Connecticut in diese Richtung ermitteln."

„Die ermitteln in alle möglichen Richtungen."

NACH ihrem Ausruf in der Kirche war Kelly wieder in Schweigen verfallen. Als sie nach Hause zurückkehrten, ging sie nach oben in ihr Zimmer und kam mit den beiden Teddybären im Arm zurück.

Rena Chapman, die freundliche Nachbarin, wartete schon auf ihre Rückkehr. „Sie müssen einfach etwas essen." Sie hatte den runden Frühstückstisch in der Küche gedeckt, und dort ließen sie sich nieder, Margaret mit Kelly auf dem Schoß, Steve und Sylvia ihnen gegenüber. Rena stellte die Platten auf den Tisch und lehnte es ab, sich zu ihnen zu setzen. „Ich habe noch viel zu Hause zu tun", sagte sie mit Nachdruck.

Heiße Rühreier, Toastschnitten mit dünnen Schinkenscheiben und starker, heißer Kaffee wärmten sie auf. Als sie bei der zweiten Tasse waren, ließ sich Kelly von Margarets Schoß gleiten. „Mommy, liest du mir aus meinem Buch vor?"

„Ich werde dir vorlesen, Schatz", sagte Steve. „Geh das Buch holen."

Margaret wartete, bis Kelly die Küche verlassen hatte. Sie ahnte, wie die Reaktion der anderen ausfiele, doch sie musste ihnen einfach mitteilen, was sie spürte. „Kathy ist nicht tot. Sie und Kelly stehen in Kontakt miteinander."

„Kelly versucht immer noch, mit Kathy zu kommunizieren, und sie fängt an, Ihnen zu erzählen, was sie erlebt hat. Sie hatte Angst vor dieser Frau, die auf sie aufpasste", erwiderte Sylvia sanft.

„Sie hat aber mit Kathy gesprochen", beharrte Margaret. „Das weiß ich genau."

„Oh, Liebling!", protestierte Steve. „Bitte mach dir doch nicht noch mehr Kummer, indem du dich weiter an die Hoffnung klammerst, dass Kathy noch lebt."

Kelly kam mit dem Kinderbuch zurück, aus dem sie den Zwillingen vor der Entführung vorgelesen hatten. Steve schob den Stuhl zurück und nahm seine Tochter auf den Arm. „Wir gehen ins Arbeitszimmer und setzen uns in den großen Sessel, einverstanden?"

„Kathy mag dieses Buch auch", sagte Kelly.

„Gut, wir werden so tun, als ob ich euch beiden vorlese." Steve brachte den Satz mit fester Stimme heraus, obwohl ihm Tränen in die Augen stiegen.

„Ach, Daddy, das ist doch dumm. Kathy schläft jetzt, und die Frau hat sie ans Bett gebunden."

„Du meinst, die Frau hat *dich* damals ans Bett gebunden, nicht wahr?", fragte Steve rasch.

„Nein. Mona hat uns in das große Kinderbett gesteckt, aus dem konnten wir nicht rausklettern. Kathy liegt jetzt in einem richtigen Bett", widersprach Kelly. Dann berührte sie Steves Wange. „Daddy, warum weinst du?"

„Je früher Kelly wieder in ihr alltägliches Leben zurückkehrt, desto leichter wird sie sich daran gewöhnen können, dass Kathy nicht mehr da ist", erläuterte Sylvia später, als sie sich zum Gehen anschickte. „Ich glaube, Steve hat Recht. Sie in den Kindergarten zu bringen, war für sie das Beste."

„Solange Steve sie nicht aus den Augen lässt", erwiderte Margaret besorgt.

„Natürlich." Sylvia umarmte sie und drückte sie kurz an sich. „Ich muss ins Krankenhaus, um nach einigen Patienten zu sehen, aber ich werde heute Abend zurück sein, das heißt, wenn Sie meinen, dass ich Ihnen noch eine Hilfe bin."

„Erinnern Sie sich, als Kathy eine Lungenentzündung hatte und diese junge Schwester ihr um ein Haar Penizillin gegeben hätte? Wenn Sie nicht da gewesen wären, wer weiß, was passiert wäre. Gehen Sie ruhig, und schauen Sie nach Ihren kranken Kindern, aber kommen Sie bitte danach zurück. Wir brauchen Sie!"

„Als wir Kathy das erste Mal Penizillin gaben, wurde tatsächlich sofort klar, dass sie es nie wieder bekommen darf", stimmte Sylvia zu. Dann fügte sie hinzu: „Versuchen Sie, um Kathy zu trauern, aber schöpfen Sie keine Hoffnung aus dem, was Kelly sagt. Glauben Sie mir, sie durchlebt im Moment noch einmal ihre eigenen Erfahrungen während der Entführung."

Versuch nicht, sie zu überzeugen, schärfte Margaret sich ein. Sie glaubt dir nicht. Steve glaubt dir nicht. Ich muss mit Carlson reden. Jetzt sofort.

Mit einem letzten Händedruck verabschiedete sich Sylvia. Zum ersten Mal seit einer Woche war Margaret ganz allein im Haus. Sie schloss die Augen und atmete tief ein und aus. Dann ging sie schnell zum Telefon und wählte Carlsons Nummer.

Er antwortete nach dem ersten Klingeln. „Margaret, kann ich etwas für Sie tun?"

„Kathy lebt!", begann sie, dann sprach sie rasch weiter, bevor er etwas erwidern konnte. „Ich weiß, dass Sie mir nicht glauben werden, aber sie lebt. Kelly kommuniziert mit ihr. Vor einer Stunde schlief Kathy und war an ein Bett gefesselt. Kelly hat mir das erzählt."

„Margaret ..."

„Versuchen Sie nicht, mich davon abzubringen. Sie müssen mir glauben. Alles, was Sie haben, ist das Geständnis eines Toten. Kathys Leiche haben Sie nicht. Sie wissen, dass der Kerl mit einem großen Karton in sein Flugzeug gestiegen ist, und schließen daraus, dass Kathy darin war. Geben Sie Ihre Annahme auf, und finden Sie sie. Hören Sie? Finden Sie sie!"

Bevor er antworten konnte, knallte Margaret den Hörer auf, dann sank sie in einem Sessel zusammen und hielt sich den Kopf mit beiden Händen. Es gibt etwas, an das ich mich erinnern muss. Ich weiß, dass es etwas mit den Kleidern zu tun hat, die ich den Mädchen zum Geburtstag gekauft habe, überlegte sie fieberhaft. Ich werde zu ihrem Schrank hinaufgehen und versuchen, mich zu erinnern.

Von ihrem Treffen mit Norman Bond gingen Angus Sommers und Ruthanne Scaturro direkt zu einem Gespräch mit Gregg Stanford. Nach einer halben Stunde Wartezeit wurden sie schließlich in sein Büro vorgelassen, dessen Einrichtung wohl seine Vorliebe für das Vornehme und Erlesene widerspiegeln sollte.

Schon der Schreibtisch war ein antikes Stück. Sommers, der sich selbst mit alten Möbeln recht gut auskannte, sah sofort, dass er aus dem frühen 18. Jahrhundert stammte und vermutlich ein kleines Vermögen wert war. Anstelle von Bücherregalen stand an der linken Wand ein Schreibschrank, ebenfalls aus dem 18. Jahrhundert und warm angestrahlt von der Abendsonne, die durch das auf die Park Avenue hinausgehende Fenster drang. Die rechte Wand wurde vom Porträt einer schönen Frau in einem Abendkleid beherrscht. Sommers war sich sicher, dass es sich bei der hochmütig blickenden Dame auf dem Bild um Millicent, Stanfords gegenwärtige Ehefrau, handeln musste.

Was für ein Angeber, dachte der Agent. Hat er dieses Büro ganz allein so eingerichtet, oder hat die Gattin ein bisschen mitgeholfen? Sie sitzt bei einigen Museen im Beirat und dürfte sich mit dem ganzen Krempel auskennen.

Stanford blieb mit verschränkten Händen sitzen, bis die FBI-Beamten sich unaufgefordert auf den Stühlen vor seinem Schreibtisch niederließen. „Haben Sie bei Ihrer Suche nach Kater Karlo irgendwelche Fortschritte erzielt?“, fragte er unvermittelt.

„Ja, das haben wir“, antwortete Sommers. „Wir sind ihm auf der Spur. Mehr darf ich allerdings nicht verraten. Mr Stanford, wir sind auf Informationen gestoßen, über die wir mit Ihnen sprechen müssen.“

„Ich kann mir nicht vorstellen, was Sie mit mir zu besprechen hätten. Meine Haltung in der Lösegeldfrage ist offenkundig das Einzige, was Sie interessieren könnte.“

„Nicht ganz. Als Sie erfahren haben, dass Lucas Wohl einer der Entführer war, muss das ein ziemlicher Schock für Sie gewesen sein.“

„Ich habe keine Ahnung, wovon Sie reden.“

„Sie haben doch sicher sein Bild in den Zeitungen gesehen?“

„Natürlich.“

„Dann müssen Sie ihn doch wiedererkannt haben als den Fahrer, der einige Jahre für Sie gearbeitet hat.“

„Ich weiß wirklich nicht, wovon Sie reden.“

„Das glaube ich doch, Mr Stanford. Ihre zweite Frau, Tina Olsen, war sehr aktiv für einen Wohltätigkeitsverein tätig, der ehemaligen Strafgefangenen hilft, einen Job zu finden. Durch sie haben Sie Jimmy Nelson kennen gelernt, der irgendwann den Namen seines verstorbenen Cousins Lucas Wohl annahm. Tina Olsen besaß schon einen langjährigen Privatchauffeur, doch Jimmy – oder Lucas, wie auch immer Sie ihn genannt haben – fuhr Sie während Ihrer Ehe mit ihr öfter. Gestern rief Tina Olsen Ihre erste Frau, Amy Lindcroft, an und erzählte ihr, sie glaube, dass Lucas auch lange nach der Scheidung noch als Fahrer für Sie tätig gewesen sei. Ist das richtig?“

Stanford starrte Sommers an. „Wenn es etwas Schlimmeres gibt als eine Frau, die verlassen wurde, dann sind das zwei Frauen, die verlassen wurden. Während meiner Ehe mit Tina habe ich einen privaten Fahrdienst in Anspruch genommen. Ehrlich gesagt hatte ich nie das Bedürfnis, in irgendeine nähere Beziehung zu den verschiedenen Fahrern zu treten, die für diesen Dienst arbeiteten. Wenn Sie mir jetzt erzählen, dass einer der Entführer einer dieser Fahrer war, nehme ich das zur Kenntnis, obwohl ich natürlich darüber schockiert bin. Der Gedanke aber, dass ich ihn auf einem Bild in der Zeitung hätte wiedererkennen sollen, ist geradezu lächerlich.“

„Dann streiten Sie also nicht ab, ihn zu kennen?“

„Sie könnten mir einen beliebigen Menschen nennen, der mich vor Jahren hin und wieder gefahren haben soll, und ich wäre weder in der Lage, das zu bestätigen, noch es abzustreiten. Und jetzt verlassen Sie bitte mein Büro.“

„Wir werden die Geschäftsbücher durchsehen, die Lucas führte. Die decken einen ziemlich großen Zeitraum ab.“ Sommers erhob sich. „Ich glaube, er war viel häufiger als Fahrer für Sie tätig, als Sie uns gegenüber zugeben wollen. Was für mich die Frage aufwirft, was Sie vielleicht sonst noch zu verbergen haben. Wir werden herausfinden, was das ist, Mr Stanford, das verspreche ich Ihnen.“

MARGARET saß im Zimmer der Zwillinge auf dem Bett, die blauen Samtkleidchen auf dem Schoß ausgebreitet. Sie versuchte, die Erinnerung an eine Woche zuvor zu verdrängen, als sie die Mädchen für die Geburtstagsfeier herausgeputzt hatte. Steve war früher von der Arbeit gekommen, und die Zwillinge waren so aufgeregt gewesen, dass er am Ende Kelly auf seinem Schoß hatte festhalten müssen, während Margaret die Knöpfe an Kathys Kleid zugemacht hatte.

Die Mädchen hatten gekichert und sich in Zwillingssprache unterhalten, und Margaret war überzeugt gewesen, dass beide die Gedanken der jeweils anderen Schwester lesen konnten. Deshalb bin ich so sicher, dass Kathy noch lebt. Aber wo soll ich sie suchen?, überlegte Margaret verzweifelt. Wo soll ich anfangen? Was war nur mit den beiden Kleidern? Was? Sie fuhr mit der Hand über den weichen Samtstoff und erinnerte sich, dass die Verkäuferin sie darauf hingewiesen hatte, was sie bei Bergdorf's gekostet hätten. Und dann hatte sie gesagt, es sei ein komischer Zufall, gerade habe sie eine andere Frau bedient, die auch etwas für Zwillinge gesucht habe.

Margaret schnappte nach Luft. Das war es, woran ich mich die ganze Zeit versucht habe zu erinnern! Die Verkäuferin! Sie erzählte mir, sie habe zuvor Kleidung für dreijährige Zwillinge an eine Frau verkauft, die anscheinend keine Ahnung hatte, nach welcher Größe sie suchen sollte.

Margaret stand auf und ließ die Kleidchen zu Boden gleiten. Ich würde die Verkäuferin wiedererkennen, wenn ich sie sehe. Es ist vermutlich nur ein verrückter Zufall, aber andererseits muss den Verbrechern, als sie die Entführung geplant haben, klar gewesen sein, dass die Zwillinge nur ihre Schlafanzüge am Leib tragen würden und Kleider zum Wechseln brauchten. Ich muss mit dieser Verkäuferin reden.

Als Margaret die Treppe hinunterging, kam Steve gerade mit Kelly vom Kindergarten zurück. „Alle ihre Freundinnen haben sich wahnsinnig gefreut, Kelly wiederzusehen", verkündete er mit gezwungener Fröhlichkeit. „Stimmt's, Schatz?"

Ohne zu antworten, ließ Kelly seine Hand los und zog sich die Jacke aus. Dann fing sie an, leise vor sich hin zu flüstern.

Margaret sah Steve an. „Sie spricht mit Kathy."

„Sie *versucht*, mit Kathy zu sprechen", korrigierte er.

Sie streckte die Hand aus. „Gib mir bitte die Autoschlüssel."

„Margaret ..."

„Ich weiß, was ich tue. Bleib du bei Kelly. Lass sie keinen Augenblick allein. Und schreib alles auf, was sie sagt. Bitte!"

„Wo willst du hin?"

„Nicht weit. Nur zu diesem Laden an der Route 7, wo ich ihre Geburtstagskleider gekauft habe. Ich muss mit der Verkäuferin reden, die mich damals bedient hat."

„Warum rufst du sie nicht einfach an?"

Margaret zwang sich, einmal tief durchzuatmen. „Steve, gib mir einfach die Schlüssel. Es ist alles in Ordnung. Ich brauche nicht lang."

„Es steht immer noch ein Pressefahrzeug am Ende der Straße. Sie werden dir folgen."

„Sie werden keine Gelegenheit dazu bekommen. Ich werde weg sein, bevor sie mich überhaupt erkannt haben."

Mit einer plötzlichen Bewegung wirbelte Kelly herum und klammerte sich an Steves Bein. „Nein!", heulte sie. „Bitte nicht!"

Ihr Vater nahm sie auf den Arm und wiegte sie sanft. „Ist schon gut. Alles ist gut."

Die Kleine hielt sich den einen Arm. Margaret schob den Ärmel von Kellys Polohemd hoch und sah, dass sich an derselben Stelle ein roter Fleck bildete, an dem noch schwach der blaue Fleck zu sehen war, der ihnen nach Kellys Rückkehr aufgefallen war.

Margaret spürte, wie ihre Kehle trocken wurde. „Diese Frau hat gerade Kathy in den Arm gekniffen", flüsterte sie. „Ich weiß es. O Gott, Steve, begreifst du denn nicht? Gib mir die Schlüssel!"

Widerstrebend holte er sie aus seiner Tasche. Margaret riss sie ihm aus der Hand und eilte zur Haustür.

Eine Viertelstunde später betrat sie Abby's Discount. Ungefähr ein Dutzend Leute befanden sich in dem Geschäft, alles Frauen. Auf der Suche nach der Verkäuferin lief Margaret zwischen den Regalen hin und her, doch sie konnte sie nirgends entdecken. Schließlich fragte sie die Angestellte an der Kasse, die sie an ihre Chefin weiterverwies.

„Ach, Sie meinen sicher Lila Jackson", sagte die Filialleiterin. „Sie hat heute ihren freien Tag und ist mit ihrer Mutter in New York. Aber jede andere unserer Verkäuferinnen ist gerne bereit, Ihnen ..."

„Besitzt Lila ein Handy?", unterbrach Margaret sie.

„Ja, aber ich kann Ihnen ihre Nummer nicht geben." Die Filialleiterin, eine Frau um die sechzig, wechselte plötzlich zu einem weniger freundlichen Ton. „Wenn Sie eine Beschwerde haben, können Sie sich direkt an mich wenden. Mein Name ist Joan Howell, ich leite diesen Laden."

„Es geht nicht um eine Beschwerde. Ich möchte sie nur etwas fragen wegen letzter Woche, als ich hier war."

Joan Howell schüttelte den Kopf. „Sie wird morgen früh ab zehn Uhr wieder hier sein. Dann können Sie sie sprechen."

Margaret fasste sie am Arm. „Sie verstehen nicht!", beschwor sie die

Frau mit erhobener und flehender Stimme. „Meine kleine Tochter ist verschwunden. Ich muss sie finden, bevor es zu spät ist!“

Die in der Nähe stehenden Kundinnen wurden auf sie aufmerksam. Mach keine Szene, ermahnte Margaret sich. Sonst halten sie dich für verrückt. „Es tut mir leid“, stammelte sie und ließ Joan Howells Ärmel los.

Die Miene der Filialleiterin war jetzt voller Mitgefühl. „Sie sind Mrs Frawley, nicht wahr? Lila erzählte mir, dass Sie die Geburtstagskleider für Ihre Zwillinge bei uns gekauft haben. Es tut mir ja so furchtbar leid wegen Kathy. Und entschuldigen Sie, dass ich Sie nicht gleich erkannt habe. Ich werde Ihnen Lilas Handynummer geben. Bitte kommen Sie in mein Büro.“

Margaret hörte im Hintergrund die Kundinnen flüstern: „Das ist die Frau, deren Zwillinge ...“

Urplötzlich überkam sie eine Welle heftigen Schmerzes. Sie drehte sich um und rannte hinaus. Als sie wieder hinter dem Steuer saß, ließ sie den Motor an und brauste davon. Sie fuhr aufs Geratewohl, ohne zu wissen, welche Richtung sie einschlug. Später erinnerte sie sich, dass sie auf der I-95 nach Norden bis auf die Höhe von Providence, Rhode Island, gefahren war. Dort, beim ersten Schild nach Cape Cod, hielt sie an, um zu tanken, und merkte erst jetzt, wie weit sie gefahren war. Sie kehrte um und fuhr auf der I-95 wieder nach Süden, bis das erste Schild Richtung Route 7 auftauchte. Sie folgte ihm, weil sie das Gefühl hatte, sie müsse unbedingt den Flugplatz von Danbury finden. Als sie ihn schließlich erreichte, parkte sie das Auto in der Nähe des Eingangs.

Er hat ihre Leiche in einen Karton gelegt, dachte sie. Das war ihr Sarg. Er trug sie in das Flugzeug und flog aufs Meer hinaus. Dort öffnete er die Tür oder das Fenster und ließ den toten Körper meines wundervollen kleinen Mädchens hinunterfallen. Es muss ein langer Fall gewesen sein. Ist der Karton auseinandergebrochen? Ist Kathy heraus- und dann ins Meer gefallen? Das Wasser ist jetzt so kalt.

Vielleicht sollten wir uns ein Boot mieten, aufs Meer hinausfahren, und ich werfe ein paar Blumen ins Wasser. Vielleicht werde ich dann wirklich Abschied von ihr nehmen können ...

Ein Lichtstrahl drang plötzlich durch die Windschutzscheibe, und Margaret blickte auf.

„Mrs Frawley?“ Die Stimme des Streifenbeamten klang freundlich. „Wir würden Sie gern nach Hause begleiten, Ma’am. Ihr Mann macht sich Sorgen um Sie.“

„Ich habe nur etwas besorgt.“

„Ma'am, es ist elf Uhr abends. Sie haben den Laden um vier verlassen."

„Wirklich? Ich glaube, das kommt daher, dass ich aufgehört habe zu hoffen."

„Ja, Ma'am. Und nun möchte ich Sie bitte nach Hause fahren."

8

Jetzt hör mir mal gut zu!", keifte Angie Kathy am Samstagmorgen an. „Wegen deinem Gehuste und Geweine habe ich die halbe Nacht wach gelegen, und langsam habe ich die Schnauze gestrichen voll. Ich kann nicht den ganzen Tag in diesem Zimmer eingesperrt bleiben, und ich kann dich nicht zum Schweigen bringen, indem ich dir den Mund zuklebe, weil du mit deiner Erkältung dann nicht mehr atmen könntest. Deshalb nehme ich dich mit. Ich habe dir gestern ein paar Sachen zum Anziehen gekauft, aber die Schuhe sind zu klein. Deshalb fahren wir jetzt noch mal zu dem Laden, und ich werde reingehen und sie gegen größere umtauschen. Du wirst im Auto auf dem Boden liegen bleiben und nicht den geringsten Mucks machen. Hast du das kapiert?!"

Kathy nickte. Angie hatte ihr ein Polohemd, eine Cord-Latzhose und eine Jacke mit Kapuze angezogen. Ihre kurzen dunklen Haare hingen ihr schlaff in die Stirn, sie waren noch feucht von der Dusche, unter die Angie sie gestellt hatte. Von dem randvollen Esslöffel Hustensaft, den ihr Angie eingeflößt hatte, wurde sie schon wieder schläfrig. Sie hätte so gern mit Kelly gesprochen, aber das war verboten. Deswegen hatte Angie sie gestern so fest gekniffen.

Mommy, Daddy, flüsterte sie in Gedanken. Ich will nach Hause. Ich will nach Hause. Sie musste sich Mühe geben, nicht mehr zu weinen.

„Fang nicht wieder an zu flennen!", knurrte Angie. Sie öffnete die Tür und führte Kathy an der Hand zum Parkplatz. Es regnete in Strömen. Angie setzte den großen Koffer ab und zog Kathy die Kapuze über den Kopf. „Nicht, dass deine Erkältung noch schlimmer wird. Du bist schon krank genug."

Angie hob den Koffer in den Transporter, dann befahl sie Kathy, sich auf das Kissen auf den Boden zu legen, und breitete eine Decke über sie. „Das ist auch noch so was. Ich muss dir einen Kindersitz besorgen." Sie seufzte. „O Mann, du machst einem das Leben wirklich schwer!"

Kathy rollte sich auf dem Boden ein und steckte den Daumen in den

Mund. Das hatte sie als Baby immer getan, aber irgendwann hatte sie damit aufgehört. Jetzt konnte sie nicht anders – das machte es leichter, nicht zu weinen.

Als Angie vom Parkplatz des Motels fuhr, sagte sie: „Falls es dich interessiert, Engelchen, du bist hier auf Cape Cod. Diese Straße führt zum Kai, von dem die Fähren nach Martha's Vineyard und Nantucket abgehen. Ich war mal auf Martha's Vineyard, mit dem Kerl, der mich hierher mitgenommen hat. Ich habe ihn irgendwie gemocht. Mann, ich wünschte, ich könnte *ihm* erzählen, dass ich hier mit einer Million im Koffer herumkutschiere. Der würde ganz schön dumm aus der Wäsche gucken, meinst du nicht?"

Kathy spürte, dass die Straße eine Kurve machte. Sie fuhren weiter. Angie fing an, ein Lied über Cape Cod zu singen. Sie kannte nur Bruchstücke des Textes, daher summte sie die Melodie, und dazwischen sang sie laut: *„Auf dem guten, alten Cape Cod!"* Sie wiederholte diese Zeile wieder und wieder.

Nach einer Weile blieb der Wagen stehen, und Angie beugte sich über die Rückenlehne, einen bösen Ausdruck im Gesicht. „Okay, wir sind da. Jetzt hör zu: Trau dich ja nicht aufzustehen, hast du verstanden? Ich werde dir die Decke über den Kopf ziehen. Wenn ich zurückkomme und merke, dass du dich nur einen Zentimeter bewegt hast, dann weißt du ja, was passieren wird, nicht wahr?"

Kathy schossen die Tränen in die Augen. Sie nickte.

„Gut. Dann haben wir uns wohl verstanden. Ich werde bald wieder da sein, und dann gehen wir Burger essen. Wir beide, du und ich. Mommy und Stevie."

Kathy merkte, wie ihr die Decke über den Kopf gezogen wurde. Sie kitzelte ihr an der Nase, aber es gelang ihr, nicht zu husten, bis Angie ausgestiegen war und die Tür geschlossen und verriegelt hatte. Nun ließ sie ihren Tränen freien Lauf und redete mit Kelly. „Ich will nicht auf dem alten Cape Cod sein. Ich will nach Hause."

„DA IST er", flüsterte FBI-Agent Sean Walsh seinem Kollegen Damon Philburn zu. Es war Samstagvormittag, halb zehn. Er deutete auf die schmale Gestalt eines Mannes in einem Sweatshirt mit Kapuze, der auf ein Mehrfamilienhaus in Clifton, New Jersey, zuging und kurz vor der Haustür war. Rasch stiegen die zwei Beamten gleichzeitig aus und tauchten zu beiden Seiten des Mannes auf, bevor dieser den Schlüssel im Schloss umdrehen konnte.

Steve Frawleys Halbbruder Richard Mason schien nicht sonderlich überrascht zu sein, die beiden zu sehen. „Kommen Sie rein. Aber Sie verschwenden Ihre Zeit. Mit der Entführung der Töchter meines Bruders habe ich absolut nichts zu tun. Ich weiß ja, wie ihr arbeitet. Bestimmt war das Telefon meiner Mutter angezapft, als sie mich anrief und mir mitteilte, dass ihr nach mir sucht."

Keiner der beiden Agenten hielt es für nötig, darauf zu antworten. Mason schaltete das Licht im Flur ein und ging voraus ins Wohnzimmer. Auf Walsh machte es den Eindruck eines Hotelzimmers: eine Couch in einem braunen Tweed-Muster, zwei gestreifte braune Sessel, zwei Beistelltischchen mit identischen Lampen, ein Couchtisch, beigefarbener Teppichboden. Sie hatten herausgefunden, dass Mason seit zehn Monaten hier wohnte, aber die eingebauten Bücherregale enthielten kein einziges Buch. Es gab keine Familienfotos oder persönlichen Gegenstände.

Mason setzte sich in einen der Sessel, holte ein Päckchen Zigaretten aus der Tasche, zündete sich eine an und schnitt eine Grimasse. „Ich habe alle Aschenbecher weggeschmissen, damit ich nicht in Versuchung gerate zu rauchen." Er zuckte die Achseln, stand auf, verschwand in der Küche, kam mit einer Untertasse zurück und setzte sich wieder in den Sessel.

Er will uns vorführen, wie cool er ist, dachte Walsh. Na, das Spielchen kennen wir. Er wechselte einen kurzen Blick mit Philburn. Die beiden Agenten dehnten das Schweigen aus.

„Hören Sie, ich bin ziemlich viel gefahren in den letzten Tagen und muss ins Bett. Was wollen Sie?", fragte Mason.

„Wann haben Sie wieder angefangen zu rauchen?", erkundigte sich Walsh.

„Vor einer Woche, als ich gehört habe, dass die Zwillinge meines Bruders entführt wurden."

„War es nicht vielmehr, als Sie beschlossen, sie zu entführen?", fragte Philburn gelassen.

„Sie sind wohl verrückt! Die Kinder meines Bruders?"

Walsh beobachtete, wie Mason die Röte ins Gesicht stieg. Er bemerkte auch die starke Ähnlichkeit mit dessen Halbbruder. Außerdem macht er uns jetzt was vor, mutmaßte der Agent, er versucht, die Rolle des empörten Onkels zu spielen.

„Sie haben Ihren Bruder und seine Frau in Ridgefield besucht, kurz nachdem diese vor ein paar Monaten dorthin gezogen sind", sagte Walsh. „Sie stehen Ihrem Bruder nicht sonderlich nahe, ist das richtig?"

„Es kommt öfter vor, dass Brüder sich nicht gut verstehen. Erst recht Halbbrüder."

„Sie sind mit einem größeren Betrug aufgeflogen, bei dem Sie beinahe ein paar Millionen Dollar abgesahnt hätten. Nachdem Steve einen riesigen Karriereschritt machte, hatten Sie da nicht das Gefühl, dass er Sie wieder einmal ausgestochen hat?"

„Nein, daran habe ich nie gedacht."

„Mr Mason, Gepäckträger ist ein ziemlich anstrengender Job. Es scheint mir nicht die Art von Arbeit zu sein, die Ihnen als Ideal vorschwebt."

„Ich mache das nur übergangsweise."

„Haben Sie keine Angst, den Job zu verlieren? Sie sind die ganze Woche nicht an Ihrem Arbeitsplatz aufgetaucht."

„Ich habe angerufen und Bescheid gesagt, dass ich mich nicht wohlfühle und eine Woche Urlaub benötige."

„Komisch, das hat man uns nicht mitgeteilt", kommentierte Philburn.

„Dann haben die das eben verschlampt. Ich versichere Ihnen jedenfalls, dass ich angerufen habe."

„Wo waren Sie?"

„Ich bin nach Vegas gefahren. Ich hatte das Gefühl, gerade eine Glückssträhne zu haben."

„Ist Ihnen nicht in den Sinn gekommen, Ihrem Bruder beizustehen, nachdem seine Kinder entführt wurden?"

„Er hätte nicht gewollt, dass ich komme. Ich wäre für ihn nur eine Last gewesen. Können Sie sich denn vorstellen, was der vorbestrafte Bruder bei all den Medienleuten für ein Bild abgegeben hätte?"

„Sie kennen sich gut aus mit Auslandsüberweisungen und Banken, die diese Summen weiterleiten und anschließend die Aufzeichnungen vernichten, habe ich Recht?"

Mason stand auf. „Verschwinden Sie. Verhaften Sie mich, oder verschwinden Sie."

Keiner der beiden Agenten rührte sich. „Ist das nicht ein Zufall, dass Sie letztes Wochenende Ihre Mutter in North Carolina besuchten, ausgerechnet als die Töchter Ihres Bruders gekidnappt wurden? Vielleicht wollten Sie sich auf diese Weise ein Alibi verschaffen?"

„Verschwinden Sie!"

Walsh zückte sein Notizbuch. „Wo sind Sie in Las Vegas abgestiegen, Mr Mason?"

„Ich beantworte keine Fragen mehr ohne einen Anwalt."

Die Agenten erhoben sich. „Wir werden wiederkommen“, versprach Walsh. Sie verließen die Wohnung, blieben aber bei Masons Wagen vor dem Haus stehen. Walsh holte eine Taschenlampe hervor und leuchtete auf das Armaturenbrett. „81 035 Kilometer“, las er ab.

Philburn notierte die Zahl. „Er beobachtet uns.“

„Genau das soll er auch. Er weiß, warum wir das machen.“

„Wie viele Kilometer, sagte die Mutter, standen auf dem Tacho?“

„In dem abgehörten Telefongespräch, das sie nach dem Besuch der Kollegen mit ihm führte, erinnerte sie ihn daran, dass der Wagen bald 80 000 auf dem Tacho hätte, womit die Garantie abliefe. Ihrem Mann war das aufgefallen.“

„Mason hat jetzt rund tausend Kilometer über 80 000 auf dem Tacho. Von Winston-Salem bis hierher sind es ungefähr 950 Kilometer. Mit diesem Wagen ist er jedenfalls nicht nach Vegas, das ist mal sicher. Wo könnte er wohl gewesen sein, was meinst du?“

„Irgendwo im Dreistaateneck, beim Babysitten“, entgegnete Philburn.

„ICH WEISS, warum Mrs Frawley mich sprechen wollte“, sagte Lila Jackson am Samstagmorgen. „Natürlich spreche ich gern mit ihr, wenn ich ihr helfen kann. Wirklich gern.“

„Sie hat keine Nummer hinterlassen. Ich würde sagen, lassen Sie die Sache auf sich beruhen.“ Joan Howell warf einen Blick auf ihre Uhr, ein klares Zeichen dafür, dass Lila bereits seit einigen Minuten dafür bezahlt wurde, in Abby’s Discount Kleidung zu verkaufen.

Lila erinnerte sich an den Namen der Kundin, die keine Ahnung gehabt hatte, was für eine Größe sie für ihre Zwillinge benötigte. Downes lautet er, entsann sie sich, als sie die Verkaufsräume betrat. Sie hat die Kartenquittung mit *Mrs Clint Downes* unterschrieben, aber als ich mit Jim Gilbert über sie sprach, erzählte er mir, ihr Name sei Angie und sie sei gar nicht mit Downes verheiratet. Er arbeite als Hausmeister beim Danbury Country Club, und sie wohnten in einem Häuschen auf dem Klubgelände.

Ihr war bewusst, dass Joan Howell ihr hinterherschaute, daher wandte sie sich an eine Kundin, die mit mehreren Hosenanzügen über dem Arm vor einem der Regale stand. „Darf ich Ihnen die abnehmen?“, fragte sie. Auf das dankbare Nicken der Kundin hin übernahm sie die Kleider, und während sie wartete, dachte sie daran, dass die Polizei dringend um Mithilfe gebeten und dazu aufgefordert hatte, alle sachdienlichen Hinweise zu melden.

Die Kundin hatte zwei weitere Anzüge zum Anprobieren gefunden. „Da drüben ist eine freie Umkleidekabine“, erklärte Lila ihr. Ich könnte jetzt bei der Polizei anrufen, überlegte sie, aber vielleicht werden sie die Sache genauso abtun wie Jim. Ich habe eine bessere Idee. Zum Country Club sind es nur zehn Minuten. Ich werde in der Mittagspause hinfahren und dieser Angie sagen, ich hätte bemerkt, dass die Polohemden fehlerhaft gewesen seien, und ich wolle sie umtauschen. Und wenn ich danach immer noch ein komisches Gefühl habe, werde ich die Polizei anrufen.

Um ein Uhr steckte Lila zwei Polohemden der Größe vier in eine Tüte. Es hatte zu regnen begonnen, und sie rannte über den Parkplatz zu ihrem Auto, da sie keinen Schirm dabeihatte. Zwölf Minuten später stand sie vor der Einfahrt zum Country Club. Doch zu ihrer Enttäuschung war das Tor mit einem Vorhängeschloss abgesperrt. Sie fuhr langsam um das Gelände herum, bis sie auf die Diensteinfahrt stieß. Eine Schranke versperrte den Weg, daneben befand sich ein Kasten, in den man den Code eingeben musste. In der Ferne, hinter dem Klubhaus, erblickte sie ein kleines Gebäude, in dem sich vermutlich die Hausmeisterwohnung befand.

Der Regen fiel inzwischen heftiger. Jetzt bin ich schon hier, überlegte Lila, da kehre ich nicht wieder um. Wenigstens war ich so schlau, mir eine Regenjacke überzuziehen. Sie stieg aus dem Auto, schlüpfte unter der Schranke hindurch und hastete im Laufschritt auf das Häuschen zu, wobei sie die Tüte mit den Polohemden unter der Jacke verbarg.

Sie kam an einer leeren Garage vorbei. Doch als sie sich dem Häuschen näherte, sah sie, dass im vorderen Zimmer Licht brannte. Also los! Sie trat auf den überdachten Eingang zu und klingelte.

AM FREITAGABEND war Clint widerwillig abermals mit Gus ausgegangen und erst spät wieder nach Hause gekommen. Er hatte bis mittags geschlafen, und nun hatte er einen Kater und war nervös. Als sie an der Bar gehockt hatten, hatte Gus getönt, er sei sich ziemlich sicher, neulich bei seinem Telefonat mit Angie zwei Kinder im Hintergrund gehört zu haben.

Ich versuchte, es mit einem Scherz abzutun, erinnerte sich Clint. Ich sagte ihm, er müsse besoffen gewesen sein, um anzunehmen, dass man es mit zwei Kindern in dieser Hundehütte aushalten könne. Dann sagte ich noch, wenn Angie jemals mit zwei Kindern auftauchen würde, könnte sie ihre Sachen packen und sich eine andere Bleibe suchen. Ich hatte das Gefühl, dass er mir das abgekauft hat, aber sicher bin ich nicht. Er kann einfach sein Maul nicht halten. Außerdem erzählte er mir, er habe Angie im Drugstore getroffen, wo sie einen Inhalator und Aspirin gekauft habe. Durchaus möglich, dass er das auch anderen Leuten erzählt hat.

Warum hat Angie eines der Kinder behalten? Warum hat sie Lucas umgebracht? Wenn wir beide Mädchen zurückgegeben hätten, würde sich kein Mensch für uns interessieren. Jetzt ist das ganze Land auf dem Kriegspfad, weil alle glauben, dass eines der beiden Mädchen tot ist.

Angie wird ziemlich schnell die Schnauze voll haben von ihr. Und dann wird sie sie wieder loswerden wollen. Ich hoffe nur, dass sie nicht ... Clint dachte den Gedanken nicht zu Ende, aber immer wieder kam ihm das Bild in den Sinn, wie Angie Lucas erschossen hatte.

In T-Shirt und Jeans saß er über den Küchentisch gebeugt. Zwei Tage alte Bartstoppeln verdunkelten seine Wangen. Plötzlich klingelte es an der Tür.

Die Bullen! Das waren die Bullen, er war sich sicher. Schweiß begann ihm aus allen Poren zu treten. Nein, vielleicht war es Gus. Er klammerte sich an diese Hoffnung, denn er musste aufmachen. Wenn es die Bullen waren, hatten sie bestimmt gesehen, dass Licht brannte.

Mit einem Ruck riss er die Tür auf.

Lila fuhr zusammen. „Ist Mrs Downes, ich meine, ist Angie zu Hause?“, fragte sie.

Clint brachte so etwas wie ein Lächeln zustande. „Nein. Sie ist weg, ein Kind hüten. Ich bin Clint. Worum geht es denn?“

„Mein Name ist Lila Jackson. Ich arbeite bei Abby’s Discount. Meine Chefin hat mich geschickt, um Angie etwas zu übergeben. Darf ich kurz hereinkommen?“

Clint trat zur Seite und Lila drückte sich an ihm vorbei. Mit einem raschen Blick stellte sie fest, dass sich niemand sonst im Wohnzimmer und in dem angrenzenden Ess- und Küchenbereich befand und die Tür zum Schlafzimmer offen stand. Downes war anscheinend allein, und wenn Kinder hier gewesen waren, so war zumindest jetzt keine Spur mehr von ihnen zu entdecken. Lila zog die Tasche unter ihrer Jacke hervor. „Angie war letzte Woche in unserem Geschäft und hat Polohemden für Zwillinge gekauft. Sie gehörten zu einer Serie, die bestimmte Mängel aufweist, wie uns der Hersteller jetzt mitteilte. Daher habe ich zwei Ersatzhemden mitgebracht.“

„Das ist sehr nett von Ihnen“, erwiderte Clint langsam. Er überlegte, wie sie an Namen und Adresse gekommen waren. Angie musste so dumm gewesen sein, mit seiner Kreditkarte zu bezahlen. „Meine Freundin ist zurzeit ständig als Babysitterin unterwegs“, erklärte er Lila. „Sie ist zu einer Familie nach Wisconsin gefahren, um sich dort ein paar Wochen um die Kinder zu kümmern. Sie hat diese Sachen gekauft, weil die Mutter anrief, um ihr mitzuteilen, dass sie einen der Koffer vergessen hat.“

„Die Mutter der drei Jahre alten Zwillinge?“, hakte Lila nach.

„Richtig. Genau genommen sind es gar keine Zwillinge, hat Angie mir erzählt. Sie sind weniger als ein Jahr auseinander und haben ungefähr die gleiche Größe. Die Mutter zieht sie gleich an und spricht immer von ihren ‚Zwillingen‘. Warum lassen Sie die Hemden nicht einfach hier? Ich wollte Angie sowieso ein Paket schicken, dann kann ich sie einfach dazulegen.“

Lila überreichte Clint die Tüte. „Ich werde dann mal wieder gehen. Bitte richten Sie Angie aus, dass es uns leid tut.“

„Mach ich gern. Kein Problem.“

Das Telefon klingelte. „Also dann, auf Wiedersehen.“ Clint nahm den Hörer ab. „Hallo?“, meldete er sich, die Augen auf Lila gerichtet, die gerade die Haustür öffnete.

„Warum gehen Sie nicht ans Handy?!“, herrschte ihn eine Stimme an. Es war Kater Karlo.

Clint gab sich Mühe, möglichst gelassen zu klingen. „Nicht heute Abend, Gus. Ich möchte es wirklich etwas ruhiger angehen lassen.“

„Wer ist da bei Ihnen?!“, fragte Kater Karlo scharf.

Clint wartete, bis er sah, wie Lila am Fenster vorbei zu ihrem Wagen lief. Dann antwortete er: „Angie ist mit dem Kind abgehauen. Sie meinte, es sei nicht mehr sicher, noch länger hier rumzuhängen. Sie hat beide Handys mitgenommen. Und die Sachen für die Mädchen hat sie mit meiner Kreditkarte bezahlt. Eben war so eine Frau aus dem Laden hier, um die Hemden, mit denen irgendwas nicht in Ordnung war, umzutauschen. Ich bin mir nicht sicher, ob ich ihre Geschichte glauben soll.“ Seine Stimme wurde lauter, als er hinzufügte: „Ich muss überlegen, was ich jetzt machen soll. Ich weiß nicht mal, wo Angie überhaupt ist!“

„Ganz ruhig, Clint. Glauben Sie, dass Angie wieder anrufen wird?“

„Schon. Sie vertraut mir. Ich glaube, sie weiß, dass sie mich braucht.“

„Aber Sie brauchen sie nicht. Was würde passieren, wenn Sie ihr erzählten, dass ein Polizist ins Haus gekommen ist und nach ihr gefragt hat?“

„Sie würde in Panik geraten.“

„Dann erzählen Sie ihr genau das. Verabreden Sie ein Treffen mit ihr, dort, wo sie jetzt ist. Und denken Sie daran – was sie mit Lucas gemacht hat, könnte sie auch mit Ihnen tun.“

„Darüber habe ich mir auch schon Gedanken gemacht.“

„Und vergessen Sie auch nicht, dass das Mädchen Sie ebenfalls identifizieren könnte.“

„Für jeden Menschen gibt es einen Punkt, an dem er nicht mehr weiterkann, Margaret“, erklärte Sylvia sanft. Es war ein Uhr nachmittags am Samstag, und sie und Kelly hatten Margaret gerade aufgeweckt.

Diese saß jetzt mit Kelly, die sich an sie geschmiegt hatte, aufrecht im Bett und versuchte zu lächeln. „Was haben Sie mir nur gegeben, um mich dermaßen außer Gefecht zu setzen? Ist Ihnen klar, dass ich ganze zwölf Stunden am Stück geschlafen habe?“

„Ist Ihnen klar, wie wenig Sie in der letzten Woche geschlafen haben?“, erwiderte Sylvia leichthin, doch ihr Blick war sorgenvoll. Margaret sah so zerbrechlich und so schrecklich blass aus. „Eigentlich wollte ich Sie noch gar nicht wecken, aber Agent Carlson hat angerufen. Er möchte vorbeikommen und bat mich, Sie aufzuwecken.“

„Das FBI will wahrscheinlich herausfinden, was ich eigentlich gestern Abend vorhatte. Vielleicht fragen sie sich, ob ich den Verstand verloren habe. Als Sie gestern gegangen waren, habe ich Carlson angerufen. Ich schrie ihn an, dass Kathy noch am Leben sei und er sie finden müsse.“ Margaret schloss Kelly in die Arme. „Danach fuhr ich zu dem Geschäft, wo ich die Kleider gekauft habe, und ging dort auf die Filialleiterin los. Ich nehme an, ich hab’s vermasselt.“

„Haben Sie denn überhaupt keine Vorstellung, wo Sie gewesen sein könnten, nachdem Sie aus dem Geschäft rannten? Gestern Abend sagten Sie, Sie hätten eine totale Gedächtnislücke.“

„Ich kann mich an nichts erinnern, bis ich ein Schild nach Cape Cod gesehen habe. Da bin ich sozusagen aufgewacht und wusste, dass ich umkehren musste. Ich habe so ein schlechtes Gewissen Steve gegenüber. Der Arme steht schon genug unter Druck, und dann drehe ich auch noch durch und verschwinde spurlos.“

Margaret strich Kelly über die Wange. „He, hier ist jemand aber wirklich still. Wie geht’s denn, Kel?“

Ernst blickte das Mädchen zu ihr auf, ohne zu antworten.

„Unsere Kleine war schon den ganzen Morgen über ziemlich still“, bemerkte Sylvia. „Letzte Nacht habe ich doch bei dir geschlafen, stimmt’s?“

Kelly nickte stumm.

„Hat sie gut geschlafen?“, erkundigte sich Margaret.

„Sie war sehr unruhig. Sie hat immer wieder im Schlaf geweint und oft gehustet. Deshalb hielt ich es für das Beste, bei ihr zu bleiben.“

Margaret biss sich auf die Lippe und bemühte sich, das Zittern in ihrer Stimme zu verbergen. „Wahrscheinlich kriegt sie gerade dieselbe Erkältung wie ihre Schwester." Sie küsste Kelly auf den Kopf. „Aber das werden wir schon wieder hinkriegen, nicht wahr, Sylvia?"

„Natürlich werden wir das, aber ich kann Ihnen versichern, dass ihre Bronchien ganz frei sind." Es gibt tatsächlich keinen Grund für das viele Husten, dachte Sylvia. Sie ist nicht im Geringsten erkältet. Die Ärztin erhob sich. „Margaret, wir lassen Sie jetzt allein, damit Sie ins Bad gehen und sich anziehen können. Wir beide gehen derweil ein Buch heraussuchen, das ich Kelly vorlesen werde."

Das Mädchen zögerte. „Ich finde, das ist eine wunderbare Idee", sagte Margaret.

Ihre Tochter schlüpfte aus dem Bett und nahm Sylvias Hand. Gemeinsam gingen sie nach unten ins Arbeitszimmer. Kelly suchte ein Buch heraus und kletterte auf den Schoß der Ärztin. Sylvia wickelte das Mädchen in eine warme Decke ein und öffnete das Buch, doch dann schob sie Kellys Ärmel hoch, um nachzuschauen, worüber Margaret am Vortag so außer sich geraten war.

Der blaue Fleck auf Kellys Unterarm befand sich fast genau an der gleichen Stelle wie derjenige, der bereits am Verschwinden war. Sieht aus, als hätte sie jemand fest in den Arm gekniffen, überlegte Sylvia. Steve meint, sie habe sich am Tisch gestoßen. Oder hat Margaret Recht, und Kelly kann tatsächlich Kathys Schmerz nachempfinden?

„Kelly, kannst du manchmal spüren, was Kathy spürt?"

Die Kleine blickte sie an und schüttelte ängstlich den Kopf. „Psssst", flüsterte sie, dann rollte sie sich zusammen, steckte den Daumen in den Mund und zog sich die Decke über den Kopf.

NORMAN BOND wohnte im vierzigsten Stock eines Hochhauses, das direkt am East River in Manhattan lag. Den 360 Grad umfassenden Panoramablick hatte er schon immer als Bereicherung seines recht einsamen Privatlebens empfunden. Öfter stand er morgens zeitig genug auf, um den Sonnenaufgang zu erleben. Und nachts konnte er sich fast nicht sattsehen am Glitzern der vielen Lichter auf den Brücken.

Nach dem trüben Wetter der vergangenen Woche dämmerte am Samstagmorgen ein frischer und klarer Tag herauf, doch selbst der gleißende Sonnenaufgang vermochte seine Stimmung nicht zu heben. Stundenlang saß er grübelnd im Wohnzimmer auf der Couch. Wie konnte ich nur so dumm sein?, fragte er sich. Wie konnte ich nur von Theresa als „meiner verstorbenen Gattin" sprechen?

Die FBI-Agenten hatten sich sofort darauf gestürzt. Damals hatten sie es aufgegeben gehabt, ihn über Theresas Verschwinden auszufragen. Jetzt finge alles wieder von vorn an. Aber wenn jemand, der seit sieben Jahren verschwunden war, legal für tot erklärt werden konnte, war es dann nicht verständlich, von diesem Menschen zu sprechen, als ob er tatsächlich tot wäre? Und Theresa war immerhin seit 17 Jahren vermisst gemeldet.

Es war in Ordnung, wenn er den Ehering trug, den er ihr gegeben hatte. Sie hatte ihn damals auf dem Nachttisch liegen lassen. Aber war es nicht gefährlich, auch den anderen Ring zu tragen, den sie von ihrem zweiten Ehemann erhalten hatte? Er nahm das Kettchen ab, das er um den Hals trug, und betrachtete beide Ringe in seiner Hand. LIEBE IST EWIG war bei beiden Ringen in dünnen Lettern auf der Innenseite eingraviert.

Der, den sie von ihm bekommen hat, ist über und über mit Brillanten besetzt, dachte Bond neidvoll. Ich habe ihr nur einen einfachen silbernen Ring geschenkt. Mehr konnte ich mir damals nicht leisten.

„Meine *verstorbene* Gattin", sagte er laut. Nach all den Jahren war das FBI wegen der Entführung zweier kleiner Mädchen nun wieder auf ihn aufmerksam geworden. Es wäre gefährlich, sich jetzt aus der Firma zurückzuziehen und ins Ausland abzusetzen. Zu abrupt.

Theresa hatte geweint und geweint, als ihre Zwillinge zu früh gekommen waren und nicht überlebt hatten, aber nur eine Woche später ließ sie die Bemerkung fallen: „Vielleicht war es besser so." Kurz danach verließ sie ihn, zog nach Kalifornien, erwirkte die Scheidung und heiratete innerhalb eines Jahres neu. Bond hatte zufällig mitgehört, wie einige Angestellte bei CFG&Y sich darüber lustig gemacht hatten. „Der Kerl, den sie sich jetzt geangelt hat, ist aus einem anderen Holz geschnitzt als der arme Norman", hatte einer von ihnen gelästert. Der Gedanke ließ ihn noch immer zusammenzucken.

Bei ihrer Hochzeit hatte er Theresa prophezeit, er werde eines Tages Vorstandsvorsitzender von CFG&Y werden. Inzwischen wusste er, dass er es nicht mehr schaffte, aber es war auch nicht mehr wichtig. Auf das Aufreibende dieses Jobs konnte er verzichten, und das Geld brauchte er inzwischen auch nicht mehr. Aber die Ringe trage ich weiter, dachte er, als er sich das Kettchen wieder um den Hals legte. Sie geben mir die Kraft weiterzumachen. Sie erinnern mich daran, dass ich nicht nur der scheue, arbeitsame Mensch bin, für den mich die meisten halten.

Ein Lächeln streifte seine Züge, als ihm einfiel, mit welchem Ausdruck maßlosen Entsetzens Theresa ihn angestarrt hatte, als sie sich an jenem Abend umgedreht und ihn auf der Rückbank ihres Wagens erblickt hatte.

„DIESE Schuhe sind zu groß“, seufzte Angie, „aber das ist mir jetzt egal.“ Sie hatte vor einem Hamburgerlokal geparkt, gleich neben dem Einkaufszentrum, wo sie die Schuhe gekauft hatte, und band Kathy gerade die Schnürsenkel zu. „Denk daran, dass du den Mund hältst, aber wenn dich jemand nach deinem Namen fragt, sagst du, du heißt Stevie. Kapiert? Los, sag es einmal für mich.“

„Stevie“, flüsterte Kathy.

„So ist es gut. Und jetzt komm.“

Kathy konnte in den neuen Schuhen kaum laufen, weil ihre Füße keinen Halt darin fanden. Aber Angie zog sie schnell hinter sich her. Das Mädchen spürte, wie sein Fuß aus einem der Schuhe rutschte.

Vor dem Schnellrestaurant blieb Angie stehen, um an einem Automaten eine Zeitung zu kaufen. Dann gingen sie hinein und stellten sich an. Nachdem sie ihr Essen bekommen hatten, setzten sie sich an einen Tisch, von dem aus Angie den Transporter im Auge behalten konnte, in dem das ganze Geld lag.

Kathy hatte keine Lust auf das Sandwich und den Orangensaft, die Angie für sie gekauft hatte. Sie war nicht hungrig und wollte eigentlich nur schlafen.

„Danach fahren wir zurück zum Motel, und ich suche mir ein paar Adressen raus, wo man Gebrauchtwagen kaufen kann“, verkündete Angie. „Das Blöde ist, wenn ich mit Bündeln von Fünfzig- und Zwanzigdollarscheinen bezahle, wird das ziemlich auffallen.“

Sie schlug die Zeitung auf und brummelte etwas vor sich hin. Dann streckte sie die Hand aus und zog Kathy die Kapuze über den Kopf. „Mein Gott, dein Bild ist fast lebensgroß in der Zeitung! Wenn die Haare nicht wären, würde jeder Trottel dich erkennen. Wir müssen sofort hier verschwinden.“

Kathy wollte nicht, dass Angie wieder wütend auf sie wurde. Sie glitt vom Stuhl und streckte ihr die Hand entgegen.

„Wo ist denn dein anderer Schuh abgeblieben, mein Junge?“, fragte die Frau, die gerade den Nachbartisch abräumte.

„Ihr anderer Schuh?“ Angie blickte hinunter. „So ein Mist! Hast du im Auto wieder die Schnürsenkel aufgemacht?“

„Nein“, flüsterte Kathy. „Ich hab ihn verloren. Er ist zu groß.“

„Der andere ist auch zu groß“, bemerkte die Frau. „Wie heißt du denn, mein Junge?“

Kathy strengte sich an, doch sie konnte sich nicht an den Namen erinnern, den Angie ihr genannt hatte.

„Sag mir doch, wie du heißt“, bat die Frau.

„Kathy", flüsterte sie, doch gleich darauf drückte Angie fest ihre Hand, und plötzlich erinnerte sie sich an den Namen, den sie sagen sollte. „Stevie. Ich heiße Stevie."

„Aha, und ich wette, du hast eine imaginäre Freundin, die Kathy heißt." Die Frau lächelte. „Meine Enkelin hat auch eine imaginäre Freundin."

„Jaja", erwiderte Angie hastig. „So, nun müssen wir aber los."

Kathy blickte sich um und sah, dass die Frau eine Zeitung vom Nachbartisch aufhob. Sie erkannte ihr Foto und das von Kelly auch. Sie konnte nicht anders. Sie fing an, in Zwillingssprache mit Kelly zu reden. Doch Angie drückte ihre Hand so fest, dass es wehtat, und zerrte sie fort.

Der andere Schuh lag noch auf dem Bürgersteig. Angie hob ihn auf, dann öffnete sie die hintere Tür des Transporters. „Los, rein mit dir!", befahl sie ärgerlich und warf den Schuh in den Wagen.

Kathy kletterte hinein, legte sich auf das Kissen und nahm sich die Decke. Da hörte sie die Stimme eines Mannes. „Darf ich fragen, wo der Kindersitz für Ihr Kind ist, Ma'am?" Kathy hob den Kopf und sah, dass es ein Polizist war.

„Wir wollten gerade einen neuen kaufen", antwortete Angie. „Ich hatte den Wagen nicht abgeschlossen, als wir gestern in einem Motel übernachteten, und da wurde er gestohlen."

„Wo haben Sie übernachtet?"

„Im ‚Soundview'."

„Haben Sie den Diebstahl angezeigt?"

„Nein. Es war ein alter Sitz, nichts mehr wert."

„Wenn hier in Hyannis etwas gestohlen wird, würden wir gerne davon erfahren. Darf ich bitte Ihren Führerschein und die Fahrzeugpapiere sehen?"

„Klar. Einen Moment." Angie fingerte die Papiere aus ihrem Geldbeutel.

„Ms Hagen, wem gehört dieser Wagen?", fragte der Polizist.

„Meinem Freund."

„Aha. Gut, ich gebe Ihnen noch eine Chance. Sie werden jetzt zum Einkaufszentrum gehen und einen neuen Kindersitz kaufen. Ohne diesen Sitz werde ich Ihnen nicht erlauben, mit diesem Kind im Auto zu fahren."

„Danke, Officer. Ich werde sofort gehen. Komm, Stevie."

Angie bückte sich und nahm Kathy auf den Arm. Dabei drückte sie das Gesicht des Mädchens gegen ihre Jacke. Sie warf die Tür des Transporters zu und machte sich auf den Weg zurück zum Einkaufszentrum.

„Dieser Bulle beobachtet uns", zischte sie. „Er hat Linda Hagens Führerschein so komisch angeschaut. Was für ein Schlamassel!"

Sobald sie im Einkaufszentrum waren, setzte sie Kathy ab. „So, ich werde dir deinen Schuh wieder anziehen. Schließlich kann ich dich nicht auf ganz Cape Cod herumtragen."

Kathy kam der Weg wie eine Ewigkeit vor. Als sie endlich einen Laden gefunden hatten, in dem es Kindersitze zu kaufen gab, verriet sie Angie lieber nicht, dass sie wieder aus dem Schuh gerutscht war.

Doch auf dem Weg zum Transporter hielt eine Frau Angie an. „Ihr Junge hat einen Schuh verloren."

Angie nahm Kathy auf den Arm. „Diese dumme Verkäuferin hat ihr die falsche Größe angepasst. Ich meine *ihm*. Ich werde ihm ein neues Paar kaufen." Sie lief rasch weiter, Kathy auf dem einen, den Sitz auf dem anderen Arm. „O Gott, dieser Bulle hängt draußen immer noch rum! Dass du ja nichts sagst, wenn er mit dir redet, verstanden?" Sie lief zum Transporter und setzte Kathy auf dem Vordersitz ab, danach befestigte sie den Kindersitz auf der Rückbank und setzte Kathy hinein. „Dreh deinen Kopf weg!", flüsterte sie. „Hast du gehört? Schau ihn nicht an!"

Kathy hatte solche Angst vor Angie, dass sie zu weinen begann.

„Hör auf!", flüsterte Angie. „Der Bulle beobachtet uns."

Sie knallte die Tür zu und setzte sich hinter das Steuer. Endlich fuhren sie los. Auf dem Rückweg zum Motel schrie Angie Kathy an. „Du hast deinen Namen gesagt! Und du hast wieder diese Zwillingssprache gesprochen! Ich habe gesagt, du sollst deinen Mund halten! Du hättest uns ganz schön in Schwierigkeiten bringen können. Wenn du noch mal die Klappe aufmachst, hau ich dir ein paar runter, an die du dich noch lang erinnern wirst!"

Kathy spürte, dass Kelly versuchte, mit ihr zu sprechen, doch sie wusste, dass sie nicht mehr darauf antworten durfte, sonst würde Angie ihr sehr wehtun.

Als sie wieder in ihrem Zimmer waren, ließ Angie Kathy aufs Bett fallen und schnauzte: „Rühr dich nicht vom Fleck, und kein Wort mehr! Hier, nimm noch was von dem Hustensaft. Und dann kriegst du noch ein Aspirin. Du fühlst dich wieder heiß an."

AM SAMSTAGMORGEN fuhr ein sehr unruhiger Gregg Stanford zu seinem Klub, um eine Partie Squash zu spielen, und kehrte danach zum Anwesen in Greenwich zurück, dem Hauptwohnsitz seiner Gattin. Er nahm eine Dusche, zog sich an und gab Bescheid, ihm das Mittagessen im Arbeitszimmer zu servieren. Mit den holzgetäfelten Wänden, den alten Gobelins und dem umwerfenden Blick auf den Long Island Sound war es sein Lieblingsraum in dem Herrenhaus.

Doch selbst der perfekt zubereitete, von einer Flasche Château Cheval Blanc begleitete Lachs vermochte ihn nicht von seinen Sorgen abzulenken. Kommenden Mittwoch war der siebte Hochzeitstag seiner Ehe mit Millicent. Ihre voreheliche Vereinbarung sah vor, dass er keinen Cent bekäme, falls sie vor diesem Tag getrennt oder geschieden sein sollten. Wenn ihre Ehe länger als diese sieben Jahre dauerte, stünden ihm unwiderruflich zwanzig Millionen Dollar zu, wann auch immer sie sich nach diesem Zeitpunkt trennen sollten.

Millicents erster Ehemann war gestorben. Ihre zweite Ehe hatte nur wenige Jahre gedauert. Bei ihrem dritten Mann hatte sie einige Tage vor dem siebten Hochzeitstag die Scheidung eingereicht. Ich habe noch vier Tage, dachte Stanford. Bei diesem Gedanken brach ihm der Schweiß aus.

Er war sich sicher, dass Millicent Katz und Maus mit ihm spielte. In den vergangenen drei Wochen war sie durch Europa gereist und hatte Freunde besucht, doch am Dienstag hatte sie ihn aus Monaco angerufen und, auf ihre Art, seinem Standpunkt in der Frage der Lösegeldzahlung zugestimmt. „Es ist nur ein Wunder, dass nicht schon zwanzig weitere Kinder unserer Angestellten entführt wurden. Du hast dich sehr vernünftig verhalten." Und wenn wir ausgehen, scheint sie es immerhin zu genießen, mit mir zusammen zu sein, dachte Gregg, um sich selbst zu beruhigen.

Was ihn aber quälte, war die Frage, ob Millicent nicht doch etwas über eine seiner Affären zu Ohren gekommen war. Er war immer sehr diskret gewesen, aber wenn sie etwas herausgefunden hatte, war er am Ende.

Er schenkte sich gerade das dritte Glas Wein ein, als das Telefon klingelte.

Es war Millicent. „Gregg, ich bin nicht sehr fair zu dir gewesen."

Er spürte, wie seine Kehle trocken wurde. „Ich weiß nicht, wovon du sprichst, meine Liebe." Es sollte amüsiert klingen.

„Ich werde aufrichtig sein. Ich habe geglaubt, du würdest mich vielleicht hintergehen, und das hätte ich nicht dulden können. Aber mir wurde bescheinigt, dass du eine reine Weste hast, und daher", Millicent lachte auf, „könnten wir doch, wenn ich wieder zurück bin, gemeinsam unseren siebten Hochzeitstag feiern und auf die nächsten sieben Jahre anstoßen. Was hältst du davon?"

„Oh, meine Liebe!" Diesmal brauchte Gregg sich nicht zu verstellen. Er war tatsächlich von Gefühlen überwältigt.

„Ich werde am Montag zurückkommen. Ich ... ich habe dich wirklich sehr gern, Gregg. Auf Wiedersehen.“

Langsam legte er den Hörer auf. Sie hatte ihn also tatsächlich überwachen lassen, genau wie er befürchtet hatte. Wie gut, dass er sich auf seinen Instinkt verlassen und in den letzten Monaten keine anderen Frauen mehr getroffen hatte.

Der siebte Hochzeitstag war der Höhepunkt all dessen, worauf er sein ganzes Leben lang hingearbeitet hatte. Mit Millicent im Rücken war seine Position im Vorstand entscheidend gestärkt. Nun stieg er zum ersten Kandidaten für den Posten des Vorsitzenden auf. Greggs Blick schweifte durch den Raum, verweilte auf den wunderschönen Dingen, der Täfelung und den Gobelins, dem persischen Teppich und den Hepplewhite-Möbeln. „Um dies nicht zu verlieren, würde ich alles tun“, sagte er laut. „Alles.“

CARLSON traf mit seinem Kollegen Tony Realto und Captain Jed Gunther von der Staatspolizei Connecticut bei den Frawleys ein. Margaret und Steve führten die Ermittler und Sylvia, die sich dazugesellte, ins Esszimmer. Unser „Kommandoposten“, ging Margaret durch den Kopf. Wie oft haben wir in der letzten Woche an diesem Tisch gesessen, auf einen Anruf gewartet und gebetet, dass sie uns die Zwillinge wiederbringen?

Im Wohnzimmer nebenan richtete Kelly ihre Sachen, um Nachmittagstee zu spielen. Sie hatte dafür die beiden Babypuppen und Teddybären nach unten gebracht, die erklärten Lieblinge der Zwillinge.

„Wie geht es Ihnen, Margaret?“, erkundigte sich Carlson, als alle am Tisch saßen.

„So einigermaßen. Sie haben sicherlich schon erfahren, dass ich in dem Geschäft war, wo ich die Geburtstagskleidchen gekauft habe, um mit der Verkäuferin zu sprechen, die mich damals bediente.“

„Und die war anscheinend nicht da, wie wir gehört haben“, meinte Realto. „Können Sie uns sagen, weshalb Sie mit ihr sprechen wollten?“

„Sie hatte mir lediglich erzählt, sie habe vor mir eine Kundin bedient, die Kleider für Zwillinge kaufen wollte und deren Größe nicht wusste. Das sei ihr komisch vorgekommen. Ich hatte einfach die verrückte Idee, dass jemand diese Kleider gekauft haben könnte, der die Absicht hatte, meine Kinder zu entführen, und ... und ...“ Sie schluckte. „Die Verkäuferin war nicht da, und ich merkte, dass ich drauf und dran war, eine Riesenszene zu machen, deshalb rannte ich raus. Danach fuhr ich wohl einfach nur herum, bis ein Schild nach Cape Cod mich wieder etwas zur Besinnung brachte und ich umkehrte.“

Steve rückte seinen Stuhl näher an sie heran und legte einen Arm um ihre Schultern. Sie nahm seine Hand und verschränkte ihre Finger mit seinen.

„Hat Kelly noch irgendetwas gesagt, das uns helfen könnte, die Personen zu identifizieren, die sie gefangen hielten?", fragte Realto Steve.

„Sie sprach von einem Kinderbett, weshalb ich den Eindruck hatte, dass sie und Kathy in einem solchen Bett geschlafen haben. Aber das war eigentlich alles, was für mich einen Sinn ergab."

„Margaret, Sie haben mich gestern angerufen und äußerten, Sie glaubten, dass Kathy noch am Leben sei. Warum glauben Sie das?", erkundigte sich Carlson.

„Weil Kelly mir gesagt hat, dass es so ist. Gestern Morgen bei der Messe behauptete sie, Kathy wolle auch nach Hause kommen, sofort. Später beim Frühstück, als Steve ihr aus einem Buch vorlesen und so tun wollte, als ob er auch Kathy vorlesen würde, sagte Kelly so etwas wie: ‚Daddy, das ist doch dumm. Kathy ist ans Bett gefesselt. Sie kann dich nicht hören.' Und außerdem hat Kelly ein paarmal versucht, mit Kathy in Zwillingssprache zu reden."

„Zwillingssprache?", wunderte sich Gunther.

„Sie haben ihre eigene Sprache." Margaret legte den Zeigefinger an die Lippen und deutete zum Wohnzimmer. Alle drehten sich nach Kelly um. Sie hatte die beiden Teddybären auf die Stühle an den Tisch gesetzt. Kathys Puppe lag auf einer Decke auf dem Fußboden. Kelly hatte ihr eine Socke um den Mund gewickelt. Ihre eigene Puppe im Arm, saß sie neben ihr. Sie strich über die Wange von Kathys Puppe und flüsterte dazu. Als spürte sie, dass aller Augen auf sie gerichtet waren, schaute sie auf und sagte: „Sie darf nicht mehr mit mir sprechen."

NACHDEM die Agenten Walsh und Philburn gegangen waren, kochte sich Richie Mason einen Kaffee und versuchte, sich ein nüchternes Bild von seiner Lage zu machen. Das FBI hatte ihn im Visier. Der Gedanke, dass das Ganze nur durch einen dummen Zufall außer Kontrolle geraten war, versetzte ihn in Rage. Bisher hatte alles wie am Schnürchen geklappt, und dann war der einzige Schwachpunkt im System, von dem er immer gewusst hatte, dass er zum Problem werden könnte, tatsächlich zum Problem geworden.

Jetzt zog sich das Netz langsam zu. Dabei grenzte es fast an ein Wunder, dass die Bullen nicht wussten, wie nahe sie der Wahrheit schon gekommen waren.

Ich werde *nicht* wieder ins Gefängnis gehen, sagte er sich. Der Gedanke an die enge, überfüllte Zelle ließ ihn schaudern. Zum wiederholten Mal holte er den Pass hervor, der ihm sicheres Geleit verschaffen würde. Er hatte ihn an jenem Tag, als er in Ridgefield gewesen war, aus der Schublade der Kommode gestohlen. Er sah Steve genügend ähnlich, um unbehelligt durch die Kontrolle zu gelangen. Er musste nur dasselbe nette, freundliche Lächeln aufsetzen wie sein kleiner Bruder, wenn er kontrolliert wurde.

Zwischen Bahrain und den Vereinigten Staaten gab es kein Auslieferungsabkommen. Doch sollte er sich jetzt zufriedengeben mit dem, was er schon hatte, oder sich noch den Rest des Geldes holen?

Warum nicht? Es war immer besser, eine Sache ganz durchzuziehen.

9

Mrs Frawley“, sagte Tony Realto langsam, „nur aufgrund Ihrer Überzeugung, dass Kelly mit ihrer Schwester in Verbindung steht, kann ich nichts unternehmen. Andererseits sind die einzigen Hinweise darauf, dass Kathy nicht mehr am Leben ist, der Abschiedsbrief und die Tatsache, dass Lucas Wohl nach Augenzeugenberichten einen schweren Karton in sein Flugzeug geladen hat. Ich werde ganz offen zu Ihnen sein. Wir sind weder hundertprozentig davon überzeugt, dass Wohl diesen Brief eigenhändig getippt hat, noch davon, dass er sich selbst umgebracht hat.“

„Was sagen Sie da?!“, platzte es aus Steve heraus.

„Falls Wohl von einem seiner Komplizen erschossen wurde, könnte dieser Abschiedsbrief eine Fälschung und mit der Absicht hinterlegt worden sein, den Eindruck zu erwecken, dass Kathy tot ist.“

„Fangen Sie endlich auch an zu glauben, dass sie noch am Leben ist?“, fragte Margaret beinahe flehentlich.

„Wir fangen an zu glauben, dass es den *Hauch* einer Möglichkeit gibt, dass sie noch am Leben ist. Offen gesagt, glaube ich nicht an Telepathie zwischen Zwillingen. Aber ich glaube, dass Kelly uns weiterhelfen könnte. Wir müssen sie befragen. Vielleicht kann sie noch mehr Namen als Mona und Harry nennen oder uns einen Hinweis geben, wo die beiden Mädchen gefangen gehalten wurden.“

Sie sahen zu, wie Kelly mit einem Puppenwaschlappen in die Küche lief, und hörten, wie sie einen Stuhl an das Spülbecken zog. Als sie zurückkam, legte sie den nassen Waschlappen auf die Stirn von Kathys Puppe. Alle standen auf und gingen näher zu ihr hin.

„Nicht weinen, Kathy.“ Kelly blickte zu ihnen empor. „Sie hustet ganz viel. Mona hat ihr Medizin gegeben, aber die hat sie wieder ausgespuckt.“

Realto und Gunther wechselten ungläubige Blicke. Margaret und Steve hielten sich umschlungen. Beiden liefen Tränen über die Wangen.

„Dr. Harris“, sagte Carlson leise, „würden Sie bitte mit Kelly sprechen?“

Sylvia nickte und setzte sich neben die Kleine auf den Fußboden. „Du kümmerst dich richtig gut um Kathy. Fühlt sie sich immer noch schlecht?“

Kelly nickte. „Sie kann nicht mehr mit mir sprechen. Sie hat ihren richtigen Namen zu einer Frau gesagt, und da ist Mona böse geworden. Sie muss zu jedem sagen, dass sie Stevie heißt. Ihr Kopf fühlt sich ganz heiß an.“

„Hat jemand Kathy etwas um den Mund gebunden?“

„Ja, aber es ging ihr so schlecht, da hat Mona es wieder weggenommen. Kathy ist jetzt eingeschlafen.“ Kelly entfernte die Socke vom Mund der Puppe, dann legte sie ihre eigene daneben. Sie deckte beide mit der Puppendecke zu, wobei sie sorgfältig darauf achtete, dass ihre Hände sich berührten.

Der Manager des Motels klopfte an der Zimmertür, stellte sich als David Toomey vor und fragte mit leichter Verärgerung in der Stimme: „Was ist das für eine Geschichte mit diesem Kindersitz, der aus Ihrem Transporter gestohlen wurde? Officer Tyron von der Polizei war gerade hier und erkundigte sich, ob auch in andere Autos eingebrochen wurde.“

Angie überlegte fieberhaft. „Ach, das ist alles halb so wild.“ Sie warf einen raschen Blick zum Bett. Kathy lag mit dem Gesicht zur Wand. „Mein kleiner Junge hat eine schlimme Erkältung, und ich wollte nur, dass er schnell ins Warme kommt.“

Sie beobachtete, wie Toomey den Blick durch das Zimmer schweifen ließ. Sie erriet seine Gedanken. Er glaubte ihr nicht. Er spürte, dass irgendetwas nicht stimmte. Vielleicht fiel ihm Kathys pfeifender Atem auf.

Tatsächlich hatte er sie gehört. „Vielleicht sollten Sie Ihren Sohn zum Cape Cod Hospital in die Notambulanz bringen“, schlug er vor. „Meine Frau bekommt immer Asthma, wenn sie eine Bronchitis hat, und bei ihm klingt es auch so, als ob er bald einen Asthmaanfall bekommen würde.“

„Daran habe ich auch schon gedacht“, erwiderte Angie. „Könnten Sie mir sagen, wie ich zum Krankenhaus komme?“

„Von hier sind es zehn Minuten. Ich fahre Sie auch gern hin.“

„Nein, nein. Es wird schon gehen. Meine ... meine Mutter wird gegen ein Uhr hier eintreffen. Sie wird mit uns mitkommen. Vielen Dank. Und machen Sie sich keine Gedanken wegen des Kindersitzes. Der war schon alt, verstehen Sie?“

„Ich verstehe, Ms Hagen. Es hat gar keinen Diebstahl gegeben. Aber wie ich von Officer Tyron hörte, sind Sie jetzt im Besitz eines Kindersitzes.“ Toomey gab sich keine Mühe, seinen Sarkasmus zu verbergen. Er nickte ihr kurz zu und schloss die Tür hinter sich.

Angie riegelte sie sofort zu. Er wird mich beobachten, dachte sie. Er weiß, dass ich keinen Kindersitz hatte, und ist sauer, weil es kein gutes Licht auf seinen Laden wirft, wenn es Klagen über Diebstahl gibt. Dieser Bulle ist auch misstrauisch. Ich muss hier weg, aber ich kann nicht mit dem ganzen Krempel rausgehen – dann sieht es so aus, als ob ich abhauen will. Ich muss erst mal so tun, als würde ich auf meine Mutter warten. Vielleicht lasse ich ein bisschen Zeit vergehen und kann unbemerkt verschwinden, wenn er abgelenkt ist. Das meiste Zeug lasse ich da, damit er denkt, dass ich noch mal zurückkomme.

Von ihrem Fenster aus konnte sie die Auffahrt zum Büro überblicken. Sie wartete vierzig Minuten, während Kathys Atem schwerer ging und das Pfeifen lauter wurde. Ich muss sie loswerden, ging es Angie durch den Kopf, aber ich möchte nicht, dass sie mir unter den Händen wegstirbt. Wütend und nervös kramte sie die Flasche mit den Penizillinkapseln hervor, brach eine auf, verdünnte den Inhalt in einem Glas aus dem Bad mit Wasser und holte einen Plastiklöffel von der Kaffeemaschine. Sie rüttelte Kathy, die die Augen öffnete und sofort zu weinen anfing.

„Mann, du glühst ja richtig!“, fuhr Angie sie an. „Hier, schluck das runter!“

Kathy schüttelte den Kopf, und als sie den ersten Tropfen der Flüssigkeit auf der Zunge spürte, presste sie die Lippen zusammen. „Ich hab gesagt, du sollst das runterschlucken!“, keifte Angie. Sie schaffte es, Kathy ein wenig von der Flüssigkeit einzuflößen, doch das Mädchen begann zu würgen und zu heulen und zu husten. Angie schnappte ein Handtuch und band es ihr um den Mund, um die Geräusche zu unterdrücken. Doch dann bekam sie Angst, dass Kathy ersticken könnte, und nahm es wieder weg. „Sei still!“, zischte sie. „Hast du mich verstanden? Wenn du noch einen Mucks machst, bring ich dich auf der Stelle um! An diesem ganzen Mist bist nur du schuld. Du ganz allein!“

Sie blickte aus dem Fenster und sah, dass jetzt einige Autos vor dem Büro standen. Das war die Gelegenheit. Sie nahm Kathy auf den Arm, eilte hinaus, öffnete die hintere Tür des Transporters und schnallte die Kleine im Kindersitz an. Dann hastete sie wieder in das Zimmer, holte den Koffer mit dem Geld sowie ihre Umhängetasche und schob sie neben Kathy ins Auto. Dreißig Sekunden später setzte sie aus ihrer Parkbucht zurück und fuhr davon.

Wohin jetzt?, überlegte sie. Soll ich sofort von Cape Cod verschwinden? Dieser Bulle könnte anfangen, nach mir zu suchen, und er hat mein Kennzeichen notiert. Der Kerl im Motel auch. Ich muss Clint sagen, er soll sich einen Wagen mieten und herkommen. Ich kann nicht noch länger mit dieser Karre herumfahren, das ist zu gefährlich. Aber erst mal muss ich raus aus Hyannis. Doch wenn dieser Bulle wirklich misstrauisch geworden ist und eine Fahndung auslöst, habe ich keine Lust, an einer der Brücken erwischt zu werden. Ich werde auf die Route 28 fahren.

Sie blickte über die Schulter zu dem Kind. Kathy hatte die Augen geschlossen, ihr Kopf war auf die Brust gesunken, aber Angie sah, dass sie tief durch den Mund atmete und ihre Wangen gerötet waren. Ich muss ein anderes Motel finden, dachte Angie. Dann werde ich Clint anrufen.

Vierzig Minuten später, kurz nachdem sie den Wegweiser nach Chatham passiert hatte, entdeckte sie die Art von Motel, die ihr vorgeschwebt hatte. An der Einfahrt blinkte in Leuchtbuchstaben ZIMMER FREI, und gleich daneben befand sich ein Imbisslokal. „‚Muschel und Düne'", las sie laut ab. „Okay, das nehmen wir." Sie parkte in der Nähe des Empfangsbüros.

Der hohlwangige Angestellte an der Theke telefonierte gerade mit seiner Freundin und schaute kaum auf, als er ihr das Anmeldeformular überreichte. Wieder dachte sie an den Polizisten in Hyannis und entschied sich dafür, den Namen Linda Hagen nicht noch einmal zu verwenden, da der Beamte vielleicht eine Suchmeldung unter diesem Namen herausgegeben hatte. Aber wenn der Portier nach Papieren fragte, musste sie ihm etwas zeigen. Widerstrebend holte sie ihren eigenen Führerschein hervor. Sie dachte sich ein Autokennzeichen aus und kritzelte es auf den Meldezettel. Immer noch in sein Gespräch vertieft, nahm der Angestellte das Geld für eine Übernachtung entgegen und schob ihr einen Schlüssel zu. Angie fühlte sich etwas mehr erleichtert. Sie lief zurück zum Wagen, fuhr um das Gebäude herum, parkte vor ihrem Zimmer und schloss die Tür auf.

„Besser als das letzte!", sagte sie laut, als sie den Koffer unter das Bett schob. Sie ging wieder hinaus, um Kathy zu holen, die nicht aufwachte, als sie aus dem Sitz gehoben wurde. Das Fieber wird auch nicht besser, dachte Angie. Ich werde ihr ein Baby-Aspirin geben. Aber zuerst sollte ich Clint anrufen.

Nach dem ersten Klingeln war er dran. „Wo bist du denn, verdammt!“, herrschte er sie an. „Wieso hast du nicht früher angerufen? Ich schwitze hier schon, weil ich dachte, sie hätten dich geschnappt.“

„Der Manager in dem Motel, in dem ich war, wurde mir zu neugierig. Deswegen bin ich schnell abgehauen.“

„Und wo steckst du jetzt?“

„Ich bin auf Cape Cod.“

„Was?!“

„Ich dachte, es sei ein guter Ort, um sich zu verstecken. Außerdem kenne ich mich hier aus. Clint, der Kleinen geht es wirklich sehr schlecht, und so ein Bulle hat mich gezwungen, einen Kindersitz zu kaufen, und sich das Nummernschild notiert. Er hat Verdacht geschöpft, das habe ich genau gemerkt. Ich hatte Angst, dass sie mich an der Brücke rauswinken, wenn ich versuche, Cape Cod zu verlassen. Ich bin jetzt in einem anderen Motel. Es liegt an der Route 28, in einem Kaff, das Chatham heißt. Du hast mir mal erzählt, dass du als Kind auf der Halbinsel warst. Du weißt wahrscheinlich, wo das ist.“

„Ja, weiß ich. Pass auf, du bleibst erst mal, wo du bist. Ich werde nach Boston fliegen und einen Wagen mieten. Es ist jetzt halb vier. Bis neun oder halb zehn sollte ich da sein.“

„Hast du das Kinderbett weggeschafft?“

„Ich habe es auseinandergenommen und in die Garage gebracht. Ich habe ja keinen Wagen, um das Ding wegzuschaffen, verstehst du? Ist dir eigentlich klar, was du mir da eingebrockt hast? Ich konnte nicht weg von hier, weil dies das einzige Telefon ist, wo du mich erreichen kannst. Ich habe nur noch achtzig Dollar und meine Kreditkarte. Jetzt hast du da oben noch die Bullen angelockt, und hier hat diese Verkäuferin rumgeschnüffelt, bei der du die Klamotten für die Kinder gekauft hast.“

„Warum ist die zu uns nach Hause gekommen?“, fragte Angie ängstlich.

„Sie behauptete, sie wolle zwei von den Hemden austauschen, aber wenn du mich fragst, wollte sie bloß rumschnüffeln. Deshalb muss ich auch sehen, dass ich hier wegkomme. Und darum rührst du dich nicht vom Fleck, bis ich bei dir bin. Kapiert?“

Ich sitze hier wie auf Kohlen und glaube die ganze Zeit, dass die Bullen dich und das Kind vielleicht erwischt haben, von dem Koffer mit dem Geld ganz zu schweigen, dachte Clint. Wenn wir die Mädchen in dem Wagen zurückgelassen und die Million geteilt hätten, würde Lucas jetzt seinen Limousinenservice betreiben, als ob nichts gewesen wäre. Und wir beide hätten uns seelenruhig nach Florida zu meinem angeblichen neuen Job aufgemacht, und niemand hätte sich irgendwas dabei gedacht. Stattdessen ... Ein schöner Mist, den du da gebaut hast. Na warte, das zahle ich dir schon noch heim!

„Ja. Clint, es tut mir leid, dass ich Lucas erschossen habe. Ich dachte einfach, es wäre schön, ein Kind und eine Million für uns allein zu haben. Ich weiß, dass ihr befreundet wart."

„Vergiss das mit Lucas. Wie heißt dieses Motel?"

„Muschel und Düne. Klingt bescheuert, oder? Ich liebe dich, Schatz."

„Schon gut. Wie geht's der Kleinen?"

„Sie ist wirklich sehr krank. Sie hat hohes Fieber. Clint, ich habe keine Lust mehr, sie ständig am Hals zu haben. Ich kann sie nicht ausstehen."

„Dann werden wir sie im Transporter zurücklassen, wenn wir den irgendwo versenken. Falls es dir noch nicht aufgefallen sein sollte – es gibt ziemlich viel Wasser da oben."

„Okay. Okay. Ich weiß nicht, was ich ohne dich tun würde. Du bist echt schlau, Clint. Lucas dachte, er wäre schlauer als du, aber da hat er sich getäuscht. Ich kann's kaum erwarten, bis du hier bist."

„Ich weiß. Du und ich, wir gehören zusammen." Clint legte den Hörer auf. „Und wenn du das glaubst, bist du noch dümmer, als ich dachte", sagte er laut.

„Mrs Frawley, beim jetzigen Stand der Ermittlungen geht es nicht mehr um die bloße Möglichkeit, sondern um die Arbeitshypothese, dass Kathy noch am Leben ist", erläuterte Realto, als er mit Captain Gunther das Haus verließ. „Ich möchte jedoch nicht, dass dies bekannt wird. Die Entführer gehen weiterhin davon aus, dass wir sie für tot halten. Das ist unser einziger Vorteil."

Nachdem Realto und Gunther sich verabschiedet hatten, nickte Kelly im Wohnzimmer neben den Puppen ein. Steve legte ihr ein Kissen unter den Kopf und deckte sie zu. Dann setzte er sich mit Margaret im Schneidersitz daneben.

„Kelly und Kathy sprechen manchmal im Schlaf", erzählte Sylvia Carlson. Die beiden saßen immer noch am Tisch im Esszimmer.

„Dr. Harris", erwiderte Carlson, „ich bin von Haus aus Skeptiker, doch das heißt nicht, dass Kellys Verhalten mich unberührt gelassen hätte. Aber wäre es nicht möglich, dass alles, was sie gesagt und getan hat, nur Erinnerung und Verarbeitung dessen ist, was sie in den Tagen ihrer Gefangenschaft erlebte?"

„Kelly hatte einen blauen Fleck auf dem Arm, als sie gefunden wurde und man sie ins Krankenhaus brachte“, antwortete Sylvia ruhig. „Ich sagte Ihnen ja schon, ich bin der Meinung, dass jemand sie brutal gekniffen haben muss, und meiner Erfahrung nach werden solche Strafen typischerweise von Frauen erteilt. Gestern Nachmittag schrie Kelly plötzlich auf. Steve dachte, sie hätte sich den Arm am Tisch in der Diele gestoßen. Margaret war jedoch überzeugt, dass sie auf einen Schmerz reagierte, der Kathy zugefügt wurde. Kelly hat jetzt einen *neuen* blauen Fleck, und ich bin mir sicher, dass der entstanden ist, weil Kathy gestern wieder gekniffen wurde. Ob Sie es glauben oder nicht.“

Aufgrund seiner Ausbildung beim FBI hatte Carlson gelernt, seine Gefühle nicht zu zeigen. „Wenn Sie Recht haben ...“, begann er langsam.

„Ich *habe* Recht, Mr Carlson.“

„... könnte Kathy in den Händen einer Frau sein, die zu Gewalt neigt.“

„Gut, dass Sie das auch so sehen. Aber was genauso schlimm ist: Kathy ist ernstlich krank. Erinnern Sie sich daran, dass Kelly Kathys Puppe behandelte, als hätte die Fieber? Ich bin sehr in Sorge um Kathy.“

„Sylvia?“

Sie blickten auf. Margaret war ins Esszimmer zurückgekommen.

„Hat Kelly etwas gesagt?“, fragte Sylvia gespannt.

„Nein, aber ich wollte Sie bitten, sich mit Steve zu ihr zu setzen. Agent Carlson, würden Sie zusammen mit mir zu dem Laden fahren, in dem ich die Geburtstagskleider für die Zwillinge gekauft habe? Ich habe die ganze Zeit darüber nachgedacht. Ich muss unbedingt mit dieser Verkäuferin reden. Ich glaube immer noch, dass sie das Gefühl hatte, mit der Kundin, die kurz vor mir Kleider für Zwillinge kaufte, stimme etwas nicht. Die Verkäuferin hatte gestern ihren freien Tag, aber falls sie heute wieder nicht da sein sollte, wird mir die Filialleiterin ihre Handynummer und Adresse geben müssen, wenn Sie dabei sind.“

Carlson erhob sich. Er hatte den Ausdruck auf Margarets Gesicht erkannt. Sie erinnerte ihn an eine Fanatikerin, die sich auf keinen Fall von ihrer Mission abbringen ließe.

„Gehen wir“, entgegnete er. „Es spielt keine Rolle, ob die Verkäuferin da ist oder nicht. Wir werden sie finden und mit ihr reden.“

Eine Viertelstunde nachdem Clint mit Angie telefoniert hatte, rief Kater Karlo wieder an. „Hat sie sich gemeldet?“, fragte er.

„Ja, endlich. Sie ist auf Cape Cod. Ich werde nach Boston fliegen und einen Wagen mieten, um hinzufahren.“

„Wo ist sie dort?"

„Sie versteckt sich in einem Motel in Chatham, dem Muschel und Düne. Ein Bulle ist schon auf sie aufmerksam geworden."

„Was haben Sie vor, wenn Sie dort sind?"

„Genau das, was Sie denken. Hören Sie, der Taxifahrer hupt schon. Er steht vor der Einfahrt und kann nicht rein."

„Gut, dann war's das wohl zwischen uns beiden. Viel Glück, Clint." Kater Karlo unterbrach das Gespräch, wartete kurz und gab dann die Nummer eines Privatflugzeug-Service ein. „Ich möchte in einer Stunde von Teterboro aus losfliegen und auf dem am nächsten zu Chatham auf Cape Cod gelegenen Flugplatz landen."

DIE 64-JÄHRIGE Elsie Stone war heute den ganzen Tag noch nicht dazu gekommen, die Zeitung zu lesen. Während der Arbeit in dem Hamburgerrestaurant nahe dem Cape-Cod-Einkaufszentrum hatte sie keine Muße zum Lesen, und an diesem Samstag war sie gleich danach zum Haus ihrer Tochter in Yarmouth gefahren, um ihre sechs Jahre alte Enkelin Debby abzuholen. Als Babysitterin stand sie immer gern zu Diensten.

Elsie hatte die Berichte über die Frawley-Entführung aufmerksam und bestürzt verfolgt. Die Vorstellung, dass jemand Debby entführen und umbringen könnte, war zu entsetzlich. Wenigstens haben die Frawleys *eines* der Mädchen zurückbekommen, dachte sie, aber wie furchtbar muss es trotzdem für sie sein.

An diesem Tag fuhr sie mit Debby zu sich nach Hause, und sie backten Kekse. „Wie geht's deiner imaginären Freundin?", fragte Elsie, während Debby den mit Schokoladenstückchen gefüllten Teig löffelweise auf das Backblech gab.

„Ach, Omi, du hast wieder was vergessen! Ich hab doch gar keine imaginäre Freundin mehr. Das war, als ich klein war." Debby schüttelte nachdrücklich den Kopf.

„Ach ja, stimmt." Elsie lächelte. „Ich musste nur an deine imaginäre Freundin denken, weil heute ein kleiner Junge in unserem Restaurant war. Er hieß Stevie, und er hatte eine imaginäre Freundin, die Kathy hieß."

„Das hier wird ein richtig großer Keks", verkündete Debby.

So viel zu imaginären Freundinnen, dachte Elsie. Als sie das Backblech in den Ofen geschoben hatten, sagte sie: „Weißt du was, Debs, bis die fertig sind, wird sich Omi ein bisschen hinsetzen und die Zeitung lesen. Und du kannst schon mal anfangen, eine neue Seite in deinem Barbiebuch auszumalen."

Elsie machte es sich in ihrem Liegesessel bequem und schlug die Zeitung auf. Das Neueste im Fall der Frawley-Zwillinge stand auf der ersten Seite unter der Überschrift: FBI VERSTÄRKT SUCHE NACH ENTFÜHRERN. Das FBI hatte bestätigt, dass der unter dem Namen Lucas Wohl bekannte Täter in seinem Abschiedsbrief gestanden hatte, Kathy unabsichtlich getötet zu haben. Anhand seiner Fingerabdrücke war Wohl mittlerweile als Jimmy Nelson identifiziert worden, ein Gauner mit einschlägigen Vorstrafen, der zuletzt sechs Jahre in Attica wegen einer Serie von Einbrüchen abgesessen hatte.

Kopfschüttelnd legte Elsie die Zeitung wieder zusammen. Doch ihr Blick blieb an dem Foto der Zwillinge auf der ersten Seite hängen. KATHY UND KELLY AN IHREM DRITTEN GEBURTSTAG, lautete die Unterschrift. Elsie starrte auf das Bild und versuchte herauszufinden, was ihr daran so bekannt vorkam.

Da begann die Zeituhr des Backofens zu summen. Debby ließ ihren Buntstift fallen. „Omi, Omi, die Kekse sind fertig!", rief sie, während sie in die Küche vorausrannte.

Elsie ließ die Zeitung auf den Fußboden gleiten, stand auf und folgte ihr.

ALAN HART, der Nachtportier des Soundview in Hyannis, trat seinen Dienst um 19 Uhr an. Als Erstes berichtete ihm Motelmanager David Toomey, dass Linda Hagen, die Frau in A-49, Officer Tyron den Diebstahl eines Kindersitzes gemeldet habe. „Ich bin mir aber sicher, dass sie gelogen hat. Bestimmt hatte sie überhaupt keinen Kindersitz dabei. Haben Sie zufällig ihren Transporter gesehen, als sie gestern Nacht hier ankam?"

„Ja, habe ich", bestätigte Hart. „Diese Dünne mit den dunklen Haaren kam irgendwann nach Mitternacht hier an. Ich konnte ihren Transporter gut sehen und habe nicht mal bemerkt, dass sie ein Kind dabeihatte. Es muss auf dem Rücksitz geschlafen haben, aber ganz sicher saß es nicht in einem Kindersitz."

„Als Tyron weg war, habe ich mit dieser Hagen gesprochen. Sie hat einen kleinen Jungen, nicht mehr als drei, vier Jahre alt. Ich habe ihr geraten, ihn ins Krankenhaus zu bringen. Er hat furchtbar asthmatisch geatmet."

„Und, hat sie?"

„Keine Ahnung. Sie behauptete, sie warte auf ihre Mutter, um mit ihr zusammen ins Krankenhaus zu fahren."

„Sie hat bis morgen gebucht. Sie hat bar bezahlt, mit einem Bündel Zwanziger. Ist sie denn mit dem Kind zurückgekommen?"

„Ich glaube nicht. Vielleicht sollte ich einfach bei ihr anklopfen und mich erkundigen, wie es ihm geht. Wenn sie nicht da ist, schaue ich auf dem Heimweg bei der Polizei vorbei und stelle klar, dass es bei uns in der letzten Nacht keinen Diebstahl gab."

Mit einem kurzen Winken ging Toomey nach draußen, wandte sich nach rechts und lief zum Erdgeschosszimmer A-49. Hinter den heruntergelassenen Jalousien brannte kein Licht. Er klopfte, wartete, und nach kurzem Zögern zog er seinen Generalschlüssel hervor, schloss auf und schaltete das Licht ein.

Auf dem Boden lag ein Koffer mit geöffnetem Deckel, vollgestopft mit Frauenkleidern. Auf dem Bett eine Kinderjacke. Ein kurzer Blick ins Bad zeigte Toomey, dass auf dem Waschtisch verschiedene Kosmetik- und Toilettenartikel verstreut lagen. Sie kommt also zurück, dachte er. Vielleicht haben sie den Jungen gleich im Krankenhaus dabehalten. Hoffen wir's. Als er durch das Zimmer zurückging, fiel ihm etwas auf dem Fußboden auf. Es war ein Zwanzigdollarschein.

Die verblichenen orange-braunen Rüschenvolants des Bettes waren hochgeschlagen. Toomey kniete sich hin, um sie wieder in Ordnung zu bringen – und machte große Augen. Unter dem Bett lag ein gutes Dutzend weiterer Zwanzigdollarscheine verstreut. Wie kann man nur so dämlich sein, ging es Toomey durch den Kopf. Diese Frau muss ihr Geld in einer Tasche unter dem Bett versteckt haben, und sie hat nicht mal gemerkt, dass einige Scheine fehlen.

ANGIE legte Kathy auf dem Fußboden im Bad auf ein Kissen, zog den Stöpsel aus der Duschwanne und drehte das warme Wasser voll auf. Sie hatte es geschafft, Kathy dazu zu bringen, zwei weitere Baby-Aspirin zu lutschen.

„Dass du mir ja nicht wegstirbst", redete sie auf das Mädchen ein. „Das Letzte, was wir jetzt gebrauchen könnten, wäre noch so ein Schnüffler vom Motel, der an die Tür klopft und sieht, dass du kaum noch atmen kannst. Wenn du wenigstens ein bisschen mehr Penizillin schlucken würdest!"

Auf der anderen Seite begann sie sich zu fragen, ob Kathy nicht allergisch auf das Penizillin reagierte, das sie geschluckt hatte. Auf ihren Armen und ihrer Brust hatte sich ein roter Ausschlag gebildet.

„Ach du meine Güte, ist das vielleicht dein Problem?", fragte Angie. „Es war so eine dämliche Idee, nach Cape Cod zu fahren! Ich habe nicht daran gedacht, dass es, wenn ich in Schwierigkeiten gerate, nur zwei Brücken gibt, um von der Halbinsel runterzukommen, und genau da könnten sie bereits nach mir Ausschau halten. Dieses blöde Cape Cod!“

Kathy hielt die Augen geschlossen. Obwohl Mona ihr verboten hatte, mit Kelly zu sprechen, bewegte sie die Lippen und wisperte: „Cape Cod.“

KELLY war aufgewacht, wollte aber nicht vom Fußboden im Wohnzimmer aufstehen. Sylvia brachte ein Tablett mit Milch und Keksen, doch Kelly beachtete es nicht.

Steve brach das Schweigen. „Sylvia, erinnern Sie sich noch, als die Zwillinge geboren wurden? Margaret musste per Kaiserschnitt entbunden werden, und es gab ein kleines Stückchen Haut, das zwischen Kellys rechtem Daumen und Kathys linkem Daumen entfernt werden musste.“

„Ja, Steve. Man könnte sagen, dass sie nicht nur eineiige, sondern siamesische Zwillinge sind.“

„Ich weiß nicht, ob ich glauben darf, dass ...“ Er machte eine Pause. „Sie wissen schon, was ich meine. Aber, mein Gott, wenn wir nur wüssten, wo Kathy ist! Glauben Sie, Kelly könnte es wissen?“

Das Mädchen schaute auf. „Ich weiß, wo sie ist.“

Sylvia hob rasch die Hand, um Steve zurückzuhalten. „Wo ist sie, Kelly?“, fragte sie ruhig.

„Kathy ist auf Cape Cod. Sie hat's mir gerade gesagt.“

„Als Margaret heute Morgen mit Kelly im Bett lag, erzählte sie mir von ihrer gestrigen Irrfahrt. Sie sagte, als sie ein Schild nach Cape Cod gesehen habe, habe sie gewusst, dass sie umkehren müsse“, flüsterte Sylvia Steve zu. „Da hat sie den Namen Cape Cod gehört.“

Kelly bekam einen heftigen Hustenanfall und würgte. „Ich will nach Hause!“, schluchzte sie. „Ich will zu Mommy!“

CARLSON klingelte an der Tür zu Lila Jacksons bescheidenem Haus in Danbury. „O Gott, gib, dass sie uns weiterhelfen kann!“, flehte Margaret, als sie Schritte hörten, die sich von innen näherten.

Lilas Mutter öffnete die Tür. Bevor sie ein Wort sagen konnte, zeigte Carlson bereits seinen FBI-Ausweis vor. „Ich bin Agent Walter Carlson, und dies ist Margaret Frawley, die Mutter der Zwillinge, die entführt wurden. Ihre Tochter Lila hat ihr Geburtstagskleider für die Zwillinge verkauft. Wir kommen gerade von Abby's Discount. Ms Howell sagte uns, dass Lila früher nach Hause gegangen ist, weil sie nass und durchgefroren aus der Mittagspause kam und sich nicht wohlfühlte. Wir müssen unbedingt mit ihr sprechen.“

„Bitte treten Sie doch ein. Lila hat eine Erkältung. Sie liegt auf der Couch. Kommen Sie.“

Lila trug einen flauschigen Bademantel, hatte eine Decke um sich gewickelt und trank heißen Tee. Sie blickte auf und erkannte Margaret sofort. „Mrs Frawley!“ Sie stellte ihre Tasse auf dem Couchtisch ab.

„Bitte, behalten Sie Platz“, sagte Margaret. „Es tut mir leid, dass ich hier so hereinschneie, aber ich muss mit Ihnen reden. Es geht um etwas, das Sie gesagt haben, als ich die Geburtstagskleidchen für meine Zwillinge gekauft habe.“

„Davon hat Lila erzählt!“, rief Mrs Jackson aus. „Sie wollte deshalb sogar zur Polizei gehen.“

„Ms Jackson, was wollten Sie der Polizei mitteilen?“, fragte Carlson.

Lila blickte ihn an. „Ich habe Mrs Frawley an diesem Nachmittag erzählt, dass ich kurz zuvor eine Frau bedient hatte, die Kleidung für dreijährige Zwillinge kaufen wollte, aber nicht wusste, welche Größe sie benötigte. Nach der Entführung suchte ich ihren Namen heraus, doch dann meinte Jim Gilbert, ein pensionierter Polizeibeamter hier aus Danbury, es sei unnötig, das zu melden.“ Sie wandte sich an Margaret. „Als ich heute Morgen hörte, dass Sie gestern im Geschäft waren und nach mir gefragt haben, beschloss ich, in der Mittagspause zu dieser Frau zu fahren.“

„Sie wissen, wo sie wohnt?“

„Ihr Name ist Angie. Sie lebt mit dem Hausmeister vom Country Club in einem kleinen Haus auf dem Klubgelände. Ich habe mir eine Geschichte als Vorwand ausgedacht – ich behauptete, zwei von den Polohemden, die ich ihr verkauft hatte, würden Mängel aufweisen. Doch der Hausmeister erklärte mir, dass Angie als Babysitterin arbeitet und den Auftrag hatte, mit einer Mutter und ihren zwei Kindern nach Wisconsin zu fahren. Er sagte, es seien nicht wirklich Zwillinge, nur im Alter sehr nahe beieinander. Die Mutter war schon unterwegs, um Angie abzuholen, als sie merkte, dass sie einen der Koffer vergessen hatte, und daraufhin rief sie Angie an und bat sie, noch schnell ein paar Sachen zu besorgen. Deshalb war sie sich über die genaue Größe nicht im Klaren, verstehen Sie?“

Margaret spürte, wie ihr die Knie weich wurden, und sie sank auf den Stuhl gegenüber der Couch. Eine falsche Spur, dachte sie. Unsere einzige Chance. Sie schloss die Augen.

Carlson gab sich jedoch noch nicht geschlagen. „Haben Sie irgendwelche Anzeichen bemerkt, dass sich Kinder in diesem Haus aufgehalten haben könnten, Ms Jackson?“

Lila schüttelte den Kopf. „Es ist wirklich ein sehr kleines Haus. Wohnzimmer, Essbereich, Küche. Die Tür zum Schlafzimmer stand offen. Ich bin sicher, dass dieser Clint allein im Haus war."

„Wirkte er irgendwie nervös auf Sie?"

„Nein, ich würde nicht unbedingt sagen, dass er nervös wirkte. Er schwitzte allerdings sehr stark, aber ich nahm an, dass so ein schwergewichtiger Typ von Natur aus stark schwitzt." Angewidert verzog sie das Gesicht. „In dem Haus stank es wie in einem Männerumkleideraum."

Margaret starrte sie an. „Was haben Sie gesagt?"

Lila sah unglücklich drein. „Tut mir leid, Mrs Frawley, ich wollte eigentlich keine schnodderige Bemerkung machen. Ich hätte mir so gewünscht, Ihnen helfen zu können."

„Aber das haben Sie!", rief Margaret. „Das haben Sie!" Sie drehte sich zu Carlson um und sah, dass auch er die Bedeutung von Lilas beiläufiger Bemerkung erkannt hatte.

Trish Logan, die Babysitterin, hatte nur einen Eindruck von dem Mann zurückbehalten, der sie von hinten angegriffen hatte: seinen starken säuerlichen Schweißgeruch.

10

Obwohl er es sehr eilig hatte, nach Cape Cod zu gelangen, hatte Kater Karlo sich die Zeit genommen, ein Sweatshirt mit Kapuze herauszusuchen, das er unter seiner Regenjacke tragen konnte, sowie eine alte Sonnenbrille. In seinem Wagen fuhr er zum Flughafen, parkte und betrat den kleinen Terminal, wo der Pilot schon auf ihn wartete. Sie wechselten nur wenige Worte. Das Flugzeug stehe startklar auf dem Rollfeld, wurde ihm mitgeteilt. Wie von ihm angefordert, werde am Flughafen von Chatham ein Wagen mit einer Karte der Umgebung bereitgestellt. Der Pilot werde auf ihn warten, um ihn später am Abend zurückzufliegen.

Nach etwas mehr als einer Stunde stieg Kater Karlo aus dem Flugzeug. Es war sieben Uhr.

Der Wagen entsprach genau seinen Vorstellungen, eine schwarze Mittelklasselimousine, die von mindestens der Hälfte aller Fahrzeuge auf den Straßen kaum zu unterscheiden war. Ein Blick auf die Karte zeigte ihm, dass es nicht sehr weit sein konnte bis zum Motel Muschel und Düne an der Route 28.

Ich muss mindestens eine Stunde totschlagen, rechnete er hoch. Clint hat vielleicht den Delta Shuttle um halb sechs geschafft. Wenn nicht, nimmt er den US-Air-Flug um sechs. Im Moment dürfte er in Boston sein und sich einen Wagen mieten. Von dort braucht er dann noch einmal anderthalb Stunden bis hierher.

Zwar hatte ihm Lucas Clint und Angie leicht spöttisch beschrieben, aber er hatte keinen von beiden je gesehen. War es nicht ein unnötiges Risiko, dass er hierhergekommen war und nicht einfach gewartet hatte, bis Clint Angie und das Kind erledigt hatte? Seine Millionen waren ihm schließlich sicher. Aber erst wenn sie alle tot sind, kann ich wieder ruhig schlafen, dachte er. Lucas wusste, wer ich bin. Die beiden anderen nicht. Doch wie kann ich sicher sein, dass er es Clint nicht erzählt hat? Ich habe keine Lust zu riskieren, dass der mir auf die Pelle rückt, sobald er seinen Teil des Lösegelds aufgebraucht hat.

Auf der Route 28 gab es mehr Verkehr, als er erwartet hatte. Immer mehr Leute wohnten offenbar das ganze Jahr über in dieser Ferienregion. Er bemerkte das große Schild des Muschel und Düne mit dem blinkenden ZIMMER FREI darunter. Die Holzwände waren außen weiß gestrichen, die Fensterläden grün. Er sah, dass sich die Einfahrt gabelte, und folgte dem Weg, der nicht an der Rezeption vorbeiführte. Auf der Rückseite des Gebäudes fuhr er im Schritttempo die Reihen der abgestellten Autos entlang.

Schließlich entdeckte er einen dunkelbraunen Transporter, der Angie gehören musste. Lucas hatte ihn einmal als alt und verbeult beschrieben. Der Wagen hier war mindestens zehn Jahre alt und hatte ein Kennzeichen aus Connecticut. Ungefähr fünf Autos weiter in der nächsten Reihe gab es einen freien Stellplatz. Kater Karlo parkte dort, stieg aus und ging hinüber, um einen Blick in den Transporter zu werfen. Das Licht reichte aus, um den Kindersitz auf der Rückbank zu sehen.

Kater Karlo schaute auf die Uhr. Er hatte jede Menge Zeit, und er war hungrig. Das benachbarte Imbisslokal war ihm bereits ins Auge gefallen. Warum nicht? Er holte die Sonnenbrille hervor, setzte sie auf und schlenderte über den Parkplatz. Er bemerkte, dass es ziemlich voll war. Umso besser. Der einzige freie Platz an der Theke befand sich neben dem Schalter für das Essen zum Mitnehmen. Er setzte sich und angelte nach der Karte, als die neben ihm stehende Frau anfing, ihre Bestellung aufzugeben: einen Hamburger, schwarzen Kaffee und ein Orangensorbet zum Mitnehmen.

Mit einem Ruck wandte Kater Karlo den Kopf. Noch bevor er die dünne

Frau mit den strähnigen dunklen Haaren erblickte, hatte er bereits ihre raue, aggressive Stimme erkannt.

Er versenkte sein Gesicht in die Karte. Es gab nicht den geringsten Zweifel. Es war Angie.

AM SAMSTAGABEND standen die FBI-Agenten Walsh und Philburn so unauffällig gekleidet, dass sie aus der Menge der übrigen Fluggäste nicht herausstachen, an der Gepäckausgabe von Galaxy Airlines im Terminal für die internationalen Ankünfte auf dem Flughafen Newark.

Beide zeigten sie das ungeduldige Mienenspiel von Reisenden, die nach einem langen Flug darauf warteten, dass ihre Koffer endlich auf das Gepäckband purzelten. In Wirklichkeit behielten sie einen schmalgesichtigen Mann mittleren Alters im Auge, der tatsächlich auf sein Gepäck wartete. Als er sich hinunterbeugte, um einen unauffälligen schwarzen Koffer vom Band zu nehmen, eilten sie sofort zu ihm und stellten sich zu beiden Seiten von ihm auf.

„FBI", sagte Walsh. „Wollen Sie ganz ruhig mitkommen, oder hätten Sie lieber eine Szene?"

Der Mann nickte, ohne zu antworten, und ging mit ihnen mit. Sie brachten ihn in ein Büro im nichtöffentlichen Bereich des Terminals, in dem andere Agenten bereits Danny Hamilton bewachten, einen verschreckt wirkenden Zwanzigjährigen in der Uniform eines Gepäckträgers.

Als der Mann, den Walsh und Philburn hereinbrachten, Hamilton in Handschellen erblickte, wurde er aschfahl und zischte: „Ich sage gar nichts. Ich möchte einen Anwalt!"

Walsh stellte den Koffer auf einen Tisch und ließ die Schlösser aufschnappen. Er legte die sauberen Stapel zusammengelegter Unterwäsche, Hemden und Hosen auf einen Stuhl, dann holte er ein Taschenmesser hervor und schlitzte den doppelten Kofferboden an den Seiten auf. Als er den oberen Teil wegriss, kam der versteckte Inhalt zum Vorschein: große Päckchen, die mit einem weißen Pulver gefüllt waren.

Walsh lächelte den Kurier an. „Sie werden einen Anwalt brauchen können."

Walsh und Philburn konnten noch gar nicht richtig fassen, welche Wende die Dinge plötzlich genommen hatten. In der Hoffnung, irgendwelche Einzelheiten zu erfahren, die Richie Mason mit der Entführung in Verbindung bringen könnten, waren sie hergekommen, um mit den Leuten zu sprechen, die mit ihm zusammenarbeiteten. Als Erstes hatten sie mit Hamilton geredet und sofort das Gefühl gehabt, dass er unverhältnismäßig nervös war.

Als sie ihn in die Mangel genommen hatten, hatte er hartnäckig abgestritten, etwas über die Entführung zu wissen. Doch irgendwann war er zusammengebrochen und hatte zugegeben, davon zu wissen, dass Richie Mason regelmäßig Sendungen mit Kokain am Flughafen entgegennahm. Richie habe ihm bei drei, vier Gelegenheiten fünfhundert Dollar gegeben, damit er nichts verrate. Hamilton hatte auch gestanden, dass Richie ihn heute am späten Nachmittag angerufen habe, um ihm zu sagen, dass eine Sendung ankommen werde, er jedoch nicht da sein könne, um sie entgegenzunehmen. Richie habe ihn beauftragt, sich an seiner Stelle mit dem Kurier am Gepäckband zu treffen. Er werde ihn nach Richies Beschreibung wiedererkennen, weil er ihn schon bei früheren Gelegenheiten zusammen mit Richie gesehen habe. Er müsse ihm das Losungswort „Feierabend" nennen, worauf der Kurier ihm den Koffer mit dem Kokain aushändigen werde. Richie habe ihn weiterhin beauftragt, den Koffer in seiner Wohnung zu verstecken. Er werde ihn in den nächsten Tagen anrufen und den Koffer abholen.

Walshs Handy klingelte. Er klappte es auf und lauschte, dann wandte er sich an Philburn. „Mason ist nicht in seiner Wohnung in Clifton. Wenn du mich fragst – der hat sich aus dem Staub gemacht."

„Es KÖNNTE wieder nur eine Sackgasse sein", warnte Carlson, als sie von Lila Jackson zu dem Häuschen fuhren, in dem Clint Downes wohnte.

„Es ist keine Sackgasse", erwiderte Margaret unbeirrt. „Ich war mir einfach sicher, dass diese Verkäuferin mir irgendetwas sagen würde, das uns auf eine Spur bringt. Warum habe ich nur nicht früher mit ihr gesprochen?"

„Unser Büro ist schon dabei, diesen Downes zu überprüfen", berichtete Carlson, während sie das Zentrum von Danbury durchquerten. „Ich habe die hiesige Polizei gebeten, einen Streifenwagen zum Klubgelände zu schicken. Aber über eins müssen Sie sich im Klaren sein: falls er nicht da ist, haben wir keinerlei Grund, in sein Haus einzudringen!"

Es war schon nach fünf, und die Dämmerung hatte bereits eingesetzt. Lila Jackson hatte Carlson darauf hingewiesen, dass sie den Wagen vor dem Einfahrtstor stehen lassen müssten. Der Agent gab Margaret die Anweisung, im Wagen zu warten. „Wenn dieser Kerl etwas mit der Entführung zu tun hat, könnte er gefährlich sein."

„Ich werde mit ihm reden, es sei denn, Sie würden mich anketten."

Ein Streifenwagen tauchte auf und parkte neben ihnen. Zwei Polizeibeamte sprangen heraus und Carlson klärte sie kurz über den Sachverhalt auf. Auch sie versuchten, Margaret zu überreden, im Wagen zu bleiben, doch ohne Erfolg. Dann solle sie sich, drängten sie, wenigstens im Hintergrund halten, bis sie sicher sein könnten, dass kein Widerstand von Downes zu befürchten sei.

Als sie sich dem Häuschen näherten, wurde ihnen klar, dass ihre Vorsichtsmaßnahmen unnötig waren. Nirgendwo brannte Licht. Das Garagentor war offen, und kein Fahrzeug stand darin. Bitter enttäuscht sah Margaret zu, wie die Polizisten von Fenster zu Fenster liefen und mit Taschenlampen in die Zimmer leuchteten. Vor vier Stunden war er noch hier, dachte sie. Hat der Besuch Lilas ihn gewarnt? Wohin ist er verschwunden? Und wo ist diese Angie?

Sie ging hinüber zur Garage und schaltete das Licht ein. Auf der rechten Seite erblickte sie ein Kinderbett. Die Matratze war mindestens doppelt so breit wie üblicherweise. Margaret schnupperte daran. Der schwache, wohlbekannte Geruch von Wick VapoRub drang ihr in die Nase.

Sie wirbelte herum und rief den näher kommenden Beamten entgegen: „Sie waren hier! Hier wurden sie gefangen gehalten! Wohin sind sie gefahren? Sie müssen herausfinden, wohin sie Kathy gebracht haben!"

NACH der Landung auf dem Bostoner Flughafen Logan ging Clint direkt zu den Mietwagenschaltern. In dem Bewusstsein, dass er womöglich gar kein Auto mieten konnte, falls Angie den Kreditrahmen der Karte überschritten hatte, verglich er zähneknirschend die verschiedenen Tarife, bevor er sich für den billigsten Service und das billigste Fahrzeug entschied.

Eine Million Dollar in bar, dachte er, aber wenn es mit der Karte nicht klappt, werde ich ein Auto klauen müssen, um zum Cape zu kommen.

Doch die Zahlung verlief reibungslos.

„Haben Sie eine Straßenkarte von Maine?", fragte er den Mann hinter der Theke.

Mit einer gleichgültigen Geste deutete der Angestellte auf ein Regal. „Da drüben."

Clint ging hinüber, stellte sich so hin, dass der Mann seine Hände nicht sehen konnte, suchte eine Karte von Cape Cod heraus und schob sie in die Innentasche seiner Jacke. Zwanzig Minuten später zwängte er sich hinter das Steuer des preisgünstigen Kompaktwagens. Er schaltete die Innenbeleuchtung ein und studierte die Karte. Dann ließ er den Motor an.

Angie hatte ihn daran erinnert, dass er ihr erzählt habe, schon einmal auf Cape Cod gewesen zu sein. Sie vergisst tatsächlich nichts, dachte er.

Allerdings habe ich ihr nicht erzählt, dass ich wegen eines Bruchs mit Lucas dort war. Wir haben ein Haus in Osterville geknackt.

Clint erreichte die Ausfahrt vom Flughafengelände. Der Karte nach sollte er links in den Ted-Williams-Tunnel abbiegen und dann auf die Ausschilderung nach Cape Cod achten. Wenn ich es richtig im Kopf habe, führt die Route 3 direkt zur Sagamore-Brücke. Soll ich irgendwo anhalten und Angie anrufen?, überlegte er. Bescheid sagen, dass er tatsächlich gegen halb zehn da sein würde?

Abermals fluchte er auf sie, weil sie die Handys mitgenommen hatte.

Kurz nachdem er wieder aus dem Tunnel aufgetaucht war, sah er das Schild nach Cape Cod. Vielleicht ist es sogar ganz gut, dass ich kein Handy habe, dachte er. Auf ihre verrückte Art ist Angie ein kluges Mädchen. Sie könnte irgendwann auf den Gedanken kommen, dass sie, statt auf mich zu warten, das Kind genauso auf eigene Faust loswerden könnte, um dann wieder mit dem Geld abzuhauen.

Bei diesem trüben Gedanken drückte er automatisch stärker auf das Gaspedal.

SOBALD er wegkonnte, fuhr Geoffrey Sussex Banks an den Wochenenden normalerweise von Bel-Air zu seinem Haus in Palm Springs. An diesem Samstag war er jedoch in Los Angeles geblieben, und so war er am späten Nachmittag gerade von einer Runde Golf zurückgekehrt, als ihm seine Haushälterin mitteilte, dass ein FBI-Agent auf ihn warte. „Er hat mir seine Karte gegeben, Sir. Hier ist sie. Es tut mir leid."

„Danke, Conchita."

Er hatte sie und Manuel vor vielen Jahren eingestellt, als er und Theresa gerade geheiratet hatten. Das Ehepaar hatte Theresa vergöttert, und als sie acht Monate später erfahren hatten, dass sie Zwillinge erwartete, waren sie vor Freude ganz aus dem Häuschen gewesen. Kurze Zeit später war Theresa spurlos verschwunden, doch sie hatten die Hoffnung nie aufgegeben, dass sich eines Tages ein Schlüssel in der Haustür drehte und sie vor ihnen stünde. „Vielleicht hat sie die Zwillinge bekommen und einfach ihre Vergangenheit vergessen. Aber vielleicht wird sie sich plötzlich an alles erinnern und wieder nach Hause kommen, und ihre beiden Jungen wird sie auch dabeihaben." Conchita betete oft, dass es so geschehen möge.

Doch jetzt war jemand vom FBI gekommen, und sie wusste, es bedeutete, dass man Theresas sterbliche Überreste nach all den Jahren gefunden hatte.

Banks versuchte, sich auf die schlimme Nachricht gefasst zu machen, als er den Flur zur Bibliothek hinunterging.

Dominick Telesco arbeitete im FBI-Hauptquartier von Los Angeles. Er hatte schon öfter im Wirtschaftsteil der *L. A. Times* Artikel über Geoffrey Sussex Banks gelesen, den erfolgreichen und gut aussehenden Banker, dessen junge schwangere Frau vor 17 Jahren auf dem Weg zur Schwangerschaftsgymnastik verschwunden war.

Er war damals in meinem Alter, 32, überlegte Telesco, während er aus dem Fenster blickte, das auf den Golfplatz hinausging. Komisch, dass er nie wieder geheiratet hat. Frauen muss es jedenfalls genug geben, die hinter ihm her sind.

„Mr Telesco?"

Etwas verlegen, weil er ihn nicht hatte eintreten hören, drehte sich der Agent schnell um. „Mr Banks, entschuldigen Sie bitte. Ich habe gerade jemanden bei einem meisterhaften Schlag beobachtet und nicht mitbekommen, dass Sie eingetreten sind."

„Ich kann mir schon denken, wer das war", erwiderte Banks mit dem Anflug eines Lächelns. „Die meisten unserer Mitglieder haben Probleme mit dem sechzehnten Loch. Nur ein oder zwei kommen gut damit zurecht. Bitte setzen Sie sich."

Telesco musterte Banks einen Augenblick lang. Er trug ein Golfhemd und Shorts. Sein fein geschnittenes Gesicht war leicht sonnengebräunt. Sein Haar, eher silbrig als dunkelblond, lichtete sich an manchen Stellen bereits. Und offensichtlich stimmte es, dass er die seltene Kombination von Autorität und Höflichkeit besaß, zumindest auf den ersten Eindruck.

„Geht es um meine Frau?", fragte er.

„Ja, Sir", antwortete Telesco. „Ich nehme an, Sie haben von der Frawley-Entführung in Connecticut gehört?"

„Natürlich. Soviel ich weiß, haben sie nur einen der Zwillinge zurückbekommen."

„Ja. Wussten Sie, dass Norman Bond, der erste Ehemann Ihrer Frau, im Vorstand von CFG&Y sitzt und dass dieser Vorstand den Beschluss fasste, das Lösegeld für die Freilassung der Frawley-Zwillinge zu bezahlen?"

„Ich weiß, dass Norman Bond im Vorstand von CFG&Y sitzt."

Eine gewisse Gereiztheit in Banks' Stimme war Telesco nicht entgangen. „Bond hat Steve Frawley unter ziemlich ungewöhnlichen Umständen auf eine gute Position bei CFG&Y gehievt. Innerhalb der Firma galten eigentlich drei Manager der mittleren Ebene als Kandidaten für die Stelle. Beachten

Sie, dass Frawley Vater von eineiigen Zwillingen ist und in Ridgefield, Connecticut, wohnt. Bond und Ihre, das heißt, seine damalige Frau Theresa wohnten ebenfalls in Ridgefield, als sie eineiige Zwillinge gebar."

Banks wurde bleich. „Wollen Sie damit sagen, dass Bond etwas mit der Frawley-Entführung zu tun hatte?"

„Angesichts der Verdächtigungen, die Sie wegen des Verschwindens Ihrer Frau geäußert haben, möchte ich Sie fragen, ob Sie Bond zutrauen, eine Entführung zu planen und auszuführen?"

„Ich traue Bond alles zu", antwortete Banks, ohne zu zögern. „Ich bin absolut sicher, dass er für das Verschwinden meiner Frau verantwortlich ist. Wie allgemein bekannt, war er außer sich vor Eifersucht, als er erfuhr, dass sie ein zweites Mal Zwillinge bekommen sollte. Seitdem meine Frau spurlos verschwunden ist, habe ich das Gefühl, dass ich ein Leben in Wartestellung verbringe, und so wird es bleiben, bis ich genau weiß, was mit ihr geschehen ist."

„Es gibt nicht den geringsten Beweis dafür, dass Bond etwas mit dem Verschwinden Ihrer Frau zu tun hatte, Sir. Zeugen haben ihn an jenem Abend in New York gesehen."

„Zeugen *meinten*, ihn an jenem Abend in New York gesehen zu haben. Vielleicht hat er auch einfach jemanden beauftragt, die Sache für ihn zu erledigen. Ich habe es damals gesagt, und ich sage es heute: Er ist für das Verschwinden meiner Frau verantwortlich."

„Wir haben letzte Woche mit ihm gesprochen. Bei diesem Anlass bezeichnete Bond Ihre Frau als seine ‚verstorbene Gattin'. Wir fragen uns, ob das ein bloßer Versprecher war."

„Seine ‚verstorbene Gattin'?!", rief Banks aus. „Schauen Sie Ihre Akten durch. Dieser Mann erzählte all die Jahre über immer, er glaube, dass Theresa noch lebe und dass sie von mir habe wegwollen. Kein einziges Mal äußerte er, dass sie vielleicht tot sein könnte. Und Sie fragen mich, ob ich ihm zutraue, die Kinder von jemandem zu kidnappen, der das Leben führt, das er sich selbst immer wünschte? Aber ja. Ich traue ihm noch viel mehr zu!"

„LILA JACKSON sagte, die Garage sei leer gewesen", erklärte Carlson den beiden Polizeibeamten aus Danbury. „Sie erwähnte auch, dass Clint Downes einen Anruf von einem gewissen Gus bekommen hätte, während sie im Haus war. Vielleicht hat dieser Gus mit seinem Wagen Downes hier abgeholt."

Margaret konnte ihren Blick nicht von dem auseinandergenommenen

Kinderbett lösen. Da drin haben sie also meine beiden Engelchen festgehalten, dachte sie. Die Seitenteile sind so hoch – fast wie bei einem Käfig! Als der Monsignore die Messe für Kathy las, hat Kelly dieses große Kinderbett beschrieben. Ich muss nach Hause. Kelly ist die Einzige, die uns sagen kann, wo Kathy sich jetzt befindet.

KATER KARLO legte die Speisekarte wieder zurück und rutschte von seinem Hocker. Als er sah, dass der Mann hinter der Theke ihn neugierig musterte, holte er sein Handy aus der Tasche. Er klappte es auf, tat so, als nähme er einen Anruf entgegen, und ging dabei nach draußen.

Er wartete im Schatten des Lokals, bis Angie herauskam, eine Tüte mit Essen in der Hand. Sie schaute weder rechts noch links, sondern lief geradewegs über den Parkplatz des Imbisslokals und weiter über den Gehweg zum Motelgelände. Kater Karlo ging ihr hinterher und sah, wie sie die Tür zu einem der Zimmer im Erdgeschoss öffnete.

Am Fenster waren die Jalousien vollständig heruntergelassen. Die Kapuze über den Kopf gezogen und die Augen hinter der Sonnenbrille verborgen, ging Kater Karlo langsam an ihrem Zimmer vorbei. Nur kurz hielt er inne und lauschte den keuchenden, von Husten unterbrochenen Schluchzern eines Kindes, das offenbar schon seit geraumer Zeit weinte.

Alles verlief nach Plan.

GUS SVENSON saß auf seinem gewohnten Barhocker im Pub von Danbury, als sich zwei Männer rechts und links von ihm aufbauten. „FBI", sagte der eine. „Kommen Sie."

Gus saß vor seinem dritten Bier. „Wollt ihr mich vereimern?"

„Nein." Tony Realto gab dem Barkeeper einen Wink. „Machen Sie ihm seine Rechnung fertig."

Fünf Minuten später fand sich Gus in der Polizeiwache von Danbury wieder. „Was soll das Ganze?", erkundigte er sich.

„Wo ist Clint Downes?", fragte Realto scharf.

„Woher soll ich das wissen?"

„Sie haben ihn heute Mittag gegen Viertel nach eins angerufen."

„Quatsch! Um Viertel nach eins war ich beim Bürgermeister und habe eine Rohrleitung repariert. Rufen Sie ihn an, wenn Sie mir nicht glauben. Er war zu Hause."

Realto und Carlson wechselten einen Blick. „Warum sollte Downes so tun, als ob er mit Ihnen telefonieren würde?", wollte Carlson wissen.

„Das müssen Sie ihn selbst fragen. Vielleicht wollte er nicht, dass seine Freundin mitkriegt, wie er mit einer anderen Lady telefoniert, was weiß ich."

„Seine Freundin Angie?"

„Ja, diese Spinnerin."

„Wann haben Sie Clint zum letzten Mal gesehen?"

„Warten Sie. Heute ist Samstag. Gestern Abend, da haben wir zusammen was gegessen."

„War Angie auch dabei?"

„Nee. Die war nicht da. Hatte so einen Job als Babysitterin."

„Wann haben Sie sie zum letzten Mal gesehen?"

„Donnerstagabend war ich auch was mit Clint trinken. Angie war zu Hause, als ich ihn abholte. Sie hat ein Kind gehütet."

„Sie haben das Kind gesehen?"

„Ja. Viel habe ich allerdings nicht gesehen. Es war in eine Decke gewickelt. Ich sah nur den Hinterkopf."

„Konnten Sie die Haarfarbe erkennen?"

„Dunkelbraun. Kurz. Sie nannte ihn Stevie." Plötzlich nüchtern geworden, erzählte Gus alles, was ihm wieder einfiel. „Ich war seit Monaten nicht mehr mit Clint unterwegs. Aber dann lief mir Angie im Drugstore über den Weg. Sie kaufte lauter Zeug für ein krankes Kind. Ich rief am Mittwochabend bei Clint an, aber er war nicht da. Angie war gerade am Babysitten, und die Kinder weinten, deshalb haben wir es kurz gemacht."

„Die Kinder?!", rief Realto dazwischen.

„Ach, nein, falsch. Ich dachte nur, ich hätte zwei gehört, aber anscheinend war es nur eins."

„Noch einmal, damit das ganz klar ist: Angie haben Sie zum letzten Mal am Donnerstagabend gesehen, und Clint gestern Abend?"

„Genau. Ich habe ihn abgeholt. Er hatte kein Auto zur Verfügung. Angie ist in Wisconsin Kinder betreuen, und den Transporter hat er verkauft."

„Gut. Bleiben Sie einen Moment sitzen, Gus. Wir kommen gleich wieder."

Die beiden Agenten gingen hinaus auf den Flur und schlossen die Tür hinter sich. „Was glaubst du, Walt?", fragte Realto.

„Angie muss mit dem Transporter abgehauen sein und hat Kathy mitgenommen. Entweder sie haben das Geld geteilt und sich getrennt, oder er trifft sich irgendwo mit ihr."

„Genau das glaube ich auch."

Sie kehrten in den Raum zurück. „Gus, wissen Sie zufällig, ob Clint eine Menge Bargeld in der Tasche hatte, als Sie mit ihm ausgingen?"

„Bestimmt nicht. Er ließ mich an beiden Abenden bezahlen."

„Wissen Sie, ob ihn heute vielleicht sonst jemand irgendwohin gebracht hat?"

„Nein."

Einer der Polizisten aus Danbury, der mit beim Hausmeisterhäuschen auf dem Klubgelände gewesen war, hatte inzwischen seine eigenen Ermittlungen angestellt. Er kam herein und hörte noch die letzte Frage. „Clint Downes wurde von einem Taxi aus Danbury zum Eingang von Continental Airlines am LaGuardia-Flughafen gefahren", berichtete er. „Er ist gegen halb sechs dort angekommen."

Das ist erst zwei Stunden her, dachte Carlson. Wir kommen näher. Aber sind wir schnell genug, bevor es für Kathy zu spät ist?

Auf der Polizeiwache in Hyannis hörte sich der diensthabende Sergeant Ari Schwartz geduldig David Toomeys aufgebrachte Aussage an, wonach es keinerlei Diebstahl auf dem Parkplatz seines Motels gegeben habe. „Seit 32 Jahren arbeite ich jetzt im Soundview", wetterte Toomey, „und ich werde nicht zulassen, dass diese Schwachsinnige, die sich nicht mal um ihr krankes Kind kümmert, Sam Tyron anlügt und einfach behauptet, man habe ihr einen Kindersitz gestohlen, den sie nie besessen hat!"

Der Sergeant kannte und mochte Toomey. „Immer mit der Ruhe, Dave", beschwichtigte er ihn. „Ich werde mit Sam reden. Wir werden den Bericht korrigieren."

Toomey zögerte. „Ich mache mir Sorgen um diesen kleinen Jungen. Er war wirklich krank. Würde es Ihnen was ausmachen, im Krankenhaus anzurufen und zu fragen, ob er dort behandelt wurde? Sein Name ist Stevie. Die Mutter heißt Linda Hagen. Wir bekommen eher eine Auskunft, wenn der Anruf von Ihnen kommt."

Schwartz telefonierte mit dem Krankenhaus. Kein Kind dieses Namens war als Patient aufgenommen worden.

„Irgendwas stimmt nicht mit dieser Frau", sagte Toomey, mehr zu sich selbst als zu dem Polizisten. „Wenn es meinem Enkel so elend gehen würde, wäre meine Tochter halb verrückt vor Sorge." Er zuckte die Achseln. „Vielleicht geht's mich auch nichts an. Danke, Sergeant."

Elsie Stone schloss die Tür ihres weißen Holzhauses auf. Sie hatte Debby zurückgefahren, das Angebot ihrer Tochter, zum Abendessen zu bleiben, jedoch abgelehnt. „Ich bin nicht mehr die Jüngste. Ich werde nach Hause fahren, mir ein bisschen von meiner Gemüsesuppe aufwärmen und sie genießen, während ich die Nachrichten schaue."

Nicht dass die etwas wären, das man sich gern anschaut, dachte sie, als sie ihren Mantel aufhängte. Aber sosehr mich diese Entführung auch mitnimmt, ich möchte doch wissen, ob sie diesen schrecklichen Verbrechern schon auf die Spur gekommen sind. Sie ging geradewegs ins Wohnzimmer, um den Fernseher einzuschalten. Der Sprecher der Halb-sieben-Uhr-Nachrichten verkündete gerade: „Nach unbestätigten Meldungen geht das FBI bei seinen Ermittlungen jetzt davon aus, dass Kathy Frawley noch am Leben sein könnte."

„Gnädiger Gott, gib, dass sie das arme kleine Ding finden", betete Elsie laut.

Sie lief in die Küche. Als sie ihre selbst gekochte Gemüsesuppe in eine Schüssel goss und in die Mikrowelle stellte, wurde ihr bewusst, dass ihr der Name Kathy im Kopf herumspukte. Kathy ... Kathy ...? Was war damit?, grübelte sie.

„Sie war dort", schluchzte Margaret, während Steve sie fest umschlungen hielt. „Ich habe das Bett gesehen. Die Matratze roch nach Wick VapoRub, genau wie Kellys Schlafanzug, als sie wieder bei uns war. Sie waren ganz in der Nähe, all die Zeit ganz in der Nähe. Diese Frau, die die Zwillingskleider kaufte, hat Kathy jetzt bei sich. Und Kathy ist krank. *Krank!*"

Ken Lynch, ein Beamter der Polizei von Danbury, hatte Margaret nach Hause gefahren. Als er festgestellt hatte, dass die ganze Straße von Medienfahrzeugen zugeparkt war, hatte er sie schleunigst ins Haus gebracht. Jetzt kam er sich etwas überflüssig vor und blieb am Eingang zum Wohnzimmer stehen.

„Mommy, Mommy!"

Lynch sah, wie Kelly sich in Margarets Arme warf. Mit einem gequälten Ausdruck im Gesicht drückte die Mutter ihre Tochter an sich. Dann setzte sie Kelly ab und ging vor ihr in die Hocke, die Hände auf ihren Schultern. „Kelly", fragte sie sanft, „hast du noch mal mit Kathy gesprochen?"

Das Mädchen nickte. „Sie will nach Hause kommen."

„Ich weiß, Liebes. Weißt du, wo sie ist? Hat sie dir das gesagt?"

„Ja, Mommy. Ich hab's Daddy gesagt. Und Sylvia. Kathy ist auf dem alten Cape Cod."

Margaret schüttelte den Kopf. „Ach, mein Liebling, erinnerst du dich nicht, als wir heute Morgen zusammen im Bett lagen? *Ich* habe von Cape

Cod gesprochen. Aber vielleicht kann Kathy dir sagen, dass sie irgendwo anders ist. Kannst du sie jetzt fragen?"

„Kathy ist gerade sehr müde." Mit einem beleidigten Gesicht wandte sich Kelly ab, lief an Officer Lynch vorbei und setzte sich auf den Fußboden zu den Puppen. „Und du bist *doch* auf dem Cape Cod", hörte Lynch sie sagen. Obwohl er angestrengt lauschte, konnte er dem Kauderwelsch, das sie danach vor sich hin flüsterte, nichts mehr entnehmen, was einen Sinn ergab.

DIE VERSCHIEDENEN Strafverfolgungsbehörden hatten eine Befehlszentrale im FBI-Büro von Danbury eingerichtet. Dort waren Realto und Carlson mit Captain Jed Gunther und dem Polizeichef von Danbury in einem Besprechungsraum zusammengekommen.

„Wir wissen jetzt, dass Clint Downes und Lucas Wohl Zellengenossen in Attica waren", berichtete Realto. „Als sie beide auf Bewährung rauskamen, tauchten sie unter und legten sich eine neue Identität zu. Es gelang ihnen, viele Jahre hindurch für die Behörden unauffällig zu bleiben. Nach Gus Svensons Aussage lebt Angie seit sieben oder acht Jahren mit Clint zusammen. Leider konnte in der gesamten Hausmeisterwohnung von keinem der beiden ein Bild gefunden werden. Mit den alten Polizeifotos wird Downes kaum mehr Ähnlichkeit haben. Am besten, wir geben den Medien ein Phantombild und eine Beschreibung der beiden zur Veröffentlichung."

„Irgendjemand hat nicht dichtgehalten", ärgerte sich Carlson. „Es geht bereits das Gerücht um, dass Kathy noch am Leben ist. Sollen wir es bestätigen?"

„Noch nicht. Solange Clint und Angie überzeugt sind, dass wir Kathy für tot halten, könnten sie weiter versuchen, als Familie durchzugehen. Andernfalls geraten sie vielleicht in Panik und kommen auf den Gedanken, sich ihrer zu entledigen."

„Margaret Frawley ist felsenfest davon überzeugt, dass die Zwillinge untereinander kommunizieren können", betonte Carlson. „Ich habe eigentlich gehofft, dass sie sich bei mir melden würde. Ich weiß, dass sie mich sofort angerufen hätte, wenn Kelly etwas Bedeutsames gesagt hätte. Ist der Beamte, der sie nach Hause fuhr, irgendwo in der Nähe?"

„Das war Ken Lynch." Der Polizeichef nahm den Hörer des vor ihm stehenden Apparats auf. „Geben Sie Lynch durch, er soll herkommen."

Eine Viertelstunde später betrat der Officer den Raum. „Ich bin mir sicher, dass Kelly mit ihrer Schwester in Verbindung steht", berichtete er. „Ich stand genau daneben, und sie behauptete steif und fest, dass Kathy auf Cape Cod ist."

11

Es gab nicht viel Verkehr auf der Sagamore-Brücke. Clints Ungeduld wuchs, als er den Cape-Cod-Kanal überquerte und immer wieder auf die Geschwindigkeitsanzeige schielte, um sich zu vergewissern, dass er nicht zu schnell fuhr. Eine Schrecksekunde hatte er schon erlebt, als er auf der Route 3 mit über hundert durch eine Achtziger-Zone gefahren war und um ein Haar von einem Polizisten gestoppt worden wäre.

Er blickte auf seine Uhr. Es war genau acht. Noch mindestens vierzig Minuten, bis er dort war. Er schaltete das Radio in genau dem Augenblick ein, als die aufgeregte Stimme des Nachrichtensprechers meldete: „Die zuständigen Behörden haben soeben die Namen von zwei gesuchten Verdächtigen im Entführungsfall der Frawley-Zwillinge bekannt gegeben."

Clint spürte, wie ihm der Schweiß aus den Poren trat.

„Ein Haftbefehl wurde für den ehemaligen Strafgefangenen Ralph Hudson, alias Clint Downes, sowie seine Lebensgefährtin Angie Ames ausgestellt. Downes wurde zuletzt heute kurz nach 17 Uhr am Flughafen LaGuardia gesehen. Angie Ames ist seit Donnerstagabend nicht mehr gesehen worden. Die Polizei nimmt an, dass sie in einem zwölf Jahre alten dunkelbraunen Chevy-Transporter unterwegs ist, mit dem Kennzeichen Connecticut ..."

Clint dachte fieberhaft nach. Sie werden ziemlich schnell herausfinden, dass ich den Pendelflug genommen habe. Danach werden sie meine Spur bis zum Mietwagen-Service verfolgen und eine Beschreibung dieses Wagens herausgeben. Ich muss ihn so schnell wie möglich loswerden. Er fuhr von der Brücke hinunter auf den Mid-Cape-Highway. Wenigstens war ich so schlau, nach einer Karte von Maine zu fragen. Das könnte mir ein bisschen Zeit verschaffen. Was mache ich jetzt? Ich muss das Risiko eingehen und auf dem Highway bleiben. Je näher ich Chatham komme, desto besser.

An jeder Ausfahrt hielt er nach Streifenwagen Ausschau. Eine endlose Zeit schien zu vergehen, bis er endlich Ausfahrt Nummer elf, Harwich/Brewster, erreichte und auf die Route 137 abbog. Nicht mehr weit bis Chatham, versuchte er sich zu beruhigen. Nach einer Weile entdeckte er, wonach er suchte, einen Kinokomplex mit einem gut gefüllten Parkplatz.

Zehn Minuten später beobachtete er, zwei Reihen weiter hinten stehend, ein junges Pärchen, das aus einem Mittelklassewagen stieg und zum Eingang des Kinos schlenderte. Er folgte ihnen in die Eingangshalle. Dort beobachtete er aus einer Ecke, wie sie sich an einer der Kassen in die Schlange einreihten. Er wartete, bis der Mann am Einlass ihre Karten durchriss, bevor er wieder nach draußen ging.

Der Knabe hielt es nicht mal für nötig abzuschließen, dachte er, als er die Tür des Wagens öffnete. Das kommt davon, wenn man mir die Sache zu leicht macht. Er stieg ein, dann wartete er noch einen Augenblick, bis er sicher war, dass niemand in der Nähe war. Er beugte sich unter das Armaturenbrett, zog mit geübten Handgriffen ein paar Drähte hervor und hielt sie aneinander. Beim Geräusch des anspringenden Motors empfand er zum ersten Mal ein Gefühl der Erleichterung, seitdem er die Meldung im Radio gehört hatte.

„WARUM ist Kelly so still?“ In Margarets Stimme schwang Angst mit. Kelly saß mit geschlossenen Augen auf Steves Schoß.

„Das ist nur eine Reaktion auf alles, was geschehen ist.“ Sylvia bemühte sich, überzeugend zu klingen. „Außerdem scheint sie auf irgendetwas allergisch zu reagieren.“ Sie beugte sich vor und zog den Ärmel von Kellys Polohemd hoch.

Margaret starrte auf die vielen roten Pünktchen auf dem Arm ihrer Tochter, dann blickte sie abwechselnd Sylvia und Steve an. „Kelly hat keine Allergien. Das ist eines der wenigen Dinge, worin sie und Kathy sich unterscheiden.“

„Marg“, entgegnete Steve, „Sylvia und ich haben vorhin darüber gesprochen, dass Kathy vielleicht allergisch auf ein Medikament reagiert.“

„Du meinst doch nicht etwa – Penizillin? Sylvia, Sie haben selbst gesagt, das könnte ihr Tod sein!“

„Wir wissen es einfach nicht.“ Sylvia bemühte sich, ihre eigenen Befürchtungen nicht anklingen zu lassen. „Selbst zu viel Aspirin kann eine solche Reaktion verursachen.“

Margaret stand kurz vor dem Zusammenbruch. Und jetzt kam diese neue Sorge hinzu – eine Sorge, die so entsetzlich war, dass man gar nicht daran denken durfte. Kelly wirkte so erschreckend teilnahmslos. War es denkbar, dass Kathys und Kellys Lebensfunktionen in einem solchen Ausmaß miteinander verknüpft waren? Hieß das, wenn Kathy etwas zustieße, könnte es auch für Kelly kritisch werden?

Sylvia hatte sich auch über diese furchtbare Möglichkeit bereits mit Steve ausgetauscht. Jetzt las sie in Margarets Gesicht, dass diese den gleichen Gedanken hatte. Margaret beugte sich zu Steve hinüber und nahm Kelly aus seinen Armen. „Mein Liebling“, bat sie flehentlich, „sprich mit Kathy! Frag sie, wo sie ist. Sag ihr, dass Mommy und Daddy sie lieb haben.“

Kelly öffnete die Augen. „Sie kann mich nicht hören“, erwiderte sie träge.

„Warum nicht?“, fragte Steve.

„Sie kann nicht mehr aufwachen“, antwortete Kelly mit einem Seufzer. Dann rollte sie sich in Margarets Armen ein und schlief wieder ein.

In seinen Sitz zurückgelehnt, hörte Kater Karlo die Nachrichten. Die wichtigste Meldung wurde alle fünf Minuten wiederholt: Man suche zwei Verdächtige, einen zuletzt unter dem Namen Clint Downes bekannten Ex-Strafgefangenen und dessen Lebensgefährtin Angie Ames.

Nachdem er den ersten Schrecken überwunden hatte, überlegte Kater Karlo, was er nun tun sollte. Er konnte sofort zum Flughafen zurückfahren und wieder in die Maschine steigen, was wahrscheinlich das Vernünftigste gewesen wäre. Aber dann bliebe immer noch die Möglichkeit, dass Lucas Clint Downes verraten hatte, wer er war. Wenn das FBI Clint schnappen sollte, wird er ganz sicher im Tausch gegen ein milderes Urteil meinen Namen preisgeben, überlegte er. Das kann ich nicht riskieren. Mit ein bisschen Glück fange ich Clint ab, bevor er zu Angie ins Zimmer geht. Ich muss zuerst mit ihm reden.

Eine Stunde später wurde seine Geduld belohnt. Ein Mittelklassewagen tauchte auf dem Parkplatz auf und fuhr langsam eine Reihe nach der anderen ab, dann parkte er auf einem freien Platz in der Nähe von Angies Transporter. Ein schwergewichtiger Mann stieg aus. Noch ehe er sich in Bewegung setzte, war Kater Karlo aus seinem Wagen gestürzt und an seiner Seite aufgetaucht. Clint wirbelte herum und versuchte, in die Innentasche seiner Jacke zu fassen.

„Lassen Sie Ihre Waffe stecken. Ich will Ihnen nur helfen. Ihr Plan wird nicht funktionieren, Sie können nicht in diesem Transporter weiterfahren.“

Er sah, wie Clints Miene von Verblüffung zu listigem Begreifen wechselte. „Sie sind also Kater Karlo.“

„Ja.“

„Nach allem, was ich riskiert habe, wurde es langsam Zeit, Sie kennen zu lernen. Wer sind Sie wirklich?“

Er hat doch keine Ahnung, dachte Kater Karlo, aber jetzt ist es zu spät. Jetzt muss ich die Sache zu Ende bringen. „Sie ist da drin.“ Er deutete auf Angies Zimmer. „Sie müssen ihr sagen, dass ich hergekommen bin, um Ihnen bei der Flucht zu helfen. In was für einem Wagen sind Sie gekommen?“

„Den habe ich mir unterwegs besorgt. Ein, zwei Stunden bin ich damit sicher."

„Dann bringen Sie Angie und das Kind jetzt zum Wagen und sehen Sie zu, dass Sie hier wegkommen. Machen Sie mit ihnen, was Sie für richtig halten. Ich werde Ihnen folgen und Sie anschließend zu meinem Flugzeug mitnehmen. Und dann fliege ich Sie nach Kanada."

Clint nickte. „Sie hat alles vermasselt."

„Noch ist nicht alles verloren", beruhigte ihn Kater Karlo. „Aber schaffen Sie sie von hier weg, bevor es zu spät ist."

„WIR MÜSSEN versuchen, Kelly wach zu halten", sagte Sylvia. „Setzen Sie sie ab, Margaret. Nehmen Sie sie an der Hand. Sie auch, Steve. Gehen Sie mit ihr."

Bleich vor Angst, folgte Margaret ihren Anweisungen. „Komm, Kelly!", flehte sie. „Du und Daddy, Kathy und ich, wir gehen gern zusammen spazieren. Komm, mein Liebling."

„Ich kann nicht ... Nein ... Ich will nicht ..." Kellys Stimme klang quengelig und schläfrig.

„Du musst Kathy sagen, dass sie auch aufwachen muss", drängte Sylvia sie.

Die Kleine hielt den Kopf auf die Brust gesenkt, doch plötzlich schüttelte sie ihn. „Nein ... Nicht mehr ... Geh weg, Mona!"

„Kelly, was ist los?" Gott, hilf mir, betete Margaret. Mach, dass ich bis zu Kathy vordringe. Diese Frau, diese Angie muss diejenige sein, die Kelly „Mona" genannt hat. „Kelly, was macht Mona mit Kathy?"

Halb von ihnen getragen, stolperte das Mädchen zwischen Margaret und Steve dahin. „Mona singt", flüsterte sie. Mit zitternder Stimme und falschen Tönen begann sie: *„Nicht mehr ... im guten, alten Cape Cod."*

„ICH HABE ein bisschen Angst, dass sie denken werden, das ist wieder so eine, die nur ihren Namen in der Zeitung lesen will", gestand Elsie Stone ihrer Tochter. Sie hielt den Telefonhörer in der einen Hand und die *Cape Cod Times* in der anderen. „Die Frau sagte, das Kind wäre ein Junge, aber ich bin mir jetzt sicher, dass es ein Mädchen war. Und ich bin absolut sicher, dass dieses Kind Kathy Frawley war. Na ja, sie hatte eine Kapuze auf, und man konnte nur ein bisschen dunkelbraunes Haar sehen, aber ich erinnere mich, dass es mir komisch vorkam. Wie schlecht getönt. Und als ich sie nach ihrem Namen fragte, sagte sie zuerst ‚Kathy'. Dann sah ich, wie diese Frau sie unglaublich giftig anschaute. Da blickte die Kleine ganz ängstlich drein und sagte, sie heiße Stevie."

„Mom, bist du sicher, dass du dich da nicht in was hineinsteigerst?"

„Ich möchte mich ja nicht lächerlich machen, aber stell dir vor ..."

„Ich werde dir sagen, was du tun sollst, Mom. Ruf die Polizei von Barnstable an. Erzähl ihnen genau das, was du mir erzählt hast, und dann überlass es ihnen, was sie davon halten."

„WALTER, hier ist Steve Frawley. Kathy ist auf Cape Cod. Sie müssen dort anfangen zu suchen."

„Ich wollte Sie auch gerade anrufen", erwiderte Carlson. „Wir wissen jetzt, dass Downes nach Boston geflogen ist, aber beim Mietwagen-Service verlangte er nach einer Karte von Maine."

„Vergessen Sie Maine. Kelly versucht uns seit Stunden zu sagen, dass Kathy auf Cape Cod ist. Sie hat sogar versucht, diesen Schlager vom ‚guten, alten Cape Cod' zu singen. Diese Frau, die von den Zwillingen Mona genannt wird, singt es Kathy jetzt gerade vor."

„Steve, bleiben Sie ruhig. Wir werden unsere Jungs anweisen, eine spezielle Fahndung für Cape Cod rauszugeben, aber wir haben inzwischen auch einiges über Clints Freundin Angie in Erfahrung gebracht. Sie ist in Maine aufgewachsen. Wir glauben, dass sie sich dort bei Freunden versteckt haben könnte."

„Nein. Das Cape! Kathy ist auf Cape Cod!"

„Bleiben Sie dran. Ich muss einen Anruf entgegennehmen." Carlson schaltete Steve auf Wartestellung, führte das andere Gespräch und schaltete dann wieder zurück. „Sie könnten Recht haben. Es gibt eine Augenzeugin, die behauptet, Kathy heute Morgen in einem Hamburgerrestaurant in Hyannis gesehen zu haben. Eines unserer Flugzeuge wird Realto und mich in einer Viertelstunde hinfliegen."

„Wir kommen mit."

„DU BIST da, auf dem guten, alten Cape Cod", sang Angie und schlang Clint die Arme um den Hals. „Mann, habe ich dich vermisst, Dicker!"

„So, hast du?" Clint war drauf und dran, sie von sich wegzustoßen, doch er besann sich schnell. Sie durfte keinen Verdacht schöpfen. Er umarmte sie seinerseits. „Und rate mal, wer dich vermisst hat, kleiner Spatz?"

„Clint, ich weiß, dass du stocksauer auf mich sein musst, weil ich mit dem Geld abgehauen bin. Aber ich habe einfach Angst bekommen, dass sie die Verbindung zwischen Lucas und dir schnell rauskriegen, und da hielt ich es für besser, schleunigst zu verschwinden."

„Ist schon gut. Aber wir müssen hier weg. Hast du Radio gehört?"

„Nein. Ich habe mir einen Film im Fernsehen angesehen. Ich habe der Kleinen noch mal Medizin gegeben, und dann ist sie endlich wieder eingeschlafen."

Clint warf einen raschen Blick auf Kathy, die auf dem Bett lag. Sie hatte nur einen Schuh an, und feuchte Haarsträhnen klebten ihr an der Stirn. „Wenn alles so gelaufen wäre wie abgemacht, wäre dieses Kind jetzt zu Hause bei seinen Eltern. Und wir wären unterwegs nach Florida mit einer halben Million im Koffer. Stattdessen ist das ganze Land hinter uns her."

„Woher willst du wissen, dass das ganze Land hinter uns her ist?"

„Schau dir mal die Nachrichten im Fernsehen an. Da kommst du ganz groß raus, Baby. Ob's dir gefällt oder nicht."

Mit einem entschlossenen Druck auf die Fernbedienung schaltete Angie den Fernseher aus. „Also gut, was schlägst du vor?"

„Ich habe einen sicheren Wagen. Zunächst müssen wir raus aus diesem Motel, dann lassen wir das Kind irgendwo verschwinden, wo man es nicht finden wird. Und dann sehen wir zu, dass wir von Cape Cod wegkommen."

„Aber wir haben doch gesagt, wir lassen das Kind *und* den Transporter verschwinden."

„Wir lassen ihn hier stehen."

Ich habe mich in diesem Motel unter meinem richtigen Namen angemeldet, überlegte Angie. Wenn sie wirklich schon nach uns suchen, werden sie ziemlich bald hier sein. Aber das brauche ich Clint nicht zu sagen. Ich merke genau, dass er mich anlügt. Er ist sauer, und wenn dieser Trottel sauer ist, wird er unangenehm.

Er will mich loswerden.

„Clint, Schatz, dieser Bulle in Hyannis hat sich die Nummer vom Transporter notiert. Inzwischen weiß jeder Bulle auf ganz Cape Cod, dass ich heute Nachmittag in Hyannis war. Wenn sie glauben, dass ich noch hier bin, werden sie nach dem Transporter suchen. Und wenn sie ihn auf diesem Parkplatz finden, wissen sie, dass wir noch nicht weit weg sind. Ich kenne einen Jachthafen, keine fünf Minuten von hier, der in dieser Jahreszeit geschlossen ist. Ich könnte den Transporter mit dem Kind drin vom Pier aus ins Wasser rollen lassen und rechtzeitig rausspringen. Es ist tief genug, dass er ganz untergehen wird. Die brauchen Monate, bevor sie ihn finden. Komm, Liebling, wir haben nicht viel Zeit!"

Sie bemerkte, dass Clint unsicher zum Fenster blickte. Mit einem Schaudern wurde ihr klar, dass dort draußen noch jemand war. „Clint, du weißt, dass du vor mir nichts verbergen kannst“, sagte sie mit sanfter Stimme. „Du bist immer noch sauer auf mich, weil ich Lucas getötet habe und abgehauen bin. Vielleicht hast du Recht. Sag mir eins: Ist Kater Karlo auch hier?“ Sie sah ihm an, dass sie richtig geraten hatte. „Weißt du, wer er ist?“

„Nein, aber er kommt mir bekannt vor, als ob ich ihn schon mal gesehen hätte. Keine Ahnung, wo. Muss ich noch rausfinden.“

„Du könntest ihn also identifizieren?“

„Ja.“

„Und du glaubst, er lässt dich laufen, nachdem du ihn gesehen hast? Nein, mein Lieber – das tut er nicht! Wetten, er hat dir eingeredet, mich und das Kind loszuwerden, und danach wärt ihr dicke Freunde? Aber so läuft das nicht, glaub mir. Es ist besser für dich, wenn du mir vertraust. Wir verschwinden von hier, und dann machen wir ihm klar, dass wir eigentlich einen größeren Anteil verdient hätten. Sonst ...“

Sie sah, wie die Wut aus Clints Miene wich. Ich habe ihn schon immer um den kleinen Finger wickeln können, dachte sie. Er ist so dumm. Aber wenn er einmal herausgefunden hat, wer dieser Kerl ist, haben wir für immer ausgesorgt. „Schatz“, sagte sie, „nimm du den Koffer. Stell ihn in das Auto, mit dem du gekommen bist. Aber warte – ist es auf deinen Namen gemietet?“

„Nein, ich habe bei einem Kino den Wagen gewechselt.“

„Gut gemacht. Ich nehme das Kind. Du nimmst das Geld. Lass uns verschwinden. Wird Kater Karlo uns hinterherfahren?“

„Ja. Er will, dass ich zu ihm ins Auto steige und wir dann zu einem Flugzeug fahren, das auf ihn wartet.“

„Stattdessen werden wir zuerst den Transporter versenken, und dann machen wir gemeinsam die Fliege, du und ich. Er wird ja nicht so blöd sein, uns hinterherzujagen und zu riskieren, dass ihn die Bullen anhalten, oder? Sobald wir vom Cape runter sind, wechseln wir noch mal das Auto und fahren nach Kanada. Dort steigen wir in einen Flieger und verschwinden.“

Clint dachte einen Augenblick nach, dann nickte er. „Gut, einverstanden. Nimm das Kind.“ Als Angie Kathy auf den Arm nahm, sah er, dass der eine Schuh, den die Kleine trug, von ihrem Fuß abfiel. Was soll's?, dachte er. Sie wird ihn sowieso nicht mehr brauchen.

Drei Minuten später, um 21.35 Uhr, verließ Angie mit dem Transporter den Parkplatz des Muschel und Düne. In eine Decke gewickelt, lag Kathy auf dem Boden. Clint folgte ihnen in dem gestohlenen Wagen.

Nicht ahnend, dass Angie und Clint sich wieder zusammengeschlossen hatten, folgte direkt dahinter Kater Karlo. Warum fährt sie den Transporter?, rätselte er. Aber Clint trug einen Koffer, und da muss das Geld drin sein. „Jetzt heißt es alles oder nichts", sagte er laut, als er sich an letzter Stelle in die tödliche Prozession einreihte.

ZWÖLF Minuten nachdem er einen Anruf von der Polizeiwache Barnstable erhalten hatte, traf Officer Tyron beim Soundview ein. Auf dem Weg dorthin hatte er sich heftige Vorwürfe gemacht, weil er nicht auf seine Intuition gehört hatte. Er hätte diese Frau, die er angehalten hatte, weil sie ohne Kindersitz in ihrem Transporter unterwegs gewesen war, näher unter die Lupe nehmen sollen. Ihm war sogar kurz durch den Kopf gegangen, dass sie dem Foto auf ihrem Führerschein nicht besonders ähnlich sah. Aber das mussten seine Vorgesetzten nicht unbedingt erfahren.

Bei seiner Ankunft wimmelte das gesamte Motel bereits von Polizeibeamten. Nachdem die Meldung durchgegeben worden war, dass die zweite Zwillingstochter der Frawleys noch am Leben und in Hyannis gesehen worden sei, hatte man alle verfügbaren Kräfte in Bewegung gesetzt. In dem Zimmer, das die Frau unter dem Namen Linda Hagen bewohnt hatte, herrschte geschäftiges Gedränge. Die Zwanzigdollarscheine, die unter dem Bett gefunden worden waren, waren ein starkes Indiz dafür, dass sie tatsächlich zu den Kidnappern gehörte.

David Toomey war vom Nachtportier angerufen worden und ins Motel zurückgeeilt. „Dieses Kind ist sehr, sehr krank", berichtete er aufgeregt. „Sie hätte in die Notaufnahme ins Krankenhaus gebracht werden müssen. Finden Sie sie, so schnell wie möglich, sonst ist es zu spät!"

ABGESEHEN von den Bemühungen, Kelly wach zu halten, herrschte im Flugzeug Schweigen. Mit geschlossenen Augen saß das Mädchen auf dem Schoß seiner Mutter. Lethargisch lehnte sie mit dem Kopf an Margarets Brust und reagierte kaum noch, wenn man sie ansprach.

Carlson und Realto hatten mit dem FBI-Hauptquartier in Boston Kontakt aufgenommen. Ihre Kollegen von dort waren unterwegs zum Cape, um die Ermittlungen zu übernehmen. Ein Wagen des FBI würde die beiden Agenten, die Frawleys und Sylvia am Flughafen abholen und zur Polizeiwache von Hyannis bringen, wo die Kommandozentrale für die Fahndung eingerichtet werden sollte.

Realto überlegte, was er täte, wenn er sich in der Situation von Clint und

Angie befände. Ich würde den Transporter und den Mietwagen loswerden wollen, und das Kind auch. Kathy ist für sie ein zu großes Risiko. Wir können nur hoffen, dass sie so viel Anstand besitzen, sie irgendwo auszusetzen, wo man sie schnell findet. Dann würden sie uns jedoch einen genauen Ort liefern, von dem aus wir die Fahndung nach ihnen fortsetzen könnten, dachte er grimmig. Und mein Gefühl sagt mir, diese Leute stecken schon so tief im Verbrechen drin, dass sie auch den letzten Rest Anstand verloren haben.

JEDER Bulle auf Cape Cod sucht nach diesem Transporter. Nervös biss sich Angie auf die Lippen, während sie sich auf der Route 28 von Chatham entfernte. Aber zum Jachthafen geht es gleich hinter der Stadtgrenze von Harwich ab, und wenn wir diese Schrottkiste erst mal versenkt haben, sind wir in Sicherheit. Meine Güte, wenn ich daran denke, dass ich dieses Gör am Anfang unbedingt haben wollte! Und dann sind wir ihretwegen in einen solchen Schlamassel geraten. Langsam kann ich verstehen, dass Clint so sauer auf mich war.

Mit äußerst angespannten Nerven – da sie in jeder Sekunde darauf gefasst war, das Heulen einer Polizeisirene zu hören – verlangsamte Angie die Fahrt. Bald musste die Abzweigung kommen. Genau, nicht diese, sondern die nächste. Gleich darauf bog sie erleichtert nach links von der Route 28 ab und fuhr die gewundene Straße zum Nantucket Sound hinunter. Die meisten Häuser entlang der Straße waren durch hohe Hecken und Sträucher ihrem Blick entzogen. Diejenigen, die sie sehen konnte, lagen im Dunkeln. Vermutlich waren alle im Winter nicht bewohnt. Ein guter Ort, um den Transporter zu versenken. Das müsste Clint auch erkennen.

Sie bog um eine letzte Kurve, dicht gefolgt von Clint. Kater Karlo wird sich im Hintergrund halten, überlegte sie. Bestimmt hat er mittlerweile eingesehen, dass ich kein Dummkopf bin. Der Pier lag direkt vor ihr, und sie wollte gerade hinauffahren, als sie ein kurzes, schwaches Hupsignal hörte.

Warum zum Teufel hatte dieser Idiot Clint jetzt gehupt? Voller Wut blieb sie stehen und sah, wie er aus dem gestohlenen Wagen stieg und auf sie zueilte. Sie öffnete die Tür. „Willst du dem Balg noch einen Abschiedskuss geben, oder was?!“, fuhr sie ihn an.

Der säuerliche Geruch von Schweiß war das Letzte, was sie wahrnahm, bevor Clints Faust sie mit voller Wucht traf und ihr das Bewusstsein raubte. Sie sank über dem Lenkrad zusammen. Clint legte einen Gang ein und setzte ihren Fuß auf das Gaspedal. In dem Moment, als sich der Transporter in Bewegung setzte und den Pier entlangrollte, warf er die Tür zu. Er blickte dem Wagen nach, bis dieser das Ende des Piers erreichte, wo er plötzlich wegkippte und verschwand.

PHIL KING, der Nachtportier im Muschel und Düne, behielt die Uhr im Auge. Sein Dienst endete um zehn, und er hatte es eilig, wegzukommen. Er hatte an diesem Tag seine gesamte freie Zeit damit zugebracht, einen Krach mit seiner Freundin beizulegen, und sie hatte eingewilligt, sich mit ihm auf einen Drink in einer Bar zu treffen. Nur noch zehn Minuten, dachte Phil in froher Erwartung.

Hinter der Empfangstheke befand sich ein kleiner Fernseher für die Nachtschicht. Phil schaltete das Gerät ein. Ihm war eingefallen, dass die Celtics heute gegen die Nets in Boston spielten, und er wollte nach dem Spielstand sehen.

Stattdessen brachten sie eine Nachrichtensondersendung. Die Polizei habe bestätigt, dass Kathy Frawley an diesem Vormittag auf Cape Cod gesehen worden sei. Ihre mutmaßliche Entführerin heiße Angie Ames und sei in einem zwölf Jahre alten dunkelbraunen Chevy-Transporter unterwegs. Der Sprecher gab das Kennzeichen durch.

Phil hörte es nicht mehr. Mit offenem Mund starrte er auf den Bildschirm. *Angie Ames!* Mit zitternden Händen griff er nach dem Telefonhörer und wählte den Notruf.

Als sich die Vermittlung meldete, rief er in den Hörer: „Angie Ames wohnt bei uns! Vor nicht mal zehn Minuten ist sie mit ihrem Transporter weggefahren!"

CLINT sah zu, wie der Transporter verschwand. Dann stieg er mit grimmiger Befriedigung in den gestohlenen Wagen und fuhr in einer scharfen Wende zurück auf die kleine Straße. Im grellen Licht der Scheinwerfer sah er den entgeisterten Ausdruck auf Kater Karlos Gesicht, der auf ihn zulief. Er hält eine Pistole in der Hand, wie ich erwartet habe, dachte Clint. Klar wollte er mit mir teilen. Ganz klar. Ich könnte ihn jetzt überfahren, aber das wäre zu einfach. Es wird mehr Spaß machen, mit ihm zu spielen.

Er hielt schnurgerade auf ihn zu und beobachtete mit Vergnügen, wie Kater Karlo die Waffe fallen ließ und sich mit einem Sprung zur Seite rettete. Und jetzt nichts wie weg von Cape Cod, dachte Clint. Aber erst muss ich diese Karre hier loswerden. Das junge Pärchen wird in weniger als einer Stunde aus dem Kino kommen, und dann wird die Polizei nach diesem Wagen fahnden.

Er raste zur Route 28 zurück. Sicherlich würde Kater Karlo ihn verfolgen, aber Clint wusste, dass er einen ausreichenden Vorsprung hatte. Er wird sich denken, dass ich in Richtung Brücke fahre, überlegte er, aber was soll ich machen – das ist immer noch das Beste, was ich tun kann. Er bog nach links ab. Auf dem Mid-Cape-Highway wäre es schneller gegangen, doch er beschloss, lieber die Route 28 zu nehmen. Mittlerweile würden sie rausgekriegt haben, dass er nach Boston geflogen war und einen Wagen gemietet hatte. Ob sie auf den Trick mit Maine hereingefallen waren?

Er schaltete das Radio ein und bekam gerade noch mit, wie der Nachrichtensprecher aufgeregt die offizielle Bestätigung meldete, dass Kathy Frawley in Hyannis gesehen worden sei. Sie befinde sich in der Gewalt einer Frau namens Angie Ames, die auch den Namen Linda Hagen verwende. Straßensperren würden errichtet.

Clint umklammerte das Lenkrad. Er musste schleunigst hier weg. Der Koffer mit dem Geld stand auf dem Boden vor der Rückbank. Der Gedanke daran, was er mit einer Million Dollar machen konnte, bewahrte Clint davor, in Panik zu verfallen, während er durch die Außenbezirke von Hyannis fuhr. Noch zwanzig Minuten, dann war er an der Brücke.

Das Jaulen einer Polizeisirene ließ ihn zusammenzucken. Ich kann nicht gemeint sein, ich fahre nicht zu schnell, dachte er, doch dann sah er entgeistert, wie ihn ein Streifenwagen überholte und ihm den Weg abschnitt, während ein zweiter direkt hinter ihm hielt.

„Steigen Sie aus, und lassen Sie die Hände oben!“ Der Befehl kam aus dem Lautsprecher des Streifenwagens hinter ihm.

Clint spürte, wie kleine Schweißbäche seine Wangen hinunterliefen, als er langsam die Tür öffnete und ausstieg, die dicken Arme weit über den Kopf erhoben. Zwei Polizisten näherten sich ihm, die Waffe im Anschlag. „Sie haben wirklich Pech“, sagte einer von ihnen. „Den beiden hat der Film nicht gefallen und sie sind mittendrin rausgegangen. Sie sind verhaftet wegen Besitzes eines gestohlenen Fahrzeugs.“

Der andere Polizist leuchtete Clint mit der Taschenlampe ins Gesicht und riss die Augen auf. „Sie sind Clint Downes!“ Dann herrschte er ihn an: „Wo ist das Mädchen, du Penner?! Wo ist Kathy Frawley?“

MARGARET, Steve, Sylvia und Kelly saßen im Büro des Polizeichefs, als die Nachricht eintraf, dass Angie Ames unter ihrem richtigen Namen in einem Motel in Chatham abgestiegen war und der Angestellte am Empfang gesehen hatte, wie sie vor zehn Minuten weggefahren war.

„War Kathy im Wagen?“, flüsterte Margaret.

„Er weiß es nicht. Aber auf dem Bett lag ein Kinderschuh. Es ist sehr wahrscheinlich, dass Kathy dort war.“

Sylvia beobachtete Kelly, die sie in den Armen hielt. Plötzlich fing sie an, die Kleine zu schütteln. „Kelly, wach auf! Du musst aufwachen!“ Sie sah den Polizeichef an. „Wir brauchen ein Atemgerät. Schnell!“

12

Kater Karlo hatte aus der Ferne gesehen, wie die Streifenwagen Clint in dem gestohlenen Auto zum Anhalten gezwungen hatten. Er kennt meinen Namen nicht, aber sobald er mich beschreibt, steht das FBI vor meiner Haustür, ging es ihm durch den Kopf. Wenn ich daran denke, dass es überhaupt nicht nötig war herzukommen – Lucas hatte ihm gar nicht gesagt, wer ich bin ...

In einem Anfall von rasendem Zorn begannen seine Hände so heftig zu zittern, dass er das Lenkrad kaum noch halten konnte. Sieben Millionen Dollar liegen für mich in der Schweiz bereit, dachte er. Den Pass habe ich in der Tasche. Das Flugzeug soll mich nach Kanada bringen. Dann werde ich sofort einen Flug nach Übersee nehmen. Vielleicht wird Clint mich nicht sofort hochgehen lassen, weil er mich als Faustpfand benutzen kann. Ich bin sein letzter Trumpf.

Mit trockenem Mund bog er von der Route 28 Nord ab. Noch bevor Clint in Handschellen zu einem der Streifenwagen abgeführt wurde, befand sich Kater Karlo auf der Route 28 Süd und brauste zum Flughafen Chatham.

„WIR WISSEN, dass Ihre Freundin vor zwanzig Minuten das Motel Muschel und Düne verlassen hat. War Kathy Frawley bei ihr?“

„Ich weiß nicht, wovon Sie sprechen“, erwiderte Clint.

„Sie wissen genau, wovon ich spreche!“, fuhr ihn FBI-Agent Frank Reeves vom Bostoner Büro an. Er, Realto, Carlson und der Polizeichef saßen im Verhörraum der Wache Barnstable. „Ist Kathy in diesem Transporter?“

„Sie haben mir gerade meine Rechte vorgelesen. Ich will einen Anwalt sprechen.“

„Clint, hören Sie mir zu“, bedrängte ihn Carlson. „Kathy ist schwer krank. Wenn sie stirbt, haben Sie zwei Mordanklagen am Hals. Wir wissen, dass Ihr Kumpel Lucas sich nicht selbst umgebracht hat.“

„Lucas?“

„In Ihrem Haus in Danbury werden wir überall DNA-Spuren der Zwillinge finden. Ein Polizist hat Angie heute Morgen zusammen mit Kathy gesehen. Ebenso eine Kellnerin in einem Burgerlokal. Sie haben nur eine Chance auf ein bisschen Milde vor Gericht, wenn Sie jetzt auspacken.“

Vor der Tür ertönten Stimmen, die lauter wurden. Alle wandten den Kopf. Der diensthabende Sergeant rief: „Mrs Frawley, es tut mir leid, aber Sie können dort nicht hinein!“

„Ich muss aber. Da drinnen sitzt der Mann, der meine Kinder entführt hat!“

Reeves, Realto und Carlson tauschten Blicke aus. „Lassen Sie sie rein!“, rief Reeves laut.

Die Tür flog auf, und Margaret stürmte herein. Ihre blauen Augen glänzten pechschwarz, das Gesicht war totenbleich, die langen Haare befanden sich in einem wilden Durcheinander. Sie trat dirckt auf Clint zu und fiel vor ihm auf die Knie. „Kathy ist krank.“ Ihre Stimme bebte. „Wenn sie stirbt, weiß ich nicht, ob Kelly das überleben wird. Ich werde Ihnen alles verzeihen, wenn Sie mir jetzt helfen, Kathy zurückzubekommen. Ich werde bei Ihrem Prozess ein gutes Wort für Sie einlegen. Das verspreche ich Ihnen. Bitte!“

Clint versuchte sich abzuwenden, doch sein Blick verharrte wie gebannt auf Margarets flammenden Augen. Ich bin sowieso geliefert, überlegte er. Ich werde Kater Karlo noch nicht verraten, aber vielleicht gibt es eine andere Möglichkeit, einer Mordanklage zu entgehen. „Ich wollte das Kind nicht behalten. Das war ganz allein Angies Idee. Sie hat Lucas erschossen und diesen gefälschten Abschiedsbrief hinterlassen. Dann ist sie mit dem gesamten Geld abgehauen und hat mich angerufen, wir sollten uns hier treffen. Ich schlug ihr vor, dass wir den Transporter stehen lassen und vom Cape verschwinden. Aber dann kam alles anders.“

„Was ist passiert?“, fragte Realto.

„Angie wusste, dass es nicht weit von dem Motel einen Jachthafen gibt, wo wir mit dem Transporter auf den Pier fahren und ihn dann ins Wasser rollen lassen konnten. Aber irgendwas ist schiefgegangen. Sie kam nicht mehr rechtzeitig aus dem Transporter raus.“

„Er kippte ins Wasser, und sie saß noch drin?“

„Genau.“

„War Kathy in dem Transporter?“

„Ja. Angie wollte ihr nichts tun. Wir wollten sie mitnehmen. Wir wollten eine Familie sein.“

„Eine Familie! Eine Familie!“ Die Tür zum Verhörraum stand immer noch offen. Margarets herzzerreißender Schrei hallte durch den Flur.

Steve befand sich bereits auf dem Weg zu seiner Frau. Im Verhörraum angekommen, erblickte er sie zu Füßen eines dicklichen Mannes, der einer der Entführer sein musste. Er richtete Margaret auf und nahm sie in die Arme. Dann blickte er Clint Downes ins Gesicht. „Wenn ich eine Waffe in der Hand hätte, würde ich Sie auf der Stelle erschießen.“

Nachdem Downes den Ort beschrieben hatte, griff der Polizeichef zum Telefon. „Zum Seagull-Jachthafen. Wir brauchen Taucher. Und besorgen Sie ein Boot!“, befahl er, dann blickte er zu Margaret und Steve. „Unterhalb des Piers befindet sich noch ein Ladesteg. Im Winter ist normalerweise eine Kette quer darübergespannt. Vielleicht – aber das wäre ein Wunder – hat diese Kette verhindert, dass der Transporter ganz ins Wasser gestürzt ist. Aber die Flut kommt jetzt schnell rein. Der Steg wird in den nächsten zwanzig Minuten überflutet sein.“

ALLE Flughäfen werden von uns überwacht, resümierte Carlson, während er mit Reeves, Realto und dem Polizeichef von Barnstable auf der Route 28 nach Harwich fuhr. Downes beteuert, dass er nicht Kater Karlo ist, sagt aber auch, er könne dessen Identität liefern, falls man ihm ein faires Angebot mache und ihm nicht mit der Todesstrafe drohe. Ich glaube ihm. Er ist nicht clever genug, um die ganze Entführung organisiert zu haben. Wenn Kater Karlo erfährt, dass wir Downes haben, kann er sich denken, dass es nur eine Frage der Zeit ist, bis der ihn verpfeift. Irgendwo hat er sieben Millionen Dollar gebunkert. Er wird versuchen, so schnell wie möglich das Land zu verlassen, bevor es zu spät ist.

Kelly war sofort mit Sylvia ins Krankenhaus von Cape Cod gebracht worden, doch Margaret und Steve hatten darauf bestanden, in einem der Streifenwagen zum Jachthafen mitzufahren. Es wäre mir lieber, sie wären nicht mitgekommen, dachte Carlson. Sie sollten besser nicht zusehen müssen, wenn Kathy aus einem Wagen geholt wird, der aus einem Hafenbecken gezogen wurde.

Der Verkehr auf der Route 28 stob auseinander, um der Kolonne der Polizeifahrzeuge Platz zu machen. In nur neun Minuten hatten sie die Zufahrt zum Jachthafen erreicht. Die Staatspolizei von Massachusetts war bereits zur Stelle. Im nächtlichen Dunst beleuchteten Scheinwerfer den Pier. Aus der Ferne näherte sich auf den schäumenden Wellen ein Polizeiboot in rasender Fahrt.

Mit quietschenden Bremsen kam der Streifenwagen auf der Hälfte des

Piers zum Stehen. Die Männer stürzten hinaus und rannten los, ihre Schritte hallten auf den Holzplanken. Am Ende des Piers blieben sie stehen und blickten hinunter. Der hintere Teil des Transporters ragte aus dem Wasser, die beiden Hinterräder waren an der schweren Kette hängen geblieben. Die Vorderreifen dagegen befanden sich bereits unter Wasser, und schwere Wellen klatschten über die Motorhaube. Carlson sah, dass das Gewicht der beiden Polizisten, die unten mit ihren schweren Geräten die Bergung vorbereiteten, den Ladesteg in eine Schieflage brachte. Noch während sie zuschauten, rollte eines der Hinterräder über die Kette, und der Transporter sackte ein Stück tiefer ins Wasser.

Plötzlich wurde Carlson von hinten zur Seite gedrängt. Im nächsten Augenblick riss sich Steve die Jacke vom Leib und sprang ins Wasser hinunter. Seitlich des Transporters tauchte er wieder auf.

„Richtet die Scheinwerfer auf das Wageninnere!", brüllte Reeves.

Das andere Hinterrad wurde jetzt von der steigenden Flut angehoben. Es ist zu spät, dachte Carlson. Der Wasserdruck ist zu groß. Steve wird die Tür nicht aufbekommen.

Inzwischen war auch Margaret eingetroffen und stand am Rand des Piers.

Steve spähte in das Innere des Transporters. „Kathy liegt hinten auf dem Boden!", schrie er. „Auf dem Fahrersitz liegt eine Frau. Sie bewegt sich nicht." Verzweifelt rüttelte er an der hinteren Tür. Er holte aus und schlug mit der Faust erfolglos gegen die Scheibe. Die Wellen trieben ihn vom Transporter weg. Doch er hielt sich mit einer Hand am Türgriff fest und schlug immer wieder verzweifelt gegen die Scheibe.

Das Geräusch splitternden Glases ertönte, als sie endlich nachgab. Ohne auf seine gebrochene und blutende Hand zu achten, drückte Steve die Reste der Scheibe ein und streckte zuerst die Arme, dann Kopf und Schultern durch die Öffnung ins Wageninnere.

Das zweite Hinterrad war jetzt von der Kette losgekommen, und der Transporter begann langsam ins Wasser zu rutschen.

Das Boot der Küstenwache erreichte den Pier und kam an der Seite des Transporters zum Stehen. Zwei Männer beugten sich über die Reling, ergriffen Steves Hüfte und Beine und zogen ihn ins Boot. In seinen Armen hielt er eine kleine, in eine Decke gewickelte Gestalt fest umklammert. Als Steve in die Arme seiner Retter sank, kippte der Transporter über den Rand des Stegs und versank gurgelnd in den schäumenden Fluten.

„Gebt sie mir, gebt sie mir!" Margarets Aufschrei wurde von der heulenden Sirene des eintreffenden Krankenwagens übertönt.

„MOM, ICH habe im Radio gehört, dass Kathy vermutlich noch am Leben ist. Ich wollte dir nur sagen, dass ich nichts mit der Entführung von Steves Kindern zu tun hatte. Mein Gott, glaubst du, ich würde so etwas meinem eigenen Bruder antun? Er war immer für mich da." Nervös blickte Richie Mason in der Abflughalle des Kennedy Airport um sich. Ungeduldig hörte er seiner Mutter zu.

„Ach, Richie, wenn Kathy gerettet wird, dann kommen wir alle zusammen zu einem wunderbaren Familientreffen."

„Das machen wir, Mom. Aber ich muss jetzt los. Ich habe einen wirklich vielversprechenden Job angeboten bekommen. Ich fliege zum Hauptsitz der Firma nach Oregon. Ich habe dich lieb, Mom. Ich melde mich dann."

„Passagiere für den Continental-Flug 102 nach Paris werden gebeten, ihre Bordkarte bereitzuhalten", ertönte die Durchsage. „Die Fluggäste der ersten Klasse und diejenigen, die Hilfe benötigen ..."

Ein letztes Mal sah sich Richie flüchtig in der Lounge um, bevor er seine Bordkarte vorzeigte und die Maschine bestieg. Auf Sitz 2B nahm er Platz. Im letzten Moment hatte er sich entschlossen, die noch ausstehende Kokainlieferung aus Kolumbien nicht mehr abzuholen. Nachdem er vom FBI wegen der entführten Kinder verhört worden war, hatte ihm seine Intuition geraten, dass es für ihn Zeit werde, sich ins Ausland abzusetzen. Zum Glück konnte er sich darauf verlassen, dass dieser Trottel Danny den Koffer an seiner Stelle übernahm und für ihn versteckte. Er war noch unentschlossen, welchen Zwischenhändler er damit betrauen konnte, den Koffer bei Danny abzuholen und ihm seinen Anteil zu überweisen, aber das würde er später entscheiden.

Beeilt euch!, hätte er am liebsten gebrüllt, als sich das Flugzeug langsam füllte. Es ist alles in Ordnung, versuchte er sich zu beruhigen. Mit Steves Pass hat es bestens geklappt. Danke, Steve.

Eine Stewardess begann, ihre kleine Ansprache zu halten. Los, los, nun macht schon!, dachte Richie. Als er rasche Schritte im Gang hörte, zuckte er zusammen. Sie stoppten neben ihm.

„Mr Mason, würden Sie uns bitte begleiten?", fragte eine Stimme.

Richie sah auf. Zwei Männer standen im Gang. „FBI", sagte einer von ihnen.

„WIR HABEN Kelly stabilisieren können, doch obwohl ihre Lunge frei ist, hat sie Probleme mit dem Atmen", erläuterte der Arzt von der pädiatrischen Intensivstation mit ernstem Gesicht. „Bei Kathy liegen die Dinge viel schlimmer. Sie ist wirklich in einem sehr ernsten Zustand. Die Bronchitis ist in eine Lungenentzündung übergegangen, und außerdem wurden ihr offenbar hohe Dosen von Erwachsenenmedikamenten verabreicht, die verheerend auf ihr Nervensystem gewirkt haben. Ich wünschte, ich könnte Ihnen eine bessere Diagnose ..."

Mit dick verbundenen Armen saß Steve neben Margaret am Krankenbett. Kathy, die mit ihren kurzen dunklen Haaren und der Sauerstoffmaske auf dem Gesicht kaum wiederzuerkennen war, lag vollkommen regungslos da. Das Gerät, das ihre Atemfunktion überwachte, hatte bereits zweimal ein Alarmsignal abgegeben.

Ein Stück weiter denselben Flur hinunter lag Kelly in der pädiatrischen Abteilung. Sylvia war bei ihr.

„Kelly muss sofort in dieses Zimmer gebracht werden!", verlangte Margaret in einem Ton, der keinen Widerspruch duldete.

„Mrs Frawley ..."

„Sofort! Kathy braucht sie."

Den ganzen Samstag war Norman Bond in seiner Wohnung geblieben. Die meiste Zeit hatte er auf der Couch gesessen, auf den East River geschaut und die neuesten Nachrichten über die Entführung der Zwillinge im Fernsehen verfolgt. Warum habe ich Frawley eingestellt?, fragte er sich. Weil ich mir einbilden wollte, ich könnte noch mal von vorn anfangen, die Zeit zurückdrehen und zusammen mit Theresa in Ridgefield sein? Wollte ich mir vorgaukeln, unsere Zwillinge lebten noch? Sie wären jetzt 21.

Sie glauben, dass ich etwas mit der Entführung zu tun hatte. Dieser Versprecher, als ich Theresa als meine „verstorbene Gattin" bezeichnete, ist einfach unbegreiflich. Immer habe ich wohlweislich gesagt, ich sei überzeugt, dass sie noch am Leben sei und dass sie Banks auf die gleiche Weise habe sitzen lassen wie mich.

Seitdem das FBI ihn verhört hatte, war er in Gedanken ununterbrochen bei Theresa gewesen. Bevor er sie getötet hatte, hatte sie um das Leben ihrer ungeborenen Zwillinge gefleht, genau wie Margaret Frawley darum gefleht hatte, ihre Kinder wieder freizulassen.

Um sieben Uhr machte er sich einen Drink. „Eine Frau, die in Zusammenhang mit der Entführung gesucht wird, soll auf Cape Cod gesehen worden sein", meldete der Nachrichtenüberblick.

„Norman ... bitte ... nicht ..."

Die Wochenenden sind das Schlimmste, dachte er.

Eine halbe Stunde später machte er sich noch einen Drink. Er nippte an seinem Glas, während er gedankenverloren mit Theresas Eheringen spielte, die er an dem Kettchen um den Hals trug. Den einen hatte er ihr geschenkt, und sie hatte ihn auf der Kommode zurückgelassen. Den anderen, den rundum mit Brillanten besetzten, hatte sie von ihrem reichen zweiten Ehemann bekommen. Bond erinnerte sich, wie schwierig es gewesen war, ihn ihr abzustreifen, weil ihre schlanken Finger wegen der Schwangerschaft angeschwollen gewesen waren.

Um halb neun beschloss er zu duschen, sich umzuziehen und zum Abendessen auszugehen. Er erhob sich, ging mit etwas unsicheren Schritten zum Schrank und entnahm ihm einen Anzug, dazu ein weißes Hemd und eine der Krawatten, die ihm der Verkäufer zu diesem Anzug empfohlen hatte.

Als er das Wohngebäude vierzig Minuten später verließ, blickte er zufällig auf die andere Straßenseite. Zwei Männer stiegen aus einem Wagen. Einer von ihnen war der FBI-Agent, der ihn in seinem Büro aufgesucht hatte. Von einer plötzlichen Panik ergriffen, hastete Bond den Bürgersteig hinunter und überquerte blindlings die 72. Straße.

Der Aufprall des Kleinlasters fühlte sich an wie eine Explosion, die Bond in Stücke zu reißen schien. Er spürte, wie er durch die Luft geschleudert wurde, und dann den ungeheuren Schmerz, als sein Körper auf den Bürgersteig niederkrachte. Er schmeckte Blut, das aus seinem Mund quoll.

Verschwommen tauchte das Gesicht des FBI-Agenten über ihm auf. Die Kette mit Theresas Ringen, dachte er. Ich muss sie verschwinden lassen. Aber seine Hand gehorchte ihm nicht mehr. Er spürte, dass sich sein weißes Hemd mit Blut vollsog. Seine Lippen formten ihren Namen: „Theresa."

Agent Angus Sommers kniete neben Norman Bond nieder und fühlte mit dem Finger dessen Halsschlagader. „Er ist tot."

REEVES, Carlson und Realto betraten Clints Zelle.

„Das kleine Mädchen konnte aus dem Wagen befreit werden, aber es ist noch nicht sicher, ob es überleben wird", informierte Carlson den Häftling zornig. „Ihre Freundin Angie ist tot. Die Autopsieergebnisse stehen noch aus, aber wissen Sie was? Wir sind überzeugt, dass sie bereits tot war, bevor sie im Wasser versank. Jemand verpasste ihr einen so harten Schlag, dass sie auf der Stelle tot war. Wer mag das wohl gewesen sein?"

Clint fühlte sich, als ob er gerade gegen einen Zementblock gerannt wäre. Er sah ein, dass die Sache für ihn gelaufen war. Und gleichzeitig schwor er sich, dass er nicht allein unterginge. Keine Ahnung, ob ich ein milderes Urteil erwarten kann, wenn ich ihnen jetzt mitteile, wer Kater Karlo ist, überlegte er, aber ich werde auf keinen Fall den Rest meines Lebens im Knast schmoren, während er seine sieben Millionen verprasst.

„Ich weiß nicht, wie Kater Karlo richtig heißt“, sagte er, „aber ich kann Ihnen verraten, wie er aussieht. Er ist groß, so um die einsneunzig. Rotblonde Haare. Ziemlich nobel angezogen. Mitte vierzig. Er sagte mir, ich solle zuerst Angie loswerden und ihm dann zum Flughafen von Chatham folgen, wo eine Maschine auf ihn warte.“ Clint hielt kurz inne. „Moment mal! Jetzt weiß ich, wer das ist. Ich dachte mir schon, dass ich ihn bereits gesehen hatte. Er ist dieses hohe Tier von der Firma, die das Lösegeld gezahlt hat. Er war im Fernsehen und meinte, er sei dagegen gewesen zu zahlen.“

„Gregg Stanford!“, rief Carlson. Realto nickte zustimmend. Reeves hatte bereits zum Handy gegriffen.

„Hoffentlich erwischen wir ihn noch, bevor sein Flugzeug startet.“ Mit Wut und Verachtung in der Stimme fuhr Carlson Clint an: „Und du miese Ratte fängst am besten schon mal an zu beten, dass Kathy durchkommt!“

„Die Frawley-Zwillinge befinden sich inzwischen im Krankenhaus von Cape Cod“, berichtete der Sprecher von Channel 5. „Der Zustand von Kathy wird als äußerst kritisch bezeichnet. Die Leiche der an der Entführung beteiligten Frau, Angie Ames, wurde aus dem gesunkenen Transporter im Jachthafen von Harwich geborgen. Ihr Komplize Clint Downes befindet sich in Haft. Der mutmaßliche Drahtzieher der Entführung, der Mann, der sich Kater Karlo nennt, ist immer noch auf freiem Fuß.“

Keine Rede davon, dass ich auf Cape Cod sein soll, dachte Kater Karlo erleichtert, während er in der Wartelounge des Flughafens Chatham saß und sich die laufenden Nachrichten ansah. Das bedeutet, dass Clint mich noch nicht verpfiffen hat. Dennoch muss ich so schnell wie möglich ins Ausland.

Doch der strömende Regen und der dichte Nebel hielten im Augenblick alle Flugzeuge am Boden. Sein Pilot hatte ihm mitgeteilt, es dauere hoffentlich nicht mehr allzu lang.

Warum bin ich nur in Panik geraten und auf die verrückte Idee gekommen, diese Kinder zu entführen, grübelte er. Weil ich Angst hatte. Angst, dass Millicent meine Affären herausgefunden hat. Wenn sie beschlossen hätte, mich zu verlassen, wäre ich meinen Job losgeworden und hätte keinen einzigen Dollar gehabt. Ich habe es getan, weil ich glaubte, Lucas vertrauen zu können. Er hat immer den Mund gehalten. Und er hat mich auch bis zuletzt nicht verraten.

Wäre ich nur nicht nach Cape Cod geflogen! Ich könnte jetzt schon im Ausland sein, wo die Millionen auf mich warten. Ich werde sofort auf die Malediven weiterfliegen. Die liefern nicht an die USA aus.

Die Tür zum Warteraum wurde aufgerissen, und zwei Männer stürmten herein. Einer von ihnen trat hinter Kater Karlo, forderte ihn auf, sich mit ausgestreckten Armen hinzustellen, und tastete ihn rasch nach Waffen ab.

„FBI", sagte der andere. „So eine Überraschung, Mr Stanford! Darf ich fragen, was Sie heute Abend nach Cape Cod führte?"

Stanford blickte ihm direkt in die Augen. „Ich habe eine junge Dame besucht. Eine Privatangelegenheit, die Sie nichts angeht."

„Hieß die Dame zufällig Angie?"

„Was soll das denn?", fuhr ihn Stanford an. „Eine Unverschämtheit!"

„Sie wissen ganz genau, was das soll", entgegnete der Agent. „Sie werden heute in kein Flugzeug mehr steigen, Mr Stanford. Oder ist es Ihnen vielleicht lieber, wenn ich Sie mit Kater Karlo anrede?"

IN IHREM Kinderbett und begleitet von Sylvia wurde Kelly auf die Intensivstation gerollt. Wie ihre Schwester trug sie eine Sauerstoffmaske.

Margaret stand auf. „Entfernen Sie den Schlauch. Ich möchte sie zu Kathy ins Bett legen."

„Kathy hat eine Lungenentzündung." Der Protest erstarb Sylvia auf den Lippen.

„Tun Sie es", wies Margaret die Schwester an. „Sie können die Maske nachher wieder anschließen, wenn ich sie hineingelegt habe."

Die Schwester blickte zu Steve. „Machen Sie nur", bestätigte er.

Margaret nahm Kelly in ihre Arme und drückte den Kopf ihrer Tochter einen Augenblick lang an ihren Hals. „Kathy braucht dich, Kleines", flüsterte sie. „Und du brauchst Kathy."

Die Schwester klappte das Seitenteil des Kinderbettes herunter, und Margaret legte Kelly neben ihre Zwillingsschwester, sodass Kellys rechter Daumen Kathys linken berührte.

Das ist die Stelle, an der sie zusammengewachsen waren, fiel Sylvia auf.

Die Schwester schloss Kellys Maske wieder an das Sauerstoffgerät an.

In stillem Gebet hielten Margaret, Steve und Sylvia die ganze Nacht an dem Bett Wache. Die Zwillinge verharrten vollkommen regungslos in ihrem tiefen Schlaf. Doch als das erste Dämmerlicht ins Zimmer drang, bewegte Kathy ihre Finger und ergriff Kellys Hand.

Kelly öffnete die Augen, drehte den Kopf zur Seite und blickte ihre

Schwester an. Kathy schlug die Augen weit auf. Sie sah sich im Zimmer um, dann wanderte ihr Blick von einem Anwesenden zum nächsten. Ihre Lippen bewegten sich. Ein Lächeln glitt über Kellys Gesicht und sie murmelte Kathy etwas ins Ohr.

„Zwillingssprache", meinte Steve leise.

„Was hat sie gesagt, Kelly?", flüsterte Margaret.

„Dass sie uns sehr, sehr vermisst hat. Und dass sie nach Hause will."

EPILOG

Drei Wochen später saßen Carlson, Steve und Margaret bei einer Tasse Kaffee am Esszimmertisch. Den ganzen Abend über musste der Agent daran denken, wie er Margaret und Steve zum ersten Mal gesehen hatte, dieses gut aussehende junge Paar in Abendkleidung, das nach Hause gekommen war, um zu erfahren, dass seine Zwillinge verschwunden waren. In den darauffolgenden Tagen waren sie zu Schatten ihrer selbst geworden, die sich, bleich und hager, in ihrer Verzweiflung aneinandergeklammert hatten.

Heute strahlte Steve gelassene Zuversicht aus. Und Margaret, eine Augenweide mit ihrem offenen Haar und einem Lächeln auf den Lippen, hatte nichts mehr gemein mit der halb wahnsinnigen Frau, die die anderen inständig angefleht hatte, ihr zu glauben, das Kathy noch am Leben sei.

Dennoch war Carlson während des Essens aufgefallen, wie oft ihr Blick ins Wohnzimmer hinübergewandert war, wo die Zwillinge – schon im Schlafanzug – mit ihren Puppen und Teddybären eine Teeparty veranstalteten. Sie muss sich immer wieder vergewissern, dass sie beide noch da sind, war ihm durch den Kopf gegangen.

Die Frawleys hatten ihn eingeladen, um ihre Rückkehr ins normale Leben zu feiern, wie es Margaret formuliert hatte. Doch wie sollte es anders sein – selbstverständlich kam auch die Entführung zur Sprache, und Carlson berichtete ihnen einiges darüber, was die Behörden aus den Geständnissen von Gregg Stanford und Clint Downes erfahren hatten.

Der Agent hatte nicht die Absicht gehabt, über Steves Halbbruder zu sprechen, doch als Steve erwähnte, dass seine Eltern zu Besuch gewesen seien, erkundigte er sich nach ihnen.

„Für meine Mutter war es ein harter Schlag, als sie erfuhr, dass Richie wieder in Schwierigkeiten steckt", erzählte Steve. „Rauschgiftschmuggel ist noch schlimmer als dieser Betrug, in den er damals verwickelt war. Sie weiß, dass ihn eine hohe Gefängnisstrafe erwartet, und wie alle Mütter fragt sie sich, was sie falsch gemacht hat, dass es so weit mit ihm kommen konnte."

„Sie hat überhaupt nichts falsch gemacht", meinte Carlson. „Er ist ganz einfach kriminell, das ist alles." Er trank seine Tasse aus. „Etwas wenigstens ist bei der ganzen Sache rausgekommen: Wir wissen jetzt, dass Norman Bond seine Exfrau Theresa umgebracht hat. Der Ehering, den sie von ihrem zweiten Mann bekommen hatte, hing an einem Kettchen um seinen Hals. Sie trug ihn an dem Abend, als sie spurlos verschwand. Jetzt hat ihr zweiter Ehemann die Chance, ein neues Leben anzufangen."

Carlson musste immer wieder zu den Zwillingen hinüberschauen. „Sie sehen sich so ähnlich. Ich könnte sie nicht auseinanderhalten."

„Ja, das stimmt", pflichtete Margaret ihm bei. „Letzte Woche erst war ich mit ihnen beim Friseur, um Kathy von dieser schrecklichen Haartönung zu befreien, und dabei haben wir Kelly den gleichen Pony schneiden lassen. Es sieht süß aus, nicht wahr?" Sie seufzte. „Ich stehe nachts mindestens dreimal auf, um nachzusehen, ob sie auch da sind. Wir haben eine erstklassige Alarmanlage installieren lassen. Und trotzdem halte ich es nicht aus, sie längere Zeit nicht sehen zu können."

„Das wird sich geben", versicherte ihr Carlson. „Vielleicht dauert es eine Weile, aber es wird bestimmt mit der Zeit besser werden. Wie geht es den Mädchen?"

„Kathy hat immer noch Albträume. Im Schlaf sagt sie manchmal: ‚Keine Mona mehr. Keine Mona mehr.' Neulich waren wir beim Einkaufen, und da sah sie eine dünne Frau mit langen, ungepflegten dunklen Haaren, die sie wahrscheinlich an Angie erinnerte. Da fing Kathy an zu schreien und klammerte sich an mein Bein. Mir zerriss es beinahe das Herz. Aber Sylvia hat uns eine wunderbare Kinderpsychologin empfohlen. Wir werden die Zwillinge einmal in der Woche zu ihr bringen. Es wird Zeit brauchen, aber sie hat uns versichert, dass sie keinerlei bleibenden Schaden davontragen werden."

„Strebt Stanford einen Handel mit der Staatsanwaltschaft an?", erkundigte sich Steve.

„Dafür hat er nicht allzu viel in der Hand. Er hat die Entführung ausgeheckt, weil er große Angst hatte, seine Frau hätte herausgefunden, dass er regelmäßig fremdging, und würde sich von ihm scheiden lassen. Und wenn das passierte, stünde er ohne einen Cent da. Er war verantwortlich für einige der finanziellen Probleme des Unternehmens im letzten Jahr und musste befürchten, dass das herauskommen würde. Um sich abzusichern, suchte er verzweifelt nach einer Möglichkeit, schnell zu Geld zu kommen. Und als Sie, Steve, in die Firma eintraten und Fotos von den Zwillingen zeigten, da heckte er diesen Plan aus.

Lucas Wohl und er hatten eine merkwürdige Beziehung“, fuhr Carlson fort. „Wohl war der Fahrer, dem er vertraute, wenn er seine kleinen Affären hatte. Eines Tages während seiner zweiten Ehe geschah es, dass Stanford unerwartet nach Hause kam und Lucas auf frischer Tat ertappte, als dieser den Safe aufbrechen wollte, in dem Stanfords Frau ihre Juwelen aufbewahrte. Er sagte Wohl, er möge den Raub ruhig zu Ende führen, allerdings müsse er ihm einen Anteil vom Erlös abtreten. Nach diesem Vorfall gab er Lucas gelegentlich Tipps, welche Häuser für einen Einbruch infrage kämen. Stanford führte immer ein Leben auf des Messers Schneide. Dass es dieses Ende mit ihm nahm, ist nicht ohne eine gewisse Ironie. Denn hätte er sich darauf verlassen, dass Wohl seine Identität nicht an Clint verraten hat, wäre er vielleicht davongekommen. Er stand zwar ganz oben auf der Liste der Verdächtigen und wurde auch überwacht, aber wir hatten letztlich nichts gegen ihn in der Hand. Das wird ihn für den Rest seines Lebens beschäftigen, wenn er morgens in seiner Zelle aufwacht.“

„Was ist mit Clint Downes?“, fragte Margaret. „Hat er gestanden?“

„Er ist ein Kidnapper und Mörder. Er versucht immer noch, Angies Tod als Unfall darzustellen, aber damit wird er nicht durchkommen. Ein Bundesgericht wird sich seiner Sache annehmen. Ich bin sicher, dass er nie mehr aus dem Gefängnis herauskommen wird.“

Die Zwillinge hatten ihre Teeparty beendet und kamen ins Esszimmer gehüpft. Im Nu saß eine lächelnde Kathy auf Margarets Schoß, und eine kichernde Kelly wurde von Steve hochgehoben.

Carlson spürte einen Kloß im Hals. Wenn es doch nur immer so ausginge, dachte er. Wenn wir alle Kinder wieder nach Hause bringen könnten. Wenn wir die Welt von allen Ungeheuern befreien könnten. Aber wenigstens hat die Sache diesmal einen glücklichen Ausgang genommen.

Die Zwillinge hatten blau geblümte Schlafanzüge an. Zwei kleine Mädchen, dachte Carlson. Zwei kleine Mädchen, in ihren blauen Kleidchen ...

Foto: Bernard Vidal

„Telepathie bei Zwillingen – das Thema hat mich fasziniert."

Zur Feier ihres Jubiläums widmete sich Mary Higgins Clark einem besonderen Thema: *Weil deine Augen ihn nicht sehen*, ihr 25. Thriller, beruht auf dem ebenso rätselhaften wie faszinierenden Phänomen der seelischen Fernverbindung, die zwischen manchen Zwillingen erwiesenermaßen besteht. „Mir gefiel dieses telepathische Element schon immer", erläutert die gebürtige New Yorkerin. „Ich glaube, das interessiert jeden. Als ich dann vor einiger Zeit über Telepathie bei Zwillingen las – ein kleines Mädchen war hingefallen und seine Schwester begann zu weinen, obwohl sie sich ganz woanders befand –, fing ich an, mich näher damit zu befassen. Und je intensiver ich das tat, desto klarer wurde mir, dass die Verbindung gerade bei eineiigen Zwillingen so stark sein kann, dass einer dem anderen buchstäblich innerhalb weniger Stunden in den Tod folgt. Von da aus lag der Gedanke nicht fern, dass eine Mutter fest daran glaubt, dass ihr Kind noch lebt und mit seinem Geschwisterchen kommuniziert, während der Rest der Welt davon überzeugt ist, der betreffende Zwilling sei tot."

Die Betonung familiärer und psychologischer Zusammenhänge gilt ohnehin als Markenzeichen der fünffachen Mutter und sechzehnfachen Großmutter. „Stimmt, in meinen Büchern geht es nie besonders gewalttätig zu. Meiner Ansicht nach ist es viel furchteinflößender, allein in einem Raum zu sein und Schritte auf der Treppe zu hören. Ich muss keine Schießereien und Explosionen beschreiben, denn Nervenkitzel erwächst allein im Kopf. Und ich liebe es, Spannung in den Köpfen meiner Leser zu erzeugen."

JOHN GROGAN

Marley & ich

„Das hat er wirklich getan? ...
Mitten im Verkehr? ...
Aber dir ist doch nichts passiert, oder? ...
Gott sei Dank ...
Was? Deine Schuhe? ...
O nein! Und deine Geldbörse? ...
Er hat was? ...
Feuchter Zement, sagst du?
Wie kann das denn nur passieren?“

Vorwort

Im Sommer 1967, als ich zehn Jahre alt war, gab mein Vater endlich meinem anhaltenden Betteln nach und erlaubte mir einen eigenen Hund. Zusammen fuhren wir in unserer Familienkutsche tief ins ländliche Michigan, zu einem Hof, der von einer resoluten Frau und ihrer uralten Mutter betrieben wurde. Auf dem Hof gab es nur eine einzige Tierart – Hunde. Hunde von jeder erdenklichen Größe und Form und jedem Alter und Temperament. Sie hatten bloß zwei Dinge gemeinsam: alle waren Mischlinge, deren Abstammung niemand mehr nachvollziehen konnte, und alle suchten ein gutes Zuhause. Wir waren auf einer Köterfarm.

„Nimm dir Zeit, mein Junge", sagte mein Vater. „Deine Entscheidung heute wird dich viele Jahre lang begleiten."

Ich rannte sofort zum Welpenzwinger.

„Ich würde einen nehmen, der nicht zu ängstlich ist", riet mein Vater. „Rüttle am Gitterzaun und schau, welcher Welpe keine Angst hat."

Ich packte den Zaun und zerrte daran, sodass er laut schepperte. Ein Dutzend Welpen sprang erschrocken zurück und landete in einem jaulenden Fellhaufen aufeinander. Nur einer blieb sitzen. Er hatte goldfarbenes Fell mit einem weißen Fleck auf der Brust, und er verteidigte das Gatter furchtlos mit lautem Gebell. Dann sprang er auf und leckte durch das Gitter hindurch aufgeregt an meinen Fingern. Es war Liebe auf den ersten Blick.

Wir brachten ihn in einem großen Pappkarton nach Hause und nannten ihn Shaun. Er war ein vorbildlicher Hund. Mühelos befolgte er jeden Befehl, den ich ihm beibrachte, und benahm sich immer tadellos. Ich konnte eine Brotrinde auf den Boden werfen, und er rührte sie nicht an, ehe ich ihm das Kommando dazu gab. Er kam, wenn ich ihn rief, und blieb sitzen, wenn ich es ihm sagte. Und was vielleicht das Beste war: Ich brachte ihm bei, mich auf meinem Fahrrad wie auf einem Hundeschlitten durch unser Viertel zu ziehen, was meine Freunde vor Neid erblassen ließ.

Er war dabei, als ich meine erste (und letzte) Zigarette rauchte und als ich zum ersten Mal ein Mädchen küsste. Und er saß neben mir auf dem Beifahrersitz, als ich heimlich das Auto meines großen Bruders nahm und meine erste Spritztour machte.

Shaun war temperamentvoll, aber zugleich besonnen, leidenschaftlich und doch ausgeglichen. Wenn uns am Wochenende Verwandte besuchten, fuhren sie mit der festen Absicht wieder nach Hause, sich auch einen Hund anzuschaffen, so sehr hatte Shaun – oder Sankt Shaun, wie ich ihn schließlich nannte – sie beeindruckt. Natürlich war das mit dem Heiligsein nur ein Witz, aber meine Familie glaubte doch beinahe daran. Mit seinem unbekannten Stammbaum war er einer der unzähligen unerwünschten Hunde in Amerika. Und doch wurde er durch eine glückliche Vorsehung zu einem heiß geliebten Hund. Er trat in mein Leben und ich in seines – und er schenkte mir damit eine Kindheit, wie sie jedes Kind verdient hätte.

Diese Liebesgeschichte dauerte vierzehn Jahre, und als er starb, war ich erwachsen geworden, hatte einen Collegeabschluss und meine erste feste Stelle, weit weg von zu Hause. Als ich ausgezogen war, hatte ich Sankt Shaun dort gelassen. Dort gehörte er hin. Meine Eltern, beide inzwischen Rentner, riefen an, um mir die traurige Nachricht mitzuteilen. Später erzählte mir meine Mutter: „In fünfzig Jahren Ehe habe ich deinen Vater nur zweimal weinen sehen. Das erste Mal, als wir Mary Ann verloren haben“ – meine Schwester, die tot zur Welt kam – „und das zweite Mal an dem Tag, als Shaun starb.“

Sankt Shaun, der Heilige meiner Kindheit. Er war ein perfekter Hund und setzte die Maßstäbe, nach denen ich später alle Hunde beurteilen würde.

Kapitel 1: Mit dem Welpen zu dritt

Wir waren jung. Wir waren verliebt. Wir genossen die erste wunderbare Zeit der Ehe, wenn man glaubt, dass das Leben nicht schöner sein kann. Wir konnten es nicht dabei belassen.

Und so kam es, dass meine Frau und ich an einem Januarabend im Jahr 1991 nach fünfzehnmonatiger Ehe hastig gemeinsam zu Abend aßen und dann losfuhren, um auf eine vielversprechende Anzeige in der *Palm Beach Post* zu reagieren.

Ich wusste nicht genau, warum wir das taten. Ein paar Wochen zuvor war ich kurz nach Sonnenaufgang aufgewacht und hatte gemerkt, dass Jenny nicht neben mir lag. Ich war aufgestanden und hatte sie auf der Glasveranda unseres kleinen Bungalows vorgefunden, wo sie im Bademantel am Glastisch saß und sich mit einem Stift in der Hand über die Zeitung beugte.

Dies war kein ungewöhnlicher Anblick. Die *Palm Beach Post* war unsere Lokalzeitung und außerdem zur Hälfte für unser Haushaltseinkommen verantwortlich. Wir arbeiteten beide als Journalisten. Jenny schrieb Kolumnen für die *Palm Beach Post*, und ich arbeitete als Reporter für das lokale Konkurrenzblatt, den *Sun-Sentinel* von Südflorida, der eine Stunde Richtung Süden in Fort Lauderdale saß. Jeden Morgen warfen wir als Erstes einen Blick in die Zeitungen, um zu sehen, wie unsere Artikel sich gegen die der Konkurrenz ausnahmen. Mit Hingabe kreisten wir ein, unterstrichen und schnitten aus.

Aber an diesem Morgen steckte Jenny ihre Nase in die Kleinanzeigen. Als ich näher herantrat, sah ich, dass sie fieberhaft etwas unter der Rubrik HAUSTIERE – HUNDE einkreiste.

„Oh“, sagte ich mit meiner Frischgebackener-Ehemann-sanft-und-freundlich-Stimme. „Gibt es da etwas, was ich wissen sollte?“

„Die Pflanze“, sagte sie mit einem Hauch von Verzweiflung in der Stimme.

„Die Pflanze?“, fragte ich.

„Die blöde Pflanze“, präzisierte sie. „Die, die wir umgebracht haben.“

Die *wir* umgebracht haben? Ich wollte nicht auf der Sache herumreiten, aber um das einmal festzuhalten: Es handelte sich um eine Pflanze, die *ich* gekauft und die *sie* um die Ecke gebracht hatte. Ich hatte sie eines Abends damit überrascht, es war eine schöne, große Dieffenbachie mit cremefarbenem Muster auf den grünen Blättern. „Gibt es einen besonderen Anlass?“, hatte Jenny gefragt. Aber es gab keinen. Ich hatte sie ihr einfach nur geschenkt, um ihr zu sagen: „Verdammt, ist es nicht fantastisch, verheiratet zu sein?“

Sie hatte sich über meine Geste und die Pflanze riesig gefreut. Und dann hatte sie sofort damit angefangen, das arme Ding zu Tode zu pflegen. Jenny hatte nicht gerade einen grünen Daumen. Sie ging davon aus, dass alle Lebewesen Wasser brauchen – vergaß dabei anscheinend, dass sie auch Luft benötigen –, und fing an, die Dieffenbachie täglich zu überschwemmen.

„Pass auf, dass du sie nicht ertränkst!“, riet ich ihr.

„Okay“, antwortete sie und füllte eine weitere Gießkanne.

Je kränker die Pflanze aussah, desto mehr goss Jenny sie, bis sie schließlich in einer Art geschmolzenem Klumpen zerfloss. Da saß Jenny also und vollzog den unglaublich logischen Schritt von toter Flora im Blumentopf zu lebender Fauna in den Haustieranzeigen. Bring eine Pflanze um, und kauf dir einen Welpen. Nun, das war natürlich völlig einleuchtend.

Ich sah mir die Zeitung, die vor ihr lag, genauer an und entdeckte, dass sie drei dicke rote Kreuze neben eine der Anzeigen gemalt hatte. Der Text lautete: REINRASSIGE LABRADORWELPEN, HELLBRAUN. NUR IN GUTE HÄNDE.

„Also“, meinte ich, „kannst du mir diese Labrador-Pflanzengeschichte noch mal erklären?“

„Weißt du“, sagte sie und sah auf, „ich habe mich so bemüht, und was ist passiert? Ich kann noch nicht einmal eine dämliche Topfpflanze am Leben erhalten. Ich meine, was muss man denn da schon tun? Du brauchst das verdammte Ding doch nur zu gießen!“ Dann kam sie zur Sache: „Wenn ich schon keine Topfpflanze versorgen kann, wie soll ich dann jemals ein Baby versorgen können?“ Sie sah mich an, als würde sie gleich anfangen zu weinen.

Die Babysache, wie ich es nannte, war ein fester Bestandteil von Jennys Leben geworden und wurde von Tag zu Tag größer. Als wir uns das erste Mal bei einer kleinen Zeitung in Michigan begegnet waren, hatte sie erst ein paar Monate zuvor das College verlassen, und das Erwachsensein schien noch eine ferne, unbestimmte Größe. Für uns beide war es die erste feste Stelle gewesen. Wir aßen jede Menge Pizza, tranken viel Bier und verschwendeten keinen Gedanken an die Möglichkeit, dass unsere Jugend eines Tages vorbei sein könnte und wir einmal etwas anderes als junge, alleinstehende, unmäßige Pizza- und Bierkonsumenten sein würden.

Aber die Jahre vergingen. Wir waren gerade frisch zusammen, als verschiedene Stellenangebote uns in unterschiedliche Richtungen im östlichen Teil der USA zogen. Zuerst waren wir nur eine Stunde Fahrzeit voneinander entfernt. Dann waren es drei Stunden. Dann acht und am Ende vierundzwanzig. Als wir schließlich beide in Südflorida landeten und das Ganze amtlich wurde, war Jenny fast dreißig. Ihre Freundinnen hatten Babys. Ihr Körper sandte ihr seltsame Signale. Die einst auf ewig offen stehende Tür der Fortpflanzung schien sich langsam zu schließen.

Ich beugte mich vor und gab ihr einen Kuss. „Schon in Ordnung“, sagte ich. Aber ich musste zugeben, dass ihre Bedenken nicht ganz aus der Luft gegriffen waren. Wir wollten beide eines Tages Kinder, aber waren wir dieser Aufgabe wirklich gewachsen? Kinder waren so … so … beängstigend.

Jennys Miene hellte sich auf. „Ich dachte mir, dass ein Hund vielleicht eine gute Übung wäre“, sagte sie.

ALS WIR in der Dunkelheit zur Stadt hinausfuhren, dachte ich noch einmal über unseren Entschluss nach, einen Hund anzuschaffen. Es war eine riesige Verantwortung, besonders für zwei Menschen mit Vollzeitstelle. Und doch wussten wir, worauf wir uns einließen. Wir waren beide mit Hunden aufgewachsen und hatten sie unendlich geliebt. Schon als wir gerade erst zusammen waren, lange bevor der Gedanke an Kinder auftauchte, verbrachten wir Stunden damit, über unsere Haustiere zu sprechen, wie sehr wir sie vermissten und wie sehr wir uns wünschten, eines Tages – wenn wir ein eigenes Haus hatten und Ruhe in unser Leben eingekehrt war – wieder einen Hund zu haben.

Jetzt war es so weit. Wir wohnten zusammen an einem Ort, den wir so schnell nicht wieder verlassen wollten, und wir konnten ein Haus unser Eigen nennen. Es war ein perfektes kleines Häuschen auf einem perfekten kleinen, eingezäunten Grundstück, das genau die richtige Größe für einen Hund hatte. Und die Umgebung war ebenfalls genau richtig, ein unkonventionelles, städtisches Wohngebiet eineinhalb Blocks vom Intracoastal Waterway entfernt, einem Binnenwasserweg, der unser Viertel, West Palm Beach, von der edlen Wohngegend in Palm Beach trennte. Am Ende unserer Straße, der Churchill Road, lag ein langgestreckter Park mit asphaltierten Wegen, der sich über Kilometer am Ufer entlangzog. Ein idealer Ort zum Joggen und Radfahren. Und natürlich vor allem, um mit einem Hund spazieren zu gehen.

Das Haus stammte aus den Fünfzigerjahren und hatte den Charme des alten Floridas – mit Kamin, grob verputzten Wänden, großen Fenstern und französischen Flügeltüren, die zu unserem Lieblingsplatz hinausführten, der Glasveranda hinter dem Haus. Der Garten war eine kleine tropische Oase, mit Palmen, Bromelien und Avocadobäumen. Das Grundstück wurde von einem ausladenden Mangobaum beherrscht, der jeden Sommer seine schweren Früchte mit einem lauten Plumpsen auf die Erde fallen ließ.

Wir hatten diesen Dreizimmerbungalow ein paar Monate nach unserer Rückkehr aus den Flitterwochen gekauft und uns sofort darangemacht, ihn zu renovieren. An unserem ersten Abend im Haus rissen wir den Teppich heraus und schleiften ihn auf den Gehsteig hinaus. Unter dem Teppich entdeckten wir tadellose Eichendielen, die wir abschliffen und polierten, bis sie glänzten. Dann gingen wir einkaufen und gaben einen halben Monatslohn für einen handgewebten persischen Teppich aus, den wir im Wohnzimmer vor dem Kamin ausrollten.

Als wir damit fertig waren, war es natürlich völlig einleuchtend, dass wir uns einen großen, vierbeinigen Mitbewohner mit scharfen Krallen, großen Zähnen und äußerst begrenzten Englischkenntnissen ins Haus holten, damit er es wieder auseinandernehmen konnte.

„LANGSAM, du Dussel, sonst verfehlen wir es noch!", schimpfte Jenny. Wir fuhren in tiefschwarzer Nacht durch eine Landschaft, die einmal ein Moor gewesen und nach dem Zweiten Weltkrieg trockengelegt worden war, um sie zuerst als Ackerland und später als Baugrund für Liebhaber des Landlebens zu nutzen.

Wie Jenny vorausgesagt hatte, erfassten unsere Scheinwerfer bald einen Briefkasten mit der Adresse, nach der wir suchten. Ich bog in einen Schotterweg ein, der zu einem großen, von Wald umgebenen Anwesen führte. Vor dem Haus befand sich ein Teich. An der Tür begrüßte uns eine Frau mittleren Alters namens Lori. Neben ihr stand ein großer, friedlicher hellbrauner Labrador mit sanften Augen.

„Das ist Lily, die stolze Mama", sagte Lori, nachdem wir uns vorgestellt hatten. Lily war genau das, was wir uns unter einem Labrador vorstellten – gutmütig, liebenswert, sanft und atemberaubend schön.

„Wo ist der Vater?", fragte ich.

„Oh", sagte die Frau und zögerte für den Bruchteil einer Sekunde. „Sammy Boy? Er ist irgendwo draußen unterwegs." Dann fügte sie schnell hinzu: „Sie können es sicher kaum erwarten, die Welpen zu sehen."

Sie führte uns durch die Küche in einen Raum, der in eine Art Säuglingsstation umfunktioniert worden war. Der Boden war mit Zeitungen ausgelegt, und in einer Ecke stand eine niedrige Schachtel mit neun kleinen hellbraunen Welpen darin, die aufgeregt fiepten, während sie die fremden Leute begutachteten. Jenny schnappte nach Luft. „Meine Güte!", sagte sie. „Ich glaube, ich habe in meinem ganzen Leben noch nie etwas so Niedliches gesehen."

Wir setzten uns auf den Boden und ließen die Welpen auf uns herumklettern. Ich hatte mit Jenny ausgemacht, dass wir uns die Welpen nur ansehen, ein paar Fragen stellen und dann noch einmal darüber nachdenken würden, ob wir uns auch wirklich einen Hund anschaffen wollten. „Das ist die erste Anzeige, auf die wir uns melden", hatte ich gesagt, „lass uns nichts überstürzen." Aber nach dreißig Sekunden stand außer Zweifel, dass einer dieser Welpen uns gehören würde.

Lori war keine professionelle Hundezüchterin. Sie betrieb die Zucht als Hobby, aus Liebe zu dieser Rasse, und sie besaß nur eine Hündin und einen

Rüden. Die beiden stammten von verschiedenen Linien ab, was Lori anhand der Stammbäume nachweisen konnte. Dies war Lilys zweiter und voraussichtlich letzter Wurf, ehe sie sich in den wohlverdienten Ruhestand eines Haustiers auf dem Land zurückziehen würde. Mit beiden Eltern vor Ort konnte der Käufer die Abstammung direkt nachvollziehen – auch wenn der Vater in unserem Fall offenbar irgendwo draußen unterwegs war.

Der Wurf bestand aus fünf Weibchen, die bis auf eines bereits alle vergeben waren, und vier Männchen. Lori verlangte 400 Dollar für das letzte Weibchen und 375 Dollar für die Rüden. Einer der männlichen Welpen schien besonders verliebt in uns zu sein. Er war der Verspielteste von allen, rannte auf uns zu, purzelte auf unseren Schoß und kletterte an unseren Pullovern bis zum Gesicht hinauf, um uns abzuschlabbern. Er nagte mit erstaunlich scharfen Babyzähnen an unseren Fingern und tapste in schiefen Kreisen auf riesigen lohfarbenen Pfoten um uns herum, die für den Rest seines Körpers viel zu groß waren.

„Den da können Sie für 350 Dollar haben", sagte Lori.

Jenny, eine fanatische Schnäppchenjägerin, säuselte: „Oh, der kleine Kerl ist ein Sonderangebot!"

Ich musste zugeben, dass er verdammt niedlich war. Und verspielt. Noch ehe ich wusste, was er vorhatte, hatte der Schlingel bereits die Hälfte meines Uhrenarmbands verspeist.

„Wir müssen die Mutprobe machen", sagte ich. Ich hatte Jenny die Geschichte schon oft erzählt, wie wir Sankt Shaun ausgesucht hatten, als ich noch ein Junge war und mein Vater mir geraten hatte, eine plötzliche Bewegung oder Lärm zu machen, um die scheuen Welpen von den mutigen zu unterscheiden.

Ich stand auf, wandte mich von den Welpen ab und drehte mich dann abrupt wieder um, wobei ich einen plötzlichen, übertriebenen Schritt auf sie zumachte. Ich stampfte mit dem Fuß auf und rief „He!" Doch nur einer warf sich nach vorn, um diesem vermeintlichen Angriff mutig die Stirn zu bieten. Es war das Sonderangebot. Er stürzte sich auf meine Schnürsenkel, als wären sie gefährliche Feinde, die in die Flucht geschlagen werden müssten.

„Ich glaube, das ist Schicksal", sagte Jenny.

„Meinst du?" Ich hob ihn mit einer Hand hoch und sah ihm ins Gesicht. Er blickte mich mit herzerweichend braunen Augen an und knabberte dann an meiner Nase. Ich ließ ihn in Jennys Arm plumpsen, wo er das Gleiche mit ihr tat. „Sieht aus, als würde er uns mögen", sagte ich.

Und so nahm das Schicksal seinen Lauf. Wir stellten Lori einen Scheck über 350 Dollar aus, und sie meinte, wir könnten in drei Wochen wiederkommen und unser Sonderangebot mitnehmen. Er wäre dann acht Wochen alt und entwöhnt. Wir dankten ihr, streichelten Lily noch einmal und verabschiedeten uns.

Als wir zum Auto gingen, legte ich Jenny den Arm um die Schultern und zog sie an mich. „Unglaublich, oder?“, sagte ich zu ihr. „Wir haben tatsächlich unseren Hund bekommen!“

„Ich kann es kaum erwarten, ihn nach Hause zu holen“, meinte Jenny.

Gerade als wir das Auto erreichten, hörten wir ein Geräusch. Es kam vom Wald her. Irgendetwas trampelte durchs Gehölz – und schnaufte dabei sehr laut. Es klang wie aus einem Horrorstreifen. Dann plötzlich brach das Ding wie ein Blitz auf die Lichtung hinaus und stürzte auf uns zu. Ein hellbraunes Etwas. Ein sehr großes hellbraunes Etwas. Es galoppierte an uns vorbei, und wir erkannten, dass es ein großer Labrador war. Aber er hatte nichts mit der süßen Lily gemein, mit der wir gerade im Haus geschmust hatten. Dieses Tier war tropfnass und bis zum Bauch voller Schlamm und Kletten. Die Zunge hing ihm wild an einer Seite aus dem Maul, und Schaum flog von seinen Lefzen, als er an uns vorbeiraste. Und ich sah für den Bruchteil einer Sekunde einen seltsamen, leicht verrückten und doch irgendwie fröhlichen Ausdruck in seinen Augen.

Dann verschwand der Hund mit dem Getöse einer stampfenden Büffelherde hinter dem Haus. Jenny stieß einen kleinen Schrei aus.

„Ich glaube, wir haben gerade Papa kennen gelernt“, sagte ich mit einem mulmigen Gefühl im Bauch.

Kapitel 2: Heimwärts

Unsere erste Amtshandlung als frischgebackene Hundebesitzer war ein Streit. Er begann auf der Heimfahrt von der Hundezüchterin und flammte die ganze folgende Woche immer wieder auf. Wir konnten uns nicht einigen, wie wir unser Sonderangebot taufen sollten. Eines Morgens, bevor wir zur Arbeit gingen, eskalierte der Streit.

„Chelsea?“, sagte ich. „Das ist ein grauenhafter Mädchenname. Jeder Rüde würde eher sterben, als Chelsea zu heißen!“

„Als ob er das mitbekommen würde“, konterte Jenny.

„Hasso“, schlug ich vor. „Hasso ist perfekt.“

„Hasso? Du machst Witze, oder? Was ist los mit dir, bist du auf einem Macho-Trip? Viel zu maskulin.“

„Er ist ein Männchen“, entgegnete ich, schäumend vor Wut. „Und er soll maskulin sein.“

Das lief nicht gut. Während wir uns stritten, wanderte Jenny geistesabwesend zur Stereoanlage und drückte die Play-Taste. Aus den Lautsprechern tönte auf einmal Bob Marley, und das hatte sofort eine beruhigende Wirkung auf uns beide.

Wir hatten den jamaikanischen Sänger erst für uns entdeckt, als wir von Michigan nach Südflorida gezogen waren. In diesem pulsierenden Schmelztiegel konnte man Bob Marleys Musik auch noch ein Jahrzehnt nach seinem Tod überall vernehmen. Wir hörten sie im Autoradio, wenn wir den Biscayne Boulevard hinunterfuhren. Wir hörten sie, wenn wir in Little Havanna Kaffee tranken und wenn wir in den Einwanderervierteln westlich von Fort Lauderdale gegrilltes Jamaika-Hühnchen aßen.

Je mehr wir entdeckten, desto mehr verliebten wir uns, in Südflorida und ineinander. Und im Hintergrund war immer Bob Marley zu hören. Er war die musikalische Begleitung zu unserem neuen Leben an diesem seltsamen, exotischen Ort.

Und im selben Moment, genau gleichzeitig, als hätten wir es wochenlang geübt, schrien wir beide: „Marley!“

„Das ist es!“, rief ich. „Das ist unser Name!“

Unser Streit war beigelegt. Wir hatten einen Namen für unseren Welpen.

WÄHREND wir die Tage zählten, bis wir Marley nach Hause holen konnten, begann ich mit Verspätung, Fachliteratur über Labradors zu wälzen. Ich sage mit Verspätung, weil mir in praktisch jedem Buch, das ich las, derselbe Rat gegeben wurde: Bevor man sich einen Hund kauft, sollte man sich eingehend über die Rasse informieren, damit man auch weiß, worauf man sich einlässt. Hoppla!

Betreten musste ich zugeben, dass Jenny und ich uns so gut wie gar nicht informiert hatten, bevor wir uns für einen Labrador entschieden hatten. Ein einziges Kriterium war für unsere Entscheidung für diese Rasse ausschlaggebend gewesen: der flüchtige Eindruck. Wie oft hatten wir Labradors mit ihren Besitzern auf dem Radweg am Ufer des Intracoastal Waterway bewundert – große, tapsige, verspielte Burschen, die eine Lebensfreude versprühten, wie man sie auf dieser Welt nicht oft zu sehen bekommt.

Als ich jetzt die Literatur zum Thema Labrador durcharbeitete, war ich erleichtert zu lesen, dass unsere Wahl, wie willkürlich sie auch gewesen war, nicht vollkommen abwegig zu sein schien. Die Bücher waren voll des Lobes über das liebenswerte, ausgeglichene Wesen des Labradors, seine Kinderliebe, seine Sanftmut und seinen Eifer. Wegen ihrer Intelligenz und Ausdauer wurden diese Hunde oft im Rettungsdienst und als Blindenhunde eingesetzt. All das klang vielversprechend für einen Hund, der in einen Haushalt kommen sollte, in dem es früher oder später wahrscheinlich auch Kinder geben würde.

Und doch waren die Bücher voll von verdächtigen Warnhinweisen. Labradors waren als Arbeitshunde gezüchtet worden und hatten meistens eine unerschöpfliche Energie. Sie waren sehr gesellig und sollten nicht zu lange allein gelassen werden. Sie konnten stur und schwer erziehbar sein. Sie brauchten täglich reichlich Auslauf, sonst konnten sie zerstörerische Züge entwickeln. Manche Exemplare waren sehr leicht erregbar und auch von erfahrenen Hundebesitzern schwer unter Kontrolle zu halten. Sie genossen eine scheinbar endlose Welpenphase, die bis zu drei Jahre oder sogar noch länger dauern konnte. Diese lange, quirlige Jugendzeit des Hundes erforderte vom Besitzer zusätzliche Geduld.

Und dann las ich einen Satz, der mir Angst machte. „Die Eltern sind mit die besten Indikatoren für das Temperament, das ihr Welpe einmal entwickeln wird. Ein erstaunlich großer Teil des Benehmens ist erblich bedingt." Ich hatte wieder dieses schäumende, vor Dreck strotzende Ungetüm vor Augen, das an jenem Abend aus dem Wald herausgerast gekommen war, als wir unseren Welpen aussuchten. Großer Gott!, dachte ich. Das Buch empfahl wärmstens, unbedingt darauf zu bestehen, beide Eltern des Welpen anzusehen. Ich erinnerte mich wieder an das kaum merkliche Zögern der Züchterin, als ich nach dem Vater der Welpen fragte: „Oh ... er ist irgendwo draußen unterwegs." Und wie sie dann schnell das Thema gewechselt hatte. Das alles ergab nun auf einmal einen Sinn. Ich schickte ein Stoßgebet zum Himmel, dass Marley das Gemüt seiner Mutter geerbt hatte.

Abgesehen von individuellem Erbgut haben alle reinrassigen Labradors gewisse vorhersagbare Charaktereigenschaften gemeinsam. Ihr Körperbau ist stämmig und muskulös, und sie haben kurzes, dichtes, wetterfestes Fell. Das Fell kann schwarz oder schokoladenbraun sein oder eine Vielzahl von anderen bräunlichen Schattierungen aufweisen, von hellbeige bis zu einem dunklen Fuchsrot. Eines der Hauptmerkmale des Labradors ist sein dicker, kräftiger Schwanz, der dem eines Otters ähnelt und einen Kaffeetisch mit einem einzigen schnellen Wedeln abräumen kann. Der Kopf ist groß und gedrungen mit kräftigen Kiefern und hoch angesetzten Schlappohren. Die meisten Labradors haben ein Stockmaß von sechzig Zentimetern vom Boden bis zu den Schultern, und ein durchschnittlich gebautes Männchen wiegt ungefähr 30 bis 35 Kilo, obwohl manche Exemplare wesentlich schwerer sein können.

Aber Aussehen allein ist, laut amerikanischem Hundezüchterverband, bei einem Labrador nicht alles. In den Richtlinien des Verbandes heißt es: „Das wahre Labrador-Temperament ist genauso ein Merkmal dieser Rasse wie der so genannte Otterschwanz. Der Labrador ist freundlich, von einem offenen, lenkbaren Wesen, er will gefallen und ist weder gegen Menschen noch gegen andere Tiere aggressiv. Seine sanfte Art, seine Klugheit und seine Anpassungsfähigkeit machen ihn zu einem perfekten Hund."

Ein perfekter Hund! Ein größeres Lob konnte man wohl kaum aussprechen. Je mehr ich las, umso besser fühlte ich mich mit unserer Entscheidung.

EINE Woche bevor wir unseren Hund nach Hause holen sollten, rief Jennys Schwester aus Boston an. Sie, ihr Mann und die zwei Kinder planten in der folgenden Woche, nach Disneyland zu fahren. Ob Jenny nicht auch mitkommen und ein paar Tage mit ihnen verbringen wollte? Als vernarrte Tante, die jede Gelegenheit wahrnahm, ihre Nichte und ihren Neffen zu sehen, wollte Jenny unbedingt fahren. Doch sie war hin- und hergerissen. „Dann bin ich nicht hier, wenn der kleine Marley nach Hause kommt", sagte sie.

„Du fährst!", entschied ich. „Ich hole den Hund ab und gewöhne ihn hier ein. Wir erwarten dich dann hier, wenn du zurückkommst." Ich versuchte gleichgültig zu klingen, aber in Wahrheit war ich überglücklich bei dem Gedanken, den kleinen Welpen für ein paar Tage ungestörter Männerbündelei ganz für mich allein zu haben.

Eine Woche später brach Jenny nach Orlando auf. An diesem Abend, einem Freitag, fuhr ich nach der Arbeit zum Hof der Züchterin, um unser neues Familienmitglied abzuholen. Als Lori mir unseren Hund herausbrachte, schnappte ich unwillkürlich nach Luft. Der kleine, wuschelige Welpe, den wir drei Wochen zuvor ausgesucht hatten, hatte seine Größe mehr als verdoppelt. Lori musste meinen Schrecken gespürt haben. „Er ist ganz schön gewachsen, nicht wahr?", sagte sie fröhlich. „Sie sollten mal sehen, wie er das Welpenfutter wegputzt!"

Ich beugte mich hinunter und sagte: „Kommst du mit nach Hause,

Marley?“ Es war das erste Mal, dass ich seinen Namen benutzte, und es fühlte sich richtig an.

Im Auto baute ich ihm auf dem Beifahrersitz ein gemütliches Nest aus Badehandtüchern und setzte ihn hinein. Aber ich hatte kaum die Ausfahrt verlassen, als er anfing, sich aus den Handtüchern herauszugraben. Er robbte auf dem Bauch über den Sitz auf mich zu und winselte dabei. Auf der Mittelkonsole traf Marley auf das erste der unendlich vielen Hindernisse, denen er im Laufe seines Lebens begegnen würde: Er saß fest. Die Hinterbeine hingen auf der Beifahrerseite herunter und die Vorderpfoten auf der Fahrerseite. Dazwischen lag er bäuchlings auf der Handbremse. Seine kleinen Beine strampelten in alle Richtungen durch die Luft.

Langsam arbeitete er sich mit den Hinterpfoten vor, sein Hinterteil stieg höher und höher, bis schließlich das Gesetz der Schwerkraft wirkte. Er purzelte mit dem Kopf voran auf der anderen Seite der Konsole hinunter und landete auf meinem Schoß.

Himmel, war er glücklich – nahezu verzweifelt glücklich. Er japste vor Freude, während er seinen Kopf in meinen Magen bohrte und an den Knöpfen meines Hemds herumkaute. Sein Schwanz schlug auf das Lenkrad wie die Nadel eines Metronoms. *Flap, flap, flap.* Als ich ihm meine Hand auf den Kopf legte und ihn zwischen den Ohren kraulte, explodierte das Schlagen in ein maschinengewehrartiges *Flapflapflapflapflapflapflap!*

„Mensch, du hast aber Rhythmus im Blut!“, sagte ich zu ihm. „Du bist wirklich ein Reggae-Hund.“

Als wir zu Hause ankamen, führte ich ihn hinein und nahm ihm seine Leine ab. Er fing sofort an herumzuschnüffeln und hörte erst auf, als er jeden Winkel erkundet hatte. Dann setzte er sich auf die Hinterbeine und sah mich mit schief gelegtem Kopf an, als wollte er sagen: Nicht schlecht hier, aber wo sind meine Geschwister?

Bevor ich ihn abgeholt hatte, hatte ich ihm einen Schlafplatz in der kleinen Garage hergerichtet, die an das Haus angebaut war. Wir parkten nie darin, sondern nutzten sie als Abstellkammer. Waschmaschine und Trockner standen hier und unser Bügelbrett. Der Raum war trocken und gemütlich, und mit seinem Betonboden und -wänden war er so gut wie unzerstörbar. „Marley“, sagte ich fröhlich, als es Zeit zum Schlafengehen war und ich ihn hineinführte, „das ist dein Zimmer.“

Ich hatte Kauspielzeug auf dem Boden verteilt und die Mitte des Raumes mit alten Zeitungen ausgelegt. Außerdem standen eine Schüssel mit Wasser und als Schlafplatz ein Karton mit einem alten Bettlaken darin bereit.

„Und hier wirst du schlafen“, meinte ich und setzte ihn in den Karton. Er war eine solche Umgebung gewohnt, hatte sein Lager aber immer mit seinen Geschwistern geteilt. Jetzt schritt er den Karton ab und sah mich verloren an. Ich unternahm einen ersten Versuch, trat ins Haus zurück und schloss die Tür. Dann blieb ich stehen und lauschte. Zuerst nichts. Dann ein leises, kaum hörbares Winseln. Und dann ein herzzerreißendes Heulen.

Ich öffnete die Tür, und sobald er mich sah, war er ruhig. Ich ging hinein und kraulte ihn eine Weile, dann ließ ich ihn wieder allein. Auf der anderen Seite der Tür begann ich zu zählen. Eins, zwei, drei ... er schaffte es sieben Sekunden, dann fing das Gejaule wieder an. Wir wiederholten diesen Vorgang ein paarmal, immer mit demselben Ergebnis. Ich war müde und beschloss, dass er sich in den Schlaf jaulen musste. Also machte ich die Tür zu, ging in den hinteren Teil des Hauses und kroch ins Bett.

Die Betonmauern dämpften sein bemitleidenswertes Heulen nur geringfügig. Ich lag da, versuchte ihn zu ignorieren und dachte die ganze Zeit, dass er gleich aufgeben und einschlafen würde. Doch das Geheule ging weiter. Auch als ich mir das Kopfkissen über den Kopf zog, konnte ich ihn noch hören. Ich dachte daran, dass er zum ersten Mal in seinem Leben allein war, in fremder Umgebung, ohne den Hauch eines hundeähnlichen Duftes um ihn herum.

Ich hielt es noch eine weitere halbe Stunde lang aus, dann stand ich auf und ging zu ihm. Sobald er mich sah, hellte sich sein Gesicht auf und er schlug mit dem Schwanz gegen den Karton. Ich hob ihn mitsamt dem Karton hoch und trug ihn ins Schlafzimmer, wo ich ihn direkt neben unser Bett auf den Boden stellte. Ich legte mich auf den äußersten Rand der Matratze und ließ einen Arm in den Karton hängen. Und so, mit meiner Hand auf seinem Bauch, sodass ich spürte, wie sich sein Brustkorb hob und senkte, schliefen wir schließlich beide ein.

Die folgenden drei Tage widmete ich mich mit größter Begeisterung unserem Welpen. Ich legte mich zu ihm auf den Boden und ließ ihn auf mir herumklettern. Ich raufte mit ihm. Wir spielten Tauziehen mit einem alten Handtuch – und ich war verwundert, wie stark er schon war. Er folgte mir überallhin – und versuchte alles anzuknabbern, was in Reichweite seiner Zähne kam.

Jede halbe Stunde ließ ich ihn in den Garten hinaus. Wenn ihm ein Unglück im Haus passierte, schimpfte ich ihn aus. Wenn er draußen pinkelte, legte ich meine Wange an seine und lobte ihn überschwänglich. Und wenn er einen Haufen in den Garten gesetzt hatte, führte ich einen Begeisterungssturm auf, als hätte er für mich sechs Richtige im Lotto gewonnen.

Als Jenny nach Hause kam, stürzte sie sich ebenfalls mit Begeisterung auf ihn. Im Laufe der Zeit entdeckte ich an meiner Frau eine sanfte, fürsorgliche Seite, die ich bisher nicht gekannt hatte. Sie trug Marley auf dem Arm herum, streichelte ihn, spielte mit ihm. Sie kämmte auf der Suche nach Flöhen und Zecken jedes Haar seines Fells einzeln durch. Und jede Nacht stand sie alle paar Stunden auf, um ihn hinauszulassen. Es war ihr Verdienst, dass er nach nur wenigen Wochen stubenrein war.

Meist fütterte sie ihn auch. Wir folgten genau den Anweisungen auf der Futtertüte und gaben Marley drei große Schüsseln Welpenfutter pro Tag. Er schlang alles bis zum letzten Krümel in wenigen Sekunden hinunter.

Zwischen den Mahlzeiten fand immer dasselbe Spiel statt: Er packte den nächstliegenden Gegenstand, einen Schuh, ein Kissen oder einen Stift – ganz egal –, und rannte damit davon. Eine kleine Stimme in seinem Kopf schien ihm zuzuflüstern: „Los! Schnapp es dir! Sabbre es voll! Und dann lauf!"

Manche Gegenstände waren klein genug, um sie ganz ins Maul zu nehmen, und das machte ihm besonders großen Spaß – er schien dann zu denken, er hätte uns übers Ohr gehauen. Aber wenn er etwas ausgefressen hatte, konnte er seine Freude nicht verbergen. Dann explodierte er förmlich in einem fieberhaften Anfall von Bewegungsdrang, als hätte ihn etwas gebissen. Sein Körper bebte, sein Kopf wackelte hin und her, und sein ganzes Hinterteil wiegte sich in einer Art spastischem Tanz. Wir nannten das den Marley-Mambo.

„Also gut, was ist es diesmal?", fragte ich ihn dann immer, und wenn ich auf ihn zukam, wich er aus und wackelte durchs Zimmer. Wenn ich ihn endlich in eine Ecke getrieben hatte und ihm das Maul öffnete, verließ ich das Feld nie mit leeren Händen. Irgendetwas hatte er immer aus dem Müll gezogen oder auf dem Boden gefunden oder, als er größer wurde, direkt vom Esstisch geklaut. Papiertaschentücher, Kassenzettel, Weinkorken, Schachfiguren – in unserem Hund sah es aus wie auf einem Wertstoffhof. Einmal öffnete ich ihm das Maul, spähte hinein und fand meinen Gehaltsscheck, der an seinem oberen Gaumen klebte.

Wir entwickelten schnell einen geregelten Tagesrhythmus. Jeden Morgen nahm ich ihn auf einen kleinen Spaziergang mit hinunter zum Wasser. Zwischen Frühstück und Dusche ging ich unseren Garten mit einer Schaufel ab und vergrub seine Tretminen im Sand am hinteren Ende des Grundstücks. Jenny ging vor neun Uhr zur Arbeit, ich verließ das Haus selten vor zehn Uhr, nachdem ich Marley mit einer Schüssel frischem Wasser und einem Berg Spielzeug in die Garage gesperrt und ihm mein obligatorisches „Sei ein braver Junge, Marley“ mit auf den Weg gegeben hatte. Um halb eins kam Jenny in ihrer Mittagspause nach Hause, fütterte Marley und spielte im Garten Ball mit ihm, bis er müde war. Nach dem Abendessen machten wir meistens zusammen einen Spaziergang ans Wasser hinunter, wo wir am Strand entlangschlenderten, während die Jachten von Palm Beach im Sonnenuntergang vorbeizogen.

Schlendern ist vielleicht nicht ganz das richtige Wort. Marley schlenderte ungefähr so wie eine außer Kontrolle geratene Lokomotive. Er rannte voraus, zerrte wie wild an der Leine und hustete sich dabei die Seele aus dem Leib wie ein Kettenraucher, weil ihm das Halsband die Luft abschnürte. Wir zogen ihn zurück, er zog uns vorwärts. Er lief im Kreis und war auf einmal hinter uns, sodass sich die Leine um unsere Knöchel wickelte, sprang dann wieder nach vorn und riss uns dabei fast um. Wenn uns jemand mit einem anderen Hund entgegenkam, warf sich Marley den beiden fröhlich entgegen und stellte sich, sobald die Leine gespannt war, auf die Hinterbeine. Er wollte unbedingt Freundschaft schließen. „Der sprüht ja vor Lebensfreude“, bemerkte ein Hundebesitzer einmal treffend.

Marley war immer noch klein genug, dass wir dieses Leinentauziehen gewinnen konnten, aber mit jeder Woche änderte sich das Kräfteverhältnis. Er wurde größer und stärker. Es war offensichtlich, dass er irgendwann kräftiger sein würde als wir. Wir wussten, dass wir ihn an die Kandare nehmen und ihm beibringen mussten, ordentlich bei Fuß zu gehen, wenn wir nicht eines Tages ein unrühmliches Ende unter den Rädern eines vorbeifahrenden Autos finden wollten. Freunde von uns, selbst erfahrene Hundebesitzer, rieten uns, das mit der Erziehung nicht zu überstürzen. „Es ist noch zu früh“, sagte einer. „Genießt seine Welpenzeit, solange es geht.“

Genau das taten wir, was nicht heißt, dass wir ihm völlig seinen Willen ließen. Wir setzten durchaus Grenzen und versuchten sie auch konsequent durchzusetzen. Betten und Möbel waren tabu. Aus der Toilette trinken, Menschen im Schritt beschnüffeln und Stuhlbeine ankauen waren strafbare Taten, die eine Standpauke wert zu sein schienen. Wir brachten ihm die üblichen Kommandos bei – Hierher, Bleib, Sitz, Platz –, wenn auch mit begrenztem Erfolg. Marley war jung und ungestüm und legte die Aufmerksamkeit einer Zimmerpflanze und die Unbeständigkeit von Nitroglyzerin an den Tag.

Und doch, trotz all seines jugendlichen Übermuts, spielte Marley eine wichtige Rolle in unserem Haushalt und in unserer Beziehung. Er gab Jenny das Gefühl, dieser Sache mit der Versorgung anderer Lebewesen gewachsen zu sein. Er war nun schon mehrere Wochen in ihrer Obhut, und sie hatte ihn noch nicht zur Strecke gebracht. Ganz im Gegenteil, er entwickelte sich prächtig.

Je wohler wir uns mit unserem neuen Familienmitglied fühlten, desto wohler fühlten wir uns auch beim Thema Nachwuchs. Wenige Wochen nachdem wir Marley geholt hatten, setzten wir alle Verhütungsmethoden ab. Das bedeutete nicht, dass wir uns dafür entschieden hatten, schwanger zu werden. Für zwei Leute, die ihr Leben der Unentschlossenheit geweiht hatten, wäre das zu viel verlangt gewesen. Wir gingen die Sache indirekt an, indem wir uns dafür entschieden, nicht mehr zu verhüten. Wir legten es nicht darauf an, ein Baby zu bekommen, wir ließen den Dingen einfach nur ihren Lauf.

Ehrlich gesagt hatten wir Torschlusspanik. Wir waren mit mehreren Pärchen befreundet, die monate- und jahrelang erfolglos versucht hatten, Nachwuchs zu bekommen, und ihre bemitleidenswerte Verzweiflung nach und nach öffentlich zur Schau trugen. Bei Abendeinladungen redeten sie zwanghaft von Arztbesuchen, Spermienzählen und der Berechnung des Eisprungtermins, zum großen Unbehagen der übrigen Anwesenden. Ich meine, was sollte man denn dazu sagen? „Ich finde, deine Spermienzahl klingt sehr vielversprechend!“? Es war beinahe unerträglich, und wir hatten schreckliche Angst, so zu werden wie sie.

Daher schwiegen wir. Jenny verstaute einfach ihre Pillenpackung im Arzneischrank und dachte nicht mehr an sie. Wenn sie schwanger würde, fantastisch. Wenn nicht, nun, dann hatten wir uns ja schließlich sowieso nicht aktiv darum bemüht, oder?

DER WINTER in West Palm Beach ist eine wunderbare Jahreszeit, mit kühlen Nächten und warmen, trockenen, sonnigen Tagen. Nach dem unerträglich langen, betäubend heißen Sommer, den wir zum Großteil in klimatisierten Räumen verbrachten, genossen wir das subtropische Klima im Winter in vollen Zügen. Wir aßen jede Mahlzeit draußen, pressten jeden Morgen Orangen aus dem eigenen Garten aus, legten einen kleinen Kräutergarten an, pflückten riesige Hibiskusblüten und ließen sie in Wasserschüsseln auf dem Esstisch schwimmen.

An einem wunderschönen Tag Ende März lud Jenny eine Arbeitskollegin mit ihrem Basset Buddy zu einem Hundetreffen ein. Wir ließen die beiden Hunde in den Garten, und sie rasten sofort los. Der alte Buddy wusste nicht so recht, was er mit diesem hyperaktiven hellbraunen Jungspund anfangen sollte, der im Kreis um ihn herumtobte. Doch er nahm es gutmütig hin, und die beiden spielten über eine Stunde miteinander, bevor sie erschöpft unter dem Mangobaum niedersanken.

Ein paar Tage später fing Marley auf einmal an, sich zu kratzen, und wollte gar nicht mehr aufhören. Jenny kniete sich hin und begann mit einer ihrer Routineuntersuchungen, wobei sie Marleys Fell auseinanderkämmte, um die Haut darunter zu sehen. Schon nach wenigen Sekunden rief sie: „Verdammt! Schau dir das an!“ Ich schielte ihr über die Schulter und sah gerade noch einen schwarzen Punkt, der sich schnell in Sicherheit zu bringen versuchte. Wir legten Marley flach auf den Boden und prüften jeden Millimeter seines Fells. Wir fanden sie überall. Flöhe! Unmengen von ihnen. Sie waren zwischen seinen Zehen, unter seinem Halsband und sogar in seinen Schlappohren.

Wir hatten schon von den legendären Floh- und Zeckenplagen in Florida gehört. Es gab nie Frost, und so konnten Insektenpopulationen ungehindert gedeihen. Jenny war außer sich. Ihr Welpe wimmelte nur so von Ungeziefer! Natürlich beschuldigten wir sofort Buddy, ohne es beweisen zu können. Jenny hatte außerdem die Wahnvorstellung, dass nicht nur unser Hund, sondern unser ganzes Haus von der Plage befallen war. Sie schnappte sich ihre Autoschlüssel und rannte aus der Tür.

Eine halbe Stunde später kam sie mit einer großen Tüte zurück, die mit Chemikalien vollgestopft war. Flohbäder und Flohpuder und Flohsprays und Flohschaum und Flohgel. Sie hatte ein Gift für den Rasen gekauft und außerdem noch einen speziellen Kamm, um die Eier der Tierchen auszubürsten.

Meine Frau warf sich mit aller Macht in den Kampf gegen die Flöhe. Sie schrubbte Marley in der Badewanne mit einer Spezialseife ab. Dann mischte sie die Spülung zusammen, die, wie mir auffiel, die gleichen Inhaltsstoffe hatte wie das Rasengift, und übergoss ihn damit. Während er in der Garage trocknete und dabei wie ein kleines Chemielabor roch, bearbeitete Jenny das ganze Haus wie verrückt mit dem Staubsauger. Und während sie das Haus von innen mit Flohkiller tränkte, tat ich dasselbe von außen. „Glaubst du, wir haben die kleinen Biester erledigt?“, fragte ich, als wir endlich fertig waren.

„Ich glaube schon“, antwortete sie.

Unser groß angelegter Angriff auf die Flohpopulation in der Churchill Road 345 war ein Riesenerfolg. Wir untersuchten Marley täglich. Nirgendwo fanden wir auch nur die Spur eines Flohs. Wir untersuchten die Teppiche, die Sofas, die Vorhangsäume, das Gras – nichts. Wir hatten den Feind vernichtend geschlagen.

Kapitel 3: Der Teststreifen

Wenige Wochen später lagen wir gerade im Bett und lasen, als Jenny ihr Buch zuklappte und sagte: „Wahrscheinlich hat es nichts zu bedeuten."

„Was hat nichts zu bedeuten?", fragte ich abwesend, ohne von meinem Buch aufzuschauen.

„Meine Periode ist verspätet."

Damit hatte sie meine Aufmerksamkeit. „Wirklich?" Ich wandte mich zu ihr um.

„Sie ist jetzt schon eine Woche überfällig. Und ich fühle mich auch komisch."

„Komisch? Wie komisch?"

„Als hätte ich eine kleine Magenverstimmung oder so was."

„Glaubst du –", fing ich an.

„Ich wollte eigentlich gar nichts sagen", meinte Jenny. „Nur für den Fall – weißt du, ich will es nicht beschreien."

In diesem Augenblick merkte ich erst, wie wichtig die Sache für sie war – und für mich auch. Lange lagen wir so nebeneinander, ohne etwas zu sagen, und stierten vor uns hin.

„Wir werden niemals einschlafen", sagte ich schließlich.

„Diese Ungewissheit bringt mich noch um", gab sie zu.

„Los, zieh dich an!", forderte ich sie auf. „Wir fahren zur Apotheke und kaufen einen Schwangerschaftstest."

Wir zogen schnell Shorts und T-Shirt an und öffneten die Haustür. Marley rannte voraus, außer sich vor Freude bei der Aussicht auf eine nächtliche Autofahrt. Als er unseren kleinen Toyota erreicht hatte, stellte er sich auf die Hinterbeine, sprang auf und ab, warf sich herum, dass ihm der Sabber nur so von den Lefzen spritzte, und war ganz aus dem Häuschen. „Man könnte meinen, er wäre der Vater, so wie er sich aufführt!", sagte ich.

Die Apotheke hatte bis Mitternacht geöffnet, und ich blieb mit Marley im

Auto sitzen, während Jenny hineinrannte. Der Hund lief unruhig auf dem Rücksitz hin und her und jaulte, die Augen fest auf die Eingangstür der Apotheke gerichtet.

„Mann, nun beruhige dich mal“, sagte ich zu ihm. „Ich bin ziemlich sicher, dass sie zurückkommt.“ Er antwortete, indem er sich schüttelte und dabei einen Sabber- und Haarregen auf mich niedergehen ließ.

Kurz darauf kehrte Jenny mit einer kleinen Tüte in der Hand zurück, und wenig später waren wir in unserem Badezimmer und packten das Päckchen neben dem Waschbecken aus. Ich las die Gebrauchsanweisung laut vor. „Gut“, sagte ich. „Als Erstes musst du in diesen Becher pinkeln.“ Dann musste man einen schmalen Teststreifen aus Plastik in den Urin halten und diesen dann in eine Phiole mit einer Lösung tauchen, die mitgeliefert worden war. „Jetzt müssen wir fünf Minuten warten“, meinte ich. „Dann tauchen wir ihn für fünfzehn Minuten in die andere Lösung. Wenn er dann blau wird, bist du offiziell schwanger, Baby!“

Wir stoppten die ersten fünf Minuten. Dann tauchte Jenny den Streifen in die zweite Lösung und sagte: „Ich halte es nicht aus, hier danebenzustehen und zuzuschauen.“

Wir gingen also ins Wohnzimmer, unterhielten uns über banale Dinge und taten so, als würden wir nur warten, bis der Teekessel zu pfeifen anfinge. Aber mein Herz schlug wild. Wenn der Test positiv war, dann würde sich unser Leben für immer verändern. Wenn er negativ war, würde Jenny am Boden zerstört sein. Eine Ewigkeit später piepte die Stoppuhr. „Also los“, sagte ich. „Egal wie es ausgeht, du weißt, dass ich dich liebe.“

Ich ging ins Bad und fischte den Teststreifen aus der Phiole. Kein Zweifel, er war blau. So blau wie der tiefste Ozean. Ein sattes, kräftiges Marineblau. „Herzlichen Glückwunsch, Liebling“, meinte ich.

„O mein Gott“ war alles, was sie herausbrachte, dann warf sie sich in meine Arme.

Als wir so eng umschlungen vor dem Waschbecken standen, die Augen geschlossen, fühlte ich auf einmal eine Bewegung zu meinen Füßen. Ich sah hinunter, und da stand Marley, der mit dem Kopf wackelte und mit dem Schwanz gegen die Badezimmertür trommelte. Als ich mich hinunterbeugte, um ihn zu streicheln, wich er aus. Oh-oh. Da war er, der Marley-Mambo. Das konnte nur eines bedeuten.

„Was hast du diesmal?“, fragte ich und rannte hinter ihm her. Er raste ins Wohnzimmer und entkam mir nur knapp. Als ich ihn schließlich in die Ecke getrieben hatte und sein Maul öffnete, sah ich zuerst gar nichts. Dann entdeckte ich etwas ganz hinten auf seiner Zunge, am Rande des Abgrunds. Es war schmal und lang und flach. Und so blau wie der tiefste Ozean. Ich griff hinein und zog unseren positiven Teststreifen heraus. „Tut mir leid, dass ich dich enttäuschen muss, mein Freund“, sagte ich. „Aber das hier kommt ins Fotoalbum.“

Jenny und ich fingen an zu lachen, und wir lachten eine ganze Weile. Dann packte Jenny Marley bei den Vorderpfoten, zog ihn auf die Hinterbeine hoch und tanzte mit ihm durch das Zimmer. „Du wirst Onkel!“, sang sie. Marley antwortete auf die für ihn typische Weise: Er leckte ihr mit seiner großen, nassen Zunge über den Mund.

Am nächsten Tag rief mich Jenny bei der Arbeit an. Sie war gerade beim Arzt gewesen, und dieser hatte das Testergebnis offiziell bestätigt. „Er sagt, es ist alles in Ordnung!“, sprudelte sie hervor.

Am Vorabend hatten wir die Tage im Kalender zurückgerechnet, um den Zeitpunkt der Empfängnis zu bestimmen. Jenny machte sich Sorgen, dass sie vielleicht bei unserer hysterischen Flohsprühaktion vor ein paar Wochen schon schwanger gewesen war. Sich all diesen Giften auszusetzen war doch sicher schädlich, oder? Sie fragte ihren Arzt danach, und er meinte, dass das wahrscheinlich kein Problem darstellte. „Benutzen Sie die Mittel einfach nicht mehr“, riet er ihr. Er sagte, sie solle in drei Wochen zu einem Ultraschalltermin wiederkommen. Dann würden wir das erste Mal einen flüchtigen Blick auf den kleinen Fötus werfen können, der in Jennys Bauch heranwuchs.

„Wir sollen eine Videokassette mitbringen“, meinte Jenny. „Damit wir eine Kopie davon für die Nachwelt aufheben können.“

Ich vermerkte den Termin in meinem Kalender.

Einheimische werden Ihnen erzählen, dass es in Südflorida vier Jahreszeiten gibt. Die Unterschiede seien nur fein, geben sie zu, aber es gebe sie dennoch. Glauben Sie das nicht. Es gibt nur zwei Jahreszeiten– die warme, trockene Jahreszeit und die heiße, feuchte. Ungefähr um diese Zeit, als die tropische Hitze wiederkam, wachten wir eines Morgens auf und entdeckten, dass unser Welpe kein Welpe mehr war. Aus Marley war ein schlaksiger junger Hund geworden. Nach fünf Monaten füllte sein Körper nun die vielen Falten seines vormals viel zu großen hellbraunen Fells aus. Seine riesigen Pfoten wirkten nicht mehr so überdimensioniert. Seine spitzen Babyzähne waren imponierenden Reißzähnen gewichen, die einen nagelneuen Lederschuh mit ein paar schnellen Bissen zerstören konnten. Das

Timbre seines Bellens hatte sich in ein einschüchterndes Dröhnen verwandelt. Wenn er auf den Hinterbeinen stand und wie ein russischer Zirkusbär herumtapste, konnte er mir seine Vorderpfoten auf die Schultern legen und mir in die Augen sehen.

Als der Tierarzt ihn zum ersten Mal sah, stieß er einen leisen Pfiff aus und sagte: „Da haben Sie sich aber einen Riesenkerl ausgesucht."

Wir waren nicht die Einzigen, die die Verwandlung bemerkten. An der Art, wie Fremde ihm aus dem Weg gingen und zurückwichen, wenn er auf sie zukam, merkten wir, dass sie ihn nicht länger als harmlosen Welpen ansahen. Und wir fanden das gar nicht so schlecht.

Stadtplaner würden unser Viertel wahrscheinlich eine Wohngegend im Umbruch nennen. Es war in den 1940er- und 1950er-Jahren entstanden, und zuerst hatten hier vor allem Rentner gewohnt. Als die ursprünglichen Hausbesitzer starben, gab die bunte Mischung der neuen Bewohner dem Viertel einen anderen Charakter. Als wir einzogen, veränderte es sich gerade wieder, diesmal kamen vor allem Homosexuelle, Künstler und junge Selbstständige, die von der Lage nahe am Wasser und der schrägen Art-déco-Architektur angezogen wurden.

Unser Wohnblock diente als Puffer zwischen dem wenig einladenden South Dixie Highway und den noblen Villen unten am Wasser. Der Dixie Highway war gesäumt von leicht heruntergekommenen Supermärkten, Tankstellen, Obstständen, Schnellrestaurants und zwielichtigen Motels aus einer längst vergangenen Zeit.

An der Kreuzung von Dixie Highway und Churchill Road gab es ein Wein- und Spirituosengeschäft, einen 24-Stunden-Supermarkt und einen Waschsalon, in dem die ganze Nacht über Leute waren, die oft leere Bier- und Schnapsflaschen hinterließen. Unser Haus stand in der Mitte dieses Blocks, acht Häuser von jener Kreuzung entfernt.

Das Viertel machte auf uns keinen gefährlichen Eindruck, aber man erzählte sich doch so manche Geschichte. Gegenstände, die man im Garten liegen ließ, verschwanden, und einmal stahl jemand während einer längeren Kälteperiode unser ganzes Brennholz, das ich an der Hauswand aufgestapelt hatte. Eines Sonntags frühstückten wir in unserem Lieblingscafé und saßen dabei an unserem üblichen Tisch am Fenster, als Jenny in Kopfhöhe auf ein Einschussloch in der Fensterscheibe deutete und trocken bemerkte: „Das war letztes Mal noch nicht da."

Irgendwie vermittelte es uns ein Gefühl der Sicherheit, Marley bei uns zu haben und zu sehen, wie viel Respekt die Leute vor ihm hatten. Er war zwar ein großer, liebenswerter Tollpatsch von einem Hund, dessen Verteidigungsstrategie gegen Eindringlinge sicher darin bestanden hätte, sie zu Tode zu lecken. Aber das brauchten die Herumtreiber und Räuber da draußen ja nicht zu wissen. Für sie war er groß, stark und auf unberechenbare Weise verrückt. Und das gefiel uns.

DIE SCHWANGERSCHAFT bekam Jenny gut. Sie fing an, in der Morgendämmerung aufzustehen und mit Marley spazieren zu gehen. Sie kochte vollwertige, gesunde Mahlzeiten aus frischem Gemüse und Obst. Außerdem schwor sie dem Koffein und dem Alkohol ab. Sie erlaubte mir noch nicht einmal, einen Teelöffel Kochsherry in den Topf zu rühren.

Wir hatten uns fest vorgenommen, die Schwangerschaft so lange geheim zu halten, bis wir sicher sein konnten, dass der Fötus lebensfähig war und das Risiko einer Fehlgeburt nicht mehr bestand. Aber wir waren so aus dem Häuschen, dass wir uns einer Vertrauensperson nach der anderen anvertrauten und jeder Stillschweigen auferlegten, bis unser Geheimnis gar kein Geheimnis mehr war.

Nach zehn Wochen wurde Jennys Bauch ganz allmählich runder. Es war tatsächlich wahr, wir bekamen ein Baby!

Am Tag der ersten Ultraschalluntersuchung nahm ich mir vormittags frei und brachte, wie der Arzt es empfohlen hatte, eine Videokassette mit, um die ersten unscharfen Bilder von unserem Baby festzuhalten. Der Termin sollte zur Hälfte Vorsorge und zur anderen Hälfte ein Informationsgespräch sein. Eine Hebamme würde all unsere Fragen beantworten, den Herzschlag des Babys abhören und uns natürlich auch ein paar Bilder von ihm zeigen.

Schrecklich aufgeregt standen wir um neun Uhr in der Praxis. Die Hebamme, eine freundliche Dame in den mittleren Jahren, führte uns in ein kleines Sprechzimmer und fragte ohne Umschweife: „Würden Sie gerne den Herzschlag Ihres Babys hören?“ Aber natürlich wollten wir. Wir lauschten gespannt, als sie mit einer Art Mikrofon über Jennys Bauch strich. Wir saßen ganz still da, mit eingefrorenem Lächeln, und bemühten uns, den schwachen Herzschlag zu hören, doch aus dem Lautsprecher kam nur ein Rauschen.

Die Hebamme erklärte uns, dass das nichts Ungewöhnliches sei. „Es hängt davon ab, wie das Baby liegt. Manchmal kann man nichts hören.“ Sie bot uns an, gleich mit dem Ultraschall weiterzumachen. „Dann schauen wir uns Ihr Baby doch mal an!“, meinte sie fröhlich.

„Unser erster Blick auf Baby Grogie“, sagte Jenny und sah mich strahlend an. Die Hebamme führte uns in einen anderen Raum und bat Jenny, sich auf eine Liege mit einem Monitor daneben zu legen.

„Ich habe eine Videokassette dabei“, meinte ich und wedelte damit vor der Hebamme herum.

„Lassen Sie sie erst noch mal beiseite“, entgegnete sie, während sie Jennys T-Shirt hochschob und begann, mit einem Gerät, das aussah wie ein kleiner Hockeypuck, über ihren Bauch zu fahren. Wir starrten auf den Monitor, sahen aber nur eine graue, unscharfe Fläche. „Hm, mit diesem Gerät kann man nichts erkennen“, sagte sie in vollkommen neutralem Ton. „Wir versuchen es mit einem vaginalen Ultraschall. Da sehen Sie viel mehr.“

Sie verließ den Raum und kehrte wenig später mit einer anderen Hebamme namens Essie zurück, die Jenny eine latexüberzogene Sonde in die Vagina einführte. Die Auflösung war wesentlich besser als beim anderen Ultraschallgerät. Essie zoomte etwas heran, das wie ein kleines Säckchen in der Mitte der grauen Fläche aussah, und vergrößerte es mit einem Mausklick. Aber statt schärfere Konturen zu bekommen, sah das Säckchen eher wie eine leere, formlose Socke aus. Wo waren die kleinen Arme und Beine, von denen die Bücher über Schwangerschaft in der zehnten Woche schrieben? Wo war der kleine Kopf? Wo das schlagende Herz? Jenny reckte den Kopf zur Seite, um den Bildschirm zu sehen, und fragte die Schwestern mit einem nervösen Lachen: „Ist da irgendwas drin?“

Ich blickte auf, sah Essies Miene und wusste, dass wir die Antwort nicht hören wollten. Sie antwortete Jenny in sachlichem Ton: „Nicht das, was man nach zehn Wochen erwarten würde.“ Ich legte Jenny meine Hand aufs Knie. Wir starrten beide weiter auf das Gebilde auf dem Bildschirm, als ob wir es so zum Leben erwecken könnten.

„Jenny, ich glaube, es gibt hier ein Problem“, sagte Essie. „Ich hole Dr. Sherman.“

Während wir schweigend warteten, rauschte mir das Blut in den Ohren. Wenn ich mich nicht hinsetze, dann kippe ich um, dachte ich. Ich hockte mich auf den Rand der Liege und hielt Jennys Hand.

Doktor Sherman bestätigte uns, dass der Fötus tot war. „Wir würden sonst zweifellos einen Herzschlag sehen“, sagte er. Dann erklärte er uns ruhig, dass eine von sechs Schwangerschaften mit einer Fehlgeburt endet. Offensichtlich erinnerte er sich an Jennys Sorge wegen der Flohsprays, denn er versicherte uns, dass wir nichts dafür konnten. Er strich Jenny über die Wange und sagte: „Es tut mir leid. Sie können es in ein paar Monaten wieder versuchen.“

Wir saßen beide schweigend da. Die leere Videokassette lag auf der Liege neben uns, und ihr Anblick war mit einem Mal unerträglich, ein grausames Zeugnis unseres blinden, naiven Optimismus. Ich fragte den Arzt: „Wie geht es jetzt weiter?"

„Wir müssen die Plazenta entfernen", antwortete er. Er bot uns an, das Wochenende abzuwarten und erst am Montag wiederzukommen und die Operation vornehmen zu lassen – die Abtreibung, also die Entfernung des Fötus und der Plazenta. Aber Jenny wollte es schnell hinter sich bringen, und ich stimmte ihr zu. „Je eher, desto besser", sagte sie.

„Einverstanden", sagte Dr. Sherman. Er gab Jenny etwas, um ihren Muttermund zu weiten, und ging aus dem Zimmer. Als wir allein waren, fielen Jenny und ich uns verzweifelt in die Arme.

ALS DR. SHERMAN zurückkam, war er ganz sachlich. Er spritzte Jenny zuerst Valium und dann Demerol. Die Operation war schnell vorüber. Später half ihr die Schwester beim Anziehen, und ich führte sie aus der Praxis.

Im Auto behielt Jenny ihr abwesendes Schweigen bei und stierte aus dem Fenster. Ihre Augen waren rot, doch sie weinte nicht. Erfolglos suchte ich nach tröstenden Worten. Was konnte ich auch sagen? Wir hatten unser Baby verloren. Sicher, ich konnte ihr sagen, dass wir es wieder versuchen könnten. Ich konnte ihr sagen, dass viele Paare dasselbe durchmachten. Aber sie würde es nicht hören wollen, und ich wollte es nicht sagen. Schweigend fuhren wir nach Hause.

Als wir daheim ankamen, half ich Jenny ins Haus, bettete sie auf die Couch und ging dann in die Garage, wo Marley unsere Rückkehr wie immer mit atemloser Ungeduld erwartete. Sobald er mich sah, hechtete er nach seinem riesigen Rohlederknochen und wollte unbedingt, dass ich versuchte, ihm den Knochen abzujagen.

„Heute nicht, Kumpel", sagte ich und ließ ihn zur Hintertür in den Garten hinaus. Er machte sein Geschäft und kam ins Haus zurückgerast, nahm dann einen tiefen Schluck aus seiner Wasserschüssel, spritzte alles um sich herum voll und sauste dann den Flur hinunter, um Jenny zu suchen. Ich brauchte ein paar Sekunden, um das verschüttete Wasser aufzuwischen und ihm ins Wohnzimmer zu folgen.

Als ich um die Ecke bog, blieb ich abrupt stehen. Ich hätte einen Monatslohn darauf verwettet, dass eine solche Szene niemals möglich wäre. Unser wilder, ungestümer Hund stand mit den Schultern zwischen Jennys Knien, sein großer, schwerer Kopf ruhte auf ihrem Schoß. Sein Schwanz hing zwischen seinen Beinen herunter. Es war das erste Mal, dass er nicht wedelte, wenn er einen von uns berührte. Marley sah zu Jenny auf und winselte leise. Sie streichelte ein paarmal seinen Kopf, verbarg dann unvermittelt ihr Gesicht in seinem dicken Nackenfell und fing an zu schluchzen. Ein heftiges, haltloses Schluchzen aus tiefster Seele.

Sie verharrten lange so. Marley stand still wie eine Statue, und Jenny umarmte ihn wie eine übergroße Puppe. Ich stand abseits und fühlte mich wie ein ungebetener Zuschauer in einem sehr privaten Augenblick. Und dann, ohne aufzusehen, streckte sie einen Arm in meine Richtung aus, und ich setzte mich neben sie aufs Sofa und schlang meine Arme um sie. Da saßen wir drei, in stiller, gemeinsamer Trauer.

Kapitel 4: Herrchen und Hund

Am nächsten Morgen, einem Samstag, erwachte ich bei Sonnenaufgang und merkte, dass Jenny neben mir leise weinte. Sie hatte mir den Rücken zugedreht. Marley war auch schon wach, sein Kopf ruhte auf der Matratze, und wieder trauerte er mit seinem Frauchen. Ich stand auf, machte Kaffee, presste frischen Orangensaft aus und holte die Zeitung herein. Als Jenny wenig später im Bademantel in die Küche kam, schenkte sie mir ein tapferes Lächeln, wie um zu sagen, dass es ihr besser ginge.

Nach dem Frühstück beschlossen wir, mit Marley zum Schwimmen an den Strand hinunterzugehen. Vor unserem Viertel versperrten ein großer Wellenbrecher aus Beton und viele Steinblöcke den Weg zum Wasser, aber sechs Blocks weiter verliefen die Wellenbrecher landeinwärts und ließen einen kleinen weißen Strand frei, wo Treibholz herumlag – ein perfekter Hundespielplatz. Als wir den Strand erreichten, wedelte ich mit einem Stöckchen vor Marleys Nase herum und ließ ihn von der Leine. Er fixierte den Ast, als hielte ich einen saftigen Knochen in der Hand. „Hol den Stock!“, rief ich und warf das Holz, so weit ich konnte, ins Wasser. Marley setzte mit einem spektakulären Satz über die Betonmauer, galoppierte den Strand hinunter und sprang ins flache Wasser, dass es nur so spritzte. Genau dazu ist der Labrador geboren. Es liegt in seinen Genen und steht in seiner Stellenbeschreibung.

Niemand weiß genau, woher der Labrador eigentlich stammt, aber so viel ist bekannt: Er stammt nicht aus Labrador. Diese muskulösen, kurzhaarigen Hunde, die das Wasser so sehr lieben, wurden das erste Mal im

17. Jahrhundert in Neufundland gesichtet. Dort nahmen die Fischer die Hunde auf ihren Booten mit hinaus aufs Meer, wo sie ihnen beibrachten, Leinen und Netze einzuholen und Fische von den Angelhaken zu bergen. Das dicke, ölige Fell der Hunde machte sie unempfindlich gegen das eisige Wasser, und ihre Schwimmkünste machten sie zusammen mit ihrer grenzenlosen Ausdauer und der Fähigkeit, Fische vorsichtig im Maul zu tragen, ohne das Fleisch zu beschädigen, zu einem idealen Arbeitshund unter den harten Bedingungen im Nordatlantik. Bald wurden die Labradors dann auch von den Jägern auf der Insel für ihre Zwecke eingesetzt und dienten als Jagdhunde bei der Vogeljagd.

Das also war Marleys stolzes Erbe, und er schien zumindest einen Teil davon mitbekommen zu haben. Er war ein Meister im Beuteaufspüren. Nur die Sache mit dem Zurückbringen der Beute hatte er nicht ganz verstanden.

Mit seiner Beute zwischen den Zähnen kam er an den Strand zurück. „Bring ihn her!“, schrie ich und klatschte in die Hände. Er kam angetänzelt, sein ganzer Körper bebte vor Aufregung, dann schüttelte er sich und ließ dabei Wasser und Sand auf mich niederregnen. Als er mich aufforderte, ihn zu verfolgen, rannte ich ein paar Schritte in seine Richtung, doch es war klar, dass er mir an Schnelligkeit und Beweglichkeit weit überlegen war. „Du bist ein Labrador!“, brüllte ich ihm nach. „Dir liegt das Apportieren im Blut, falls du es nicht mehr weißt!“

Im Gegensatz zu meinem Hund hatte ich ein weiter entwickeltes Gehirn, das zumindest ein klein wenig mehr hermachte als meine Muskelkraft. Ich griff nach einem zweiten Stock und machte ein Riesentheater darum. Ich hob ihn über den Kopf und warf ihn von einer Hand in die andere. Und ich konnte sehen, wie Marleys Entschlossenheit langsam nachließ. Plötzlich hatte der Stock in seinem Maul, der vor wenigen Augenblicken noch sein größter Schatz gewesen war, seinen Reiz verloren. Mein Stock dagegen zog ihn magisch an. Er schlich näher und näher an mich heran, bis er nur noch Zentimeter von mir entfernt war. „Tja, die Versuchung ist einfach zu groß, nicht wahr, Marley?“ Ich kicherte, als ich ihm den Stock vor die Nase hielt und er anfing zu schielen, um ihn im Blick zu behalten.

Ich konnte sehen, wie die kleinen grauen Zellen in seinem Kopf arbeiteten und er krampfhaft überlegte, wie er den neuen Stock erhaschen könnte, ohne den alten loszulassen. Ich griff schnell mit meiner freien Hand nach dem Stock in seinem Maul und zog. Er zog ihn knurrend zurück. „Du weißt, dass du nicht widerstehen kannst“, flüsterte ich. Und tatsächlich, die Versuchung war zu groß. Ich spürte, wie sein Biss lockerer wurde. Und dann schritt er zur Tat: Er öffnete das Maul und versuchte, den zweiten Stock zu fassen, ohne den ersten loszulassen. Blitzschnell zog ich beide Stöcke weg und hielt sie über meinen Kopf. Er sprang in die Luft, bellte und wirbelte herum, offensichtlich verstört darüber, dass sein so klug ersonnener Plan nicht aufgegangen war. „Siehst du, deswegen bin ich das Herrchen und du der Hund“, erklärte ich ihm. Im Gegenzug schüttelte er sich und schleuderte mir noch mehr Sand und Wasser ins Gesicht.

Ich warf einen der Stöcke ins Wasser, und er rannte wild bellend hinterher. Als er zurückkam, schien er gerüstet. Diesmal war er vorsichtiger und weigerte sich, auch nur in meine Nähe zu kommen. Er blieb ein paar Meter vor mir stehen, seinen Stock im Maul und den Blick fest auf meinen Stock, das neue und zugleich alte Objekt seiner Begierde, gerichtet. Ich hielt den Stock hoch über meinen Kopf. Und wieder sah ich seine grauen Zellen arbeiten. Er dachte: Diesmal warte ich so lange hier, bis er ihn wirft. Und dann hat er keinen Stock mehr und ich zwei. „Du denkst, ich bin blöd, nicht wahr, Hund?“, sagte ich zu ihm. Ich holte aus und machte eine kräftige Wurfbewegung. Natürlich rannte Marley los, sprang mit seinem Stock im Maul ins Wasser – das Dumme war nur, dass ich meinen Stock nicht losgelassen hatte. Aber merkte Marley das? Nein, er schwamm die halbe Strecke bis Palm Beach, ehe ihm auffiel, dass ich den Stock immer noch in der Hand hatte.

„Du bist gemein!“, schimpfte Jenny von ihrer Bank aus, und als ich zu ihr zurückblickte, sah ich, dass sie lachte.

Als Marley schließlich wieder an Land kam, ließ er sich vollkommen erschöpft in den Sand fallen, war aber immer noch wild entschlossen, seinen Stock nicht herzugeben. Ich zeigte ihm meinen Stock, erzählte ihm wieder, wie viel besser dieser im Gegensatz zu seinem sei, und befahl: „Lass ihn los!“ Ich holte wieder aus, als ob ich werfen wollte, und der dumme Hund sprang auf die Beine und rannte zurück zum Wasser. „Lass ihn los!“, wiederholte ich, als er zurückkam. Wir spielten dieses Spielchen noch ein paarmal, aber schließlich ließ er ihn tatsächlich fallen. Und in dem Moment, in dem sein Stock den Boden berührte, warf ich meinen für ihn in die Luft. Wir wiederholten das immer wieder, und langsam sickerte die Lektion in seinen dicken Schädel ein. Wenn er mir den Stock zurückbrachte, würde ich einen neuen für ihn werfen. „Das ist wie ein Geschäftsabschluss“, erklärte ich ihm. „Du musst etwas hergeben, um etwas anderes zu bekommen.“

Als Jenny und ich nach Hause gingen, sagte ich zu ihr: „Weißt du, ich glaube wirklich, dass er es langsam kapiert.“

Marleys erste Nacht bei uns zu Hause, kurz bevor ich ihn mitsamt seiner Kiste von der Garage mit ins Schlafzimmer nahm, damit er aufhörte zu jaulen

„Sie selbst haben ein riesiges Bett, und ich soll mich mit diesem blöden Stuhl zufriedengeben."

Die Männerfreundschaft wird auf der Straße vor unserem Haus besiegelt.

Der unschuldige Blick trügt – auch als Welpe hatte Marley es bereits faustdick hinter den Ohren.

Am Hundestrand von Palm Beach, Marleys Lieblingsspielplatz

Kurz nach dieser Aufnahme „verschmutzte“ Marley, dem vom Salzwasser übel war, das Meer …

Ein glücklicher Marley, zur Hälfte ausgewachsen, ruht sich im Gras aus.

Ehe wir's uns versehen hatten, war Marley alt geworden.

Sie sah auf Marley hinunter, wie er neben uns hertrottete. Sein schwer erkämpfter Stock klemmte immer noch zwischen seinen Kiefern. „Da wäre ich mir nicht so sicher“, meinte sie.

AM NÄCHSTEN Morgen wachte ich wieder bei Tagesanbruch davon auf, dass Jenny leise neben mir weinte. „He“, sagte ich und schlang meinen Arm um sie. Sie drückte ihr Gesicht gegen meine Brust, und ich fühlte, wie ihre Tränen mein T-Shirt durchnässten.

„Alles okay“, sagte sie, „es ist nur – du weißt schon.“

Ich wusste es. Ich versuchte, den tapferen Soldaten zu spielen, aber ich spürte es auch, dieses dumpfe Gefühl von Verlust und Versagen.

Später an diesem Tag nahm ich Marley im Auto mit zum Einkaufen. Auf dem Rückweg hielt ich an einem Blumenladen und kaufte einen riesigen Blumenstrauß samt Vase in der Hoffnung, er würde Jenny aufheitern. Damit die Vase nicht umkippte, gurtete ich sie auf dem Rücksitz neben Marley an. Als wir an einer Zoohandlung vorbeikamen, dachte ich spontan, dass Marley auch eine kleine Aufheiterung gebrauchen könnte. Immerhin hatte er unserer untröstlichen Jenny besser Trost spenden können als ich. „Sei ein guter Junge“, sagte ich. „Ich bin gleich zurück.“ Ich eilte in das Geschäft und kaufte schnell einen riesigen Kauknochen für ihn.

Daheim kam uns Jenny vor dem Haus entgegen, und Marley sprang aus dem Auto, um sie zu begrüßen. „Wir haben eine kleine Überraschung für dich“, sagte ich. Doch als ich die Blumen vom Rücksitz holen wollte, war die Überraschung auf meiner Seite. Ich hatte einen Strauß mit weißen Tausendschön, gelben Chrysanthemen, verschiedenfarbigen Lilien und leuchtend roten Nelken gekauft. Jetzt waren die Nelken verschwunden. Ich sah genauer hin und entdeckte die geköpften Stiele, die vor wenigen Minuten noch Blüten getragen hatten.

Als ich Marley endlich erwischte und ihm das Maul aufstemmte, fand ich den Beweis seiner Schuld. Tief in seinem Rachen steckte eine einzige rote Nelke. Die anderen waren offenbar schon in seinen Magen gewandert. Ich hätte ihn umbringen können.

Ich sah Jenny an. Tränen strömten über ihr Gesicht. Aber diesmal lachte sie Tränen. Mir blieb nichts anderes übrig, als in ihr Lachen einzustimmen.

„Dieser Hund!“, murmelte ich.

„Ich hab mir ohnehin noch nie viel aus Nelken gemacht“, sagte sie.

Marley war so glücklich, uns wieder lachen zu sehen, dass er sich auf die Hinterbeine stellte und einen Freudentanz aufführte.

ALS MARLEY knapp sechs Monate alt war, meldeten wir ihn in einer Hundeschule an. Das war mehr als notwendig. Trotz seiner Fortschritte mit dem Stöckchen an jenem Tag am Strand erwies er sich als äußerst schwieriger Schüler, schwer von Begriff, wild, leicht abzulenken, ein Opfer seiner unerschöpflichen Energie.

Unser Tierarzt empfahl uns einen ortsansässigen Hundeverein, der jeden Dienstagabend auf einem Parkplatz einen Grundkurs für Gehorsam anbot. Er wurde von ehrenamtlichen Mitarbeitern des Vereins abgehalten, engagierten Amateuren, die zweifelsohne ihren eigenen Hunden bereits die höheren Weihen guten Benehmens beigebracht hatten. Der Kurs dauerte acht Stunden und kostete fünfzig Dollar, für unsere Begriffe eine lächerliche Summe, wenn man daran dachte, dass Marley den Wert von fünfzig Dollar in Form von einem Paar Schuhen innerhalb von dreißig Sekunden vernichten konnte. Bei der Anmeldung trafen wir die Dame, die unseren Kurs leiten würde. Sie war eine strenge, ernsthafte Hundetrainerin, die die Meinung vertrat, dass es keine unerziehbaren Hunde gebe, sondern nur Besitzer mit schwachem Willen.

Die erste Stunde schien ihren Standpunkt zu untermauern. Noch ehe wir aus dem Auto gestiegen waren, entdeckte Marley die anderen Hunde, die mit ihren Besitzern über den Asphalt liefen. Eine Party! Er sprang über uns hinweg aus dem Auto, und weg war er, die Leine hinter sich herziehend. Er sprang von einem Hund zum nächsten und beschnüffelte sie an allen unziemlichen Stellen. Für Marley war das Ganze ein Fest der Düfte.

Indessen starrte uns die Hundetrainerin mit einem Blick an, der vernichtender nicht hätte sein können. „Bitte begeben Sie sich auf Ihren Platz“, sagte sie förmlich, und als sie sah, wie Jenny und ich gemeinsam versuchten, Marley an seinen Platz zu zerren, fügte sie hinzu: „Sie müssen sich entscheiden, wer von Ihnen beiden die Funktion des Trainers übernimmt.“ Ich setzte zu der Erklärung an, dass wir beide teilnehmen wollten, aber sie unterbrach mich. „Ein Hund kann nur einem Herrchen gehorchen“, sagte sie bestimmt. Ich wollte protestieren, doch sie brachte mich mit einem strengen Blick zum Schweigen, und ich zog wie ein begossener Pudel mit eingezogenem Schwanz vom Feld und überließ Frauchen Jenny das Kommando.

Wahrscheinlich war das ein Fehler, denn Marley war inzwischen schon beträchtlich stärker als Jenny. Miss Domina hatte gerade zu ihrer Einführungsrede angehoben, in der sie erklärte, wie wichtig es sei, gegenüber Haustieren eine Führungsposition einzunehmen, da beschloss Marley, dass der Pudel auf der anderen Seite der Klasse einen näheren Blick wert war. Er stürzte los und zog Jenny quer über den Parkplatz. Meine Frau hatte erstaunliche Ähnlichkeit mit einer Wasserskiläuferin, die von einem Motorboot gezogen wird. Alle starrten sie an. Ich hielt mir die Augen zu.

Marley war kein Freund von förmlichen Höflichkeiten. Er rannte die Pudeldame um und klemmte sofort seine Nase zwischen ihre Beine. Ich nahm an, das war wohl seine Art zu fragen: „He, bist du öfter hier?"

Nachdem Marley den Pudel ausführlich gynäkologisch untersucht hatte, gelang es Jenny endlich, ihn an seinen Platz zurückzuziehen. Miss Domina gab mit ruhiger Stimme bekannt: „Dies, meine Damen und Herren, ist ein hervorragendes Beispiel für einen Hund, dem man gestattet hat zu denken, er wäre das Alphatier seines Rudels. Im Moment hat er das Sagen in der Familie." Wie um das zu bestätigen, begann Marley wie wild seinen Schwanz zu jagen, drehte sich dabei um die eigene Achse und wickelte die Leine so fest um Jennys Knöchel, dass sie sich nicht mehr rühren konnte. Ich litt mit Jenny und war trotzdem froh, dass ich nicht an ihrer Stelle war.

Die Trainerin begann mit den Lektionen „Sitz!" und „Platz!"

Jenny befahl Marley mit strenger Stimme: „Sitz!" Und Marley sprang auf und legte ihr die Pfoten auf die Schultern. Ich konnte es nicht mit ansehen. Als ich die Augen wieder öffnete, sah ich, wie Jenny mit dem Gesicht nach unten auf dem Boden lag; Marley stand über ihr und hechelte fröhlich. Später erklärte sie mir, sie hätte ihm zeigen wollen, wie man das Kommando „Platz" korrekt ausführt.

Als die Stunde zu Ende war und Jenny mit Marley zu mir kam, fing Miss Domina uns ab. „Sie müssen dieses Tier wirklich unter Kontrolle bringen", sagte sie spöttisch lächelnd. Keiner von uns sagte ein Wort. Wir gingen gedemütigt zu unserem Auto und fuhren schweigend nach Hause. Nur Marleys lautes Hecheln war zu hören, als er versuchte, sich von der Aufregung seiner ersten Erfahrung mit einer Hundeschule zu erholen. Schließlich sagte ich: „Eines ist sicher: Er geht gern zur Schule."

EINE Woche später waren Marley und ich wieder dort, diesmal ohne Jenny. Als ich ihr vorgeschlagen hatte, dass ich wahrscheinlich noch am ehesten Marleys Vorstellung von einem Alphatier entsprach, hatte sie ihren vorläufigen Titel als Frauchen und Befehlshaberin mit Freuden aufgegeben.

Diesmal stand der Befehl „Bei Fuß!" auf dem Plan, eine Lektion, die mir besonders wichtig war. Ich war es leid, auf jedem Spaziergang bei jedem Schritt mit Marley zu kämpfen. Es war höchste Zeit, dass er lernte, anständig an unserer Seite zu gehen. Ich zerrte ihn an unseren Platz. Miss Domina gab jedem von uns eine kurze Kette mit je einem Ring an beiden Enden. Das wären Würgehalsbänder, erklärte sie uns, mit denen wir unsere Hunde dazu bringen würden, brav bei Fuß zu gehen. Das Halsband war genial einfach konstruiert. Wenn sich der Hund gut benahm und an der Seite seines Herrchens blieb, dann hing ihm das Halsband locker um den Hals. Wenn der Hund jedoch einen Satz nach vorn machte, zog es sich wie eine Schlinge zu und würgte den fehlgeleiteten Hund. Unsere Trainerin versprach, dass die Hunde schnell lernen würden, dass ihnen bei Ungehorsam die Luft knapp wurde.

Ich wollte das Würgehalsband über Marleys Kopf ziehen, aber er war schneller und schnappte mit den Zähnen danach. Ich zwang ihm die Kiefer auseinander, um das Halsband herauszuziehen, und schaffte es endlich, es ihm über den Kopf zu streifen. Dann drückte ich ihm, wie befohlen, das Hinterteil auf den Boden und stellte mich neben ihn, mein linkes Bein an seiner rechten Schulter. Wenn die Trainerin bis drei gezählt hatte, sollte ich den Befehl „Marley, bei Fuß!" geben und einen Schritt mit dem linken Fuß machen. Wenn er vom Kurs abwich, würden ihn kleine Korrekturen – in Form von einem festen, kurzen Ziehen an der Leine – wieder in die richtige Position bringen. Miss Domina gab das Kommando: „Eins … zwei … drei!"

„Marley, bei Fuß!", befahl ich. Sobald ich den ersten Schritt machte, startete er durch wie ein Kampfflugzeug vom Flugzeugträger. Ich zog ihn fest an der Leine zurück, und er gab ein furchtbares, hustendes Japsen von sich, als sich das Halsband zuzog. Er sprang kurz zurück, aber sobald es sich wieder lockerte, hatte er das Würgen wieder vergessen. Der winzige Teil seines Gehirns, der dafür zuständig war, aus Erfahrung zu lernen, hatte mit dieser Episode längst abgeschlossen. Wieder sprang er nach vorn. Ich zog an der Leine, und er japste wieder. So arbeiteten wir uns langsam über den ganzen Parkplatz vor; Marley zerrte nach vorn, ich zerrte ihn zurück, jedes Mal ein wenig heftiger. Er hustete und hechelte, ich ächzte und schwitzte.

„Halten Sie diesen Hund im Zaum!", rief die Trainerin. Ich versuchte es mit aller Kraft, aber die Botschaft kam einfach nicht bei Marley an. „Kommen Sie", sagte die Trainerin ungeduldig und streckte mir die Hand entgegen. „Ich zeige es Ihnen." Ich gab ihr die Leine und sie zerrte Marley erfolgreich in Startposition. Als sie ihm den Befehl zum Hinsetzen gab, zog sie fest am Halsband. Und tatsächlich sank er auf seine Hinterbeine und sah konzentriert zu ihr auf. Verdammt!

Mit einem tüchtigen Ruck an der Leine setzte sich Miss Domina in Bewegung. Doch fast augenblicklich jagte Marley los, als würde er den führenden Schlitten in einem Hunderennen ziehen. Es sah aus, als würde er ihr den Arm ausreißen. Eigentlich hätte mir das peinlich sein sollen, aber ich empfand eine gewisse Genugtuung. Sie hatte kein bisschen mehr Erfolg als ich. Meine Klassenkameraden kicherten, und ich strahlte vor absurdem Stolz. Schaut her, mein Hund benimmt sich bei jedem so daneben, nicht nur bei mir!

Miss Domina sah mich mit einem vernichtenden Blick an. Es war klar, dass ich eine Grenze überschritten hatte und dass es kein Zurück mehr gab. Marley hatte sie in aller Öffentlichkeit blamiert. Sie gab mir die Leine zurück und wandte sich wieder an die übrigen Teilnehmer, als hätte dieser bedauerliche kleine Zwischenfall niemals stattgefunden.

Als die Stunde vorbei war, bat sie mich, noch einen Moment länger zu bleiben. Ich wartete mit Marley, während sie geduldig Fragen von anderen Teilnehmern beantwortete. Als der letzte gegangen war, wandte sie sich an mich und sagte: „Ich glaube, Ihr Hund ist noch ein bisschen zu jung für strukturierten Gehorsamsunterricht."

„Ja, er ist ja wirklich erst eine Handvoll Hund, nicht wahr?", erwiderte ich und fühlte mich wie ihr Bündnispartner; jetzt, wo wir dieselbe peinliche Erfahrung gemacht hatten.

„Er ist einfach noch nicht so weit", meinte sie. „Er muss erst noch ein wenig größer werden."

Langsam ahnte ich, was sie mir damit sagen wollte. „Wollen Sie damit andeuten …"

„Er stört die anderen Hunde."

„… dass Sie … uns aus dem Kurs werfen?"

„Sie können in sechs bis acht Monaten gerne wiederkommen."

„Sie werfen uns also raus?"

„Ja", sagte sie endlich. „Ich werfe Sie hinaus."

Als ob er sie verstanden hätte, hob Marley das Bein und verfehlte den Schuh seiner geliebten Trainerin nur um wenige Zentimeter.

MANCHMAL muss ein Mann erst wütend werden, ehe er eine Sache ernsthaft angeht. Ich besaß einen wunderschönen, reinrassigen Labrador, ein stolzes Exemplar jener Rasse, die berühmt war für ihre Fähigkeit, Blinde zu führen, Katastrophenopfer zu bergen, mit Jägern zu arbeiten und Fische aus der aufgewühlten Brandung zu bergen. Wie konnte Miss Domina es wagen, ihn nach nur zwei Unterrichtsstunden aus dem Kurs zu werfen? Auch wenn er etwas lebhafter war, so meinte er es doch nur gut. Ich würde beweisen, dass Marley kein Versager war.

Schon am nächsten Morgen nahm ich Marley mit in unseren Garten hinaus. „Niemand schmeißt die Grogan-Jungs aus dem Kurs!“, erklärte ich ihm. „Unerziehbar? Wir werden ja sehen, wer hier unerziehbar ist. Hab ich Recht?“ Er sprang auf und ab.

Wir fingen mit dem Kommando „Sitz!“ an. Ich hatte das seit seinem frühen Welpenalter mit ihm geübt, und er war schon ganz gut darin. Ich baute mich vor ihm auf und starrte ihn an, wie nur Alphatiere es tun, dann befahl ich ihm mit ruhiger, aber fester Stimme, sich hinzusetzen. Er setzte sich hin. Ich lobte ihn. Wir wiederholten diese Übung einige Male. Dann gingen wir zu dem Befehl „Platz!“ über. Auch das hatte ich schon mit ihm geübt. Er starrte mich aufmerksam an und reckte in freudiger Erwartung meines Befehls den Kopf vor. Ich hob langsam die Hand und behielt sie oben, während er auf den Befehl wartete. Dann deutete ich in einer scharfen Bewegung auf den Boden, schnippte gleichzeitig mit den Fingern und sagte: „Platz!“ Marley fiel in sich zusammen und landete mit einem Plumps auf dem Boden. Er hätte sich vermutlich nicht vehementer auf den Boden geworfen, wenn hinter ihm eine Granate hochgegangen wäre. Jenny, die mit ihrem Kaffee auf der Veranda saß, hatte uns zugesehen und rief: „Bravo!“

Nachdem wir auch diese Übung ein paarmal wiederholt hatten, beschloss ich, die nächste Herausforderung anzugehen: auf Kommando herkommen. Das war schwierig für Marley. Das Problem war nicht das Kommen. Er konnte einfach nicht auf seinem Platz warten, bis wir ihn riefen. Unser konzentrationsschwacher Hund war so ängstlich darauf bedacht, nicht von unserer Seite zu weichen, dass er nicht stillsitzen konnte, wenn wir uns von ihm entfernten.

Ich befahl ihm, sich vor mich hinzusetzen, und sah ihm in die Augen. Als wir uns so anstarrten, hob ich meine Handfläche und hielt sie vor mich wie ein Schülerlotse seine Kelle. „Bleib!“, sagte ich und machte einen Schritt zurück. Er erstarrte, sah mich ängstlich an und wartete auf das kleinste Zeichen, dass er mir folgen durfte. Als ich vier Schritte gegangen war, hielt er es nicht länger aus. Er sprang los und stürzte sich auf mich. Ich ermahnte ihn und versuchte es noch einmal. Und noch einmal und noch einmal. Jedes Mal ließ er mich ein wenig weiter fortgehen, ehe er losstürzte. Schließlich stand ich ungefähr 15 Meter von ihm entfernt, die Hand vor mir ausgestreckt. Ich wartete. Er saß wie angewachsen auf seinem Platz und glich einem Vulkan kurz vor dem Ausbruch. Ich zählte bis zehn. Er rührte sich nicht. Okay, genug der Quälerei, dachte ich. Ich ließ meine Hand fallen und rief: „Marley, komm hierher!“

Er raste direkt auf mich zu, mit diesem leeren, verrückten Ausdruck im Gesicht, und in dem Augenblick vor dem Zusammenprall wurde mir klar, dass der Pilot das Cockpit verlassen hatte. Marleys Lauf glich dem Ansturm einer Büffelherde. Ich hatte gerade noch Zeit für einen letzten Befehl. „Halt!“, brüllte ich. Bumm! Er rammte mich mit unverminderter Geschwindigkeit und warf mich zu Boden. Ich schlug hart auf. Als ich meine Augen ein paar Sekunden später wieder öffnete, lag er mit seitlich abgewinkelten Beinen auf meiner Brust und leckte mir verzweifelt wild das Gesicht ab. Na, wie war ich, Boss?, schien er zu fragen. Genau genommen hatte er meine Anweisung befolgt. Schließlich hatte ich nichts davon gesagt, dass er stehen bleiben sollte, wenn er bei mir ankam.

Jenny hatte uns vom Küchenfenster aus beobachtet und rief: „Ich muss los! Wenn ihr zwei da draußen fertiggeknutscht habt, vergiss nicht, die Fenster zuzumachen. Es soll heute Nachmittag regnen.“

Ich gab meinem Hund einen kleinen Imbiss, dann duschte ich und ging auch zur Arbeit.

ALS ICH am Abend nach Hause kam, wartete Jenny an der Haustür auf mich, und ich sah ihr an, dass sie beunruhigt war. „Schau mal in die Garage“, sagte sie.

Als ich die Tür zur Garage öffnete, nahm ich zuerst Marley wahr, der zerknirscht auf seinem Teppich lag. Seine Schnauze und Vorderpfoten waren voll angetrocknetem Blut. Dann sah ich mich weiter um, und mir stockte der Atem. Die Garage – unser unzerstörbarer Bunker – war ein einziger Trümmerhaufen. Der Teppich war zerfetzt, die Farbe von den Betonwänden gekratzt und das Bügelbrett umgeworfen worden, sein Bezug hing in Fetzen herunter. Auch die Tür, in der ich nun stand, hatte es übel erwischt, sie sah aus, als hätte man sie mit einem Häcksler bearbeitet. Im Umkreis von zwei Metern lagen Holzsplitter auf dem Boden. Marley hatte sich durch die halbe Tür gefressen. An der Wand klebte Blut, wo sich Marley Schnauze und Pfoten wund gerieben hatte.

Hinter mir hörte ich Jennys Stimme. „Als ich heute Mittag zum Essen nach Hause kam, war noch alles in Ordnung“, sagte sie. Nachdem sie wieder zur Arbeit gefahren war, war ein furchtbares Gewitter mit Regen, Blitz und Donner, der einem durch Mark und Bein ging, losgebrochen.

Als sie ein paar Stunden später nach Hause gekommen war, hatte sie Marley inmitten dieses Gemetzels gefunden, das er bei seinem verzweifelten Fluchtversuch veranstaltet hatte. Er war vollkommen panisch gewesen und hatte Schaum vor dem Maul. Sein Anblick war so mitleiderregend gewesen, dass sie es nicht über sich gebracht hatte, mit ihm zu schimpfen.

Beim Abendessen versuchten wir, den Vorfall nüchtern zu betrachten. Was war passiert? Wir konnten es uns nur so erklären: Marley, allein und schrecklich verängstigt wegen des Gewitters, hatte beschlossen, dass seine größte Überlebenschance darin bestand, sich durch die Tür ins Haus zu graben. Er hatte dieses Ziel mit einer Effizienz verfolgt, die ich ohne die Zuhilfenahme von schweren Maschinen nie für möglich gehalten hätte.

Nach dem Abwasch gingen Jenny und ich wieder zurück zu Marley in die Garage. Er war wieder ganz der Alte, schnappte sich ein Spielzeug und sprang um uns herum, um uns zum Tauziehen zu animieren. Ich hielt ihn fest, während Jenny ihm mit einem Schwamm das Blut aus dem Fell wusch. Dann sah er schwanzwedelnd zu, wie wir das von ihm verursachte Chaos aufräumten. Wir warfen die Teppichfetzen und den kaputten Bügelbrettbezug weg, kehrten die Reste unserer Tür zusammen, wischten das Blut von den Wänden und machten eine Einkaufsliste für den Baumarkt – im Laufe von Marleys Leben würde ich noch viele solche Listen schreiben. Marley war außer sich vor Glück, dass wir bei ihm waren und ihm bei seinen Umbaumaßnahmen zur Hand gingen. „Du brauchst dich darüber gar nicht so zu freuen!“, schimpfte ich und brachte ihn für die Nacht ins Haus.

Kapitel 5: Der Stoff, aus dem die Männchen sind

Jeder Hund braucht einen guten Tierarzt. Auch jeder frischgebackene Hundebesitzer braucht einen, vor allem wegen der guten Ratschläge und Rückversicherungen. Wir benötigten mehrere Anläufe, um den richtigen zu finden, doch dann stießen wir zufällig auf den Tierarzt unserer Träume. Sein Name war Jay Butan – alle nannten ihn Dr. Jay –, und er war jung, intelligent und überaus freundlich. In diesen ersten Monaten hatten wir praktisch eine Standleitung zu ihm und befragten ihn wegen jeder Kleinigkeit.

Nun, an diesem Nachmittag, standen Jenny und ich im Behandlungszimmer und sprachen über Marleys zunehmende neurotische Gewitterangst. Wir hatten gehofft, die Verwüstungsaktion in der Garage sei eine einmalige

Sache gewesen, aber wie sich herausstellen sollte, war sie nur der Anfang einer lebenslangen Phobie. Obwohl Labradors eigentlich den Ruf genossen, hervorragende Jagdhunde ohne Angst vor Gewehrschüssen zu sein, erschrak unser Exemplar Hund bei jedem Geräusch, das lauter als ein knallender Sektkorken war, zu Tode. Feuerwerkskörper, Motoren mit Fehlzündungen und Schüsse jagten ihm schreckliche Angst ein. Donner war das Allerschlimmste. Schon die ersten Anzeichen eines nahenden Gewitters führten bei Marley zum Zusammenbruch.

Dr. Jay drückte mir ein Gläschen mit gelben Tabletten in die Hand und sagte: „Die können Sie bedenkenlos anwenden." Es handelte sich um ein Beruhigungsmittel, das, wie er sich ausdrückte, „Marley die größte Angst nehmen würde". Die Hoffnung war, dass Marley mithilfe des Beruhigungsmittels besser mit einem Gewitter fertig werden würde. Die Angst vor Donner war nichts Ungewöhnliches für einen Hund, versicherte uns Dr. Jay, vor allem in Florida, wo in den heißen Sommermonaten beinahe jeden Nachmittag dicke Gewitterwolken über die Halbinsel rollten. Marley beschnüffelte das Glas in meiner Hand, offensichtlich konnte er es kaum erwarten, seine Medikamentenabhängigkeit zu beginnen.

Dr. Jay kraulte Marleys Hals und druckste herum, als wollte er noch etwas Wichtiges sagen. „Und Sie sollten langsam ernsthaft darüber nachdenken, ihn kastrieren zu lassen", meinte er schließlich.

„Kastrieren lassen?", wiederholte ich ungläubig. „Sie meinen …" Ich sah auf Marleys imponierende Hoden hinunter, die zwischen seinen Hinterbeinen hin und her schwangen. Sie waren beinahe grotesk groß.

Ich muss wohl geseufzt haben, denn Dr. Jay fügte hinzu: „Es ist völlig schmerzlos, und er wird danach wesentlich entspannter sein." Dr. Jay wusste, was für eine Herausforderung Marley für uns darstellte, er wusste von Marleys dummen Streichen, seiner Zerstörungswut, seiner Hyperaktivität. Und in letzter Zeit hatte Marley mit seinen sieben Monaten angefangen, alles zu bespringen, was sich bewegte, einschließlich unserer Gäste. „Es wird einfach nur diese ganze nervöse sexuelle Energie beseitigen und einen glücklicheren, ruhigeren Hund aus ihm machen", sagte er. Er versprach, dass der Eingriff Marleys sonnige Ausgelassenheit nicht dämpfen würde.

„Ich weiß nicht …", antwortete ich. „Das ist so … so endgültig."

Jenny dagegen hatte keinerlei Bedenken dieser Art. „Dann schneiden wir die Dinger eben ab!", sagte sie nur.

„Aber dann können wir nicht mehr mit ihm züchten", warf ich ein. „Wollen wir denn seine Linie nicht fortführen?"

„Ich glaube, Sie sollten das realistisch sehen", meinte Dr. Jay. „Marley ist ein toller Familienhund, aber ich bezweifle, dass er die nötigen Kriterien für einen Zuchtrüden erfüllen würde." Er versuchte, so diplomatisch wie möglich zu sein, aber sein Gesichtsausdruck verriet ihn. Auf seiner Stirn stand in großen Lettern: Guter Mann, um der kommenden Generationen willen müssen wir diesen genetischen Fehler unter allen Umständen in Grenzen halten!

Ich sagte ihm, wir würden es uns überlegen, dann gingen wir mit unseren gemütsverändernden Medikamenten nach Hause.

WÄHREND wir also erwogen, Marleys Männlichkeit wegzuoperieren, zeigte Jenny auf einmal ungewöhnlich großes Interesse an meiner. Dr. Sherman hatte seine Zustimmung zu einer erneuten Schwangerschaft gegeben. Und nun verfolgte Jenny dieses Ziel mit der Entschlossenheit einer Olympiateilnehmerin. Die Zeiten, als wir einfach nur die Pille abgesetzt und den Dingen ihren Lauf gelassen hatten, waren vorbei. Im Kampf um die Befruchtung ging Jenny nun in die Offensive. Und das hieß, dass ich Leistung bringen musste. Die schönste Nebensache der Welt wurde über Nacht zu einer klinischen Zwangssituation einschließlich Temperaturmessung, Menstruationskalender und Eisprunglisten.

Jenny war gewohnt, dass ich auf die kleinste Aufforderung ihrerseits freudig reagierte, und sie dachte, dass das immer noch der Fall sei. Ich war zum Beispiel gerade dabei, den Abfallzerkleinerer zu reparieren, da kam sie mit ihrem Kalender in der Hand hereinspaziert und sagte: „Ich hatte meine letzte Periode am Siebzehnten, was bedeutet …" – dann zählte sie von diesem Datum an vorwärts – „dass wir es *jetzt* versuchen müssen."

Die Grogans konnten noch nie gut unter Druck arbeiten, und ich war dabei keine Ausnahme. Es war nur eine Frage der Zeit, bis mir die für jeden Mann erniedrigendste Panne widerfuhr: ich konnte nicht. Und je mehr ich mich bemühte, meinen ehelichen Pflichten nachzukommen, desto weniger konnte ich mich entspannen. Ich entwickelte Todesangst vor dem Moment, wo meine Frau mich bitten würde – Gott bewahre! –, mit ihr zu schlafen.

Als ich eines Morgens in meiner Zeitungsredaktion saß, die nur zehn Minuten von zu Hause entfernt war, rief Jenny mich von der Arbeit aus an. Ob ich mich zu Hause mit ihr zum Mittagessen treffen wolle?

„Wir könnten uns auch irgendwo in einem netten Restaurant treffen", entgegnete ich.

„Ach, komm schon", schmollte sie. Dann senkte sie ihre Stimme zu einem

Flüstern. „Heute ist ein … guter Tag. Ich glaube, ich … habe einen Eisprung.“

Eine plötzliche Welle der Angst überrollte mich. O Gott, nein. Nicht das E-Wort! Bitte, zwing mich nicht dazu, wollte ich ins Telefon flehen. Stattdessen sagte ich so gelassen wie möglich: „Natürlich. Ist halb eins okay?“

Als ich die Haustür öffnete, war Marley wie immer zur Stelle, um mich zu begrüßen. Jenny dagegen war nirgends zu sehen. Ich rief nach ihr. „Ich bin im Bad“, antwortete sie. „Bin gleich da!“ Also sah ich die Post durch, um die Zeit totzuschlagen. Ich war in Weltuntergangsstimmung.

„Hallo Schatz“, sagte da eine Stimme hinter mir, und als ich mich umdrehte, stand Jenny in einem Hauch aus Seide vor mir. Durch das Top, das an zwei unglaublich dünnen Trägern von ihren Schultern hing, konnte ich ihren flachen Bauch sehen. Ihre Beine hatten noch nie länger gewirkt. „Wie sehe ich aus?“, fragte sie. Sie sah unglaublich aus, und es hatte den gewünschten Effekt.

Sie huschte ins Schlafzimmer, mit mir im Schlepptau. Innerhalb kürzester Zeit lagen wir uns auf dem Bett in den Armen. Ich schloss die Augen und fühlte, wie der Zauber zurückkehrte. Du schaffst das, John. Jetzt konnte ich ihren Atem feucht und warm auf meinem Gesicht fühlen. Mmh, sexy.

Aber was war das? Irgendetwas roch komisch. Ihr Atem. Irgendwie vertraut und fremd zugleich, nicht unangenehm, aber auch nicht besonders verlockend. Ich kannte diesen Geruch, aber ich konnte ihn nicht einordnen. Ich zögerte und schnupperte. Etwas zu essen, ja, das war es. Kekse? Nein. Chips waren es auch nicht. Auch kein Thunfisch. Ich war nah dran. Das war es … Hundekuchen!

Ihr Atem roch nach Hundekuchen. Aber warum? Ich überlegte, ich hörte tatsächlich eine kleine Stimme in meinem Kopf, die fragte: Warum hat Jenny Hundekuchen gegessen? Und gleichzeitig fühlte ich ihre Lippen auf meinem Hals … Wie konnte sie mir den Hals küssen und mir gleichzeitig ins Gesicht atmen? Das ging doch gar … O … mein … Gott!

Ich öffnete die Augen. Da, wenige Zentimeter von meinem Gesicht entfernt, ragte Marleys riesiger Kopf auf. Sein Kinn ruhte auf der Matratze, und er hechelte mit seiner Sabberschnauze in die Laken. Seine Augen waren halb geschlossen, und auch er sah ganz verliebt aus. „Böser Hund!“, schrie ich und rollte übers Bett weg von ihm. „Nein! Nein! Raus mit dir!“, befahl ich ihm schrill. „Los! Ab mit dir!“

Doch es war zu spät. Der Zauber war verflogen.

AM NÄCHSTEN Morgen vereinbarte ich einen Termin, um Marley kastrieren zu lassen. Ich sagte mir, wenn ich schon für den Rest meines Lebens keinen Sex mehr haben sollte, dann sollte es ihm auch nicht besser ergehen. Dr. Jay meinte, wir könnten Marley in der Praxis abgeben, bevor wir zur Arbeit fuhren, und ihn danach auf dem Heimweg wieder abholen. Eine Woche später war es dann so weit.

Als Jenny und ich zum Gehen bereit waren, sprang Marley fröhlich herum, weil er spürte, dass ein Ausflug bevorstand. Ich fühlte, wie sich mein schlechtes Gewissen regte. Der arme Kerl vertraute uns blind, und wir planten heimlich, ihn entmannen zu lassen! Konnte es einen gemeineren Verrat geben?

„Komm her!“, sagte ich zu ihm und warf ihn spielerisch zu Boden, wo ich ihm kräftig den Bauch kraulte. „Es wird nicht schlimm werden, keine Sorge. Sex wird völlig überbewertet.“ Aber nicht einmal ich, der ich in den letzten Wochen so schlechte Erfahrungen gemacht hatte, konnte das wirklich glauben. Wem log ich etwas vor? Sex war toll. Wir würden den armen Hund um das größte Vergnügen bringen, das das Leben zu bieten hat. Ich fühlte mich furchtbar.

Und ich fühlte mich noch viel schlechter, als ich nach ihm pfiff und er aus der Tür galoppiert kam und ins Auto sprang, voller Vertrauen, dass ich ihm nichts Böses wollte. Jenny fuhr, ich saß auf dem Beifahrersitz. Wie immer balancierte Marley mit den Vorderpfoten auf der Mittelkonsole und seine Schnauze berührte den Rückspiegel. Jedes Mal wenn Jenny bremste, krachte er gegen die Windschutzscheibe, aber das war Marley egal. Er durfte bei seinen beiden besten Freunden vorn im Auto mitfahren. Gab es etwas Schöneres im Leben?

Ich kurbelte mein Fenster herunter, und Marley lehnte sich zu mir herüber und versuchte, eine Brise der Gerüche von draußen zu erhaschen. Bald hatte er sich ganz auf meinen Schoß geschoben und seine Nase so fest in den schmalen Fensterspalt geklemmt, dass er bei jedem Atemzug schnarchte. Warum auch nicht?, dachte ich. Dies war seine letzte Autofahrt als voll ausgestattetes Mitglied des männlichen Geschlechts, da war ein wenig frische Luft das Mindeste, was ich ihm gewähren konnte. Ich kurbelte das Fenster weit genug herunter, dass er seine Schnauze hinausstrecken konnte. Er genoss den Wind um die Nase sichtlich, und ich kurbelte das Fenster noch ein wenig weiter herunter, sodass er den ganzen Kopf hinausstrecken konnte.

„John, das macht mich nervös“, sagte Jenny.

„Keine Sorge“, gab ich zurück, „er will nur ein wenig frische Luft …“

In diesem Moment schob er seine Vorderbeine aus dem Fenster, bis er sich mit den Achselhöhlen auf dem Fensterrand abstützen konnte.

„John, halt ihn fest! Halt ihn fest!"

Doch ehe ich irgendetwas tun konnte, war Marley dabei, von meinem Schoß aus dem offenen Fenster unseres Autos zu klettern, und das bei voller Fahrt. Als sein Körper an mir vorbeirutschte, griff ich nach ihm und erwischte ihn gerade noch mit der linken Hand am Schwanz. Jenny trat mitten im starken Verkehr auf die Bremse; Marley hing nun ganz aus dem Fenster des fahrenden Autos. Ich hielt ihn mit eisernem Griff am Schwanz fest, saß aber so verdreht auf dem Beifahrersitz, dass ich nicht mit der anderen Hand nach ihm greifen konnte. Marley trabte wie ein Irrer mit den Vorderpfoten auf dem Asphalt neben dem Auto her.

Jenny blieb schließlich auf der Abbiegespur stehen. Hinter uns stauten sich die Autos und hupten. „Und jetzt?", schrie ich. Ich steckte in der Klemme. Ich konnte ihn ja nicht einfach wieder durch das Fenster hereinziehen. Ich konnte auch die Tür nicht öffnen oder auch nur meinen anderen Arm bewegen. Und ich wagte es auch nicht, Marley loszulassen, denn dann wäre er mit Sicherheit einem der Autofahrer, die nun wütend hinter uns ausschwenkten, vor die Kühlerhaube gelaufen.

Jenny schaltete den Warnblinker ein und rannte um das Auto herum auf meine Seite, wo sie Marley packte und so lange am Halsband festhielt, bis ich ausgestiegen war und ihr half, ihn zurück ins Auto zu manövrieren. Unser kleines Drama hatte sich direkt vor einer Autowerkstatt abgespielt, und als Jenny den Motor wieder anließ, sah ich, dass alle Automechaniker herausgekommen waren, um dem Schauspiel zuzusehen. Sie lachten sich kaputt. „Danke, Jungs!", rief ich. „Schön, dass wir euch den Morgen versüßen konnten!"

Als wir bei der Tierklinik ankamen, waren meine Schuldgefühle wie weggeblasen, mein Entschluss stand fest. „Diesmal kommst du mir nicht davon, mein kleiner Eunuch!", erklärte ich ihm. Ich übergab ihn Dr. Jays Assistenten und sagte: „Tun Sie es!"

Als ich Marley an diesem Abend abholte, war er ein anderer Hund. Er war noch geschwächt von der Operation und schwankte beim Laufen. Seine Augen waren blutunterlaufen und glasig von den Betäubungsmitteln, und er war immer noch benommen. Und wo vorher so stolz seine Kronjuwelen gebaumelt hatten, war jetzt … nichts. Nur eine kleine, verschrumpelte Hautfalte. Die unverwüstliche Marley-Linie war damit offiziell und unwiderruflich zu Ende.

UNSER LEBEN wurde immer mehr von Arbeit bestimmt. Die Arbeit bei der Zeitung. Die Arbeit am Haus. Im Garten. Selbst die Bemühungen, schwanger zu werden, arteten in Arbeit aus. Und dann noch der Vollzeitjob, Marley zu erziehen. In vielem war er wie ein Kind, und er beanspruchte die gleiche Aufmerksamkeit und Zeit wie ein Kind. So bekamen wir eine Ahnung davon, welche Verantwortung uns erwartete, sollten wir jemals eine Familie haben. Aber nur bis zu einem gewissen Grad. Denn wenn wir auch nicht viel vom Elternsein verstanden, so wussten wir doch, dass wir unsere Kinder nicht einfach mit einer Schüssel Wasser in die Garage sperren konnten, wenn wir morgens aus dem Haus mussten.

Wir waren noch nicht einmal zwei Jahre verheiratet und fühlten doch schon die Mühen des verantwortungsvollen, erwachsenen Ehelebens. Wir brauchten Urlaub, nur wir beide, weit weg von den täglichen Verpflichtungen. Eines Abends überraschte ich Jenny mit zwei Flugtickets nach Irland. Wir würden drei Wochen fort sein. Keine feste Reiseroute, keine Besichtigungstouren, keine Sehenswürdigkeiten, die man unbedingt besuchen musste. Nur ein Mietauto, eine Landkarte und ein Bed-&-Breakfast-Führer.

Aber zuerst mussten wir uns noch um ein paar Dinge kümmern, in erster Linie um Marley. Eine Hundepension schied von vornherein aus. Er war zu jung, zu verrückt, zu wild, um in einem Zwinger eingesperrt zu sein. Anders als Dr. Jay es vorausgesagt hatte, hatte die Kastration Marleys ausgelassenes Wesen nicht im Geringsten beeinflusst. Genauso wenig seine unendliche Energie oder seine Verrücktheiten. Außer der Tatsache, dass er kein Interesse mehr daran zeigte, leblose Gegenstände zu besteigen, war er ganz der Alte. Wir brauchten einen Hundesitter, der bei uns im Haus wohnte. Wir brauchten jemanden, der verantwortungsbewusst, sehr geduldig und stark genug war, um gute dreißig Kilo ausreißenden Labrador im Zaum zu halten.

Wir machten eine Liste mit den Namen aller Freunde, Nachbarn und Kollegen, die uns einfielen, und strichen dann einen Namen nach dem anderen durch. Schließlich stand nur noch ein einziger Name auf der Liste. Kathy arbeitete in meinem Büro, war Single und liebte Tiere. Sie war sportlich und ging gern spazieren. Sie war perfekt. Und das Beste war, dass sie zustimmte.

Ich schrieb ihr eine Liste mit Anweisungen, die nicht sorgfältiger und ausgefeilter hätte sein können, wenn wir ihr ein schwer krankes Kind anvertraut hätten. Das Marley-Memorandum war sechs eng beschriebene Seiten lang.

Ich zeigte Jenny meine Aufzeichnungen und fragte sie, ob ich etwas vergessen hätte. Sie las sie sich genau durch und sagte dann: „Was hast du dir eigentlich dabei gedacht? Das kannst du ihr unmöglich geben." Sie wedelte mit den Blättern vor meiner Nase herum. „Zeig ihr das, und du kannst Irland vergessen. Wenn sie das hier liest, wird sie davonrennen und erst in Key West wieder stehen bleiben."

Aber ich war schon immer ein Freund von Offenheit und zeigte Kathy meine Liste trotzdem. Sie zuckte ein paarmal merklich zusammen, behielt jedoch alle Bedenken für sich. Um die Nase sah sie zwar ein wenig blass aus, war jedoch viel zu freundlich, um ihr Angebot zurückzunehmen. „Gute Reise!", sagte sie. „Wir schaffen das schon."

IRLAND war genau so, wie wir es uns erträumt hatten. Wunderschön, ländlich, entspannend. Das Wetter war die meiste Zeit herrlich klar und sonnig. Wie wir es uns vorgenommen hatten, planten wir überhaupt nichts. Wir ließen uns einfach treiben und fuhren an der Küste entlang, machten halt, um einzukaufen oder zu wandern oder ein Guiness zu trinken oder einfach nur aufs Meer hinauszuschauen.

Jeden Abend suchten wir uns eine Übernachtungsmöglichkeit. Es waren immer Zimmer, die von Privatleuten angeboten wurden, freundlichen Witwen, die uns verhätschelten, uns Tee servierten, unsere Betten machten und uns die immer gleiche Frage zu stellen schienen: „Wollen Sie nicht bald eine Familie gründen?" Und dann ließen sie uns in unserem Zimmer allein, nicht ohne uns ein wissendes, seltsam hintergründiges Lächeln zu schenken, bevor sie die Tür hinter sich schlossen.

Jenny und ich kamen allmählich zu der Überzeugung, dass es in Irland gesetzlich vorgeschrieben war, über jedes Gästebett ein lebensgroßes Abbild des Papstes oder der Jungfrau Maria zu hängen. Manchmal auch beides. Das irische Keuschheitsgesetz für Reisende schrieb weiterhin vor, dass alle Betten besonders laut knarren mussten, sobald sich einer der Übernachtungsgäste auch nur umdrehte. Diese Umgebung war für amouröse Abenteuer ungefähr so geeignet wie ein Kloster.

Sex hatte plötzlich so etwas … Verbotenes. Es war, als wäre ich wieder in der Schule. Wenn man in dieser Umgebung miteinander schlief, ging man das Risiko ein, am nächsten Morgen am gemeinsamen Frühstückstisch Mrs O'Flahertys hochgezogene Augenbrauen zu sehen, während sie Eier servierte und mit einem anzüglichen Lächeln fragte, ob wir eine angenehme Nacht gehabt hätten: „Und, hat das Bett Ihnen zugesagt?"

Irland war von Küste zu Küste eine *Kein Sex!*-Zone. Und das war für uns beide Anreiz genug …

Dennoch machte sich Jenny ständig Sorgen um ihr großes Baby zu Hause. Alle paar Tage fütterte sie ein Telefon mit einer Handvoll Münzen, um sich nach dem Stand der Dinge zu erkundigen. Ich wartete dabei vor der Telefonzelle und hörte Jennys Anteil am Gespräch mit.

„Das hat er wirklich getan? … Mitten im Verkehr? … Aber dir ist doch nichts passiert, oder? … Gott sei Dank … Was? Deine Schuhe? … O nein! Und deine Geldbörse? … Selbstverständlich bezahlen wir die Reparatur … Natürlich, wir bestehen darauf, sie dir zu ersetzen … Er hat was? … Feuchter Zement, sagst du? Wie kann das denn nur passieren?"

Und so weiter und so weiter. Jeder Anruf war eine Litanei von Marleys Missetaten, eine schlimmer als die andere, viele davon überraschten sogar uns. Marley war der unverbesserliche Schüler und Kathy die unerfahrene Aushilfslehrerin. Er hatte freie Bahn.

Als wir wieder zu Hause ankamen, schoss Marley aus dem Haus, um uns zu begrüßen. Kathy stand in der Tür, sie sah müde und mitgenommen aus. Sie hatte den leeren Blick eines erschöpften Soldaten nach einer besonders verlustreichen Schlacht. Ihre Tasche stand fertig gepackt auf der vorderen Veranda. Wir überreichten ihr unsere mitgebrachten Geschenke, dankten ihr überschwänglich und sagten, sie solle sich keine Gedanken wegen der kaputten Türen und anderen Schäden machen. Dann entschuldigte sie sich höflich und war fort.

„Arme Kathy", sagte Jenny. „Sie sah ziemlich geschafft aus, nicht wahr?"

„Am Ende ihrer Kräfte trifft es besser."

„Wahrscheinlich sollten wir sie nicht noch einmal fragen, ob sie auf unseren Hund aufpasst."

„Nein", antwortete ich. „Das wäre wahrscheinlich keine gute Idee."

AM NÄCHSTEN Morgen mussten wir beide wieder zur Arbeit. Aber vorher legte ich Marley das Würgehalsband an und ging mit ihm eine Runde spazieren. Er stürmte sofort vorwärts und tat nicht einmal so, als wollte er bei Fuß gehen. „Wir sind wohl ein wenig aus der Übung, was?", fragte ich ihn und zog mit aller Kraft an der Leine, sodass er das Gleichgewicht verlor. Er richtete sich wieder auf, hustete und sah mich mit einem gekränkten Gesichtsausdruck an, als wollte er sagen: Kathy war es egal, wenn ich an der Leine gezogen habe.

„Gewöhn dich lieber wieder daran“, meinte ich und ließ ihn sich hinsetzen. „Okay, versuchen wir es noch einmal.“ Er sah mich skeptisch an.

„Marley, bei Fuß!“, befahl ich und schritt schnell mit meinem linken Fuß nach vorn. Ich hielt die Leine so kurz, dass meine linke Hand am Halsband lag. Er zerrte nach vorn, und ich riss ihn scharf zurück, sodass sich das Halsband zuzog. „Eine arme Frau so auszunutzen“, murmelte ich. „Du solltest dich schämen.“ Gegen Ende unseres Spaziergangs hielt ich die Leine so fest in der Hand, dass meine Knöchel weiß hervortraten; ich hatte es schließlich geschafft, ihn davon zu überzeugen, dass ich der Herr und er das Haustier war. Als wir wieder in unsere Einfahrt bogen, trabte mein widerspenstiger Hund brav neben mir her, nicht vollendet, aber annehmbar. Zum ersten Mal in seinem Leben ging er wirklich bei Fuß. „O ja“, sang ich fröhlich, „das Herrchen ist wieder da.“

Ein paar Tage später rief Jenny mich im Büro an. Sic war gerade bei Dr. Sherman gewesen. „Irischer Segen“, sagte sie. „Nächster Versuch.“

Kapitel 6: Man ist, was man frisst

Diese Schwangerschaft war anders. Wir hatten einiges aus unserer Fehlgeburt gelernt. Diesmal behandelten wir die Neuigkeit wie das bestgehütete Geheimnis seit der Landung der Aliierten. Niemand wusste davon, nicht einmal unsere Eltern.

Wir schlossen alle chemischen Reinigungsmittel und Insektensprays weg. Jenny wurde eine überzeugte Anhängerin der natürlichen Putzkraft von Essig, womit sie sogar Marleys angetrockneten Speichel von den Wänden bekam. Wir fanden heraus, dass wir Marley und sein Körbchen mit Borsäure, einem weißen Pulver, das für Insekten tödlich, für den Menschen jedoch harmlos ist, flohfrei halten konnten.

Jenny stand jeden Morgen in aller Frühe auf und ging mit Marley eine Runde am Wasser spazieren. Wenn sie zurückkamen, wachte ich gerade erst auf. Meine Frau strotzte vor Gesundheit – mit einer Ausnahme: ihr war ständig übel. Doch sie beschwerte sich nicht; sie begrüßte vielmehr jeden neuen Anfall von Übelkeit mit freudiger Zustimmung, denn er war ein Zeichen dafür, dass das zerbrechliche kleine Experiment in ihr unbehelligt seinen Lauf nahm.

Und das tat es. Diesmal nahm Essie meine Videokassette entgegen und zeichnete die ersten blassen, verschwommenen Bilder von unserem Baby auf. Wir konnten das kleine Herz schlagen sehen. Wir konnten die Umrisse des kleinen Kopfes erkennen und alle vier Gliedmaßen betrachten. Dr. Sherman streckte den Kopf durch die Tür des Sprechzimmers, um zu verkünden, dass alles in Ordnung sei. Dann sah er Jenny an und sagte mit seiner tiefen Stimme: „Warum weinen Sie denn, Kind? Sie sollten sich doch freuen." Essie gab ihm einen leichten Schlag mit dem Klemmbrett, dann blickte sie Jenny an und verdrehte die Augen, als wollte sie sagen: Männer! Sie haben einfach keine Ahnung!

Hinsichtlich des Umgangs mit schwangeren Ehefrauen hatte ich tatsächlich keine Ahnung. Ich ließ Jenny ihre Ruhe, litt mit ihr, wenn ihr schlecht war, und tat mein Bestes, ihrem immer absurder werdenden Benehmen gegenüber nachsichtig zu sein. Bald hatte ich Freundschaft mit dem Nachtschichtpersonal des Supermarktes geschlossen, weil ich zu jeder Tages- und Nachtzeit vorbeikam, um Eiscreme, Äpfel, Sellerie oder Kaugummi in Geschmacksrichtungen, von denen ich noch nie etwas gehört hatte, zu kaufen. „Sind Sie sicher, dass das Nelke ist?", fragte ich den Verkäufer an der Kasse zum Beispiel. „Sie besteht auf Nelkenkaugummis."

WÄHREND die Schwangerschaft voranschritt, machte auch Marleys Training Fortschritte. Ich arbeitete jeden Tag mit ihm. Wenn ich ihn streng anherrschte, gehorchte er, manchmal sogar eifrig. Aber im Grunde war und blieb er einfach unverbesserlich.

Er entwickelte einen unstillbaren Appetit auf Mangos, die in unserem Garten massenweise auf den Boden fielen. Sie wogen mindestens ein Pfund und waren so süß, dass einem die Zähne wehtaten. Marley streckte sich mit Vorliebe im Gras aus, nahm eine Mango zwischen seine Vorderpfoten und löste minutiös jedes Gramm Fruchtfleisch von der Schale ab.

Natürlich fraß er auch andere Dinge: Handtücher, Badeschwämme, Socken, gebrauchte Taschentücher, Kämme. Besonders gern mochte er Geschirrspüllappen, verschmähte aber auch Lautsprechergehäuse und Stuhlbeine nicht.

Zum Geburtstag schenkte ich Jenny eine achtzehnkarätige Goldkette, feingliedrig, mit einem zarten Verschluss. Sie legte sie sofort an. Nur wenige Stunden später griff sie sich entsetzt an den Hals und rief: „Meine Kette! Sie ist weg!" Der Verschluss musste aufgegangen sein, vielleicht hatte sie ihn auch nicht richtig zugemacht.

„Keine Panik!", sagte ich zu ihr. „Wir haben das Haus nicht verlassen. Sie muss hier irgendwo sein." Während wir das ganze Haus absuchten, fiel mir auf, dass Marley wilder war als sonst. Als er merkte, dass ich ihn im Visier hatte, versuchte er mir auszuweichen. O nein!, dachte ich – der Marley-Mambo! Das konnte nur eines bedeuten.

„Was hängt ihm da aus dem Maul?“, fragte Jenny mit wachsender Panik in der Stimme. Etwas Dünnes, Feingliedriges. Und Goldenes.

„Keine plötzlichen Bewegungen!“, befahl sie im Flüsterton. Wir erstarrten an Ort und Stelle.

„Okay, Junge, alles in Ordnung“, schmeichelte ich ihm. Ich klang wie ein Unterhändler bei einer Geiselnahme. „Wir sind nicht böse auf dich. Wir wollen nur die Kette zurück.“ Instinktiv versuchten Jenny und ich, ihn mit vorsichtigen Bewegungen von zwei Seiten in die Zange zu nehmen. Wir benahmen uns, als wäre er vermint und eine falsche Bewegung könnte ihn in die Luft jagen.

„Braver Marley“, sagte Jenny in ihrem freundlichsten Ton, „lass einfach die Kette fallen, dann ist alles in Ordnung.“

Marley sah uns misstrauisch an, sein Kopf schoss schnell zwischen uns beiden hin und her. Wir hatten ihn in eine Ecke getrieben, doch er wusste, dass er etwas hatte, was wir haben wollten. Ich konnte sehen, wie er seine Chancen abwog, gleichsam eine Lösegeldforderung entwarf. Liefert mir zweihundert unregistrierte Hundekuchen in einer unauffälligen Papiertüte, sonst seht ihr eure kostbare kleine Kette nie wieder!

Jenny und ich sahen uns an und wussten, ohne es auszusprechen, was zu tun war. Wir hatten die Übung zur Wiederbeschaffung entwendeten Eigentums schon oft genug durchexerziert. Sie würde sich von hinten auf ihn werfen und ihn an den Hinterbeinen festhalten, damit er nicht entkommen konnte. Ich würde mich auf seinen Kopf stürzen, ihm die Kiefer aufstemmen und die verbotene Ware retten. Mit ein bisschen Glück war alles in wenigen Sekunden vorbei. Das war unser Plan, und Marley ahnte es.

Wir waren nur noch einen halben Meter von ihm entfernt. Ich nickte Jenny zu und formte mit dem Mund lautlos die Worte: „Auf drei!“ Aber noch ehe wir uns auf ihn stürzen konnten, warf Marley den Kopf zurück und schluckte laut hörbar. Das Ende der Goldkette, das ihm noch aus dem Maul gehangen hatte, war verschwunden. Wir warfen uns auf ihn. Ich sperrte ihm den Kiefer auf und schob meine Hand weit in seinen Rachen. „Zu spät“, sagte ich. „Er hat sie runtergeschluckt.“ Jenny fing an, ihm fest auf das Hinterteil zu hauen, und schrie: „Spuck sie aus, verdammt noch mal!“ Aber es war zwecklos. Sie bekam nicht mehr aus ihm heraus als einen zufriedenen Rülpser.

Marley mochte zwar diesen Kampf gewonnen haben, aber wir wussten, dass es nur eine Frage der Zeit war, bis wir die Schlacht gewinnen würden. Der Lauf der Natur war auf unserer Seite. Früher oder später musste alles wieder herauskommen. So ekelerregend der Gedanke auch war: wenn ich nur lange genug in seinen Exkrementen herumstocherte, würde ich irgendwann in seinen Haufen fündig werden.

Und so bereitete ich Marley sein liebstes Abführmittel zu – eine riesige Schüssel mit überreifen, in Scheiben geschnittenen Mangos – und wartete ab.

Drei Tage lang blieb ich ihm dicht auf den Fersen, wenn ich ihn hinausließ, immer mit einer einsatzbereiten Schaufel in der Hand. Anstatt seine Haufen über den Zaun zu werfen, lud ich jeden einzelnen auf einem großen Brett im Gras ab, rührte mit einem Ast darin herum und spritzte ihn mit einem Gartenschlauch ab, sodass allmählich alle Verdauungsreste im Gras landeten und nur die fremden Objekte übrig blieben. Ich kam mir vor wie ein Goldgräber, der einen beachtlichen Schatz heruntergeschluckter Abfälle findet, von Schnürsenkeln bis zu Gitarrenplektren. Aber keine Goldkette.

Am vierten Tag zahlte sich meine Beharrlichkeit aus. Ich rührte gerade in Marleys neuestem Haufen und murmelte mein obligatorisches „Ich kann nicht fassen, was ich hier tue“, spülte die stinkende Masse weg und suchte nach einer Spur der Kette. Nichts. Ich wollte schon aufgeben, als ich etwas Seltsames entdeckte: einen kleinen braunen Klumpen, etwa von der Größe einer weißen Bohne. Er war kaum groß genug, um darin den verschwundenen Schatz zu vermuten, dennoch schien er irgendwie nicht in diesen Haufen zu gehören. Ich hielt ihn mit meinem Ast fest und richtete den Strahl des Gartenschlauchs darauf. Als das Wasser den Klumpen sauber gewaschen hatte, erkannte ich den Schimmer von etwas außerordentlich Glänzendem und Funkelndem. Heureka! Ich war auf Gold gestoßen.

Die Kette war zu einem unkenntlichen Haufen zusammengepresst, viel kleiner, als ich es für möglich gehalten hätte. Während der Wasserstrahl Schicht um Schicht den Dreck abwusch, gewann der Goldklumpen allmählich seine ursprüngliche Form zurück, die Kette schien vollkommen unversehrt. So gut wie neu. Nein, besser als neu. Ich trug sie ins Haus und zeigte sie Jenny. Sie war außer sich vor Freude, trotz des zweifelhaften Abenteuers, das das Schmuckstück hinter sich hatte. Wir wunderten uns beide, wie strahlend hell die Kette jetzt war. Marleys Magensäure hatte eine erstaunliche Wirkung gezeigt. Es war das glänzendste Gold, das ich je gesehen hatte. „Mann!“, rief ich aus und pfiff anerkennend. „Wir sollten eine Schmuckreinigungsfirma eröffnen!“

Jenny ging ins Haus, um ihr wiedergefundenes Geburtstagsgeschenk zu desinfizieren. Sie trug diese Kette jahrelang, und jedes Mal wenn mein Blick darauf fiel, kam die Erinnerung an meine kurze, extrem erfolgreiche Goldgräberkarriere wieder hoch. Ich hatte dort gesucht, wo noch kein Mensch zuvor gesucht hatte. Und wo gewiss auch nie wieder jemand suchen würde.

Man bekommt schließlich nicht jeden Tag sein erstes Kind, und darum nahmen wir die Gelegenheit wahr, als uns das St Mary's Hospital von Palm Beach das Angebot machte, gegen Aufpreis eine luxuriöse Gebärsuite zu mieten. Die Räume glichen teuren Hotelzimmern, groß, hell und gut ausgestattet. Für Papa gab es eine gemütliche Schlafcouch. Statt des üblichen Krankenhausessens konnten die „Gäste“ hier zwischen verschiedenen Feinschmeckergerichten wählen.

„Mann, das ist ja wie in den Ferien!“, rief ich aus und ließ mich auf die Couch fallen, als wir uns das Zimmer ein paar Wochen vor Jennys errechnetem Termin anschauten.

Die Suiten waren auf Yuppies zugeschnitten und stellten für das Krankenhaus eine wichtige zusätzliche Einnahmequelle dar. Paare mit Geld erkauften sich hier einen Standard, der über die üblichen Leistungen der Krankenkassen hinausging. Das war natürlich ein gewisser Luxus, aber warum auch nicht?

Als Jennys großer Tag schließlich da war und wir mit unserer gepackten Tasche im Krankenhaus ankamen, sagte man uns, dass es da ein kleines Problem gäbe.

„Ein Problem?“, fragte ich.

„Heute muss ein guter Tag zum Kinderkriegen sein“, erklärte die Dame am Empfang fröhlich. „Alle Gebärsuiten sind bereits belegt.“

Belegt? Dies war der wichtigste Tag in unserem Leben. Was war nun mit dem bequemen Sofa und dem romantischen Gourmetdinner? „Moment mal“, beschwerte ich mich. „Wir haben schon vor Wochen reserviert!“

„Tut mir leid“, erwiderte die Dame mit einem bemerkenswerten Mangel an Mitgefühl. „Wir haben es leider nicht in der Hand, wann bei den Frauen die Wehen einsetzen.“

Da hatte sie allerdings Recht. Sie konnte ja niemanden zur Eile antreiben. Sie schickte uns in ein anderes Stockwerk, wo man uns ein normales

Krankenzimmer zuwies. Doch als wir auf der Geburtsstation ankamen, hatte die Schwester dort noch eine schlechte Nachricht für uns. „Es ist kein einziges Zimmer mehr frei. Können Sie sich das vorstellen?"

Nein, das konnten wir nicht. Jenny schien das Ganze gelassen zu nehmen, aber ich reagierte langsam etwas gereizt. „Was schlagen Sie vor, den Parkplatz?", fragte ich.

Die Schwester lächelte mich seelenruhig an, offensichtlich war sie solche Sprüche von nervösen werdenden Vätern gewohnt. Sie sagte nur: „Machen Sie sich keine Sorgen. Wir werden schon ein Plätzchen für Sie finden."

Nach mehreren Telefonaten schickte sie uns einen langen Gang hinunter. Wir gingen durch zahlreiche Glastüren und standen schließlich wieder in einer Geburtsstation. Sie war fast identisch mit der, die wir gerade verlassen hatten, bis auf einen offensichtlichen Unterschied – die Schwestern sprachen Spanisch mit den Wöchnerinnen.

Palm Beach County ist als Spielwiese für die Reichen bekannt, weit weniger bekannt ist jedoch die Tatsache, dass es dort auch riesige Farmen gibt, die sich über die trockengelegten Sümpfe der Everglades erstrecken. Tausende von eingewanderten Arbeitern, die meisten aus Mexiko und Mittelamerika, pilgern jedes Jahr zur Erntezeit nach Südflorida, um dort Paprika, Tomaten, Salat und Sellerie zu ernten und damit den Wintervorrat an Gemüse für die Ostküste zu sichern. Offenbar hatten wir herausgefunden, wo die Gastarbeiter ihre Babys bekamen. Immer wieder durchschnitt der qualvolle Schrei einer Frau die Luft, gefolgt von furchtbarem Stöhnen und lauten *„Mi madre!"*-Rufen.

Die Schwester führte uns in eine kleine Kammer, in der ein Bett, ein Stuhl und eine Reihe elektronischer Monitore standen. Dann reichte sie Jenny ein Hemd.

„Na, dann kann es ja losgehen!", rief Dr. Sherman fröhlich, als er ein paar Minuten später hereinstürmte. „Lassen Sie sich von der kargen Einrichtung hier nicht abschrecken." Diese Station verfüge über eine hervorragende medizinische Ausstattung, und die Schwestern seien bestens ausgebildet. Da arme Frauen meist nicht die Möglichkeit hätten, zu Vorsorgeuntersuchungen zu gehen, hätten sie oft Risikoschwangerschaften. Wir seien also in den besten Händen, versicherte Dr. Sherman, als er Jennys Fruchtblase öffnete. Dann verschwand er so schnell, wie er gekommen war.

Und als der Vormittag voranschritt und Jenny sich durch schreckliche Wehen kämpfte, stellten wir in der Tat fest, dass wir gut aufgehoben waren.

Die Schwestern waren erfahrene Hebammen, die Zuversicht und Wärme ausstrahlten. Ich stand hilflos daneben und versuchte irgendwie von Nutzen zu sein, aber es war sinnlos. Irgendwann knurrte Jenny mich mit zusammengebissenen Zähnen an: „Wenn du mich noch ein einziges Mal fragst, wie es mir geht, *ziehe ich dir die Haut vom Gesicht ab*!" Ich muss verletzt ausgesehen haben, denn eine der Schwestern drückte mir mitfühlend die Schulter und sagte: „Willkommen bei der Geburt, Papa. Das gehört alles dazu."

Ich schlich mich aus dem Zimmer und gesellte mich zu den anderen wartenden Männern auf dem Gang. Sie konnten kein Englisch, und ich konnte kein Spanisch, aber das spielte keine Rolle. Wir saßen im selben Boot.

Die Stunden vergingen. Jenny presste, und ich feuerte sie an. Als es dunkel wurde, trat ich mit einem winzigen verschnürten Paket in den Gang hinaus. Ich hob meinen neugeborenen Sohn über meinen Kopf, damit meine neuen Freunde ihn sehen konnten, und rief: *„Es el niño!* Das ist das Kind!" Die anderen Väter lachten fröhlich und reckten in international verständlicher Geste ihre Daumen nach oben.

Anders als bei unserem hitzigen Streit um den Namen für unseren Hund, waren wir uns schnell einig, wie wir unseren ersten Sohn nennen wollten. Als erster Spross der Familie Grogan, die aus Irland in die USA eingewandert war, würde er Patrick heißen. Eine Hebamme kam in unsere Kammer und verkündete, dass jetzt eine Gebärsuite frei sei. Es war unsinnig, jetzt noch das Zimmer zu wechseln, aber sie half Jenny in einen Rollstuhl, legte ihr unseren Sohn in den Arm und rauschte mit uns davon. Das Feinschmeckeressen wurde seinem Namen übrigens nicht gerecht.

In den Wochen vor dem Geburtstermin hatten Jenny und ich lange Planungsgespräche darüber geführt, wie wir Marley am besten auf die Ankunft unseres neuen Familienmitglieds vorbereiten könnten. Denn zweifelsohne würde unser Kind ihm seinen Ehrenplatz in unserer Familie streitig machen. Wir wollten ihm das schonend beibringen. Als wir ein leerstehendes Schlafzimmer in ein Kinderzimmer verwandelten, ließen wir Marley die ganze Ausstattung gründlich beschnüffeln, einschließlich der Wiege, dem Kinderbett und verschiedenen anderen Utensilien zur Babypflege. In den 36 Stunden, die Jenny sich nach der Geburt im Krankenhaus erholte, fuhr ich regelmäßig nach Hause zu Marley, ausgerüstet mit Leintüchern und allem anderen, das den Geruch unseres Babys an sich trug.

Als ich schließlich Mutter und Kind mit nach Hause brachte, ließ sich

Marley nicht weiter stören. Jenny stellte den schlafenden Patrick in seinem Babysitz in die Mitte unseres Bettes und folgte mir dann zu Marley in die Garage, um ihn zu begrüßen. Wir feierten ein überschwängliches Wiedersehen. Dann nahmen wir ihn mit ins Haus. Wir hatten vor, einfach zur Tagesordnung überzugehen und ihm das Baby gar nicht ausdrücklich zu zeigen. Wir würden immer in seiner Nähe bleiben und ihn die Anwesenheit des Neuankömmlings allmählich selbst entdecken lassen.

Marley folgte Jenny ins Schlafzimmer; er hatte offensichtlich keine Ahnung, dass da ein lebendiges Wesen auf unserem Bett saß. Dann bewegte sich Patrick und stieß einen leisen, vogelartigen Ton aus. Marleys Ohren schossen nach vorn und er erstarrte. Was war das? Patrick fiepte noch einmal, und Marley hob eine Pfote in die Luft wie ein Hund auf Vogeljagd. Mein Gott, er deutete auf unser Baby wie ein Jagdhund auf seine Beute!

Und dann sprang er. Es war kein „Töte den Feind!“-Sprung, es gab keine gebleckten Zähne, kein Knurren. Aber es war auch kein „Hallo Kleiner, willkommen daheim!“-Sprung. Jenny stürzte auf das Baby zu, ich stürzte auf den Hund zu und zog ihn mit beiden Händen am Halsband zurück. „Na“, sagte ich, „das hat ja super geklappt.“

Jenny befreite Patrick aus dem Babysitz, und ich klemmte Marley zwischen meine Knie und hielt ihn mit beiden Händen fest. Sogar Jenny konnte erkennen, dass Marley es nicht böse meinte. Er hechelte und hatte sein typisches trotteliges Grinsen auf dem Gesicht, seine Augen leuchteten, und er wedelte mit dem Schwanz. Während ich ihn festhielt, kam Jenny langsam näher und ließ ihn zuerst die Zehen unseres Babys beschnüffeln, dann die Füße, schließlich die Oberschenkel. Das arme Kind war gerade mal eineinhalb Tage alt und wurde schon von einem Staubsauger attackiert. Als Marley zur Windel kam, schien er einen anderen Bewusstseinszustand zu erreichen, eine Art Pampers-Nirwana. Er war im Paradies angekommen. Der Hund war vollkommen euphorisch.

„Eine falsche Bewegung, Marley, und dein letztes Stündlein hat geschlagen!“, warnte Jenny, und das meinte sie ernst. Wenn er auch nur das geringste Anzeichen von Aggressivität gegenüber dem Baby gezeigt hätte, wäre es um ihn geschehen gewesen. Doch er tat nichts dergleichen. Wir begriffen bald, dass unser Problem nicht darin bestand, Marley davon abzuhalten, unserem Baby etwas zuleide zu tun. Unser Problem bestand darin, ihn vom Windeleimer fernzuhalten.

Die Zeit verging, und nach einigen Monaten war klar, dass Marley in Patrick seinen neuen besten Freund gefunden hatte. Er schien verstanden zu haben, dass es sich hier um ein zerbrechliches, schutzloses kleines Menschenkind handelte. Er bewegte sich in Patricks Nähe ganz vorsichtig und leckte ihm zart das Gesicht und die Ohren. Als Patrick anfing zu krabbeln, lag Marley regungslos auf dem Boden und ließ den Kleinen auf sich herumklettern, an seinen Ohren ziehen, ihm in die Augen drücken und ihm kleine Fäuste voll Fell ausreißen. Es schien ihn alles nicht zu stören, er lag da wie eine Statue. Er war ein freundlicher Riese, wenn er mit Patrick zusammen war.

Jenny und ich fanden bald zu einem regelmäßigen Tagesablauf. Nachts stand sie alle paar Stunden auf, um Patrick zu stillen, und ich übernahm die 6-Uhr-Mahlzeit, damit sie länger schlafen konnte. Noch im Halbschlaf nahm ich ihn dann aus seiner Wiege, wickelte ihn und machte ihm sein Fläschchen warm. Dann kam die Belohnung: Ich setzte mich mit ihm auf die Veranda, und er nuckelte an der Flasche, seinen kleinen, warmen Körper an meinen Bauch geschmiegt, während ich zusah, wie der Himmel in der Morgendämmerung allmählich von Dunkelrot in Pink und schließlich in Blau überging. Wenn Patrick satt war und ich ein ordentliches Bäuerchen aus ihm herausbekommen hatte, zog ich uns beide an, pfiff nach Marley, und wir machten einen Morgenspaziergang zum Wasser hinunter. Wir leisteten uns einen Sportkinderwagen, mit dem man beinahe überall fahren konnte, auch über Sand und Randsteine. Wir drei müssen jeden Morgen ein Bild für die Götter abgegeben haben: Marley allen voran wie ein Schlittenhund, ich am Steuer, wie ich um unser Leben bremste, und in der Mitte Patrick, der fröhlich mit den Armen winkte wie ein Verkehrspolizist. Wenn wir nach Hause kamen, war Jenny schon auf und hatte Kaffee gekocht.

Wir fanden, dass das Elternsein gut zu uns passte. Wir gewöhnten uns an den Tagesablauf, freuten uns über kleine Dinge und fanden uns zähneknirschend mit dem einen oder anderen Rückschlag ab. Wir wussten, dass auch die schlechten Tage bald zu lieben Erinnerungen werden würden. Wir hatten alles, was wir uns nur wünschen konnten. Wir hatten unser wundervolles Baby. Wir hatten unseren tollpatschigen Hund. Wir hatten unser kleines Haus am Wasser. Und natürlich hatten wir einander. In diesem November beförderte mich mein Verlag zum Kolumnisten, eine begehrte Stellung. So bekam ich dreimal wöchentlich die Möglichkeit, mich über ein beliebiges Thema auszulassen. Das Leben war schön. Als Patrick neun Monate alt war, fragte sich Jenny laut, wann wir über ein zweites Baby nachdenken wollten.

„Puh, ich weiß nicht", antwortete ich. Wir hatten immer mehrere Kinder gewollt, aber über den Zeitplan hatte ich noch nicht konkret nachgedacht. „Wir könnten ja einfach wieder die Verhütung weglassen und abwarten, was passiert“, schlug ich vor.

„Ah“, erwiderte Jenny, „die gute alte ‚Nimm es, wie es kommt‘-Familienplanung.“

Und so machten wir es dann auch. Wir dachten uns, wenn Jenny irgendwann innerhalb des nächsten Jahres schwanger würde, wäre das zeitlich genau richtig. Jenny rechnete es mir vor. „Sagen wir, es dauert sechs Monate, bis ich wieder schwanger bin, und dann neun Monate Lieferzeit. Dann wären die beiden genau zwei Jahre auseinander.“

Das klang gut. Zwei Jahre war eine lange Zeit. Beinahe eine Ewigkeit. Zwei Jahre war fast unwirklich.

Eine Woche später war Jenny wieder schwanger.

Kapitel 7: Ein Schrei in der Nacht

Mit der neuen Schwangerschaft kehrten auch Jennys seltsame nächtliche Gelüste zurück. Einmal war es Malzbier, dann wieder eine Grapefruit. Einmal fragte sie kurz vor Mitternacht: „Haben wir Snickers-Riegel im Haus?“ Es schien wieder Zeit für eine nächtliche Einkaufstour zu sein. Ich pfiff nach Marley, leinte ihn an und ging los. Auf dem Parkplatz beim Supermarkt trafen wir eine junge Frau mit hochtoupiertem blondem Haar, roten Lippen und den höchsten Absätzen, die ich je gesehen hatte. „Oh, ist der niedlich!“, gurrte sie. „Hallo, Hundchen. Wie heißt du denn?“ Marley war natürlich überglücklich, eine neue Freundin gefunden zu haben, und ich hielt ihn ganz kurz, damit er nicht auf ihren roten Minirock und ihr weißes Trägertop sabbern konnte.

Während wir so plauderten, fragte ich mich, was eine so attraktive Frau um diese Zeit auf einem Parkplatz am Dixie Highway machte. Sie schien kein Auto zu haben. Genauso wenig schien sie auf dem Weg in den Supermarkt oder gerade herausgekommen zu sein. Da rollte ein Auto heran, und ein älterer Mann kurbelte das Fenster herunter. „Bist du Heather?“, fragte er. Sie warf mir ein amüsiertes Lächeln zu, als wollte sie sagen: Irgendwie muss schließlich jeder seine Miete bezahlen. „Ich muss los“, meinte sie und sprang in das Auto. „Tschüs, Hündchen!“

„Verliebe dich nicht zu sehr in sie, Marley!“, warnte ich meinen Hund. „Du kannst sie dir nicht leisten.“

Ich war nicht der Einzige, der das Aufkommen des Straßenstrichs am Dixie Highway beobachtete. Nachdem sich die Anwohner beschwert hatten, begann die Polizei mit verdeckten Ermittlungen und schickte verkleidete Polizistinnen los, die undercover an den entsprechenden Plätzen auf mögliche Kunden warteten. Eine Festnahme fand direkt vor unserem Haus statt.

Mit den Nutten und ihren Freiern hätten wir uns vielleicht abgefunden, aber das waren nicht die einzigen kriminellen Aktivitäten. Unser Viertel schien immer weiter abzurutschen. Als Patrick ein knappes Jahr alt war, geschah ein Mord in unserer Nachbarschaft. Das Opfer war eine alte, alleinstehende Dame. Ihr gehörte das Haus direkt hinter dem Tag und Nacht geöffneten Waschsalon. Ich kannte sie, denn sie hatte mir immer zugewinkt, wenn ich vorbeikam. Der Täter war ein Fremder, der sich in ihr Haus geschlichen hatte, um nach Geld zu suchen. Die Polizei verhaftete bald darauf einen Obdachlosen, der in der Nähe des Waschsalons gesehen worden war; als sie seine Taschen leerten, stellte sich heraus, dass er ganze 16 Dollar und etwas Kleingeld erbeutet hatte. Der Preis für ein Menschenleben.

Die wachsende Kriminalität um uns herum ließ uns Marleys unübersehbare Anwesenheit in unserem Haus noch mehr schätzen. Wir hatten ein Baby und ein zweites war unterwegs. Wir waren nicht mehr so unbeschwert, wenn es um das Thema Sicherheit ging. Jenny und ich machten uns oft Gedanken darüber, was Marley wohl tun würde, wenn jemand unser Baby oder uns angreifen würde – wenn er überhaupt etwas tun würde. Ich war der Meinung, dass er ein überzeugter Pazifist war und seine aggressivste Angriffstechnik eine Schlabberattacke sein würde. Jenny setzte mehr Vertrauen in ihn. Sie war überzeugt, dass Marleys unbedingte Loyalität uns gegenüber in einer Krisensituation in einen heftigen Beschützerinstinkt umschlagen würde, der tief in ihm schlummerte. Und dann machte er unserer Diskussion eines Abends ein für alle Mal ein Ende.

Es war Oktober und das Wetter noch immer unverändert. Die Nacht war stickig, und wir hatten die Klimaanlage angestellt und die Fenster geschlossen. Nach den 11-Uhr-Nachrichten ließ ich Marley noch einmal hinaus, sah nach Patrick in seinem Bettchen, machte das Licht aus und kroch zu Jenny ins Bett, die bereits fest schlief. Marley ließ sich wie immer neben meinem Bett auf den Boden fallen und stieß einen übertriebenen Seufzer aus. Ich dämmerte gerade ein, als ich ein Geräusch hörte – einen schrillen, anhaltenden, durchdringenden Ton. Ich war sofort hellwach und Marley auch. Er stand wie versteinert neben meinem Bett in der Dunkelheit, die Ohren gespitzt. Ein Schrei. Der Schrei einer Frau, laut und unverkennbar. Es lag Verzweiflung darin, wirkliches Entsetzen.

„Komm mit, Junge“, flüsterte ich und schlüpfte aus dem Bett.

„Geh nicht da raus“, kam es von Jenny neben mir aus der Dunkelheit. Ich hatte nicht bemerkt, dass sie wach war und zuhörte.

„Ruf die Polizei“, sagte ich. „Ich passe schon auf.“

Ich hielt Marley an seinem Halsband fest und schlich in Unterhosen auf die vordere Veranda hinaus, gerade noch rechtzeitig, um eine Gestalt zu sehen, die die Straße zum Ufer hinunterrannte. Da war er wieder, der Schrei; ich hatte so etwas bisher nur in Horrorfilmen gehört. Auf anderen Veranden ging das Licht an. Die beiden jungen Männer, die uns gegenüber wohnten, stürzten, lediglich mit Shorts bekleidet, aus der Haustür und rannten in die Richtung, aus der die Schreie kamen. Ich folgte ihnen, Marley dicht an meiner Seite. Ich sah sie einige Häuser weiter durch einen Vorgarten laufen und wenige Sekunden später wieder zurückrennen.

„Gehen Sie zu dem Mädchen!“, schrie einer der beiden. „Sie ist verletzt. Jemand hat auf sie eingestochen!“

„Wir verfolgen ihn!“, rief der andere, und die beiden rannten die Straße hinunter in die Richtung, in die die Gestalt geflohen war.

Ich ließ Marleys Halsband los und rannte dorthin, woher die Schreie kamen. Drei Türen weiter entdeckte ich meine siebzehnjährige Nachbarin, die allein in ihrer Auffahrt stand. Sie krümmte sich zusammen und japste schluchzend nach Luft. Dabei hielt sie sich die Rippen, und ich sah, wie sich unter ihren Händen ein Blutfleck auf ihrer Bluse ausbreitete. Sie war ein schlankes, hübsches Mädchen mit dunkelblonden Haaren, die ihr über die Schultern fielen. Sie lebte mit ihrer geschiedenen Mutter zusammen, einer netten Frau, die als Nachtschwester arbeitete. Ich hatte mich ein paarmal mit der Mutter unterhalten, kannte die Tochter aber nur vom Sehen.

„Er hat gesagt, er würde mich erstechen, wenn ich schreie“, schluchzte sie; die Worte kamen gepresst und in panischer Hast heraus. „Aber ich habe geschrien, und er hat zugestochen!“ Sie schob ihre Bluse hoch und zeigte mir die Wunde, die das Messer in ihren Brustkorb gerissen hatte. „Ich habe in meinem Auto gesessen und Radio gehört. Er kam aus dem Nichts!“ Ich legte ihr die Hand auf den Arm, um sie zu beruhigen, und da fiel sie mir in die Arme, ihre Beine klappten einfach unter ihr zusammen. Ich ließ sie sachte zu Boden gleiten, setzte mich neben sie und wiegte sie in den Armen. „Er hat gesagt, ich soll nicht schreien“, wiederholte sie immer wieder.

„Du hast genau das Richtige getan“, versuchte ich sie zu beruhigen. „Du hast ihn verjagt.“

Mir kam in den Sinn, dass sie möglicherweise unter Schock stand, doch ich hatte keine Ahnung, was man in einem solchen Fall tun musste. Wo blieb denn nur der Krankenwagen? Ich tröstete sie so, wie ich auch mein eigenes Kind getröstet hätte. Ich strich ihr über das Haar, hielt ihr meine Hand an die Wange und wischte ihr die Tränen ab. Als sie schwächer wurde, drängte ich sie durchzuhalten und versicherte ihr, dass Hilfe unterwegs sei. „Alles wird gut“, sagte ich, dabei wusste ich nicht einmal, ob ich das selbst glauben konnte. Ihr Gesicht war aschfahl. So saßen wir allein auf dem Boden, und es kam mir wie Stunden vor, dabei waren es gerade mal drei Minuten, wie es später im Polizeibericht hieß. Erst nach einer Weile dachte ich darüber nach, was wohl aus Marley geworden war. Als ich aufsah, stand er da, nur drei Meter von uns entfernt, und blickte auf die Straße. Er hatte eine lauernde, entschlossene Körperhaltung eingenommen, wie ich sie noch nie an ihm gesehen hatte. Er war bereit zum Angriff. Ich sah, wie angespannt seine Nackenmuskeln waren, seine Kiefer waren zusammengebissen, das Fell zwischen seinen Schultern war gesträubt. Er war vollkommen auf die Straße konzentriert und schien bereit loszustürzen. In diesem Moment wurde mir klar, dass Jenny Recht gehabt hatte. Wenn der bewaffnete Angreifer zurückkam, das wusste ich mit absoluter Gewissheit, dann würde Marley ihn eher töten, als ihn an uns heranzulassen. Der Anblick von Marley, wie er in so untypischer Weise über uns wachte, trieb mir die Tränen in die Augen. Der beste Freund des Menschen? Verdammt, ja, das war er.

„Die Polizei wird gleich hier sein“, sagte ich zu dem Mädchen. „Halte durch, bitte, halte durch!“

Bald wimmelte es überall von Polizisten, und wenig später kam ein Krankenwagen mit Trage und blutstillenden Mullkompressen. Ich stand auf, erzählte der Polizei alles, was ich wusste, und ging nach Hause. Marley sprang vor mir her.

Jenny kam mir an der Haustür entgegen, und zusammen verfolgten wir vom Fenster aus das Schauspiel draußen. Unsere Straße sah aus wie der Drehort eines Fernsehkrimis. Rotes Blinklicht fiel durch die Fenster. Über der ganzen Szene kreiste ein Polizeihubschrauber und erleuchtete die Gärten und Straßen mit seinem Suchscheinwerfer. Polizisten sperrten die Straße ab und durchkämmten das Viertel zu Fuß. Doch vergeblich: Es wurde nie ein Verdächtiger gefasst. Meine beiden Nachbarn, die den Täter verfolgt hatten, sagten mir später, dass sie keine Spur mehr von ihm gefunden hatten. Jenny und ich gingen schließlich wieder ins Bett, wo wir noch lange Zeit wach lagen.

„Du wärst stolz auf Marley gewesen“, sagte ich zu ihr. „Es war seltsam. Irgendwie schien er zu merken, wie ernst die Sache war. Er hat die Gefahr gespürt und war auf einmal ein ganz anderer Hund.“

„Das habe ich dir ja gleich gesagt“, meinte sie. Und das stimmte.

Wie wir später erfuhren, hatte das Messer die Lunge des Mädchens verletzt, und sie musste fünf Tage im Krankenhaus bleiben und sich danach mehrere Wochen zu Hause erholen. Doch sie war hart im Nehmen. Sie würde nach vorn blicken. Und Jahre später sah ich mich bestätigt: sie hatte sich eine Karriere als Fernsehmoderatorin aufgebaut und ihren Weg gemacht.

Kapitel 8: Eine verfrühte Ankunft

„John.“ Wie durch einen Nebel drang eine Stimme in meinen Traum. „John! John, wach auf!“ Es war Jenny, sie schüttelte mich. „Ich glaube, das Baby kommt.“

Ich stützte mich auf die Ellbogen und rieb mir die Augen.

„Ich habe starke Wehen“, sagte sie. „Ich habe die Zeit gestoppt. Wir müssen Dr. Sherman anrufen.“

Ich war nun hellwach. Das Baby kam? Ich freute mich schrecklich auf die Geburt unseres zweiten Kindes – wieder ein Junge, wie wir inzwischen durch die Ultraschalluntersuchung wussten. Aber der Zeitpunkt war falsch, furchtbar falsch. Jenny war erst in der 21. Woche, gerade mal die Hälfte der üblichen vierzig Wochen einer Schwangerschaft. Mit 21 Wochen passt ein Fötus in eine Handfläche, und seine Überlebenschancen außerhalb des Mutterleibes sind gering.

„Wahrscheinlich ist es nichts“, sagte ich. Aber mein Herz raste, als ich den Notruf der Geburtsstation im Krankenhaus anrief und auf den Anrufbeantworter sprach. Zwei Minuten später rief Dr. Sherman zurück. Er klang müde. „Vielleicht sind es ja nur Blähungen“, meinte er. „Aber wir sehen lieber nach.“ Er empfahl mir, Jenny sofort ins Krankenhaus zu bringen. Ich rannte im Haus herum, warf einige Sachen zum Übernachten für sie in eine Tasche und bereitete Babyflaschen vor. Jenny rief ihre Freundin und Kollegin Sandy an, die selbst gerade Mutter geworden war und nur ein paar Häuser weiter wohnte, und fragte, ob wir Patrick bei ihr abgeben dürften.

Inzwischen war auch Marley aufgewacht und streckte sich gähnend. Eine nächtliche Spritztour! „Tut mir leid, Marley“, sagte ich zu ihm, als ich ihn in die Garage brachte und sein bitter enttäuschtes Gesicht sah. „Du musst hier die Stellung halten.“ Ich hob Patrick aus seinem Bettchen, setzte ihn, ohne ihn zu wecken, in seinen Babysitz, und schon waren wir unterwegs.

Auf der Frühchenstation des St-Mary-Krankenhauses gingen die Hebammen schnell ans Werk. Sie zogen Jenny ein Hemd an und schlossen sie an ein Messgerät an, das ihre Wehen anzeigte. Ohne Zweifel, die Wehen kamen alle sechs Minuten. Das waren ganz sicher keine Blähungen.

Telefonisch ordnete Dr. Sherman eine Injektion mit einem Wehenhemmer an. Die Wehen ebbten daraufhin ab, doch zwei Stunden später waren sie mit unverminderter Heftigkeit wieder da, sodass weitere Wehenhemmer notwendig waren.

Die nächsten zwölf Tage blieb Jenny im Krankenhaus, unter der Beobachtung von zahlreichen Spezialisten und Monitoren. Ich nahm Urlaub und spielte alleinerziehenden Vater für Patrick. Ich tat mein Bestes, um alles im Griff zu behalten – die Wäsche, die Vorräte, die Mahlzeiten, die Rechnungen, den Haushalt, den Garten. O ja, und da war ja noch ein weiteres Mitglied unserer Familie: Statt wie bisher die zweite Geige hinter Patrick zu spielen, flog der arme Marley jetzt ganz aus dem Orchester.

Doch es gab auch Lichtblicke für Marley. Denn zu seiner großen Freude fand ich schnell wieder zu meinem vorehelichen, sprich: schlampigen Lebensstil zurück. Kraft meines Amtes als einziger Erwachsener im Haus hob ich die Verordnung zur Führung eines verheirateten Hausstandes auf und führte wieder die einst aufgegebenen Junggesellenregeln ein. Solange Jenny im Krankenhaus war, wurden die T-Shirts zweimal oder sogar dreimal angezogen, nur auffällige Flecken wurden zwischen den Waschgängen notdürftig beseitigt. Milch durfte direkt aus dem Milchkarton getrunken werden, und die Klobrillen blieben hochgeklappt, außer man musste sich mal draufsetzen. Sehr zu Marleys Freude ließ ich die Badezimmertür Tag und Nacht offen. Wir Jungs waren ja schließlich unter uns. Ich ging dazu über, den Wasserhahn der Badewanne immer ein kleines bisschen laufen zu lassen, wenn ich auf der Toilette war, damit Marley kaltes, frisches Wasser schlabbern konnte. Jenny wäre entrüstet gewesen, doch in meinen Augen war das immer noch besser, als ihn aus der Toilette trinken zu lassen.

Ich versuchte Jenny einzureden, dass ich zu Hause alles mühelos unter Kontrolle hatte. „Uns geht es prima“, erzählte ich ihr, und dann wandte ich mich an Patrick und fügte hinzu: „Nicht wahr, Kumpel?“ Darauf erwiderte er sein übliches „Dada!“, und dann deutete er auf den Ventilator über Jennys Bett und rief: „Uffft!“ Aber sie wusste es besser. Als ich mit Patrick eines Tages zu unserem täglichen Besuch bei ihr auftauchte, starrte sie uns ungläubig an und fragte: „Was in aller Welt hast du denn mit ihm gemacht?“

„Was meinst du?“, fragte ich zurück. „Es geht ihm prima. Stimmt doch, oder?“

„Dada! Uffft!“

„Aber wie sieht er denn aus?“, erwiderte sie. „Wie in aller Welt …“

Erst da fiel es mir auf. Irgendetwas stimmte nicht mit seinem Strampelanzug. Seine dicken Schenkelchen steckten in den kurzen Ärmeln, die so eng waren, dass sie ihm das Blut abschnürten. Der Kragen hing ihm wie ein Euter zwischen den Beinen herum. Sein Kopf ragte aus dem offenen Hosenschritt heraus, und seine Arme waren irgendwo in den viel zu langen Hosenbeinen verschwunden.

„Du Trottel“, sagte sie. „Du hast ihm das Ding verkehrt herum angezogen.“

„Das ist deine Sicht der Dinge“, erwiderte ich.

Aber die Sache war gelaufen. Jenny hängte sich von ihrem Krankenbett aus ans Telefon, und ein paar Tage später stand meine liebe Tante Anita, eine pensionierte Krankenschwester, die auf der gegenüberliegenden Seite Floridas lebte, mit ihrem Koffer vor der Tür. Sie machte sich fröhlich ans Werk und stellte die alte Ordnung wieder her. Die Junggesellenregeln waren damit Geschichte.

ALS DIE Ärzte Jenny schließlich nach Hause entließen, geschah das nur unter strengsten Auflagen. Wenn sie ein gesundes Baby zur Welt bringen wollte, musste sie im Bett bleiben und sich so ruhig wie möglich verhalten. Sie durfte sich nur bewegen, um auf die Toilette zu gehen und einmal am Tag zu duschen, dann musste sie wieder ins Bett. Sie durfte nichts heben, was schwerer war als eine Zahnbürste – einschließlich ihres Babys, eine Einschränkung, die sie fast wahnsinnig machte. Jennys Ärzte hatten die ersten Wehen erfolgreich bekämpft, und ihr Ziel war es, diesen Zustand für die nächsten zwölf Wochen beizubehalten.

Eine Ärztin kam zu uns nach Hause und setzte Jenny einen Katheter in die Vene am Oberschenkel, den sie mit einer kleinen batteriebetriebenen Pumpe an Jennys Bein band. Von dort aus floss ununterbrochen eine bestimmte Dosis Wehenhemmer in Jennys Blutkreislauf. Zudem wurde sie an ein Überwachungsgerät angeschlossen, das die Herzschläge des Kindes und jede Wehe aufzeichnete. Jenny versuchte bei Laune zu bleiben, aber das Nichtstun zusammen mit der ständigen Unsicherheit wegen der Gesundheit ihres ungeborenen Kindes deprimierten sie. Das Schlimmste war, dass sie Mutter eines 15 Monate alten Sohnes war, den sie nicht hochheben durfte; sie durfte nicht zu ihm gehen, ihn nicht füttern, wenn er Hunger hatte, oder ihn trösten und küssen, wenn er traurig war. Ich setzte ihn immer zu ihr aufs Bett, wo er auf den Ventilator über ihrem Bett deutete und rief: „Mama, uffft!" Das brachte sie zum Lächeln, doch sie war nicht mehr die Alte. Sie bekam langsam einen Lagerkoller.

Ihr treuer Begleiter in dieser Zeit war natürlich Marley. Er richtete sich häuslich neben ihrem Bett ein und brachte eine große Auswahl an Spielzeugen und Kauknochen mit, nur für den Fall, dass Jenny es sich doch noch anders überlegen und aus dem Bett springen würde, um mit ihm eine Runde Tauziehen zu spielen und herumzutoben. Dort hielt er Wache, Tag und Nacht. Ich kam von der Arbeit nach Hause und traf Tante Anita in der Küche beim Abendessenkochen an, Patrick lag in seiner Wippe neben ihr. Dann ging ich ins Schlafzimmer und sah, dass Marley neben dem Bett stand; er stützte das Kinn auf die Matratze, wedelte mit dem Schwanz und drückte die Schnauze an Jennys Hals, während sie las oder schlummerte. Ihr Arm ruhte auf seinem Rücken. Ich strich jeden Tag im Kalender aus, um ihr zu zeigen, dass die Zeit verging.

Als Jenny noch einen vollen Monat Bettruhe vor sich hatte, packte Tante Anita ihre Koffer und verabschiedete sich. Sie war so lange geblieben, wie sie konnte, hatte ihren Aufenthalt sogar ein paarmal verlängert, aber sie hatte einen Ehemann zu Hause, der, wie sie nur halb scherzhaft beteuerte, höchstwahrscheinlich vor dem Fernseher verwahrlosen würde. Wir waren wieder auf uns allein gestellt.

Ich tat mein Bestes, um uns über Wasser zu halten. Ich stand bei Tagesanbruch auf, um Patrick zu baden, anzuziehen und zu füttern. Dann ging ich mit ihm und Marley kurz spazieren. Anschließend brachte ich ihn zu Sandy, ging zur Arbeit und holte ihn abends wieder ab. In der Mittagspause kam ich nach Hause, um Jenny etwas zu Essen zu machen und ihr die Post zu bringen, warf ein paarmal einen Stock für Marley und räumte notdürftig das Haus auf, dem man die Vernachlässigung langsam ansah. Ich konnte die Bestürzung in Jennys Augen sehen. Es kostete sie äußerste Selbstbeherrschung, nicht aufzuspringen und ihr Zuhause wieder auf Vordermann zu bringen. Abends, wenn Patrick eingeschlafen war, fuhr ich in den Supermarkt zum Einkaufen, manchmal erst um Mitternacht. Wir lebten von Pizza, Müsli und jeder Menge Nudelgerichten.

Als Jenny endlich die 35. Schwangerschaftswoche erreicht hatte, kam die Ärztin zu uns und sagte: „Herzlichen Glückwunsch, Mädchen, Sie haben es geschafft. Sie sind wieder frei." Sie entfernte die Infusionspumpe und den Katheter und packte den Monitor ein. Jenny durfte wieder zu ihrem früheren Lebensstil zurückkehren. Das Baby war nun voll lebensfähig.

Jenny warf Patrick in die Luft, tobte mit Marley durch den Garten und stürzte sich auf die Hausarbeit. An diesem Abend feierten wir in einem indischen Restaurant und gingen anschließend ins Theater. Am nächsten Tag setzten wir unsere kleine Party beim Griechen fort. Doch noch ehe das Gyros unseren Tisch erreichte, hatte Jenny schon heftige Wehen und krümmte sich vor Schmerzen. Wir rasten nach Hause, wo Sandy schon auf Abruf bereitstand, Patrick zu übernehmen und ein Auge auf Marley zu haben. Jenny wartete im Auto und kämpfte sich mit kurzen, flachen Atemzügen durch die Wehen, während ich ihre Krankenhaustasche holte. Als wir am Krankenhaus ankamen und ein Zimmer zugewiesen bekamen, war Jennys Muttermund bereits sieben Zentimeter weit geöffnet. Nicht einmal eine Stunde später hielt ich unseren kleinen Sohn in den Armen. Seine Augen waren offen und hellwach, er hatte rote Bäckchen.

„Sie haben es geschafft", verkündete Dr. Sherman. „Er ist perfekt."

Conor Richard Grogan, viereinhalb Pfund, wurde am 10. Oktober 1993 geboren. Vor Glück verschwendete ich keinen Gedanken daran, dass uns für diese Geburt tatsächlich eine der Luxussuiten zur Verfügung gestanden hatte, wir aber überhaupt keine Zeit gehabt hatten, sie zu genießen. Ein paar Minuten eher, und Jenny hätte unseren Sohn auf dem Parkplatz bekommen. Ich hatte noch nicht einmal die Zeit gehabt, mich auf der bequemen Vatercouch auszustrecken.

DIES hätte eigentlich die schönste Zeit unseres Lebens sein sollen, und in vieler Hinsicht war sie das auch. Wir hatten nun zwei Söhne, ein Kleinkind und ein Neugeborenes, gerade mal 17 Monate auseinander. Sie waren unser Ein und Alles. Dennoch blieb etwas von der Dunkelheit, die sich während der erzwungenen Bettruhe über Jenny gesenkt hatte. Manchmal ging es ihr wochenlang gut, und sie war glücklich über die Herausforderung, für zwei kleine Grogans verantwortlich zu sein, die in jeder Hinsicht von ihr abhängig waren. Dann wieder, ohne jede Vorwarnung, war sie plötzlich niedergeschlagen und schlecht gelaunt, wie in einen blauen Nebel eingehüllt, der sich manchmal tagelang nicht verzog. Wir waren beide erschöpft von den vielen schlaflosen Nächten. Patrick meldete sich immer noch mindestens einmal pro Nacht, Conor kam wesentlich öfter. Selten konnten wir länger als zwei Stunden am Stück schlafen. In manchen Nächten schlichen wir wie Zombies, schweigend und mit glasigen Augen, aneinander vorbei, Jenny zu einem Baby und ich zu dem anderen.

Zu allem Überfluss machte uns unser kleines Baby große Sorgen. Conor hatte ohnehin Untergewicht, und er konnte keine Mahlzeit bei sich behalten. Jenny gab ihm die Brust, und er saugte hungrig daran. Dann spuckte er mit einem gewaltigen Würgen alles wieder aus. Die Ärzte diagnostizierten Reflux. Conor überstand diese Phase zwar schließlich und nahm normal zu, aber vier lange Monate waren wir außer uns vor Sorge um ihn. Jenny war vor Angst, Stress und Frust ein Nervenbündel, weil sie ihn praktisch ununterbrochen stillte und dann hilflos zusehen musste, wie er ihr die Milch wieder entgegenspuckte. „Ich fühle mich so unfähig", klagte sie. „Eine Mutter sollte ihrem Baby alles geben können, was es braucht." Sie stand völlig unter Strom. Die lächerlichste Kleinigkeit – eine offene Schranktür oder Krümel auf dem Tisch – brachten sie zum Explodieren.

Zum Glück ließ Jenny ihren Frust jedoch niemals an einem der Babys aus. Vielmehr kümmerte sie sich mit beinahe zwanghafter Sorgfalt und Geduld um die beiden. Dafür ließ sie ihren Groll und ihre schlechte Laune an mir und vor allem an Marley aus. Sie hatte überhaupt keine Geduld mehr mit ihm. Jeder kleine Ausrutscher – und davon gab es nach wie vor viele – brachte Jenny einem Ausbruch näher. Doch Marley blieb ungeachtet all dessen bei seinen dummen Streichen und seiner ungezügelten Wildheit. Ich kaufte einen blühenden Strauch und pflanzte ihn zu Ehren von Conors Geburt im Garten ein, und Marley grub ihn noch am selben Tag mitsamt Wurzeln aus und machte Kleinholz aus ihm. Eines Tages entwischte er uns, und als er schließlich zurückkam, hatte er einen Damenslip im Maul – woher, wollte ich gar nicht wissen.

Trotz der verschriebenen Beruhigungsmittel wurde Marleys Angst vor Gewitter jeden Tag schlimmer. Inzwischen versetzte ihn schon der kleinste Regenschauer in Panik. Wenn wir zu Hause waren, drängte er sich nur an uns und sabberte nervös unsere Kleidung voll. Wenn wir nicht zu Hause waren, versuchte er nach wie vor, sich in Sicherheit zu bringen, indem er sich durch Türen, Putz und Linoleum grub. Je mehr ich reparierte, umso mehr machte er kaputt. Ich hätte wütend werden müssen, aber Jenny war wütend genug für uns beide. Stattdessen fing ich an, ihn zu decken. Wenn ich einen zerkauten Schuh, ein Buch oder Kissen fand, versteckte ich das Beweisstück, ehe sie es finden konnte.

In diese hochexplosive Stimmung kehrte ich eines Abends zurück. Als ich die Haustür öffnete, schlug Jenny gerade mit den Fäusten auf Marley ein. Sie war vollkommen außer sich, heulte und drosch auf seinen Rücken, seine Schultern und seinen Hals ein, als wäre er eine Trommel. „Warum?“, schrie sie ihn an. „Warum machst du das? Warum machst du alles kaputt?“ Dann sah ich die Bescherung. Ein Sofakissen war kaputt, der Stoff zerfetzt und die Füllung herausgerissen. Marley stand mit gesenktem Kopf breitbeinig da, als stemmte er sich gegen einen Sturm. Er machte keine Anstalten zu fliehen oder den Schlägen auszuweichen; er stand nur da und nahm alles hin, ohne mit der Wimper zu zucken.

„He, he!“, schrie ich und packte Jenny an den Handgelenken. „Komm schon, hör auf!“ Sie schluchzte und rang nach Luft. „Hör auf!“, wiederholte ich. Ich trat zwischen sie und Marley und schob mein Gesicht direkt vor ihres. Es war, als würde mich eine Fremde anstarren. Ich erkannte den Ausdruck in ihren Augen nicht wieder.

„Schaff ihn hier raus!“, sagte sie mit leiser, drohender Stimme. „Schaff ihn hier raus. Sofort.“

„Okay, aber du wirst dich jetzt beruhigen!“, entgegnete ich.

„Bring ihn weg und sorge dafür, dass er wegbleibt“, sagte sie mit bebender Stimme.

Ich öffnete die Haustür und Marley stürzte hinaus. Als ich mich noch einmal umdrehte, um seine Leine zu holen, erklärte Jenny: „Ich meine es ernst. Ich will ihn hier nicht länger haben.“

„Ach, komm schon“, versuchte ich sie zu beruhigen. „Das meinst du doch nicht ernst.“

„O doch. Ich habe genug von diesem Hund. Entweder findest du ein neues Zuhause für ihn, oder ich tue es.“

Das konnte nicht ihr Ernst sein. Sie vergötterte diesen Hund trotz der langen Liste seiner Untaten. Sie war wütend und bis zum Äußersten angespannt. Sie würde es sich wieder anders überlegen. Im Moment war es wohl das Beste, ihr Zeit zu geben, damit sie sich beruhigen konnte.

Ich ging ohne ein weiteres Wort zur Tür hinaus. Im Vorgarten rannte Marley wild herum, trotz der Abreibung, die er gerade bekommen hatte, der alte Wirrkopf. Ich wusste, dass Jenny ihm nicht wehgetan hatte. Ehrlich gesagt musste er bei unseren Raufereien wesentlich härtere Schläge von mir einstecken.

Als wir draußen auf der Straße waren, nahm ich ihn an die Leine und befahl ihm: „Sitz!“ Er setzte sich hin. Er schien über den Zwischenfall mit Jenny hinweg zu sein, und nun hoffte ich dasselbe von ihr. „Was soll ich nur mit dir machen, du Riesendummkopf?“, fragte ich ihn. Er sprang an mir hoch, als hätte er auf Sprungfedern gesessen, und fuhr mir mit seiner Zunge über das Gesicht.

Marley und ich gingen an diesem Abend sehr lange spazieren, und als ich schließlich die Haustür öffnete, war er vollkommen erschöpft und schien bereit, sich lautlos in eine Ecke fallen zu lassen. Jenny fütterte Patrick gerade aus einem Babygläschen, während sie Conor auf ihrem Schoß wiegte. Sie schien sich beruhigt zu haben und wieder sie selbst zu sein. Vielleicht war der schreckliche Augenblick ja wieder vorbei. Vielleicht war sie wegen ihres Ausbruchs vorhin verlegen und suchte nun nach Worten für eine Entschuldigung. Als ich an ihr vorbeiging, Marley dicht hinter mir, sagte sie mit ruhiger Stimme und ohne mich anzusehen: „Ich meine es ernst. Ich will, dass er verschwindet.“

In den folgenden Tagen wiederholte sie dieses Ultimatum so oft, dass ich es nicht mehr für eine leere Drohung hielt. Dieses Thema würde sich nicht von selbst erledigen. Ich fühlte mich schrecklich. So erbärmlich das jetzt auch klingen mag, aber für mich war Marley inzwischen so etwas wie mein männlicher Seelenverwandter, mein engster Verbündeter, mein Freund geworden. Er war der ungezogene, aufmüpfige, unnachgiebige, politisch unkorrekte Freigeist, der ich immer hatte sein wollen, wenn ich nur den Mut dazu gehabt hätte, und ich hatte meine Freude an seinem ungezügelten Temperament. Egal wie kompliziert das Leben auch war, er erinnerte mich immer wieder an die einfachen Freuden des Alltags. Egal was für Anforderungen man an mich stellte, er zeigte mir immer wieder, dass es sich manchmal lohnte, ungehorsam zu sein. In einer Welt voller Chefs war er sein eigener Herr. Der Gedanke, ihn wegzugeben, tat mir in der Seele weh. Aber ich hatte nun zwei Kinder, für die ich verantwortlich war, und eine Ehefrau, die wir dringend brauchten. Ich hatte eine schreckliche Wahl zu treffen: Wenn unser Familienfrieden davon abhing, dass wir Marley weggaben, wie konnte ich Jennys Wunsch dann ignorieren?

Ich fing an, meine Fühler auszustrecken und diskret bei Freunden und Kollegen nachzufragen, ob jemand vielleicht Interesse an einem liebenswerten, lebhaften, zwei Jahre alten Labrador hätte. Leider war Marleys Ruf ihm vorausgeeilt.

Jeden Morgen las ich die Anzeigen in der Zeitung durch, als würde ich auf ein Wunder hoffen wie etwa: „Suche sehr wilden, völlig unberechenbaren Labrador mit möglichst vielen Phobien. Zerstörerische Qualitäten sind ein Plus. Zahle gut.“ Stattdessen fand ich ein wachsendes Angebot an jungen Hunden, die aus irgendeinem Grund weggegeben werden sollten. Meist waren es reinrassige Tiere, für die ihre Besitzer erst wenige Monate zuvor viel Geld ausgegeben hatten. Nun wurden sie für einen Spottpreis angeboten oder sogar umsonst. Beunruhigend viele dieser ungewollten Hunde waren Labradorrüden.

Solche Anzeigen klangen herzerweichend und komisch zugleich und waren voller fröhlicher Umschreibungen für Verhaltensweisen, die ich nur zu gut kannte: „Lebhaft … liebt Menschen … braucht viel Bewegung … temperamentvoll … ganz eigene Persönlichkeit.“ Es kam alles auf dasselbe heraus: ein Hund, dem sein Besitzer nicht mehr gewachsen war. Ein Hund, der zur Last geworden war. Ein Hund, den sein Herrchen aufgegeben hatte.

Ein Teil von mir lachte wissend, ein anderer Teil war schrecklich traurig. Ich war kein Mensch, der einfach aufgab. Und ich glaubte nicht, dass Jenny so einfach aufgeben wollte. Wir gehörten nicht zu den Menschen, die ihre Probleme einfach in der Anzeigenspalte der Lokalzeitung ablieferten. Marley war zweifelsfrei eine Herausforderung. Aber auf seine eigene verschrobene Weise gab er sein Bestes. Er war nun mal unser Hund. Er gehörte zur Familie, und bei all seinen Launen hatte er uns unsere Zuneigung doch hundertfach zurückgegeben. Eine Liebe wie die seine war für kein Geld der Welt zu kaufen.

Ich war nicht bereit dazu, ihn wegzugeben.

Ich bemühte mich zwar weiterhin halbherzig um einen neuen Platz für ihn, gleichzeitig fing ich aber ernsthaft an, mit ihm zu arbeiten. Meine höchstpersönliche *Mission Impossible,* mein „unmöglicher Auftrag“, bestand darin, den guten Ruf dieses Hundes wiederherzustellen und Jenny zu beweisen, dass er es wert war. Gestörte Nachtruhe hin oder her, ich stand von nun an bei Tagesanbruch auf, packte Patrick in den Kinderwagen und ging mit ihm und Marley zum Wasser hinunter, wo ich mit Marley seine Lektionen durchging. Sitz! Platz! Bei Fuß! Wir übten und übten, und Patrick half uns, indem er in die Hände klatschte und seinem großen hellbraunen Freund zurief: „Mallie, Fuuuth!“

Als ich Marley schließlich wieder bei der Hundeschule anmeldete, war er nicht mehr der junge Tunichtgut, mit dem ich damals dort aufgetaucht war. Ja, er war immer noch furchtbar wild, aber inzwischen wusste er, dass ich das Herrchen war und er zu folgen hatte. Diesmal unternahm er keine unerlaubten Entdeckungstouren über den Platz und schnüffelte auch nicht an fremden Genitalien herum. Acht Wochen lang arbeiteten wir mit kurzer Leine an Befehlen, und er war mit Freude bei der Sache. In der letzten Stunde rief uns die Trainerin, eine entspannte Frau und damit das genaue Gegenteil von Miss Domina, nach vorn und überreichte uns eine Urkunde. Marley hatte die erste Klasse des Trainingsprogramms bestanden und dabei von allen Teilnehmern sogar den siebten Platz belegt. Wen interessierte es schon, dass es nur acht Teilnehmer gegeben hatte. Für mich war die Sache ein voller Erfolg. Marley, mein unverbesserlicher, unerziehbarer, ungezogener Hund, hatte bestanden. Ich war vor Stolz zu Tränen gerührt, und vielleicht hätte ich wirklich geheult, wäre Marley nicht im nächsten Augenblick an mir hochgesprungen und hätte seine Urkunde gefressen.

Auf der Heimfahrt sang ich lauthals „We are the Champions“. Marley, der meine Freude und meinen Stolz spürte, steckte seine Zunge in mein Ohr. Aber diesmal war mir das ganz egal.

EINES Morgens, nicht lange danach, wachte ich auf, und meine Frau war wieder da. Meine Jenny, die Frau, die ich liebte und die in diesem zähen blauen Nebel verschollen war, war zu mir zurückgekehrt. So plötzlich, wie die Wochenbettdepression gekommen war, so plötzlich war sie nun wieder verschwunden. Es war, als wäre ein böser Geist von Jenny gewichen. Sie war stark, sie war optimistisch, sie war eine gute Mutter und blühte dabei auf. Marley stand wieder in ihrer Gunst, er hatte wieder festen Boden unter den Füßen. Mit einem Baby auf jedem Arm beugte sie sich zu ihm hinunter und küsste ihn. Sie warf Stöckchen für ihn und mischte ihm Bratensoße ins Futter. Sie tanzte mit ihm durchs Zimmer, wenn ein gutes Lied im Radio kam. An manchen Abenden, wenn er zur Ruhe gekommen war, sah ich ihn mit Jenny zusammen auf dem Boden liegen, ihr Kopf auf seinem Hals. Jenny war zurück. Gott sei Dank, sie war wieder da.

Kapitel 9: Das Vorsprechen

Manche Dinge sind so grotesk, dass sie einfach wahr sein müssen. Als Jenny mich anrief, um mir mitzuteilen, dass Marley einen Casting-Termin für einen Film hatte, wusste ich deshalb, dass sie sich das nicht ausgedacht haben konnte. Trotzdem konnte ich es nicht glauben.
„Er hat was?“, fragte ich.

„Einen Termin für Filmaufnahmen."

„Wie für einen Kinofilm?", wollte ich wissen.

„Ja, wie für einen Kinofilm, Dummerchen", sagte sie. „Einen Spielfilm."

Ich versuchte, mir unseren verrückten Bügelbrettzerbeißer als stolzen Nachfolger von Rin Tin Tin vorzustellen, wie er über die Leinwand jagt und hilflose Kinder aus brennenden Häusern rettet.

„Unser Marley?", fragte ich noch einmal, nur um ganz sicherzugehen.

Es stimmte wirklich. Eine Woche zuvor hatte Jennys Vorgesetzte von der *Palm Beach Post* angerufen und gesagt, dass eine Freundin von ihr unsere Unterstützung brauchte. Die Dame hieß Colleen McGarr, war Fotografin und hatte von einer New Yorker Filmgesellschaft namens Shooting Gallery den Auftrag bekommen, bei der Produktion eines Filmes mitzuarbeiten. Drehort sollte Lake Worth sein, ein kleiner Ort südlich von uns. Colleens Auftrag bestand darin, einen „typischen Haushalt in Südflorida" zu finden und ihn von vorn bis hinten zu fotografieren – die Bücherregale, die Kühlschrankmagneten, sogar die Schränke, einfach alles – damit sich der Regisseur ein Bild machen und seinen Film realistisch ausstatten konnte.

„Das ganze Filmteam ist schwul", erklärte Jennys Vorgesetzte. „Sie versuchen herauszufinden, wie verheiratete Paare mit Kindern hierzulande leben."

„Eine Art anthropologische Feldstudie", mutmaßte Jenny.

„Genau."

„Okay", stimmte Jenny zu. „Solange ich vorher nicht putzen muss."

Colleen kam vorbei und fing an, alles zu fotografieren, nicht nur unsere Besitztümer, sondern auch uns selbst. Wie wir uns anzogen, wie wir unser Haar trugen, wie wir uns auf der Couch lümmelten. Sie fotografierte die Babys in ihren Bettchen. Und den kastrierten Hund, den ein durchschnittliches Paar hierzulande besaß. Oder zumindest das, was sie von ihm auf Film bannen konnte. Wie sie treffend bemerkte, war Marley „auf den Bildern meistens unscharf".

Als Colleen sich so durch unser Haus fotografierte, musste ich unweigerlich an die Möglichkeiten denken, die sich daraus ergaben. Ich hatte gehört, dass die meisten Nebendarsteller und alle Statisten für diesen Film aus der Umgebung kommen sollten. Was wäre nun, wenn der Regisseur zwischen all den Kühlschrankmagneten und Postern an der Wand ein Naturtalent entdeckte? Es sind schon seltsamere Dinge passiert. Ich sah den Regisseur förmlich vor mir: Er beugt sich über einen großen Tisch, auf dem

Hunderte von Fotos verteilt liegen. Dann erstarrt er plötzlich beim Anblick eines Fotos und ruft seinen Assistenten aufgeregt zu: „Bringt mir diesen Mann! Ich muss ihn in meinem Film haben!“ Wenn sie mich schließlich ausfindig gemacht haben, werde ich zuerst bescheiden ablehnen, mich dann aber doch bereiterklären, die Hauptrolle zu übernehmen. Schließlich müssen die Dinge ja weiterlaufen.

Colleen bedankte sich bei uns, dass wir ihr unser Zuhause gezeigt hatten, und ging. Sie hatte uns keinen Anlass gegeben, darauf zu hoffen, dass sie oder sonst irgendein Mitglied der Filmcrew sich noch einmal bei uns melden würde. Doch als Jenny mich ein paar Tage später im Büro anrief und sagte: „Ich habe gerade mit Colleen McGarr telefoniert, und du wirst es nicht glauben!“, da hatte ich keinen Zweifel, dass man mich entdeckt hatte. Mein Herz machte einen Sprung. „Nun sag schon!“, forderte ich sie auf.

„Sie sagte, der Regisseur möchte mit Marley arbeiten.“

„Marley?“ Bestimmt hatte ich mich verhört. Sie schien die Bestürzung in meiner Stimme nicht zu bemerken.

„Offenbar sucht er nach einem großen, tollpatschigen, bekloppten Hund, der die Rolle des Haustiers in seinem Film übernimmt, und da ist sein Auge auf Marley gefallen.“

„Bekloppt?“, fragte ich.

„So hat sich Colleen ausgedrückt. Groß, tollpatschig und bekloppt.“

Nun, da war er ja an der richtigen Adresse. „Hat Colleen erwähnt, ob er irgendetwas über mich gesagt hat?“, fragte ich.

„Nein“, antwortete Jenny. „Warum sollte er?“

Colleen holte Marley am nächsten Tag ab. Bemüht, gleich zu Anfang einen guten Eindruck zu machen, raste er in vollem Tempo durch das Wohnzimmer auf sie zu. Als er die Holzdielen erreichte, schlitterte er bis zum Couchtischchen, strauchelte, krachte gegen einen Stuhl, landete auf dem Rücken, rollte sich herum, rappelte sich auf und stieß schließlich mit Colleen zusammen.

„Sind Sie sicher, dass wir ihm keine Beruhigungsmittel geben sollen?“, fragte Jenny.

Aber Colleen versicherte, dass der Regisseur Marley in ungezügeltem, natürlichem Zustand sehen wollte, und schon war sie mit unserem verzweifelt glücklichen Hund in ihrem roten Kastenwagen verschwunden.

Nach zwei Stunden war sie wieder da und verkündete, Marley hätte den Job bekommen.

„Ich glaub’s nicht!“, kreischte Jenny. Unsere Hochstimmung wurde auch kein bisschen getrübt, als wir hörten, dass Marley die einzige unbezahlte Rolle in dem Film bekommen sollte. Ich fragte Colleen, wie das Vorstellen gelaufen sei.

„Mit Marley im Auto kommt man sich vor wie in einem Whirlpool", sagte Colleen. „Er hat alles angeschlabbert." Die Filmcrew residierte im Gulfstream Hotel, einem verblichenen Touristenklotz, der seine beste Zeit schon hinter sich hatte. Als Colleen mit Marley dort ankam, hatte unser Hund alle sofort damit beeindruckt, dass er aus dem Wagen sprang und wie irre auf dem Parkplatz Haken schlug, als erwarte er, dass jeden Moment ein Luftangriff losgehen würde. „Er ist völlig übergeschnappt", erzählte Colleen.

„Ja, er ist recht leicht erregbar", gab ich zu.

Schließlich hatte sich Marley so weit beruhigt, dass er alle Anwesenden überzeugen konnte, der Rolle gewachsen zu sein. Er musste eigentlich nur sich selbst spielen. Der Film hieß „The Last Home Run", es war ein Baseballdrama, in dem sich der letzte Wunsch eines alten Mannes erfüllt, dass er für fünf Tage wieder jung wird und Baseball spielen darf. Marley sollte den aufgedrehten Familienhund des Trainers geben.

Am Morgen des ersten Drehtages brachen wir zum Gulfstream Hotel auf, die Jungen in ihren Babysitzen, Marley zwischen ihnen. Wir sollten um neun Uhr da sein, aber schon einen Block weiter blieben wir in einem Stau stecken. Weiter vorn war die Straße gesperrt, und ein Verkehrspolizist leitete den Verkehr um. Die Lokalpresse hatte ausführlich über das Filmprojekt berichtet, und nun hatten sich viele Schaulustige auf den Weg zum Drehort gemacht. Die Polizei ließ niemanden durch. Wir schoben uns langsam im stockenden Verkehr vorwärts, und als wir endlich bei der Absperrung angekommen waren, lehnte ich mich aus dem Autofenster und sagte zu dem Polizisten: „Wir müssen da durch."

„Niemand darf da durch", antwortete er. „Fahren Sie bitte weiter."

„Wir gehören zum Set", erklärte ich.

Er sah uns skeptisch an, ein Pärchen in einem Minivan mit zwei Kleinkindern und einem Hund auf dem Rücksitz. „Ich sagte, weiterfahren!", bellte er mich an.

„Unser Hund spielt in dem Film mit", versuchte ich es noch einmal.

Auf einmal sah er mich mit neuer Hochachtung an. „Sie haben den Hund dabei?" Der Hund stand auf seiner Liste.

„Ja, wir haben den Hund dabei. Marley."

„Er spielt sich selbst", warf Jenny ein.

Der Polizist schob die Absperrung zur Seite und winkte uns durch. „Hier entlang, bitte", sagte er höflich. Ich fühlte mich wie ein König.

Auf dem Parkplatz vor dem Hotel stand das Filmteam schon bereit. Kabel liefen kreuz und quer über den Boden, Kameras und Mikrofone waren aufgestellt, Scheinwerfer an Gerüsten befestigt. Kleiderständer mit Kostümen standen herum. Im Schatten waren zwei Tische mit Essen und Getränken für Schauspieler und Crew vorbereitet.

Der Regisseur Bob Gosse begrüßte uns und erklärte uns kurz, was in der ersten Szene passieren sollte. Ein Minivan fährt an den Bordstein, am Steuer sitzt Marleys Filmfrauchen, gespielt von der Schauspielerin Liza Harris. Ihre Tochter, dargestellt von einem netten Teenager von der örtlichen Schauspielschule namens Danielle, und der Sohn, auch ein junger Schauspielanwärter von gerade mal neun Jahren, sitzen zusammen mit dem Hund der Familie, gespielt von Marley, auf der Rückbank. Dic Tochter öffnet die Schiebetür und springt heraus, ihr Bruder folgt ihr mit Marley an der Leine. Sie gehen aus dem Bild. Ende der Szene.

„Das ist ja einfach", sagte ich zu dem Regisseur. „Das sollte er hinkriegen, kein Problem." Ich zog Marley zur Seite und wartete mit ihm auf seinen Einsatz.

„Gut, Leute, alle mal herhören!", rief Gosse. „Der Hund ist ziemlich bescheuert, okay? Aber wenn er nicht die ganze Szene plattmacht, dann drehen wir einfach weiter." Er erklärte mir, was er meinte: Man wollte, dass Marley sich genauso benahm wie ein typischer Familienhund auf einem typischen Familienausflug. Reine Realität auf der Leinwand. „Lasst ihn einfach sein Ding machen", riet er den Schauspielern, „und spielt um ihn herum."

Als alle so weit waren, ließ ich Marley in den Van steigen und gab seine Leine an den Jungen weiter, der schreckliche Angst vor ihm zu haben schien. „Er tut nichts", beruhigte ich ihn. „Er will dich höchstens ablecken. Siehst du?" Und ich steckte meine Faust in Marleys Maul, um meine Worte zu bekräftigen.

Klappe, die erste: Der Van fährt an den Bordstein. In dem Moment, wo die Tochter die Schiebetür öffnet, schießt ein hellbrauner Schatten heraus wie ein riesiger Fellball, den man mit einer Kanone abgefeuert hat. Er schießt an den Kameras vorbei und zieht eine rote Leine hinter sich her.

„Cut!"

Ich fing Marley auf dem Parkplatz wieder ein und zog ihn zurück.

„Okay, Leute, wir versuchen das noch mal", verkündete Gosse. Dann sagte er freundlich zu dem Jungen: „Der Hund ist ziemlich wild. Versuch ihn diesmal ein bisschen fester zu halten."

Klappe, die zweite: Der Van fährt an den Bordstein. Die Tür wird aufgeschoben. Die Tochter will gerade aussteigen, als Marley sich ins Bild drängt und hinter ihr herausspringt, diesmal mit dem Jungen an der Leine. Die Knöchel seiner Hand, die die Leine umklammert, sind so weiß wie sein Gesicht.

„Cut!"

Klappe, die dritte: Ich lasse Marley zu dem Jungen in den Van einsteigen und schließe die Tür. Bevor Gosse *„Action!"* ruft, unterbricht er ein paar Minuten, um sich mit seinen Assistenten zu beraten. Schließlich läuft die Szene. Der Van fährt an den Bordstein. Die Tür geht auf. Die Tochter steigt aus. Der Junge steigt ebenfalls aus, aber mit einem verwirrten Ausdruck im Gesicht. Er schaut direkt in die Kamera und hält die Hand hoch. Daran baumelt die halbe Leine, ihr Ende ist abgebissen und nass gesabbert.

„Cut! Cut! Cut!"

Der Junge erklärte, dass Marley angefangen hatte, auf seiner Leine herumzukauen, als sie im Van warteten, und einfach nicht damit aufhören wollte. Crew und Schauspieler stierten ungläubig auf die kaputte Leine. Ich dagegen war nicht im Mindesten überrascht. Marley hatte schon mehr Leinen und Seile zerbissen, als ich zählen konnte.

„Okay, wir machen eine Pause", verkündete Gosse. Dann wandte er sich an mich und fragte in erstaunlich ruhigem Ton: „Wie schnell können Sie eine neue Leine auftreiben?" Er brauchte mir nicht zu erklären, wie teuer ihn jede verlorene Minute kam, in der Schauspieler und Crew untätig herumsaßen.

„Einen Kilometer von hier entfernt ist eine Tierhandlung", sagte ich. „Ich kann in fünfzehn Minuten zurück sein."

„Kaufen Sie diesmal etwas, was er nicht durchbeißen kann", meinte er.

Ich kehrte mit einer schweren Kettenleine zurück, die gut in die Ausrüstung eines Löwenbändigers gepasst hätte, und der Dreh ging weiter, eine missglückte Klappe nach der anderen. In einer Szene sollte Danielle mit ihrem Handy telefonieren, aber Marley, der zu ihren Füßen lag, hechelte so laut, dass der Toningenieur entnervt seine Kopfhörer herunterriss und sich laut beschwerte: „Ich verstehe kein Wort von dem, was sie sagt. Ich höre nur schweres Atmen. Es klingt wie in einem Pornostreifen."

So verging der erste Drehtag. Marley war eine einzige Katastrophe, da gab es nichts zu beschönigen. Ein Teil von mir wollte ihn verteidigen – was hatten sie denn erwartet zum Nulltarif? –, der andere Teil fühlte sich gedemütigt.

Am Abend kam einer der Assistenten mit seinem Klemmbrett in der Hand auf uns zu und sagte, dass die Szenenabfolge für den nächsten Tag noch nicht festgelegt sei. „Machen Sie sich nicht die Mühe, morgen zu kommen“, meinte er. „Wir rufen an, wenn wir Marley brauchen.“ Und wie um ganz sicherzugehen, dass wir es auch kapiert hatten, wiederholte er: „Wenn Sie also nichts von uns hören, dann tauchen Sie bitte nicht hier auf, verstanden?“ Ja, ich hatte nur zu gut verstanden. Gosse hatte seinen Untergebenen geschickt, um die Drecksarbeit zu machen. Marleys Filmkarriere war schon wieder vorbei. Ich konnte ihnen natürlich keinen Vorwurf machen. Er hatte unzählige Kostüme vollgesabbert, den Tisch mit dem Essen abgeräumt und beinahe eine 30 000-Dollar-Kamera umgerannt. Sie würden die Szenen zusammenschneiden und das Drehbuch umschreiben, sodass Marley darin nicht mehr vorkam. Es war die alte „Rufen Sie uns nicht an, wir melden uns bei Ihnen“-Leier.

„Marley“, sagte ich, als wir zu Hause ankamen, „das war deine große Chance, und du hast sie vermasselt.“

Am nächsten Morgen ärgerte ich mich immer noch über unsere geplatzten Träume vom Ruhm, als das Telefon klingelte. Es war der Assistent, der uns bat, Marley so schnell wie möglich zum Hotel zu bringen. „Sie meinen, Sie möchten, dass er zurückkommt?“

„Ganz genau“, erklärte er. „Bob will ihn in der nächsten Szene haben.“

Als wir eine halbe Stunde später am Set ankamen, konnte ich immer noch nicht glauben, dass sie uns noch einmal eingeladen hatten. Gosse begrüßte uns überschwänglich. Er hatte die geringe Ausbeute an Filmmaterial von gestern durchgesehen und hätte nicht zufriedener sein können. „Der Hund war zum Brüllen!“, rief er. „Einfach superwitzig. Ein absolut genialer Spinner!“ Ich konnte fühlen, wie ich ein paar Zentimeter wuchs, und straffte die Schultern.

„Wir haben immer gewusst, dass er ein Naturtalent ist“, sagte Jenny.

Der Dreh in Lake Worth ging noch mehrere Tage weiter, und Marley wurde langsam zum Star. Die Crew, vor allem die Frauen, kümmerten sich rührend um ihn. Es war schrecklich heiß, und ein Crewmitglied war eigens damit beauftragt worden, Marley mit einer Schüssel und einer Flasche Wasser überallhin zu folgen, um ihm bei Bedarf einen kühlen Drink zu servieren. Ich ließ ihn ein paar Stunden in der Obhut der Crew, um im Büro vorbeizuschauen, und als ich zurückkam, fand ich ihn hingegossen wie

Graf Koks, die Pfoten in der Luft, während er sich von der ungeheuer gut aussehenden Visagistin den Bauch kraulen ließ.

Der ganze Starrummel stieg allmählich auch mir zu Kopf. Ich fing an, mich mit „Marleys Besitzer“ vorzustellen und Sätze fallen zu lassen wie: „In seinem nächsten Film hoffen wir auf eine Rolle mit Gebell.“

Wir blieben vier Tage am Set, und als man uns mitteilte, dass Marleys Szenen nun alle im Kasten wären und er nicht mehr gebraucht würde, fühlten Jenny und ich uns bereits als Teil der Shooting-Gallery-Familie. Zugegeben, die einzigen unbezahlten Familienmitglieder, aber immerhin. „War toll mit euch!“, rief Jenny allen in Hörweite zu, als wir Marley zum Auto brachten. „Ich kann es kaum erwarten, den fertigen Film zu sehen!“

Aber das sollte noch eine Weile dauern. Einer der Produzenten sagte, dass wir nach acht Monaten anrufen sollten, dann würden sie uns eine Kopie zuschicken. Als ich also nach acht Monaten dort anrief, legte mich die Sekretärin in die Warteschleife und meinte nach ein paar Minuten: „Versuchen Sie es bitte in ein paar Monaten noch einmal.“ Das tat ich mehrmals, wurde aber immer wieder vertröstet. Schließlich gab ich es auf und fand mich damit ab, dass das Projekt irgendwo im Mülleimer der Redaktion gelandet war, weil der Aufwand, diesen verdammten Hund aus jeder Szene herauszuschneiden, zu groß gewesen war. Erst zwei volle Jahre später bekam ich die Gelegenheit, Marleys Schauspielkünste zu sehen.

Ich war in der Videothek, als ich aus einer Laune heraus den Mann an der Kasse fragte, ob er schon mal etwas von dem Film „The Last Home Run“ gehört hätte. Er kannte ihn nicht nur, er hatte ihn sogar da. Und glücklicherweise war kein einziges Exemplar davon ausgeliehen.

Ich erfuhr die ganze traurige Geschichte erst später. Der Shooting Gallery war es nicht gelungen, einen Anbieter für den Film zu finden, und man hatte Marleys Filmdebüt daher dem traurigsten aller Filmschicksale überlassen: „The Last Home Run“ war nur als Video herausgekommen. Mir war das egal. Ich raste mit meiner Kassette nach Hause und rief nach Jenny und den Jungs, damit sie sich alle um den Fernseher versammelten. Alles in allem war Marley knapp zwei Minuten im Bild, aber ich fand, dass es die allerbesten zwei Minuten des Films waren. Wir lachten! Wir weinten! Wir jubelten!

„Mallie, du da!“, schrie Conor.

„Wir sind berühmt!“, brüllte Patrick.

Marley schien unbeeindruckt. Er gähnte und kroch unter den Couchtisch. Als der Abspann lief, war er schon eingeschlafen. Wir hielten den

Atem an, bis die Namen aller zweibeinigen Darsteller über den Bildschirm gelaufen waren. Eine Minute lang dachte ich, dass unser Hund nicht erwähnt werden würde. Aber dann kam es, in großen Buchstaben, sodass jeder es lesen konnte: „Marley der Hund … als er selbst.“

Kapitel 10: Im Land von Bocahontas

Einen Monat nach Abschluss der Dreharbeiten verabschiedeten wir uns von Palm Beach und all den Erinnerungen, die daran hingen. Es hatte zwei weitere Morde in unserer unmittelbaren Nachbarschaft gegeben, aber letztlich war es nicht das Verbrechen, sondern das Chaos, das uns aus unserem kleinen Bungalow in der Churchill Road vertrieb. Mit zwei Kindern und der damit einhergehenden Ausrüstung waren wir buchstäblich voll bis unters Dach. Marley hatte inzwischen ein Gewicht von knapp fünfzig Kilo erreicht und konnte sich nicht mehr umdrehen, ohne etwas umzuwerfen.

Zudem war Jenny inzwischen wieder halbtags in ihren alten Job bei der *Post* eingestiegen. Sie arbeitete meist von zu Hause aus und versuchte, Beruf und Kinder unter einen Hut zu bringen. Es war also vernünftig, umzuziehen und etwas in der Nähe meiner Arbeitsstelle zu suchen.

Das Leben ist voller Ironie, und so kam es, dass wir nach monatelanger Suche ein Haus in genau der Stadt in Südflorida fanden, über die ich mich in meinen Glossen am meisten lustig machte. Die Stadt hieß Boca Raton, das ist Spanisch und bedeutet wörtlich „Rattenmaul“.

Boca Raton war eine wohlhabende republikanische Bastion mit vielen Neureichen, die nicht recht wussten, wie sie ihr Geld ausgeben konnten, ohne sich lächerlich zu machen. Boca Raton war das Land der Luxusschlitten, der roten Sportwagen, pinkfarbenen Stuckhäuschen auf briefmarkengroßen Grundstücken und ummauerten Anwesen mit Wachmännern davor. Die Männer trugen vorwiegend Leinenhosen und italienische Slipper ohne Socken und verbrachten unendlich viel Zeit damit, wichtig klingende Handygespräche miteinander zu führen. Die Frauen waren so gebräunt wie ihre Lieblings-Gucci-Taschen, ihre gegerbte Haut wurde von ihrem in erschreckenden Platin- und Silbertönen gefärbten Haar noch betont.

In der Stadt wimmelte es nur so von Schönheitschirurgen, und sie hatten die größten Häuser von allen. Für die gut erhaltenen Damen von Boca war ein Brustimplantat und ein geliftetes Gesicht absolut unerlässlich. Gesäßformungen, Nasenkorrekturen und Bauchstraffungen rundeten das kosmetische Angebot ab.

In meiner Kolumne hatte ich mich über den Lebensstil in Boca lustig gemacht, angefangen beim Namen des Städtchens selbst. Die Einwohner nannten ihre Stadt nie Boca Raton. Sie verwendeten einfach das geläufige Wort „Boca“. Damals lief gerade der Disney-Film Pocahontas, und ich begann mit einer fortlaufenden Serie, die sich an die Geschichte der Indianerprinzessin anlehnte, und nannte sie „Bocahontas“. Meine goldbehangene Protagonistin war eine Vorstadtprinzessin und fuhr einen pinkfarbenen BMW. Ihre steinharten, chirurgisch vergrößerten Brüste ragten ins Lenkrad, was es ihr erlaubte, freihändig zum Bräunungsstudio zu fahren und dabei gleichzeitig mit ihrem Handy zu telefonieren und ihre festgesprayte Frisur im Rückspiegel zurechtzuzupfen.

Meine Darstellung war grausam. Lieblos. Und nur ein klein wenig übertrieben. Die echten Bocahontas von Boca waren die größten Fans meiner Kolumne und versuchten immer herauszufinden, welche von ihnen mich zu meiner Hauptfigur inspiriert hatte (was ich natürlich niemals verraten werde). Ich wurde regelmäßig eingeladen, vor unterschiedlichen Vereinen und Versammlungen zu sprechen, und jedes Mal stand jemand auf und stellte dieselbe Frage: „Warum hassen Sie Boca so sehr?“ Ich hasste Boca nicht, erklärte ich dann. Ich liebte nur die Farce. Und nirgends auf der Welt wurde einem das in solcher Reinform geboten wie im Rattenmaul.

Es war also nur folgerichtig, dass das Haus, in das Jenny und ich schließlich einzogen, mitten im Herzen dieser Boca-Farce lag, genau zwischen den Ufergrundstücken von East Boca Raton und den versnobten, alarmgesicherten Anwesen im Westen. Unsere Wohngegend war eines der wenigen Mittelklasseviertel der Stadt.

„Bist du verrückt?“, sagte ich zu Jenny. „Wir können doch nicht nach Boca ziehen! Die werden mich aus der Stadt jagen! Sie werden meinen Kopf auf einem Bett aus biologisch angebauten Blattsalaten servieren!“

„Ach, Unsinn, du übertreibst schon wieder“, erwiderte sie.

Die *Sun-Sentinel,* für die ich arbeitete, war die meistgelesene Zeitung in Boca Raton, und da neben meiner Kolumne immer ein Foto von mir abgedruckt wurde, wurde ich häufig wiedererkannt. Ich hatte nicht das Gefühl, dass ich übertrieb. Aber wir hatten nun schon monatelang gesucht, und dies war das erste Haus, das alle unsere Anforderungen erfüllte. Die öffentlichen Schulen waren dort genauso gut wie anderswo in Südflorida auch, und bei aller Oberflächlichkeit gab es in Boca Raton doch wunderschöne

Parkanlagen, einschließlich einiger der unberührtesten Strände der Gegend um Miami und Palm Beach. Mit größten Bedenken stimmte ich schließlich dem Kauf zu. Ich kam mir vor wie ein enttarnter Geheimagent auf feindlichem Gebiet.

Unser Haus war Baujahr 1970 und hatte fünf Zimmer, doppelt so viel Wohnfläche wie unser erstes Heim und nichts von dessen Charme. Doch es ließ sich etwas daraus machen, und allmählich drückten wir ihm unseren Stempel auf. Wir rissen den Teppichboden heraus und legten Eichendielen. Und nach und nach verwandelte ich den kargen Vorgarten in einen tropischen Urwald, in dem es von Ingwer, Helikonien und Kletterpflanzen nur so wimmelte. Sowohl Schmetterlinge als auch Passanten konnten sich kaum daran sattsehen.

Die zwei besten Dinge an unserem neuen Haus hatten allerdings nichts mit dem Haus selbst zu tun: Von unserem Wohnzimmerfenster aus konnte man auf eine kleine Parkanlage mit Spielplatz schauen, überdacht von großen Pinien. Die Kinder liebten diesen Platz. Und im Garten hinter dem Haus war ein Swimmingpool in den Boden eingelassen. Wir hatten eigentlich keinen Swimmingpool gewollt, aus Sorge um unsere beiden kleinen Söhne – Patrick war damals gerade drei geworden, und Conor war achtzehn Monate alt –, doch die Jungs lernten das Wasser mit der Begeisterung von Delfinen lieben. Wir begriffen bald, dass in Florida ein Swimmingpool den entscheidenden Unterschied zwischen den Sommer ertragen und den Sommer genießen ausmacht.

Keiner liebte unseren Pool mehr als unser Wasserhund, der stolze Nachkomme der Retriever, die im Dienste der Fischer die Ozeanwellen an den Küsten Neufundlands bezwungen hatten. Marley nahm schon im Wohnzimmer Anlauf, hob dann mit einem beherzten Sprung von der Ziegelterrasse ab, um mit einem gigantischen Bauchklatscher im Pool zu landen, wodurch eine Wasserfontäne in die Luft spritzte und das Wasser überschwappte. Mit Marley zu schwimmen war ein lebensbedrohliches Abenteuer, ungefähr so, als würde man mit einem Kreuzfahrtschiff baden. Denn er kam mit vollem Tempo auf mich zugeplanscht, doch anstatt auszuweichen, hielt er immer genau auf mich zu und versuchte, auf mich hinaufzuklettern. Und wenn er meinen Kopf erreicht hatte, drückte er ihn unter die Wasseroberfläche.

Eines fehlte an unserem neuen Haus: ein Marley-sicherer Bunker. Es gab zwar eine große Garage für zwei Autos, aber die war völlig ungeeignet, um Marley oder irgendein anderes Lebewesen, das nicht bei Temperaturen von über 50 Grad Celsius überleben konnte, dort unterzubringen. Die Garage hatte keine Fenster und war brütend heiß. Außerdem waren die Wände nicht aus Beton, sondern aus Trockenziegeln, die Marley, wie er bereits bewiesen hatte, problemlos pulverisieren konnte.

Als wir ihn das erste Mal allein in unserem neuen Zuhause ließen, sperrten wir ihn zusammen mit einem Betttuch und einer großen Schüssel Wasser in die Waschküche, gleich neben der Küche. Als wir wenige Stunden später zurückkamen, hatte er die Tür völlig zerkratzt. Der Schaden war nicht groß, aber wir wussten, dass dieser Vorfall nichts Gutes bedeuten konnte. „Vielleicht muss er sich erst mal an seine neue Umgebung gewöhnen", mutmaßte ich.

„Es ist nicht die kleinste Wolke am Himmel", stellte Jenny skeptisch fest. „Was passiert denn beim ersten Gewitter?"

Als wir ihn das nächste Mal allein ließen, bekamen wir die Antwort. Als wir ein Gewitter herannahen hörten, brachen wir unseren Ausflug ab und eilten nach Hause, aber es war bereits zu spät. Jenny war ein paar Schritte vor mir, und als sie die Tür zur Waschküche öffnete, blieb sie wie angewurzelt stehen und stieß ein entsetztes „O mein Gott!" aus. Sie sagte das in einem Ton, als hätte sie gerade eine Leiche entdeckt, die von der Decke baumelte.

Ich spähte über ihre Schulter hinein, und es war schlimmer, als ich erwartet hatte. Da stand Marley, wild hechelnd, Pfoten und Maul blutig. Überall lag loses Fell von ihm herum, als wären ihm vor Angst die Haare ausgefallen. Eine ganze Wand war aufgerissen und bis auf die Sockel abgetragen. Überall lagen Putz, Holzspäne und verbogene Nägel herum. Die elektrischen Leitungen waren freigelegt. Boden und Wände blutverschmiert. Es sah aus wie in einem Horrorfilm.

„O mein Gott", wiederholte ich. Keiner von uns brachte etwas anderes heraus.

Als wir einige Sekunden stumm dagestanden und auf die Verwüstung gestarrt hatten, sagte ich schließlich: „Okay, das kann man alles wieder richten." Jenny warf mir einen vernichtenden Blick zu; sie kannte meine handwerklichen Fähigkeiten. Ich gab Marley eine Beruhigungstablette und fürchtete insgeheim, dass dieser neuerliche zerstörerische Ausbruch von ihm bei Jenny wieder jenen schrecklichen Zustand auslösen würde, in den sie nach Conors Geburt verfallen war. Doch sie schien diese Phase endgültig überwunden zu haben und nahm das Ganze erstaunlich gelassen.

„Ein paar Hundert Dollar, und alles ist so gut wie neu", zwitscherte sie.

„Das denke ich auch“, stimmte ich ihr zu. „Ich gebe ein paar Extra-Lesungen, dann haben wir das Geld wieder drin.“

Nach wenigen Augenblicken begann sich Marley zu entspannen. Seine Lider wurden schwer und seine Augen blutunterlaufen, wie immer, wenn das Beruhigungsmittel wirkte. „Oh, Mann“, sagte ich zu ihm, „was machen wir bloß mit dir?“ Ohne den Kopf zu heben, sah er zu mir auf. Es war, als versuchte er mir etwas zu sagen, etwas Wichtiges, was er mir unbedingt erklären musste. „Ich weiß“, sagte ich. „Ich weiß, dass du nichts dafür kannst.“

Am nächsten Tag fuhren Jenny und ich mit den Jungen in eine Zoohandlung und kauften einen riesigen Hundekäfig. Er war so groß wie ein Löwenkäfig und hatte schwere Stahlgitterstäbe, die Tür wurde mit zwei gigantischen Zylinderschlössern verschlossen. Das war unsere Antwort, unser eigenes, tragbares Alcatraz. Conor und Patrick kletterten hinein, und ich schob die Riegel vor und sperrte sie so einen Moment lang ein. „Was meint ihr?“, fragte ich. „Hält der unseren Superhund aus?“

Conor rüttelte am Gitter wie ein Sträfling und rief: „Fängnis!“

„Mallie ist unser Gefangener!“, schrie Patrick begeistert.

Zu Hause stellten wir den Zwinger neben unserer Waschmaschine auf. Das tragbare Alcatraz nahm beinahe die halbe Waschküche ein. Als es vollständig aufgestellt war, rief ich Marley. Ich warf einen Kauknochen hinein und er sprang fröhlich hinterher. Dann schloss ich die Tür hinter ihm und verriegelte sie. Er stand da und kaute an seiner Beute herum, völlig unbeeindruckt von der neuen Erfahrung, die er bald machen sollte und die man in Fachkreisen „direkte Konfrontation mit der Angst“ nennt.

„Das ist von jetzt an dein neues Zuhause, wenn wir nicht da sind“, verkündete ich fröhlich. Marley hechelte zufrieden, ohne eine Spur von Beunruhigung in seinem Gesicht. Dann legte er sich hin und stieß einen Seufzer aus. „Das ist ein gutes Zeichen“, sagte ich zu Jenny. „Ganz bestimmt.“

An diesem Abend beschlossen wir, unseren Hundehochsicherheitstrakt auszuprobieren. Diesmal war nicht einmal ein Knochen notwendig, um Marley hineinzulocken. Ich öffnete einfach die Tür, pfiff einmal, und schon kam er, lief hinein und schlug mit dem Schwanz wedelnd gegen die Gitterstäbe. „Sei brav, Marley“, sagte ich zu ihm.

Als wir die Jungs ins Auto setzten, um zum Essen zu fahren, meinte Jenny: „Weißt du was?“

„Was denn?“, fragte ich.

„Zum ersten Mal, seit wir Marley haben, verlasse ich das Haus ohne ein mulmiges Gefühl im Bauch“, sagte sie. „Ich wusste bisher gar nicht, wie sehr mich das immer belastet hat.“

„Ich weiß, was du meinst“, erwiderte ich. „Es war immer so eine Art Glücksspiel: Was macht unser Hund diesmal kaputt?“

Wir waren wunderschön essen und machten anschließend noch einen ausgedehnten Sonnenuntergangsspaziergang am Strand. Die Jungs sprangen in den anrollenden Wellen umher und jagten den Möwen nach. Jenny war ungewöhnlich entspannt. Allein die Gewissheit, dass Marley sicher in Alcatraz saß und weder sich noch etwas anderes gefährden konnte, wirkte wie Balsam auf ihre Seele. „Das war wirklich ein sehr schöner Abend“, sagte sie, als wir den Weg zu unserem Haus hinaufgingen.

Ich wollte gerade zustimmen, als ich aus dem Augenwinkel heraus etwas wahrnahm. Irgendetwas stimmte nicht. Ich drehte den Kopf und starrte auf das Fenster neben der Haustür. Die Jalousien waren geschlossen, wie immer, wenn wir nicht zu Hause waren. Aber im unteren Drittel des Fensters waren die Jalousiestreifen auseinandergebogen, und etwas lugte dazwischen hervor. Etwas Schwarzes. Etwas Nasses. Und es presste sich gegen die Scheibe. „Was zum … !“, stieß ich hervor. „Wie kann … Marley?“

Als ich die Haustür öffnete, kam mir unser Ein-Hund-Begrüßungskomitee entgegen und freute sich wie verrückt, dass wir wieder da waren. Wir schwärmten im ganzen Haus aus, um in allen Zimmern und Schränken nach den Spuren von Marleys unbeaufsichtigtem Abenteuer zu suchen. Im Haus war alles in Ordnung, alles war unberührt. Wir näherten uns der Waschküche. Die Käfigtür stand weit offen. Ich hockte mich neben den Käfig, um mir die Sache genauer anzusehen. Die zwei Riegel waren zurückgeschoben und – ein eindeutiges Indiz – tropfnass von Speichel. „Das sieht nach Eigenarbeit aus“, sagte ich. „Irgendwie hat sich unser Houdini seinen Weg in die Freiheit geleckt.“

„Ich kann es nicht fassen“, meinte Jenny. Dann stieß sie ein sehr unfeines Wort aus. Zum Glück waren unsere Kinder außer Hörweite.

Wir hatten Marley immer für ziemlich dämlich gehalten, aber er war schlau genug gewesen, um herauszufinden, wie er mit seiner langen, großen Zunge die Riegel langsam zurückschieben konnte. Er hatte es einmal geschafft und bewies in den nächsten Wochen, dass er diesen Trick so oft wiederholen konnte, wie er nur wollte. Marley war kein Freund von aufgezwungenen Regeln.

Wir versuchten, die Riegel mit Kabelbindern zu fixieren. Das funktionierte eine Weile. Aber eines Abends kamen wir nach Hause, als ein Gewitter im Anzug war, und fanden eine untere Ecke der Käfigtür wie mit einem riesigen Dosenöffner zurückgebogen. Ein panischer Marley steckte in der engen Öffnung fest, halb im Käfig und halb draußen. Von da an fixierten wir nicht nur die Riegel, sondern auch die Gitterecken. Nach drei Monaten sah unser glänzender Stahlkäfig, den wir für unbezwingbar gehalten hatten, aus, als hätte man ihn mit einer Haubitze bearbeitet. Er vermittelte uns nicht länger eine Illusion von Sicherheit. Jedes Mal wenn wir das Haus verließen, und wenn es nur für eine halbe Stunde war, fragten wir uns, ob unser wahnsinniger Mitbewohner wieder ausbrechen und auf einen neuen Raubzug einschließlich Couchzerfleddern, Wandabmeißeln oder Türfressen gehen würde. So viel zum Thema Seelenfrieden.

MARLEY passte genauso wenig in die Gesellschaft von Boca Raton wie ich. In Boca gab es übermäßig viele der kleinsten, kläffigsten und verhätscheltsten Schoßhündchen der Welt, genau den Typ Hund, den die Bocahontas als Modeaccessoire favorisierten. Es waren wertvolle kleine Tierchen, oft mit Schleifchen im Fell und einem Spritzer Eau de Cologne am Hals. Manche hatten sogar lackierte Krallen. Man sah sie in teuren Autos durch die Stadt kreuzen, aristokratisch auf dem Schoß ihrer Besitzer hinter dem Lenkrad thronend.

Mit seinem frisch verdauten Hundeschulzeugnis im Gepäck konnte man Marley auf Spaziergängen halbwegs unter Kontrolle halten, aber wenn er eines dieser teuren Hündchen entdeckte, stürzte er los und zog wahlweise Jenny oder mich an der Leine hinter sich her, auch wenn er sich durch die enger werdende Schlinge fast zu Tode hustete und würgte. Und jedes Mal wurde Marley barsch zurechtgewiesen, nicht nur von dem kleinen Bocahündchen, sondern auch von der Besitzerin, die ihren kleinen Fiffi oder Chéri sofort auf den Arm nahm, als müsste sie das Tierchen vor den scharfen Zähnen eines Krokodils retten. Marley schien das nichts auszumachen. Sobald der nächste Minihund in Sicht kam, ging alles wieder von vorn los, als hätte es die letzte Abreibung nie gegeben. Ich hatte nie besonders gut damit umgehen können, wenn ich einen Korb bekam, und bewunderte deshalb Marleys Ausdauer.

Man konnte in Boca wunderschön essen gehen, und in vielen Restaurants saß man draußen unter Palmen, die mit kleinen weißen Lichtern geschmückt waren. Dies waren Orte zum Sehen und Gesehenwerden, zum Milchkaffee schlürfen und wichtig in ein Handy zu brabbeln, während deine Begleitung gelangweilt in die Luft starrt. Und das Bocaschoßhündchen war ein wichtiger Teil dieses Ambientes. Pärchen brachten ihre Lieblinge mit und banden die Leine an den schmiedeeisernen Tischchen fest, wo die Hündchen sich zufrieden zu Füßen ihrer Besitzer zusammenrollten oder manchmal auch neben ihnen am Tisch saßen.

Eines Sonntagnachmittags überlegten Jenny und ich, dass es doch schön wäre, mit der ganzen Familie essen zu gehen. „Wir sind in Boca, also benehmen wir uns auch so!“, sagte ich. Wir luden die Jungen und den Hund in unseren Minivan und fuhren zum Mizner Park, dem schicken Einkaufszentrum der Stadt. Es war einer italienischen Piazza nachempfunden, mit breiten Ladenstraßen und zahllosen Restaurants. Wir parkten, spazierten zu einem Restaurant der erschwinglichen Preisklasse und gingen dann eine Weile daneben auf und ab, bis ein Tisch am Rand frei wurde. Der Tisch war perfekt, im Schatten, mit freiem Blick auf den Springbrunnen in der Mitte der Piazza und zudem schwer genug, um einen leicht erregbaren 50-Kilo-Labrador anzubinden. Ich befestigte Marleys Leine an einem Tischbein, und wir bestellten Getränke für alle, zwei Bier und zweimal Apfelsaft.

„Auf einen wunderbaren Tag mit meiner wunderbaren Familie“, sagte Jenny und hob ihr Bier. Wir stießen mit unseren Bierflaschen an, und die Jungs schmetterten ihre Schnabeltassen zusammen. Da passierte es. Es ging so schnell, dass wir es zuerst gar nicht mitbekamen. Wir wussten hinterher nur, dass wir an einem hübschen Tischchen unter freiem Himmel gesessen und auf einen wunderbaren Tag angestoßen hatten, und kurz darauf genau dieses Tischchen unterwegs war und sich seinen Weg durch die Menge der anderen Tischchen bahnte, gegen unschuldige Passanten krachte und dabei ein grauenhaftes, ohrenbetäubendes Quietschen verursachte, während es über den Betonboden schrammte. In dieser ersten Schrecksekunde schien es beinahe so, als wäre unser Tisch besessen. Im nächsten Augenblick war mir klar, dass nicht unser Tisch besessen war, sondern unser Hund. Marley preschte voran, kämpfte mit jeder einzelnen Muskelfaser; seine Leine war gespannt wie eine Klaviersaite.

Und dann sah ich auch, wohin Marley mit dem Tisch im Schlepptau unterwegs war: zwanzig Meter weiter auf der Ladenstraße trippelte ein französischer Pudel neben seinem Frauchen her, die Nase hoch in der Luft. Ich weiß noch, dass ich dachte: Verdammt, was findet er denn an einem Pudel?

Jenny und ich sprangen auf, riefen laut nach Marley und entschuldigten uns bei den Gästen um uns herum, während wir losrannten. Ich erreichte den entlaufenen Tisch, der weiterhin über den Betonboden auf der Piazza schrammte, als Erster. Ich packte ihn, stemmte meine Füße in den Boden und lehnte mich mit aller Kraft zurück. Gleich darauf war Jenny neben mir und zog gleichfalls mit aller Kraft daran.

Als wir den Tisch schließlich zum Stillstand gebracht und Marley wieder eingefangen hatten, nur wenige Meter vor dem Pudel und seinem zu Tode erschrockenen Frauchen, wandte ich mich kurz um, um nach den Jungen zu schauen. Und erst da sah ich die Gesichter der anderen Restaurantgäste. Die Männer hatten ihre Telefonate mitten im Gespräch abgebrochen, das Handy noch in der Hand. Die Frauen starrten uns mit offenem Mund an. Schließlich brach Conor das Schweigen. „Mallie weg!“, jauchzte er laut.

Ein Kellner rannte herbei und half mir, den Tisch wieder an seinen Platz zu ziehen, während Jenny mit eiserner Hand Marley festhielt, der immer noch auf das Objekt seiner Begierde starrte.

„Warten Sie, ich hole neue Gedecke“, sagte der Kellner.

„Das wird nicht nötig sein“, erwiderte Jenny lässig. „Wir möchten nur eben unsere Getränke bezahlen und dann gehen.“

Nicht lange nach unserem wunderbaren Ausflug in die Restaurantszene von Boca entdeckte ich in der Bibliothek ein Buch mit dem Titel „No Bad Dogs“ – Keine bösen Hunde –, verfasst von der bekannten britischen Hundetrainerin Barbara Woodhouse. Wie der Titel schon sagt, vertrat dieses Buch dieselbe Meinung, der auch Marleys erste Lehrmeisterin, Miss Domina, anhing – dass zwischen einem unerzogenen Hund und wahrer Meisterschaft lediglich ein konfuser, entscheidungsunfähiger und willensschwacher Besitzer steht. Woodhouse behauptete, dass das Problem nicht bei den Hunden liege, sondern vielmehr bei den Menschen. Dieser Feststellung folgte die Beschreibung der unerhörtesten Verfehlungen von Hunden. Hunde, die unaufhörlich jaulten, buddelten, rauften, rammelten oder bissen. Manche Hunde fraßen sogar ihre eigenen Exkremente. Gott sei Dank, dachte ich, wenigstens davon bleiben wir verschont!

Während ich das Buch las, fühlte ich mich bei dem Gedanken an unseren unvollkommenen Hund zunehmend besser. Es war schön zu erfahren, was es alles für Unarten gab, die Marley nicht hatte. Er hatte keine Spur von Bosheit in sich. Er bellte nicht viel. Er biss nicht. Er griff niemals andere Hunde an, höchstens, um ihnen seine Liebe zu zeigen. Er hielt jeden für seinen besten Freund.

Dann kam ich zu Kapitel 24. Leben mit einem seelisch instabilen Hund. Während ich es las, musste ich laut schlucken. Woodhouse beschrieb Marleys Verhalten so einfühlsam, als hätte sie mit ihm in seinem ramponierten Käfig gesessen. Sie sprach die absurden Verhaltensmuster an, die Zerstörungswut, wenn er allein gelassen wurde. Sie beschrieb die Versuche von Besitzern solcher Ungeheuer, „einen Platz im Haus oder Garten hundesicher zu gestalten". Sie erwähnte sogar den Gebrauch von Beruhigungsmitteln als letztes und höchst ineffektives Mittel.

Im folgenden Kapitel mit der Überschrift ABNORMES VERHALTEN BEI HUNDEN schrieb Woodhouse mit einer gewissen Resignation: „Ich kann nicht oft genug betonen, dass die Entscheidung, mit einem anormalen Hund zu leben, auch eine Entscheidung für ein in vielerlei Hinsicht eingeschränktes Leben ist." Meinte sie damit etwa die Todesangst, die man verspürte, wenn man das Haus verließ, um schnell einen Liter Milch zu kaufen?

Woodhouse hatte unseren Hund und unsere armselige, angebundene Lebensweise genau getroffen. Alles stimmte: die unglücklichen, willensschwachen Besitzer, der seelisch instabile, außer Kontrolle geratene Hund, die endlose Liste von zerstörtem Eigentum. Wir waren ein Musterbeispiel. „Herzlichen Glückwunsch, Marley!", sagte ich zu unserem Hund, der zu meinen Füßen döste. „Du gehst als anormal durch." Beim Klang seines Namens öffnete er die Augen, streckte sich und rollte sich auf den Rücken, die Pfoten in der Luft.

Ich erwartete, dass Woodhouse einen aufmunternden Ratschlag für die Besitzer eines solchen Fehlkaufes parat hatte. Doch sie schloss ihr Buch mit einer düsteren Botschaft: „Nur die Besitzer von seelisch instabilen Hunden können wirklich entscheiden, wann ein Hund gesund und wann er seelisch krank ist. Niemand kann für einen Besitzer entscheiden, was er mit einem Hund, der abnormes Verhalten zeigt, tut. Ich, als eine große Hundeliebhaberin, finde es barmherziger, sie einschläfern zu lassen."

Einschläfern lassen? Schluck! Selbst eine Barbara Woodhouse, Tierliebhaberin und erfolgreiche Trainerin von Tausenden von Hunden, die von ihren Besitzern als hoffnungsloser Fall abgestempelt worden waren, zog den Schluss, dass man manchen Hunden einfach nicht helfen konnte. Wenn es nach ihr ginge, würde man sie alle auf humane Weise in die himmlische Hundeirrenanstalt schicken.

„Keine Sorge, mein Großer", sagte ich zu Marley und kraulte ihm den Bauch, „in diesem Haus wacht jeder wieder aus seinem Schlaf auf."

Er seufzte dramatisch und träumte dann weiter von liebestollen französischen Pudeln.

NACH Conors Geburt dachten alle, dass wir keine weiteren Kinder mehr wollten. Die meisten aus unserem Bekanntenkreis waren Doppelverdiener mit durchschnittlich einem Kind. Zwei Kinder galten als einigermaßen extravagant, und drei Kinder waren schlicht noch nie da gewesen. Vor allem nach der schwierigen Schwangerschaft mit Conor verstand niemand, warum wir uns diesen Wahnsinn noch einmal antun wollten. Doch es gefiel uns, Eltern zu sein. Unsere zwei Jungs machten uns mehr Freude, als wir es je für möglich gehalten hätten. Sie prägten jetzt unser Leben, und wir hatten ganz neue Freuden entdeckt – in verschüttetem Apfelsaft und kleinen Nasenabdrücken am Fenster und in der leisen Musik der nackten Füßchen, die am frühen Morgen den Flur hinuntertapsten.

Als ein Ultraschallbild schließlich unsere Hoffnung auf ein Mädchen zu bestätigen schien, legte Jenny mir ihre Arme um die Schultern und flüsterte: „Ich bin so froh, dass ich dir vielleicht ein kleines Mädchen schenken kann.“ Auch ich war sehr froh.

Am 9. Januar 1997 machte Jenny mir ein verspätetes Weihnachtsgeschenk: ein rosiges Sieben-Pfund-Mädchen. Wir nannten sie Colleen. Erst jetzt schien unsere Familie vollständig zu sein. Im Gegensatz zu der Schwangerschaft mit Conor, die uns so viele Sorgen und Stress bereitet hatte, war dies eine Bilderbuchschwangerschaft gewesen, und die Geburt im Gemeindekrankenhaus von Boca Raton eröffnete uns eine neue Welt der Patientenfürsorge. Auf unserem Gang gab es eine Sofaecke mit einem Cappuccinoautomaten, an dem man sich umsonst bedienen konnte – ganz im Boca-Stil. Als unser Baby endlich kam, war ich so von schaumigem Koffein aufgeputscht, dass ich meine Hände kaum still halten konnte, um die Nabelschnur durchzuschneiden.

ALS COLLEEN eine Woche alt war, ging Jenny das erste Mal mit ihr an die frische Luft. Es war ein schöner Tag. Die Jungen und ich waren im Vorgarten und pflanzten Blumen. Marley hatten wir an einem Baum in der Nähe festgebunden. Er lag zufrieden im Schatten. Jenny setzte sich neben ihn ins Gras und stellte unser schlafendes Baby in einer tragbaren Wippe zwischen ihn und sich auf den Boden. Nach ein paar Minuten riefen die Jungen nach ihrer Mutter, damit sie sich ihr Werk genauer ansah. Sie führten Jenny und mich von Blumenbeet zu Blumenbeet, während Colleen neben Marley im Schatten schlief. Wir kamen schließlich zu einem Beet hinter einer großen Hecke, von wo aus wir das Baby noch sehen konnten, wir selbst aber für Passanten von der Straße aus unsichtbar waren. Als wir wieder zurückgehen wollten, hielt ich inne und bedeutete Jenny, durch die Hecke zu schauen. Auf dem Gehweg war ein älteres Paar stehen geblieben und starrte mit befremdetem Gesichtsausdruck auf das Schauspiel in unserem Vorgarten. Zuerst wusste ich nicht recht, was sie so fesselte. Dann wurde es mir klar: Von ihrem Blickwinkel aus konnten sie nur ein zerbrechliches, winziges Baby sehen, allein gelassen mit einem riesigen hellbraunen Hund als Babysitter.

Wir blieben eine Weile hinter der Hecke stehen und kicherten. Marley lag da wie eine ägyptische Sphinx, mit gekreuzten Pfoten und erhobenem Kopf, und hechelte zufrieden. Alle paar Sekunden schob er seine Schnauze zum Kopf des Babys hinüber, um daran zu schnüffeln. Die armen älteren Herrschaften mussten den Eindruck haben, gerade Zeugen sträflicher Vernachlässigung eines Babys geworden zu sein. Kein Zweifel, die Eltern waren sicher irgendwo in einer Kneipe und hatten das Baby allein in der Obhut des Labradors zurückgelassen. Als ob er meine Gedanken lesen könnte, veränderte Marley prompt seine Lage und legte das Kinn auf Colleens Bauch ab. Er stieß einen tiefen Seufzer aus, als wollte er sagen: Wann kommen die beiden denn endlich nach Hause? Es sah aus, als wollte er Colleen beschützen, und vielleicht war es tatsächlich so, obwohl ich glaube, dass er nur den Duft aus ihrer Windel genoss.

Jenny und ich standen hinter der Hecke und grinsten uns an. Der Gedanke an Marley als Babysitterhund war einfach zu schön. Ich war versucht, abzuwarten und zu sehen, wie sich die Situation weiterentwickeln würde, aber dann fiel mir ein, dass die beiden vielleicht die Polizei rufen könnten. Wir traten hinter der Hecke hervor und winkten dem Paar zu – und konnten die Erleichterung auf ihren Gesichtern sehen.

„Sie scheinen Ihrem Hund ja wirklich zu vertrauen“, sagte die Frau vorsichtig, offensichtlich war sie der Meinung, dass Hunde niemals so nah an ein Baby herangelassen werden durften.

„Bisher hat er noch kein Baby gefressen“, gab ich zurück.

ZWEI Monate nach Colleens Geburt feierte ich meinen vierzigsten Geburtstag auf höchst unspektakuläre Weise – nämlich allein. Der Vierzigste soll ja ein bedeutender Wendepunkt im Leben eines Mannes sein, der eine große Feier wert ist. Aber nicht für mich. Wir waren nun die verantwortungsvollen Eltern von drei Kindern. Es gab jetzt Wichtigeres, worüber man sich Gedanken machen musste.

Ich kam von der Arbeit nach Hause, und nachdem wir die Reste vom Vortag gegessen hatten, badete ich die beiden Jungs und brachte sie ins Bett, während Jenny Colleen stillte. Um halb neun schliefen alle drei Kinder und meine Frau auch. Ich machte mir ein Bier auf, setzte mich auf die Terrasse und starrte auf das schillernd blaue Wasser des erleuchteten Swimmingpools. Wie immer saß Marley treu neben mir, und während ich ihn hinter den Ohren kraulte, fiel mir auf, dass er an einem ähnlichen Wendepunkt angelangt war. Wir hatten ihn vor sechs Jahren zu uns geholt. In Hundejahren gerechnet war er jetzt also Anfang vierzig. Er hatte stillschweigend ein mittleres Alter erreicht, benahm sich dabei aber immer noch wie ein Welpe. Außer einer chronischen Ohrentzündung, die Dr. Jay immer wieder behandeln musste, war er gesund. Er zeigte keinerlei Anzeichen von Reife oder Ermüdung. Es war mir nie eingefallen, in Marley ein Vorbild zu sehen, aber wie ich da so saß und an meinem Bier nippte, wurde mir bewusst, dass er vielleicht das Geheimnis eines glücklichen Lebens gefunden hatte. Nie abbremsen, niemals zurückschauen, jeden Tag mit Begeisterung leben.

„Tja, mein großer Junge“, brachte ich, meine Bierflasche gegen seinen Hals drückend, einen artenübergreifenden Trinkspruch an ihn aus, „heute Abend sind wir unter uns. Lass uns anstoßen. Auf die Vierzig! Auf das gesetzte Alter!“

Ein paar Tage später blies ich immer noch Trübsal wegen meines einsamen Geburtstags, als Jim Tolpin, ein früherer Kollege, unerwartet anrief und fragte, ob ich Lust hätte, am nächsten Abend, einem Samstag, mit ihm ein Bier trinken zu gehen. Jim hatte etwa um dieselbe Zeit, als wir nach Boca Raton gezogen waren, seine Stelle bei der Zeitung aufgegeben und angefangen, Jura zu studieren. Wir hatten uns seit Monaten nicht mehr gesprochen. „Klar“, sagte ich. Jim holte mich am nächsten Abend um sechs Uhr ab, und wir fuhren zu einem englischen Pub, wo wir Ale kippten und uns das Neueste aus unserem Leben erzählten. Wir amüsierten uns sehr, bis der Barkeeper rief: „Ist hier ein John Grogan? Telefon für John Grogan!“

Es war Jenny, und sie klang sehr wütend und gestresst. „Das Baby schreit, die Jungs sind außer Rand und Band, und ich habe gerade meine Kontaktlinse verloren!“, schluchzte sie ins Telefon. „Kannst du gleich nach Hause kommen?“

„Versuch dich zu beruhigen!“, sagte ich. „Halte durch, ich bin gleich da.“ Ich hängte auf; der Barkeeper warf mir einen ‚Du armer, bemitleidenswerter Pantoffelheld‘-Blick zu und sagte nur: „Mein Beileid, Kumpel!“

„Komm“, sagte Jim. „Ich fahr dich nach Hause.“

Als wir in unsere Straße einbogen, war alles mit Autos zugeparkt. „Hier feiert jemand eine Party“, stellte ich fest.

„Ja, sieht so aus“, erwiderte Jim.

„Jetzt schau dir das an!“, sagte ich, als wir zu unserem Haus kamen. „Da hat sich einer doch tatsächlich in meine Einfahrt gestellt! Das ist ja wirklich das Letzte!“

Wir parkten den Eindringling zu, und ich forderte Jim auf, noch mit hereinzukommen. Ich ärgerte mich immer noch über den unverschämten Kerl, der sich in meine Einfahrt gestellt hatte, als die Tür aufging. Es war Jenny mit Colleen auf dem Arm. Sie sah überhaupt nicht wütend aus. Vielmehr lag ein breites Grinsen auf ihrem Gesicht. Hinter ihr stand ein Dudelsackspieler mit Kilt. Dann warf ich einen Blick hinter den Dudelsackspieler und sah, dass Teelichter im Swimmingpool schwammen. Auf der Terrasse drängten sich mehrere Dutzend meiner Freunde, Nachbarn und Kollegen. Gerade als ich begriff, dass all die Autos auf der Straße zu den vielen Menschen in meinem Haus gehörten, riefen sie im Chor: „Herzlichen Glückwunsch zum Geburtstag, alter Mann!“ Meine Frau hatte meinen Geburtstag also doch nicht vergessen.

Als ich meinen Mund endlich wieder zubekam, umarmte ich Jenny, gab ihr einen Kuss und flüsterte: „Das zahle ich dir später heim!“

Kapitel 11: Auf nach Pennsylvania

Kurz nach Colleens zweitem Geburtstag löste ich unabsichtlich eine Kette von Ereignissen aus, die schließlich dazu führten, dass wir aus Florida wegzogen. Und ich tat es mit einem einzigen Mausklick. Ich war an diesem Tag früher mit meiner Kolumne fertig geworden und öffnete aus einer Laune heraus die Website einer Zeitschrift, die ich kurz nach unserem Hauskauf in Palm Beach abonniert hatte. Sie hieß *Organic Gardening*, Natürliches Gärtnern, und war 1942 von dem exzentrischen J. I. Rodale gegründet worden. Später wurde sie zur Bibel der Zurück-zur-Natur-Bewegung, die in den Sechziger- und Siebzigerjahren aufkam.

Rodale war ein New Yorker Geschäftsmann gewesen, der sich auf elektrische Schalter spezialisiert hatte. Als seine Gesundheit schlechter wurde, suchte er nicht bei der modernen Schulmedizin Hilfe, sondern zog aus der Stadt auf einen kleinen Bauernhof außerhalb des beschaulichen Ortes Emmaus in Pennsylvania und begann sich mit Gartenarbeit zu beschäftigen. Er hegte ein tiefes Misstrauen gegen jede Art von moderner Technik und war der Meinung, dass chemische Pestizide und Kunstdünger allmählich die Erde und ihre Bewohner vergifteten. Also begann er mit Methoden zu arbeiten, die die Natur nachahmten. Er stellte große Komposthaufen mit verrottenden Pflanzenresten auf. Wenn sie zu dickem schwarzem Humus geworden waren, benutzte er diesen als Dünger. Anstatt Insektizide anzuwenden, setzte er Tausende von Marienkäfern und anderen nützlichen Insekten aus, die die Schädlinge fraßen. Sein Garten blühte auf und seine Gesundheit auch, und er trompetete seine Erfolge in seiner Zeitschrift in die Welt hinaus.

Als ich anfing, *Organic Gardening* zu lesen, war J. I. Rodale schon lange tot, ebenso sein Sohn Robert, der die Firma seines Vaters, Rodale Press, zu einem millionenschweren Verlagshaus ausgebaut hatte. Die Zeitschrift war nicht besonders gut geschrieben oder redigiert. Der Leser bekam den Eindruck, dass sie von einer Gruppe begeisterter Gärtner ohne journalistische Ausbildung herausgegeben wurde. Dennoch erschienen mir ihre Ansichten über biologischen Gartenbau immer plausibler, besonders nach Jennys Fehlgeburt und unserem Verdacht, dass sie mit den Insektiziden zusammenhing, die wir verwendet hatten. Als Colleen geboren wurde, war unser Garten bereits eine kleine biologische Oase inmitten eines vorstädtischen Meers aus chemischen Dünger- und Pestizidgärten. Oft blieben Passanten bei unserem Vorgarten stehen und bewunderten die Blütenpracht, um die ich mich mit wachsender Begeisterung kümmerte.

An jenem Nachmittag in meinem Büro klickte ich mich durch die Seiten von *organicgardening.com* und entdeckte schließlich einen Link mit dem Titel „Karrierechancen". Ich klickte ihn an, keine Ahnung, warum. Ich liebte meine Arbeit als Kolumnenschreiber, den täglichen Kontakt mit den Lesern. Ich liebte das Redaktionsbüro und die quirligen, geistreichen, neurotischen, idealistischen Leute, die es anzog. Dennoch blätterte ich durch die Stellenangebote, eher aus Neugier, aber plötzlich hielt ich inne. *Organic Gardening* suchte einen neuen leitenden Redakteur. Mein Herzschlag setzte einen Moment lang aus. Ich hatte mir oft überlegt, was man als ausgebildeter Journalist aus dieser Zeitschrift machen könnte. Und nun bot sich mir eine einmalige Chance.

Am Abend erzählte ich Jenny von dem Stellenangebot und erwartete, dass sie mich für verrückt erklärte, auch nur darüber nachzudenken. Zu meiner Überraschung redete sie mir sogar zu, eine Bewerbung hinzuschicken. Die Vorstellung, das heiße, feuchte Klima, die Verkehrsstaus und die hohe Kriminalität von Südflorida hinter sich zu lassen und stattdessen ein einfaches Leben auf dem Land zu führen, gefiel ihr. Sie vermisste die normalen vier Jahreszeiten und die Berge. Sie wollte, dass unsere Kinder und, so lächerlich das auch klang, unser Hund das Wunder eines Schneesturms erlebten. „Marley ist noch nie einem Schneeball hinterhergerannt“, sagte sie und strich ihm mit ihrem nackten Fuß über den Rücken.

„Tja, das ist natürlich ein schlagendes Argument für einen Stellenwechsel“, erwiderte ich.

„Mach es doch einfach, um deine Neugier zu befriedigen“, meinte sie. „Wenn sie dir ein Angebot machen, kannst du es ja immer noch ablehnen.“

Ich musste zugeben, dass ich mir insgeheim auch wünschte, wieder weiter in den Norden zu ziehen. Sosehr ich unsere zwölf Jahre in Florida genossen hatte, so hatte ich doch nie aufgehört, davon zu träumen, eines Tages in mein eigenes, privates Paradies zu flüchten – ein richtiges Stück Land, wo ich in der Erde herumgraben und mein eigenes Feuerholz schlagen und wo ich mit meinem Hund durch die Wälder streifen konnte.

Ich schickte eine Bewerbung ab, überzeugt davon, dass nichts daraus werden würde. Zwei Wochen später klingelte das Telefon. Es war J.I. Rodales Enkelin, Maria Rodale. Ich war so überrascht, dass sich die Geschäftsführerin des Verlages bei mir meldete, dass ich sie bat, ihren Namen zu wiederholen. Maria lag die Zeitschrift, die ihr Großvater gegründet hatte, am Herzen, und sie war fest entschlossen, wieder an den damaligen Erfolg anzuknüpfen. Sie war überzeugt, dass sie dazu einen professionellen Journalisten brauchte, denn sie wollte auch anspruchsvollere Themen wie Umweltprobleme, Genforschung, Massentierhaltung und das aufkeimende Interesse an der biologischen Landwirtschaft aufgreifen.

Als ich zum Vorstellungsgespräch fuhr, war ich fest entschlossen, den harten Mann zu spielen und mich zu zieren, aber schon als ich aus dem Flughafen kam und die erste kurvige Landstraße sah, war es um mich geschehen. Hinter jeder Ecke bot sich ein idyllischeres Bild: hier ein Farmhaus aus Stein, dort eine überdachte Brücke. Eisige Bächlein gurgelten die Felsen hinunter, und gepflügtes Ackerland erstreckte sich bis zum Horizont. Vom ersten Münztelefon aus, das ich fand, rief ich Jenny an: „Es ist einfach unglaublich hier.“

ZWEI Monate später hatten die Möbelpacker unser gesamtes Hab und Gut aus dem Haus in Boca in einen gigantischen Lastwagen verladen. Ein Autolaster kam, um unser Auto und den Minivan abzuholen. Wir übergaben den neuen Besitzern unseres Hauses die Schlüssel und verbrachten unsere letzte Nacht in Florida auf dem Fußboden bei einem Nachbarn. Marley lag ausgestreckt in der Mitte. „Wir zelten drinnen!“, schrie Patrick.

Am nächsten Morgen stand ich früh auf und ging mit Marley zum letzten Mal in Florida Gassi. Er schnüffelte, zerrte an der Leine, tänzelte herum und war wunderbar ahnungslos, was die gewaltige Umstellung betraf, die vor ihm lag. Ich hatte ihm einen stabilen Reisekäfig aus Plastik für den Flug gekauft, und auf Anraten von Dr. Jay gab ich ihm eine doppelte Dosis Beruhigungsmittel, als wir von unserem Spaziergang zurückkamen. Als uns unser Nachbar zum Palm-Beach-International-Flughafen fuhr, war Marley außergewöhnlich ruhig. Wir hätten ihn an eine Rakete binden können und es hätte ihm nichts ausgemacht.

In der Wartehalle gaben die Grogans ein tolles Bild ab: zwei kleine Jungen außer Rand und Band, die wild im Kreis herumrannten, ein hungriges Baby im Kinderwagen, zwei völlig entnervte Eltern und ein total zugedröhnter Hund. Um das Bild abzurunden, hatten wir auch alle unsere anderen Tiere dabei: zwei Frösche, drei Goldfische, einen Einsiedlerkrebs, eine Schnecke namens Sluggy und eine Schachtel mit lebenden Grillen, um die Frösche zu füttern. Als wir uns am Abflugschalter anstellten, baute ich den Plastikreisekäfig zusammen. Es war der größte, den ich hatte finden können, doch als wir an der Reihe waren, warf eine Dame in Uniform einen Blick auf Marley, dann auf den Käfig, dann wieder auf Marley und sagte: „Wir können diesen Hund nicht in diesem Käfig mitnehmen. Er ist zu groß dafür."

„In der Tierhandlung haben sie gesagt, das sei das Modell für große Hunde", flehte ich.

„Unsere Vorschriften besagen, dass das Tier problemlos stehen und sich umdrehen können muss", erklärte sie und fügte dann skeptisch hinzu: „Also los, versuchen Sie es."

Ich öffnete die Tür und rief nach Marley, doch er war nicht bereit, freiwillig in dieses transportable Gefängnis zu steigen. Wo waren nur die Hundekuchen, wenn man sie brauchte? Ich durchsuchte meine Taschen nach etwas, womit ich ihn locken konnte, und fand schließlich eine Dose mit Hustenbonbons. Ich nahm eines heraus und hielt es ihm vor die Nase. „Marley, möchtest du ein Bonbon? Komm, hol's dir!" Damit warf ich es in den Käfig. Natürlich fiel er darauf herein und schlappte fröhlich hinterher.

Die Dame hatte Recht, er passte nicht ganz hinein. Selbst wenn er mit der Nase schon an die Rückwand stieß, ragte sein Hinterteil immer noch zur offenen Käfigtür heraus. Ich drückte seinen Schwanz hinunter und half ein bisschen nach, dann schloss ich die Tür.

„Er muss sich umdrehen können", wiederholte sie.

„Dreh dich um, Junge“, bat ich ihn und stieß einen kleinen Pfiff aus. Er sah mich über seine Schulter hinweg mit einem abwesenden Blick an, als erwartete er Anweisungen, wie er das bloß fertigbringen sollte. Mit dem Kopf stieß er an die Käfigdecke.

Wenn er sich nicht umdrehte, würde die Fluggesellschaft ihn nicht mitnehmen. Ich sah auf meine Uhr. Uns blieben noch zwölf Minuten, um durch die Sicherheitskontrolle zu kommen, zum Flugsteig zu laufen und in unser Flugzeug zu steigen. „Komm schon, Marley“, flehte ich verzweifelt, „dreh dich um!“ Ich wollte gerade vor ihm auf die Knie fallen, als ich ein Krachen und unmittelbar danach Patricks Stimme hörte: „Hoppla!“

„Die Frösche sind abgehauen!“, schrie Jenny und stürzte los.

„Froggy! Croaky! Kommt zurück!“, riefen die Jungen einstimmig.

Meine Frau turnte nun auf allen vieren durch die Halle, während die Frösche ihr immer einen Sprung voraus waren. Die Leute blieben stehen und glotzten sie an.

„Entschuldigen Sie mich bitte einen Moment“, sagte ich, so ruhig ich konnte, zu der Schalterbeamtin und schloss mich Jenny auf allen vieren an.

Nachdem wir unseren Beitrag zur Unterhaltung der morgendlichen Fluggäste geleistet hatten, fingen wir Froggy und Croaky schließlich ein. Als wir zurückkamen, hörte ich einen mächtigen Krawall aus dem Hundekäfig. Marley hatte es irgendwie geschafft, sich umzudrehen. „Sehen Sie?“, sagte ich zu der Schalterbeamtin. „Er kann sich umdrehen. Kein Problem.“

„Gut“, sagte sie schließlich. „Wenn Sie darauf bestehen …“

Zwei Flughafenangestellte hoben den Käfig mit Marley auf einen Rollwagen und fuhren mit ihm davon. Wir anderen hetzten zu unserem Flugzeug und kamen gerade in dem Moment an den Flugsteig, als die Flugbegleiter die Luke schließen wollten.

Als wir uns auf unseren Plätzen niederließen, erlaubte ich mir endlich, Luft zu holen. Wir hatten Marley untergebracht. Wir hatten die Frösche eingefangen. Wir hatten das Flugzeug erreicht. Jetzt konnte ich mich entspannen. Ich schaute aus dem Fenster und sah zu, wie ein kleiner Kran den Hundekäfig hochhob. „Schaut“, sagte ich zu den Kindern. „Da ist Marley!“ Sie winkten und riefen: „Hallo, Mallie!“

Als die Stewardess die Sicherheitsanweisungen erklärte, zog ich eine Zeitschrift hervor. Und da hörte ich es. Aus den Tiefen des Flugzeugs unter unseren Füßen kam ein Geräusch. Gedämpft, aber unverkennbar. Es war ein herzerweichend trauriges Geräusch, eine Art uriges Heulen. *O mein Gott, Marley heult da unten.* Nur um das einmal festzuhalten: Labradors heulen nicht. Beagles heulen. Wölfe heulen. Aber Labradors heulen nicht. Aber jetzt heulte Marley, kein Zweifel.

Die anderen Fluggäste begannen von ihren Zeitungen und Büchern aufzusehen. Eine Dame auf der anderen Seite des Ganges sah ihren Mann an und sagte: „Hörst du das? Ich glaube, das ist ein Hund!" Jenny sah stur geradeaus. Ich sah stur auf meine Zeitschrift.

„Mallie ist traurig!", sagte Patrick.

Nein, mein Sohn, wollte ich richtigstellen, irgendein fremder Hund, den wir noch nie zuvor gesehen haben und den wir nicht kennen, ist traurig.

Die Düsenmotoren heulten auf, das Flugzeug rollte zur Startbahn hinüber, und Marleys Klagelied wurde übertönt. Ich stellte mir vor, wie er da unten im Dunkeln saß, allein, verängstigt und zugedröhnt. Der Arme. Ich wollte zwar nicht zugeben, dass er mir gehörte, aber ich wusste, dass ich mir den ganzen Flug über Sorgen um ihn machen würde.

Das Flugzeug hatte gerade abgehoben, als ich wieder ein leises Krachen hörte. Diesmal war es Conor, der „Hoppla!" sagte. Ich schaute auf den Boden, dann blickte ich mich verstohlen um. Als ich sicher war, dass mich niemand beobachtete, flüsterte ich Jenny ins Ohr: „Dreh dich nicht um, aber die Grillen sind los."

WIR ZOGEN in ein großes Haus mit weitläufigem Grundstück, das auf halber Höhe an einem steilen Hügel lag. Zu unserem Besitz gehörten auch ein Wald, wo ich nach Herzenslust Holz schlagen konnte, und ein kleiner Bach mit Quelle, wo Marley und die Jungen bald begeistert im Schlamm spielten. Und auf dem nächsten Hügel stand eine kleine weiße Kirche, die man von unserem Küchenfenster aus sehen konnte.

Es war wie im Film, einschließlich unseres neuen Nachbarn, einem rotbärtigen Bären von einem Mann, der in einem zweihundert Jahre alten Farmhaus aus Stein wohnte und sonntags gern auf der Terrasse hinter seinem Haus saß und einfach so zum Spaß mit seinem Gewehr in den Wald schoss, sehr zu Marleys Entsetzen. An unserem ersten Tag im neuen Heim kam er mit einer Flasche selbst gemachtem Wildkirschlikör und einem Körbchen Brombeeren zu uns herüber. Er stellte sich als „Digger" vor. Wie wir aus diesem Spitznamen schlossen, verdiente er seinen Lebensunterhalt als Baggerführer. Wenn wir also irgendein Loch zu graben hätten oder Erde transportiert werden müsse, dann sollten wir ihn nur rufen und er käme mit einer seiner großen Maschinen herüber. „Und wenn Ihnen ein Reh vors Auto läuft, dann sagen Sie einfach Bescheid", sagte er mit einem Augenzwinkern. „Wir zerlegen es und teilen das Fleisch auf, bevor der Forstbeamte was merkt." Kein Zweifel, wir waren nicht mehr in Boca.

Das Landleben war friedlich und schön – und gleichzeitig ein wenig einsam. Nach den Menschenmassen und Autoschlangen in Florida hätte ich mich über diese Einsamkeit freuen sollen. Stattdessen grübelte ich zumindest in den ersten Monaten darüber nach, ob es richtig gewesen war, in eine Gegend zu ziehen, in der offensichtlich sonst niemand leben wollte.

Marley dagegen hatte keine solchen Bedenken. Was wollte ein Hund, der mehr Energie als Verstand hatte, mehr? Er raste über die Wiese, brach durch das Brombeergestrüpp und planschte durch den Bach. Seine neue Lebensaufgabe war es, eines der zahllosen Kaninchen zu fangen, die meinen Garten als ihr persönliches Salatbüfett betrachteten. Er schlich sich dabei ungefähr so verstohlen an wie eine Blaskapelle und kam nie näher als fünf Meter an seine Beute heran, die blitzschnell in den Wald flüchtete.

Der Herbst kam und mit ihm ein ganz neues Spiel: Angriff auf den Blätterhaufen! In Florida verloren die Bäume ihre Blätter im Herbst nicht, und Marley war der Überzeugung, dass diese Dinger, die nun durch die Luft segelten, alle nur ihm zugedacht waren. Wenn ich die orangefarbenen und gelben Blätter zu Haufen zusammenrechte, saß Marley geduldig daneben und wartete den richtigen Zeitpunkt ab, um zuzuschlagen. Erst wenn ich einen wirklich beeindruckenden Laubhaufen aufgetürmt hatte, schlich er sich geduckt an. Alle paar Schritte verharrte er, eine Vorderpfote in der Luft, und nahm Witterung auf wie ein Löwe in der Serengeti, der sich an eine ahnungslose Gazelle heranschleicht. Dann, wenn ich mich gerade befriedigt auf meinen Rechen stützte, um mein Werk zu betrachten, sprang er los und landete mit einem gigantischen Bauchklatscher mitten im Laubhaufen, wo er aus mir unerklärlichen Gründen wild seinem Schwanz hinterherjagte, so lange, bis mein schöner Laubhaufen wieder über die Wiese verteilt war. Dann sah er mich selbstzufrieden an, als ob er gerade etwas Großartiges geleistet hätte.

UNSER erstes Weihnachten in Pennsylvania sollte natürlich weiß sein. Es war nicht einfach gewesen, Patrick und Conor zu überzeugen, dass es sich lohnte, ihr Zuhause und ihre Freunde in Florida zu verlassen. Eines der schlagendsten Argumente war der Schnee gewesen. Jenny und ich malten ihnen bewusst eine übertrieben romantische Szenerie aus, wie sie am Weihnachtsmorgen aufwachen und vor dem Fenster eine glänzend weiße Schneelandschaft vorfinden würden, völlig unberührt, abgesehen von den Schlittenspuren, die der Weihnachtsmann in der Nacht hinterlassen hatte.

In der Woche vor dem großen Tag saßen die drei Kinder stundenlang zusammen vor dem Fenster. Ihre Augen hingen an dem trüben Himmel, als könnten sie ihn so dazu bewegen, sich zu öffnen und seine Schätze freizugeben. „Komm doch, Schnee!“, sagten sie im Chor, aber die Wolken wollten keinen hergeben.

Einige Tage vor Weihnachten drängte sich die ganze Familie im Minivan zusammen und fuhr zu einem nahe gelegenen Bauernhof, wo wir eine Fichte fällten, auf einem Pferdewagen fuhren und heißen Apfelwein am Lagerfeuer tranken. Es war ein Augenblick, wie er für Ferien hier im Norden typisch war und wie wir ihn in Florida immer vermisst hatten. Aber etwas fehlte. Wo war der verdammte Schnee? Jenny und ich begannen allmählich zu bereuen, wie übertrieben wir vom unvermeidlichen ersten Schnee geschwärmt hatten. Als wir mit dem frisch gefällten Baum nach Hause fuhren und der süße Fichtenduft durchs Auto strömte, beschwerten sich die Kinder, dass wir sie angelogen hätten.

Am Weihnachtsmorgen lag ein brandneuer Schlitten unter dem Weihnachtsbaum, aber vor unserem Fenster waren nur nackte Äste, brachliegende gelbe Wiesen und braune Kornfelder zu sehen. Ich machte ein gemütliches Feuer im Kamin und erklärte den Kindern, dass sie Geduld haben müssten. „Vielleicht brauchen die kleinen Jungs und Mädchen irgendwo anders auf der Welt den Schnee dringender als wir.“

„Ja, klar, Dad“, sagte Patrick.

Drei Wochen nach Neujahr rettete mich der Schnee schließlich aus meinem Fegefeuer der Schuldgefühle. Er fiel über Nacht, als alle schliefen, und Patrick schlug als Erster Alarm. Er kam in der Morgendämmerung in unser Schlafzimmer gerast und riss die Jalousien hoch. „Seht mal! Er ist da!“, quietschte er.

Der Schnee lag schon fast kniehoch, und es schneite immer noch. Wenig später kamen auch Conor und Colleen Daumen lutschend und mit ihren Decken im Schlepptau den Gang entlanggetapst. Marley war jetzt auch auf und streckte sich. Er spürte die allgemeine Aufregung und stieß mit seinem wedelnden Schwanz überall an. Ich wandte mich an Jenny und sagte: „Ich glaube, das war's mit Schlafen“, und als sie mir zustimmte, wandte ich mich wieder an die Kinder und rief: „Okay, ihr Schneehasen, dann werft euch mal in Schale!“

Die nächste halbe Stunde kämpften wir mit Reißverschlüssen, langen Unterhosen, Kapuzen und Handschuhen. Als wir endlich fertig waren, sahen unsere Kinder aus wie Mumien. Ich öffnete die Haustür, und noch ehe irgendwer hinaustreten konnte, schoss Marley an uns vorbei und riss dabei die gut verpackte Colleen um. In dem Moment, als seine Pfoten das seltsame weiße Zeug berührten – Ah, kalt! Ah, nass! –, überlegte er es sich anders und versuchte eine abrupte Kehrtwende. Wie jeder weiß, der schon mal bei Schnee Auto gefahren ist, ist plötzliches Bremsen, kombiniert mit engen Kehrtwenden, keine gute Idee.

Marley kam ins Rutschen, machte einen Purzelbaum und landete kopfüber in einem Schneehaufen. Als er einen Moment später wieder auftauchte, sah er aus wie ein riesiger gezuckerter Berliner. Bis auf die schwarze Schnauze und die braunen Augen war er vollkommen weiß gepudert. Marley wusste nicht, was er mit diesem fremden Zeug anfangen sollte. Er stieß mit seiner Schnauze hinein und musste gewaltig niesen. Er schnappte danach und rieb sein Gesicht darin. Dann, als hätte man ihm eine Überdosis Adrenalin verpasst, raste er mit Vollgas davon.

Wenn man Marleys Spuren im Schnee verfolgte, konnte man ansatzweise nachvollziehen, wie sein verdrehtes Gehirn arbeitete. Er vollführte spontane Drehungen und Wendungen, wirre Sprünge und Achter. Es war, als richtete er sich nach einem bizarren Algorithmus, den nur er verstehen konnte. Die Kinder folgten seinem Beispiel, tollten und kugelten wild im Schnee herum, und bald war jede Falte ihrer Anoraks und Hosen voll Schnee. Jenny brachte heißen Kakao nach draußen und verkündete, dass an diesem Tag die Schule ausfiel. Ich wusste, dass ich meinen kleinen Nissan mit Zweiradantrieb bei diesen Verhältnissen niemals aus der Einfahrt hinausbugsieren konnte, geschweige denn die hügeligen Bergstraßen schaffen würde, und erklärte diesen Tag auch für mich offiziell als schneefrei.

Im Herbst hatte ich aus Steinen eine kleine Feuerstelle hinten im Garten gebaut. Jetzt fegte ich den Schnee dort weg und machte ein kleines, prasselndes Feuer. Die Kinder rutschten johlend mit dem Schlitten den Hügel hinunter, am Lagerfeuer vorbei bis zum Waldrand. Marley jagte ihnen hinterher. Ich sah zu Jenny hinüber und fragte sie: „Wenn dir vor einem Jahr jemand gesagt hätte, dass deine Kinder gleich vor der Haustür Schlitten fahren würden, hättest du ihm geglaubt?"

„Niemals", antwortete sie. Dann bückte sie sich, formte einen Schneeball und warf ihn mir gegen die Brust. Sie hatte Schnee im Haar, gerötete Wangen, und ihr Atem bildete eine kleine Wolke.

„Komm her und küss mich!", rief ich.

Später, als sich die Kinder am Lagerfeuer aufwärmten, versuchte ich es mit einer Schlittenpartie. Ich zog den Schlitten auf den Hügel hinauf und legte mich darauf. Dann bewegte ich mich vor und zurück, um Schwung zu holen. Marley hatte nicht oft die Gelegenheit, auf mich herunterzuschauen. Dass ich nun so auf dem Rücken lag, war für ihn Aufforderung genug. Er kletterte zu mir auf den Schlitten, spreizte die Beine und ließ sich auf meinen Brustkorb fallen. „Geh runter von mir, du Riesenschwachkopf!“, schrie ich. Doch es war bereits zu spät. Der Schlitten rutschte schon vorwärts, und wir wurden immer schneller.

„Bon voyage!“, rief Jenny uns hinterher. Gute Reise!

Und los ging es, der Schnee stob hoch, Marley lag auf mir wie ein Mehlsack und schleckte mir begeistert über das Gesicht, als wir den Hang hinunterschlitterten. Mit unserem doppelten Gewicht bekamen wir deutlich mehr Schwung als die Kinder, und wir rasten über die Stelle hinaus, an der ihre Spuren endeten. „Festhalten, Marley!“, schrie ich. „Wir fahren in den Wald!“

Wir schossen an einem großen Walnussbaum vorbei, dann zwischen zwei Wildkirschbäumen hindurch und mieden wie durch ein Wunder alle Hindernisse, während wir durchs Unterholz brachen. Plötzlich fiel mir ein, dass direkt vor uns eine Böschung lag, die zum Bach hinunterführte, der noch nicht zugefroren war. Die Böschung fiel steil, beinahe senkrecht ab, und wir schossen genau darauf zu. Ich hatte nur noch Zeit, meine Arme um Marley zu schlingen, die Augen zuzukneifen und „Haaalt!“ zu schreien.

Unser Schlitten schoss über den Rand hinaus und stürzte unter uns weg. Ich fühlte mich wie eine Zeichentrickfigur in jenem klassischen Moment, wo sie einen Augenblick in der Luft stehen bleibt, um im nächsten furchtbar schmerzhaft abzustürzen. Nur dass ich in diesem Trickfilm an einen wie verrückt sabbernden Labrador gekettet war. Wir klammerten uns aneinander, als wir mit einem sanften „Puff!“ am Ufer des Baches in einer Schneewehe landeten und bis an den Rand des Wassers rutschten.

Ich öffnete die Augen und überprüfte kritisch meinen Zustand. Ich konnte Finger und Zehen bewegen und den Kopf drehen, nichts war gebrochen. Marley sprang um mich herum, als ob er das Ganze am liebsten gleich noch einmal machen würde. Stöhnend stand ich auf und sagte zu ihm: „Ich bin zu alt für so was.“ In den folgenden Monaten sollte sich herausstellen, dass das auch für ihn galt.

IRGENDWANN gegen Ende unseres ersten Winters in Pennsylvania merkte ich, dass Marley langsam auf die Rente zuging. Er war in diesem Dezember neun geworden, und ganz allmählich wurde er ein wenig ruhiger. Eines

Tages spazierte ich mit ihm unseren Hügel hinunter und den nächsten wieder hinauf. Dieser zweite Hügel war noch etwas steiler als unserer. Oben stand die weiße Kirche, daneben lag ein alter Friedhof mit Gräbern von Soldaten des Bürgerkriegs.

Ich ging diesen Weg oft, und auch Marley hatte diese Strecke noch im letzten Herbst problemlos geschafft. Diesmal blieb er jedoch zurück. Ich lockte ihn den ganzen Weg entlang und rief ihm aufmunternde Worte zu. „Du machst mir doch jetzt nicht schlapp, oder?“, fragte ich ihn und strich ihm mit meinem Handschuh über den Kopf.

Die Sonne schien auf sein Fell, und mir fiel auf, wie grau sein hellbraunes Gesicht geworden war. Seine ganze Schnauze und zum Teil auch seine Brauen waren nicht mehr sandfarben, sondern weiß. Ohne dass wir es gemerkt hatten, war aus unserem ewigen Welpen ein alter Herr geworden.

Das hieß aber nicht, dass er sich besser benahm als früher. Marley hatte noch immer alle seine Marotten, er war nur ein bisschen langsamer. Er stahl den Kindern noch immer das Essen vom Teller. Er verschluckte noch immer verschiedenste Gegenstände aus unserem Haushalt. Er trank weiterhin aus der Badewanne und sabberte. Und wenn Donner grollte, bekam er immer noch Panik und drehte durch, wenn er allein war. Einmal fanden wir Marley inmitten eines Berges aus Schaumgummi vor, weil er Conors Matratze bis auf die Federn auseinandergenommen hatte.

Mit den Jahren hatten wir gelernt, gelassen mit den Zerstörungen umzugehen. Solche Vorfälle waren auch viel seltener geworden, seit wir aus Florida mit seinen häufigen Unwettern weggezogen waren. Im Leben eines Hundes musste eben so manches Kissen Federn lassen und so mancher Teppich in Fetzen enden. Wie jede Beziehung hatte auch diese ihren Preis. Wir hatten gelernt, diesen Preis gegen die Freude, den Spaß, den Schutz und die Kameradschaft aufzurechnen, die er uns schenkte. Von dem Geld, das wir für unseren Hund und seine Zerstörungswut ausgeben mussten, hätten wir uns eine kleine Jacht kaufen können. Aber wie viele Jachten warten schon den ganzen Tag neben der Tür auf deine Rückkehr? Wie viele leben einzig für den Moment, in dem sie auf deinen Schoß klettern, mit dir auf einem Schlitten den Hügel hinunterfahren und dir dabei das Gesicht ablecken können?

Marley hatte sich seinen Platz in unserer Familie redlich verdient. Wir akzeptierten ihn als den Hund, der er war, und liebten ihn umso mehr.

„Du komischer alter Kauz“, sagte ich an diesem Wintertag am Straßenrand zu ihm. Unser Ziel, der Friedhof, war noch immer einen steilen Anstieg weit entfernt. Aber, dachte ich, wie so oft im Leben war der Weg das Ziel. Ich ging vor ihm in die Hocke und fuhr ihm mit beiden Händen durchs Fell. „Lass uns einfach ein bisschen hier sitzen“, sagte ich. Als er sich ausgeruht hatte, drehten wir um und wanderten nach Hause.

Kapitel 12: Die Hühnerparade

In diesem Frühling beschlossen wir, unsere Fähigkeiten als Nutztierhalter zu testen. Wir besaßen nun ein großes Stück Land; es schien nur folgerichtig, es mit ein oder zwei Tieren zu teilen. Außerdem war ich schließlich Redakteur der Zeitschrift *Organic Gardening*, die schon seit Langem die Einbindung von Tieren – und ihrem Mist – in einen gesunden, ausgewogenen Garten predigte. „Eine Kuh wäre lustig“, schlug Jenny vor.

„Eine Kuh?“, fragte ich. „Bist du verrückt? Wir haben noch nicht einmal eine Scheune, wo sollen wir denn da eine Kuh halten? In der Garage neben dem Minivan?“

„Wie wäre es mit Schafen?“, meinte sie ungerührt. „Schafe sind niedlich.“ Ich warf ihr meinen üblichen Das-ist-doch-Unsinn-Blick zu.

Schließlich einigten wir uns auf Hühner. Für einen Gärtner, der allen chemischen Düngemitteln und Pestiziden abgeschworen hatte, waren Hühner äußerst sinnvoll. Sie kosteten nicht viel, weder in der Anschaffung noch in der Haltung. Sie brauchten zum Glücklichsein nur einen kleinen Hühnerstall und jeden Morgen ein paar Näpfe Körnerfutter. Sie lieferten frische Eier, und wenn man sie frei laufen ließ, suchten sie das Grundstück den ganzen Tag akribisch nach Käfern und Zecken ab und ließen nebenbei Dünger fallen. Und zudem bestanden sie auch den Niedlichkeitstest, wie Jenny betonte.

Also Hühner. Jenny hatte sich mit einer anderen Mutter aus der Schule angefreundet, die auf einem Bauernhof lebte und anbot, uns von den nächsten Küken, die ausgebrütet würden, gerne ein paar abzugeben. Ich erzählte unserem Nachbarn Digger von dem Vorhaben, und er stimmte zu, dass ein paar Hühner durchaus sinnvoll wären.

„Übrigens, nur als kleine Warnung“, sagte er und verschränkte seine fleischigen Arme vor der Brust. „Egal was Sie tun – passen Sie auf, dass die Kinder den Tieren keine Namen geben. Wenn sie einen Namen haben, sind sie kein Geflügel mehr, dann sind sie Haustiere.“

„Stimmt“, meinte ich. In der Hühnerhaltung war kein Platz für Sentimentalitäten. Das wusste ich. Hennen konnten bis zu 15 Jahre alt werden, legten aber nur in den ersten Jahren Eier. Wenn sie damit aufhörten, war es Zeit für den Suppentopf. Das gehörte zur Hühnerhaltung dazu.

Digger sah mich scharf an, als wollte er meine Gedanken lesen. „Wenn sie erst einen Namen haben, ist alles vorbei“, wiederholte er.

„Völlig richtig“, versicherte ich ihm. „Keine Namen.“

Als ich am nächsten Abend von der Arbeit kam und unsere Einfahrt hinauffuhr, kamen mir alle drei Kinder entgegengelaufen. Jedes hatte ein frisch geschlüpftes Küken in den hohlen Händen. Jenny kam mit einem vierten hinterher. Ihre Freundin Donna hatte die kleinen Tierchen am Nachmittag herübergebracht. Sie waren erst einen Tag alt und sahen mich mit schief gelegtem Kopf an, als wollten sie fragen: „Bist du meine Mama?“

Patrick platzte als Erster damit heraus. „Meins heißt Federchen!“, verkündete er.

„Meins heißt Tweety“, sagte Conor.

„Mein Kika Wuffy!“, brabbelte Colleen begeistert.

Ich sah Jenny fragend an.

„Fluffy“, erklärte Jenny. „Sie hat ihr Küken Fluffy genannt.“

„Jenny!“, protestierte ich. „Das sind Nutztiere, keine Haustiere!“

„Ach, jetzt mach dir nichts vor, Bauer John!“, sagte sie. „Du weißt doch genauso gut wie ich, dass du diesen Tierchen hier niemals auch nur ein Haar krümmen könntest.“

„Jenny!“, wiederholte ich mit wachsender Gereiztheit in der Stimme.

„Ach, übrigens“, meinte sie und hielt mir das vierte Küken unter die Nase. „Darf ich vorstellen? Das ist Shirley.“

Federchen, Tweety, Fluffy und Shirley zogen in eine Kiste auf der Küchenzeile ein, unter einer Glühbirne, damit sie es schön warm hatten. Sie wuchsen mit atemberaubender Geschwindigkeit. Einige Wochen nachdem wir die Küken bekommen hatten, schreckte ich noch vor der Morgendämmerung hoch. Ich setzte mich im Bett auf und lauschte. Von unten kam ein heiserer und krächzender Laut, fast wie ein Husten. Da war es wieder. Kikeriki!

Ich rüttelte Jenny wach, und als sie die Augen öffnete, fragte ich: „Als Donna die Hühner rübergebracht hat, da hast du sie doch gefragt, ob es auch wirklich Hennen sind, oder?“

„Glaubst du im Ernst, dass man das so sicher bestimmen kann?“, fragte sie zurück und war sofort wieder eingeschlafen.

Man nennt es Geschlechtsbestimmung. Ein Bauer, der sich damit auskennt, kann ein frisch geschlüpftes Küken untersuchen und mit bis zu achtzigprozentiger Sicherheit sagen, ob es ein Männchen oder ein Weibchen ist. Wenn das Geschlecht bestimmt ist, sind die Tiere teurer. Billiger ist es, die Katze im Sack zu kaufen und abzuwarten. Später kommen die Hähne dann in den Kochtopf, und die Hennen werden zum Eierlegen gehalten. Diese Strategie setzt natürlich voraus, dass man das Zeug dazu hat, die Männchen zu schlachten, zu rupfen und auszunehmen.

Wie sich herausstellte, hatte Donna gar nicht versucht, das Geschlecht unserer Küken zu bestimmen. Drei unserer „Legehennen" waren Männchen. Das Besondere an Hähnen ist aber, dass sie es niemals akzeptieren, die zweite Geige hinter einem anderen Hahn zu spielen. Sie bekriegen sich gegenseitig bis zum bitteren Ende, um zu entscheiden, wer der Anführer der Hühnerschar ist.

Als sie größer wurden, krähten sich unsere drei Streithähne in der Küche ihre mit Testosteron vollgepumpte Seele aus dem Leib, weil ich den Hühnerstall im Garten immer noch nicht fertig gebaut hatte. Shirley, unsere einzige, arme, überstrapazierte Henne, bekam mehr Aufmerksamkeit, als sich selbst das wollüstigste weibliche Wesen wünschen konnte.

Ich hätte gedacht, dass das Gekrähe unserer Hähne Marley in den Wahnsinn treiben würde, doch er verschlief das morgendliche Spektakel immer. Da kam mir zum ersten Mal der Gedanke, dass er es vielleicht gar nicht hören konnte.

Marley hatte schon immer Probleme mit den Ohren gehabt. Wie viele Labradors neigte er zu Ohrinfektionen, und wir hatten ein kleines Vermögen für Antibiotika, Salben, Spülungen, Tabletten und Tierarztbesuche ausgegeben. Doch erst als wir die unüberhörbaren Hähne im Haus hatten, kam mir der Gedanke, dass diese jahrelangen Beschwerden nun ihren Tribut gefordert hatten und unser Hund allmählich in eine wattige Welt voll entferntem Flüstern abgedriftet war.

Das schien ihm allerdings nichts auszumachen. Sein Ruhestand bekam Marley bestens, und seine Hörprobleme schienen sein entspanntes Landleben nicht im Geringsten zu stören. Er zog sogar einen Vorteil daraus, denn schließlich hatte er jetzt für seinen Ungehorsam eine schriftliche Entschuldigung vom Tierarzt. Wie sollte er denn einem Befehl nachkommen, den er gar nicht hören konnte? Ich schwöre, dass dieser Dickkopf seine Taubheit sehr bald zu seinem Vorteil auszunutzen lernte. Ließ man ein Stück Fleisch in seine Futterschüssel fallen, kam er aus dem Wohnzimmer in die Küche getrabt. Dieses satte Geräusch konnte er noch sehr gut wahrnehmen. Aber wenn man nach ihm rief und er gerade etwas anderes vorhatte, dann wanderte er einfach gemütlich weiter, ohne sich auch nur schuldbewusst umzusehen, wie er es früher getan hätte.

„Ich glaube, der Hund hält uns zum Narren", sagte ich zu Jenny. Sie stimmte mir zu, dass seine Hörprobleme nur zeitweise aufzutreten schienen.

Als ich eines Tages von der Arbeit nach Hause kam, fand ich das Haus leer vor. Jenny war mit den Kindern unterwegs, und als ich nach Marley rief, bekam ich keine Antwort. Ich sah in der Küche nach, wo ich ihn auf frischer Tat ertappte. Als ich hereinkam, hatte er mir das Hinterteil zugewandt. Er stand auf den Hinterbeinen, die Vorderpfoten auf unserem Küchentisch, und schlang die Reste eines gegrillten Käsesandwiches herunter. Da beschloss ich auszuprobieren, wie nah ich an ihn herankommen konnte, bis er mich bemerkte. Ich schlich auf Zehenspitzen näher, bis ich ihn beinahe berühren konnte. Während er kaute, behielt er immer die Tür zur Garage im Auge. Er wusste, dass Jenny und die Kinder bei ihrer Rückkehr dort hereinkommen würden. Offenbar war ihm aber noch nicht der Gedanke gekommen, dass Papa auch nach Hause kommen und sich durch die vordere Haustür hereinschleichen könnte.

„Ach, Marley", sagte ich in normaler Lautstärke, „was machst du denn da?" In aller Ruhe schlang er weiter die Sandwichreste hinunter, er hatte mich noch nicht bemerkt.

Als er ein Sandwich verputzt hatte, stieß er den leeren Teller mit der Schnauze zur Seite und streckte sich, um an die Reste auf einem zweiten Teller heranzukommen. „Du bist so ein böser Hund", sagte ich, während er weiterkaute.

Und dann streckte ich meine Hand aus und berührte ihn am Hinterteil. Ich hätte auch eine Stange Dynamit zünden können. Der alte Hund fuhr vor Schreck beinahe aus seinem Fell. Er ließ sich sofort auf den Boden fallen und drehte mir in einer ergebenen Geste seinen Bauch zu. „Vergiss es", sagte ich zu ihm. „Du bist geliefert." Aber ich brachte es nicht fertig, mit ihm zu schimpfen. Er war alt; er war taub; es war Unsinn, ihn noch erziehen zu wollen. Es hatte großen Spaß gemacht, sich an ihn heranzuschleichen, und ich hatte laut lachen müssen, als er herumgefahren war. Als er jetzt zu meinen Füßen lag und um Vergebung bettelte, fand ich es nur ein wenig traurig. Vielleicht hatte ich gehofft, dass er seine ganze Taubheit nur gespielt hatte.

ICH BAUTE den Hühnerstall fertig, eine einfache Konstruktion aus Sperrholz mit einer zugbrückenartigen Leiter, die nachts hochgezogen werden konnte, um Eindringlinge fernzuhalten. Donna nahm netterweise zwei unserer Hähne zurück und gab uns stattdessen zwei Hennen. Jetzt hatten wir drei Weibchen und einen mit Testosteron vollgepumpten Hahn, der jede wache Minute mit einem der folgenden Dinge verbrachte: Sex anbahnen, Sex haben oder angeberisch darüber krähen, dass er gerade Sex gehabt hatte. Jenny bemerkte, Hähne seien genau das, was Männer wären, wenn man sie ihren Trieben überlassen würde, ohne soziale Konventionen, die ihre niedrigen Instinkte zügelten. Ich musste ihr zustimmen.

Jeden Morgen ließen wir die Hühner in den Garten hinaus, und Marley machte ein paar halbherzige Jagdversuche. Er sprang bellend einige Sätze auf sie zu, dann ging ihm die Puste aus, und er musste aufgeben. Bald hatten die Hühner gelernt, dass dieses trampelnde hellbraune Monster keine Bedrohung darstellte, und Marley lernte, den Garten mit diesen neuen gefiederten Eindringlingen zu teilen. Eines Tages sah ich vom Unkrautjäten auf und beobachtete eine merkwürdige Szene: Marley und die Hühner kamen in einer Reihe auf mich zu, als würden sie eine Formation bilden, die Hühner pickten hier und da, Marley schnüffelte herum. Sie sahen aus wie alte Freunde auf einem Sonntagsspaziergang. „Wie kannst du das nur mit deinem Stolz als Jagdhund vereinbaren?“, schimpfte ich. Marley hob ein Bein an einer Tomatenpflanze, dann beeilte er sich, zu seinen neuen Freunden aufzuschließen.

Kapitel 13: Gezählte Tage

Ein Mensch kann einiges von einem alten Hund lernen. Als die Monate vergingen und seine Gebrechen zunahmen, lehrte Marley uns viel über die unentrinnbare Endlichkeit des Lebens. Jenny und ich waren noch relativ jung. Wir hätten den Lauf der Zeit ohne Weiteres verdrängen und so tun können, als könnten uns die Jahre nichts anhaben. Aber Marley ließ uns dieses Verleugnen der Tatsachen nicht durchgehen. Wir sahen, wie er allmählich alt, grau und taub wurde, und es hatte keinen Sinn, seine Sterblichkeit abzustreiten – oder unsere eigene.

In der kurzen Zeitspanne von zwölf Jahren hatte sich Marley von einem quirligen Welpen in einen tattrigen alten Greis verwandelt. Ein Hundejahr entspricht etwa sieben Menschenjahren, das hieß, dass er inzwischen auf die neunzig zuging. Seine einst blendend weißen Zähne waren mit der Zeit zu bräunlichen Stümpfen geworden. Drei seiner vier Reißzähne fehlten, er hatte sich einen nach dem anderen bei seinen Panikattacken abgebrochen, als er versuchte, sich den Weg in die Sicherheit frei zu beißen. Sein Atem war noch nie ganz frisch gewesen, aber inzwischen ließ er einen an eine Mülltonne in der Sonne denken. Auf seine alten Tage hatte Marley zudem noch eine Vorliebe für Hühnermist entdeckt, was die Sache nicht besser machte. Zu unserem großen Ekel schlang er das Zeug hinunter, als wäre es Kaviar.

Seine Verdauung war auch nicht mehr das, was sie einmal gewesen war, und er stieß so viele Gase aus wie eine Methananlage. Marley konnte mit seinen geräuschlosen, tödlichen Blähungen einen ganzen Raum leeren, und sie schienen umso stärker zu werden, je höher die Zahl unserer abendlichen Gäste war. „Marley! Nicht schon wieder!", schrien unsere Kinder im Chor und flohen als Erste.

Auch Marleys Augen waren schlechter geworden. Inzwischen konnten die Kaninchen wenige Meter vor ihm herumhoppeln, ohne dass er sie bemerkte. Er verteilte überall seine Haare und zwang Jenny damit, jeden Tag staubzusaugen – und selbst das war noch zu wenig. Die Hundehaare krochen in jede Spalte unseres Hauses, auf jedes Kleidungsstück im Schrank und nicht zuletzt in unser Essen.

Am besorgniserregendsten waren seine Hüften. Arthritis hatte sich in seine Gelenke geschlichen und bereitete ihm große Qualen. Er seufzte vor Schmerz, wenn er sich hinlegte, und seufzte wieder, wenn er sich hochkämpfte. Mir war nicht klar, wie schwach seine Hüftgelenke tatsächlich geworden waren, bis ich ihm eines Tages die Seite tätschelte und seine Hinterbeine unter ihm einknickten. Er brach einfach zusammen. Es war schrecklich mit anzusehen.

Die Treppe in den ersten Stock hinaufzukommen wurde immer schwieriger für ihn, doch es fiel ihm nicht im Traum ein, allein unten zu schlafen. Marley liebte Gesellschaft, er liebte es, den Kopf auf unsere Matratze zu legen und uns ins Gesicht zu hecheln, während wir schliefen; er liebte es, seinen Kopf durch den Duschvorhang zu stecken, wenn wir badeten, um einen Schluck zu trinken, und er wollte damit jetzt nicht aufhören. Jeden Abend, wenn Jenny und ich in unser Schlafzimmer gingen, machte er am Fuß der Treppe Theater, winselte, kläffte, tapste herum und versuchte vorsichtig mit der Vorderpfote, die erste Stufe zu nehmen, während er all seinen Mut zusammennahm für den Aufstieg, der ihm früher keinerlei Mühe bereitet hatte. Ich stand oben an der Treppe und ermunterte ihn: „Komm schon, alter Junge. Du schaffst das." Nach einigen Minuten verschwand er immer um die Ecke, um Anlauf zu nehmen und die Treppe hinaufzurennen. Manchmal schaffte er es, manchmal musste er mittendrin abbrechen und wieder zum Fuß der Treppe zurück, um es noch einmal zu versuchen. Am schlimmsten war es, wenn er den Halt verlor und hilflos auf dem Bauch wieder hinunterrutschte. Er war zu groß für mich, um ihn zu tragen, aber schließlich folgte ich ihm immer häufiger auf der Treppe nach und hob sein Hinterteil auf jede nächste Stufe, während er mit den Vorderpfoten hinaufstieg.

Während das Alter seinen Tribut forderte, hatte Marley gute und schlechte Tage. Manchmal konnte man kaum glauben, dass es derselbe Hund war. Eines Abends im Frühling 2002 ging ich mit ihm für einen kurzen Spaziergang hinaus in den Garten. Es war eine kühle und windige Nacht. Angestachelt von der kalten Luft rannte ich los, und Marley, dem es wohl genauso ging, galoppierte neben mir her wie in alten Zeiten. Ich rief ihm zu: „Schau, Marley, du hast immer noch etwas vom Welpen in dir!" Wir trabten zusammen zur Haustür zurück, und er hechelte glücklich mit munteren Augen. An der Verandatreppe versuchte er dann, die zwei Stufen hinaufzuspringen, doch als er sich abstoßen wollte, versagten ihm seine Hüften den Dienst, und plötzlich fand er sich in einer höchst misslichen Lage wieder: die Vorderpfoten oben auf dem Treppenabsatz, der Bauch auf den Stufen und sein Hinterteil auf dem Fußweg. Er ruderte verzweifelt mit den Vorderpfoten, um aufzustehen – aber vergeblich. „Komm, Marley!", rief ich, aber er konnte sein Hinterteil nicht mehr hochstemmen. Schließlich packte ich ihn unter den Schultern, damit er alle vier Pfoten auf den Boden bekam. Nach mehreren Fehlversuchen gelang es ihm schließlich, sich hinzustellen. Er machte ein paar Schritte zurück und betrachtete aufmerksam die Stufen. Und dann sprang er hinauf und preschte ins Haus. Von diesem Tag an hatte er kein Selbstvertrauen mehr beim Treppensteigen; er traute sich nicht mehr an diese beiden kleinen Stufen heran, ohne unten zuerst anzuhalten und Theater zu machen.

MARLEY erinnerte mich daran, dass das Leben kurz war. Er erinnerte mich an dessen flüchtige Freuden und verpasste Gelegenheiten. Und daran, dass jeder von uns nur einen einzigen Versuch hat, ohne zweite Chance. Wie jeder andere auch hatte ich nur ein einziges Leben. Ich landete immer öfter bei derselben Frage: Wie in aller Welt konnte ich dieses Leben in der Redaktion einer Gartenzeitschrift verbringen? Es war nicht so, dass mir meine neue Arbeit keine Befriedigung verschaffte. Ich war stolz darauf, was ich aus der Zeitschrift gemacht hatte. Aber ich vermisste die Tageszeitung schrecklich. Ich vermisste die Leute, die sie lasen, und die Leute, die sie schrieben. Ich vermisste den Adrenalinschub, wenn man unter Zeitdruck auf eine Abgabefrist hinarbeitete, und die Befriedigung, wenn ich am nächsten Morgen in meinem Posteingang eine Menge E-Mails mit Bezug auf meine Kolumne vorfand. Aber am meisten vermisste ich es, Geschichten zu erzählen.

Als ein früherer Kollege von mir nebenbei fallen ließ, dass der *Philadelphia Inquirer* einen Kolumnisten suchte, ließ ich mir das nicht zweimal sagen. Kolumnistenjobs sind sehr schwer zu bekommen, und wenn eine solche Stelle tatsächlich einmal frei wird, dann wird sie meist intern besetzt. Der *Inquirer* gehörte zu den großen Zeitungen des Landes. Mir gefiel diese Zeitung, und nun luden mich die Herausgeber zu einem Vorstellungsgespräch ein. Ich würde für diese Stelle nicht einmal umziehen müssen. Das Büro, in dem ich arbeiten würde, war auf der Autobahn gerade mal 45 Minuten von zu Hause entfernt, eine zumutbare Strecke. Ich glaube eigentlich nicht an Wunder, aber es schien wie eine göttliche Fügung.

Im November 2002 tauschte ich meine Gärtnerklamotten gegen einen Presseausweis des *Philadelphia Inquirer* ein. Ich war wieder da, wo ich hingehörte: in einer Zeitungsredaktion als Kolumnist.

IN DEN Sommerferien des darauffolgenden Jahres packte Jenny die Kinder in den Minivan und fuhr mit ihnen für eine Woche nach Boston zu ihrer Schwester. Ich blieb zurück, um zu arbeiten. Das bedeutete, dass Marley tagsüber allein blieb, niemand leistete ihm Gesellschaft, und niemand ließ ihn hinaus. Von den vielen kleinen Peinlichkeiten, die das Alter mit sich brachte, schien ihn die verminderte Kontrolle über Darm und Blase am meisten zu stören. Marley hatte sich in all den Jahren in vieler Hinsicht schlecht benommen, aber seine Toilettengewohnheiten waren immer tadellos gewesen. Es war das Einzige an Marley gewesen, womit wir hatten angeben können. Seit er ein paar Monate alt gewesen war, war ihm niemals, kein einziges Mal, ein Missgeschick im Haus passiert, auch nicht, wenn wir ihn mal zehn, zwölf Stunden allein gelassen hatten.

Das war in den letzten Monaten anders geworden. Nun brauchte er schon nach ein paar Stunden eine Pinkelpause. Wenn er musste, musste es sofort sein, und wenn wir nicht da waren, um ihn hinauszulassen, dann blieb ihm nichts anderes übrig, als sein Geschäft im Haus zu verrichten. Es war schrecklich für ihn, wenn ihm das passierte, und wir wussten in dem Moment, in dem wir das Haus betraten, was los war. Anstatt uns ausgelassen an der Tür zu begrüßen, wie es sonst seine Art war, stand er mit hängendem Kopf und eingeklemmtem Schwanz ganz hinten im Zimmer und strahlte mit jeder Pore aus, wie peinlich ihm die Geschichte war. Wir bestraften ihn nie deswegen. Wie hätten wir das auch tun können? Er war beinahe dreizehn Jahre alt, viel älter wurden Labradors nicht. Wir wussten, dass er nichts dagegen tun konnte, und er schien es auch zu wissen.

Jenny kaufte einen Dampfreiniger für den Teppich, und wir glichen unsere Termine so ab, dass wir Marley nie länger als ein paar Stunden allein lassen mussten. Als Jenny und die Kinder nun in Boston waren, hieß das für mich, dass ich lange arbeiten konnte. Das war meine Chance, nach der Arbeit noch in der Gegend herumzufahren und die Städtchen und Orte zu erkunden, über die ich nun in meinen Kolumnen schrieb. Zusammen mit meinem weiten Anfahrtsweg würde ich zehn bis zwölf Stunden außer Haus sein. Es stand außer Frage, dass Marley keinesfalls so lange allein bleiben konnte, nicht einmal halb so lange. Wir beschlossen daher, ihn in der örtlichen Hundepension einzumieten, wo er jeden Sommer während unseres Urlaubs wohnte. Die Hundepension war an eine große Tierklinik angegliedert, die professionelle tierärztliche Hilfe anbot, wenn auch nicht den persönlichsten Service. Jedes Mal wenn wir dorthin kamen, trafen wir einen anderen Arzt, der nichts über Marley wusste außer den Fakten, die in seiner Karte standen.

Ich lieferte ihn an einem Sonntagabend dort ab und hinterließ meine Handynummer am Empfang. Am darauffolgenden Dienstag war ich gerade in der Nähe der Independence Hall in der Innenstadt von Philadelphia, als mein Handy klingelte. „Bleiben Sie bitte in der Leitung, Dr. Soundso möchte mit Ihnen sprechen“, sagte die Dame von der Hundepension. Es war eine Tierärztin, deren Namen ich noch nie gehört hatte. Wenige Sekunden später war sie am Apparat. „Wir haben einen Notfall mit Marley“, sagte sie.

Mir rutschte das Herz in die Hose. „Einen Notfall?“

Die Ärztin erklärte, dass Marleys Magen von Futter, Wasser und Luft angeschwollen war und sich dann überdehnt und um sich selbst gedreht hatte. Dabei war sein Mageninhalt eingeklemmt worden. Da die Gase und der übrige Inhalt nirgendwohin entweichen konnten, war sein Bauch schmerzhaft angeschwollen. Man nannte diesen lebensbedrohlichen Zustand eine *Torsio ventriculi*, eine Magendrehung. In den meisten Fällen war eine Operation notwendig, erklärte sie, und wenn man den Hund nicht behandelte, könnte er innerhalb weniger Stunden sterben.

Sie sagte, sie habe durch seine Speiseröhre einen Schlauch eingeführt und so einen Großteil der Gase abgeleitet, die sich in seinem Magen gebildet hatten. Die Schwellung war daraufhin zurückgegangen. Bei dieser Gelegenheit hatte sie den Magen zurückgedreht oder, wie sie es nannte, entdreht. Marley war noch unter Narkose und schlief friedlich.

„Das ist doch ein gutes Zeichen, oder?“, fragte ich vorsichtig.

„Aber nur vorübergehend“, erklärte die Ärztin. „Wir haben die unmittelbare Krise abgewendet, aber wenn sich der Magen einmal so gedreht hat, dann tut er es meistens wieder.“

„Wie oft ist meistens?“, fragte ich.

„Ich würde schätzen, dass seine Chancen eins zu hundert stehen, dass sich sein Magen nicht noch einmal dreht“, sagte sie.

Eins zu hundert? Um Gottes willen! Er hatte bessere Chancen, in Harvard aufgenommen zu werden! „Eins zu hundert? Nicht mehr?“

„Es tut mir leid“, erwiderte sie. „Sein Zustand ist sehr ernst.“

Wenn sich sein Magen wieder drehte – und sie sagte ja, dass das quasi mit Sicherheit der Fall sein würde –, hatten wir zwei Möglichkeiten: Die erste war, ihn operieren zu lassen. Die Ärztin sagte, sie würde Marley aufschneiden und seinen Magen an der Wand der Bauchhöhle befestigen, damit er sich nicht wieder drehen konnte. „Die Operation kostet ungefähr zweitausend Dollar“, fügte sie hinzu. Ich schluckte. „Und es handelt sich hier um einen sehr schweren Eingriff. Für einen Hund in seinem Alter wird das nicht einfach.“

„Und was ist die zweite Möglichkeit?“, fragte ich.

„Die zweite Möglichkeit ist“, und dabei zögerte sie nur unmerklich, „ihn einzuschläfern.“

„Oh“, sagte ich. Es fiel mir schwer, das alles richtig einzuordnen. Noch vor fünf Minuten war ich zur Freiheitsglocke „Liberty Bell“ gewandert und hatte gedacht, Marley würde sich frohen Mutes in der Hundepension entspannen. Jetzt musste ich entscheiden, ob er leben oder sterben sollte. Ich hatte noch nie etwas von dieser Magenkomplikation gehört. Später erfuhr ich, dass eine Magendrehung bei bestimmten Rassen recht häufig vorkommt, vor allem bei solchen mit breitem Brustkorb, wie das bei Marley der Fall war. Hunde, die ihr Futter in wenigen Bissen hinunterschlangen – wieder wie Marley –, hatten ebenfalls ein erhöhtes Risiko. „Können wir nicht einfach abwarten, wie es ihm geht?“, fragte ich. „Vielleicht dreht sich sein Magen ja nicht noch einmal.“

„Das tun wir gerade“, antwortete sie. „Abwarten und beobachten.“ Dann fügte sie hinzu: „Wenn sich sein Magen wieder dreht, brauche ich eine schnelle Entscheidung von Ihnen. Ich kann ihn nicht leiden lassen.“

„Ich muss mit meiner Frau darüber sprechen“, entgegnete ich. „Ich rufe Sie zurück.“

Ich erreichte Jenny auf dem Handy, als sie gerade mit den Kindern auf einem überfüllten Ausflugsschiff im Hafen von Boston unterwegs war. Die Verbindung war schlecht, und bei ihr kamen nur Satzfetzen an. Marley … Notfall … Magen … Operation … einschläfern. Es war still am anderen Ende der Leitung. „Hallo?“, rief ich. „Bist du noch dran?“

„Ja“, antwortete Jenny. Dann war sie wieder ruhig. Wir hatten beide gewusst, dass dieser Tag einmal kommen würde; wir hatten nur nicht damit gerechnet, dass es heute sein würde. Nicht wenn sie und die Kinder unterwegs waren und sich noch nicht einmal von Marley verabschieden konnten. Nicht wenn ich in Philadelphia unterwegs war und geschäftliche Verpflichtungen hatte. Am Ende unseres Gesprächs war klar, dass wir keine Wahl hatten. Die Tierärztin hatte Recht. Es wäre grausam, Marley eine schwere Operation anzutun, um zu versuchen, das Unvermeidbare hinauszuschieben. Wenn Marleys Zeit gekommen war, dann konnten wir nichts daran ändern, und wir mussten dafür Sorge tragen, dass er würdig und ohne zu leiden aus dem Leben schied. Wir wussten, dass es die richtige Entscheidung war, dennoch war keiner von uns beiden bereit, ihn zu verlieren.

Ich rief die Tierärztin, Dr. Hopkinson, wie ich inzwischen wusste, zurück und teilte ihr unsere Entscheidung mit. Sie machte es mir leicht. „Ich glaube, es ist Zeit“, sagte sie.

„Ja, wahrscheinlich ist es das“, entgegnete ich, aber ich wollte nicht, dass sie ihn einschläferte, ohne mir vorher Bescheid zu sagen. Wenn möglich, wollte ich bei ihm sein.

„Lassen Sie uns in einer Stunde noch einmal telefonieren“, meinte sie.

Eine Stunde später klang Dr. Hopkinson ein wenig optimistischer. Marleys Zustand war stabil. Er schlief noch immer, mit einer Infusion am Vorderbein. Sie gab ihm nun schon eine fünfprozentige Chance. „Aber ich möchte nicht, dass Sie sich falsche Hoffnungen machen“, sagte sie. „Er ist ein sehr kranker Hund.“

Am nächsten Morgen klang sie fröhlicher. „Er hatte eine gute Nacht“, meinte sie. Als ich mittags wieder anrief, hatte sie die Infusion entfernt und ihm eine Mischung aus Reis und Fleisch vorgesetzt. „Er ist völlig ausgehungert", erklärte sie. Bei meinem nächsten Anruf war er schon auf den Beinen. „Gute Nachrichten", sagte die Ärztin. „Einer unserer Tierarzthelfer war gerade mit ihm draußen, und er hat sein kleines und großes Geschäft gemacht." Ich jubelte ins Telefon, als hätte er gerade den ersten Platz auf einer Hundeschau gemacht. Dann fügte sie hinzu: „Er fühlt sich wohl besser. Er hat mir gerade einen dicken, nassen Kuss gegeben." Jawohl, das war unser Marley.

„Ich hätte das gestern nicht für möglich gehalten", sagte die Ärztin, „aber ich denke, Sie können ihn morgen mit nach Hause nehmen." Und genau das tat ich am nächsten Abend nach der Arbeit. Er sah furchtbar aus, schwach und abgemagert, seine Augen waren trüb und verklebt. Er sah aus, als hätte er eine Reise in den Tod und zurück gemacht. Und irgendwie stimmte das ja auch. Als ich mich bei der Ärztin für ihre Hilfe bedankte, meinte sie: „Die ganze Belegschaft liebt Marley. Wir haben alle um ihn gebangt."

Ich brachte ihn zum Auto, meinen Eins-zu-hundert-Wunderhund, und sagte zu ihm: „Komm, wir bringen dich nach Hause, wo du hingehörst." Ein Mitarbeiter der Hundepension half mir, Marley ins Auto zu heben. Dann fuhr ich ihn nach Hause, zusammen mit einer Kiste voll Medikamenten und strengen Anweisungen. Marley durfte nie wieder eine große Portion Hundefutter auf einmal hinunterschlingen, und die Zeiten, in denen er in der Badewanne mit der Schnauze U-Boot gespielt hatte, waren auch vorbei. Von nun an musste er täglich vier kleine Mahlzeiten bekommen und durfte nur eine begrenzte Menge Wasser trinken – pro Mahlzeit nicht mehr als eine halbe Tasse. Die Ärztin hoffte, dass sein Magen auf diese Weise stabil bleiben und sich nicht wieder aufblähen und drehen würde. Marley durfte auch nie mehr in einer großen Hundepension mit vielen bellenden Hunden um ihn herum untergebracht werden. Ich war überzeugt, dass das der auslösende Faktor für seine kurze Bekanntschaft mit dem Tod gewesen war, und Dr. Hopkinson stimmte mir zu.

Nachdem ich ihn an diesem Abend nach Hause gebracht hatte, breitete ich neben ihm auf dem Boden im Wohnzimmer einen Schlafsack aus. Er würde die Treppe in den ersten Stock nicht schaffen, und ich brachte es nicht fertig, ihn allein und hilflos hier unten zurückzulassen. Ich wusste, dass er sich die ganze Nacht aufregen würde, wenn er nicht bei mir war. „Marley, ich schlafe heute Nacht mal bei dir!", verkündete ich und legte mich neben ihn. Ich streichelte ihn vom Kopf bis zum Schwanz, bis große

Fellwolken von seinem Rücken aufstiegen. Ich wischte ihm die verklebten Augen sauber und kraulte ihm die Ohren, bis er genussvoll seufzte. Jenny würde am nächsten Morgen mit den Kindern nach Hause kommen; dann würde sie ihn mit regelmäßigen kleinen Mahlzeiten aus gekochtem Hackfleisch und Reis verwöhnen. Es hatte dreizehn Jahre gedauert, aber schließlich hatte sich Marley doch noch Menschenfutter verdient, und zwar keine Reste, sondern eine extra für ihn gekochte Mahlzeit. Die Kinder würden ihn stürmisch umarmen, ohne zu wissen, dass sie ihn beinahe nicht wiedergesehen hätten.

Morgen würde das Haus wieder laut und voller ungestümen Lebens sein. Aber heute Nacht waren Marley und ich allein. Als ich so neben ihm lag und seinen streng riechenden Atem im Gesicht spürte, musste ich an unsere erste gemeinsame Nacht vor vielen Jahren denken, als ich ihn vom Züchter nach Hause gebracht hatte, einen kleinen Welpen, der nach seiner Mutter winselte. Ich erinnerte mich, wie ich seine Kiste ins Schlafzimmer getragen hatte und wie wir beide eingeschlafen waren, wie mein Arm über die Bettkante hing, um ihn zu trösten. Ich dachte an seine Welpenzeit und seine Jugendjahre zurück, an die zerfetzten Sofas und die aufgefressenen Matratzen, an die wilden Spaziergänge am Meer und die Wange-an-Wange-Tänze vor unserer dröhnenden Stereoanlage. Ich dachte an die verschluckten Gegenstände und die gestohlenen Gehaltsschecks und an die schönen, einfühlsamen Momente zwischen Mensch und Hund. Vor allem dachte ich daran, was für ein guter und treuer Begleiter er all die Jahre gewesen war.

„Du hast mir wirklich einen Schrecken eingejagt, Alter", flüsterte ich, als er sich neben mir ausstreckte und mir seine Schnauze unter den Arm schob, damit ich ihn weiterkraulte. „Es ist schön, dich wieder daheim zu haben."

In den nächsten Wochen erholte sich Marley zusehends. Er hatte wieder dieses spitzbübische Glitzern in den Augen, seine Schnauze war wieder kalt und feucht, und er bekam wieder etwas Fleisch auf die Knochen. Man sah ihm nicht mehr an, was er durchgemacht hatte. Er gab sich damit zufrieden, seine Tage zu verdösen, am liebsten vor der Glastür im Wohnzimmer, wo die Sonne hereinschien und sein Fell wärmte. Wegen seiner neuen Diät, die kleine Mahlzeiten vorschrieb, war er andauernd hungrig und bettelte und klaute Essen noch viel unverfrorener als je zuvor.

Der Schrecken, den uns Marley in jenem Sommer eingejagt hatte, hätte Jenny und mich eigentlich aufrütteln müssen. Aber wir verdrängten den Gedanken an Marleys fortgeschrittenes Alter weiterhin und waren bald wieder bei der bequemen Annahme angelangt, dass es ein einmaliger Vorfall gewesen war und er seine ewige Wanderung in den Sonnenuntergang wiederaufnehmen konnte. Ein Teil von uns hoffte, dass er immer so weitermachen könnte. Trotz all seiner Gebrechen war er immer noch derselbe fröhliche, unbeschwerte Hund. Es gehörte zu seinem Tagesablauf, den Postboten anzubellen, den Hühnern einen Besuch abzustatten, den Behälter mit dem Vogelfutter anzustarren, durchs Haus zu trampeln und mit dem Schwanz gegen Möbel und Wände zu schlagen. Auch auf seine alten Tage änderten sich manche Dinge nicht.

Doch Marleys Tage waren gezählt, das war klar. Jeden Tag konnte ein weiterer Zusammenbruch erfolgen, und wenn es so weit war, würde ich nicht länger vor dem Unvermeidbaren davonlaufen. Jeder schwere medizinische Eingriff wäre in seinem Alter grausam gewesen, etwas, was Jenny und ich mehr für uns selbst als für Marley getan hätten. Wir liebten diesen verrückten alten Hund trotz allem – oder gerade wegen allem. Aber ich wusste, dass wir ihn nun bald gehen lassen mussten.

IM HERBST kam es zu einem Zusammenbruch. Ich war gerade im Schlafzimmer und zog mich an, als ich ein schreckliches Scheppern hörte, gefolgt von Conors Schrei: „Hilfe! Marley ist die Treppe runtergefallen!" Ich rannte aus dem Zimmer und entdeckte ihn am Fuß der Treppe liegend, wo er versuchte aufzustehen. Jenny und ich eilten zu ihm und strichen mit den Händen über seinen Körper, tasteten vorsichtig seine Gliedmaßen und Rippen ab und massierten ihm leicht den Rücken. Nichts schien gebrochen zu sein.

„Mann, da hat er großes Glück gehabt", sagte ich. „So ein Sturz hätte ihn umbringen können!"

„Ich kann nicht glauben, dass er sich nicht verletzt hat", meinte Jenny. „Er ist wie eine Katze mit neun Leben."

Aber er hatte sich doch verletzt. Wenige Minuten später versteifte er sich zusehends, und als ich abends von der Arbeit nach Hause kam, war Marley vollkommen lahm und konnte sich nicht mehr bewegen. Es schien ihm alles wehzutun, als ob er von Rowdys zusammengeschlagen worden wäre.

Am nächsten Morgen ging es ihm besser, auch wenn er immer noch hinkte wie ein Invalide. Wir ließen ihn hinaus, wo er sein Geschäft ohne Probleme verrichtete. Jenny und ich hoben ihn zusammen die Verandastufen wieder hinauf, damit er zurück ins Haus konnte. „Ich habe das sichere Gefühl, dass Marley den ersten Stock unseres Hauses nie wieder sehen wird“, sagte ich zu ihr. Marley würde sich daran gewöhnen müssen, im Erdgeschoss zu schlafen.

An diesem Tag arbeitete ich von zu Hause aus und schrieb im Schlafzimmer gerade auf meinem Laptop an einer Kolumne, als ich etwas auf der Treppe hörte. Ich hielt im Tippen inne und lauschte. Das Geräusch kam mir vertraut vor, eine Art lautes Klappern, wie Pferdehufe auf Holz. Ich schaute zur Tür und hielt die Luft an. Ein paar Sekunden später steckte Marley den Kopf um die Ecke und kam ins Zimmer geschlendert. Seine Augen strahlten, als er mich entdeckte. *Hier bist du also!* Er legte mir seinen Kopf auf den Schoß und wollte an den Ohren gekrault werden, was er ja auch wirklich verdient hatte.

„Marley, du hast es geschafft!“, rief ich aus. „Ich kann’s nicht fassen, dass du hier oben bist!“

Als ich später neben ihm auf dem Boden saß und ihm den Nacken kraulte, drehte er den Kopf und nahm spielerisch mein Handgelenk ins Maul. Das war ein gutes Zeichen, ein Hinweis auf den Welpen, der noch immer in ihm schlummerte. Am Abend zuvor war er dem Tod nahe gewesen, heute hechelte er fröhlich, kratzte mit seiner Pfote an meinem Bein und versuchte meine Hand zu fressen. Immer wenn ich dachte, sein langes, glückliches Leben sei nun vorbei, richtete er sich noch einmal auf.

Ich zog seinen Kopf zu mir herauf und sah ihm in die Augen. „Du sagst mir, wenn es so weit ist, nicht wahr?“ Es war mehr eine Feststellung als eine Frage. Ich wollte die Entscheidung nicht allein treffen müssen. „Du wirst es mir sagen, nicht wahr?“

Kapitel 14: Unter den Kirschbäumen

In diesem Jahr kam der Winter früh, und als die Tage kürzer wurden und der Wind durch die gefrorenen Äste heulte, machten wir es uns in unserem behaglichen Haus gemütlich. Ich hackte Feuerholz und stapelte es neben der Hintertür auf. Jenny kochte deftige Suppen und backte Brot, und die Kinder saßen wieder am Fenster und warteten auf den Schnee. Ich erwartete den ersten Schneefall mit einer gewissen Unruhe, denn ich fragte mich, ob Marley einen weiteren harten Winter überstehen würde. Ich hatte keine Ahnung, wie er mit vereisten Gehwegen, rutschigen Treppenstufen und einer verschneiten Landschaft zurechtkommen würde.

Mitte Dezember packten wir unseren Minivan für einen Familienausflug nach Florida ins Disneyland. Es war das erste Mal, dass die Kinder zu Weihnachten nicht zu Hause sein würden, und sie waren ganz aus dem Häuschen vor Aufregung. Wir wollten am nächsten Morgen früh losfahren, deswegen brachte Jenny Marley abends in die Tierklinik, wo er eine Woche lang unter ständiger ärztlicher Aufsicht bleiben konnte. Die Ärzte und Arzthelfer erinnerten sich noch daran, wie knapp er im letzten Sommer davongekommen war, und versprachen, sich besonders gut um ihn zu kümmern.

Als wir an diesem Abend die letzten Koffer packten, fiel Jenny und mir auf, wie seltsam es war, keinen Hund um sich zu haben. Kein Riesentier, das einem ständig vor die Füße lief und wie ein Schatten folgte. Es war auf gewisse Weise befreiend, aber das Haus wirkte verlassen und leer, auch wenn die Kinder darin herumsprangen.

Am nächsten Morgen setzten wir uns in den Minivan und fuhren los Richtung Süden. Wir amüsierten uns prächtig in Disneyland. Von den üblichen Fallstricken einer solchen Unternehmung – Übelkeit, müdigkeitsbedingte Trotzanfälle, verlorene Kinder – blieben wir weitgehend verschont. Es wurde ein toller Familienurlaub. Als wir die halbe Strecke nach Hause geschafft hatten, klingelte mein Handy. Es war eine Arzthelferin der Tierklinik. Marley sei teilnahmslos, sagte sie, und seine Hüften seien schwächer als sonst. Es schien ihm nicht gut zu gehen. Der Tierarzt würde um unsere Zustimmung bitten, Marley Kortison geben zu dürfen. Natürlich, sagte ich. Sie sollten alles tun, damit es ihm gut ging. Wir würden unseren Hund am nächsten Tag abholen.

Als Jenny Marley am darauffolgenden Nachmittag, dem 29. Dezember, abholte, sah er müde und ein wenig abgekämpft aus, aber nicht sichtlich krank. Doch während der halbstündigen Heimfahrt würgte er die ganze Zeit und versuchte, zähen Schleim abzuhusten. Als Jenny ihn zu Hause in den Vorgarten ließ, legte er sich einfach auf den gefrorenen Boden und konnte oder wollte sich nicht weiter bewegen. Panisch rief sie mich bei der Arbeit an. „Ich bekomme ihn nicht mehr ins Haus“, rief sie aufgeregt, „er liegt da draußen in der Kälte und will nicht aufstehen!“ Ich fuhr sofort los, und als ich eine Dreiviertelstunde später zu Hause ankam, hatte sie es doch geschafft, ihn auf die Pfoten zu stellen und hineinzubugsieren. Er lag im Esszimmer, auf dem Boden ausgestreckt, eindeutig leidend und nicht er selbst.

Dreizehn Jahre lang war ich kein einziges Mal nach Hause gekommen, ohne dass Marley aufgesprungen war und mich begrüßt hatte, als wäre ich gerade aus dem Hundertjährigen Krieg heimgekehrt. Nicht so an diesem Tag. Er folgte mir mit den Augen, als ich ins Zimmer kam, aber er bewegte nicht einmal den Kopf. Ich kniete mich neben ihn und streichelte seine Schnauze. Keine Reaktion. Sein Blick war abwesend, und sein Schwanz lag schlaff auf dem Boden.

Das Ganze wuchs sich zu einem Notfall aus. Marley stand langsam und mit zitternden Beinen auf und versuchte abermals zu würgen, doch es kam nichts heraus. Da fiel mir sein Bauch auf. Er sah dicker aus als sonst, und er fühlte sich steinhart an. Mein Mut sank; ich wusste, was das bedeutete. Ich rief in der Tierklinik an und beschrieb Marleys geschwollenen Bauch. Die Empfangsdame bat mich, einen Augenblick zu warten, dann sagte sie: „Die Ärztin sagt, Sie sollen ihn sofort hierherbringen."

Jenny und ich brauchten nichts zueinander zu sagen, wir wussten beide, dass nun der Zeitpunkt gekommen war. Wir riefen die Kinder zusammen und erklärten ihnen, dass Marley ins Krankenhaus musste und die Ärzte dort versuchen würden, ihm zu helfen, dass er aber auch sehr krank sei. Als ich zur Abfahrt bereit war, schaute ich ins Wohnzimmer und sah, wie Jenny und die Kinder sich um Marley zusammendrängten, der auf dem Boden lag, und sich verabschiedeten. Es war offensichtlich, dass es ihm schlecht ging. Die Kinder waren noch immer überaus optimistisch, dass dieser Hund, der schon immer ein Teil ihres Lebens gewesen war, bald wieder da sein würde, so gut wie neu. „Gute Besserung, Marley", sagte Colleen mit ihrem hohen Stimmchen.

Mit Jennys Hilfe bugsierte ich Marley hinten ins Auto. Sie umarmte ihn noch einmal kurz, dann versprach ich, mich sofort zu melden, sobald ich etwas Neues wusste, und fuhr mit ihm davon. Er lag hinten im Auto auf dem Boden, den Kopf auf die Mittelkonsole gestützt. Ich hielt das Lenkrad mit der einen Hand und streckte die andere nach hinten, sodass ich ihn am Kopf streicheln konnte. „Oh, Marley", sagte ich immer wieder.

Auf dem Parkplatz der Tierklinik half ich ihm aus dem Auto, und er blieb kurz stehen, um an einem Baum zu schnüffeln, wo andere Hunde ihre Markierung gesetzt hatten – obwohl es ihm so schlecht ging, war er immer noch neugierig. Ich ließ ihm Zeit, denn ich wusste, dass es vielleicht sein letzter Ausflug in die Natur war, die er so liebte. Dann führte ich ihn in die Empfangshalle der Klinik. Gleich hinter der Eingangstür beschloss er, dass er nun weit genug gelaufen sei, und ließ sich vorsichtig auf dem Fliesenboden nieder. Die Tierarzthelfer brachten eine Trage und hoben ihn darauf. Dann verschwanden sie mit ihm in einem Behandlungszimmer.

Nach ein paar Minuten kam eine junge Tierärztin, die ich noch nie gesehen hatte, in die Eingangshalle und führte mich in ein Sprechzimmer. Dort legte sie einige Aufnahmen auf einen Röntgenbildbetrachter. Sie zeigte mir, dass Marleys Magen auf die doppelte Größe angeschwollen war. Genau wie beim letzten Mal würde sie ihn narkotisieren und einen Schlauch in seinen Magen einführen, um das Gas abzuleiten, das die Aufblähung verursacht hatte. „Es wird nicht einfach, aber ich werde auch versuchen, den Magen mit dem Schlauch wieder in seine richtige Stellung zu massieren."

Wieder standen die Chancen eins zu hundert, dieselbe Prognose, die mir Dr. Hopkinson im Sommer gegeben hatte. Es hatte einmal funktioniert, es konnte wieder funktionieren. Im Stillen war ich immer noch optimistisch. „Gut", sagte ich. „Versuchen Sie es."

Nach einer halben Stunde tauchte sie mit grimmigem Gesicht wieder auf. Sie hatte es dreimal versucht, aber sie konnte den Schlauch nicht in den aufgeblähten Magen einführen. „An diesem Punkt können wir nur noch operieren", sagte sie. Sie hielt inne, dann fuhr sie fort: „Aber es wäre wohl die barmherzigste Lösung, ihn einzuschläfern."

Jenny und ich hatten die schwere Entscheidung, Marley nicht weiter leiden zu lassen, eigentlich schon fünf Monate zuvor getroffen. Aber jetzt, hier im Wartezimmer, als ich erneut vor der Entscheidung stand, war ich wie erstarrt.

Ich sagte der Ärztin, dass ich kurz hinausgehen wollte, um meine Frau anzurufen. Auf dem Parkplatz erklärte ich Jenny dann am Handy, dass sie bis auf die Operation alles versucht hatten – vergeblich. Wir schwiegen eine kleine Ewigkeit, ann sagte Jenny: „Ich liebe dich, John."

„Ich liebe dich auch, Jenny", sagte ich.

Ich ging wieder hinein und fragte die Ärztin, ob ich ein paar Minuten mit Marley allein sein dürfe. Sie warnte mich, dass er unter starken Betäubungsmitteln stehe. „Nehmen Sie sich die Zeit, die Sie brauchen", sagte sie.

Er lag bewusstlos auf einer Trage auf dem Boden, am Vorderlauf hatte er eine Infusion. Ich kniete mich hin und strich ihm mit den Fingern durch das Fell, so wie er es besonders gern mochte. Ich nahm jedes seiner Schlappohren in die Hand – diese verrückten Ohren, die ihm in all den Jahren so viele Probleme bereitet und uns ein kleines Vermögen gekostet hatten. Ich nahm eine Vorderpfote in meine Hand. Dann lehnte ich meine Stirn gegen seine und blieb lange so sitzen, als könnte ich eine Botschaft durch unsere beiden Schädelknochen von meinem Gehirn in seines schicken. Ich wollte ihn noch ein paar Dinge wissen lassen. „Du weißt doch, was wir alles über dich gesagt haben, oder?“, flüsterte ich. „Was für eine Last du bist und so weiter. Glaub kein Wort davon. Glaub es keine Sekunde lang, Marley.“ Er sollte das wissen und noch etwas anderes. Es gab etwas, was ich ihm noch nie gesagt hatte, niemand hatte es ihm je gesagt. Ich wollte, dass er es hörte, bevor er ging. „Marley“, sagte ich, „du bist ein großartiger Hund.“

Die Ärztin wartete am Empfangstresen auf mich. „Ich bin so weit“, sagte ich. Meine Stimme zitterte, was mich wirklich verwunderte, denn ich hatte gedacht, ich hätte mich schon vor Monaten für diesen Augenblick gerüstet. Ich spürte, dass ich zusammenbrechen würde, wenn ich ein einziges weiteres Wort sagte. Deswegen nickte ich nur, als sie mir einige Formulare reichte, und unterschrieb schweigend. Als die Formalitäten erledigt waren, folgte ich ihr wieder zu Marley, der immer noch bewusstlos war. Ich kniete mich noch einmal vor ihm hin und nahm seinen Kopf in die Hände, während die Ärztin eine Spritze vorbereitete und an den Infusionsschlauch setzte. „Alles okay mit Ihnen?“, fragte sie. Ich nickte, dann drückte sie den Kolben herunter. Seine Lefzen zitterten ganz leicht. Sie hörte sein Herz ab und sagte, dass sich sein Herzschlag deutlich verlangsamt habe, aber noch nicht ausgesetzt hatte. Er war ein großer Hund. Sie bereitete eine zweite Spritze vor und drückte die Flüssigkeit in den Infusionsschlauch. Dann hörte sie wieder sein Herz ab. „Er ist von uns gegangen“, sagte sie. Sie ließ mich mit ihm allein, und ich hob vorsichtig eines seiner Augenlider. Sie hatte Recht; Marley war von uns gegangen.

Ich ging zum Empfangstresen hinaus und bezahlte die Rechnung. Die Ärztin schlug mir eine Einäscherung vor. Ich lehnte ab, ich würde ihn mit nach Hause nehmen. Nach ein paar Minuten schob sie zusammen mit einem Helfer einen Wagen aus dem Sprechzimmer, auf dem ein großer schwarzer Sack lag. Sie half mir, den Sack auf den Rücksitz des Autos zu bugsieren. Dann schüttelte sie mir die Hand und sagte, dass es ihr sehr leidtue. Ich dankte ihr und fuhr davon.

Im Auto auf dem Heimweg begann ich zu weinen. Das passierte mir eigentlich nie, noch nicht einmal auf Beerdigungen. Nach ein paar Minuten hatte ich mich wieder gefasst, und als ich in unsere Auffahrt einbog, waren meine Tränen versiegt. Ich ließ Marley im Wagen und ging hinein; Jenny war noch auf und wartete auf mich. Die Kinder waren alle schon im Bett. Wir würden es ihnen am Morgen sagen. Wir fielen uns in die Arme und fingen beide an zu schluchzen. Ich versuchte es ihr zu beschreiben, ihr zu sagen, dass er schon tief geschlafen hatte, als das Ende kam, dass es weder Panik noch Schock noch Schmerz gegeben hatte. Aber ich fand keine Worte. So wiegten wir uns nur gegenseitig in den Armen. Später gingen wir hinaus und hoben den schweren Sack aus dem Auto auf eine Schubkarre, die ich für die Nacht in die Garage fuhr.

IN DIESER Nacht schlief ich unruhig, und noch vor dem Morgengrauen stand ich leise auf, um Jenny nicht zu wecken, und zog mich an. In der Küche trank ich ein Glas Wasser – der Kaffee konnte warten – und trat hinaus in einen feinen, graupeligen Nieselregen. Ich nahm eine Schaufel und eine Spitzhacke und ging zu Marleys Pinkelplatz unter den Kiefern, wohin er sich im letzten Winter für seine Geschäfte zurückgezogen hatte. Hier wollte ich ihn begraben.

Es war nicht sehr kalt, und der Boden war zum Glück nicht gefroren. Im Halbdunkel begann ich zu graben. Als ich mich durch eine dünne Schicht Erde gearbeitet hatte, stieß ich auf schweren, harten Lehmboden mit Steinen darin, und es ging nur noch schleppend voran. Nach fünfzehn Minuten zog ich meine Jacke aus und machte eine Pause, um wieder zu Atem zu kommen. Nach einer halben Stunde war ich durchgeschwitzt und noch nicht einmal einen halben Meter tief gekommen. Nach einer Dreiviertelstunde stieß ich auf Wasser. Die Grube begann sich zu füllen. Bald bedeckte schlammiges, kaltes Wasser knöcheltief den Boden der Grube. Ich konnte Marley auf keinen Fall in dieses eiskalte, matschige Loch legen. Auf gar keinen Fall.

Ich gab diese Stelle auf und spazierte durch den Garten. Schließlich kam ich zum Fuß des Hügels, wo das Gras aufhört und der Wald anfängt. Zwischen zwei großen, alten Kirschbäumen, deren Zweige in der Morgendämmerung über mir aufragten wie die Bogen einer Freiluftkathedrale, setzte ich meinen Spaten an. Diese Bäume hatten Marley und ich auf unserer wilden Schlittenfahrt nur knapp verfehlt, und ich sagte laut: „Das ist ein guter Platz."

Hier ging das Graben leicht, und bald hatte ich ein großes längliches Loch ausgehoben, das etwa einen Meter lang und knapp eineinhalb Meter tief war. Ich ging zurück ins Haus, alle drei Kinder waren wach. Sie schnieften leise vor sich hin. Jenny hatte es ihnen gerade gesagt.

Es traf mich tief, sie trauern zu sehen. Dies war für sie die erste unmittelbare Erfahrung mit dem Tod. Ja, es war nur ein Hund, und Hunde kommen und gehen im Lauf eines Menschenlebens. Es war nur ein Hund, und doch stiegen mir jedes Mal die Tränen in die Augen, wenn ich versuchte, mit den Kindern über Marley zu sprechen. Ich sagte ihnen, dass es in Ordnung sei, um ihn zu weinen, und dass man als Hundebesitzer mit dieser Trauer leben musste, weil Hunde eben nicht so lange lebten wie Menschen. Ich erzählte ihnen, dass Marley geschlafen hatte, als er das Mittel bekommen hatte, und dass er nichts gespürt hatte. Colleen war tief traurig, weil sie sich nicht richtig von ihm hatte verabschieden können. Sie hatte gedacht, dass er wieder nach Hause kommen würde. Ich versicherte ihr, dass ich mich für uns alle von ihm verabschiedet hatte. Conor zeigte mir, was er Marley mit ins Grab geben wollte. Er hatte ein großes rotes Herz gemalt und daruntergeschrieben: *Für Marley. Ich hoffe, Du weißt, wie lieb ich Dich mein ganzes Leben lang gehabt habe. Du warst immer da, wenn ich Dich gebraucht habe. Im Leben oder im Tod werde ich Dich immer lieb haben. Dein Bruder Conor Richard Grogan.* Dann malte Colleen ein Bild von einem Mädchen und einem großen hellbraunen Hund. Darunter schrieb sie mithilfe ihres Bruders: *PS – Ich werde Dich nie vergessen.*

Ich ging allein wieder hinaus und karrte Marleys sterbliche Überreste den Hügel hinunter. Dort schnitt ich einen Armvoll biegsame weiche Kiefernzweige und legte sie auf den Grund der Grube. Ich hob den schweren Sack von der Schubkarre und ließ ihn so vorsichtig wie möglich in die Grube gleiten, aber es war einfach nicht möglich, das Ganze auf eine würdevolle Weise zu tun. Ich stieg in die Grube und öffnete den Sack, um Marley noch ein letztes Mal zu sehen, dann legte ich ihn in einer natürlichen, bequemen Stellung zurecht – genau so, wie er sich vielleicht vor dem Kamin hingelegt hätte. „Okay, mein Freund, das war's", sagte ich. Ich machte den Sack wieder zu und ging zum Haus zurück, um Jenny und die Kinder zu holen.

Die ganze Familie ging mit zum Grab. Conor und Colleen hatten ihre Botschaften in eine Klarsichthülle gesteckt, und ich legte sie direkt neben Marleys Kopf. Patrick schnitt mit seinem Taschenmesser fünf Kiefernzweige ab, für jeden von uns einen. Einer nach dem anderen warfen wir sie in das Grab. Wir hielten einen Moment inne, und dann sagten wir alle gleichzeitig, so als hätten wir es einstudiert: „Marley, wir haben dich lieb." Ich nahm die Schaufel und warf den ersten Haufen Erde hinunter. Es machte ein hässliches, platschendes Geräusch auf dem Plastik, und Jenny fing an zu weinen. Ich schaufelte weiter. Die Kinder sahen schweigend zu.

Als das Loch halb gefüllt war, machte ich eine Pause. Wir gingen alle hinauf zum Haus und setzten uns um den Küchentisch. Dann erzählten wir uns lustige Geschichten von Marley. Mal stiegen uns Tränen in die Augen, mal mussten wir lachen. Jenny erzählte, wie Marley während der Dreharbeiten zu „The Last Home Run“ völlig durchgedreht war. Ich erzählte von den vielen Leinen, die er durchgebissen hatte, und wir überlegten, was er alles kaputt gemacht und wie viele tausend Dollar uns das gekostet hatte. Jetzt konnten wir darüber lachen. Damit es den Kindern besser ging, sagte ich etwas zu ihnen, woran ich selbst nicht ganz glaubte: „Marleys Seele ist jetzt oben im Hundehimmel“, erklärte ich. „Er ist jetzt auf einer großen goldenen Wiese und kann dort frei herumlaufen. Seine Hüften sind wieder gesund, und er kann wieder richtig hören und sehen. Und er hat wieder alle seine Zähne. Er ist wieder ganz der Alte – und jagt den ganzen Tag Kaninchen.“

Es war bereits Vormittag und ich musste zur Arbeit. Ich ging noch einmal allein zum Grab zurück und füllte es ganz mit Erde auf, vorsichtig und respektvoll. Dann trat ich die Erde behutsam mit meinen Stiefeln fest. Als der Boden über dem Grab glatt und flach war, legte ich zwei große Steine aus dem Wald darauf. Dann ging ich ins Haus, duschte heiß und fuhr zur Arbeit.

In den ersten Tagen, nachdem wir Marley begraben hatten, waren wir alle sehr still. Das Tier, das jahrelang ein amüsantes Gesprächsthema gewesen war, war zum Tabu geworden. Wir versuchten, zu einem normalen Leben zurückzukehren, und wenn wir von Marley sprachen, machte es das nur noch schwerer. Vor allem Colleen konnte es nicht ertragen, seinen Namen zu hören oder ein Foto von ihm zu sehen. Dann stiegen ihr Tränen in die Augen, sie ballte die Fäuste und sagte wütend: „Ich will nicht über ihn reden!“

Ich kehrte zu meinem üblichen Tagesrhythmus zurück, fuhr zur Arbeit, schrieb meine Kolumnen und fuhr wieder nach Hause. Dreizehn Jahre lang hatte mich Marley an der Tür begrüßt, wenn ich von der Arbeit nach Hause gekommen war. Jetzt abends durch die Tür zu kommen, war das Schlimmste von allem. Das Haus schien still und leer, irgendwie war es kein richtiges Zuhause mehr.

Ich wollte für Marley eine Abschiedskolumne schreiben, aber ich hatte Angst, dass es ein überschwängliches, rührseliges Zeugnis meines Selbstmitleids werden würde. Daher blieb ich bei Themen, die mir weniger nahegingen. Trotzdem nahm ich fortan immer ein Diktiergerät mit, damit ich die Gedanken, die mir zu Marley kamen, gleich aufzeichnen konnte. Ich wollte ihn so darstellen, wie er wirklich gewesen war, und nicht als perfekte Wiedergeburt von Lassie oder Rin Tin Tin. Es gibt viele Menschen, die ihre Haustiere nach deren Tod ganz neu erfinden und übernatürliche, edle Geschöpfe aus ihnen machen, die alles für ihre Herrchen und Frauchen getan hätten, außer vielleicht Rührei zum Frühstück zu servieren. Aber ich wollte ehrlich sein. Marley war eine komische, überlebensgroße Nervensäge gewesen, der die Sache mit dem Befehlen und Gehorchen nie so ganz durchschaut hatte. Ganz ehrlich, vielleicht war er sogar der ungezogenste Hund der Welt gewesen. Und trotzdem hatte er von Anfang an intuitiv begriffen, was es hieß, der beste Freund des Menschen zu sein.

In der Woche nach seinem Tod ging ich öfter den Hügel hinunter und stand eine Zeit lang an seinem Grab. Zum einen wollte ich sichergehen, dass sich abends keine wilden Tiere anschlichen. Das Grab war unberührt, aber schon jetzt konnte ich sehen, dass ich im Frühling einige Schubkarren Erde heranschaffen musste, um den sich absenkenden Boden aufzufüllen. Vor allem aber wollte ich mit Marley zusammen sein. Wenn ich dort an seinem Grab stand, kamen mir zufällige Ausschnitte aus seinem Leben in den Sinn. Es war mir peinlich, wie tief ich um diesen Hund trauerte. Die ganze Woche über spürte ich einen unbestimmten Schmerz in mir. Es war tatsächlich ein körperlicher Schmerz, ungefähr so wie eine Magenverstimmung. Ich war antriebslos und unmotiviert.

Zu Silvester waren wir auf eine Party bei unseren Nachbarn eingeladen. Unsere Freunde bekundeten vorsichtig ihr Beileid, aber wir alle versuchten, das Gespräch in lockerem Ton weiterzuführen. Schließlich war Silvester. Beim Abendessen saßen Sara und Dave Pandl neben mir am Tisch, zwei Landschaftsarchitekten, die aus Kalifornien wieder nach Pennsylvania gezogen waren, um sich ein altes Steinhaus auszubauen. Wir waren gut befreundet und redeten lange über Hunde, Liebe und Verlust. Dave und Sara hatten ihre geliebte Nelly, einen Border-Collie, fünf Jahre zuvor einschläfern lassen müssen und sie auf dem Hügel neben ihrem Haus begraben. Dave ist einer der nüchternsten Menschen, den ich jemals getroffen habe, ein ruhiger, stoischer Spross eines wortkargen holländischen Geschlechts aus Pennsylvania. Aber was Nelly betraf, hatte auch er mit einer tiefen Trauer gekämpft. Sara drückte es so aus: Manchmal begegnest du einem Hund, der dein Leben wirklich berührt, und dann kannst du ihn nie wieder vergessen. Ihre Augen waren feucht, als sie das sagte.

An jenem Wochenende machte ich einen langen Spaziergang durch den Wald, und als ich am Montag wieder zur Arbeit kam, wusste ich, was ich über diesen Hund schreiben wollte, der mein Leben berührt hatte und den ich niemals vergessen würde.

Zuerst schrieb ich darüber, wie ich in der Morgendämmerung mit der Schaufel den Hügel hinunterspaziert war und wie seltsam es gewesen war, ohne Marley draußen zu sein. Schließlich hatte er es sich dreizehn Jahre lang zu seiner Aufgabe gemacht, mich auf jedem Ausflug zu begleiten. „Und auf einmal war ich allein", schrieb ich, „und hob ein Grab für ihn aus."

Ich zitierte, was mein Vater auf die Nachricht, dass ich Marley hatte einschläfern lassen müssen, gesagt hatte. Unser Hund hatte nie Komplimente bekommen, aber seine Bemerkung kam dem noch am nächsten: „Es wird nie wieder einen Hund wie Marley geben."

Ich überlegte lange, wie ich Marley beschreiben sollte, und schließlich schrieb ich: „Niemand hat ihn jemals als großartigen Hund bezeichnet – oder auch nur als guten Hund. Er war so wild wie ein Kobold und so stark wie ein Stier. Er polterte mit einer Begeisterung durchs Leben, die oft einer Naturgewalt gleichkam. Er ist der einzige Hund, den ich kenne, der jemals von der Hundeschule geflogen ist." Weiter schrieb ich: „Marley war ein Couchzerstörer, ein Sabberkönig, ein Abfalleimerdurchwühler. Was seine Intelligenz angeht, so lassen Sie mich nur so viel sagen: Er jagte bis ans Ende seiner Tage seinem Schwanz nach und war überzeugt, dass er dabei einer ganz großen Sache auf der Spur war, die ihm als erstem Hund der Welt gelingen würde." Aber natürlich hatte er noch ganz andere Qualitäten gehabt, und so beschrieb ich sein Gespür für Dinge, sein Einfühlungsvermögen, seine Liebe zu Kindern, sein gutes Herz.

Eigentlich wollte ich vor allen Dingen ausdrücken, wie sehr dieses Tier unsere Seele berührt und uns die wichtigsten Lektionen über das Leben gelehrt hatte. „Ein Mensch kann viel von einem Hund lernen, auch von so einem verrückten wie dem unseren", schrieb ich. „Marley lehrte mich, jeden Tag mit ungezügelter Ausgelassenheit und Freude zu leben, er lehrte mich, den Augenblick zu genießen und meinem Herzen zu folgen. Er lehrte mich, mich an den einfachen Dingen zu erfreuen – einem Waldspaziergang, frisch gefallenem Schnee, einem Nickerchen am Fenster, wenn die Wintersonne hereinscheint. Und als er alt und gebrechlich wurde, lehrte er mich Optimismus im Angesicht von Widrigkeiten. Am meisten aber lehrte er mich Freundschaft, Selbstlosigkeit und vor allem unumstößliche Treue."

Dieser erstaunliche Gedanke – Marley als Mentor – kam mir erst jetzt nach seinem Tod so richtig zu Bewusstsein. Ein Lehrer und Vorbild. War es denn möglich, dass ein Hund – nicht irgendein Hund, sondern vor allem ein so beknoppter, unverbesserlicher Hund wie unserer – Menschen auf die Dinge hinwies, die wirklich zählten im Leben? Ich glaube schon. Treue. Mut. Hingabe. Einfachheit. Freude. Und genauso die Dinge, die nicht zählten. Ein Hund hat keinen Sinn für teure Autos, große Häuser oder Designerklamotten. Statussymbole bedeuten ihm nichts. Ein nasser Stock genügt völlig. Ein Hund beurteilt andere nicht nach ihrer Hautfarbe, ihrem Glauben oder ihrer Herkunft, sondern danach, wer sie im Innersten sind. Einem Hund ist es egal, ob man reich oder arm ist, klug oder dumm. Schenk ihm dein Herz, und er schenkt dir seines. Es war wirklich ganz einfach, und doch hatten wir Menschen, die wir doch so viel klüger und kultivierter sind, immer schon Schwierigkeiten damit zu erkennen, was wirklich wichtig ist und was nicht. Als ich diese Abschiedskolumne für Marley schrieb, wurde mir klar, dass alles vor unserer Nase lag, wenn wir nur unsere Augen aufmachten. Manchmal schaffte es eben nur ein Hund mit Mundgeruch, schlechten Manieren und reinen Absichten, einem die Augen zu öffnen.

Ich schloss meinen Text ab, schickte ihn an meinen Redakteur und fuhr nach Hause. Ich fühlte mich irgendwie erleichtert, beinahe heiter, als wäre eine Bürde von mir genommen worden, von der ich nicht einmal gewusst hatte, dass ich sie trug.

ALS ICH am nächsten Morgen ins Büro kam, blinkte das rote Licht auf meinem Anrufbeantworter. Ich gab meinen Zugangscode ein und bekam eine automatische Mitteilung, die ich noch nie zuvor gehört hatte: „Ihre Mailbox ist voll. Bitte alte Nachrichten löschen."

Ich schaltete meinen Computer an und öffnete das E-Mail-Programm. Das gleiche Bild. Der Posteingang war voll mit neuen Nachrichten, drei Seiten lang nur neue Nachrichten. Das Lesen der E-Mails am Morgen war sonst ein Ritual für mich; sie waren ein ungefähres Stimmungsbarometer für die Wirkung, die ich mit meiner Kolumne erzielt hatte. Manchmal bekam ich nur fünf oder zehn Reaktionen, und an solchen Tagen wusste ich, dass ich den Ton nicht getroffen hatte. An anderen Tagen waren es ein paar Dutzend, das war dann ein gutes Ergebnis. Aber an diesem Morgen waren es Hunderte, weit mehr, als ich jemals bekommen hatte. Die Betreffzeilen lauteten: HERZLICHES BEILEID, ÜBER IHREN VERLUST oder einfach nur MARLEY.

Tierliebhaber sind ein ganz eigener Menschenschlag, großzügig, einfühlsam, oft ein wenig sentimental, und sie haben ein Herz so groß wie der wolkenlose Himmel. Die meisten wollten einfach nur ihr Beileid bekunden und mir sagen, dass sie Ähnliches erlebt hatten und wussten, was meine Familie und ich jetzt durchmachten. Andere hatten Hunde, mit denen es langsam, aber sicher zu Ende ging, und sie fürchteten sich vor dem Unvermeidlichen, genau wie wir uns gefürchtet hatten.

Aber die Leute schrieben mir noch aus einem anderen Grund. Sie wollten die grundlegende Aussage meines Artikels diskutieren, die Feststellung, dass Marley der Hund mit den schlechtesten Manieren auf der ganzen Welt gewesen war. „Tut mir leid“, hieß es da immer, „aber Ihr Hund kann gar nicht der ungezogenste Hund der Welt gewesen sein – denn den hatte ich.“ Um ihre These zu untermauern, überhäuften sie mich mit ausführlichen Berichten über das schlechte Benehmen ihrer Haustiere. Ich las von zerrissenen Vorhängen, gestohlener Damenunterwäsche, aufgefressenen Geburtstagstorten, ruinierten Autositzen, unerlaubten Freigängen, sogar von einem heruntergeschluckten Verlobungs-Diamantring, der Marleys Vorliebe für Goldketten vergleichsweise harmlos erscheinen ließ. Mein Posteingang glich einer Fernseh-Talkshow zum Thema „Böse Hunde und die Menschen, die sie lieben“, in der die Opfer bereitwillig auftraten und mit Stolz nicht etwa die Liebenswürdigkeit ihrer Tiere, sondern deren schlechte Eigenschaften beschrieben. Seltsamerweise spielten in den meisten Schauergeschichten verrückte Labradors die Hauptrolle, wie meiner einer gewesen war.

Eine Frau namens Nancy schnitt meine Kolumne aus, um sie aufzuheben, weil Marley sie so sehr an ihren Retriever Gracie erinnerte. „Ich legte den Artikel auf den Küchentisch und drehte mich um, um die Schere wegzuräumen. Als ich mich wieder zum Küchentisch umdrehte, hatte Gracie natürlich den Artikel gefressen.“

Mann, ich fühlte mich mit jeder Minute besser. Marley war auf einmal gar kein so schrecklicher Hund mehr. Zumindest war er im Verein der Bösen Hunde in bester Gesellschaft. Ich druckte mehrere Zuschriften aus und zeigte sie zu Hause Jenny, die daraufhin zum ersten Mal seit Marleys Tod lachte. Meine neuen Freunde von der Geheimen Bruderschaft der Besitzer gestörter Hunde hatten uns mehr geholfen, als sie ahnen konnten.

Aus den Tagen wurden Wochen, und der Winter schmolz in den Frühling. Narzissen brachen durch die Erde und blühten an Marleys Grab, und hübsche weiße Kirschblüten rieselten darauf herab. Allmählich gewöhnten wir uns an unser Leben ohne Hund. Mit der Zeit wurden die Erinnerungen schöner und weniger schmerzlich. Längst vergessene Begebenheiten zogen an meinem inneren Auge vorbei, so deutlich, als würde ich ein Videoband abspielen: Die Begeisterung, mit der sich das Filmteam um ihn geschart hatte. Wie er Mangos zwischen seinen Pfoten hielt und das Fruchtfleisch ablutschte. Wie er mich um seine Beruhigungstabletten angebettelt hatte, als seien es Steaks gewesen. Alles kleine Momente, die nach dem Zufallsprinzip an den unwahrscheinlichsten Orten und im unerwartetsten Augenblick auf meiner geistigen Kinoleinwand abliefen. Über die meisten musste ich lächeln, manchmal musste ich mir aber auch auf die Lippen beißen und innehalten.

Als ich zu einem Gesprächstermin fuhr, fiel mir auf einmal ein Vorfall aus der ersten Zeit unserer Ehe ein: Wir planten ein romantisches Wochenende in einem kleinen Häuschen auf der Insel Sanibel, es war, noch bevor die Kinder kamen. Nur das Brautpaar – und Marley. Ich hatte dieses Wochenende vollkommen vergessen, und plötzlich war es wieder da, klar und deutlich: Wie wir im Auto fuhren, Marley zwischen uns, und wie er ab und zu den Schalthebel mit der Schnauze in den Leerlauf schob. Wie wir ihn nach einem Tag am Strand in unserem Ferienhaus in der Wanne badeten und überall Sand, Wasser und Seifenlauge verteilten. Und wie Jenny und ich uns später unter den kühlen Baumwolllaken liebten, während die Meeresbrise hereinwehte und Marley mit dem Schwanz gegen die Matratze schlug.

Er spielte in einigen der glücklichsten Kapitel unseres Lebens die Hauptrolle. Kapitel, die von junger Liebe und neuen Anfängen erzählten, von ersten beruflichen Erfolgen und winzigen Babys. Von berauschenden Erfolgen und schweren Enttäuschungen, von Entdeckergeist und Freiheit und Selbstverwirklichung. Er trat in unser Leben, als wir gerade dabei waren herauszufinden, was wir damit eigentlich anfangen wollten. Er kam zu uns, als wir gerade in Angriff nahmen, was jedem Paar irgendwann bevorsteht, nämlich den manchmal schmerzhaften Prozess, zwei verschiedene Vergangenheiten zu einer gemeinsamen Zukunft zu verbinden. Er wurde Teil unserer Verbindung, ein eng verwobener Faden im Gewebe unseres gemeinsamen Lebens. Und genau wie wir ihn zu unserem Familienhund gemacht hatten, half er mit, aus uns ein Paar, Eltern, Tierliebhaber und erwachsene Menschen zu machen. Trotz allem, trotz aller Enttäuschungen und unerfüllter Erwartungen hatte Marley uns ein Geschenk gemacht, das unbezahlbar und umsonst zugleich war. Er lehrte uns die Kunst der bedingungslosen Liebe. Wie man sie gibt und wie man sie annimmt. Wo das möglich ist, ergibt sich vieles von selbst.

IM SOMMER nach Marleys Tod staunte Jenny, wie einfach sich ein Haus ohne einen sabbernden, haarenden und manchmal vor Schmutz starrenden Hund sauber halten ließ. Ich musste zugeben, dass es angenehm war, barfuß durchs Gras zu laufen, ohne darauf achten zu müssen, wohin man trat. Kein Zweifel, das Leben ohne Hund war leichter und einfacher. Wir konnten einfach mal übers Wochenende wegfahren, ohne einen Hundesitter zu organisieren. Wir konnten abends zum Essen gehen, ohne uns Sorgen darüber zu machen, welches Familienerbstück diesmal in Gefahr war. Die Kinder konnten essen, ohne auf ihre Teller aufpassen zu müssen. Vor allem genoss ich die Freiheit, durchs Haus zu streifen, ohne dass mir ein großer hellbrauner Magnet an den Fersen hing.

Und trotzdem war unsere Familie nicht ganz vollständig.

Als ich eines Morgens im Spätsommer zum Frühstück herunterkam, reichte mir Jenny einen Teil der Zeitung. Er war so gefaltet, dass einem eine der inneren Seiten gleich ins Auge fiel. „Du wirst es nicht glauben“, sagte Jenny.

Einmal pro Woche stellte unsere Lokalzeitung einen Hund aus dem Tierheim vor, der ein neues Zuhause suchte. Zu der Anzeige gehörten immer ein Foto des Hundes, sein Name und eine kurze Beschreibung in der ersten Person, als würde sich das Tier selbst vorstellen und dabei natürlich seine Schokoladenseiten betonen. Auf diese Weise versuchten die Leute vom Tierheim ihre Schützlinge so liebenswert wie möglich darzustellen. Wir amüsierten uns immer über diese Hundeporträts, nicht zuletzt, weil dahinter der Versuch stand, ungeliebte Tiere, die schon mindestens einmal Pech gehabt hatten, möglichst gut wegkommen zu lassen.

An diesem Tag starrte mich von dem Foto ein Gesicht an, das ich sofort wiedererkannte. Unser Marley. Oder zumindest ein Hund, der sein eineiiger Zwilling hätte sein können. Ein großer hellbrauner Labradorrüde mit kantigem Kopf, schrägen Augenbrauen und halb aufgestellten Schlappohren. Er starrte direkt in die Kamera, und von seinem Blick ging eine zitternde Intensität aus. Mir war klar, dass er sofort nach dem Klicken des Auslösers den Fotografen umgerannt hatte und die Kamera fressen wollte. Unter dem Foto stand sein Name: LUCKY. Ich las seine Vorstellung laut vor. Lucky hatte Folgendes über sich zu sagen: „Voll auf Draht! Ich würde in ein ruhiges Zuhause passen, wo ich lernen kann, meine Energie zu zügeln. Meine neue Familie muss Geduld mit mir haben und mir behutsam Hundemanieren beibringen.“

„Mein Gott!“, rief ich aus. „Er ist es! Er lebt!“

„Wiedergeburt", sagte Jenny.

Es war unheimlich, wie sehr Lucky Marley ähnelte und wie sehr die Beschreibung auf Marley passte. Voll auf Draht? Probleme, die Energie zu zügeln? Hundemanieren beibringen? Geduld erforderlich? Wir wussten genau, was hinter diesen Floskeln steckte, denn wir hatten sie ja selbst verwendet. Unser seelisch unausgeglichener Hund war zurück, jung und kräftig und wilder als jemals zuvor. Wir standen beide einfach nur da und starrten stumm auf die Zeitung.

„Ich denke, wir könnten ihn uns ja mal anschauen", meinte ich schließlich.

„Nur so zum Spaß", fügte Jenny hinzu.

„Genau. Nur aus Neugier."

„Anschauen kostet ja nichts."

„Nein, überhaupt nichts", bestätigte ich.

„Tja", sagte Jenny, „warum also nicht?"

„Was haben wir zu verlieren?"

JOHN GROGAN

Foto: © John Grogan

„Marleys Reaktion auf mein Buch wäre wahrscheinlich gewesen, es aufzufressen."

Jahrelang hatte der Journalist John Grogan Familie, Freunde und Leser seiner Zeitungskolumne mit abenteuerlichen Geschichten über seinen Hund Marley unterhalten. Die Idee, nach seinem Tod ein Buch über ihn zu schreiben, entsprang teilweise dem Wunsch, Marleys Bild geradezurücken. „Nachdem Marley gestorben war, war ich der Ansicht, ich schuldete es ihm, die ganze Geschichte zu erzählen. Ja, er war ein unkontrollierbarer, hyperaktiver und verrückter Hund, aber er hatte ein gutes Herz und ein unglaubliches Einfühlungsvermögen."

Grogans Kinder fühlten sich nach Marleys Tod anfangs sehr verlassen. „Meine Frau und ich hatten ein geliebtes Haustier verloren, aber für sie war es, als müssten sie sich von einem Bruder verabschieden. Er hatte sie ihr ganzes Leben lang begleitet, seit sie Babys gewesen waren. Ein Hund ist das größte Geschenk, das Eltern ihren Kindern machen können." Das Schreiben über Marley half der Familie, über seinen Tod hinwegzukommen. Wenn Grogan Jenny und den Kindern Passagen aus dem Buch vorlas, lachten und weinten sie zusammen. „‚Bittersüß' trifft die Stimmung wohl am besten."

Marley zu ersetzen erwies sich als schwierig. Der am Ende des Buches erwähnte Hund Lucky war misshandelt worden und deshalb unberechenbar. Er wäre eine Gefahr für die Kinder gewesen. Heute besitzen die Grogans, die auf einem bewaldeten Hügel in Pennsylvania leben, ein überraschend friedliches Labradorweibchen namens Gracie. „Gracie ist intelligent, ruhig und leicht erziehbar – und ein kleines bisschen langweilig. Aber nach Marley wäre wahrscheinlich jeder Hund langweilig."

GRAF ZEPPELI

Das
Luftschiff
Cay Rademacher

Wie ein Silberstreif am Horizont schwebt der „Graf Zeppelin" majestätisch dahin. Da meldet ein Funkspruch, dass ein Attentäter an Bord ist ...

PROLOG

Lakehurst Naval Air Station,
New Jersey, 6. Mai 1937

Für den Reporter Herbert Morrison begann dieser Abend mit einem Routinejob, doch er sollte mit der Story seines Lebens enden. Er hatte sich in einem kleinen Schuppen am Rande des Flugfeldes ein provisorisches Studio eingerichtet und blickte missmutig abwechselnd auf seine Uhr und auf das graue, gewittrige Wetter draußen vor dem Fenster. Herbert Morrison wartete auf den „Hindenburg“.

Zwölf Stunden Verspätung! Wo blieben die verdammten Deutschen nur? „WLS Chicago“ war der einzige Sender Amerikas, der es noch für nötig befunden hatte, einen Mann nach Lakehurst zu schicken. Im letzten Jahr, bei der Jungfernfahrt, war der „Hindenburg“ die Sensation gewesen. Doch jetzt, zu Beginn der Saison 1937, schickten die Sender niemanden mehr – oder einen Niemand wie ihn, einen jungen, erfolgshungrigen Mann, der sich noch keinen Ruf erarbeitet hatte.

Die Kollegen von den Zeitungen und der Wochenschau fluchten, denn bald würde es zu dunkel zum Fotografieren und Filmen sein. Hunderte von Menschen standen am Rand des Feldes, viele von ihnen vom stundenlangen Warten im Nieselregen inzwischen nass bis auf die Haut. Es waren Verwandte, Freunde oder Geschäftspartner von Passagieren oder einfach nur Schaulustige, die den sagenhaften Zeppelin endlich einmal aus der Nähe sehen wollten.

„Da ist er!“, rief jemand. Es war jetzt 19.08 Uhr, eigentlich sollte das Luftschiff schon seit Stunden am Ankermast hängen.

Okay, bringen wir die Sache hinter uns, dachte Morrison. Er sah einen zunächst winzigen, doch rasch größer werdenden Punkt und hörte das entfernte Brummen der vier gewaltigen Motoren.

„Hier kommt er, Ladies and Gentlemen!“, rief der Reporter ins Mikrofon. „Und was für ein Anblick es ist, einfach überwältigend!“

Morrison musste nicht übertreiben. Was da jetzt langsam über das kahle, schmucklose Feld achtzig Kilometer südlich von New York glitt, war das gewaltigste Flugobjekt, das die Menschheit jemals gebaut hatte: 245 Meter lang, und mit dem Durchmesser eines vierzehnstöckigen Hochhauses. Der zigarrenförmige Rumpf schimmerte, als bestände er aus getriebenem Silber. Wie ein riesiger, urtümlicher Raubvogel drehte der „Hindenburg" eine große Kurve über Lakehurst, wobei er immer mehr abbremste und tiefer sackte. Armdicke Haltetaue fielen aus seiner Bugspitze. Die Männer der Bodenmannschaft rannten los, griffen sich die Hanfseile und versuchten, sie zu den mächtigen Winschen zu zerren, die mit Maschinenkraft das Luftschiff tiefer ziehen sollten.

Es war jetzt 19.25 Uhr. Plötzlich wurde das Dämmerlicht durch ein gewaltiges gelbrotes Leuchten erhellt. Es war, als wäre über diesem kargen Feld in New Jersey plötzlich eine zweite Sonne aufgegangen, so hell und so heiß, wie sie noch keiner der Menschen hier gesehen hatte …

Morrison brauchte einige Sekunden, bis er begriff, was vor seinen Augen geschah. Der „Hindenburg" brannte! Urplötzlich schlugen Feuerzungen zehn, fünfzig, hundert Meter hoch aus dem zigarrenförmigen Rumpf, die metallisch schimmernde Hülle verging, als sei sie aus Papier. Er starrte fassungslos aus dem Fenster, vergaß für einige Augenblicke sogar seinen Job, doch dann griff er sich das Mikrofon: „Er geht in Flammen auf … o nein, das ist grauenhaft … er brennt, wird von Flammen umtost und stürzt auf den Ankermast und all diese Leute … das ist eine der schlimmsten Katastrophen der Welt … oh, er ist noch vier- oder fünfhundert Fuß hoch am Himmel … es ist ein schrecklicher Absturz, Ladies and Gentlemen …"

Der „Hindenburg" krachte in einer Säule aus Flammen und dichtem schwarzem Qualm auf die Erde. Ambulanzsirenen heulten. Die Männer der Bodenmannschaft und einige mutige Schaulustige versuchten, gegen die immense Hitze näher zum Wrack vorzudringen, wo jetzt die ersten rußgeschwärzten Streben des Aluminiumskeletts sichtbar wurden wie die Knochen eines ausgeweideten Wals. Blutüberströmt, in zerfetzter, manchmal vom Körper weggebrannter Kleidung taumelten die ersten Überlebenden ihren Rettern entgegen. Die Fotografen und Kameraleute filmten, dann rannten sie wild durcheinander, auf der Suche nach einem Flugzeug oder Wagen, um mit ihren kostbaren Bildern so schnell wie möglich nach New York zu kommen. Mitten unter ihnen war Herbert Morrison. In diesem Durcheinander fiel ein Mann nicht auf, der mit eiligen Schritten in einem Hangar zu einem Telefon ging und von dort aus ein Ferngespräch anmeldete. Nach Deutschland.

EINS

Rio de Janeiro / Santa Cruz de Sepetiba,
Montag, 3. Mai 1937

Walter Jaeger konnte nicht verstehen, dass so ein riesiger Aufwand für so wenige – und so gewöhnliche – Menschen getrieben wurde. Natürlich hatte er schon häufiger Zeppeline gesehen, das letzte Mal im März 1936, als die beiden Giganten „Graf Zeppelin“ und „Hindenburg“ auf ihrer Werbefahrt für die Olympischen Spiele auch über Frankfurt Kreise gezogen hatten. Damals standen sie jedoch zweihundert Meter hoch am Himmel. In dieser Höhe gab es nichts, was einen direkten Größenvergleich mit etwas Vertrautem ermöglicht hätte – nur ihre Schatten, die plötzlich ganze Straßen abdunkelten, gaben eine Ahnung von ihren Dimensionen.

Als Walter Jaeger jedoch an diesem frühen Morgen den gigantischen Hangar südwestlich von Rio de Janeiro betrat, blieb er ehrfürchtig stehen. Über ihm wölbte sich bis hoch in die dunklen Regionen unter dem riesigen Hallendach ein gewaltiger silbern schimmernder Rumpf. Jaeger hatte sich, wie es seiner Gewohnheit als Journalist entsprach, vorher genau informiert: Die stromlinienförmige Hülle war 236,60 Meter lang und an ihrer breitesten Stelle 30,50 Meter dick – so lang wie ein Güterzug mit 26 Waggons und mit dem Durchmesser von der Höhe eines siebenstöckigen Hauses. Doch keine noch so gründliche Recherche konnte ihn auf den überwältigenden Eindruck vorbereiten, so ein gewaltiges Gebilde direkt über dem eigenen Kopf *schweben* zu sehen.

Jedes Kind wusste, dass Zeppeline von riesigen Mengen Wasserstoffgas wie überdimensionale Kirmesballons in der Luft gehalten wurden. Doch dieses Ding, fand Jaeger, hatte nichts von einem Ballon, mit der sich ständig bewegenden Stoffhülle, den Hanfseilen, Sandsäcken, offenen Körben. Es wirkte massig und solide wie ein Schiff. Mit schweren Steinen gefüllte Säcke beschwerten die Leinen, mit denen der Zeppelin an den Boden gefesselt war wie der Riese bei den Liliputanern. Ein Kreuz aus vier Finnen bildete das Heck – Schiffsrudern im Trockendock einer Werft ähnlicher als Flugzeugleitwerken. An den Seiten der oberen und unteren Leitwerke prangten schwarz auf rot eingefasstem weißem Grund Hakenkreuze so groß wie Lastwagen. Fünf Motorgondeln hingen an dem Monstrum, zwei an jeder Seite und eine unter dem Kiel vor den Finnen. Vorn befand sich die Führergondel, eine schmale, längliche Konservenbüchse mit Fenstern und Türen – das Einzige, das aussah, als wäre es für normale Menschen gemacht.

Ölverschmierte Mechaniker kletterten auf Leitern vom Boden in die Motorgondel; Arbeiter mit nacktem Oberkörper schleppten Schrankkoffer, Reisetaschen und Postsäcke in endloser Prozession in den riesigen Bauch des Zeppelins; vorn standen drei Offiziere in blauen, goldbetressten Uniformen und mit Schirmmützen und inspizierten irgendein kleines technisches Gerät an der Außenseite der Gondel; am Rande des Hangars standen brasilianische Soldaten in kakifarbenen Uniformen, das Gewehr lässig geschultert, und langweilten sich.

„Kann es einen schöneren Platz für das Hakenkreuz geben als diesen?" Bruno Krauss deutete mit theatralischer Geste nach hinten zu den Heckfinnen.

Walter Jaeger hatte gelernt, in Gegenwart überzeugter Nationalsozialisten nicht nur seine Worte, sondern auch seine Gesichtszüge unter Kontrolle zu halten, doch der Anblick des „Graf Zeppelin" hatte ihn so sehr aus der Fassung gebracht, dass er die Bemerkung seines kleinen, dicklichen Begleiters mit einem abschätzigen Blick quittierte. „Man treibt schon einen gewaltigen Aufwand, um zwanzig Passagiere über den Atlantik zu transportieren", entgegnete er kühl und deutete mit einer Geste die Länge des Zeppelins an.

„Ein Schiff braucht zwei Wochen von Deutschland nach Rio", bemerkte Krauss spitz, „der Zeppelin schafft das in weniger als einhundert Stunden. Ein Triumph deutscher Technik!"

Eine Stimme in ihm warnte ihn, nicht zu weit zu gehen, doch Jaeger konnte sich nicht beherrschen. „Es ist nur bedauerlich, dass dieser Triumph noch in der dunklen Zeit der Schande geschaffen wurde, fünf Jahre vor der Machtergreifung", sagte er ironisch.

Krauss warf ihm einen giftigen Blick zu. „Doch erst das nationalsozialistische Deutschland war in der Lage, einen Zeppelin wie den ‚Hindenburg' zu schaffen. Dagegen ist das da", er deutete mit der Kinnspitze Richtung „Graf Zeppelin", „nur noch zweite Wahl."

Jaeger lächelte fein. „Also doch kein Triumph deutscher Technik?"

Krauss sah aus, als würde er gleich die Beherrschung verlieren. Doch bevor er etwas sagen konnte, kam ein junger, verschwitzter Mann in der Uniform der Deutschen Zeppelin Reederei, die den Liniendienst zwischen

Europa und Amerika betrieb, auf sie zu. „Herzlich willkommen an Bord des ‚Graf Zeppelin'" sagte er höflich. „Darf ich bitte Ihre Tickets sehen?"

Sie zogen die länglichen, einer Urkunde oder einem Diplom ähnlichen Scheine aus ihren Jacketttaschen und reichten sie ihm. Jetzt wird mich das Aas im Propagandaministerium anschwärzen, vielleicht sogar bei Goebbels persönlich!, dachte Jaeger grimmig und verfluchte seine Unbeherrschtheit gegenüber seinem Kollegen.

Der Vertreter der Deutschen Zeppelin Reederei prüfte ihre Tickets lange und besah sich dann so gründlich ihre Pässe, dass es peinlich war. Ein Amateur, dachte Jaeger. Ein erfahrener Gestapomann hätte mit einem kurzen, schnellen Blick die Ähnlichkeit zwischen Foto und ihm überprüft, dann die Namens- und anderen persönlichen Angaben nach irgendwelchen Auffälligkeiten überflogen und schließlich die Seiten für die Visastempel wie ein geschickter Kartenspieler durchblättert. Da Jaeger für die *Frankfurter Zeitung* oft im Ausland war, sah sein Reisepass aus wie das Trophäenbuch eines Sammlers von Visastempeln. Normalerweise blieben dann die Kartenspielerfinger auf der Seite mit dem Visum der Sowjetunion von 1934 hängen, es folgte ein langer, prüfender Blick, und dann wurde ihm der Pass ruckhaft, fast widerwillig zurückgegeben. Das war alles eine Sache von dreißig Sekunden.

Doch der Vertreter der Deutschen Zeppelin Reederei blätterte so langsam in seinem Pass, als kämpfe er sich mühsam durch ein kompliziertes wissenschaftliches Buch. Wahrscheinlich ist mal wieder aus Berlin eine nebulöse Warnung an alle deutschen Auslandsvertretungen ergangen, dachte Jaeger. Sein einziger Trost war, dass auch Krauss überprüft wurde. Sein Kollege, schon wegen Jaegers Sticheleien wütend, wirkte, als stünde er kurz vor einem Amoklauf. Doch auch er war klug genug, nicht laut zu protestieren, da man nie wusste, welche Folgen das haben konnte. Nur seine dicken, verschwitzten Hände öffneten und schlossen sich unablässig wie die Kiemen eines gestrandeten Karpfens. Endlich durften sie passieren.

Eine kleine Stahltreppe führte sie zur Eingangstür am Ende des vordersten Viertels der Steuerbordseite der Kabine. Dort stand ein mittelgroßer, schlanker, dunkelhaariger Mann in schwarzer Hose und blütenweißem Jackett. „Willkommen an Bord des ‚Graf Zeppelin', meine Herren!", sagte er höflich und verbeugte sich leicht. „Pflug, Chefsteward. Darf ich Sie höflichst bitten, mir, bevor Sie an Bord gehen, Ihre Feuerzeuge und Streichhölzer auszuhändigen?"

Für Krauss war das Maß an Demütigungen jetzt überschritten. „Was soll das!", giftete er. „Glauben Sie, ich will diesen Zeppelin hier anzünden?"

Der Chefsteward lächelte mit der Routine des Mannes, der solche Einwände schon tausendmal gehört hat. „Eine strikte Anweisung, die nur Ihrer Sicherheit dient“, sagte er verbindlich und setzte dann, nach einem raschen Blick auf das kleine bronzene Parteiabzeichen am Revers von Krauss' Jackett, hinzu, „direkt vom Reichsluftfahrtministerium.“

Krauss murmelte etwas Unverständliches und förderte aus seinen Taschen ein silbernes Feuerzeug mit den Initialen „B. K.“ zutage sowie ein halb verbrauchtes Streichholzheft mit dem Werbeaufdruck eines Berliner Restaurants. Pflug nahm beides mit der übertriebenen Dankbarkeit entgegen, die Kellner an den Tag legen, wenn man zu viel Trinkgeld gibt. Dann sah er Jaeger fragend an. „Ich habe nichts“, sagte dieser und fügte lächelnd hinzu: „Nichtraucher.“

Sie folgten dem Chefsteward durch einen schmalen Gang ins Innere der Gondel. Unmittelbar hinter der Eingangstür blickten sie rechts durch eine geöffnete Luke in die winzige, aber mit modernen Geräten ausgestattete Küche, dann trafen sie auf einen größeren Gang. Rechts und geradeaus sahen sie verschlossene Türen – zu Brücke und Funkraum, vermutete Jaeger. Dann wandten sie sich nach links und betraten eine andere Welt: den Salon.

Schwere rote Vorhänge waren in kunstvollem Faltenwurf vor den nach außen geneigten Panoramafenstern aufgezogen, auf den Fensterbänken standen Blumengestecke in kleinen Vasen, Erinnerungswimpel und anderer Nippeskram. Die Wände waren dezent gemustert bedruckt, in die helle, über zwei Meter hohe Decke waren kleine Lampen eingesetzt. Vier Tische standen im Raum, backbord vorn und steuerbord hinten kleine quadratische für je vier Personen, in den beiden anderen Ecken längliche für jeweils sechs. Sie waren mit akkurat ausgerichteten weißen Tischtüchern bedeckt. Davor standen niedrige, aber bequeme, mit bunten Blütenmustern bedruckte Stühle.

„Der Speise- und Gesellschaftsraum“, sagte der Chefsteward, dann geleitete er sie zur anderen Seite. Sie traten durch eine Tür in einen langen, hell erleuchteten Korridor. „Auf jeder Seite liegen fünf Doppelkabinen“, erklärte Pflug, „dahinter sehen Sie die Tür zu den Waschräumen, steuerbord für Damen, backbord für Herren. Hinter den letzten beiden Türen auf jeder Seite liegen die Toiletten.“

„Und die Tür ganz hinten?“, fragte Krauss.

„Der Mannschaftswaschraum. Die Besatzung schläft über der Gondel auf den Laufgängen im Innern der Hülle, aber dort gibt es kein Wasser.“

Der Chefsteward führte sie zur dritten Kabine auf der Backbordseite und verabschiedete sich mit einer angedeuteten Verbeugung. Die Kabine war schmal wie ein Zugabteil und hatte wie dieses eine gepolsterte Bank und einen Klapptisch. Die Wände waren mit einer dünnen Stofftapete bespannt. Ein kleiner, nur rund zehn Zentimeter tiefer Spind konnte kaum die für die lange Fahrt notwendige Kleidung zum Wechseln und das Handgepäck aufnehmen. Durch ein großes, wie im Speiseraum nach außen geneigtes Fenster sah Jaeger ins Innere der Zeppelinhalle.

„Die Bank wird nachts zum Etagenbett", sagte Krauss und prüfte misstrauisch die Polsterung, bevor er sich aufseufzend fallen ließ. „Wenn Sie nichts dagegen haben, dann nehme ich das obere Bett." Jaeger sah sich um – und wusste plötzlich, dass er in eine Falle geraten war.

Er schüttelte nur den Kopf und murmelte seine Zustimmung. „Unglaublich, wie heiß es um diese Tageszeit hier schon ist", sagte er leise, „ich mache mich kurz frisch." Er kramte in seiner ledernen Reisetasche nach seinem Waschzeug und versuchte dabei, das Zittern seiner Hände zu unterdrücken. Dann zwang er sich, langsam bis zum Waschraum zu gehen. Als er da war, schloss er erleichtert die Tür und lehnte sich an die Seitenwand.

Zwei in eine moderne Konsole eingelassene Waschbecken standen vor der Außenwand, in deren Mitte ein Bullauge Licht ins Innere ließ. Jaeger legte seine Brille zwischen die Waschbecken, dann spritzte er sich das Gesicht mit kaltem Wasser ab und blinzelte in den neben dem Becken an der Wand befestigten runden Spiegel. Das Idealbild eines Ariers blickte ihm entgegen, das allerdings alle Dinge, die weiter als ungefähr einen Meter von seiner Nasenspitze entfernt waren, nur als bunte Schemen erkennen konnte. Dann setzte er die Brille wieder auf und sah mit einem Schlag aus wie ein nachdenklicher, etwas verschüchterter Wissenschaftler. Ein Intellektueller, würden viele Nazis sagen – für die dieser Begriff ein Schimpfwort war. Die Rekrutierungsstelle der SS hätte ihn sicher nicht genommen.

Dabei hatte Jaeger schon mehr Kriegserfahrung, als ihm lieb war. Und das war auch der Grund, warum er sich plötzlich davor fürchtete, mit Krauss zu reisen. Jaeger war 37 Jahre alt, hatte als 18-Jähriger noch im Krieg gekämpft und die letzte große Offensive mitgemacht, dann den deprimierenden Rückzug und das Ende. Er erinnerte sich noch genau an den Tag des Waffenstillstands. Sie hielten eine Stellung in irgendeinem namenlosen nordfranzösischen Dorf. „Das ist Deutschlands Untergang!", rief ihr Offizier. Doch Jaeger dachte nur: „Ich hab's geschafft!" Aber das sollte sich nur zu bald als Irrtum herausstellen.

Den Granaten war er entkommen, nicht jedoch den Bildern von zerfetzten Soldaten, nicht ihrem Gestank und nicht den tausend tödlichen Geräuschen im nächtlichen Schützengraben. Er träumte davon mit hässlicher Regelmäßigkeit. Dann wand er sich schweißgebadet im Bett, manchmal fuhr er jedoch auch laut schreiend hoch. Sein Mädchen hatte ihm damals vor seiner Einberufung eine erste, schüchterne und romantische Liebesnacht geschenkt und ihn nach dem Krieg überglücklich empfangen, doch schon bald fürchtete sie sich davor, mit ihm zu schlafen, weil sie immer wieder nachts von einem „Verrückten" geweckt wurde, in dem sie nichts von ihrem Geliebten erkennen konnte. Sie blieb trotzdem bei ihm, wofür er ihr dankbar war, und heiratete ihn.

Diese Dankbarkeit war stärker als Jaegers Liebe, die einfach irgendwann erloschen war. Doch welche andere Frau würde schon mit ihm ins Bett gehen und ihn hingebungsvoll lieben, obwohl sie wusste, dass er danach niemals von ihr, sondern immer nur von seinen dunklen Dämonen träumte. Jaeger hatte das Gefühl, dass er tief in der Schuld seiner Frau stand.

Und jetzt musste er eine winzige Kabine mit einem rachsüchtigen, verbohrten kleinen Spießer teilen! Wenn Jaeger für die *Frankfurter Zeitung* reiste, dann bis jetzt immer allein. Auch auf der Hinfahrt nach Brasilien auf einem Dampfer der Hamburg-Südamerika-Linie konnte er eine Einzelkabine beziehen.

In Rio de Janeiro fand ein wissenschaftlicher Kongress von Altamerikanisten statt, der größte aller Zeiten. Normalerweise hätte sich in Deutschland außer der *Frankfurter Zeitung* niemand dafür interessiert. Doch die Forscher hatten im letzten Jahr so viele Maya- und Inka-Schätze wie noch nie aus den Dschungeln und Hochebenen der Anden geborgen. Seit dem Grabfund von Tutanchamun waren exotische archäologische Sensationen immer Stoff für die Titelseite, also war ein ganzes Rudel deutscher Journalisten nach Brasilien gefahren.

Zwei ausgewählte Korrespondenten bekamen dann überraschend vom Propagandaministerium die Heimfahrt im Zeppelin spendiert, damit sie auch darüber berichten konnten. Natürlich war Krauss vom *Völkischen Beobachter* dabei, weil dieser das bedeutendste Parteiorgan war, und ihn hatte man ausgewählt, weil die *Frankfurter Zeitung* noch immer als das im Ausland angesehenste deutsche Blatt galt.

Jaeger war begeistert von der Aussicht, endlich einmal in einem Zeppelin zu fahren. Und die Story war für ihn ein verführerischer Leckerbissen gewesen – nur stellte sich jetzt heraus, dass dieser Leckerbissen in Wirklichkeit ein Köder war, der ihn in eine Falle gelockt hatte. Erst in der fast klaustrophobisch engen Kabine war ihm schlagartig klar geworden, dass er ausgerechnet Krauss auch nachts in seiner Nähe haben musste. Was hatte der gesagt? Ungefähr einhundert Stunden würde die Fahrt dauern – viel zu lang, um sie ohne Schlaf durchzustehen. Jaeger musste sich etwas einfallen lassen, sonst würde er einen hohen Preis für dieses Vergnügen bezahlen.

„DARF ich urinieren?"

Hans Thomsen blickte amüsiert auf. Er hatte noch nie gehört, dass jemand ein so vornehmes Wort für etwas so Ordinäres benutzte, doch dann erinnerte er sich daran, dass sein Gefangener Mediziner war. „Einer der drei besten Neurologen der Welt, vielleicht sogar der beste!", hatte ihm Heydrich in der Zentrale des Sicherheitsdienstes in Berlin gesagt. Jemand, der täglich in die Gehirne anderer Menschen blickte, wurde darüber vielleicht selbst ein bisschen seltsam.

„Aber selbstverständlich, Herr Professor", antwortete er deshalb spöttisch und sprang auf. „Ich werde Sie begleiten."

Professor Johann Forster lächelte gequält, dann verließen sie die Kabine. Es war die hinterste auf der Steuerbordseite, direkt vor den Waschräumen. Thomsen hatte für dieses Arrangement im Büro der Deutschen Zeppelin Reederei in Rio de Janeiro erst seinen Gestapo-Ausweis zücken müssen, woraufhin der bis dahin so sture Beamte am Ticketschalter plötzlich blass und freundlich wurde.

Er wollte mit dem Professor in die enge Toilettenkabine eintreten, als dieser sich umdrehte und „Ich muss doch sehr bitten!" murmelte. Thomsen hielt inne, eher überrascht als verärgert, blickte kurz auf das winzige Bullauge und nickte dann. „Also gut, ich glaube kaum, dass Sie durch dieses kleine Loch krabbeln werden", sagte er.

„Sie wissen so gut wie ich, dass ich nicht einmal durch ein geöffnetes Scheunentor fliehen kann, weil Sie mich in der Hand haben!" Wütend riss der Professor die Toilettentür zu.

Thomsen lächelte, strich sich mit dem Zeigefinger über sein vor zehn Jahren gebrochenes, durch einen markanten Höcker gekennzeichnetes Nasenbein und schlenderte zurück zu seiner Kabine, ließ die Tür jedoch einen Spaltbreit offen, um zu hören, wann Forster wieder aufschloss. „Was für ein langweiliger Auftrag", murmelte er.

Hans Thomsen war 32 Jahre alt, mittelgroß, sportlich, blond und blauäugig, ein passabler Degenfechter, ein guter Boxer und einer der besten

Pistolenschützen Deutschlands. Er war Kommissar bei der Kriminalpolizei. Als er es nach der Machtergreifung 1933 für ratsam hielt, in die Partei einzutreten, hatte es deshalb gar keine Schwierigkeiten gegeben, im Gegenteil: Man hatte ihn ermuntert, auch gleich Mitglied der SS zu werden. Jetzt war Thomsen SS-Scharführer und Kommissar der Geheimen Staatspolizei. Als Hitler 1934 den SA-Führer Röhm und ein paar Dutzend andere Rivalen liquidieren ließ, war er dabei gewesen. Dabei hatte er sich so bewährt, dass ihm Berlin seitdem einige „Sonderaufträge" gegeben hatte.

Doch dieser Auftrag jetzt schien unter seiner Würde zu sein. Thomsen hörte das Türschloss, schnellte nach draußen und nahm Forster auf dem Flur in Empfang. Dann schob er ihn wieder in die Kabine und verschloss sorgfältig die Tür. Er betrachtete den kleinen, energischen, etwas kurzatmigen älteren Mann mit den wirren grauen Haaren und den feingliedrigen, fast femininen Händen – von einem Gegner hatte er andere Vorstellungen. Forster war Jude und früher Professor für Neurologie an der Universität Berlin gewesen. Viel mehr hatte man ihm nicht gesagt, nur dass der Professor vor zwei Jahren zu seiner Tochter nach Brasilien ausgewandert war. Allerdings hatte ihn Heydrich persönlich in einem abhörsicheren Büro in der Zentrale des Sicherheitsdienstes empfangen und ihm den Auftrag gegeben, Forster zurückzuholen, „so schnell wie möglich, unbedingt lebend und möglichst unverletzt! Das ist ein Führerbefehl!". Dann hatte sich Heydrich etwas vorgebeugt und mit seinem unangenehm kalten Lächeln geflüstert: „Dieser Mann ist beinahe so wertvoll für das Reich wie der Führer selbst! Also passen Sie bloß gut auf ihn auf, Thomsen!"

Thomsen wusste, wie das gemeint war: Wenn er versagte, würden sie ihn ohne Zögern exekutieren. Er fragte sich beunruhigt, warum ein etwas zerstreut wirkender jüdischer Professor für Heydrich, die Gestapo oder sonst jemanden in Deutschland so ungeheuer wichtig sein konnte. Er hatte sich deshalb auf den schwersten Auftrag seines Lebens vorbereitet, doch war es geradezu beleidigend einfach gewesen, zumindest für einen Mann von seinen Qualitäten. Die Gestapo hatte einfach Forsters Bruder verhaftet, einen bis 1933 gefeierten Pianisten, der naiv genug war, noch immer in Berlin zu leben. Thomsen brauchte nur mit dem „Graf Zeppelin" nach Rio de Janeiro zu fahren, beim Professor an der Haustür zu klingeln und ihm auszurichten, dass sein Bruder in der Haft an „Herzversagen" sterben würde, wenn er nicht für einen Sonderauftrag nach Berlin zurückkehrte. Forster war für eine Minute empört gewesen, Thomsen hatte schon unwillkürlich nach der in seiner Manteltasche verborgenen Pistole gegriffen – doch dann war

Forsters Widerstandsgeist zusammengefallen wie ein Kartenhaus, und er war folgsam wie ein Lamm mit ihm in aller Frühe als erster Passagier an Bord des „Graf Zeppelin“ geschlichen. Es war so einfach, mit reiner, brutaler Macht den schwächlichen, altmodischen, hilflosen Humanismus von Menschen wie Forster zu brechen, dass Thomsen dafür nur Verachtung übrighatte.

„Warum holt man Sie eigentlich zurück, Herr Professor?“, fragte er, und eine Andeutung von Hohn war in seiner freundlichen Stimme.

Forster sah ihn überrascht an. „Das wissen Sie nicht? Erstaunlich.“ Er murmelte etwas Unverständliches.

Thomsens Gesichtsausdruck hatte sich schlagartig von einer kalten, glatten Höflichkeit zu lauernder Spannung verändert. „Heraus mit der Sprache!“, zischte er. Er fühlte sich zum Narren gehalten, von Heydrich ebenso wie von diesem seltsamen Professor, der angeblich so wichtig war.

Doch Forster sah ihn nur verwirrt an. „Ich dachte eigentlich, dass Sie mir sagen könnten, warum Sie mich entführen. Offensichtlich sind Sie darüber jedoch genauso wenig informiert wie ich. Seltsam.“

Thomsen zwang sich zu einem spöttischen Lächeln, obwohl er innerlich vor Wut kochte. Er hatte einen Fehler gemacht, hatte sich aus Neugier eine Blöße gegeben. Ich muss aufpassen!, dachte er grimmig.

Forster setzte sich umständlich neben ihm auf die Bank. „Stört es einen überzeugten Nationalsozialisten wie Sie eigentlich nicht, drei Tage auf engstem Raum mit einem Juden zu verbringen?“, fragte er ironisch. Offensichtlich hatte er bemerkt, dass Thomsens Souveränität einen Schlag abbekommen hatte. „Sie halten unsereins doch für minderwertig, nicht wahr?“

Thomsen lächelte ihn spöttisch an. „Natürlich sind Juden minderwertig“, sagte er leichthin, „aber das sind fast alle anderen Menschen auch.“

Jetzt war Forster überrascht. „Glauben Sie nicht an die Überlegenheit der arischen Rasse?“

Das Gespräch fing an, wieder in Bahnen zu laufen, die Thomsen gefielen. „Nein“, antwortete er höflich.

„Wenn Sie so denken, warum sind Sie dann bei der Gestapo?“, fragte der Professor empört.

„Damit ich derjenige bin, der verhaftet, und nicht derjenige, der verhaftet wird“, antwortete er kalt. Der Professor starrte ihn einige Augenblicke verwirrt an, dann sah er verlegen zu Boden. Thomsen lächelte dünn und blickte den alten Mann mitleidlos an. Du wirst mir nie wieder eine dumme Frage stellen, dachte er befriedigt.

DAS TAXI war ein 35er-Buick – und Sarah Livingston hasste 35er-Buicks. An diesem Morgen hätte sie allerdings auch ihren meerblauen, brandneuen Chevrolet Roadster gehasst, den sie von ihren Eltern vor acht Wochen zum 18. Geburtstag geschenkt bekommen hatte. Ihr erstes Jahr in Wellesley war noch nicht einmal um gewesen, als ihr Vater eines Tages persönlich vorgefahren war und sie mit dem Ruf „Darling, es geht in den Urlaub!" aus dem College geholt hatte. Es war Daddy, der die sündhaft teuren Studiengebühren zahlte und ihr versprach, die Sache mit den verpassten Prüfungen schon irgendwie zu regeln, also war sie begeistert mitgekommen. Brasilien!

Sarah hatte keine Ahnung, weshalb ihr Vater ausgerechnet hier Urlaub machen wollte. Soweit sie sich zurückerinnern konnte, hatte er sich nie sonderlich für irgendetwas interessiert, was südlich vom Rio Grande lag. Doch als sie gestern in den Hafen eingelaufen waren, hatte sie, als sie den berühmten Zuckerhut sah, vor Begeisterung Daddy und sogar Mom umarmt und sich auf Samba-Rhythmen und exotische Städte gefreut.

Heute Morgen hatte Daddy sie jedoch in aller Frühe geweckt, zusammen mit Mom und ihrer Dienerin Maria in ein Taxi gesteckt und zur Avenida Rio Branco gefahren. Sie hielten vor der Hausnummer 79, wo ein Büroschild aus massivem Messing mit der Aufschrift THEODOR WILLE & CO. prangte, und darunter HAPAG-TICKET-OFFICE. Daddy war in dem Haus verschwunden, während sie draußen im Taxi warten mussten. Sarah war gespannt, welche Überraschung ihr Vater nun wieder für sie bereithielt.

Als er wiederkam, schwenkte er vier Tickets in der Hand. Sarah hatte schon auf der Highschool ihr Talent für Sprachen entdeckt und beherrschte inzwischen leidlich Französisch, Spanisch und Deutsch – gut genug jedenfalls, um zu lesen, was auf den Tickets stand, bevor Daddy noch etwas sagen konnte. „Wir fliegen nach Deutschland?!", kreischte sie. Sie hätte ihm gern im Taxi eine Szene gemacht, doch dann sah sie seinen Gesichtsausdruck und verstummte.

Gerry Livingston war 48 Jahre alt, groß, gut gekleidet und distinguiert. Ein Mann mit ergrauendem Haar und der etwas unsicheren Seriosität von Leuten, die sich für rechtschaffen halten, aber wenig natürliches Selbstvertrauen ausstrahlen. An diesem Morgen schwang er sich jedoch mit grimmiger Entschlossenheit auf den Beifahrersitz und starrte durch die Windschutzscheibe, während sie die 60 Kilometer bis nach Santa Cruz de Sepetiba hinausrasten.

Sarah hatte ihren Vater noch nie so gesehen, doch sie war klug genug, ihn die nächste halbe Stunde nicht zu reizen. Sie saß auf der Rückbank links und stierte ebenfalls aus dem Fenster. Das Taxi kreuzte über die großen Boulevards der Innenstadt und fuhr dann auf eine zweispurige Straße, die nach Südwesten führte.

Neben ihr saß ihre Mutter. Hannah Livingston war so alt wie ihr Gatte und füllig wie eine Operndiva. Hoffentlich werde ich nie so fett wie Mom!, dachte Sarah oft, die nur zu gut wusste, dass unter ihren eigenen lockigen braunen Haaren ein ziemlich rundliches Gesicht in die Welt blickte. Ihre Mutter war wie immer viel zu dick geschminkt, trug an drei Fingern jeder Hand große, mit Rubinen und Diamanten geschmückte Goldringe sowie eine zweifach geschlungene Perlenkette um den Hals und machte ihr übliches unzufriedenes Gesicht.

Auf den rechten Rand der Rückbank hatte sich Maria Ficcini gezwängt. Obwohl selbst recht stämmig, wurde sie fast erdrückt von der Leibesfülle ihrer Herrin. Ihre dunklen Augen verrieten weder Neugier noch Empörung noch sonst irgendein Gefühl, ihr schwarzes Haar war straff zu einem ordentlichen Knoten gebunden, und sie summte leise die Melodie aus einer italienischen Oper, während sie aus dem Fenster starrte. Sarah, die Jazz lieber hörte als Opern, brauchte ein paar Augenblicke, bis sie die Melodie erkannt hatte: der Gefangenenchor aus „Nabucco“. Sie hatte sich bis jetzt noch nie die Mühe gemacht, sich vorzustellen, was Maria wohl denken mochte. Das Mädchen war seit zehn Jahren bei ihnen und gehörte damit für Sarah so selbstverständlich zu ihrem Haus wie der schwere Tisch im Esszimmer oder der Degen aus dem Bürgerkrieg über dem Kamin im Salon. Jetzt fühlte sie zum ersten Mal so etwas wie Sympathie für diese Frau.

Der Gefangenenchor … Ausgerechnet nach Deutschland! Die Wochenschauen hatten im letzten Jahr viel über die Olympiade gebracht, außerdem gelegentlich Filme von Kolonnen marschierender Männer in Uniformen, die aussahen wie eine verunglückte Kreuzung aus Schaffner und Pfadfinder. Hitler war ein kleiner Kerl mit Charlie-Chaplin-Bart, der dauernd Reden hielt und sich dabei jedes Mal so erregte, dass ihr Highschool-Deutsch nicht mehr ausreichte, um sein Geschrei zu verstehen. Was in aller Welt war in Daddy gefahren, ausgerechnet in Deutschland Urlaub zu machen?

Sarah richtete sich auf. Daddys Geschäft! Sie hatte sich nie sonderlich für „Livingston & Darthmor, Inc.“ interessiert. Daddy und sein Partner Tom Darthmor stellten Spezialradios, Funkgeräte und andere elektronische Dinge her, die so kompliziert waren, dass bereits die Bedienungsanleitungen ihr technisches Verständnis restlos überforderten. Außerdem konnte sie ihre Freundinnen nicht einfach in das nächste Geschäft führen und ihnen stolz Daddys Produkte zeigen, denn die wurden ausschließlich an große Firmen und die Regierung verkauft.

Doch wenn dieser verrückte Deutschlandtrip etwas mit Daddys Geschäften zu tun hatte, warum war er dann nicht einfach in New York oder Baltimore ins nächste Schiff nach Hamburg gestiegen oder hatte den „Hindenburg“ genommen? Wieso war er mit ihnen nach Brasilien gereist, um von dort aus urplötzlich in rasender Eile den Zeppelin zu nehmen? Und wozu hatte er sie überhaupt alle mitgenommen? Sarah glaubte, dass Daddy nun lange genug im Taxi gesessen hatte, um sich ein bisschen beruhigt zu haben. „Ich habe keine Kleidung für Europa eingepackt“, stellte sie so sachlich wie möglich fest.

„Im Mai ist es auch in Deutschland schon warm“, antwortete ihr Vater kurz angebunden. Mom warf ihr einen missbilligenden Blick zu, sodass sich Sarah resigniert zurücklehnte. Noch bevor wir in Deutschland landen, werde ich wissen, warum wir diese verrückte Reise machen!, schwor sie sich.

Dann wurde sie vom Anblick der weißen Halle abgelenkt, die sich wie ein künstlicher kubischer Fels neben der Straße erhob. Das Taxi brachte sie bis vor ein kleines Portal in der Längsseite, wo sie von einem uniformierten jungen Angestellten in Empfang genommen wurden. Sarah hatte sich fest vorgenommen, kühl und kontrolliert wie eine Dame von Welt an Bord zu gehen, doch als sie in die Halle trat, blieb sie wie angewurzelt stehen und starrte nach oben auf den silbernen Giganten. „Das Ding kann niemals fliegen“, hauchte sie.

„Bis jetzt ist der Zeppelin noch immer in die Luft gekommen, Madam, und auch jedes Mal wieder sicher gelandet“, sagte der schwitzende junge Mann in Uniform. Sein Englisch hatte den typischen deutschen Akzent.

Als sie das Innere der Gondel betraten, musste ihr Vater seine Zigarren und sein dickes Sturmfeuerzeug dem Steward geben. Sarah beobachtete amüsiert, wie ihr Daddy den dicken braunen Havannas nachstarrte, die der Steward, der Peter oder Paul oder so ähnlich hieß, in eine kleine Metallbox legte und diese nach vorn brachte. „Wenn du es gar nicht mehr aushalten kannst, darfst du einen von meinen Kaugummis haben, Dad!“, rief sie und kicherte. Plötzlich war Sarah lustig und so erregt wie noch nie in ihrem Leben. Was auch immer der Grund für diese Reise sein mochte, die Fahrt im „Graf Zeppelin“ war ein Abenteuer.

Sie wurde wieder ein bisschen ernüchtert, als sie die Kabinen sah. Sie hatte unbewusst erwartet, eine der üblichen Luxussuiten zu bekommen, die Daddy auf allen Reisen buchte, doch musste sie einsehen, dass ein Zeppelin eben doch kein Schiff war. Mom und Daddy hatten die zweite Kabine auf der Backbordseite, sie selbst diejenige direkt gegenüber. Maria war in der Kabine hinter der ihren einquartiert.

ARTHUR OHLBAUM wurde wie immer übersehen. Er stand an einem der Fenster des Salons und blickte hinaus. Es war gegen 8.30 Uhr morgens, als die ungefähr einhundert Männer der Bodenmannschaft den „Graf Zeppelin" langsam aus dem riesigen Hangar zogen. Wie bei einem grotesken Tauziehen zwischen Liliputanern und einem gesichtslosen, silbern schimmernden Riesen hatten sie die armdicken Hanfseile gepackt und zerrten das riesige Fluggerät langsam aus der Halle. Andere Teams standen an den Seiten, die Männer hatten lange, in weiten gepolsterten Halbbögen endende Stangen in der Hand, mit denen sie den Zeppelin bei Schlingerbewegungen stoppen sollten.

„In der Luft ist ein Zeppelin viel sicherer als am Boden", hatte ein alter Luftschiffkommandant einmal zu Ohlbaum gesagt. Nirgendwo war das Risiko so groß wie beim Ein- und Aushallen: Eine plötzliche Böe konnte ausreichen, ein Luftschiff, das erst ein Stück weit aus der Halle gezogen worden war, gegen das Dach oder die gewaltigen Torpfosten zu drücken. Das Aluminiumskelett würde knicken wie eine hastig zusammengeleimte Streichholzkonstruktion und der Gigant mit gebrochenem Rückgrat tödlich getroffen zu Boden sinken; es konnte sogar Wasserstoffgas austreten, sich mit Luft vermischen und – päng! – den ganzen Hangar niederbrennen. Im Weltkrieg waren fast so viele Zeppeline beim Ein- oder Aushallen zerstört worden wie durch feindliches Abwehrfeuer.

Alle Passagiere hatten sich im Salon versammelt, um das aufregende Schauspiel mitzuerleben. Ohlbaum betrachtete seine Mitreisenden verstohlen. Zwei kannte er vom Sehen, weil ihre Bilder regelmäßig in den Berliner Zeitungen und den Wochenschauen zu bewundern waren: Rafael Schoschowski, den Dirigenten der Berliner Philharmonie, und seine Frau Annegret, früher eine bekannte Pianistin. Ohlbaum erinnerte sich vage, irgendwo von einer Südamerikatournee der Philharmoniker gelesen zu haben.

Zwei Männer in hellen Leinenanzügen flüsterten erregt miteinander; sie schienen über irgendetwas sehr verschiedener Meinung zu sein. Beide hatten Notizblöcke in der Hand und kritzelten gelegentlich etwas hinein, der größere, der sehr nervös aussah, hatte außerdem eine Leica umgehängt und machte ein paar Fotos. Zu ihnen hatte sich ein dünner Mann mit auffallend weißblondem Haar gesellt, dessen Bubengesicht mit den übergroßen, hellblauen Augen noch kindlich gewirkt hätte, wenn es nicht von Aknenarben zerfurcht gewesen wäre. Er schien innerlich so angespannt zu sein, dass Ohlbaum nicht überrascht gewesen wäre, wenn er plötzlich das Fenster aufgerissen und hinausgesprungen wäre, solange sie noch dicht über dem Erdboden schwebten.

Auf seiner, der Backbordseite des Salons hatte ein stiernackiger, rotgesichtiger Mann besitzergreifend seine massiven Fäuste auf die vorderste Fensterbank gestemmt und starrte so zufrieden hinaus, als wäre er persönlich der Kapitän des „Graf Zeppelin". Der Mann steckte in den kniehohen schwarzen Stiefeln und der braunen Uniform der Partei, eine breite Hakenkreuzbinde am Arm – so, als ginge er jetzt gleich zu einem Aufmarsch. Ein hoher Funktionär.

Ohlbaum beneidete den Parteibonzen um seine Begleiterin, die in keiner Weise zu ihm passte: nicht mehr ganz jung, aber schlank, in einem aufregenden taubengrauen französischen Kostüm, dezent geschminkt – bis auf den provozierend üppigen roten Mund – und mit lang herabwallenden, allem Anschein nach gefärbten blonden Haaren. Sie sah so gleichgültig aus dem Fenster wie eine Reisende im Vorortzug, die die Strecke auswendig kennt. Ohlbaum bemühte sich, den Ausdruck ihres feingeschnittenen Gesichts zu deuten: Überdruss vermischt mit einer Spur Härte und Verachtung gegenüber dem Rest der Welt. Diese Frau faszinierte und erschreckte ihn zugleich.

Der Steward hatte den Reisenden – wohl auch, um sie vor dem Start abzulenken – Kaffee gebracht. Allen – außer ihm. Der Steward, der mehrmals mit kleinen Tabletts zwischen dem Salon und der kleinen Küche, aus der es jetzt verführerisch nach frischen Brötchen duftete, hin und her gependelt war, hatte ihn einfach vergessen.

Arthur Ohlbaum war es gewohnt, dass man ihn übersah, und normalerweise war es ihm auch ganz recht so. Schon auf der Mittelschule in Friedrichshafen war er ein unauffälliger Mitläufer gewesen. Dann hatte er zwar bei der Deutschen Zeppelin Reederei angefangen, allerdings als Buchhalter, wo er Tag für Tag um Punkt 8.30 Uhr sein kleines Büro betrat und penibel Rechnungen und Konten überprüfte. Sicherheitshalber war er im Februar 1933 in die NSDAP eingetreten, doch mit dem festen Vorsatz, nie mehr zu sein als eine Karteileiche.

Warum ausgerechnet ihm plötzlich die Aufgabe gegeben worden war, die Bücher der südamerikanischen Niederlassung der Deutschen Zeppelin Reederei zu überprüfen, hatte Ohlbaum nie erfahren. Seine Eltern waren schon tot, und er wohnte als Untermieter bei einer alten Dame in Friedrichshafen in einem Haus mit Blick auf den Bodensee. Nie war er aus der Region fortgezogen. Seine längsten Reisen waren zwei Dienstfahrten im letzten Jahr nach Frankfurt zum Büro der Deutschen Zeppelin Reederei am neuen Luftschiffflughafen gewesen. Und dann Brasilien!

Hier war alles so anders als zu Hause: die Sprache, die Straßen, das Wetter, die Musik, die Hautfarbe der Menschen, das Essen, die Gerüche – ja selbst die Luft schien Ohlbaum hier anders zu sein, aufregend. Jeder Atemzug konnte ihn verwirren. Und dann kam Lúcia …

Drei Tage war er erst da gewesen, verwirrt und betäubt von dieser fremden Welt, doch wild entschlossen, sich davon nicht beeinflussen zu lassen. Um 8.30 Uhr hatte er jeden Morgen das Büro betreten, sich die schweren, staubigen Bücher vorgenommen und jeden Eintrag, jede Rechnung, jede Quittung überprüft, mochten seine braungebrannten Kollegen auch hinter seinem Rücken auf Portugiesisch mit den einheimischen Mitarbeitern spöttisch tuscheln. Am Abend dieses Tages, alle anderen Deutschen waren längst an der Copacabana oder ins Café gefahren, hatte er sich gerade über ein konfuses Konvolut von Lieferscheinen für Büromaterial gebeugt, als unter den wenigen noch anwesenden brasilianischen Angestellten ein kleiner Tumult losbrach. Im Mittelpunkt stand eine Putzfrau, die auf spöttische Bemerkungen der anderen mit einer heftigen Rede reagierte.

Ohlbaum hatte den Eindruck, dass es um ihn ging, obwohl er kein Wort verstehen konnte. Aus irgendeinem Grund hatte sich die Putzfrau zu seiner Verteidigerin aufgeschwungen – so war es ihm zumindest vorgekommen. Er warf der Frau, nachdem der Streit abgeklungen war, einen kurzen, dankbaren Blick zu. Sie lächelte ihn strahlend an – und einige Stunden später lagen sie im Bett.

Er hatte nur eine undeutliche Vorstellung davon, wie es so weit gekommen war. Sie hatte gewartet, bis er mit seiner Arbeit fertig war, und sich dann außerhalb des Büros einfach bei ihm untergehakt. Sie führte ihn in ein Restaurant – oder ein Café oder eine Bar oder was immer der winzige, überfüllte und unglaublich laute Innenhof gewesen war, wo sie etwas furchtbar Scharfes gegessen und etwas getrunken hatten, das weiß war, unbestimmt fruchtig und sehr nach Rum schmeckte. Irgendwann war sie dann mit auf sein Hotelzimmer gegangen. Lúcia war dick und ungefähr zehn

Jahre älter als er, doch sie hatte eine kaffeebraune, sanfte Haut und unglaublich dunkle Augen.

Ohlbaum, dessen Liebesleben bis jetzt darin bestanden hatte, seine Verlobte in Friedrichshafen am Sonntagnachmittag hastig auf sein Zimmer zu führen, wenn seine Vermieterin zu ihrem allwöchentlichen Kaffeekränzchen ging, hatte in dieser Nacht mit Lúcia Sachen erlebt, die er nie für möglich gehalten hätte.

Er hatte der Deutschen Zeppelin Reederei in Friedrichshafen telegrafiert: *buchfuehrung unuebersichtlich – stop – einige belege unauffindbar – stop – benoetige eine woche mehr zeit – stop – ohlbaum.* Das entsprach sogar teilweise der Wahrheit, also hatte er kein schlechtes Gewissen. Allerdings hatte er jetzt nicht mehr bis spät am Abend über den Büchern gearbeitet, sondern sich am Nachmittag bereitwillig von Lúcia verwöhnen lassen.

Als er heute in aller Frühe aufgestanden war, hatte sie ihn vor dem Hotel geküsst und war winkend die Avenida hinuntergegangen, während er ihr durch die Heckscheibe des Taxis nachgesehen hatte. Sie schien nicht traurig zu sein, und glaubte er dem Geschwätz seiner Kollegen, dann hätte sie ihn bereits heute Abend vergessen.

Ohlbaum starrte hinaus. Langsam glitten sie aus dem Hangar, Sonnenlicht durchflutete plötzlich den Raum, wenn auch gedämpft, weil die Gondel im Schatten der riesigen Hülle lag. Ein Offizier auf der Brücke brüllte ein Kommando. Jetzt wurden die Taue nicht mehr gezogen, der „Graf Zeppelin" kam zum Stillstand, die schweren Seile lagen schlaff in den Händen der Bodenmannschaft. Ein leichtes Zittern lief durch die Gondel und die riesige Hülle. Neue Zurufe, eine unverständliche Mischung aus Deutsch und Portugiesisch. Jetzt kamen die Männer mit den Stangen und stemmten sie unter die Kabine, die hinterste Motorgondel und die untere Heckfinne. Ungläubig sah Ohlbaum, wie die Männer ihre Stangen hoben, als wollten sie mit Heugabeln Stroh nach hinten über ihren Kopf werfen – und tatsächlich drückten sie den silbernen Giganten in die Höhe, zwei Meter, drei, zehn. Die Bodenmannschaften ließen die Halteleinen los, die, von unsichtbaren Händen eingeholt, in der Bugspitze der Hülle verschwanden.

Zwanzig Meter, dreißig, die weiße Luftschiffhalle wurde schnell kleiner, die Männer am Boden waren nur noch dunkle Punkte auf einem Feld, die vom Schatten des Zeppelins verschluckt wurden. Die Amerikaner, der kleinere der beiden Journalisten und der Parteifunktionär beugten sich weit nach draußen, winkten und schrien witzige Abschiedsfloskeln hinunter, der andere Journalist fotografierte wie besessen, alle anderen starrten schweigend nach unten.

Plötzlich hörten sie ein leises, dunkles Brummen, als wenn in einem Nebenraum ein Hornissenschwarm ausgebrochen wäre. Ohlbaum sah nach achtern: Die Maschinen liefen, die Propeller bildeten wirbelnde helle Kreise hinter den Motorgondeln. Sie waren jetzt vielleicht einhundert Meter hoch. Leicht neigte sich der Kabinenboden nach vorn, als der „Graf Zeppelin“ in sanftem Steigungswinkel Höhe und Fahrt gewann. Alle starrten schweigend hinab. Nur noch das Motorengebrumm war zu vernehmen.

Ohlbaum hielt den Atem an, als sich nach ungefähr zwanzig Minuten die Bucht von Guanabara unter ihnen ausbreitete: Zweihundert Meter unter ihnen lag Rio. Die hellen Villen in den reichen Vororten an den steilen Berghängen glichen einem dichten Schwarm weißer Würfel, die ein Riese willkürlich auf die zerklüftete grünbraune Landschaft geklebt hatte. Die Avenidas in der Innenstadt rund um den Campo dos Alfonso bildeten ein seltsames Netz, die Palmen an ihren Rändern warfen winzige, surreale Schatten auf den unter der Morgensonne strahlenden Asphalt. Spielzeugautos krochen durch das Gewirr.

Der „Graf Zeppelin“ fuhr wie in tiefer Demut unter der Hügelkuppe des Corvocado vorbei, sodass die riesige Christusstatue ihnen von oben herab ihren weiten, starren Segen geben konnte. Die gelbe, von gischtigen Wellen umspülte Sichel der Copacabana war menschenleer. Majestätisch glitt das Luftschiff über das Gewirr der vorgelagerten, steil aufragenden Felseninseln. Dann öffnete sich vor ihnen eine unendlich weite, schwarzsilbern schimmernde Scheibe: der Atlantik.

„Es ist angerichtet, meine Damen und Herren!“ Der Chefsteward stand in der Mitte des Salons und verbeugte sich, als sich die Passagiere beinahe unwillig umdrehten, so wie Schläfer, die man mitten in einem schönen Traum aufweckt. Zuerst flüsterten sie, dann lachte die junge Amerikanerin, alle sprachen lauter, die ersten setzten sich. Die Fahrt hatte begonnen.

Ohlbaum zögerte kurz und blickte noch einmal hinaus. Sein Gesicht spiegelte sich im Fenster – eine Allerweltsvisage. Er war mittelgroß, mit einem Körper, der zu untrainiert war, um ihn als sportlich zu bezeichnen, aber auch zu dünn, um „dicklich“ zu rechtfertigen. Er war schon fast kahl, ziemlich blass, auch wenn er nach zwei Wochen Rio einen rötlichen Sonnenbrandschimmer hatte, und sein Gesicht verschwand hinter einer Brille mit dickem Metallgestell und noch dickeren Gläsern. Weiß der Himmel, was Lúcia ausgerechnet an mir gefunden hat!, dachte er.

In wenigen Stunden, wenn sie irgendwo über dem Südatlantik sein würden, hatte er Geburtstag: dreißig. Eine Fahrt mit einem allseits bekannten, fast zehn Jahre alten Luftschiff, eine schmutzige, laute Stadt am anderen Ende der Welt und eine peinliche Affäre mit einer ständig plappernden Putzfrau hatten genügt, um ihn aus der Bahn zu werfen.

„Buchhalter!", zischte Ohlbaum grimmig, und es klang für ihn plötzlich wie ein Schimpfwort. Es war, als hätte er in den knapp zwei Wochen in Rio zum ersten Mal den Geschmack eines einzigen Gewürzes gespürt, eines Gewürzes aus einem reichen Mahl, das man vage „das richtige Leben" nannte. Und jetzt sollte er nach Friedrichshafen zurückkehren, als sei nie etwas gewesen und würde nie wieder etwas sein. Er hatte das Gefühl, als habe ihn irgendeine hohe Instanz dazu verurteilt, bei lebendigem Leibe begraben zu werden.

Dann fiel Ohlbaums Blick auf den stiernackigen Funktionär in seiner braunen Parteiuniform, der sich mit seiner schönen Begleiterin an dem großen Tisch steuerbord vorn niedergelassen hatte und dick mit Marmelade beschmierte Brötchen in sich hineinstopfte. Ohlbaum schwindelte. Plötzlich hatte er eine Vision, so klar und einleuchtend wie ein Kinofilm. Er erinnerte sich plötzlich an einige rätselhafte Frachtpapiere, die er in den letzten beiden Tagen im Büro der Deutschen Zeppelin Reederei in Rio durchgesehen hatte, und an seltsame Gerüchte seiner Kollegen. Der Parteibonze versteckte irgendetwas in seinem Gepäck, doch was genau es war, erfuhren nicht einmal die für die Verladung zuständigen Mitarbeiter der Reederei. Ohlbaum wusste nur, dass dieser privilegierte Reisende alles unternommen hatte, um seine Koffer unkontrolliert an Bord des Zeppelins bringen zu können.

Was immer du auch schmuggelst, dachte er und blickte nachdenklich zu dem Uniformierten hinüber, es muss sehr, sehr wertvoll sein … So wertvoll, dass es seinem Besitzer sicherlich erlaubte, „das richtige Leben" zu führen. Ohlbaum hatte eine Idee. Es war verrückt. Es war gefährlich. Und doch …

Plötzlich fühlte er sich beschwingt. Mit federndem Schritt durchquerte er den Salon bis zum Tisch steuerbord vorn, verneigte sich galant vor der eleganten Frau und setzte sich jovial lächelnd neben den Parteifunktionär. Arthur Ohlbaum, unbescholtener Buchhalter der Deutschen Zeppelin Reederei, hatte soeben beschlossen, das Größte zu wagen, was je an Bord eines Luftschiffes gewagt worden war.

Der wundervolle Geruch nach frischen Brötchen und Kaffee, der von steuerbord aus der gegenüberliegenden Kombüse in seinen Funkraum wehte, ließ den Magen von Heinrich Parsch knurren, obwohl er erst vor einer Stunde gefrühstückt hatte. Immerhin ein gutes Zeichen, dachte er brummig, es beweist, dass ich mich noch nicht aufgegeben habe. Er starrte auf die kastenförmigen Skalen des Telefunken-Kurzwellenempfängers, seufzte dann, stellte einige Regler ein und setzte sich die Kopfhörer auf. Routinemeldungen.

Parsch ließ sich von der Station in Recife den aktuellen Wetterbericht geben. Natürlich nichts außer der ewig gleichen trägen, schwülen tropischen Ruhe. Ich würde dort verrückt werden, dache er, niemals Schnee oder ein richtiges Schmuddelwetter!

Noch waren die Passagiere zu aufgeregt, um ihn mit belanglosen Telegrammen an Verwandte, Freunde oder Geschäftspartner in Friedrichshafen, New York oder sonst wo in der Welt zu bombardieren, die keinen anderen Zweck hatten, als das moderne Zeppelin-Äquivalent zur guten alten Postkarte zu sein.

Parsch wäre jetzt gern auf die Brücke gegangen, um den Steuerleuten zuzusehen, doch er fürchtete sich, vor Kapitän Hans von Schiller zu treten. Heinrich Parsch war ein großer, dunkelblonder Mann mit dem breiten Rücken des erfahrenen Seemanns. Seine Freunde, die ihn „Hein" nannten, wussten, dass seine großen, mit einem dichten Flaum hellblonder Haare besetzten Fäuste schon mal hinlangen konnten, wenn er lange genug provoziert worden war.

Parsch unterdrückte einen Fluch. Irgendein Aas hatte ihn verpfiffen, und das ausgerechnet auf der ersten Fahrt, die er als Erster Funker machte. Parsch hatte mit 14 in Hamburg auf einem Südamerikafahrer als einfacher Matrose angeheuert und sich auf seinen Freiwachen mit Büchern und Fernkursen in jahrelanger verbissener Arbeit zum Funker weitergebildet. Er hatte diesen Posten noch nicht lange, als sein Schiff wegen der Wirtschaftskrise eingemottet wurde. Arbeitslos nach zehn Jahren auf See. Nirgendwo konnte er anheuern, Hamburg und Bremerhaven schienen mit Seeleuten ohne Schiff überfüllt zu sein. Aus reiner Verzweiflung hatte er sich schließlich bei der Deutschen Zeppelin Reederei beworben, tief in Süddeutschland, wo die Berge den freien Blick zum Horizont verstellten. Sie hatten ihn tatsächlich genommen, er konnte es bis heute kaum fassen.

Seit zwei Jahren fuhr er nun auf diesen seltsamen Himmelsschiffen. Eigentlich hatte sich nicht viel geändert: der Kapitän und seine Offiziere navigierten, der Rudergänger hielt Kurs (nun gut, ein zweiter hielt die Höhe, das war neu), die Maschinisten hatten eine Knochenarbeit, und er hockte vor seinem Kasten und funkte und empfing Positions- und Wettermeldungen. Da der alte Funker in diesem Winter zum „Hindenburg" gewechselt war, hatte man ihn zum Ersten Funker des „Graf Zeppelin" befördert. Seine erste Fahrt war bis Recife in Pernambuco, ihrem ersten Stopp in Brasilien, gut verlaufen.

Abends auf Freiwache hatte er mit ein paar Kameraden zusammengesessen und Rum getrunken. Sie hatten die üblichen Witze gemacht: über den Kapitän, die Offiziere, ein paar der Passagiere. Dann hatte Hein die besten Führerwitze erzählt, die er kannte. Alle hatten sich krummgelacht.

Am nächsten Tag, während sie von Recife nach Rio weiterfuhren, hatte ihm sein Zweiter Funker mittags vage zugemurmelt, irgendjemand habe ihn „beim Alten verpfiffen" wegen der Witze. Hein hatte zunächst gelacht, doch von Stunde zu Stunde waren seine Sorgen größer geworden. Wenn es stimmte, was ihm seine Kameraden erzählten, dann konnte man wegen so etwas tatsächlich richtigen Ärger bekommen.

Für einen verrückten Augenblick hatte Parsch daran gedacht, in Rio einfach abzumustern und dazubleiben, bis Gras über die Sache gewachsen war. Doch seine Freundin in Hamburg war schwanger, und er wollte Greta so bald wie möglich heiraten – noch bevor man sehen konnte, wie es um sie stand.

Der Kapitän hatte außer einigen dienstlichen Kommandos kein Wort mit ihm gesprochen. Hatte er diese Kleinigkeit vergessen? Oder würde er alles in Deutschland melden und für seine unehrenhafte Entlassung sorgen – ausgerechnet jetzt? Parsch war es gewohnt, jede Schwierigkeit entweder durch harte, methodische Arbeit oder durch einen kräftigen Faustschlag zu lösen, aber hier lag der Fall anders. Ihm blieb nichts anderes übrig, als abzuwarten. Es machte ihn langsam verrückt.

Seine kleine Kabine kam ihm schon vor wie eine Zelle. Parsch blickte hinaus. Sie fuhren in ungefähr 250 Meter Höhe die Küste entlang. Es war tropisch schwül, doch der Fahrtwind, der durch die kleinen geöffneten Scheiben hereinzog, kühlte seine schweißbedeckte Stirn. Unter ihm lag eine Landschaft, so schön, wie er sich immer das Paradies vorgestellt hatte: an Backbord der endlose grünschwarze Dschungel, ein Blätterdach, aus dem einzelne, besonders hohe Baumkronen wie pflanzliche Springbrunnen herausragten, an Steuerbord der silberblaue Atlantik. Sie fuhren genau über die Nahtstelle, eine aus langen Buchten gebildete gelbweiße

Strandlinie, über die der Schatten des „Graf Zeppelin" wie ein riesiges Tier dahinlief.

Alle ein, zwei Stunden schwebten sie über winzige Dörfer, Ansammlungen kleiner, strohgedeckter, von oben wie Militärzelte aussehender Hütten rund um einen Dorfplatz aus festgetretener Erde, zusammengequetscht zwischen Dschungel und Meer. Im flachen, glasklaren Wasser direkt am Strand schwammen große Seeschildkröten, die aus der Luft aussahen, als schwebten winzige abgeflachte Zeppeline tief unten.

Kokospalmenhaine und kleine Gemüsegärten waren quadratmeterweise in den Dschungel hineingeschlagen worden. Wann immer der „Graf Zeppelin" über ein Dorf schwebte, rannten Männer, Frauen und Kinder aus Feldern, Hütten und Booten an den Strand und winkten. Auf der Hinfahrt war Parsch noch in der Stimmung gewesen, sich übermütig aus dem Fenster zu lehnen und ihnen zuzuwinken, doch jetzt blickte er nur stumm und reglos hinunter.

Er zog noch einmal das Formular hervor, auf dem ihm das bis jetzt einzige Passagier-Telegramm hereingereicht worden war. Es kam von dem ständig grinsenden blonden Kerl mit der gebrochenen Nase, der zusammen mit dem alten Mann schon in aller Frühe an Bord gegangen war. Kurz nach dem Start war er zu ihm in die Funkkabine gekommen. „Senden Sie das! Sofort!", hatte er herrisch gefordert und war wieder verschwunden, bevor Parsch etwas sagen konnte.

ankomme puenktlich und planmaessig – stop – mit f. – stop, hatte die kurze Botschaft gelautet. Beunruhigt war Parsch nicht durch ihren Inhalt, sondern durch ihren Adressaten: das Gestapo-Hauptquartier in Berlin. Der ist ganz bestimmt nicht wegen mir hier!, sagte sich Parsch immer wieder. Doch ein Gestapomann an Bord hatte ihm gerade noch gefehlt.

Parsch erinnerte sich plötzlich wieder an eine Geschichte, die er einmal als Schiffsjunge von einem alten Bootsmann gehört hatte. Im Hafen von New Orleans wollte ein Polizist nach einer Kneipenschlägerei einen Matrosen vom Schiff weg verhaften. Doch der Seemann entdeckte den Detective, als dieser gerade über die Gangway an Bord ging, und rannte unter Deck, um die Seeventile zu öffnen. Das Schiff sank innerhalb weniger Minuten im Hafenbecken. In diesem Durcheinander gelang dem Matrosen die Flucht – während der Polizist irgendwo an Bord hängen blieb, mit dem Schiff unter Wasser gezogen wurde und jämmerlich ertrank.

Parsch grinste matt. „Keine schlechte Idee", flüsterte er vor sich hin. „Setz dein Schiff auf Grund und mach dich davon!" Er fragte sich, ob man einen Zeppelin wohl genauso schnell zu Bruch gehen lassen konnte wie ein ganz normales Handelsschiff. „Das kann so schwierig nicht sein“, murmelte er gedankenverloren.

UTE SCHMITZ lehnte sich bequem in die Kissen zurück und spreizte die Beine. Augustus Steicher wälzte grunzend und schnaufend seine mehr als zwei Zentner auf sie und versetzte seine speckigen Hüften in eine gleichmäßige rhythmische Stoßbewegung, die sie unwillkürlich an das Schlagen mit einem geriffelten Holzhammer erinnerte, mit dem Fleischer den Schinken mürbe klopften. Mechanisch streichelte sie seinen verschwitzten Rücken, ließ in wohlkalkulierten Abständen ein Stöhnen oder einen kurzen, spitzen Schrei los, schloss die Augen und dachte über die letzten Stunden nach.

Augustus Steicher war so etwas wie der Prototyp des Bonzen: ein großer, dicker, rotgesichtiger Bayer mit sich lichtendem braunem Bürstenhaarschnitt, einer von Bier und Schnaps schon leicht blauviolett verfärbten Knollennase und einem Stiernacken, der in einer runden Welle über den Kragen seiner Uniform quoll. Er war jovial, gab sich halb lüstern, halb väterlich und war großzügig, doch er konnte auch engstirnig und brutal sein. Einer Kollegin von ihr, die im falschen Augenblick gelacht hatte, hatte er mit einem einzigen Hieb seiner plumpen Pranke die Oberlippe gespalten und drei Zähne ausgeschlagen. Ute Schmitz wusste, auf was sie sich eingelassen hatte, als sie vor einem halben Jahr beschlossen hatte, alles daranzusetzen, Steicher zu ihrem Stammfreier zu machen – mit Erfolg. Jetzt war sie mit dem luxuriösen Zeppelin in Rio gewesen.

Den anderen Mädchen im „Venushaus“ würde sie einiges erzählen können. Das Etablissement war diskret in zwei nebeneinanderliegenden großbürgerlichen Wohnungen in einem fünfstöckigen Haus nicht weit von der Wilhelmstraße untergebracht. Eine ideale Lage: Politiker, hohe Parteifunktionäre und Diplomaten kamen dorthin, um sich von Propagandareden, Geheimverhandlungen oder ihren mit Mutterkreuzen dekorierten Ehefrauen zu erholen. Ältere Männer mit Macht, fand Ute, zahlten gut, waren im Zweifel oft erpressbar und ließen sich normalerweise noch leichter manipulieren als die halb betrunkenen Arbeiter und verklemmten Studenten, die die Stammkunden ihres früheren Arbeitsplatzes gewesen waren.

Natürlich nannte sie im „Venushaus“ nie ihren richtigen Namen, da er so ziemlich der gewöhnlichste war, den man im ganzen Reich finden konnte, und so viel erotische Ausstrahlung hatte wie ein Propagandafoto von einem

Zeltlager des Bundes Deutscher Mädel. „Valerie“ war ihr Künstlername, weil sich das auf „*chérie*“ reimte – das französische Wort, das auch der ungebildetste ihrer Freier kannte.

Sie dachte an das heutige Abendessen zurück. Steicher war „Präsident der Reichskammer der Bildenden Künste in der Reichskulturkammer“ – er, der vor dem Krieg zwei Semester Kunstgeschichte studiert und nach seiner Soldatenzeit nie beendet hatte, war im Propagandaministerium für Maler und Bildhauer zuständig. Sie firmierte für diese Reise offiziell als „Sekretärin“, eine Tarnung, die so lächerlich war, dass sie jede Menge anzügliche Blicke zu spüren gehabt hätte, wenn ihr Freier nicht ständig in seiner respektgebietenden braunen Uniform herumgelaufen wäre.

Der Steward hatte ihnen Plätze an dem Tisch rechts vorn zugewiesen. An ihm standen sechs Stühle, doch da sie auf dieser Fahrt nicht ausgebucht waren, hatten sich nur zwei Männer zu ihnen gesellt. Das schienen ihr ausgerechnet die beiden seltsamsten Käuze der ganzen Reisegesellschaft zu sein.

Die beiden waren noch recht jung, Ende zwanzig, schätzte sie, in billige Anzüge von der Stange gekleidet – nicht das Kaliber von Männern, die 1500 Reichsmark lockermachen konnten, die die einfache Fahrt von Rio de Janeiro nach Friedrichshafen kostete. Der eine war schon beim Frühstück an ihren Tisch geschlendert. Er war fröhlich und freundlich. Steicher, der während der Mahlzeiten alles hineinschlang, was auf seinen Teller geriet, und währenddessen nur gelegentlich Unverständliches grunzte, dafür aber beim anschließenden Cognac gern einer der Hauptakteure langer, dröhnender Herrengespräche war, hatte sich zwei Stunden lang mit seinem Nachbarn, der sich als Arthur Ohlbaum vorgestellt hatte, unterhalten.

Ute mochte diesen Ohlbaum nicht, irgendetwas stimmte mit dem nicht. Er gab sich so locker und ungezwungen wie ein amerikanischer Millionenerbe – aber diesem unter dem Sonnenbrand blassen, kahlköpfigen, dick bebrillten Kerlchen sah man auf hundert Meter den fantasielosen Buchhalter an, der er war.

Da Steicher sich auch beim Abendessen mit diesem seltsamen Ohlbaum unterhielt, wandte sie sich aus Langeweile dem anderen zu, der schon beim Frühstück so gut wie nichts gesagt hatte. „Erich Bäcker, Inka-Forscher“, hatte er sich vorgestellt. Ute hatte eine Zeit lang gebraucht, um herauszufinden, dass er Wissenschaftler war, der einen Kongress in Rio besucht hatte, wo sich alle die getroffen hatten, die mit ihrem Leben nichts Besseres anzufangen wussten, als die Überreste schon lange toter Indianer wieder auszugraben. Bäcker war mittelgroß, schwächlich gebaut, mit übergroßen hellblauen Augen. Ständig strich er sich sein schlecht und offensichtlich zu selten geschnittenes weißblondes Haar aus der Stirn oder zupfte nervös an den Aufschlägen seines billigen blauen Jacketts.

Sie hatte ihn irgendetwas Belangloses gefragt, woraufhin er zuerst rot wurde, dann auf dem Stuhl nach vorn rutschte, bis er auf der äußersten Kante saß, ungefähr zehn Sekunden vollkommen sinnlose Laute stammelte, sich dann erst zusammennehmen konnte und stockend antwortete.

Armes Würstchen, hatte sie gedacht und dann resigniert aus dem Fenster gestarrt. In der Abenddämmerung lag Bahia unter ihnen, eine Hafenstadt, die von zwei uralten, mächtigen portugiesischen Festungen bewacht wurde. Unzählige Kirchtürme überragten das Gewirr heller Hausdächer, „Dreihundertfünfundsechzig sollen es sein, eine für jeden Tag des Jahres“, wie der zahlenverliebte Ohlbaum ungefragt erklärte.

Während sich Steicher auf ihr zunehmend hektischer abmühte, überlegte sie sich, wie es wäre, zur Abwechslung mal mit einem schüchternen, zart gebauten Jüngelchen wie Bäcker zu schlafen. Ute ging jede Wette ein, dass er noch nie eine Frau gehabt hatte. Es wäre wahrscheinlich leicht für sie, ihn nach allen Regeln der Kunst zu verführen, doch seltsamerweise beunruhigten gerade gehemmt wirkende Männer wie Bäcker sie mehr als die lauten, brutalen Freier vom Schlage Steichers. Es gab immer einen Grund, warum sich solche Typen von Frauen fernhielten: entweder eine geheime, abscheuliche und gefährliche Perversion oder eine Leidenschaft für eine Sache, die so viel Hingabe verlangte, dass man dafür sogar auf Sex verzichtete. Ute Schmitz hatte in ihrem Beruf alle Arten menschlichen Ehrgeizes kennen gelernt – doch es gab manche, die sie immer noch nicht verstand und die ihr deshalb tiefes Misstrauen einflößten.

Erleichtert atmete sie auf, als sich Steicher wieder von ihr herunterwälzte. Sie zog ihren leichten weißen, mit Spitzen besetzten, verführerisch kurzen Seidenbademantel über. „Ich mache mich fertig für die Nacht“, verkündete sie und trat auf den Gang hinaus.

Das Licht war abgedunkelt, alle Kabinentüren geschlossen. Von fern hörte man das sanfte Brummen der Motoren, doch der „Graf Zeppelin“ wirkte unbeweglich und ruhig, ruhiger, als es der komfortabelste Zug oder der größte Ozeandampfer je sein könnten. Ute Schmitz teilte mit Steicher die erste Kabine auf der Backbordseite. Durch die geöffnete Tür sah sie in den Salon. An einem Tisch saß dieser seltsame Ohlbaum und kritzelte etwas in ein Notizbuch, an einem anderen Tisch saß der größere der beiden Journalisten – besser gesagt, er lag halb und war, den Kopf neben die auf einer Serviette abgestellte Leica gesunken, in einen offensichtlich ziemlich unruhigen Schlaf gefallen.

Sie ging bis zum Damen-Waschraum und schloss sich ein. Mit einem zynischen Lächeln blickte sie in den Spiegel und warf ihre blond gefärbten Haare zurück. Sie hatte noch immer einen Körper, um den sie die meisten Frauen beneideten, doch wenn sie jetzt, ungeschminkt und nach dem Dienst am Freier, dicht vor den runden Spiegel trat, entging ihrem gnadenlos aufmerksamen Blick keines der Fältchen, die links und rechts von ihren Augenwinkeln Richtung Schläfen liefen, und nicht die ersten Anzeichen für die am Hals erschlaffende Haut. Sie war 35 – kein Alter für eine von Dienern verwöhnte Gattin eines Arztes oder Industriellen, doch in ihrem Gewerbe war das eine Grenze. Noch ein paar Jahre dieses Leben, und ich muss mit meinen Preisen runtergehen!, dachte sie bitter.

Deshalb war ihr Steicher gerade recht gekommen. Er war ein hohes Tier, aber nicht so hoch, dass er ständig im Rampenlicht stand; mächtig, aber nicht so mächtig, dass er unerpressbar war; und er war reich – zumindest hatte sie das noch bis vor Kurzem geglaubt. Steicher hatte 1935 einen großen Kunstbuchverlag gekauft und das Unternehmen damit „arisiert". Die jüdischen Vorbesitzer waren gezwungen worden, den Verlag für einen Spottpreis an den Funktionär in der Reichskulturkammer zu verkaufen.

„Valerie" hatte Steicher schnell um den kleinen Finger gewickelt. Sie wollte ihn zwei, drei Jahre lang melken, bis sie genug Geld zusammenhatte, um ihn mit einem Tritt in die Wüste zu schicken. Dann würde sie sich eine Villa in Grunewald kaufen, einen nichtsnutzigen Erben aus Berlins bester Gesellschaft heiraten und sich bis an das Ende ihrer Tage mit teurem Schmuck, Mercedes-Sportcabriolets und einer Legion junger, gut aussehender Liebhaber vergnügen.

Es hatte nach Plan angefangen: ein Goldring, ein Diamantkollier, dann die Reise nach Brasilien, „auf Kosten der Partei", wie er ihr dröhnend verkündet hatte. Offiziell hatte Steicher eine Ausstellung über „Alte und neue völkische Kunst aus Deutschland" in einem Museum in Rio eröffnet, doch sie hatte nach und nach bemerkt, dass etwas nicht stimmte. Steicher hatte sie abends im Hotel zweimal an die Bar geschickt, damit er sich mit geheimnisvollen Männern ungestört in seinem Hotelzimmer treffen konnte. Dann standen plötzlich große Holzkisten in der Lobby des Hotels, versehen mit den gelb-blauen, gummierten Papieraufklebern der Zeppelin Reederei, auf denen groß AUGUSTUS STEICHER, BERLIN prangte. Träger der Deutschen Zeppelin Reederei schleppten die Kisten zur Luftschiffhalle.

In ihrer letzten Nacht im Hotel hatte Ute ihren Freier so lange mit Sex und Rum bearbeitet, bis er, einer Ohnmacht als einem normalen Schlaf ähnlicher, schnarchend auf das Bett gesunken war. Dann hatte sie systematisch die große schwarze Ledertasche durchsucht, in der Steicher all seine Papiere aufbewahrte: Diplomatenpass, Parteibuch, verschiedene offizielle Dokumente der brasilianischen Regierung – und einen schmalen, abgegriffenen Ringordner voller Briefe, Lieferscheine, Rechnungen, Mahnungen und Kontoauszüge. Es war eine interessante Nachtlektüre gewesen. Als der tropische Morgen sich schwül und grau am Fenster ankündigte, wusste Ute Schmitz endlich, dass ihr Freier praktisch pleite war.

Steichers Verlag lief nicht mehr. Niemand schien in Deutschland mehr Kunstbücher kaufen zu wollen. Steicher hatte einige Hunderttausend Reichsmark Schulden. Dem Ton der letzten Briefe nach zu urteilen, begannen die Banken die Geduld zu verlieren; der Geschäftsführer einer großen Druckerei hatte offen damit gedroht, sich bei der Partei über Steicher zu beschweren.

Ute Schmitz hatte im Venushaus genug Kunden aus dem inneren Machtzirkel gehabt, um zu wissen, dass hinter jedem Bonzen ein anderer stand, der nur darauf wartete, seinen Posten einzunehmen. Wenn Steicher wirklich pleitegehen sollte, wäre er auch in der Politik erledigt. Und dass sie, Ute Schmitz, dabei ungeschoren davonkäme, war längst nicht gesagt. Die Villa in Grunewald konnte sie sich dann auf jeden Fall abschminken. Es sei denn …

Sie ging zurück zu ihrer Kabine. Steicher lag auf dem unteren Bett und schnarchte so laut, dass man es bis auf den Gang hinaus hören konnte. Sie starrte auf sein feistes Gesicht mit der durch das Schnarchen zitternden Oberlippe. „Ich wüsste zu gern, was du da in diesen Kisten nach Deutschland schmuggelst“, flüsterte sie.

Rafael Schoschowski lag angezogen und unruhig auf dem schmalen Unterbett und starrte nach oben. Seine Frau hatte die obere Schlafstatt gewählt und rührte sich seit mindestens zwei Stunden nicht mehr. Es war unmöglich zu wissen, ob sie wach war oder schlief. Schoschowski wäre so gern die schmale Aluminiumleiter zu ihr hochgestiegen, hätte sie berührt und leidenschaftlich geliebt. Doch er wagte nicht einmal, sich zu räuspern, aus Angst vor einer ihrer ätzend spöttischen Bemerkungen.

Schließlich fasste er sich ein Herz, schlug behutsam die Decke zurück, stand langsam auf und schlich die zwei Schritte bis zum Fenster. Er blickte hinaus in die Nacht. Alles kam ihm unwirklich vor, als wenn ein festlich erleuchtetes Spielkasino durch die Luft schwebte. Auf dem Meer unter ihm spiegelte sich in silbrig schimmernden Schleiern auf den Wellen der fast volle Mond.

Seine Frau und er hatten die erste Kabine auf der Steuerbordseite. Die Fenster links neben dem ihrer Kabine waren die des Salons, aus denen jetzt durch Vorhänge gedämpftes rötliches Licht fiel. Das Fenster rechts gehörte zur Kabine mit der vorlauten jungen Amerikanerin und war jetzt dunkel, ebenso die nächsten beiden.

Von irgendwoher fing sein Kabinenfenster einen Lichtstrahl ein, der sich brach und das Glas in einen unscharfen Spiegel verwandelte. Rafael Schoschowski sah sich selbst in Umrissen, seinen großen, stattlichen Körper und seinen wirren Haarkranz, der seine mächtige kugelförmige Glatze wie eine flauschige Dornenkrone umgab. Er lächelte kurz. Nicht aus Gleichgültigkeit hatte er sich diesen Zierrat zugelegt, sondern als Markenzeichen. Seit Beethovens Zeit erwartete man sozusagen von einem genialen deutschen Musiker, herumzulaufen wie der eingeschworene Feind jedes guten Friseurs.

Überall in der Welt der Musik kannte man ihn, Rafael Schoschowski. Er war jetzt 52 und auf dem Gipfel. Sein Haarkranz und seine dunklen, stechenden Augen waren seine Charakteristika. Er machte sich gut vor dem Pult, im perfekt sitzenden Frack, mit extra langem weißem Taktstock in seiner mächtigen Rechten, mit seinen Haaren, die das Scheinwerferlicht einfingen wie einen Heiligenschein – wenn er fast ekstatisch dirigierte, war er ein dunkler Faust, der einen mephistophelischen Zauber beschwor, ein Dämon, der seine Musiker in Furcht versetzte und zu nie geahnten Wundern trieb. Das Publikum verehrte ihn. Chefdirigent der Berliner Philharmonie. „Der größte lebende Beethoven-Interpret“, feierte ihn die Kritik. „Du elender Schleimbrocken“, hatte seine Frau gesagt.

Schoschowski atmete tief durch und drehte sich um. Annegret war dreizehn Jahre jünger als er. Ganz gerade lag sie auf dem Rücken, mit geschlossenen Augen, als wäre sie eine Steinfigur, die über dem Grab einer mittelalterlichen Königin in einer Kathedrale liegt. Sie war groß und schlank, ihr schmales Gesicht war von einer Flut dunkler Haare umrahmt. Schoschowski betrachtete ihre Hände: gepflegt, feingliedrig, kräftig und mit geradezu unnatürlich langen Fingern. Sie war eine junge Pianistin gewesen, als sie sich kennen lernten. Für ihn hatte sie ihre Karriere aufgegeben. Robert und Clara Schumann in ihren besten Zeiten hätten nicht beeindruckender sein können als Rafael und Annegret Schoschowski. Noch immer flutete eine Welle von Liebe und Stolz durch ihn, wenn er an diese Zeit zurückdachte. Die Jahre vor 1933.

Er war der Dirigent eines guten Orchesters gewesen – eines guten, aber nicht des besten. Sie waren gerade für mehrere Gastspiele an der Pariser Oper gewesen, als ihn die Nachricht erreichte, dass die neuen Machthaber den bisherigen Chefdirigenten der Berliner Philharmonie abgesetzt hatten – aus „rassischen" Gründen. An ihn war der Ruf ergangen, die berühmte Philharmonie jetzt, in den Zeiten des nationalen Aufbruchs, zu neuem Glanz zu führen.

Schoschowski fand die Nationalsozialisten unangenehm, ihre laute Großmannssucht unkultiviert, ihre Brutalität abstoßend. Aber hätte er ablehnen sollen?

Annegret hatte ihn beschworen, in Paris zu bleiben, ein Zeichen zu setzen. „Die Berliner Philharmonie!", hatte er ihr laut geantwortet und dabei mit der Rechten unwillkürlich die Bewegungen gemacht, als dirigiere er gerade die ersten Takte von Beethovens fünfter Symphonie. Natürlich hatte er den Ruf angenommen.

Seine Frau hatte ihn nicht verlassen. Zuerst war Rafael Schoschowski unendlich erleichtert gewesen. Doch inzwischen fragte er sich, ob es nicht besser gewesen wäre, wenn sie sich damals in Paris für immer getrennt hätten. „Ehekrieg" war sein Name für das, was Annegret seitdem mit ihm machte. In der Öffentlichkeit war sie noch immer die Muse, die perfekte Frau eines Genies. Doch waren sie allein, dann zeigte sie ihm mit spöttischen Bemerkungen und mit ihrer Verweigerung eine grenzenlose Verachtung. Sie weigerte sich, mit ihm über Musik, das Theater, über Malerei oder Literatur zu reden – und sie schlief nicht mehr mit ihm.

Rafael Schoschowski zitterte plötzlich am ganzen Körper. Ihm war selbst nicht klar, ob vor unterdrückter Wut oder Lust. Annegret hatte ihre eigene Zukunft als Pianistin seiner Karriere geopfert. Und diesem Ziel hatte sie auch ihren Kinderwunsch untergeordnet: Es sollte nichts geben, war ihn von der Musik ablenken würde. Doch jetzt wollte er Kinder, wünschte sich sehnlichst einen aufgeweckten Sohn, eine strahlende Tochter, egal – nur ein Kind, bevor es dafür zu spät war. Und er wusste, dass auch sie es wollte.

Er hatte Monate gebraucht, um herauszufinden, warum sich Annegret nicht von ihm trennte. Nicht die Scheidung war ihr Ziel, sondern seine Position: Sie wollte, dass er als Chefdirigent der Berliner Philharmonie aufgab. Doch er würde eher seine Seele an den Teufel verkaufen, als den Platz am Dirigentenpult zu räumen.

Also versuchte sie, ihn durch tausend Demütigungen zu zermürben. Und eine Scheidung war unmöglich: Annegret würde sich einfach weigern und es auf einen spektakulären Prozess ankommen lassen. Sie würde ihn als den moralisch Schuldigen dastehen lassen, als den rücksichtslosen Mann, der seine hingebungsvolle Frau kaltherzig verlässt. Dann wäre er untragbar für die Partei.

Bis jetzt hatte Schoschowski widerstanden. Er starrte wieder aus dem Fenster. Nun gab es jedoch etwas, was unzweifelhaft ihren Sieg bedeuten würde. Die einzige Hoffnung, die ihm blieb, war, die Sache so schnell anzugehen, dass sie geklärt wäre, bevor sie auch nur eine Andeutung davon erführe.

Vorsichtig schlich sich Schoschowski aus der Kabine. Er ging in den Salon, weil er dachte, dort mitten in der Nacht für einige Zeit allein sein zu können. Zu seiner Überraschung war jedoch der größere der beiden Journalisten da. Er sah aus, als hätte er bis eben wie ein übermüdeter Schüler auf dem Tisch geschlafen.

Schoschowski war das peinlich, und er lächelte verlegen. Doch der andere – Jaeger hieß er, wie ihm jetzt einfiel – war offensichtlich genauso verwirrt. „Ich konnte nicht schlafen", murmelte er entschuldigend.

Schoschowski fand seine Souveränität wieder. Er erinnerte sich an die geflüsterten Auseinandersetzungen zwischen seinem Gegenüber und diesem anderen, kleinen Journalisten vom *Völkischen Beobachter*, mit dem er die Kabine teilte. Gut möglich, dass Jaeger den Anblick seines Kollegen nicht mehr ertragen konnte und in den Salon geflohen war. „Verständlich", sagte Schoschowski deshalb liebenswürdig, „schließlich fährt man ja nicht jeden Tag mit einem Zeppelin."

„Ja, das ist es", antwortete Jaeger und klang dabei erleichtert. „Ja, genau deshalb kann ich nicht schlafen." Er deutete auf eine Cognacflasche. „Die habe ich mir vom Steward bringen lassen. Wenn Sie vorn in der Küche nachsehen, finden Sie ihn sicherlich." Das, fand Schoschowski, war eine ausgesprochen gute Idee.

Kurz darauf ließ er die dunkle Flüssigkeit langsam in dem bauchigen Glas kreisen, bevor er einen ersten, genießerischen Schluck nahm. Den Journalisten, der ihm gegenübersaß, hatte er schon beinahe wieder vergessen – was Jaeger ganz recht zu sein schien, denn er war offensichtlich auch nicht zu Gesprächen aufgelegt.

Er zog seine goldene Taschenuhr hervor, und mit einem leisen „Klack" sprang der Deckel auf. Es war Mitternacht. In ein paar Stunden würden sie für einen kurzen Zwischenstopp in Recife landen.

Vorgestern war die triumphale Südamerikatournee zu Ende gegangen. Doch ausgerechnet an diesem Tag war ein Telegramm von einem seiner glühendsten Bewunderer gekommen, einem Ministerialdirektor im Reichsministerium des Innern: *ueberpruefung ahnentafel – stop – inge schoschowski, geb. blumenthal – stop – empfehle umgehende klaerung des aergerlichen verdachts.*

Schoschowski hätte nie gedacht, dass jemals herauskommen würde, dass seine Großmutter väterlicherseits möglicherweise Jüdin gewesen sein könnte. Er wusste es selbst nicht genau, alle Unterlagen waren verloren gegangen – das hatte er zumindest geglaubt. Doch wenn man nun etwas gefunden hatte … Dann wäre er ein „Vierteljude" und die längste Zeit Chefdirigent der Berliner Philharmonie gewesen.

Er wollte nicht aufgeben. Rafael Schoschowski hatte mächtige Bewunderer in allen Ministerien und in der Partei. Gewisse Verdachtsmomente und Indizien ließen sich immer entkräften, wenn man nur schnell genug reagierte. Also hatte er sofort den „Graf Zeppelin" gebucht. Jetzt kam alles darauf an, rechtzeitig in Berlin zu sein, bevor die Sache so hohe Wellen schlug, dass man sie nicht mehr glätten konnte; und seine Sorgen vor Annegret geheim zu halten, jetzt und für immer.

Und wenn die Vertuschung misslang? Er nahm noch einen tiefen Schluck des erstklassigen Cognacs, um seine Nervosität zu dämpfen. Bevor er, Rafael Schoschowski, Dirigent der besten Philharmonie der Welt, sich in Deutschland einem peinlichen Verfahren stellen würde, machte er lieber Schluss! Er sah sich im Salon um – alles wirkte so solide, so groß, so unverletzlich. Doch ein Bekannter hatte ihm einmal verraten, dass es eigentlich sehr einfach war, einen Zeppelin in Flammen aufgehen zu lassen. All dieser Wasserstoff, der so leicht brannte … Ein loderndes Fanal! So könnte er einen würdigen Abgang von der Bühne des Lebens inszenieren, und Annegret bliebe gar keine andere Wahl, als ihn auf seinem Weg in den Untergang zu begleiten.

DER CHEFSTEWARD Carl Pflug erkundigte sich bei Schoschowski und dem übermüdeten Journalisten, ob sie noch irgendwelche Wünsche hätten. Der Dirigent verneinte höflich, Jaeger schreckte bei der Frage so heftig auf, dass Pflug es für besser hielt, sich diskret zurückzuziehen. Er brachte dem wachhabenden Offizier und den beiden in graue Leinenoveralls gehüllten Rudergängern starken Kaffee in einer Thermoskanne auf die Brücke und sah kurz hinaus.

Der Seitenrudergänger steuerbord starrte unentwegt auf den Kreiselkompass. Er war noch neu an Bord und deshalb nervös. Der Mann am Höhenruder stand an Backbord und blickte scheinbar gelangweilt auf den Horizont. Lässig und geräuschvoll schlürfte er den Kaffee, doch Pflug wusste, dass er bei einer unerwarteten Windböe sofort und ohne Bedenken den Becher fallen lassen und gegensteuern würde. Bei schwerem Wetter konnte auf den beiden Rudern, die über komplizierte, viele Hundert Meter lange Seilzüge mit den riesigen Heckfinnen verbunden waren, bis zu zwanzig Kilogramm Druck lasten.

Pflug nickte den schweigenden uniformierten Gestalten zu. „Ich hau mich jetzt für ein paar Stunden aufs Ohr“, sagte er leise.

„Hau nicht zu feste, sonst findet dich deine hübsche Witwe in Recife nicht mehr schön!“, antwortete der Wachhabende, ohne dabei das Fernglas von den Augen zu nehmen. Der Mann am Höhenruder kicherte, der Seitenrudergänger sagte nichts. Pflugs brasilianische Liebschaft war bei der Besatzung des „Graf Zeppelin“ längst bekannt, jedoch noch immer für allerlei schale Witzchen gut. Er hatte sich damit abgefunden. Was andere über ihn dachten, war ihm sowieso egal.

Pflug verließ die Brücke und kletterte über eine schmale Aluminiumleiter von der Gondel in den Kiel der Hülle. Es war, als dringe er in einen riesigen, nur spärlich beleuchteten nächtlichen Hochhaus-Rohbau ein. Straffe Stoffbahnen und mit Draht verspannte Aluminiumskelette leuchteten an verschiedenen Stellen auf. Dazwischen lag alles in einem diffusen Dämmerlicht. Es roch stark nach Bittermandeln, weil dem Treibstoff der Motoren Zyanwasserstoff beigemischt war.

Pflug hatte nicht die weichen Seemannsschuhe der Mechaniker, sondern die schwarzen, gelackten, hartsohligen Lederschuhe der Kellner an, mit denen man zwar auf den dicken Teppichen luxuriöser Hotels lautlos gehen konnte, nicht jedoch auf dem schmalen Laufgang aus Aluminium, der von hier aus über zweihundert Meter weit nach hinten bis in die Heckfinnen führte. Mit einem leisen „Klack-Klack“ ging Pflug nach achtern, vorbei an im fahlen Licht geisterhaft schimmernden Benzin- und Wassertanks, an sauber aufgerollten Seilen, an verzurrten Werkzeugkisten, an penibel gefalteten Ballen silbrig imprägnierten Stoffes, mit denen man im Notfall ein Leck in der Hülle flicken konnte. Die Mannschaftsquartiere waren nicht viel mehr als niedrige, stoffbespannte Verschläge links und rechts des Laufgangs, die gerade genug Platz boten für einen Schlafsack und die zusammengefaltete Uniform zum Wechseln.

Pflug kroch in sein „Zelt“, wie er es bezeichnete, streifte sich erleichtert das weiße Jackett und den wie stets etwas zu eng gebundenen schwarzen Schlips ab. Mühsam zog er sich die Schuhe aus, dann legte er sich hin und schlief sofort ein.

Er konnte zu den unmöglichsten Zeiten schlafen, bei Lärm oder Licht, nur für wenige Stunden. Das, mehr noch als ein gutes Gedächtnis und Freundlichkeit, war die wichtigste Qualifikation für einen Kellner, fand Pflug. Er war jetzt 38 und seit 24 Jahren in dem Gewerbe. Er hatte im Berliner Hotel „Adlon“ gelernt, dem ersten Haus am Platze, hatte als junger Mann noch den Kaiser und seine Generäle gesehen, exilierte russische Prinzessinnen, laute und trinkfeste amerikanische Journalisten, verkniffene sowjetische Diplomaten, Einstein, Tagore und andere Nobelpreisträger.

Insofern war er der ideale Kandidat gewesen, als die Deutsche Zeppelin Reederei 1928 mit dem damals brandneuen „Graf Zeppelin“ zur ersten Amerikafahrt aufbrach. Wer konnte schon die Hunderte von Reichsmark aufbringen, die auch nur die einfachste Fahrt kostete? Die Reichen und Berühmten. Pflug war es nicht schwergefallen, nach 15 Jahren beim Adlon zu kündigen und auf dem „Graf Zeppelin“ anzumustern. Nach wenigen Jahren hatte er es bis zum Chefsteward gebracht.

Pflug hatte nicht wie die meisten seiner Kameraden in seinem engen Verschlag persönliche Dinge aufgestellt: Nippeskram, Talismane, Fotos von Frau, Freundin oder Kindern. Er hatte keine Familie im herkömmlichen Sinn und keine Neigung zu dem, was er „Sentimentalitäten“ nannte. Er lebte in Friedrichshafen in einem Hotelzimmer, sein ganzer persönlicher Besitz passte in einen Kleiderschrank.

Als Pflug ein paar Stunden später wieder erwachte, folgte dem routinemäßigen Blick auf seine Armbanduhr ein kurzes, zufriedenes Lächeln: Punkt halb vier Uhr morgens, Dienstag, 4. Mai. Pflug brauchte nie einen Wecker. Er wusste stets vor dem Einschlafen, wann er wieder wach werden musste, und konnte seine innere Uhr mit einer seine Kameraden erschreckenden Präzision darauf einstellen. Schnell und methodisch rasierte er sich, betupfte sich mit reichlich Kölnisch Wasser und zog sich dann eine frische Uniform an. In wenigen Stunden würden sie in Recife sein, dem ersten und einzigen Stopp zwischen Rio de Janeiro und Friedrichshafen.

Pflug trottete wieder hinunter in die Gondel und nickte in der winzigen

Kombüse dem Koch zu, der schon frischen Kaffee aufgebrüht hatte und gerade dabei war, den Teig für die Frühstücksbrötchen der Passagiere zu kneten. Das Gesicht des Smutje war grau und übernächtigt, er vertrug die tropische Hitze nicht gut. Schweigend ging Pflug mit einer Thermoskanne voller Kaffee nach vorn zur Brücke, wo zwei neue Rudergänger und ein anderer Offizier auf Wache waren. Kapitän von Schiller war noch nicht da.

Hein Parsch saß schon in seiner Kabine, starrte jedoch nur trübsinnig auf den Sender. Sie nickten sich stumm zu. Pflug hatte Gerüchte gehört, wonach der Funker wieder einmal über die Stränge geschlagen hatte. Er war zu allem fähig, und Pflug war deshalb ganz froh, dass er demnächst zur „Hindenburg" wechseln sollte und nicht mehr mit diesem zu Gewaltausbrüchen neigenden Mann zusammen an Bord fahren musste.

Pflug machte sich daran, den Salon für das Frühstück herzurichten, und holte aus einem Schrank die fein mit blauen Linien verzierten, modern und extravagant geformten Teller und Tassen und das schlichte Besteck.

Da das Luftschiff nicht ausgebucht war, gab es weniger zu tun, was Pflug nur recht war. Alle Passagiere waren jetzt in ihren Kabinen und schliefen, nur dieser Journalist hatte offensichtlich die ganze Nacht im Salon verbracht. Auf seiner linken Wange konnte man noch Reste des Musters der Tischdecke erkennen, auf der sein Kopf niedergesunken war, seine Augen waren gerötet und verquollen, doch trotzdem kam er Pflug erleichtert vor. Auf jeden Fall nickte er ihm höflich zu und stand dann freundlich auf, damit er den Tisch decken konnte. Pflug sah Jaeger nach, der langsam zum ersten Fenster auf der Backbordseite ging und hinausstarrte.

Am östlichen Horizont, weit über dem Atlantik, zeigte sich ein erster silbriggrauer Streifen, der sich, wie in den Tropen üblich, schnell in gleißendes Morgenlicht verwandelte. Recife lag unter ihnen, die Hafenstadt in der Provinz Pernambuco, der östlichste, Afrika am nächsten gelegene Zipfel Brasiliens. Hier landeten sie immer, um Wasser und Flugbenzin nachzufüllen. Dies dauerte bestenfalls zwei Stunden, doch trotzdem würden sie bis zum Abend hierbleiben. Tagsüber wurde es nämlich so heiß, dass sich das Wasserstoffgas in den Tragzellen der Hülle so weit ausdehnte, bis es die kritische Marke überschritt und sich die Sicherheitsventile automatisch öffneten, um einen Teil des Überdrucks abzulassen. Unter diesen Bedingungen konnte der „Graf Zeppelin" zwar starten, doch sobald die Nacht über dem Atlantik Abkühlung brachte, würde sich das verbliebene Gas zusammenziehen und nicht mehr genügend Auftrieb liefern – sie würden in den Ozean stürzen. Deshalb war es notwendig, die Tageshitze abzuwarten und erst in der Abendkühle die Traggaszellen bis zum Maximum aufzupumpen. Die meisten Männer der Besatzung langweilten sich hier, doch Pflug genoss diese tropisch-schwülen Stunden in Recife mehr als alles andere auf jeder Fahrt.

Kapitän von Schiller kam auf die Brücke, gefolgt vom Ersten Offizier. Schweigend grüßten sie die Männer. Da die meisten Passagiere die nun folgenden Manöver verschlafen würden, blieb der Steward im Hintergrund der Brücke stehen und beobachtete die Vorbereitungen zur Landung.

Leise gab von Schiller seine Kommandos. Er war ein kleiner, gewitzt aussehender Mann, der die Kapitänsmütze stets in einem nicht mehr ganz vorschriftsmäßigen Winkel auf dem Kopf trug und bei den Männern sehr beliebt war. „Ruder Nulllage", sagte er. Die Männer am Höhen- und Seitenruder brachten sie in neutrale Position.

„Motoren Leerlauf voraus." Der wachhabende Offizier bediente die fünf Maschinentelegrafen, und wenige Augenblicke später wurde das sanfte Gebrumm der Motoren noch leiser. Der Kapitän und seine beiden Offiziere blickten starr aus den Fenstern. Um die Landung so ungefährlich wie möglich zu machen, war es wichtig, den „Graf Zeppelin" vorher zu trimmen, das heißt, ihn so lange auszubalancieren, bis er waagerecht in konstanter Höhe schwebte. An diesem Morgen sackte er am Heck in einem Winkel von vielleicht fünf Grad durch. „Achtern einhundert Wasser!", rief von Schiller in eine Sprechmuschel. Ein paar Sekunden später rauschten dicht vor der Heckfinne einhundert Liter Ballastwasser wie ein winziger Regenschauer in die Tiefe.

Der Kapitän trat zum Instrumentenpult vor einige große Hebel, die alle auf „geschlossen" zeigten. Mit ihnen konnte er die Ventile aller Traggaszellen bedienen. Jetzt öffnete er das der vordersten Zelle für einige Sekunden und ließ Wasserstoff ab. Träge wie ein riesiger schwebender Wal kam der „Graf Zeppelin" schließlich in die Horizontale. Von Schiller grinste zufrieden. „Maschinen halbe Kraft voraus, Seitenruder Steuerbord zehn, Höhenruder fünf abwärts!", befahl er. Der „Graf Zeppelin" nahm wieder Fahrt auf und näherte sich in einem sanften, abwärtsgerichteten Bogen der Stadt vom Meer her.

Recife war eine schöne, vergleichsweise saubere Hafenstadt mit einem weißen Gouverneurspalast, großen Kirchen und baumbestandenen Avenidas und Plätzen. Sie fuhren jetzt weniger als hundert Meter hoch. Steuerbord querab sah Pflug einen Hügel, auf dem das trutzige Kloster São Bento de Olinda lag, das von deutschen Mönchen geleitet wurde.

Einen Kilometer voraus lag ihr Landeplatz: ein von einem schäbigen, halbhohen Drahtzaun eingefasstes freies Feld mit einem kurzen stählernen Ankermast neben zwei Baracken. In Recife war das Klima so konstant, dass Luftschiffhallen unnötig waren.

Zwischen dem Landeplatz und der prachtvollen Innenstadt von Recife lagen die einfachen Vororte. Die Häuser waren Flechtwerke aus Bambusrohr und Weidenruten, ausgefüllt mit getrocknetem Lehm, mit Dächern aus Palmwedeln. Viele glichen von oben Booten oder Schilfinseln, da sie inmitten eines Gewirrs künstlich angelegter Fisch- und Krebsteiche lagen.

Sechzig Meter über dem Boden befahl der Kapitän zuerst Leerlauf, dann: „Alle Maschinen voll zurück!“ So bremste er den „Graf Zeppelin“, bis dieser, so sanft wie eine gigantische silbrige Feder, der am Boden wartenden Haltemannschaft förmlich in die Hand segelte.

Die Männer der Haltemannschaft nahmen die vom Bug herabgelassenen Halteseile routiniert auf und verankerten den Zeppelin am Haltemast. Ein mit großen Steinen beschwerter offener Eisenbahnwagen wurde unter die Heckfinne geschoben und mit ihr verbunden. Der Wagen fuhr auf einem großen Schienenhalbkreis. Morgens, wenn es heiß wurde, und abends, wenn sich die Luft wieder abkühlte, drehte sich der Wind jeweils um 180 Grad mit der Konstanz eines Uhrwerks. Mithilfe des Wagens konnte die Bodenmannschaft den „Graf Zeppelin“ problemlos in den Wind drehen.

Sanft berührte der mehr als mannsgroße Gummipuffer unter der Spitze der Gondel den Boden und federte den Aufprall ab. Sie waren gelandet. *„Bom dia!“*, riefen ihnen die verschwitzten Männer von draußen lachend zu. Es war kurz nach sechs Uhr morgens.

Pflug war sicher, dass die meisten Passagiere davon nichts mitbekommen hatten. Er ging in den Salon, überprüfte noch einmal die Gedecke und unterhielt sich kurz mit dem Koch. „Kommst du heute Morgen allein klar?“, fragte er ihn.

Der grinste und nickte. „Kein Problem, sind ja sowieso nicht zu viele.“

Der Steward meldete sich bei von Schiller ab. Der Kapitän nickte ihm nur kurz zu und rief ihm dann, als er die Gondel schon über die schmale Stahltreppe verlassen hatte, noch hinterher: „Und grüß mir die Kinder!“ Die Männer auf der Brücke lachten, während er nur still vor sich hin lächelte.

Es waren nur ein paar hundert Meter bis zu einer der ersten Bambus- und Weidenhütten, die direkt an einem kleinen, etwas versumpften Fischteich lag. Amapá und die Kinder erwarteten ihn schon. Mit einem breiten Grinsen breitete er die Arme aus und umschloss die drei vor Freude schreienden und hüpfenden Kleinen und küsste dann die Frau.

Er hatte Amapá auf seiner zweiten Südamerikafahrt kennen gelernt, eine dickliche Indianerin mit einem runden Gesicht, einer Stupsnase und unglaublich dichtem schwarzem Haar, das sie in zwei seildicken, bis über die Schulter reichenden Zöpfen geflochten trug. Er glaubte, dass sie Witwe war, vielleicht war sie aber auch noch verheiratet und nur von ihrem Mann schon vor langer Zeit sitzen gelassen worden – er hatte es nie richtig herausfinden können. Seit dieser zweiten Fahrt hatte er ein Verhältnis mit ihr, aus dem inzwischen drei Töchter hervorgegangen waren. Er sah Amapá regelmäßig und war doch die meiste Zeit allein für sich; er hatte Kinder, musste sich jedoch nicht wirklich um sie kümmern; er hatte ein Heim, aber keinerlei Verpflichtungen. Es kam seinem Ideal einer Familie ziemlich nahe.

Pflug gab den Mädchen *nigges*, kleine Geschenke, die er in Rio de Janeiro oder in Friedrichshafen gekauft hatte: Schokolade, kleine Kämme und winzige Spiegel für ihre Puppen. Jauchzend rannten sie mit ihren neuen Trophäen um das Haus.

„Wie geht es dir?“, fragte Pflug Amapá auf Portugiesisch. „Gut“, antwortete sie, wie immer lachend – es war ihr Begrüßungsritual. Sie lächelte und führte ihn ins Innere. Die Eingangsöffnung der Hütte hatte keine Tür, die Fensterlöcher kein Glas. Obwohl es noch früh am Morgen war und ein leichter Wind wehte, war es hier schon heiß und stickig. Pflug zog Vorhänge aus einem zerschlissenen Stoff undefinierbarer Farbe vor die Tür- und Fensteröffnungen, bevor er sich auszog, seine Uniform sorgfältig zusammenfaltete und auf den einen grob zusammengezimmerten Holzstuhl legte, der neben dem wackligen Tisch stand. Amapá war inzwischen bis zur Rückseite der Hütte gegangen, wo zwei große Pritschen standen, eine für sie und die andere für die drei Mädchen. Er legte sich zu ihr, küsste und streichelte sie, bis sie leise seufzte, und nahm sie dann so gemächlich, als hätte er alle Zeit der Welt. Draußen standen die Mädchen, spähten neugierig durch den zerschlissenen Vorhang und kicherten.

Einige Zeit später, es war jetzt heller Vormittag, stand Amapá auf und brachte ihm eine große Schüssel Wasser. Er wusch sich lange und zog sich dann wieder an. Jetzt durften die Mädchen wieder hereinkommen. Er plauderte noch etwas mit ihnen und ihrer Mutter, bevor er aufstand.

„Bis zum nächsten Mal, Carlos“, flüsterte Amapá lächelnd und küsste ihn zum Abschied. Die Kinder umarmten ihn und winkten, als er aus der Hütte trat. Sie hatten noch nie erlebt, dass er länger als ein paar Stunden dablieb, doch sie wussten, dass er immer wiederkam, jedes Mal beladen mit geheimnisvollen *nigges*.

Pflug blieb abrupt stehen, kaum dass er die Hütte verlassen hatte. Annegret Schoschowski stand vor ihm. Sie schien genauso erstaunt zu sein wie er und starrte ihn verwundert an. Dass die Besatzung ihn auslachte, war ihm gleichgültig, doch war es ihm peinlich, dass einer der Passagiere sein Geheimnis kannte. „Hatten Sie eine angenehme Nachtruhe?“, stotterte er verlegen.

Annegret Schoschowski lächelte. „Ja, danke. Die anderen frühstücken noch, doch ich war zu neugierig, um mich lange mit Kaffee und Brötchen aufzuhalten. Der Kapitän hat den Passagieren versichert, dass es vollkommen ungefährlich für uns ist, sich hier in Recife etwas umzusehen …“ Sie hielt inne.

Pflug musste sich nicht umdrehen, um den Grund dafür zu kennen: Amapá und die Kinder waren aus der Hütte getreten. Annegret Schoschowskis Blick wanderte von der Frau zu den Kindern und dann zurück zu ihm. Zuerst lächelte sie charmant, dann schien ihr plötzlich etwas einzufallen. „Ich will Sie nicht weiter stören. Wir sehen uns ja bald wieder an Bord.“ Sie nickte und verschwand zwischen den Hütten.

„Ja, gnä’ Frau“, antwortete Pflug und verbeugte sich. Er sah ihr nach, und ihm war plötzlich trotz der tropischen Schwüle kalt. Annegret Schoschowskis charmantes Lächeln hatte ganz plötzlich einem lauernden, berechnenden Ausdruck Platz gemacht, und sie hatte sich nicht einmal bemüht, ihn zu verbergen. Sie hat mich angesehen wie ein Forscher einen exotischen Käfer, kurz bevor er ihn auf die Nadel spießt, dachte er beunruhigt.

ZWEI

Recife, Dienstag, 4. Mai 1937

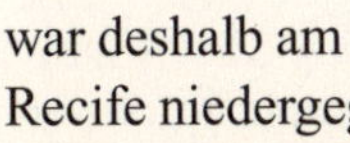

Hans Thomsen hatte keine Lust, in seiner Kabine langsam gekocht zu werden. Er hatte nur einen leichten Schlaf und war deshalb am frühen Morgen wach geworden, als der „Graf Zeppelin“ in Recife niedergegangen war. Er hatte kurz aus dem Fenster geblickt und gewartet, bis sie fest vertäut waren, dann hatte er Forster geweckt. Der Professor schreckte auf, schaute sich einen Augenblick verwirrt um und rückte dann verlegen seine Nickelbrille zurecht, die er nicht abgenommen hatte und die während des Schlafes verrutscht war. Wieder einmal fragte sich Thomsen, was diese lächerliche Person für das Reich so wichtig machte. „Schlafen Sie immer mit Brille, Herr Professor?“, bemerkte Thomsen spöttisch.

Der Alte lächelte verlegen. „Eine Marotte von mir, ich weiß. Meine Frau sagt immer, dass …“ Dann verstummte er, sah Thomsen plötzlich zornig an und stand auf, wobei er sich bemühte, in seinem weißen, weiten Nachthemd so würdevoll wie möglich aufzutreten.

„Sehen Sie, Herr Professor“, meinte Thomsen süffisant, „die Leute gestehen der Gestapo die unglaublichsten Dinge. Das kommt ganz von selbst.“

Er wartete, bis sich Forster, zitternd vor hilflosem Zorn, angekleidet hatte, dann gingen sie in den Salon. Sie hatten den kleinen Vierertisch steuerbord hinten für sich allein, denn Thomsen hatte mithilfe seines allmächtigen Polizeiausweises durchgesetzt, dass die anderen beiden Plätze unbesetzt blieben. Niemand wagte es, sie anzusprechen. Sie waren beinahe die einzigen Frühaufsteher, selbst der Steward schien nicht da zu sein. Nur Annegret Schoschowski saß allein an dem anderen Vierertisch in der gegenüberliegenden Ecke des Salons und nickte ihnen kurz zu. Ein paar Minuten später stellte sie ihre Kaffeetasse mit einem leisen Klirren ab, erhob sich so kraftvoll, als wollte sie in die Luft springen, und hatte dann mit drei langen, energischen Schritten den Salon verlassen. Gleich darauf erblickte Thomsen sie draußen, wie sie über staubige, durch hässliche, windschiefe Drahtzäune markierte Wege in Richtung der erbärmlichen Hütten schritt und die Verbeugungen der schäbigen brasilianischen Wachsoldaten mit einem nur angedeuteten Nicken quittierte wie eine exilierte Königin, die sich nicht mit ihrem Schicksal abfinden will.

„Möchte wissen, warum die so wütend ist“, meinte Thomsen spöttisch.

„Sie möchten wohl gern alles über alle Menschen wissen!“, zischte Forster.

„Das wäre wirklich nicht schlecht“, antwortete er gut gelaunt. „Obwohl die allermeisten Menschen geradezu deprimierend wenig zu verheimlichen haben. Immer die gleichen armseligen Seitensprünge und trivialen Betrügereien. Die Arbeit der Gestapo kann zutiefst langweilig sein.“

„Ihr Zynismus ist unerträglich“, meinte Forster und starrte ihn an. „Es muss Ihnen doch offensichtlich eine perverse Freude bereiten, in diesen, wie Sie es nennen, ‚deprimierenden‘ persönlichen Geheimnissen anderer Menschen herumzuwühlen!“

Thomsen versuchte, sein höhnisches Grinsen zu unterdrücken. „Aber Herr Professor“, sagte er milde, „wir wühlen doch gar nicht – es sind die Leute selbst, die damit zu uns kommen.“

Forster sah ihn verständnislos an.

„De-nun-zi-an-ten“, flüsterte Thomsen wie ein Märchenonkel, der einem Kind etwas Geheimnisvolles verrät. „Jeden Tag, jede Stunde ungezeichnete oder auch stolz unterschriebene Briefe, Telegramme, Telefonanrufe, persönliche Anzeigen – die Menschen schütten uns mit übler Nachrede zu, es ist, als ob sie all die Jahre nur auf uns gewartet hätten. Die Frau will ihren Mann loswerden? Die Eltern wollen ihrem missratenen Sohn einen Denkzettel verpassen? Der kleine Angestellte möchte gern auf dem bequemen Sessel seines Chefs Platz nehmen? Alle, alle kommen sie zu uns!“ Thomsen machte mit spöttischer Miene eine weit ausholende Geste wie ein zweitklassiger Zirkusdirektor. „Hereinspaziert zur Gestapo! Unser Problem, Herr Professor, ist nicht, dass wir zu wenig Informationen über Juden, Sozialisten und andere Volksschädlinge haben, sondern viel zu viele! Wir müssen filtern, aus all dem Unrat das herauspicken, was wirklich wichtig ist.“

„Das glaube ich Ihnen nicht“, antwortete Forster schwach.

Dass er, Thomsen, ausgerechnet in Forsters Fall nicht wusste, was wirklich wichtig war, das ärgerte ihn besonders. „Ob er für den Führer etwas bauen soll?“, sinnierte Thomsen, als er den Professor beim Bestreichen eines Brötchens beobachtete, und dachte dies nur halb im Scherz. Er fragte sich, ob der Neurologe vielleicht irgendeine Waffe entwickelt hatte. Geheimnisvolle Strahlen, mit denen man die Gehirne anderer Menschen manipulieren konnte?

Inzwischen war es draußen schon tropisch schwül geworden. Thomsen überlegte sich, was er in den nächsten Stunden mit seinem Gefangenen machen sollte. Konnte er es riskieren, durch Recife zu spazieren wie Annegret Schoschowski?

Während er noch darüber nachdachte, sah er plötzlich zu seinem Erstaunen, wie Kapitän von Schiller, einer seiner Offiziere und zwei Mechaniker auf dem Feld draußen vor der Gondel mit dem Major der brasilianischen Wachmannschaft verhandelten. Die Deutschen zogen ein paar Scheine aus der Tasche – und bekamen dann von den Brasilianern Gewehre, Munitionstaschen und Kavalleriepferde ausgehändigt. Zwei Minuten später preschten sie in vollem Galopp davon.

Thomsen winkte den Koch zu sich, deutete hinaus, wo man noch die

Staubfahne der Reiter und die feixenden Soldaten sehen konnte, und fragte: „Was, bitteschön, war denn das?!“

Der Koch erschrak über den scharfen Ton der Frage. „Das ist hier schon Tradition“, antwortete er unsicher. „Die Herren Offiziere und auch ein paar Mann der Besatzung verbringen ihre dienstfreie Zeit in Recife mit der Jagd. Ein paar Milreis genügen, das sind umgerechnet nur wenige Pfennige, und sie können von den brasilianischen Soldaten Gewehre, Munition und Pferde ... ausleihen, um damit im Dschungel zu jagen.“

Mit einer verächtlichen Geste schickte Thomsen den Koch wieder weg, doch kaum hatte der ihm den Rücken zugedreht, grinste er breit. „Wissen Sie was, Herr Professor? Wir machen einen kleinen Ausflug!“

Eine halbe Stunde später trabte Thomsen auf einem brasilianischen Kavalleriepferd durch einige lichte Palmen- und Bananenhaine auf den Dschungel zu, der sich wie eine grünschwarze Wand hinter den letzten ärmlichen Hütten der Vororte von Recife erhob. Lässig hatte er den Armeekarabiner geschultert. Neben ihm ritt der Professor, natürlich unbewaffnet, und hinter ihnen glitzerte der Zeppelin, der wie ein vor Anker gegangenes Riesenschiff dicht über dem Feld schwebte.

Als sie den Dschungel erreicht hatten, sah er sofort, dass die Jagd zwecklos sein würde. Die Bäume waren zwanzig, dreißig Meter hoch, ihr dichtes Laubdach ließ nur ein wenig grün gefiltertes Sonnenlicht hindurchschimmern. Zwischen den mächtigen Stämmen wuchsen Riesenfarne, Schlingpflanzen und dornenbewehrte Büsche zu einem undurchdringlichen Dickicht zusammen. Nicht einmal zu Fuß würden sie hier weit eindringen können, geschweige denn hoch zu Ross. Die Luft war drückend schwer, feucht und roch nach Blüten, Gewürzen und Moder. Die Welt über ihren Köpfen war erfüllt von geheimnisvollen Geräuschen, ein immerwährendes Crescendo aus Schreien, Pfeifen, seltsamen Knack- und Zischlauten.

Thomsen hielt kurz an, sah sich um und beschloss dann, das Pferd ziellos durch die noch begehbare Übergangszone zwischen Dschungel und Palmen- und Bananenhainen traben zu lassen. Nach wenigen Minuten lief ihm der Schweiß in kleinen Rinnsalen die Schläfen hinunter, obwohl er nicht mehr getan hatte, als sich möglichst entspannt auf dem Pferd zu halten. Forsters Gesicht war knallrot, ständig wischte er sich mit seinem großen Taschentuch über den Kopf. Mücken umschwirrten sie und kleine schwarze Fliegen, die es offensichtlich auf den salzigen Schweiß auf ihrer Haut abgesehen hatten.

„Lassen Sie uns umkehren“, sagte der Professor, und Thomsen hätte ihm sofort zugestimmt, wenn er nicht noch hinzugefügt hätte: „Hier schießen Sie sowieso nichts!“

Wütend zog Thomsen die Zügel des Pferdes an. Der Professor schien ihn verhöhnen zu wollen! Gleichmütig blieb das Pferd stehen und fing an, an den Blättern eines Busches zu knabbern. Sie standen fast verborgen im Unterholz des Dschungelrandes. Von dort aus blickte Thomsen in einen Palmenhain, wo einige kleine Kinder spielten. Plötzlich lächelte er kalt. Den Mittelpunkt der Kinderrunde bildete ein grau-weiß gestreiftes Kätzchen, das mit den Stöcken und Stofffäden herumtollte, die die vergnügt kreischenden Kleinen ihm hinhielten. Sie waren ungefähr zwanzig Meter entfernt, noch hatte sie niemand gesehen. Bevor Forster überhaupt wusste, was vorgehen würde, hatte Thomsen mit einer schnellen, geschmeidigen Bewegung den Karabiner von der Schulter genommen, angelegt und gefeuert. Das Kätzchen überschlug sich und blieb dann regungslos liegen. Die Kinder sahen sich entsetzt um, ohne Thomsen zu entdecken, und rannten schließlich weinend davon.

„Was haben Sie getan!“, schrie Forster.

„Ich habe gejagt“, unterbrach ihn Thomsen ungerührt und lud nach. „Sie sollten wirklich nicht an meinen Fähigkeiten zweifeln, Herr Professor.“ Dann ritt er zurück zum „Graf Zeppelin“, und seinem Gefangenen blieb nichts anderes übrig, als ihm stumm und verbittert zu folgen.

Heydrich hatte Thomsen eingeschärft, Forster um jeden Preis gesund in Berlin abzuliefern. Jetzt sah es jedoch so aus, als würde der Professor durch die tropische Schwüle, die ungewohnte Anstrengung des Ritts und seine innere Erregung kurz vor einem Kollaps stehen: das Gesicht dunkelrot und verschwitzt, die Adern an Hals und Stirn dick geschwollen. Thomsen musste fürchten, dass sein rätselhafter Begleiter vor seinen Augen zusammenbrach. Dafür würde ihn Heydrich an die Wand stellen lassen. Zurück auf dem „Graf Zeppelin“, musste er den Professor nicht lange überzeugen, damit dieser sich hinlegte und ausruhte. Vom Steward ließ er sich kaltes Wasser und feuchte Tücher bringen. Thomsen betrachtete den alten Mann, wie er, ausgepumpt und mit hektischem, flachem Atem, auf dem Polster der Bank lag und starr nach oben blickte. Forster würde für einige Zeit außer Gefecht sein. Er konnte ihn also getrost hierlassen.

Thomsen ging wieder nach draußen und verließ den „Graf Zeppelin“. Ziellos schlenderte er auf die Hütten zu. Das weite Feld war wie ausgestorben, die Luft flirrte. Es war Mittag. Die Passagiere und Besatzungsmitglieder hatten sich entweder hingelegt, waren in Recife oder aßen in der

Kantine der Deutschen Zeppelin Reederei. Er streunte zwischen den Hütten herum und lächelte die Kinder an, die auf den schmutzigen Wegen spielten.

Gelangweilt und müde kehrte er schließlich zum „Graf Zeppelin“ zurück. Forster saß in seiner Kabine und las. „Es freut mich, dass es Ihnen wieder besser geht, Professor!“, meinte Thomsen zur Begrüßung.

Forster verzichtete auf eine Erwiderung und reichte ihm stattdessen einen Zettel. „Das ist für Sie“, sagte er ausdruckslos. „Jemand hat es unter der Tür hindurchgeschoben.“

Thomsen faltete ihn auseinander und las. Mit einem Schlag war seine Müdigkeit verflogen und hatte einer lauernden Spannung Platz gemacht. Auf der Vorderseite des Zettels hatte jemand in krakeliger Handschrift seinen Namen geschrieben. Auf der Rückseite des Zettels stand in derselben ungelenken Schrift nur ein Satz: *Thomsen, achten Sie auf Heinrich Parsch, Erster Funker!*

WEIL er in der Nacht erst spät und nach zwei oder drei guten Cognacs zu Bett gegangen war, hatte Rafael Schoschowski wie ein Toter geschlafen. Von der Landung in Recife hatte er nichts gespürt, doch war er wach geworden, als Annegret die Kabine verlassen hatte. Sie hatte zu ihm kein Wort gesagt, ihn nicht einmal eines Blickes gewürdigt. Benommen war er nach hinten zum Waschraum getaumelt, wo er sich mit einem mit Kölnisch Wasser getränkten weichen Lappen Stirn und Nacken so lange massierte, bis er wieder einigermaßen klar denken konnte. Professor Forster, der in einem komischen weißen Nachtgewand am anderen Waschbecken stand und sich umständlich rasierte, grüßte er nur mit einem kurzen „Guten Morgen!“

Dann hatte sich dieser seltsame, unhöfliche Begleiter des Professors in den Waschraum gedrängt und Forster wie ein ungezogenes Kind hinausgezerrt. Schoschowski fand dies höchst ungewöhnlich, ja geradezu empörend. Doch er hatte selbst so schon genug Sorgen und mischte sich deshalb nicht ein.

Statt Krawatte schlang er sich ein blütenweißes Seidentuch um den Hals und stopfte den aufwändigen Knoten in den Kragenausschnitt seines Hemdes – auch ein Privileg, das nur Musiker genießen durften. Als Schoschowski endlich sein beeindruckendes Äußeres wiederhergestellt hatte und in den Salon trat wie ein Tenor, der im ersten Akt auf die Bühne schreitet, sah er seine Frau nur noch durch das Fenster der Gondel: Annegret verschwand zwischen den ärmlichen Hütten Recifes. Beunruhigt fragte er sich, was sie dort vorhaben mochte.

Er sah sich verstohlen um. An dem anderen kleinen Tisch diagonal gegenüber saßen Forster und sein unverschämter Begleiter und frühstückten schweigend. Die anderen Plätze waren noch leer. Allerdings hatte sich jetzt von den Kabinen bis zu den Waschräumen und Toiletten ein kleiner Pendelverkehr müde schlurfender oder aufgeregt hin und her tänzelnder Passagiere in Bademänteln, Pyjamas und seidigen Nachtgewändern entwickelt, sodass es im Salon nicht mehr allzu lange ruhig bleiben würde. Dann könnten alle Passagiere sehen, dass der berühmte Dirigent Rafael Schoschowski ohne seine Frau frühstückte; er säße allein an seinem Tisch wie auf einem peinlichen Präsentierteller. Was war bloß in Annegret gefahren?

Hastig beschmierte er ein Brötchen mit Honig und schlang es mit zwei Tassen Kaffee hinunter.

Der Salon lag zwar im Schatten der gewaltigen Zeppelinhülle, doch es regte sich kein Lufthauch. Schoschowski glaubte plötzlich, ersticken zu müssen. Mühselig zog er sein Seidentuch aus dem Hemdkragen und wischte sich damit gedankenlos über die Stirn. Er konnte sich nicht erinnern, sich jemals so erschöpft gefühlt zu haben. Es war nicht nur die tropische Hitze, sondern auch die nervliche Anspannung, die ihn langsam zermürbte. Er wollte ein wenig um den „Graf Zeppelin“ schlendern und war schon auf der Aluminiumtreppe vor der Tür, als ihm der Koch hinterhergelaufen kam und rief: „Ein Funktelegramm aus Berlin!“

Schoschowski zwang sich zu einem Lächeln, doch seine Hände zitterten, als er das Blatt entgegennahm. Schnell ging er zurück in die Kabine, schloss sorgfältig ab und faltete erst dann das Formular auseinander. Der Absender war, wie er befürchtet hatte, sein Bewunderer im Innenministerium: *geruechte rmvp – stop – gezielte veroeffentlichung in montagspresse moeglich – stop – bemuehe mich um klaerung.*

Es dauerte lange, bis Schoschowski enträtselt hatte, dass „rmvp“ das Reichsministerium für Volksaufklärung und Propaganda meinte, und noch länger, bis er die wirklichen Implikationen dieser Nachricht begriffen hatte. Natürlich hatte er Feinde und Neider in Berlin. Wenn sich einer von ihnen an das Propagandaministerium wenden und dort einen Zeitungsartikel über den „Vierteljuden Schoschowski“ lancieren könnte, dann wäre alles verloren. Dann gäbe es nichts mehr zu vertuschen, nicht der Öffentlichkeit und der Partei gegenüber und schon gar nicht Annegret.

Schoschowski dachte plötzlich an die beiden Journalisten, die auf dem

„Graf Zeppelin" mitfuhren. Warum eigentlich waren sie an Bord? Dieser Jaeger schrieb für die *Frankfurter Zeitung*, das angesehenste Blatt in ganz Deutschland und berühmt für sein Feuilleton. Wäre das der geeignete Platz, um einem bekannten Dirigenten den publizistischen Todesstoß zu versetzen? Oder eher der *Völkische Beobachter*, für den der andere Kerl schrieb, dessen Namen er vergessen hatte? Schoschowski schloss die Augen und lehnte sich zurück. „Alles vorbei", murmelte er.

Wieder dachte er daran, einfach Schluss zu machen. Die letzte Flucht anzutreten. Endgültig Ruhe zu haben. Es war eine verführerische Vorstellung. Wäre ein schäbiger Selbstmord jedoch ein würdiges Ende seiner Karriere? Mit von Gift verzerrten Zügen und heraushängender blauschwarzer Zunge gefunden werden? An einem selbst geknoteten Strick erhängt wie ein gemeiner Verbrecher? Mit einem Kopf, von der Gewalt einer Pistolenkugel zerfetzt wie eine überreife Tomate? Ihn schauderte.

Wenn er Schluss machte – falls er überhaupt Schluss machte –, dann nur, wie es einem Mann seines Rufes zukam: heldenhaft unterzugehen in einer schrecklichen Katastrophe, sein Leben in einem tragischen Fanal enden zu lassen, so groß und gewaltig, dass nie jemand auf die Idee kommen würde, es könnte Selbstmord gewesen sein. Er versuchte sich auszumalen, wie er den „Graf Zeppelin" in einer gewaltigen, wagnerianischen Lohe vergehen lassen könnte: Rafael Schoschowskis letzte, spektakulärste Inszenierung …

ARTHUR OHLBAUM gehörte nicht zu den Menschen, die ihre Armbanduhren gedankenlos bis zum Anschlag aufzogen oder sonst wie mit ihnen herumspielten. Vor jedem Abendessen nahm er seine Uhr langsam vom linken Handgelenk ab und zog sie sorgfältig auf, wobei er die Krone sanft, beinahe zärtlich zwischen seine Fingerspitzen nahm, aus Angst, mit zu viel Gewalt die empfindliche Welle verbiegen oder überdehnen zu können. Von diesem Ritual ließ er sich auch durch den Start in Recife nicht abhalten: Während alle anderen gebannt aus den Fenstern starrten, setzte er sich hin und widmete sich nur seiner Uhr.

Es war jetzt Dienstagabend gegen 20 Uhr – noch ungefähr vier Stunden und er wäre dreißig. Nachdem er seine Uhr wieder angelegt hatte, gesellte er sich erneut zu Steicher und seiner aufregenden „Sekretärin". „Kolossal", sagte der dicke Funktionär immer wieder, „kolossal." Ohlbaum konnte beim besten Willen nicht erkennen, was draußen so Beeindruckendes vor sich gehen sollte, doch er war klug genug, hin und wieder zustimmend zu nicken.

Die letzten Tankwagen waren gerade rumpelnd davongefahren. Einige Soldaten ließen kleine, mit Wasserstoff gefüllte Ballons in den Himmel steigen. Kapitän von Schiller verfolgte ihre Bahn mit einem Spezialtheodolit bis in über einen Kilometer Höhe. So informierte er sich exakt über die Luftströmungen in der Höhe. Ohlbaum schüttelte den Kopf über diese Verschwendung. Das mochte in Friedrichshafen sinnvoll sein, wo das Wetter veränderlich war. Doch hier in Recife, wo die Winde so regelmäßig wehten, war es nur ein überflüssiges Ritual. Er nahm sich vor, es nach der Landung in Friedrichshafen der Buchhaltung zu melden. So ließen sich pro Fahrt sicherlich einige Dutzend Reichsmark einsparen. Erst dann fiel ihm wieder ein, dass er, wenn sein Plan funktionieren sollte, die Abteilung Buchhaltung der Deutschen Zeppelin Reederei nie wiedersehen würde.

Halb nackte Arbeiter und brasilianische Soldaten hatten die Haltetaue ergriffen, die jedoch noch so lange schlaff herunterhingen, wie der „Graf Zeppelin“ am Landemast fest vertäut war. Allerdings machten sich dort jetzt drei Mann zu schaffen. Der ballastbeladene Eisenbahnwaggon, auf den sich die riesige Heckfinne des Luftschiffes stützte, war schon vor ungefähr einer Stunde von schwitzenden Männern über den Schienenhalbkreis gezerrt worden, sodass die Spitze des Zeppelins im Abendwind lag. Ein Offizier lehnte sich weit aus dem Fenster und schrie durch das Megafon Kommandos zur Bodenmannschaft hinunter.

Ein leises Zittern lief fast unmerklich durch den Giganten. Dann sah Ohlbaum, wie der Haltemast und die Bodenmannschaft, die Wiese, die staubige Straße und die ärmlichen Hütten am Rande des Flugfeldes langsam unter ihm kleiner wurden. Sanft wie ein Blatt, das von einem Lufthauch emporgehoben wird, schwebten sie nach oben. In fünfzig, sechzig Meter Höhe erwachten die Motoren mit ihrem entfernten Grollen.

Der „Graf Zeppelin“ nahm Fahrt auf und fuhr zuerst am Kloster São Bento de Olinda vorbei in einem Halbkreis über Recife, wo die Leute auf der Straße stehen blieben und winkten, bis hinaus auf den Atlantik. Ohlbaum stand auf und lehnte sich weit aus dem Fenster. Der Fahrtwind war schwer vor Feuchtigkeit, warm und roch nach dem Moder des Dschungels und nach Salzwasser. Mit starr gegen den Stirnbügel gepresstem linkem Zeigefinger hielt er seine dicke Brille fest, damit sie ihm der Wind, der seine wenigen fahlen Haare zerzauste, nicht vom Kopf wehen konnte. Andere Passagiere hatten sich ebenfalls weit hinausgelehnt. Sie starrten alle nach vorn, hinaus auf den Atlantik, dorthin, wo in einigen Tagen Afrika und Europa auftauchen sollten. Ohlbaum war der Einzige, der zurücksah.

In einigen Kilometern Entfernung kam ihm Recife vor wie eine Insel der Zivilisation im breiten schwarzgrünen Dschungelrand, der sich hinter der weißen Linie der brechenden Wellen auftürmte. Dann war es in der dunstigen Luft gar nicht mehr zu unterscheiden vom Rest des dunklen Strichs am westlichen Horizont, der Brasilien jetzt nur noch war.

Ohlbaum fühlte sich auf unbestimmte Art verbittert und leer. So, dachte er, muss sich Kolumbus gefühlt haben, nachdem er Amerika entdeckt hatte und es wieder verlassen musste.

Er betrachtete wieder seine Uhr. Wie gern hätte er eine Jaeger LeCoultre Reverso gehabt, elegant und modern und mit einer wundervollen, ausgeklügelten Mechanik, die es erlaubte, die Oberseite mit dem kratzempfindlichen Glas nach innen zu drehen und den soliden Metallboden nach außen. Das war männlich, aber nicht protzig, elegant, aber nicht snobistisch – kurz, es hatte Stil, fand Ohlbaum, dessen große Leidenschaft Armbanduhren waren. Leider reichte sein Gehalt nicht für die Verwirklichung seines Traums und würde auch nie dafür reichen. An seinem Handgelenk hing eine tonneauförmige, stählerne ZentRa für 35 Reichsmark – eine Allerweltsuhr, die seine Finanzen bereits gehörig durcheinandergebracht hatte. Ohlbaum drehte den Kopf, blickte nun nach Osten und lächelte grimmig in den Fahrtwind: Bald werde ich mir alle Uhren dieser Welt leisten können!, dachte er. Dann setzte er sich wieder zu Augustus Steicher, seiner verführerischen Begleiterin und dem seltsam verschüchterten Inka-Forscher zum Abendessen an den Tisch.

Er hatte es bereits aufgegeben, Steicher unauffällig nach dem auszuhorchen, was er im Gepäck hatte. Ohlbaum hatte darauf weniger aus Furcht vor dem möglichen Misstrauen des Parteibonzen verzichtet als aus Vorsicht gegenüber seiner arroganten Begleiterin, die es nicht einmal für nötig gehalten hatte, ihm ihren Namen zu sagen, ihn aber ständig zu belauern schien. Erich Bäcker, der vierte Mann ihrer Tischrunde, war ihm gänzlich rätselhaft. Ein noch größerer Versager, als ich es bin!, hatte Ohlbaum in einer seiner bitteren Anwandlungen gedacht, doch wirklich sicher war er sich dessen nicht.

Heute Abend langweilte sie Steicher mit einer lauten, weit ausholenden Beschreibung der demnächst eröffneten Reichskunstausstellung „Schaffendes Volk“ in Düsseldorf. Ohlbaum täuschte Aufmerksamkeit vor und starrte zwischendurch hinaus. Zwei kleine Wolkenbällchen standen schräg über ihnen, ansonsten schien es nichts mehr zu geben zwischen dem endlosen Meer und dem Himmel als den „Graf Zeppelin“.

Zu Ohlbaums heimlichem Entsetzen breitete Steicher nach dem Nachtisch eine der feinen, teuren weißen Stoffservietten der Deutschen Zeppelin Reederei vor sich auf dem Tisch aus, zog einen schweren vergoldeten Füllfederhalter aus einer Uniformtasche und fing an, etwas zu skizzieren. „Edwin Scharff – guter Name, nicht wahr, *nomen est omen*, überzeugter Nationalsozialist, Akademieprofessor – hat das entworfen. Wird den Eingang flankieren. Kolossal."

Ohlbaum brauchte ein paar Augenblicke, bis er begriffen hatte, dass Steicher immer noch von der Ausstellung „Schaffendes Volk" sprach, dann sah er zu seinem Erstaunen, wie die plumpen, behaarten Finger des Parteifunktionärs in wenigen, schnellen Strichen eine beeindruckende Skizze der Skulptur auf die Serviette warfen: ein sich aufbäumendes Pferd, am Zaumzeug gehalten von einem muskulösen nackten Mann. „Zwölf Meter hoch, ganz aus Granit. Zwei davon. Kolossal", schnaufte Steicher.

Ohlbaum war alarmiert. Er hätte dem stiernackigen Funktionär so viel Talent nicht zugetraut und fragte sich jetzt, ob er ihn auch in anderen Bereichen sträflich unterschätzte. Was sollte er tun, wenn sich der Parteibonze doch nicht so leicht täuschen ließ wie gedacht? Es wäre Ohlbaums Ende.

Nach dem Cognac verbeugte er sich kurz vor ihm und seiner Begleiterin, nickte auch Bäcker zu, der den ganzen Abend auf beinahe schon peinliche Weise geschwiegen hatte, stand auf und schlenderte wieder zum Fenster. Er hatte Mühe, seine Erregung nicht nach außen dringen zu lassen.

Unauffällig sah er sich um. Am zweiten Sechsertisch schräg gegenüber in der anderen Ecke des Raumes saßen die Livingstons mit ihrer Dienerin und den beiden Journalisten. Gerry Livingston wirkte eindeutig nervös und trank sehr schnell einen Cognac nach dem anderen, was seine stark geschminkte Frau mit missbilligenden Blicken, aber schweigend quittierte. Die Tochter unterhielt sich angeregt mit Jaeger und Krauss. Hell klang ihr Lachen durch den Raum, Ohlbaum vermutete, dass sie einen kleinen Schwips hatte. Sie schien aufgeregt zu sein – ob wegen der Fahrt im Zeppelin oder des Flirts mit zwei Männern, konnte er nicht sagen. Er vermutete, dass die beiden Journalisten ihr nur deshalb so viel Aufmerksamkeit schenkten, weil Annegret Schoschowski zu berühmt war, Steicher seine aufregende Begleiterin demonstrativ mit Beschlag belegt hatte und sonst keine andere attraktive Frau mit ihnen reiste. Allerdings schien sich Jaeger wirklich aufrichtig um die junge Amerikanerin zu bemühen – was seinen Kollegen, der aus irgendeinem Grund sowieso schon schlecht auf ihn zu sprechen war, zusätzlich verärgerte. Diese

Idioten!, dachte Ohlbaum mit einer Mischung aus Überlegenheitsgefühl und Minderwertigkeitskomplexen. Er fand Sarah Livingston pummelig und albern. Sein Blick wanderte zu der Dienerin, die, von niemandem beachtet, schweigend am Tisch saß, geistesabwesend mit einem kleinen, abgegriffenen Silberkreuz spielte, das an ihrem Hals hing, und ab und zu an ihrem Glas Rotwein nippte. Maria Ficcini – er hatte, wie es seiner Gewohnheit als Buchhalter entsprach, sich vor der Abfahrt in Rio von der Deutschen Zeppelin Reederei eine komplette Passagierliste besorgt und die Namen aller Reisenden auswendig gelernt. Er schätzte die Italienerin auf 25, sie war mittelgroß und kräftig und hatte ihre dichten schwarzen Haare zu einem Dutt zusammengebunden. Ihre dunklen Augen hatte sie gelangweilt auf den Tisch gerichtet, doch plötzlich blickte sie auf und zu ihm herüber – und schenkte ihm für einen Augenblick ein freundliches, verschwörerisches Lächeln.

Ohlbaum wurde rot und grinste verlegen zurück. Er fragte sich, ob ihr Lächeln nicht mehr als nur freundlich oder schon auffordernd war. Frauen wie Steichers blondierte Begleiterin oder Annegret Schoschowski schüchterten ihn so sehr ein, dass er nicht einmal davon träumte, sie zu besitzen. Selbst Sarah Livingston verunsicherte ihn. Für seinen Geschmack war sie viel zu reich und verwöhnt. Aber die Ficcini ist mein Kaliber!, dachte er. Sie war wie Lúcia, nur jünger: zu kräftig und unelegant, als dass sie vielen Männern aufgefallen wäre, aber sicherlich leidenschaftlicher als seine Verlobte oder die anderen grauen Mäuse in Friedrichshafen, die bereit wären, mit ihm auszugehen. Wäre er nicht schon als einfacher Buchhalter ein sozialer Aufstieg für sie, die nur Dienerin war? Er würde ihr imponieren können – wenn er denn je mit ihr sprechen könnte. Ohlbaum seufzte. Er wünschte sich, jetzt einfach mit federndem, selbstsicherem Schritt quer durch den Salon zu gehen, Maria Ficcini charmant lächelnd anzusprechen und … Und dann was? Eine Bar gab es an Bord des „Graf Zeppelin“ nicht, erst recht keine Tanzfläche. Sollte er einfach zu der ihm vollkommen unbekannten Dienerin einer steinreichen amerikanischen Familie gehen und sie vor allen Passagieren in seinem in mühsamen Abendkursen angeeigneten holprigen Italienisch fragen, ob sie mit ihm in die Kabine gehen wolle? Lächerlich!

Ohlbaum ballte die Fäuste, atmete dann tief durch und starrte wieder hinaus. Der Vollmond stand wie ein riesiger, aber fahler Flakscheinwerfer am Himmel und zauberte weißsilberne Muster auf das Meer. Gleich bin ich dreißig!, dachte er voll hilfloser Wut. Er fühlte sich, als sei er immer noch der pubertierende, bei den Mädchen des Dorfes hilf- und hoffnungslose Schüler von vor fünfzehn Jahren.

Dann dachte er an sein Vorhaben. Wenn es ihm gelingen sollte, Steichers geheimnisvolle Schmuggelware unerkannt zu stehlen, dann würde ihn zwar eine wie Annegret Schoschowski immer noch nicht ansehen, und eine wie die blonde Puppe von Steicher würde ihn nur so lange ausquetschen, bis sie genug Geld von ihm hätte, aber eine wie Maria Ficcini – die würde mit Arthur Ohlbaum, einem reichen, cleveren Arthur Ohlbaum, nicht nur ins Bett, sondern auch bis ans Ende der Welt gehen. Er gab sich wilden Träumen hin, die ihn nach und nach ruhiger machten. Schließlich brachte er es sogar fertig, seinem Spiegelbild im Fenster zuversichtlich zuzulächeln.

Als er sich wieder dem Salon zuwandte, sah er, wie die Schoschowskis gerade den Raum verließen. Der Professor und Thomsen waren schon verschwunden, ebenso Erich Bäcker. Steicher saß noch am Tisch und schüttete Cognac in sich hinein. Die Blondine saß daneben und unterhielt sich flüsternd mit ihm. Ihr verführerischer Mund lächelte, doch ihre Augen blickten kalt und berechnend wie die einer Schlange, die nach dem Biss wartet, bis ihr Gift beim Opfer anfängt zu wirken. Am gegenüberliegenden Sechsertisch hatten Jaeger, Krauss und die Livingstons angefangen, Siebzehnundvier zu spielen. Maria Ficcinis Rolle schien dabei die des Croupiers zu sein, der Karten ausgibt und ansonsten nicht in das Spiel eingreift.

Als Ohlbaum eine Flasche Sekt bestellte, zeigte der Steward für einen winzigen Augenblick so etwas wie Überraschung, doch dann brachte er ihm in einem großen, eisgefüllten Kühler eine Flasche Deinhard Kabinett und eine breite Sektschale.

Ohlbaum wandte sich mit einem randvollen Sektglas dem Fenster zu.

Als seine ZentRa Mitternacht anzeigte, hob er das Glas. „Dreißig“, flüsterte er. Rasch trank er zwei Gläser, bis er merkte, wie ihm der Deinhard gleich einem sanften, zähen Nebel in den Kopf stieg. Er fühlte sich angenehm entspannt und doch voll schwer bezähmbarem Tatendrang. Seine Geduld wurde auf keine sehr lange Probe mehr gestellt, denn gegen Viertel nach zwölf stand Steicher mühsam auf. Sein Gesicht war vom Cognac gerötet. „Kolossal“, murmelte er und nickte Ohlbaum fahrig zu, dann straffte er schnaufend seinen Körper und versuchte halbwegs erfolgreich, mit geradem Schritt die Tür zum Kabinenflur zu erreichen. Die Blondine folgte ihm, ohne nach links oder rechts zu blicken.

Ohlbaum sah ihnen nach und überlegte. Er hoffte, dass Steicher noch nüchtern genug war, um jetzt seine „Sekretärin“ zu besteigen. Dann wäre er nicht nur beschäftigt, sondern würde damit auch seine beunruhigende Begleiterin eine Zeit lang blockieren. Bei den Livingstons und den beiden Journalisten ging es hoch her, alle lachten. Jaeger und die Tochter flirteten ausgelassen miteinander. Die anderen Passagiere waren in ihren Kabinen, der Steward in der Kombüse. Niemand achtete auf ihn. Langsam stellte Ohlbaum den Deinhard ab, drückte sich an den Fenstern und der vorderen Trennwand entlang und schlüpfte dann lautlos in den Gang Richtung Kommandobrücke.

Hier hing dicht unter der Decke eine fingerdicke Kordel. Er zog an ihr und holte so eine nach oben führende Klappleiter aus Aluminium zu sich herab. Hastig und ungeschickt kletterte er hinauf und klappte die Leiter wieder ein. Mit klopfendem Herzen sah er sich um. Er stand in einer halbdunklen Welt, die eher den Eingeweiden eines Wals als einem planvollen technischen Meisterwerk glich. Es roch ungesund.

Die silberne Hülle war nur die formgebende Außenhaut für ein verwirrend kompliziertes Skelett aus miteinander mit Drähten verspannten trapezförmigen Längs- und kreisförmigen Querträgern aus dunklem Aluminium. Dazwischen waren die gewaltigen Gasblasen gespannt, die den Wasserstoff und das Kraftgas, mit dem die Motoren angetrieben wurden, enthielten. Er stand auf dem nur rund dreißig Zentimeter schmalen Boden eines etwas mehr als mannshohen und an seiner obersten, breitesten Stelle ungefähr eineinhalb Meter durchmessenden Trägers aus zusammengenieteten Aluminiumprofilen. Nach vorn stieg dieser in steilem Bogen zum Bug hin an, erstreckte sich in sanftem Bogen mehr als zweihundert Meter weit achteraus und verlor sich dabei im Dunkeln: der mächtige Kiel des „Graf Zeppelin“.

Mit unsicherem Schritt ging Ohlbaum nach hinten. Zu beiden Seiten türmten sich gewaltige, hochhausgleiche Stoffbahnen empor, straff gespannt von Drähten und Gas. Siebzehn Zellen waberten über ihm, jede fünfzehn Meter lang und zwanzig Meter hoch, gefüllt mit hochbrennbarem Wasserstoffgas. Darunter befanden sich fünfzehn nur unwesentlich kleinere Zellen mit Kraftgas. Im fahlen Licht lag ein matter goldener Schimmer über den Gassäcken. „Goldschlägerhaut“ nannte man das: Hunderte von zusammengenähten Rinderblinddärmen, mit einer Aluminiumbronzierung elektrisch leitfähig gemacht, damit das Gas nicht durch Funken entzündet werden konnte. Unter den riesigen Gasblasen vollendete nur eine dünne Stoffbahn die stromlinienförmige Hülle.

Ohlbaum schwindelte für einen Augenblick, und er klammerte sich an einen der silbern schimmernden, fassförmigen Tanks, die in langen Reihen beidseits des Längsträgers angeschweißt waren und Benzin für die Stromgeneratoren enthielten. Daneben schwappten in großen, jetzt noch prall gefüllten Säcken Hunderte Liter Wasserballast, die vor der Landung zum Austrimmen abgelassen werden konnten.

Als er sich wieder etwas beruhigt hatte, lauschte er. Das Motorbrummen klang hier lauter als in der Gondel, jedoch immer noch gedämpft und weit entfernt. Irritierend waren die sanften Geräusche aus den gewaltigen Gassäcken. Es war ein beständiges Seufzen und Singen, ein leichtes, langgezogenes Stöhnen und Kratzen, dabei seltsam verzerrt und dumpf. So muss das Wasser für die Fische klingen, dachte Ohlbaum. Menschliche Stimmen konnte er zu seiner Erleichterung nicht hören.

Er hatte lange genug bei der Deutschen Zeppelin Reederei gearbeitet, um die technischen Daten des „Graf Zeppelin" einigermaßen im Kopf zu haben. Das Gepäck der Passagiere wurde links und rechts des Kiels in speziellen, mit Stoffbahnen abgetrennten Bereichen dicht hinter der Gondel untergebracht. Er musste also nur wenige Schritte gehen. Ohlbaum tastete sich voran. Aus dem Kommandobereich der Gondel drang ein fahles Leuchten nach oben in die riesige Hülle.

Er hob eine schwere Stoffbahn an, die nicht straff gespannt war, und blickte dahinter: schwere hölzerne Vorratskisten und sauber an Leisten fixierte Werkzeuge. Im nächsten Bereich lagen Postsäcke aus Brasilien und Argentinien. Doch dann hatte Ohlbaum Erfolg. Er hob eine Bahn an Steuerbord und sah eine ganze Batterie sauber gestapelter Koffer, Reisetaschen und Seesäcke vor sich. Triumphierend lachte er auf und kroch unter dem Stoff hindurch.

Dann kam die Ernüchterung. Sobald die Stoffbahn wieder herabgefallen war, war es hier fast stockfinster. Er hatte in seiner Aufregung nicht an eine Taschenlampe gedacht. Zudem fiel ihm jetzt ein, dass er auch nichts dabeihatte, um einen verschlossenen Koffer zu öffnen, kein Taschenmesser, keinen Schraubenzieher, keine Nagelfeile. Ratlos fingerte er für ein paar Augenblicke im Dunkeln an den Koffern herum. Zwecklos. Er konnte ja nicht einmal sehen, welche der Gepäckstücke seine eigenen waren, geschweige denn, welche Steicher gehörten.

Enttäuscht und wütend stand er in der Dunkelheit, dann schlug er verärgert mit der Faust gegen einen Koffer. Doch was immer das war, was er so traf, es war unnachgiebig hart und spitz. Er japste nach Luft, ging vor

Schmerz in die Knie und hielt sich mit der Linken seine pochende Faust. Er fühlte sich besiegt und gedemütigt, ein Gefühl, das er schon seit seiner Schulzeit nur zu gut kannte. Doch er war wild entschlossen, das jetzt und für alle Zeit zu ändern. Ich werde wiederkommen, dachte er mit grimmiger Wut, und dann hält mich nichts und niemand auf!

Unbeholfen stolperte er wieder zu der Stoffbahn und hob sie mit seiner immer noch schmerzenden Rechten an, um wieder hinauszukriechen. Er hatte sich schon halb auf den Aluminiumträger gezwängt, als er sah, wie eine Gestalt in Höhe der Gondel den Kiel herunterschlich, genau auf ihn zu.

Ohlbaum warf sich zurück. Wenn jemand aus der Besatzung nachts im „Graf Zeppelin" etwas zu tun hatte, dann leuchtete er sich mit einer kleinen, ähnlich den Grubenlampen der Bergleute isolierten Taschenlampe den Weg. Nur wer – wie er – hier nichts zu suchen hatte, musste sich heimlich und ohne Licht vorantasten. Fieberhaft dachte er nach. Wenn es niemand aus der Besatzung war, dann war es ein Passagier, der denselben Weg genommen hatte wie er. Und was für ein anderes Ziel sollte er haben als den Gepäckraum?

Er hatte das schreckliche Gefühl, in der Falle zu sitzen. Schon glaubte er, leise Schritte auf dem Aluminium draußen zu hören. Hastig tastete sich Ohlbaum nach hinten, fingerte an den Koffern herum, befühlte sie, zerrte an ihnen – vergeblich. Sie waren mit Netzen und Hanftauen fest miteinander verzurrt und irgendwo im Dunkeln an Ösen im Skelett des „Graf Zeppelin" festgemacht. Ohlbaum spürte, wie Panik in ihm aufstieg. In seiner Verzweiflung begann er, auf die Wand aus Koffern und Taschen zu klettern. Er legte sich flach auf einen ledernen Reisekoffer und tastete mit seinen Händen in der Dunkelheit herum. Seine Rechte berührte eine glatte Fläche mit dickem Stoff bespannten Holzes, fuhr daran entlang, spürte eiserne Beschläge und Ecken: ein großer Schrankkoffer. Ohlbaum robbte über den Lederkoffer hinweg und betastete die Rückseite des Schrankkoffers. Zwischen ihr und der dicken Stoffbahn, die das äußere Ende des Gepäckabteils markierte, lagen ein paar Zentimeter Luft.

Er zwängte sich hinein, ging hinter dem Schrankkoffer in Deckung und klammerte sich an die Außenseite des Flechtwerks aus Stahl und Hanf wie eine übergroße Spinne, die im Netz hängt. Der silbrige Stoff der Außenhülle drückte gegen seine Schulterblätter und seinen Hinterkopf. Wenn ich jetzt loslasse, stürze ich in den Atlantik!, dachte Ohlbaum und verfluchte den Tag, an dem ihn die Deutsche Zeppelin Reederei nach Brasilien geschickt hatte.

Dann hörte er, wie jemand die Stoffbahn zum Gepäckabteil vorsichtig hochhob und hindurchschlüpfte. Es folgte ein leises „Klick“, und plötzlich erfüllte der Lichtschein einer kleinen Taschenlampe den Raum. Verloren!, dachte Ohlbaum und schloss vor Angst die Augen. Doch es kam keine harte Hand, die ihn aus seinem Versteck herauszerrte, keine kalt-offizielle Stimme ließ sich vernehmen. Stattdessen Geräusche vom gegenüberliegenden Ende des Gepäckabteils, als würde dort jemand versuchen, einen Koffer zwischen anderen hervorzuzerren. Ohlbaum atmete auf.

Nach ein paar Minuten konnte er seine Neugier nicht mehr bezähmen. Der zweite Eindringling hantierte noch immer mit dem Koffer. Also zog sich Ohlbaum ganz langsam in seinem Versteck hoch, bis er schließlich einen raschen Blick über das Oberteil des Schrankkoffers werfen konnte. Kaum zwei Meter entfernt, doch mit dem Rücken zu ihm, machte sich Sarah Livingston an einem Koffer zu schaffen, den sie unter den anderen herausgezogen hatte.

Wie gut, dass ich einen Schwips habe!, dachte Sarah und bemühte sich, ein Kichern zu unterdrücken, das sie hätte verraten können. In ihrem ersten Jahr in Wellesley hatte sie miterlebt, wie einige der bestaussehenden und klügsten Mädchen aus den reichsten Familien abends heimliche Gelage veranstaltet hatten, in denen süßer, klebriger Punsch, aber auch Rum, Cognac und Whiskey in Strömen geflossen waren – die wahren Spezialistinnen konnten jeden Matrosen unter den Tisch trinken und doch am nächsten Morgen wieder so taufrisch im Seminarraum sitzen, als wären sie brav um acht Uhr zu Bett gegangen. Sarah hatte zweimal versucht, mit ihnen mitzuhalten, was stets damit geendet hatte, dass sie sich jämmerlich übergeben hatte.

An diesem Abend war es anders. Sie hatte sich dank des weißen Rheinweins und zweier Gläser Deinhard gerade so viel Mut angetrunken, dass sie heiter, vorwitzig, abenteuerlustig und selbstsicher war. Sie genoss die Aufmerksamkeit der beiden Männer. Krauss von diesem Parteiblatt war ihr ziemlich gleichgültig, doch bemühte er sich so offensichtlich um sie, wie sie es nicht oft erlebt hatte. Deshalb ermunterte sie ihn gelegentlich durch Scherze oder vorgespiegeltes Interesse.

Den anderen dagegen mochte sie wirklich. Walter Jaeger war schon an Orten gewesen, die sie nicht mal vom Schulatlas her kannte, prahlte jedoch nicht damit wie einige von Daddys Freunden, die ebenfalls schon überall herumgekommen waren. Jaeger war ohne Zweifel ein erfahrener Mann und auch verheiratet, wie der Ehering zeigte, den er, wie fast alle deutschen Männer, an der rechten Hand trug. Doch seine durch dicke Brillengläser noch vergrößerten wasserblauen Augen blickten ständig irgendwie erstaunt und verschreckt in die Welt. Als Sarah nach dem zweiten Deinhard mit ihrer Hand wie zufällig seine berührte, wurde er rot wie ein Schuljunge. Sie mochte das.

Sarah hatte sich für einen Augenblick verführerischen Träumen von einer leidenschaftlichen Affäre mit einem ihr kaum bekannten Mann im Zeppelin hoch über dem Atlantik hingegeben, aus denen sie ihre Mutter jedoch mit einem lauten „Vielen Dank für diesen herrlichen Abend, meine Herren!“ wieder herausgeholt hatte. Hannah Livingston war aufgestanden und hatte den beiden Journalisten, die hastig aufgesprungen waren, huldvoll ihre Hand gereicht. Es war ein Befehl gewesen. Daddy, der schon ziemlich einen sitzen gehabt hatte, blieb gar nichts anderes übrig, als sich ebenfalls mühsam zu erheben, von Maria ganz zu schweigen.

Also hatte sich Sarah wohl oder übel fügen müssen. Allerdings hatte sie einen Trick ausprobiert, den ihr eine in diesen Dingen schon sehr erfahrene Mitstudentin in Wellesley verraten hatte: Sie hatte Jaeger zum Abschied die Hand gegeben – und genau in diesem Augenblick noch einmal ein scherzhaftes Gespräch angefangen. So hatten ihre Hände für eine wundervoll lange Zeit ineinandergelegen, ohne dass man es als unschicklich hätte empfinden können.

Sarah hatte sich danach artig von ihren Eltern verabschiedet, war in ihrer Kabine verschwunden – und hatte gelauscht, bis draußen auf dem Gang alles ruhig geworden war. Ihr Sinn stand heute nach Abenteuer. Am Nachmittag hatte sie sich aus schierer Langeweile vom Steward eine Zeichnung des „Graf Zeppelin“ geben und sich alles erklären lassen. Jetzt schnappte sie sich ihre kleine blaue Taschenlampe, die sie immer bei sich hatte, seit sie als Zehnjährige einmal mitten in der Nacht in dem stockfinsteren kalifornischen Hotel, in dem sie gerade Urlaub gemacht hatten, aus einem Albtraum aufgewacht und schreiend durch das dunkle Haus geirrt war.

Sie schlich den Gang hinunter und spähte in den Salon. Leer. Schnell huschte sie hindurch, hinein in den vorderen Flur und zog die Leiter herunter, wie es ihr der Steward gezeigt hatte. Im Nu war sie oben.

Zuerst war sie erschrocken, als sie sich umblickte: Es war dunkel und geheimnisvoll hier wie in der düsteren Kathedrale in einem englischen Schauerroman, stank jedoch wie nach einem missglückten Experiment im Chemiesaal ihrer alten Highschool. Es war noch so hell hier, dass sie schemenhaft alles erkennen konnte, also verzichtete sie auf ihre Taschenlampe, um sich nicht zu verraten. Sie wollte zu dem Bereich, wo das Gepäck verzurrt war. Ihr Ziel: Daddys Koffer.

„Wäre doch gelacht, wenn ich nicht herausbekomme, warum er uns nach Deutschland mitschleppt!“, sagte sie sich. Dann glitt sie zwischen den Stoffbahnen hindurch in das Gepäckabteil und knipste ihre Lampe an. Nervös sah sie sich um. Sie hatte das entnervende Gefühl, als ob ihr jemand ständig von hinten zwischen die Schulterblätter starren würde. Sie zögerte kurz, dann suchte sie mit dem Strahl der Taschenlampe schnell und entschlossen das Gepäck ab. Da war er! Daddy reiste immer mit einem uralten, abgewetzten, ehemals lodengrünen Lederkoffer, dessen Schäbigkeit ihre Mutter jedes Mal aggressiv machte, wenn sie ihn erblickte, von dem er sich aber nie trennen wollte. Auf dieser Reise hatte er zum ersten Mal einen zweiten, nagelneuen Koffer mitgenommen: aus braunem Leder mit massiven Stahlkappen an allen Ecken. Wenn es bei Daddys Gepäck etwas zu finden gab, dann dort.

Sie zerrte den Koffer unter einem Stapel anderer Gepäckstücke hervor. Sarah hatte Zweitschlüssel für Mutters Schrankkoffer und Daddys altes grünes Stück „für alle Fälle“, wie ihre Eltern immer sagten. Sie probierte die von Vaters Koffer an dem neuen Koffer aus – sie passten ebenfalls. Sarah grinste: Ihr Vater hasste große Schlüsselbunde, also hatte er sich in den neuen Koffer das gleiche Schloss einbauen lassen wie in den alten.

Als sie den Deckel vorsichtig hochklappte, fiel der Strahl der Taschenlampe auf einen dicken Stapel Papiere. Verblüfft blätterte sie diese durch. Es waren große Blätter, so groß, dass sie nur sauber zusammengefaltet in den Koffer passten. Auf vielen prangte links oder rechts oben das Symbol von „Livingston & Darthmor“. Es waren Pläne. Die meisten waren elektrische Schaltkreise. Andere zeigten detaillierte Risszeichnungen: Motoren, Rümpfe, Tragflächen, ganze Flugzeuge. Kampfflugzeuge.

Sarah machte die Taschenlampe aus und saß für einige Augenblicke wie erstarrt in der Dunkelheit. Dann knipste sie sie wieder an, scharrte hastig die Papiere zusammen, verschloss den Koffer sorgfältig, schob ihn zwischen zwei Hanfseilen hindurch zurück zu dem anderen Gepäck und schlich eilig zurück.

Sie hatte Glück und konnte die Aluminiumleiter unbehelligt hinunterklettern. Dann war sie endlich wieder in ihrer Kabine.

Das Herz schlug ihr bis zum Hals. Sarah hatte keine Ahnung von Politik, aber sie wusste, dass die Deutschen liebend gern das unbrennbare und auch sonst harmlose Helium für ihre Zeppeline in den USA kaufen wollten – was ihnen der Kongress verboten hatte. Wenn Hitler nicht einmal Helium haben durfte, was würde die Regierung in Washington dann erst zu Konstruktionsplänen von Flugzeugen sagen?

ALS WALTER JAEGER erwachte, strömte das erste graue Tageslicht durch das Bullauge in die Kabine. Krauss schnarchte – wenn schnarchen das richtige Wort war für das halblaute Fiepen, das in unregelmäßigen Abständen aus seinem Mund drang. Jaeger blieb für einen Augenblick liegen, schloss die Augen wieder und genoss das Gefühl ungeheurer Erleichterung, das seinen Körper durchströmte, als würde ihn überall zugleich eine Riesenhand sanft massieren. Keine Albträume!

Die erste Nacht an Bord war schrecklich gewesen: Hingesunken auf dem Tisch im Salon wie ein Betrunkener in einer Art Halbschlaf, hatte er zwar nicht vom Krieg geträumt, dafür jedoch vom älteren seiner beiden Söhne.

Hans war zwölf und seit einiger Zeit, sehr zur Freude seiner Mutter, ein begeistertes Mitglied der Hitlerjugend. Vor vier Wochen war er abends wütend nach Hause gekommen und hatte beim Abendessen berichtet, er habe heute seinem Scharführer „gestehen" müssen, dass sein Vater nicht in der Partei sei. „Ich schäme mich für dich, Vater", hatte er verkündet. Später, als die Kinder schon im Bett waren, hatte ihn auch seine Frau wieder einmal gedrängt, endlich einzutreten.

Jaeger, der zwar vor den alten, längst zerschlagenen Parteien der Weimarer Republik kaum Hochachtung hatte, hegte trotzdem einen unbestimmten, eher vom Gefühl als vom Verstand bestimmten Widerstand gegen einen Parteieintritt. „Vergiss nicht, was du der Partei zu verdanken hast!", hatte seine Frau gesagt, worauf es zu einem schlimmen Ehekrach gekommen war, denn das war Jaegers wunde Stelle. Klara wusste ganz genau, dass er sich nach seinem Archäologiestudium ohne feste Stelle jahrelang als freier Mitarbeiter verschiedener Zeitungen mehr schlecht als recht durchgeschlagen hatte. Erst nach der Machtergreifung, als die neuen Herren die Presse „an die Kandare" genommen und reihenweise jüdische, sozialistische und sonstige missliebige Journalisten entlassen hatten, hatte er die Chance auf eine feste Redakteursstelle bei der *Frankfurter Zeitung* bekommen und genutzt. Jaeger hatte sich geschworen, durch hervorragende Artikel zu zeigen, dass er die Stelle wirklich verdiente, und er war seitdem eigentlich zufrieden mit sich und seiner Arbeit gewesen. Trotzdem blieb ihm immer bewusst, dass er vom Unglück eines anderen profitiert hatte.

Er dachte oft an den Streit mit seiner Frau. Doch erst in diesem Dämmerzustand war ihm aufgefallen, dass sein älterer Sohn ihn seit jenem Abend mit „Vater“ anredete und nie mehr, wie früher, mit „Papa“, was ihn stärker verletzte als alles, was der Junge sonst gesagt hatte.

Solche selbstquälerischen Halbträume hätte er nicht noch ein zweites Mal durchgehalten, er musste sich für ein paar Stunden in der Kabine in einem richtigen Bett hinlegen. Die ständigen Sticheleien von Krauss und die versteckte Drohung, ihn wegen aller möglichen „ehrverletzenden“ oder das Ansehen des Reiches „herabsetzenden“ Äußerungen im Propagandaministerium anzuzeigen, hatten ihn zusätzlich zermürbt.

Gewagt – gewonnen!, dachte er nun triumphierend. Vielleicht hatte es am guten Wein gelegen, an der heiteren Unterhaltung mit den Livingstons oder am unbekümmerten, naiven Charme ihrer lebenslustigen Tochter – jedenfalls konnte sich Jaeger nicht erinnern, wann er zuletzt so gut geschlafen hatte. Er dachte an Sarah Livingston. Er genoss ihre Unbekümmertheit, ihre amerikanisch direkte Art, die Sachen anzusprechen, ihren unbezwingbaren Optimismus. Je länger er sich mit ihr unterhielt, desto stärker fühlte er sich zu ihr hingezogen. Es war, als hätte er seit Jahren in einem stickigen Zimmer gesessen und würde plötzlich zum ersten Mal wieder eine kräftige Brise reiner Luft einatmen. Pass auf, dachte er glücklich, du bist auf dem besten Wege, dich in ein Mädchen zu verlieben, das noch nicht einmal ganz erwachsen ist!

Jaeger sprang von dem schmalen Bett auf und trat ans Fenster. Aus Rücksicht auf seinen schlafenden Mitreisenden unterdrückte er das Bedürfnis, laut und fröhlich vor sich hin zu pfeifen, während er auf dem kleinen Tisch nach seiner Brille tastete. Als er klar sehen konnte, blickte er hinaus – und erstarrte. Vorn voraus, genau auf Kurs des „Graf Zeppelin“, erstreckte sich eine hässliche schwarzgraue Wolkenwand über den ganzen Horizont.

Jaeger bezwang den Impuls, aus der Kabine hinauszustürzen und Warnrufe auszustoßen. Erstens hatte man die Wolken sicherlich längst auf der Brücke gesehen, und zweitens fuhren sie ja nicht mehr auf einem alten Dreimastsegler, sondern in einem der modernsten Gefährte der Welt. Betont langsam ging er in den Waschraum. Erst nach dem Rasieren ertappte er sich dabei, wie er nervös und gedankenlos zugleich wieder und wieder Rasierwasser auf seine Wangen klatschte, bis diese glutrot waren und er so stark nach „4711 Sir“ duftete, als wäre er ein Parfumvertreter.

Der Steward schien überrascht zu sein, ihn schon so früh im Salon sitzen zu sehen. Es duftete verführerisch nach frischen Brötchen und Kaffee –

zumindest der Smutje machte sich also keine großen Sorgen wegen des Wetters. Pflug kam auf ihn zu und verneigte sich. „Der Koch sagt, dass die Brötchen noch ein paar Minuten im Ofen bleiben werden, Sie müssen sich leider noch ein wenig gedulden. Wenn ich Ihnen aber schon einmal Kaffee bringen dürfte?“ Jaeger nickte.

Dann blickte er auf die Uhr an der Stirnseite des Salons: fast sieben Uhr. Verwundert starrte er seine Armbanduhr an, die von gestern Abend bis heute Morgen plötzlich eine Stunde verloren zu haben schien. Pflug bemerkte das, als er mit einer Kanne dampfendem Kaffee wiederkam, und lächelte dünn: „Wir sind in einer neuen Zeitzone“, sagte er höflich, „wir sind bereits eine Stunde weiter. Während der Fahrt werden es nach und nach noch drei mehr werden.“

Für Jaeger war dies eine gute Gelegenheit, um auf die drohende Wolkenwand zu sprechen zu kommen. Er versuchte, mit einer scherzhaften Geste nach draußen zu deuten, und fragte betont gleichmütig: „Und wie oft werden wir während der Fahrt in so etwas hineingeraten?“

Der Steward lächelte unverbindlich. „Falls wir über Europa gutes Wetter haben, wird es das einzige Mal sein. Das hier nennt man die ‚Kalmenzone‘, ein Gürtel mitten im Atlantik, der sich gut dreihundert Kilometer nördlich und südlich des Äquators erstreckt. Hier blasen die schönen stetigen Passatwinde leider nicht, dafür gibt es immer Regen, viel Regen.“ Er lächelte vielsagend. „Segler ärgern sich, weil sie nur langsam vorankommen, für die Passagiere auf Motorschiffen ist es nichts weiter als ein langes, aber tropisch warmes Schmuddelwetter, doch an Bord eines Zeppelins ist es wirklich ein Erlebnis, vor allem auf der Brücke!“

Weniger das, was Pflug sagte, beruhigte Jaeger, sondern eher die Art, wie er es sagte: mit der beiläufigen Routine eines Mannes, der dies auf jeder Fahrt erlebte. Gleichzeitig erwachte sein journalistischer Ehrgeiz. „Wäre es wohl möglich“, fragte er höflich, „dass ich auf der Brücke sein kann, wenn wir in diese Wolken hineinfahren?“

Der Steward nickte. „Ich werde einen der Offiziere fragen müssen, aber ich denke, dass es gehen wird.“

Fünf Minuten später fand sich Jaeger, eine Kaffeetasse in der einen, die Leica in der anderen Hand, auf der Brücke wieder. Zu seiner Überraschung hatte ihn Kapitän von Schiller persönlich im Salon abgeholt und mitgenommen.

Allerdings war er doch nicht der einzige Passagier, der dabei sein durfte. Zu seiner Überraschung war plötzlich der farblose Buchhalter, dessen Namen er vergessen hatte, im Salon aufgetaucht und hatte, kaum dass er die beiden gesehen hatte, gefragt, ob es erlaubt sei mitzukommen. Dem Kapitän machte dies nichts aus, und Jaeger wollte nicht grob unhöflich erscheinen und rang sich ein verbindliches, einladendes Lächeln ab.

Die Wolken türmten sich als düstere, bis fast auf das Meer hinabreichende Wand direkt vor ihnen auf. Sie wirkten so solide, als könnte der „Graf Zeppelin“ an ihnen zerschellen, wenn er auf sie träfe.

„Maschinen AK“, sagte von Schiller ruhig. Ein Offizier riss rasch nacheinander die Hebel der fünf Maschinentelegrafen auf „Alle Kraft voraus“ herunter. Das ferne Gebrumm der Motoren wurde nach einer winzigen Verzögerung stärker, doch Jaeger konnte nicht feststellen, ob sie tatsächlich schneller geworden waren.

Wie eine Felswand vor einem Bergland lag eine erste Wolkenbank direkt voraus. „Könnte sein, dass wir drüberkommen“, murmelte der Kapitän. „Höhenruder zehn!“, befahl er.

Der Rudergänger drehte am Rad, und sanft, aber merklich hob sich der Bug des Zeppelins. 800 Meter zeigte der Höhenmesser, 850, 900, 950, 1000 – bei 1050 glitten sie knapp über die schwarze Wolke hinweg, die wie ein aufgewühltes Meer direkt unter ihnen lag, nur dass sie weiterhin vollkommen ruhig dahinfuhren. Doch das schwarze Gebirge dahinter war noch höher. „Keine Chance“, sagte von Schiller.

Einer der Offiziere deutete nach rechts, wo sich in den Wolken so etwas wie ein Riss, eine hellere milchig gelbe Stelle zeigte. „Seitenruder steuerbord fünf!“, befahl der Kapitän. „Da stoßen wir hinein!“, rief er fröhlich.

Erste graue Schwaden waberten an den Fenstern vorbei wie übergroße, schmutzige Gaze-Schleier, dann kleine Wolkenknäuel, die Jaeger wie schwarze Eisberge vorkamen, die im Luftmeer dahintrieben. Längst hatte er seine Kaffeetasse irgendwo abgestellt und amüsierte die Offiziere und Rudergänger mit seinen hastigen Notizen auf einen kleinen Block und seinem hektischen Hantieren mit der Leica.

Erste fette Regentropfen klatschten gegen die Fenster. Dann stieß der „Graf Zeppelin“ mit voller Fahrt in die schwarze Wolkenwand hinein. Unwillkürlich hielt sich Jaeger fest, weil er einen Anprall erwartete, einen Stoß, zumindest heulende Windböen. Nichts dergleichen.

Sie glitten hinein wie in Watte – oder einen weichen, vollgesogenen Schwamm. Denn urplötzlich fielen Sturzbäche auf den Zeppelin nieder. Es waren nicht mehr einzelne Tropfen, die die Scheibe sprenkelten, sondern ein mehr als fingerdicker Wasserfilm, der ununterbrochen vorbeifloss. Das tausendfache Trommeln der schweren Tropfen hallte leise durch die hausgroßen Gassäcke bis zu ihnen herunter und verschluckte das Gebrumm der Motoren.

Man konnte nur noch wenige Meter weit sehen – und was man sah, waren schwarze Wolkenberge, zwischen denen ein paar weiße Fetzen trieben wie Gischt auf dem Meer. Selbst die gewaltige Hülle verschwand nach wenigen Metern achteraus in schwarzen Schleiern.

Als Jaeger zufällig wieder auf den Höhenmesser blickte, erstarrte er: 600 Meter. Sie hatten in wenigen Minuten fast die Hälfte ihrer Fahrthöhe verloren, ohne dass er es bemerkt hätte. Der Kapitän sah seinen Blick und lachte. „In dieser Suppe könnten wir auf den Ozean aufschlagen und würden das erst bemerken, wenn er bereits durch die Fenster hereinkommt! Gut, dass es den Höhenmesser gibt.“ Die Rudergänger grinsten.

Jaeger zuckte zusammen, weil genau in diesem Augenblick hinter ihm ein Schuss losging. Er fuhr herum und starrte dann fassungslos in den Navigationsraum, wo ein Offizier gerade ein Gewehr aus einer Öffnung im Kabinenboden zog.

Der Kapitän und seine Männer lachten wieder. „Sieht wild aus, nicht wahr?“, rief von Schiller heiter. „Das ist das Behm-Echolot, unser Höhenmesser, wenn der Grund nicht zu sehen ist. Es misst die Zeit, die die Schallwellen eines Schusses benötigen, bis sie vom Boden wieder bis zu uns reflektiert werden. Sieht primitiv aus, ist jedoch bis auf ein Prozent genau. Allerdings ist es uns streng verboten, diese Messung über Großstädten und Kuhweiden vorzunehmen!“

Jaeger hatte keine Ahnung, ob die letzte Bemerkung des Kapitäns wahr oder nur so etwas wie Luftschiffer-Seemannsgarn war. Aus Angst, sich zu blamieren, verzichtete er darauf, nachzufragen.

Der Kapitän ließ das Höhenruder wieder anlegen. Der „Graf Zeppelin“ stieg erneut, diesmal jedoch deutlich langsamer und auch nicht mehr so hoch wie zuvor. Der Kapitän deutete auf die unablässig an den Fenstern herablaufenden Wasserschlieren. „Schätzen Sie, um wie viel uns der Regen schwerer macht!“, rief er.

Jaeger zuckte mit den Achseln. „Hundert Kilo?“, antwortete er.

Schon wieder lachten die Männer auf der Brücke, diesmal selbst der Buchhalter. „Zehn Tonnen!“, rief von Schiller. „Unser Baby setzt ganz schön Fett an, was?!“

Jaeger notierte sich die Zahl und unterstrich sie dreimal kräftig.

Der „Graf Zeppelin“ tastete sich in unterschiedlichen Höhen durch die

Wolken. Für Jaeger sahen sie immer gleich dunkel, schwer und bedrohlich aus, doch von Schiller fand offensichtlich eine Schicht, in der er hoffte, besser vorankommen zu können. „Höhenruder fünf!“, befahl er, dann wandte er sich an Jaeger. „Wir sind jetzt so schwer, dass wir in normaler Fahrt selbst bei allen Motoren AK voraus langsam und unerbittlich zu Boden sinken würden. Aber es gibt einen Trick: Wir stellen den Bug leicht an, so wirkt der Zeppelin wie ein einziger riesiger Flügel. Es reicht nicht, um weiter zu steigen, wir können zumindest jedoch unsere Höhe halten.“

„Und wenn einer der Motoren gerade jetzt ausfällt?“, wollte Jaeger wissen.

„Dann werfen wir allen Ballast über Bord, zum Beispiel das Gepäck der Passagiere!“, antwortete der Kapitän lachend. Endlich einmal konnte Jaeger in die allgemeine Heiterkeit einstimmen, doch dieses Mal wurde der Buchhalter schlagartig leichenblass. „Das war nur ein Scherz, Herr Ohlbaum“, versicherte von Schiller schnell, „machen Sie sich um Gottes willen keine Sorgen! Wir würden es auch mit einem oder zwei Motoren weniger noch recht gut schaffen.“

Jaeger war erstaunt über die ängstliche Reaktion des anderen Passagiers. Vielleicht achtete er deswegen zum ersten Mal genauer auf ihn, als sie kurze Zeit später zusammen die Brücke verließen. Als Ohlbaum sich bei Kapitän von Schiller bedankte, konnte Jaeger zufällig einen Blick in die rechte, etwas ausgebeulte Jacketttasche des Buchhalters werfen. Dort steckte eine kleine Taschenlampe, die genauso aussah wie zwei andere, die noch in ihren Halterungen an der Rückwand der Brücke hingen. Eine dritte Halterung war leer.

UTE SCHMITZ hätte nie geglaubt, dass der Anblick des Meeres spannender sein könnte als jeder Kinofilm. Mehr als einen Tag war es schon her, dass sie Brasilien hinter sich gelassen hatten, dann hatten sie gestern Vormittag den Äquator passiert. Eine Äquatortaufe hätte es eigentlich nicht geben dürfen, denn jeder von ihnen war ja schon mindestens einmal über diese magische Linie gekommen, doch der reiche Amerikaner hatte darauf bestanden, weil er unbedingt eine Zeppelinurkunde haben wollte. Also hatten er, seine Frau und seine alberne Tochter vom Kapitän eine Flasche Deinhard spendiert und dann die kitschigen Urkunden überreicht bekommen. Sie zeigten einen fetten, auf dem Äquator tanzenden Gott namens Aeolus, der einen heranstürmenden Zeppelin grüßt, während unter ihm der Meeresgott Poseidon wütend seine Faust schüttelt. Livingston hatte alle Passagiere zu einem Umtrunk eingeladen, der in ein regelrechtes Besäufnis ausgeartet war, weil es nichts anderes zu tun gab. Draußen zogen Stunde um Stunde nur dichte, schwere Regenwolken vorbei, die alle Sicht nahmen.

Doch als Ute Schmitz an diesem Morgen – es war Donnerstag, der 6. Mai und Ute Schmitz' vierter Tag im Zeppelin – aufgewacht war, hatten sie die Kalmenzone endlich durchquert. Dunkelblau schimmerte der Atlantik, keine Wolke stand am Himmel. Steicher hatte am Abend zuvor so viel getrunken, dass er noch fest schlief. Nachdenklich hatte sie auf ihn hinuntergestarrt. Ihr Freier hatte schon immer gern gegessen und getrunken, doch was er in den letzten Tagen gesoffen hatte, sprengte jedes Maß. „Du musst wohl deine Nerven beruhigen?", hatte sie geflüstert und ihm eine spöttische Kusshand zugeworfen.

Seit dem Frühstück saß sie allein an ihrem Tisch und sah gebannt aus dem Fenster: Der schwarze Schatten des „Graf Zeppelin" glitt schräg unter ihnen über die Wellen.

Plötzlich erblickte sie einen Segler backbord voraus – eine riesige Viermastbark, die im gleichmäßigen Passatwind alle Segel gesetzt hatte und majestätisch durch die Wellen pflügte. Ute Schmitz kam sie vor wie eine alte, etwas verrufene Diva, die mit trotzigem Stolz und besonders hoch erhobenem Haupt über das Parkett gleitet. Es imponierte ihr.

„Ein deutsches Schiff!", rief Krauss.

„Reederei Rickmers, die *Padua*", antwortete Ohlbaum nüchtern. Wenn der pedantische Buchhalter sich von romantischen Großseglern begeistern ließ, dann merkte man es ihm auf jeden Fall nicht an.

Unten waren die Matrosen auf die obersten Rahen geklettert und winkten ihnen so heftig zu, dass man jeden Augenblick befürchten musste, dass sie das Gleichgewicht verlieren und in die Tiefe stürzen würden. Ute Schmitz fand diese winzigen Gestalten, die wie Äffchen im Klettergerüst in halsbrecherischer Begeisterung zwischen den Segeln herumturnten, attraktiver als alle die welterfahrenen, blasierten Herren, die in ihrem Salon saßen. Heimlich holte sie einen Lippenstift aus ihrer Handtasche und ließ ihn aus dem Fenster fallen, als sie genau über das Schiff hinwegfuhren.

Plötzlich krallte sie unwillkürlich ihre Hände in das Tischtuch. Auch die anderen Passagiere riefen aufgeregt durcheinander, rannten zu den Fenstern und sahen mit aufgerissenen Augen hinunter. Sarah Livingston setzte zu einem spitzen Schrei an, brach mittendrin ab und hielt sich erschrocken die Hand vor den Mund, verstörter vielleicht durch die Lust, die in diesem Schrei mitklang, als durch die Angst. An der Wasseroberfläche wälzte sich ein riesiger, grau schimmernder Wal in einer großen Wolke aus weißer Gischt; er zog eine über hundert Meter lange Fahne aus Blut durch das Meer, seine flache Schwanzflosse schlug immer wieder heftig auf die Wellen. In dem weißen, kochenden Wasser zu beiden Seiten erkannte man kleinere dunkle Schatten, die in seine Flanken fuhren und riesige blutige Stücke herausrissen.

„Haie!", rief Jaeger entsetzt.

„Ich würde eher sagen, dass es Orcas sind, Killerwale", entgegnete Ohlbaum. Auch er klang nicht mehr so nüchtern wie zuvor.

Der „Graf Zeppelin" fuhr mit über einhundert Stundenkilometern über die Szene dieses Kampfes hinweg, die bald weit achteraus lag und sich schnell im Einerlei der Wellen verlor. Doch Ute Schmitz starrte noch immer hinaus und sah Wasser, das so blutig war wie das, mit dem sie sich einst an einem kalten, grauen Januarmorgen gewaschen hatte.

Mit 16 Jahren hatte sie sich von dem Teil Schlesiens, der bald darauf an Polen gefallen war, nach Berlin durchgeschlagen, eine Waise ohne eine Mark in der Tasche, aber mit aller Hoffnung dieser Welt. Doch in Berlin hatte Bürgerkrieg geherrscht, rechte Freikorps gegen linke Spartakisten. Sie war vom Zug aus direkt in einen Kampf geraten. Plötzlich hatten Männer in Uniformen den Bahnhofsplatz gestürmt, Passanten waren geflohen, irgendwo hatte sie die hackenden Schüsse eines Maschinengewehrs gehört. Und bevor sie es überhaupt richtig begriffen hatte, war sie von vier Soldaten auf einen Lastwagen gezerrt und mit Dutzenden von anderen Männern und Frauen irgendwo in einem Keller in ein provisorisches Gefängnis gesperrt worden.

Die folgenden Stunden wurden zu einem Albtraum aus Schlägen und Tritten, Flüchen, sinnlosen Fragen in langen Verhören, aus Kälte, Hunger und Durst. Dann waren Soldaten gekommen und hatten sie in eine andere Zelle gezerrt, wo ein paar schmutzige Matratzen und leere Bierflaschen auf dem Boden lagen und wo kein anderer Gefangener war …

Ute Schmitz schloss die Augen. Was dann geschah, war für sie nur eine schreckliche Mischung aus unrasierten, stinkenden Männergesichtern gewesen, die manchmal über ihr aufgetaucht waren wie die Köpfe von Dämonen, und aus Schmerzen, die wie Messer von unten nach oben durch den Körper gekrochen kamen.

Das Nächste, an das sie sich noch klar erinnern konnte, war, wie sie auf einer muffigen Matratze gesessen hatte, einen Eimer kaltes Wasser vor sich, und sich mit einem Fetzen aus ihrem Rock den Unterleib gewaschen hatte, sodass Wasser und Blut die Innenseite ihrer Schenkel hinabgeflossen waren.

„Fühlen Sie sich nicht gut?"

Ute Schmitz fuhr herum, erschrocken und zornig zugleich. Neben ihr saß Erich Bäcker, der rätselhafte Indianerforscher. In seinem von Aknenarben zerfurchten Bubengesicht dominierten die übergroßen, wasserhellen blauen Augen, die sie nun besorgt fixierten. Als sie ihn mit blitzenden Augen anfunkelte, wurde er rot und senkte den Blick. „Ich habe, glaube ich, irgendwo gelesen, dass Wale nach einer Zeit an der Oberfläche genug Luft eingeatmet haben, um tief wegtauchen zu können, so tief, dass keiner ihrer Feinde ihnen folgen kann. Der Wal hat noch eine echte Chance – glaube ich", stammelte er verlegen.

Ute Schmitz hätte vor Erleichterung beinahe laut losgelacht. Den Wal hatte sie längst vergessen. Ihr Zorn war verflogen. „Es ist schön, dass Sie mir das sagen", antwortete sie höflich.

Bäcker wurde noch eine Spur dunkler im Gesicht, stammelte etwas, was sich entfernt nach einer Entschuldigung anhörte, und wollte aufstehen.

Doch Ute Schmitz fand, dass sie lange genug auf den Atlantik hinausgestarrt hatte. Sie legte ihre Hand ganz kurz auf die seine. „Bleiben Sie doch noch sitzen", sagte sie freundlich und lächelte ihn charmant an. Es war ein Befehl.

Bäckers schmächtiger Körper schien sich unter inneren Qualen zu winden, während er auf dem Stuhl neben ihr saß wie ein verschreckter Schüler in der Prüfung. Doch nachdem ihm Ute Schmitz einen Cognac aufgedrängt hatte, schien er sich zu entspannen. Er ist ganz erleichtert, dass ich ihn nicht fresse, dachte sie spöttisch. Warte nur ab, mein Freund, ob sich das nicht noch als Irrtum herausstellen wird!

Doch sie ließ sich ihren Spott nicht anmerken, sondern tat ganz interessiert, um ihn nicht wieder zu verunsichern. Bäcker erzählte von dem Kongress in Rio, von Inkas und Mayas, von versunkenen Städten im Regenwald, geheimnisvollen Hieroglyphen und Göttern, deren Namen alle mit X oder Q anfingen. Er schien über alle Maßen erstaunt zu sein, dass sich tatsächlich jemand für die Hierarchie der Inka-Gottheiten oder Datierungsprobleme anhand des Maya-Kalenders interessierte.

Ute Schmitz hörte lange Zeit nicht wirklich zu, sondern war schon damit zufrieden, diesen seltsamen Kauz endlich zum Reden gebracht zu haben. Doch irgendwie kam das Gespräch schließlich auf ihn, und plötzlich wurde sie aufmerksam.

Bäcker stammte aus einer wohlhabenden Großbürgerfamilie aus Hamburg. Seine Eltern, bei denen er trotz seiner 27 Jahre noch immer wohnte, waren streng, dachten antidemokratisch und national und waren, wie er sich ausdrückte, „wirklich keine Judenfreunde".

Ute Schmitz sah ihn aufmerksam an. Es war nicht schwer zu erraten, dass er unter seinen Eltern litt, aber viel zu schwach war, um sich von ihnen lossagen zu können. Vielleicht war ein exotisches Studium wie das der Altamerikanistik sein Zeichen des Protests gegen den Geist, der zu Hause herrschte.

„Wussten Sie, dass die Inkas unter ihrem Herrscher praktisch im Zustand des verwirklichten Kommunismus lebten? Alles gehörte dem Inka und damit der Gemeinschaft!", sagte Bäcker plötzlich mit leuchtenden Augen. Ute Schmitz sah sich rasch um. Gut möglich, dass dieser Exzentriker Kommunist war, nur um seine national gesinnten Eltern zu provozieren. Das konnte einem in der heutigen Zeit schnell das KZ einbringen.

„Bedenken Sie, dass, wie Sie mir gerade selbst erzählt haben, ein paar Dutzend spanische Konquistadoren ausgereicht haben, um den ‚perfekten Kommunismus' der Inkas zu vernichten. Das ist nicht gerade eine Empfehlung", sagte sie spöttisch.

Bäcker wurde dunkelrot, sah ihr ängstlich ins Gesicht und setzte dann zu einer weitschweifigen Entschuldigung an. Er schien über alle Maßen nervös zu sein, so als befürchtete er, ihr plötzlich unfreiwilligerweise ein schreckliches Geheimnis verraten zu haben. Doch so gefährlich war seine Äußerung nun doch nicht gewesen. Also unterbrach sie ihn kurzerhand und zeigte nach draußen. „Sehen Sie, Inseln!"

Es waren einige kleine, kahle Eilande aus gelbrötlichem Fels und Erde. Von Weitem sahen die flacheren so aus, als habe das Meer an dieser Stelle ein paar Rostflecken. Kapitän von Schiller ließ sich kurz im Salon sehen, nickte den Passagieren zu und sagte: „Das sind die Kapverden. Bald haben wir Afrika erreicht."

Der „Graf Zeppelin" fuhr westlich an der über 2800 Meter hohen Felsnadel von Fogo vorbei. Nur auf den größeren Inseln São Tiago, Sal und São Vicente gab es armselige Dörfer. Der einzige grüne Fleck war der Park rund um den Gouverneurspalast, vor dem eine aus ihrer Höhe winzig wirkende portugiesische Fahne flatterte. „Es ist wohl nicht gerade das Paradies auf Erden, aber doch sehr schön, wenn man nach Tagen, in denen man nur auf Wellen stieren konnte, endlich mal wieder etwas Land unter der Gondel sieht", meinte Ute Schmitz. Es war gegen 18 Uhr, als sie die Inseln passierten, sie hatten ihre Uhren wieder eine Stunde vorstellen müssen. Erst jetzt trat Steicher in den Salon, noch immer sichtlich mitgenommen von den Folgen des gestrigen Abends. Kaum war er da, glitt Ohlbaum von seinem Platz rechts in der Ecke des Raumes heraus und auf ihn zu.

Die beiden Männer kamen, in ein Gespräch vertieft, an Ute Schmitz' Tisch. Sie hielt es für besser, wenn Bäcker in Gegenwart von Steicher nicht über seine Inka-Kommunisten redete, und plapperte deshalb weiter über die Eintönigkeit des Ozeans. Bäcker war noch immer so nervös, dass seine Hände zitterten und er sich mühsam einen Cognac nachschenkte, den er in einem Zug hinunterkippte – etwas, was er in den Tagen zuvor nie getan hatte. Erst als Steicher und Ohlbaum ihre harmlose Plauderei ungerührt an ihrem Tisch fortsetzten, schien er sich langsam zu beruhigen.

Es wurde ein angenehmer Abend, der schönste bis jetzt an ihrem Tisch. Das lag zum einen daran, dass Steicher ungewohnt einsilbig war und nur selten mit dröhnender Stimme die Konversation an sich zog, zum anderen an Bäcker, der viel mehr aus sich herausging als früher – und klug genug war, keine weitere möglicherweise verräterische Äußerung mehr zu tun.

Und doch fühlte sich Ute Schmitz wie eine Katze, die dem munteren Treiben im Haus nicht traut, weil irgendwo die Witterung eines Wolfshundes in der Luft liegt. Ohlbaum gab sich auf eine lächerliche Art jovial und weltmännisch und war entnervend selbstzufrieden. Sie ahnte, dass er irgendetwas im Schilde führte.

Und der schüchterne Inkaforscher war ihr plötzlich viel zu redselig, so als versuche er krampfhaft, von etwas abzulenken. Er hatte seinen großen Kongress zwar hinter sich, war jedoch so nervös, dass Ute Schmitz sicher war, dass er nicht von einem wichtigen Ereignis zurückkam, sondern ihm erst entgegenreiste. Erich Bäcker hatte etwas vor – etwas, was ihm selbst eine höllische Angst einjagte.

CARL PFLUG schob ein paar leere Teller in die Durchreiche zur Küche, wo sie der Smutje in Empfang nahm. Dann sah er sich unauffällig im Salon um – es war wie immer. Die Passagiere waren an den ersten ein oder zwei Tagen der Fahrt fasziniert von dem Zeppelin und hatten nur wenig mehr als formelle Höflichkeiten für ihre Mitreisenden übrig, doch über dem scheinbar endlosen Ozean änderte sich das. Dann hatten sie sich an die Fahrt gewöhnt, es gab wenig zu sehen, doch sie waren in einer Art permanent leicht euphorischer Stimmung, in der man schnell neue Freundschaften schloss.

So war es auch diesmal, zumindest bei den meisten Reisenden: Die beiden Journalisten schienen sich prächtig mit den Amerikanern zu verstehen, jedenfalls ging es an ihrem Tisch immer hoch her. Jaeger und Sarah Livingston turtelten miteinander wie zwei verliebte Oberschüler. An dem anderen großen Tisch waren die zwei biederen jungen Männer sichtlich aufgetaut, die aufregende Blondine gab sich charmant, der Parteibonze war fast die ganze Zeit angetrunken und heiter. Der stille, seltsame Professor und sein stets wachsamer Begleiter legten dagegen keinen Wert auf nähere Kontakte, allerdings schien zumindest Thomsen damit recht zufrieden zu sein. Als Pflug einmal zu dem Professor gehen wollte, um ihm einen Cognac anzubieten (er fand, dass der ältere Herr irgendwie mitgenommen aussah), hatte ihm Thomsen blitzschnell den Weg versperrt und reichlich unhöflich gefragt: „Was wollen Sie?"

Der Steward hatte verlegen eine undeutliche Entschuldigung gestammelt und sich eilig zurückgezogen. Die Botschaft des Gestapomannes war eindeutig: Finger weg von Forster! Pflug war klug genug, von nun an einen möglichst großen Bogen um die beiden zu schlagen und sich nur zu nähern, wenn ihn Thomsen rief.

Auch die Schoschowskis hielten sich bewusst abseits. Beim Essen schwiegen sie sich an, zwischen den Mahlzeiten sah es so aus, als wollte Annegret Schoschowski so viel Distanz zwischen sich und ihren Mann legen, wie es in der kleinen Gondel überhaupt möglich war. War er in der einen Ecke des Salons und sah aus dem Fenster, saß sie in der anderen und las; schlenderte er wie zufällig in ihre Richtung, klappte sie schnell das Buch zu, ohne ein Lesezeichen hineinzutun, und verschwand in ihrer Kabine.

Der Dirigent wirkte bedrückt und unruhig. Immer wieder fragte er Pflug, wann sie in Friedrichshafen sein würden und ob es dort auch garantiert einen direkten Anschluss nach Berlin gebe. Als ihm die Zug- und selbst die reguläre Lufthansa-Verbindung über Frankfurt zu langsam waren, ging Schoschowski zum Funker und bestellte per Telegramm ein Flugzeug für sich und seine Frau nach Friedrichshafen. Pflug hatte im Adlon schon Künstler mit ganz anderen Spleens kennen gelernt, weshalb er sich darüber weiter keine großen Gedanken machte.

Pflug blickte nach draußen. Es war dunkel geworden, doch der Vollmond hatte den Atlantik in eine riesige raue Schale aus getriebenem Silber verwandelt. Der Schatten des „Graf Zeppelin" kroch über die schimmernde Fläche, umgeben von einem schwach leuchtenden bunten „Heiligenschein".

Es war ein beruhigendes Bild. Früh am nächsten Morgen würden sie über die Kanarischen Inseln fahren, am nächsten Abend wären sie an der marokkanischen Küste. Dann war es noch ein Tag bis Friedrichshafen.

„Macht es Ihnen etwas aus, mich durch das Luftschiff zu führen?"

Pflug zuckte zusammen. Annegret Schoschowski stand vor ihm. In einem langen, dunklen Rock, dunkelgrauer, hochgeschlossener Bluse und mit ihren straff zurückgekämmten Haaren wirkte sie sehr streng, doch lächelte sie ihn kurz an – was ihn aber nur noch mehr verwirrte. „Sie wollen einen Rundgang durch die Hülle unternehmen, gnä' Frau?", vergewisserte er sich. „Jetzt?"

Für einen Augenblick zuckte ein spöttisches Lächeln um ihre schön geschwungenen Lippen. „Es ist sicher ungewöhnlich, im Dunkeln durch diese gewaltige Konstruktion zu gehen", antwortete sie.

Pflug sah sich rasch im Salon um: An den beiden großen Tischen war die Stimmung gut und laut, die meisten Flaschen, die die Passagiere bestellt hatten, waren noch gefüllt, Sekt und Rheinwein bei den Amerikanern und den beiden Journalisten, Cognac bei den anderen. Die junge Amerikanerin hatte aus ihrer Kabine ein kleines, transportables Grammophon geholt, das jetzt mit quietschender Nadel und dröhnendem Lautsprecher Charleston spielte – nicht mehr ganz modern, aber schnell. Offensichtlich hätte Sarah Livingston am liebsten getanzt, doch keiner der anwesenden Herren traute sich, sie aufzufordern. Die anderen waren in ihren Kabinen – auch Rafael Schoschowski.

„Kommt Ihr Gatte mit, gnä' Frau?", fragte er.

„Mein Mann fühlt sich ein bisschen unwohl und hat sich zurückgezogen", antwortete sie.

Pflug verbeugte sich leicht und bat Annegret Schoschowski, einen Augenblick zu warten. Ihre Bitte war so etwas wie ein Befehl. Er öffnete die Durchreiche. „Kommst du ein paar Minuten allein zurecht?", fragte er den Smutje, der müde nickte. Dann ging er zur Brücke und sagte dem wachhabenden Offizier Bescheid. „Um diese Zeit?", sagte der verwundert und schüttelte den Kopf. „Dieser Service ist wohl im Fahrpreis inbegriffen, schließlich ist er hoch genug."

Pflugs letzte schwache Hoffnung, dass der Offizier einen Rundgang zu dieser späten Stunde aus Sicherheitsgründen verbieten würde, war dahin.

Seufzend zog er noch einmal seinen Schlips extra fest und griff sich eine der Taschenlampen, die auf der Brücke hingen. „Wissen Sie, wo eine von unseren Lampen abgeblieben ist?", fragte der Wachhabende.

„Keine Ahnung", antwortete der Steward müde. „Vielleicht hat sie einer der Passagiere als Souvenir mitgehen lassen. Ich werde mich darum kümmern."

Pflug half Annegret Schoschowski die schmale Aluminiumleiter hoch, dann standen sie auf dem Laufgang. Der Steward knipste die Taschenlampe an und wollte Richtung Heckfinnen vorangehen. Doch seine Begleiterin blieb zunächst stehen und lauschte dem seltsamen Singen in den riesigen Gassäcken. „Eine ungewöhnliche Musik", flüsterte sie. Den unangenehmen Geruch nach Bittermandeln schien sie nicht wahrzunehmen.

Pflug zuckte mit den Achseln und verzichtete auf eine Antwort. Sie schien sich vom Zauber der ungewöhnlichen Klänge zu befreien. Nüchtern deutete sie mit ihren schönen Händen nach hinten, wo im Strahl der Taschenlampe einige Stoffbahnen zu sehen waren. „Was gibt es dort?", fragte sie.

„Das Gepäck und die Post, gnä' Frau", antwortete er. „Dahinter haben die Männer der Besatzung ihre Kojen. Der Tag ist in drei Wachen eingeteilt. Jetzt steht ein Offizier auf der Brücke, dazu zwei Mann für Höhen- und Seitenruder. Außerdem hat an jeder der fünf Motorgondeln ein Mechaniker Bereitschaft, um einzugreifen, falls die Maschine einmal unruhig laufen sollte, Öl braucht oder per Maschinentelegraf der Befehl für höhere oder niedrigere Drehzahl kommt. Die anderen Männer schlafen um diese Zeit." Das war der deutlichste Hinweis, den Pflug sich ihr gegenüber erlaubte.

Doch sie ignorierte ihn. „Wir wollen Ihre Kameraden nicht stören. Gibt es nicht noch einen anderen Weg? Wohin führt zum Beispiel diese Leiter?"

Der Steward zögerte. Längs durch den ganzen Zeppelin führte in ungefähr halber Höhe noch ein schmaler Mittelgang vom Bug zum Heck, den die Besatzung normalerweise nur für Kontroll- und Wartungsarbeiten betrat. Er erklärte es ihr, setzte dann aber hinzu: „Der Gang ist zwischen den Traggas- und den Kraftgaszellen, ziemlich hoch über uns, gnä' Frau. Zehn Meter, wenn Sie es genau wissen möchten. Es ist ganz schön anstrengend, eine Leiter über so eine Höhe zu erklimmen."

Annegret Schoschowski lachte kurz. „Ich kann nicht gerade behaupten, dass die letzten Tage an Bord sehr anstrengend gewesen sind. Ein bisschen Bewegung tut mir nur gut." Und schon hatte sie das schmale Aluminium umfasst und die ersten Sprossen erklommen.

Pflug seufzte und folgte ihr. Unauffällig hatte er sich schnell die Krawatte ein wenig gelockert, dann kletterte er hoch, sich mit der Rechten an der Leiter festhaltend, in der Linken die Taschenlampe, mit der er nach oben leuchtete, damit Annegret Schoschowski sehen konnte, wohin sie gelangte.

Der Mittelgang ähnelte dem Laufgang unten, doch war er noch schmaler und filigraner: ein rund 240 Meter langer dünner Steg aus mit Baumwollstoff bespannten Aluminiumträgern. Hier waren sie von den gewaltigen Gassäcken eingeschlossen, Tausende Kubikmeter Kraftgas unter ihnen, über einhunderttausend Kubikmeter Wasserstoff über ihren Köpfen. Pflug war selbst erst zweimal hier oben gewesen – tagsüber – und fühlte sich unwohl.

Annegret Schoschowski war begeistert. Sie ging Richtung Heck, vorbei an zwei gewaltigen Sicherheitsventilen, die sich, sollte es in den Zellen einmal zu einem gefährlichen Überdruck kommen, automatisch öffneten. Dann kamen sie an eine Stelle, an der einer der riesigen Querringe zwei Gaszellen voneinander schied. Dünne Aluminiumträger und ein Gewirr straff gespannter Drähte trennten die sanft wabernden bronzefarbenen Wasserstoffballons voneinander und verbanden gleichzeitig den Mittelgang mit dem Querring.

Hier hielt Annegret Schoschowski inne und sah sich um. „Das ist der richtige Platz", sagte sie.

„Gnä' Frau?", fragte Pflug.

Sie schenkte ihm ein dünnes Lächeln. „Ich möchte, dass Sie mich hier lieben", sagte sie bestimmt.

Er glaubte sich verhört zu haben, doch bevor er in seiner Verlegenheit noch etwas sagen konnte, war Annegret Schoschowski schon dabei, sich Bluse und Mieder aufzuknöpfen. Ihre Brüste waren klein und fest wie bei einem jungen Mädchen. „Machen Sie bitte die Taschenlampe aus", flüsterte sie.

Carl Pflug stand in einer dunklen, seltsamen Welt. Sie wirkte so unbewegt wie das Innere der Erde. Nun schien das geheimnisvolle Singen und Seufzen in den Gaszellen noch lauter zu werden. Wie im Körper eines riesigen Wals, dachte er. Er wagte nicht, sich zu rühren, lauschte nur ihrem ruhigen, gleichmäßigen Atem, doch da spürte er Annegret Schoschowskis Hände auf seinem Hemd, wie ihre langen Finger tasteten, streichelten und dann an seinem Körper abwärtsglitten.

Suchend streckte er seine Hände aus, berührte warme Haut, dann ihre Brüste. Sie war ungefähr so groß wie er, er roch einen Hauch teuren Parfums, stärker als der Giftgeruch des Zyanwasserstoffes. Zögernd beugte er seinen Kopf nach vorn; seine Lippen berührten ihre Wange, dann ihren

Mund. Und plötzlich standen sie eng umschlungen da, küssten sich leidenschaftlich und zerrten hastig an ihrer Kleidung.

Gierig drang Pflug in sie ein und nahm sie heftig. Sie stöhnte und schrie ohne Hemmungen, was ihn noch mehr erregte, auch wenn er in seinen wenigen noch halbwegs klaren Momenten befürchtete, dass sie der ganze Zeppelin hören könnte.

Der Höhepunkt kam schnell und mitreißend wie eine Flutwelle. Danach hielten sie sich eng umschlungen, noch immer schwer atmend. Sie beugte ihren Kopf nach vorn, küsste sein Ohr und flüsterte: „Noch einmal!"

Pflug wusste nicht, wie viel Zeit vergangen war, bis sie ihren Hunger endlich aneinander gestillt hatten. Während sie ihre Bluse zuknöpfte, versuchte er mit einer Hand, seine Hose zuzumachen, und tastete gleichzeitig mit der anderen nach der Taschenlampe, die irgendwo auf dem Gang lag. Als er sie endlich gefunden hatte und der schmale Lichtstrahl aufflammte, sah er zu seinem Erstaunen, dass seine Geliebte schon fertig angekleidet und gerade dabei war, sich ihr in Unordnung gebrachtes Haar wieder straff nach hinten zu binden. Schweigend gingen sie den Mittelgang zurück, ungeschickt half er ihr beim Abstieg auf der schmalen Leiter. Kurz darauf standen sie wieder im Salon. Das Grammophon kreischte, es war genauso laut wie zuvor. Inzwischen hatte Sarah Livingston es geschafft, Bruno Krauss zum Charleston zu überreden. Der Journalist zappelte mit lächerlichen, eckigen Bewegungen zwischen den Tischen herum, fühlte sich offensichtlich höchst unwohl, bemühte sich jedoch, trotzdem ein Lächeln in seinem verschwitzten Gesicht zu halten. Augustus Steicher hatte ungeniert seine dicke Rechte auf das Knie der Blondine gelegt. Niemand achtete auf die beiden Neuankömmlinge. Pflug warf einen verstohlenen Blick auf die Uhr an der Stirnseite des Salons: Sie waren nicht einmal eine halbe Stunde fort gewesen.

„Vielen Dank für Ihr Entgegenkommen", sagte Annegret Schoschowski zu ihm, dann setzte sie sich an den vorderen kleinen Tisch. „Ich glaube, ein Cognac würde mir jetzt guttun."

Pflug verbeugte sich. „Ja, gnä' Frau", antwortete er, dann machte er sich auf den Weg zur Küche.

„Das ging ja schnell", sagte der Smutje, und Pflug erschrak. Doch der Koch meinte es nicht zweideutig, er war nur müde und froh, dass er die Verantwortung für die fröhlichen Passagiere an ihn abgeben konnte. „Ich lege mich hin!", verkündete er und trottete davon.

In der engen Küche hielt Pflug einen Augenblick inne, bevor er wieder in den Salon ging. Das war alles wie ein seltsamer Traum für ihn. Warum sollte eine berühmte, attraktive Frau wie Annegret Schoschowski sich ausgerechnet mit einem unscheinbaren Kellner abgeben? Und das auch noch so hastig und an einem versteckten Ort wie eine gewöhnliche Straßendirne? Schon möglich, dass sie gerade das erregend fand. Er hatte genug gesehen, um zu wissen, dass die Reichen, Berühmten und Mächtigen ihre sexuellen Vorlieben ziemlich ungeniert ausleben konnten, selbst unter den neuen Machthabern.

Dann erinnerte er sich jedoch plötzlich wieder an den Blick, mit dem sie ihn in Recife ins Visier genommen hatte, an das Abschätzende, Berechnende. Er wurde das beunruhigende und erniedrigende Gefühl nicht los, für Annegret Schoschowski nicht ein Liebhaber, sondern eher eine Art Werkzeug gewesen zu sein.

Als er mit dem Cognac auf einem kleinen Tablett zurückkam, hatte er unauffällig einige Pralinen dazugelegt. Annegret Schoschowski nahm das Glas, ignorierte das Konfekt und sagte laut: „Vielen Dank, Sie können sich jetzt zurückziehen. Ich brauche Sie heute Abend nicht mehr."

Heinrich Parsch setzte sich bleich und übernächtigt vor die Telefunken-Kästen. Seit der Geschichte mit den Führerwitzen konnte er nur noch schlecht schlafen. Es war jetzt fünf Uhr morgens. Müde überflog er die letzten Meldungen, die der Zweite Funker gestern Abend entgegengenommen hatte: Wettermeldungen, ein Telegramm aus dem Reichsinnenministerium an den berühmten Dirigenten mit den wehenden Haaren, eine kurze Routinenachricht aus Friedrichshafen über die Fahrt des „Hindenburg": *lz 129 vor landung in lakehurst, acht stunden verspaetung.* Hein Parsch grinste matt. Das war in der Luft nicht anders als auf See: Wer nach Südamerika fuhr, wurde vom schönen Passat geschoben, wer über den Nordatlantik wollte, musste immer wieder Unwetter und Stürme abreiten.

Gelangweilt legte Parsch ein paar Schalter um. Röhren glühten auf, Zeiger schlugen aus, der Kurzwellenempfänger erwachte summend zum Leben. Oben auf den Protokollblock setzte er in seiner sauberen, etwas ungelenken Schrift das neue Datum: *Freitag, 7. Mai 1937.* Dann lehnte er sich zurück. Es würde ein langweiliger Morgen werden. Die Passagiere hatten, wie ihm der Steward – der selbst ungewohnt mitgenommen aussah – gerade verraten hatte, eine lange, feuchtfröhliche Nacht hinter sich, sodass sie ihn, mit ein bisschen Glück, während seiner ganzen Wache bis zum Vormittag mit ihren Privattelegrammen in Ruhe lassen würden.

Keine fünf Minuten später wurde die Tür mit einem kräftigen Ruck aufgeschoben – und Hans Thomsen trat herein. Parsch fuhr hoch. „Was wollen Sie hier?", fragte er.

„Mit Ihnen reden", antwortete Thomsen.

„So früh?"

„Wir von der Gestapo sind Frühaufsteher", entgegnete der Besucher und lehnte sich lässig gegen den Kasten des Kurzwellenempfängers, während er ihn unverfroren musterte, als wäre er ein exotisches Tier im Zoo.

„Was wollen Sie?", fragte Parsch noch einmal, ärgerlich und beunruhigt. Eher jage ich den Zeppelin in die Luft, als dass ich mich von diesem Kerl verhaften lasse!, dachte er grimmig und ballte unwillkürlich die Fäuste.

Der Gestapomann schob ihm mit der linken Hand einen Zettel zu: *Thomsen, achten Sie auf Heinrich Parsch, Erster Funker!* „Können Sie mir das erklären, Herr Parsch?" Thomsens Stimme war kalt.

Der Funker wurde dunkelrot. „Irgendein Schwein aus der Besatzung will mich verpfeifen!", rief er wütend.

„Was will er denn verpfeifen?", fragte Thomsen süffisant.

„Nichts", entgegnete Parsch verstockt, „da gibt es gar nichts. Irgendjemand will mich fertigmachen, ich weiß nicht, warum. Wenn da wirklich etwas wäre, hätte er es Ihnen ja nicht heimlich zustecken müssen."

Thomsen lächelte dünn, sagte aber nichts. Hein Parsch spürte, wie ihm der Schweiß in kleinen Rinnsalen die Achselhöhlen hinunterlief. Ausgerechnet in diesem Augenblick kam eine Meldung an. Wütend riss er den Protokollblock zu sich heran und setzte die Kopfhörer auf. Er verfluchte den Gestapomann, während er die Meldung niederschrieb. Erst nach einigen Wörtern wurde ihm klar, was er da notierte. Er erstarrte. Thomsen sprang auf und beugte sich über den Funktisch, um die Meldung zu lesen, aber Parsch achtete nicht auf ihn.

Es war eine Eilnachricht aus Friedrichshafen von der Deutschen Zeppelin Reederei. Sie verlangten eine Bestätigung, doch Parsch reagierte nicht.

Wieder funkten sie: *bitte bestaetigen!* Der Funker schüttelte nur ungläubig den Kopf. Erst nach der dritten Aufforderung sandte er sein *verstanden!* zurück. Dann riss er das Papier vom Kontrollblock, atmete tief durch und stand auf. Thomsen starrte ihn ausdruckslos an.

„Ich muss zur Brücke", sagte Parsch leise. Seine Hand zitterte, als er den Notizzettel einmal faltete. Wie ein Schlafwandler ging er an dem von Karten überquellenden Tisch der Navigatoren vorbei und betrat blass und schweigend die Brücke. Der Kapitän sah ihn verwundert an, als er nicht grüßte, sondern ihm nur stumm die Nachricht hinhielt. Er faltete das Papier auseinander und las:

deutsche zeppelin reederei friedrichshafen an kapitaen von schiller – persoenlich! – lz 129 „hindenburg“ gestern abend, 18.25 uhr ortszeit, bei landung in lakehurst verbrannt – mindestens 30 tote – wahrscheinliche ungluecksursache: anschlag oder sabotage im luftschiff – hinweise auf moeglichen anschlag auch auf lz 127 „graf zeppelin“! – wiederhole: hinweise auf moeglichen anschlag auch auf lz 127 „graf zeppelin“! – ankunft friedrichshafen schnellstmoeglich – hoechste wachsamkeit erforderlich – geheimhaltung vor passagieren bis ankunft friedrichshafen notwendig – weitere anweisungen folgen.

DREI

Über den Kanarischen Inseln, Freitag, 7. Mai 1937

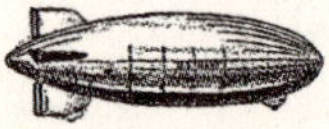

Rafael Schoschowski hatte schlecht geschlafen. Gestern Abend hatte er sich in einem Zustand des Halbdämmers unruhig auf der schmalen Liege hin und her geworfen. Misstönender Gesang und die kreischende Amerikanermusik vom Grammophon waren aus dem Salon bis in seine Kabine gedrungen. Schlimmer noch als der Lärm war allerdings die Tatsache, dass die Liege über ihm leer war. Am schlimmsten aber wurde es, als Annegret endlich doch hereingeschlichen kam.

Als er hörte, wie die Tür aufgeschoben wurde, stellte er sich schlafend. Seine Frau machte kein Licht, doch trotzdem war ihre Präsenz für Rafael Schoschowski so deutlich spürbar, dass er vor Qual und Lust hätte aufschreien mögen. Ihr ruhiger, gleichmäßiger Atem und das Rascheln der Kleider, die sie sich vom Leib streifte, überlagerten die dumpfen Geräusche aus dem Salon; ihr Duft schien die Luft in der engen Kabine schlagartig wärmer und schwerer zu machen. Es war „IA-33“, das selten war und sehr teuer und in ultramodernen Flakons verkauft wurde, die mit ihren eckigen Formen aussahen, als wären sie von Künstlern des von den braunen Machthabern verfemten Bauhaus entworfen worden. Rafael Schoschowski mochte es eigentlich nicht besonders. Doch da dieser Duft für ihn untrennbar mit Annegret verbunden war, erregte er ihn über alle Maßen.

Er atmete tief durch, sog die Luft langsam und genießerisch durch die

Nase ein und wurde der anderen, ungewohnten Spuren in ihrem Parfumduft gewahr: Cognac, Schweiß – und der Hauch eines billigen, aufdringlich riechenden Rasierwassers.

Schoschowski glaubte, jeden Moment verrückt werden und wie ein Wahnsinniger seine Frau beschimpfen zu müssen. Doch stattdessen presste er nur den angehaltenen Atem aus, dass es wie ein leises Seufzen klang, wie es auch Schläfer von sich geben.

Stundenlang lag er wach und versuchte sich einzureden, dass Annegret den Duft des billigen Rasierwassers auch auf harmlose Weise angenommen haben konnte. War es nicht möglich, dass sie sich von einem Passagier verabschiedet und ihm dabei die Hand gegeben hatte? Doch als das erste Morgenlicht endlich durch das Fenster drang, kapitulierte Rafael Schoschowski und akzeptierte die bittere Realität.

Müde schlich er aus der Kabine und machte sich notdürftig frisch. Dabei blickte er in den Spiegel, sah sein eigenes verhärmtes Gesicht, bemerkte, dass sein Haarkranz nicht mehr einem Glorienschein glich, sondern eher der ungewaschenen Frisur eines Bettlers. Wütend richtete er sich auf, packte seine Zahnbürste wie einen Dirigentenstab und deutete damit auf sein Spiegelbild. „Ich bin Rafael Schoschowski", flüsterte er erstickt, „ich bin noch immer der größte Dirigent dieser Epoche! Niemand wird mir diesen Ruhm nehmen können, niemand!"

Zitternd stand er vor dem Waschbecken und kam sich einerseits lächerlich vor, war jedoch auch erfüllt von trotzigem Stolz. Dann ging er nach vorn. Er hatte nicht erwartet, um diese frühe Stunde schon einen seiner Mitpassagiere vorzufinden, doch er war überrascht, dass auch der Steward nicht auf seinem Posten war: Es lag noch kein Gedeck auf den Tischen.

Schoschowski schlenderte weiter, um den Funker zu fragen, ob neue Telegramme für ihn aus Berlin angekommen seien. An der Tür zwischen Salon und Flur zu Funkraum und Brücke blieb er abrupt stehen. Er hatte sie erst einen Spaltbreit geöffnet. Der Funker stand vor seinen Apparaten, die Tür zu seinem Verschlag war zurückgeschoben und einige Männer drängten sich davor: Thomsen, dieser seltsame Passagier, der den Kontakt zu den anderen mied, der Steward, der Erste Offizier und, leise redend und eindringlich gestikulierend, Kapitän Hans von Schiller.

„Hindenburg", konnte Schoschowski hören und „Attentat", und „über dreißig Tote". Er rührte sich nicht und lauschte, doch er konnte nur Bruchstücke dessen verstehen, was der Kapitän sagte.

Er interessierte sich nicht wirklich für das, was da vor sich ging, ihn interessierte nur, was in den letzten Stunden im Propagandaministerium entschieden worden war und was sein Förderer in Berlin ihm dazu mitteilen konnte. Er atmete tief durch und schob die Tür zurück. Schlagartig verstummte das Flüstern vor dem Funkraum und die Männer glotzten ihn an. Schoschowski setzte ein verbindliches Lächeln auf, verbeugte sich leicht und fragte: „Ist vielleicht ein Telegramm für mich angekommen?"

Der große blonde Funker starrte ihn einen Moment lang mit leerem Ausdruck an, kramte dann in seinen Papieren herum und reichte ihm schließlich einen Zettel. „Das ist in der Nacht durchgekommen", sagte er vage.

Schoschowski bedankte sich, drehte sich um und wandte sich, schon halb wieder im Salon, noch einmal zurück. „Meinen Sie, dass ich schon frühstücken darf?", fragte er den Steward ironisch.

Der wurde rot, schlug die Hacken zusammen wie ein Rekrut und verbeugte sich tief. „Selbstverständlich", murmelte er, machte jedoch keine Anstalten, in der Küche zu verschwinden, sondern blickte den Kapitän nur fragend an. Erst als von Schiller mit einem kurzen Nicken seine Erlaubnis gab, eilte er davon. Die Runde löste sich auf. Die beiden Offiziere gingen auf die Brücke, Thomsen, der ihn mit undurchdringlicher Miene anstierte, setzte sich im Salon an seinen Tisch, und der Funker schob die Tür zu seinem Raum mit heftigem Ruck zu.

Langsam und mit leicht zitternden Händen faltete Schoschowski das Telegrammformular auseinander und las: *habe irrtum geklaert – untergeordnete parteistelle uebereifrig – sache erledigt – freue mich auf naechstes konzert in berlin – gute heimfahrt.*

Schoschowski schloss die Augen, weil ihm sonst die Tränen herausgequollen wären. Eine Welle der Dankbarkeit für seinen Gönner im Ministerium durchflutete ihn. Plötzlich erschienen ihm die letzten Tage wie ein Albtraum, wie eine Prüfung, ob er wirklich würdig war, den Gipfel des Ruhms zu erklimmen. Er hatte sie bestanden. Von nun an, so glaubte er plötzlich, gäbe es keine Hindernisse mehr, keine Schwierigkeit, die er nicht überwinden könnte. Wie lächerlich seine Überlegung der letzten Tage, lieber mit dem Zeppelin zu verbrennen, als sich in Deutschland dieser Herausforderung zu stellen! Er spürte, wie eine neue Kraft ihn durchströmte. Zum ersten Mal fühlte er sich auch stark genug, die eiserne Klammer, die Annegret um ihr Herz gelegt hatte, zu zersprengen.

Ein Hauch Rasierwasser auf ihrer Haut? Wie lächerlich! War das so ungewöhnlich in einem Zeppelin, wo mehr als ein Dutzend Menschen einige Tage auf engem Raum zusammen reisten?

Schoschowskis Hochstimmung dauerte knapp eine Minute. Das Meer schimmerte wie Perlmutt, durch das träge der Schatten eines Hammerhais glitt. Die Kanarischen Inseln lagen voraus. Schoschowski sah bewaldete Berghänge, Krater gewaltiger, längst erloschener Vulkane, kleine Dörfer mit hell getünchten Häusern, blühende Bananen- und Orangenplantagen. So erhaben muss sich ein Gott gefühlt haben, wenn er vom Olymp hinabblickte, dachte er.

Dann kam der Steward an seinen Tisch, verlegen lächelnd. Mit schnellen, routinierten Bewegungen stellte er Teller und Tasse, das Besteck, eine Kanne dampfenden Kaffee, den Korb mit frischen Brötchen, die Gläser mit Marmelade, Honig und Butter auf die blütenweiße Decke. Und Schoschowski saß da, plötzlich teilnahmslos wie ein Mann, dem der Arzt soeben eine schreckliche Diagnose gestellt hat, sah und hörte nichts, atmete nur tief durch, schien die Luft regelrecht einsaugen zu wollen. Es roch stark nach dem süßen, etwas aufdringlichen Rasierwasser des Stewards, als dieser geschäftig um den Tisch herumrannte.

Heinrich Parsch war durch die nervöse Frage des Dirigenten nach einem Telegramm aus Berlin für ein paar Augenblicke von seinen eigenen Problemen abgelenkt worden. Er verstand den Inhalt der kurzen Botschaften, die zwischen Schoschowski und dem Mann im Reichsinnenministerium ausgetauscht wurden, nicht richtig, doch schien es sich um eine der üblichen, wie er es nannte, „Zeppelin-Intrigen“ zu handeln.

Die Fahrt mit dem „Graf Zeppelin“ war die mit Abstand schnellste Möglichkeit, von Europa nach Südamerika zu kommen, was unweigerlich jede Menge Männer anzog, die in rasender Eile irgendetwas erreichen oder vor irgendetwas fliehen wollten. Oft belagerten sie während der ganzen Fahrt die Funkkabine, manche – vor allem Geschäftsleute – gaben ihre Telegramme sogar in einer Art Geheimcode auf. Parsch hatte schon Texte wie *blauer tiger wird mittwoch in berlin sein* durch seine Telefunken-Kästen gejagt.

Parsch teilte die Passagiere in „Schweiger“ und „Schwätzer“; Erstere waren diejenigen, die selten oder nie bei ihm vorbeikamen, um Funktelegramme aufzugeben. Manche schrieben stattdessen Briefe auf den bordeigenen Bogen und versahen sie mit den begehrten Zeppelin-Briefmarken und -Stempeln. Parsch konnte nur hoffen, dass darin keine wichtigen Sachen standen, denn die Deutsche Zeppelin Reederei hielt immer noch an dem guten alten Brauch fest, kleine Postsäcke, in denen Briefe für bestimmte auf dem Kurs liegende Regionen steckten, direkt über dem betreffenden Gebiet abzuwerfen und zu hoffen, dass der ehrliche Finder sie beim nächsten Postamt abgab. Doch bei Küstenstädten fiel der eine oder andere Sack gelegentlich ins Meer und war dann meist verloren.

Die „Schwätzer" dagegen waren die, die ihm Arbeit machten. Auf dieser Fahrt gehörte nicht nur der Dirigent zu dieser Kategorie, sondern auch Walter Jaeger. Der hatte zwar nur zwei Telegramme aufgegeben, wobei das eine ein kurzes an seine Familie war, das andere aber hatte es in sich, aufgegeben ausgerechnet an diesem Vormittag: eintausend Wörter an die Redaktion der *Frankfurter Zeitung*, ein langer Artikel. „Bin ich eine Sekretärin?", hatte Parsch heimlich geflucht, während er den Text mühselig durchgegeben hatte. Es war ein seiner Meinung nach ziemlich aufgeblasener Bericht über die Durchquerung der Kalmenzone.

„Es gibt bald Spannenderes über Zeppeline zu berichten als die Durchquerung einiger Regenwolken", hatte er dem Journalisten während einer kurzen Funkunterbrechung wegen einer atmosphärischen Störung zugeraunt.

Da war Jaeger plötzlich sehr aufmerksam geworden und hatte neugierig nachgefragt. Parsch glaubte, dass er ihm nicht zu viel verraten hatte, schließlich gab es ja das ausdrückliche Verbot des Kapitäns, nicht über den „Hindenburg" mit den Passagieren zu reden. Parsch hatte schon so genug Ärger am Hals, da konnte er es sich nicht leisten, von Schiller wegen seiner Geschwätzigkeit zusätzlich gegen sich aufzubringen.

Aber andererseits … Dieser Journalist konnte so verdammt viel besser reden als er! Vielleicht hatte der ihm irgendwelche Informationen aus der Nase gezogen, ohne dass er es bemerkt hatte? Parsch fluchte heimlich. Schon wieder einer mehr an Bord, dem er am liebsten einen ordentlichen Kinnhaken verpasst hätte. Er war froh, als Jaeger endlich seine Funkkabine verließ.

Der dritte „Schwätzer" an Bord war ihm allerdings noch unangenehmer: Hans Thomsen. Der schickte regelmäßig Meldungen über die aktuelle Position des „Graf Zeppelin" und den Gesundheitszustand Professor Forsters zur Zentrale des Sicherheitsdienstes in Berlin – zumindest interpretierte Parsch das stereotype *f wohlauf* in allen Telegrammen als Zustandsbeschreibung des Professors. Der schien offensichtlich ungeheuer bedeutend zu sein.

Als Thomsen ihn dann mit der anonymen Nachricht konfrontierte, bekam es Parsch mit der Angst zu tun. Aus einem vagen Hinweis war eine konkrete Bedrohung geworden. Und genau in diesem Augenblick war die Meldung von der Zerstörung des „Hindenburg“ durchgekommen.

Parsch konnte nicht verhindern, dass er inmitten der allgemeinen Unruhe so etwas wie Erleichterung verspürte. Wenn dem „Grafen“, wie die Besatzung das Luftschiff nannte, wirklich etwas zustoßen sollte, würde sich niemand mehr um die harmlosen Führerwitzchen des Ersten Funkers kümmern! Jeder würde denken, dass die Verrückten, die den „Hindenburg“ zerstört hatten, nun auch hier zugeschlagen hatten – wenn es denn überhaupt einen Verrückten an Bord gab. Vielleicht sollte ich etwas nachhelfen!, dachte er düster.

Die Zeit verging für ihn mit Routinemeldungen: Ankündigung der voraussichtlichen Ankunft des „Graf Zeppelin“ an der marokkanischen Küste bei den französischen Kolonialbehörden in Marokko und Tanger und Entgegennahme der Meldungen verschiedener Wetterstationen in Nordafrika und Südeuropa.

Zwischendurch versuchte er, sich an die Handschrift des anonymen Zettels zu erinnern, den ihm Thomsen kurz gezeigt hatte. Ihm kam es so vor, als habe er sie schon einmal irgendwo gesehen. Parsch blätterte die Funkprotokolle der letzten Tage durch und erstarrte. Unsinn!, sagte er sich. Und doch …

Sah nicht die Handschrift des Zweiten Funkers der der ungezeichneten Denunziation verteufelt ähnlich? Parsch zermarterte sich das Hirn. Hatte er die richtige Spur gefunden? Oder bildete er sich bloß etwas ein?

Er überlegte sich gerade, wie er Thomsen vielleicht den Zettel für kurze Zeit stehlen könnte, um ihn mit den Protokollen des Zweiten Funkers zu vergleichen, als der Gestapomann wieder in die Funkkabine trat. Mit unbeweglicher Miene gab er eine lange Meldung an die Zentrale des Sicherheitsdienstes auf: eine Namensliste aller Passagiere und Besatzungsmitglieder und die Bitte um eilige Überprüfung. Parsch sagte nichts, doch als er seinen eigenen Namen durchgeben musste, kam er sich so vor, als stelle er sich selbst einen Haftbefehl aus.

Er hatte die absurde Hoffnung, dass vielleicht keine Antwort kam. Doch einige Zeit später trat genau das ein, was er befürchtete: Der Sicherheitsdienst hatte die alte Sache mit der Schlägerei ausgegraben und Thomsen gemeldet. Für einen Augenblick überlegte er, ob er nicht das Telegramm unterschlagen sollte, doch Parsch hatte keine Ahnung, ob die Gestapo später die Nachrichten miteinander vergleichen würde. Falls das so wäre, dann steckte er nur noch tiefer im Dreck.

Seufzend faltete er den Zettel mit dem Telegramm zusammen und rief Pflug, weil er Thomsen damit nicht selbst unter die Augen treten wollte. „Gib das dem Gestapo-Fritzen", bat er resigniert. Der Steward sah ihn erstaunt an, sagte aber nichts. „Das kann ja noch heiter werden!", fluchte Parsch laut, als er wieder allein war. Einen Moment dachte er ernsthaft daran, die Telefunken-Kästen einfach kurzzuschließen und mit einem gewaltigen elektrischen Funkenschlag die hunderttausend Kubikmeter Wasserstoff in den Gassäcken über ihren Köpfen explodieren zu lassen.

SARAH LIVINGSTON war auf eine unbestimmte Art aufgeregt. Irgendetwas ging seit diesem Morgen an Bord vor, es war eine Unruhe unter den Passagieren, eine Art von Nervosität beim Steward und den anderen Besatzungsmitgliedern, so als stünden plötzlich alle Menschen an Bord des „Graf Zeppelin" vor einer wichtigen Prüfung.

Die Schoschowskis schienen die Fahrt überhaupt nicht zu vertragen. Sarah hatte eigentlich vorgehabt, den berühmten Dirigenten in einem passenden Augenblick anzusprechen und wenigstens ein Autogramm von ihm zu ergattern. Doch seit dem Frühstück an diesem Tag schien zwischen ihm und seiner Frau eine Art Krieg zu herrschen. Annegret Schoschowski sah, wie sie neidvoll anerkennen musste, fantastisch aus: Sie trug ein fliederfarbenes Crêpe Georgette mit langen, weiten Ärmeln und einer großen dunkelblauen Blütenschleife um ihren schlanken Hals. Sie wirkte nicht so streng, unnahbar und hochmütig wie in den letzten Tagen. In ihrem farbenfrohen Sommerkleid, ihren leicht mit Rouge getönten Wangen und dem langen, offen getragenen Haar glich sie heute eher einem unbeschwerten Schulmädchen.

Ihr Mann dagegen schien mit jedem Tag der Fahrt ein Stück abzubauen. Nichts war mehr von seiner strahlenden Souveränität geblieben, als er beim Mittagessen seiner Frau gegenübersaß und leise auf sie einredete. Sarah spitzte die Ohren, doch sie konnte nichts verstehen. Annegret Schoschowski schien die Ausführungen ihres berühmten Gatten, ihrem Gesichtsausdruck nach zu schließen, mit kurzen, höhnischen Entgegnungen zu kontern.

Thomsen hielt es nur noch selten auf seinem Platz bei dem älteren, stets etwas zerzaust aussehenden Professor, der an seinem Tisch saß und irgendetwas las. Er schlich durch den Salon wie ein gefangener Tiger und packte schließlich den Professor ziemlich ruppig am Arm und zerrte ihn in ihre Kabine, wo er ihn, wie Sarah erstaunt bemerkte, einschloss, als wäre der ältere Herr ein gemeingefährlicher Schwerverbrecher. Dann verschwand dieser ihr immer unheimlicher werdende Mitreisende auf der Brücke, wo er sich flüsternd mit den Offizieren unterhielt.

Sarah wusste nur, dass er etwas Ähnliches war wie ein deutscher FBI-Mann. Sie hielt es nicht für ratsam, ihre abenteuerliche Entdeckungstour zum Gepäckabteil zu wiederholen, und wagte es auch nicht, ihren Vater auf die seltsamen Pläne in seinem neuen Koffer anzusprechen. Vielleicht hatte die Unruhe des Nazibullen ja etwas damit zu tun. Nicht auszudenken, was passieren würde, wenn sie Daddy deswegen fragen und Thomsen sie dabei belauschen würde. Ihr Vater schien ihr schon nervös genug zu sein.

Am anderen großen Tisch saßen nur Verrückte. Der Parteibonze in seiner lächerlichen Pfadfinderuniform war schon nach dem Frühstück, das er mit diversen Deinhards hinuntergespült hatte, ziemlich angetrunken und schwadronierte laut über Kunstausstellungen, ohne dass ihm, soweit Sarah es beobachten konnte, noch einer seiner Tischnachbarn dabei zuhörte. Sie vermutete, dass auch der farblose Buchhalter trank, allerdings heimlich – er hatte zwar nur an seinem Weinglas genippt, war aber geradezu übertrieben euphorisch. Steichers blondierte Begleiterin hatte sich, während sie alle anderen Passagiere mit kaltem Hochmut behandelte, ausgerechnet auf den verklemmten Indianerforscher gestürzt. Der war in Sarahs Augen so ziemlich der unattraktivste junge Mann, den sie je gesehen hatte. Erich Bäcker wand sich vor Verlegenheit auf dem Stuhl, verdrehte mit verschwitzten Händen seine Serviette zu einem grotesken Knoten – und saß plötzlich aufrecht, stocksteif und mit furchtsamem Gesichtsausdruck still.

Sarah brauchte ein paar Augenblicke, um die Ursache dieses abrupten Haltungswechsels zu ergründen, dann drehte sie ihren Kopf hastig weg, damit ihre Tischnachbarn nicht sehen konnten, dass ihr Gesicht puterrot geworden war. Die Blondine hatte, lässig und doch besitzergreifend, ihre Hand auf Bäckers Oberschenkel gelegt.

Verwirrt und verlegen blickte Sarah in die Runde und stellte erleichtert fest, dass niemand ihre innere Erregung, geschweige denn die Ursache dafür, entdeckt hatte. Daddy sah alle paar Augenblicke aufgeregt auf seine Uhr, als könnte er es gar nicht mehr erwarten, dass sie endlich in Deutschland wären; Mutter schaufelte energisch einen Teller nach dem anderen von der hervorragenden Gemüsesuppe in sich hinein, Maria blickte starr und gelangweilt geradeaus. Die beiden Journalisten – längst nannte sie sie Walter und Bruno – unterhielten sich leise in ihrer Sprache miteinander. Sie bemühten sich, höflich zu klingen, doch Sarah ließ sich nicht täuschen. Sie hatte ihnen verschwiegen, dass sie ganz gut Deutsch konnte, weil sie es amüsanter fand, den vielen unfreiwilligen komischen Fehlern der beiden zu lauschen, wenn sie sich auf Englisch versuchten.

Bruno Krauss war ein Mann, wie sie sie zur Genüge von zu Hause her kannte – wenn Daddy Geschäftspartner und deren Söhne zum Angeln oder Jagen eingeladen hatte. Bruno, zehn Jahre älter als sie, war auch einer von denen, die als ihren Hauptberuf ehrlicherweise „Sohn" hätten angeben müssen. Sein Vater, ein alter Nazi, hatte es bis zum Gauleiter gebracht und ihm eine der begehrtesten Stellen beim *Völkischen Beobachter* verschafft – worauf Krauss auch noch stolz zu sein schien. Außerdem hatte er außer einem erschreckenden Fanatismus für die „Bewegung" sowie einem unangenehmen Hang, alle Menschen seiner Umgebung hinter deren Rücken hämisch zu kritisieren, keine bemerkenswerten geistigen Qualitäten – und war ein miserabler Charleston-Tänzer.

Schließlich hatte er in seiner Ahnungslosigkeit gegenüber seinem Kollegen einmal den Spitznamen geflüstert, den er sich für Sarah reserviert hatte: „Mondgesicht." Er hatte bei ihr endgültig verspielt, doch unterhielt sie sich noch immer in wohldosierten Abständen liebenswürdig mit ihm, um seinen Kollegen ein wenig eifersüchtig zu machen.

Walter Jaeger war zwar auch nicht gerade ein Doppelgänger von Errol Flynn, doch Sarah war ehrlich genug, um sich einzugestehen, dass sie eine Schwäche für ihn hatte. Auf das „Mondgesicht" des anderen Journalisten hatte er halblaut „Sie sind blind!" entgegnet. Sie hätte ihm dafür um den Hals fallen mögen, war aber klug genug gewesen, um sich nichts anmerken zu lassen.

Einen Augenblick lang überlegte Sarah, wie Walter wohl reagieren würde, wenn sie jetzt ebenfalls lässig ihre Hand auf sein Bein sinken ließe. Wäre er so überrascht, dass er das Weinglas, das er gerade zu einem hastigen Zug zwischen zwei Sätzen anhob, aus der Hand gleiten ließe? Oder war er so in den Streit vertieft, dass er es nicht einmal bemerken würde? Sie beugte sich tiefer über ihren Suppenteller, um unauffälliger lauschen zu können.

„Agenten", sagte Krauss gerade halblaut, dann verstand sie „jüdisch-bolschewistische Internationale", „Verschwörung", „aber kein Erfolg", „der Führer wird es diesen Herrschaften zu passender Zeit schon zeigen" und „ausmerzen".

Jaeger antwortete etwas mit „keine Beweise", „selbst nicht gesehen" und „keine Hysterie" – worauf Krauss mit lauernder Stimme fragte, ob er ein

„Liberaler“ sei. Das war, wie Sarah inzwischen wusste, in seinen Augen eine ziemlich schlimme Beleidigung.

Sie versuchte, die aufgeschnappten Satzfetzen nach und nach zusammenzusetzen wie Teile eines Puzzles, was ihr jedoch nicht so richtig gelingen wollte, weil ihr Deutsch dafür dann doch nicht gut genug war. Trotzdem war es irgendwie beunruhigend. Demzufolge war Jaeger an diesem Vormittag in den Funkraum gegangen, um eine lange Reportage nach Frankfurt zu senden. Dabei hatte ihm der Funker durch eine unbedachte Äußerung etwas verraten, was Jaeger wiederum seinem Kollegen mitteilte und worüber die beiden offensichtlich in Streit geraten waren. Doch was es genau war, das konnte Sarah einfach nicht herausfinden – und nach einiger Zeit hatte sie den Verdacht, dass Walter und Bruno selbst nicht so genau wussten, was eigentlich los war.

Sie war aufgeregt. Ich wusste doch, dass hier etwas nicht stimmt!, dachte sie. Sie wagte nicht, sich in das Gespräch einzumischen, aus Angst, ihr kleines Geheimnis zu verraten – und weil sie dachte, dass sie noch weiter ungestört würde lauschen können. Doch das erwies sich schnell als Irrtum, denn der Steward erschien und stellte sich mitten in den Salon. Pflug wirkte müde und nervös, auf seinem Gesicht lag ein gezwungenes Lächeln, als er nach steuerbord voraus deutete. „Meine Damen und Herren: Afrika!“, sagte er, wie Sarah fand, ein bisschen zu theatralisch und offensichtlich erleichtert, wieder Land in Sicht zu haben.

Die Passagiere blickten auf, einige verließen sogar ihre Tische, um sich weit aus den rechten Fenstern zu lehnen. Es war ein schmaler braungelber Streifen hinter dem Atlantik, der in der grellen Nachmittagssonne an einigen Stellen glitzerte wie zerbrochenes Glas: Mauretanien.

Als der „Graf Zeppelin“ näher herangekommen war, erblickte Sarah ein Land, das so karg und schroff war wie keines, das sie bisher gesehen hatte. Eine scheinbar unendliche, leicht gewellte, eintönige Wüste, deren Grenze zum Ozean eine harte, über sechzig Meter hohe Steilküste bildete, gegen deren Sockel sich weiß gischtende Wellen brachen. Kein Baum, kein Strauch, kein Fluss – nichts bot dem Auge Abwechslung. Das Land wirkte verlassen, primitiv und in seiner Schroffheit brutal. Irgendwann, Sarah schätzte, dass es ein oder zwei Stunden später sein musste, wurde die Küste etwas flacher. Der „Graf Zeppelin“ fuhr in diesem Augenblick in einem leichten Bogen weiter aufs Meer hinaus. Endlich änderte sich der trostlose Anblick, eine Stadt kam in Sicht: Eine Hafenmole, ein Turm, Minarette und Hunderte von schmutzig weiß getünchten, flachen Häusern in einem

Gewirr enger Gassen – wie neben- und aufeinandergetürmte Würfel sahen sie auf diese Entfernung aus.

„Das ist Casablanca!“, rief Krauss aufgeregt. „Warum gehen wir nicht näher heran?“

„Der Franzmann erlaubt es nicht!“, antwortete Steicher dröhnend. „Marokko ist eine französische Kolonie, und die Messieurs in Paris verlangen kategorisch, dass der Zeppelin außerhalb der Dreimeilenzone bleibt. Die haben wahrscheinlich Angst, dass wir den aufständischen Berbern helfen könnten. Eigentlich keine schlechte Idee!“ Er lachte dröhnend.

Inzwischen hatte der Steward die Tische abgeräumt und, wie er betonte, „zum Lande passenden“ Mokka serviert.

„Marokko“, flüsterte Sarah. Der Name schien ihr eher zu einem Märchenland zu gehören als zu einer profanen französischen Kolonie. Sie fühlte sich, fast lautlos schwebend, von Luxus umgeben, eine Tasse starken und exotisch duftenden, glänzend schwarzen Kaffee in der Hand, wie eine elegante Adlige im Orient-Express. Auch sie hatte sich längst erhoben und stand am Fenster, den Oberkörper weit hinausgebeugt. Ein heißer, trockener Wind fuhr durch ihr Haar, als blickte sie in einen riesigen Backofen. Bald spürte sie Sand auf ihren Lippen und zwischen den Zähnen.

Wenn sie das, was sie von der Unterhaltung von Walter und Bruno belauscht hatte, einigermaßen richtig verstand, dann drohte dem „Graf Zeppelin“ irgendeine tödliche Gefahr – woher auch immer. Es war jetzt Freitagnachmittag, sie würden noch mindestens 24 Stunden brauchen, bis sie über Friedrichshafen schwebten. Das war eine sehr lange Zeit, wenn irgendwo etwas Böses lauerte. Es war aber eine sehr kurze Zeit, wenn man alles nachholen wollte, was man bis dahin im Leben verpasst hatte.

Energisch stemmte sich Sarah vom Fenster weg, schüttelte ihre Locken und sah sich im Salon um. Sie hatte den Entschluss gefasst, ab sofort nichts mehr zu verpassen.

Ihre Mutter hatte sich zu ihrem üblichen Nachmittagsschlaf zurückgezogen. Maria war ebenfalls nirgendwo zu sehen, wahrscheinlich genoss sie eine Pause in ihrer Kabine. Ihr Vater hatte sich zu einer kleinen Gruppe gesellt, zu der auch Steicher, Krauss und Ohlbaum gehörten. Die Männer schwadronierten über die Zukunft der Kolonien und darüber, ob auch Deutschland wieder welche benötige. Jaeger stand allein am hintersten Fenster steuerbord, hatte ein Teleobjektiv auf seine Leica geschraubt und machte gelegentlich Fotos von der Küste.

Sarah wartete, bis er die Kamera wieder angesetzt hatte, dann ging sie rasch zu ihm hinüber. Sie war aufgeregt, schüchtern und wusste nicht genau, was als Nächstes passieren würde. Sie hoffte nur darauf, dass überhaupt irgendetwas passierte.

Walter bemerkte sie erst, als er die Leica nach einem leisen „Klack“ wieder sinken ließ und damit begann, den Film am Drehknopf weiter vorzuspulen. Er hielt mitten in der Bewegung inne, lächelte verlegen und deutete dann hinüber zur Küste. „Ich mache geheime Spionagefotos von der marokkanischen Wüste“, scherzte er. „Jetzt hast du mich ertappt.“

Dann räusperte er sich mehrmals, bevor er mit vergeblich um einen beiläufigen Tonfall bemühter, leiser Stimme fortfuhr: „Deine Kabine liegt auf der Steuerbordseite und weit genug hinten, dass man bereits einen der Motoren sehen kann. Vielleicht könnte ich von dort aus Casablanca fotografieren und gleichzeitig auch einen Motor und einen Teil der silbernen Außenhülle mit auf das Bild bekommen. Das wäre genau das richtige Zeppelinfoto für meine Zeitung!“

Sarahs Herz schlug so heftig wie damals, als sie das erste Mal auf dem Zehnmeterturm am Rand des Sprungbretts stand und sich fragte, ob sie sich tatsächlich fallen lassen sollte. Sie konnte nicht erkennen, ob er mit seinem harmlos klingenden Vorschlag weitergehende Absichten verbarg oder nicht, doch sie hatte alle Mühe, ein aufgeregtes Lächeln zu unterdrücken, als sie mit einem freundlichen Nicken zustimmte. Niemand schien auf sie zu achten, als sie den Salon verließen und zusammen die zweite Kabine steuerbord betraten.

Sie legte unauffällig den Riegel der Schiebetür um, bevor sie sich in dem engen Raum an ihm vorbei zum Fenster drängte, wobei sie ihm näher kam, als nötig gewesen wäre. Sein Vorschlag war absurd, das erkannte sie sofort. Zwar konnte man von hier aus tatsächlich den vorderen Steuerbordmotor sehen, wenn man sich sehr weit hinauslehnte, doch musste man dafür in einem solchen Winkel nach hinten blicken, dass nur noch der schon weit achteraus liegende Teil der afrikanischen Küste schemenhaft zu erkennen war. Doch Walter schien darüber nicht weiter unglücklich zu sein. Er hatte seine Leica aus der Hand gelegt, stand am Fenster und sah lächelnd hinaus.

Sarah kam näher. Der Raum am Fenster war so eng, dass sich ihre Schultern berührten. Sie drehte ihren Oberkörper etwas zu ihm hin, sodass jetzt ihre Brüste seinen Oberarm berührten. Wenn du das nicht spürst, bist du aus Holz!, dachte sie. Deutlicher kann ich nicht mehr werden!

Wie lange standen sie schon so da? Eine Minute? Zehn Minuten? Nichts passierte. Da war nur Walter neben ihr, rätselhaft lächelnd; in immer neuen

Wellen quoll Backofenluft herein, sodass sich in ihrem kleinen Grübchen am Halsansatz Schweißperlen sammelten.

Sarah wusste nicht, wie es geschehen war, aber plötzlich lag sie in Walters Armen. Sie küssten sich leidenschaftlich, Walter hielt sie so fest umschlungen, dass sie kaum atmen konnte. Für einen Augenblick hatte sie das schaurig-schöne Gefühl, als würde sie aus dem offenen Fenster in die Tiefe stürzen, dann erkannte sie, dass es eine Welle der Freude und Lust war, die ihren Körper durchströmte. Sie gab sich ihm hin und überließ es ihm, das zu tun, was immer jetzt kommen mochte.

Irgendwann lagen sie auf dem schmalen Bett, nackt. Sarah hatte immer einen leichten Stich des Ärgers verspürt, wenn sie sich im Spiegel betrachtet hatte: Die Schultern waren etwas zu rund, die Brüste etwas zu groß, die Hüfte etwas zu breit, die Schenkel etwas zu stark. Jetzt aber erlebte sie, wie Walter sie überall zärtlich streichelte, sie behutsam mit Lippen und Zunge liebkoste. Er küsste ihre Knie, dann die Innenseite ihrer Schenkel, ihren Schoß.

Ihre Körper verschmolzen im schönsten Rhythmus der Welt, langsam zuerst, dann immer heftiger und verlangender. O Gott, ich werde verrückt, so schön ist das!, dachte Sarah noch, bevor sie überhaupt keinen klaren Gedanken mehr fassen konnte.

ACHTERAUS schimmerten die schneebedeckten Gipfel des Hohen Atlas im roten Abendlicht wie riesige verglimmende Kerzendochte, deren Inneres noch einmal aufglüht, bevor sie endgültig erlöschen. Es hätte Arthur Ohlbaum in diesem Augenblick nicht überrascht, wenn über den feurigen Bergriesen dünne Rauchfahnen in den Himmel gestiegen wären.

Doch die wenigen kleinen, grauschwarzen Qualmblumen kamen aus den Höfen einer Stadt, die viel näher, wenn auch ebenfalls schon hinter dem „Graf Zeppelin“ lag: Tanger. Ohlbaum blickte auf eng stehende, flache Häuser, deren heller Putz im weichen Sonnenlicht rötlich schimmerte. Dattelpalmen und Büsche voll roter und violetter Blüten wucherten aus versteckten Innenhöfen. Auf einem Platz war Markt, die Stände unter fahlen Zeltbahnen sahen von oben aus, als hätten Boote mit ausgebleichten Segeln mitten in der Wüstenstadt festgemacht. Dünn wie eine ferne Klage klang der Ruf des Muezzins nach oben. Es war die Zeit des Abendgebets.

Der „Graf Zeppelin“ durfte hier näher an die marokkanische Küste heranfahren, damit er problemlos durch die Straße von Gibraltar gelangen konnte. Die karge, steil aufragende Felspyramide der Festung lag vor ihnen.

Im Hafen dümpelten ein Zerstörer und verschiedene kleinere Kriegsschiffe. Vor dem Felsen Gibraltars lag ein riesiges rissiges Betonfeld. Ohlbaum wusste, dass es nur dazu diente, Regenwasser aufzufangen und in Zisternen zu leiten, da die Spanier den britischen Herren der Festung kein kostbares Trinkwasser liefern mochten.

Sie waren wieder in Europa. Ungefähr zwölf Stunden lang würde der „Graf Zeppelin" der spanischen Mittelmeerküste folgen, eine lange Zeit nervöser Spannung für die Männer auf der Brücke. Ohlbaum hatte gehört, dass einige Direktoren der Deutschen Zeppelin Reederei Angst hatten, dass ihr kostbares Luftschiff versehentlich in die Kämpfe zwischen Republikanern und Francos Anhängern hineingeraten könnte.

Dafür gab es anschließend ein Finale voller grandioser Ausblicke: durch Südfrankreich und das Rhônetal an den Alpen vorbei bis zum Bodensee ging die Endetappe.

Dies war die letzte Nacht an Bord. Es wurde jetzt rasch dunkler. Von seinem Platz am vordersten Backbordfenster im Salon konnte Ohlbaum weit voraus an der Küste einen Lichtschimmer erkennen, eine kleine glühende Wolke auf der kargen Küste: Sie waren bereits vor Malaga. Wenn er es jetzt nicht wagte, würde er ewig ein kleiner Buchhalter bleiben.

Sorgfältig zog er seine Uhr auf, trank ein Glas Deinhard, um sich Mut einzuflößen, und schlenderte dann zum vorderen Ausgang des Salons. Krauss hatte sich, offensichtlich über irgendetwas ziemlich verärgert, an diesem Abend zu ihnen an den Tisch gesetzt und redete mit Steicher. Beim Essen waren es die üblichen markigen Sprüche, die Parteifunktionäre vor Publikum austauschten. Schon da war jedoch auffällig, dass Krauss dicke Schweißperlen die Schläfen hinunterliefen, so als stünde er unter einer gewaltigen inneren Anspannung. Jetzt, beim Cognac, flüsterten die beiden miteinander, wobei Krauss gelegentlich wild gestikulierte, während Steicher, der zusehends müder wurde, ihn immer wieder zu beschwichtigen schien. Der Parteijournalist wollte sich aber nicht beruhigen. Ohlbaum glaubte sogar, Krauss habe vor irgendetwas furchtbare Angst. Er konnte die Namen „Graf Zeppelin" und „Hindenburg" aus dessen erregtem Geflüster heraushören, ebenso aber auch „Walter Jaeger" und „Sarah Livingston". Ohlbaum versuchte vergeblich, aus diesen Bruchstücken irgendeine zusammenhängende Geschichte zu rekonstruieren.

Ute Schmitz hatte Erich Bäcker mit Beschlag belegt und stellte ihm lächelnd einige Fragen über Inkas, Mayas und andere untergegangene Völker. Auch der Indianerforscher war in einem Zustand höchster Nervosität.

Es hätte Ohlbaum nicht gewundert, wenn er im nächsten Moment ohnmächtig vom Stuhl gesunken wäre. Kein Wunder, dachte er, wenn eine aufregende Blondine dieser Klasse mit mir flirten würde, ginge es mir wahrscheinlich ähnlich. In einer kurzen, neiderfüllten Aufwallung fragte er sich, was Bäcker hatte, das er nicht hatte.

Leise schob Ohlbaum die Tür auf, glitt aus dem Salon, ging mit zwei raschen Schritten zur Leiter und war neunzig Sekunden später in der Hülle. Er atmete tief durch. Dann tastete er in der Tasche seines dunklen Jacketts nach der Lampe, die er vorgestern auf der Brücke gestohlen hatte, als sie in die Schlechtwetterfront hineingefahren waren. Er vergewisserte sich mit einem raschen Griff in die andere Tasche, dass er auch sein Federmesser und den kleinen Schraubenzieher nicht vergessen hatte, mit denen er die Kofferschlösser knacken wollte.

Rasch schlich er den Gang hinunter und zwängte sich in das Gepäckabteil. Er lauschte auf Schritte, Stimmen, irgendein Geräusch, das Menschen angezeigt hätte, die in der Nähe gewesen wären – nichts. Ohlbaum knipste die Taschenlampe an und ließ ihren dünnen Strahl hastig an den verzurrten Wänden aus Koffern und Reisetaschen entlangstreichen. Zitternd blieb der Lichtkegel auf einem blauen Gepäckschild stehen: AUGUSTUS STEICHER, BERLIN.

Ungeduldig zerrte er den schwarzen Koffer hervor und machte sich mit Federmesser und Schraubenzieher an den Schlössern zu schaffen. Er war so nervös, dass er mit zitternden Händen einige Minuten brauchte, um überhaupt die Spitze des Schraubenziehers in die Schlüsselöffnung zu bekommen. Er wollte den Schraubenzieher drehen, doch das Werkzeug ließ sich nicht einen Millimeter bewegen. Verbissen rüttelte er daran, schlug dagegen – alles vergeblich. Ruckweise zog er den Schraubenzieher wieder heraus und probierte es mit dem Federmesser. Wieder ohne Erfolg. Er unterdrückte einen Fluch und versuchte es erneut, diesmal mit aller Kraft. Es gab einen kurzen, hellen Ton – und die abgebrochene Spitze des Federmessers steckte im Schloss.

Ohlbaum schloss die Augen und zählte langsam bis fünfzig, dann hatte sich sein heftiger Pulsschlag wieder etwas beruhigt. Er griff erneut zum Schraubenzieher und benutzte ihn diesmal als Hebel, den er unter die Schnalle des Verschlusses stemmte. Es knirschte und machte leise „Klack“. Ohlbaum triumphierte: Das Schloss war offen. Rasch hatte er auch das andere aufgebrochen. Steicher würde die Spuren vielleicht nicht sofort beim Ausladen erkennen können, sicher aber dann, wenn er sich seinen Koffer zum ersten Mal genauer ansehen konnte. Doch was bedeutete das schon? Wenn es wirklich so war, wie Ohlbaum vermutete, würde der Funktionär erst an einem ruhigen, unbeobachteten Ort wagen, sein Gepäck zu öffnen – und wenn ihm dann die Kratzspuren auffallen sollten, dann wäre der Parteibonze der Letzte, der zur Polizei ginge.

Er klappte den Deckel hoch: Hemden, ein Anzug, eine sauber zusammengefaltete Parteiuniform. Ohlbaum wühlte hastig in der Kleidung, tastete nach allem, was sich fester anfühlte als Stoff. Er fand einen Gürtel mit Koppelschloss, Manschettenknöpfe, ein Feuerzeug, ein Parteiabzeichen und eine kitschige kleine Messingnachbildung der großen Christusstatue, dic auf dem Corvocado über Rio de Janeiro wacht. Das war alles.

Wütend drosch Ohlbaum mit der Faust auf die Parteiuniform. In verzweifelter Hast faltete er alles wieder notdürftig zusammen, bis er den Deckel schließen konnte. Mit Gewalt presste er die demolierten Schnallen in ihre Schlösser, dann wuchtete er den Koffer zurück.

Er machte sich erneut auf die Suche. Endlich fand er am gegenüberliegenden Ende des Gepäckabteils, direkt neben dem riesigen Schrankkoffer von Hannah Livingston, einen zweiten Koffer mit Steichers Namen. Schon als er ihn herauszog, jubilierte Ohlbaum innerlich, denn er war ungewöhnlich schwer – so schwer, dass er alle Mühe hatte, ihn nicht polternd auf das dünne Bodenblech fallen zu lassen, während er ihn absetzte. Wieder knackte er die Schlösser, klappte den Deckel hoch – und blickte auf Gold.

Der dünne Strahl der Taschenlampe brach sich gelb und glitzernd, so als käme aus dem Koffer selbst eine geheimnisvoll illuminierende Lichtquelle. Ohlbaums Herzschlag setzte für einen Moment aus, dann stellte er die Taschenlampe mit zitternder Hand auf den Kofferrand und griff zu.

Staunend holte er einen Teller aus getriebenem Gold hervor, verziert mit dem Porträt eines großnasigen sitzenden Mannes unter einem gewaltigen Federbusch, umgeben von Schlangen, Jaguaren und geheimnisvoll verschlungenen Hieroglyphen. Darunter kam das dreieckige verbeulte Fragment eines weiteren Tellers hervor, dazu zwei fingergroße Anhänger in Gestalt eines Frosches, eine kleine Glocke in Form eines Affen, verzierte, seltsam gezackte Pfeilspitzen – alles aus purem Gold. Ganz unten lagen im Koffer kleine Jaguarköpfe und eine große Göttermaske aus Sandstein sowie zwei Ketten aus grün schimmernder Jade.

Ohlbaum wusste nicht, ob das nun typisch für die Mayas oder die Inkas war. Es war ihm aber auch gleichgültig. Was er da vor sich sah, war ein Schatz, der seine kühnsten Träume übertraf.

Du musst jetzt einen kühlen Kopf bewahren!, sagte er sich. In seinem Koffer war ausreichend Platz frei, um diesen Schmuck zwischen seine Kleidung zu stopfen und unentdeckt aus dem Zeppelin zu schmuggeln. Doch würde es Steicher nicht augenblicklich auffallen, wenn sein schwerer Schatzkoffer ungewöhnlich leicht geworden wäre? Außerdem könnte sich möglicherweise sogar der eine oder andere Mann aus der Besatzung an dieses schwere Gepäck erinnern und sich beim Ausladen wundern, warum es plötzlich so viel weniger wog. Auch dies könnte eine verhängnisvolle Kontrolle bedeuten – selbst wenn Steicher dies gar nicht verlangen würde.

Dagegen würde Steicher seinen Koffer, wenn er noch ungefähr so schwer wäre wie zuvor, sicher nicht vor aller Welt öffnen. Bis dahin durfte also der Diebstahl nicht auffallen, damit Ohlbaum genügend Zeit bleiben würde, mit seiner Beute zu verschwinden.

Er musste den Schatz durch etwas Wertloses ersetzen, das ähnlich schwer war. Ohlbaum fielen die großen Holzkisten mit Bordwerkzeug ein, die ein paar Meter vor dem Gepäckabteil zu beiden Seiten des Ganges befestigt waren. Ein paar schwere Schraubenschlüssel sollten genügen, um Gold und Jade zu ersetzen.

Er sprang auf, lugte durch die Stoffbahn auf den Gang und glitt aus dem Gepäckabteil. Schnell ging er zur nächsten Werkzeugkiste. Für einen Augenblick knipste er die Taschenlampe an, um sich zu orientieren, dann machte er sie wieder aus und tastete sich im Dunkeln am rauen Holz entlang, bis er die Beschläge fand. Leise schnappend sprangen sie auf, knarrend kippte der Deckel nach hinten. Ohlbaum griff hinein und fühlte etwas Schweres, Kaltes, Glattes: einen massiven Schraubenschlüssel.

Genau in dem Moment, als er ihn umklammerte, glomm am vorderen Ende des Ganges ein schwacher Lichtschein auf.

Eine Schrecksekunde lang tat Ohlbaum gar nichts, blieb starr vor Angst in seiner Haltung gefangen, als wäre er eingefroren. Dann riss er seine Hand aus dem Kasten, klappte ihn zu und verkroch sich, so gut es ging, hinter einem direkt daneben befestigten fassförmigen, silbern schimmernden Treibstofftank. Erst dann bemerkte er, dass er noch immer den massiven Schraubenschlüssel fest in der rechten Hand hielt. Da erfüllte ihn wilder Mut. In seiner Eile hatte er vergessen, den Koffer mit Steichers geschmuggeltem Schatz wieder zu schließen. Er lag offen mitten im Gepäckabteil, das schimmernde Gold musste jedem auffallen, der auch nur einen flüchtigen Blick hineinwarf. Ohlbaum umklammerte das schwere Werkzeug mit verschwitzter Hand noch energischer als zuvor, verzweifelt entschlossen, seine Beute gegen jeden Entdecker zu verteidigen.

Als der Mann den halben Weg vom Aufgang bis zu seinem Versteck zurückgelegt hatte, erkannte Ohlbaum ihn: Es war der Erste Funker Heinrich Parsch. Er schien müde und bedrückt zu sein. Ohlbaum hoffte, dass er an ihm vorbei und direkt zu seiner Koje gehen würde, sodass er sein Vorhaben ungestört beenden konnte.

Doch in diesem Augenblick hörte er von fern ein leises Geräusch: Charleston von dem kleinen Grammophon der jungen Amerikanerin, dessen Klänge für einen Moment bis nach oben in die Hülle drangen und dann wieder abrupt verstummten. Parsch hatte das natürlich auch gehört und war erschrocken herumgefahren. „Wer ist da?“, rief er und leuchtete mit seiner Taschenlampe in Richtung Aufgang, allerdings vergeblich, denn der dünne, zitternde Lichtkegel reichte nicht so weit. Noch jemand hatte die Luke der Gondel kurz geöffnet und war die Aluminiumleiter hochgeklettert. Jemand, der keine Taschenlampe hatte.

HANS THOMSEN war unruhig durch den Zeppelin gelaufen wie ein wilder Panther im Käfig. Seit dem frühen Morgen, als die Nachricht vom Ende des „Hindenburg“ eingetroffen war, hatte er unablässig nach dem möglichen Attentäter gesucht. Es war eine Situation, die er genoss, die ihn aber auch beunruhigte. Er liebte das Jagdfieber, die Gier, jemanden zu verfolgen und zu stellen wie ein Bluthund – das war etwas anderes, als diesen alternden Professor nach Berlin zu bringen.

Thomsen hatte sich vom Ersten Offizier die Passagierliste geben lassen. Zwei Journalisten, die bis kurz vor der Abfahrt des „Graf Zeppelin“ nicht einmal wussten, dass sie mitfahren durften; der berühmteste Dirigent Deutschlands und seine Frau; ein reicher Amerikaner mit Familie und Dienerin; ein verklemmter Inkaforscher; ein unbescholtener, langweiliger Buchhalter der Deutschen Zeppelin Reederei; ein versoffener Parteifunktionär mit seiner Mätresse – keiner von ihnen schien das Zeug zum Attentäter zu haben, vom dazu notwendigen Wissen und Motiv ganz zu schweigen.

Und Forster? Thomsen ließ ihm gar keine Gelegenheit, unbeobachtet durch den „Graf Zeppelin“ zu schleichen, geschweige denn, dass er es zugelassen hätte, dass der Professor in seinen sorgfältig durchsuchten wenigen Habseligkeiten, die er mitnehmen durfte, irgendetwas dabeihatte, mit dem man einen Anschlag hätte ausführen können. Und außerdem: Forster hatte vielleicht gute Gründe, dem „Graf Zeppelin“ ein feuriges Ende zu wünschen, aber was ging ihn der „Hindenburg“ an?

Wenn es wirklich parallel geführte Anschläge gegen die beiden Zeppeline geben sollte, dann wäre dies eine Verschwörung. Und die konnte nach Meinung Thomsens nur von Leuten innerhalb des Zeppelin-Unternehmens begangen werden. Aber warum?

Thomsen schickte die Namensliste aller Passagiere und Besatzungsmitglieder per Funk zur Zentrale des Sicherheitsdienstes und bat um Überprüfung ihrer Akten. Danach ging er auf die Brücke und sagte zu von Schiller: „Ich möchte Sie einen Augenblick sprechen!“

Es war nicht zu übersehen, dass sein herrisches Auftreten dem Kapitän gewaltig gegen den Strich ging, doch von Schiller hatte keine Wahl, als in einer solchen Situation mit dem einzigen Gestapomann an Bord zu kooperieren.

„Wie kann jemand einen Zeppelin zerstören?“, fragte Thomsen nüchtern.

Der Kapitän deutete nach oben und verzog seinen Mund zu einem sarkastischen Grinsen. „Wir haben über einhunderttausend Kubikmeter Wasserstoffgas in den Zellen“, flüsterte er. „Eine offene Flamme genügt, und wir fallen als riesige Fackel vom Himmel – so wie die Zeppeline, die die Engländer im Weltkrieg mit Brandgeschossen heruntergeholt haben. Wasserstoffgas brennt, wenn es mit Luft vermischt und entzündet wird. Im Prinzip reicht ein einziges Streichholz aus, um den ‚Graf Zeppelin‘ zu vernichten. Ich persönlich würde dafür allerdings eine Magnesiumblitzlampe benutzen, wie Fotografen sie haben. Beschädigt jemand die Gaszellen so, dass viel Wasserstoffgas austreten und sich mit der normalen Luft innerhalb der Hülle vermischen kann, entsteht Knallgas. Dann macht es Bums! wie im Chemieunterricht – nur ein bisschen lauter. In diesem Fall würde von uns ziemlich wenig übrig bleiben, was noch vom Himmel fallen könnte.“

Thomsen nickte. Nur um sicherzugehen, fragte er: „Wie sieht es mit den Motoren aus? Oder mit dem Leitwerk?“

Der Kapitän schüttelte den Kopf. „Unmöglich. Selbst wenn drei unserer fünf Motoren gleichzeitig ausfielen, kämen wir noch heil nach Hause. Und wenn alle fünf stehen bleiben, können wir durch das langsame Ablassen von Traggas und geschickte Ballastverteilung immer noch eine halbwegs kontrollierte Landung hinbekommen. Zu den Heckfinnen gibt es nur einen Zugang, außerdem sind sie so groß und stabil, dass man selbst mit schwerem Werkzeug ziemlich lange brauchte, um sie ernsthaft zu beschädigen. Und in den seltenen Fällen, in denen schon einmal schwere Stürme Leitwerke von Zeppelinen stark ramponiert haben, konnten sich die Luftschiffe immer so lange oben halten, bis die Besatzung den Schaden geflickt hatte. Warum sollte also jemand etwas so Umständliches wählen, wenn es mit dem Wasserstoffgas so einfach ginge?“, fragte von Schiller bitter.

„Dann muss ab sofort jeder Ort, von dem aus man an die Traggaszellen käme, unter schärfste Bewachung gestellt werden!“, forderte Thomsen.

Der Kapitän sah ihn mit deutlicher Geringschätzung an. „Ich habe keinen überflüssigen Mann an Bord“, entgegnete er kühl. „Jeder Posten ist für die Führung des Zeppelins notwendig, und wer Freiwache hat, erholt sich von seinen Strapazen und steht zugleich für Notfälle, zum Beispiel Motorenstörungen, bereit. Außerdem muss ich die nächsten zwölf Stunden mit doppelt besetzten Wachen und zusätzlichem Ausguck in Bug und Heck fahren, da in Spanien Bürgerkrieg herrscht. Ein schießwütiger Soldat Francos oder ein Republikaner – und wir müssen nicht mehr auf einen Attentäter an Bord des ‚Graf Zeppelin‘ warten …“ Der Kapitän setzte in bezeichnender Geste die Hand an die Gurgel, bevor er weitersprach: „Schließlich habe ich da oben zwei Laufgänge von zusammen rund einem halben Kilometer Länge, mehrere Aufgänge zwischen beiden, Abteilungen im Bug für die Seilbedienung bei Start und Landung, Wartungsgänge in allen vier Heckleitwerken, mehrere Gepäck- und Postabteile sowie sonstige Vorrats- und Frachträume, die Unterkünfte für Offiziere und Mannschaften – und nicht zu vergessen die Gondel mit Brücke, Navigations- und Funkräumen, Kombüse, Salon, Kabinen, Toiletten- und Waschräumen. Können Sie mir mal verraten, wie ich das alles während der mehr als zwanzig Stunden Fahrt, die wir noch vor uns haben, lückenlos überwachen lassen soll?“

Thomsen wusste durchaus, dass dies absurd war – allein schon deswegen, weil ja möglicherweise gerade eines der zur Bewachung abgestellten Besatzungsmitglieder der Attentäter sein konnte. Trotzdem hätte er diesen Kapitän, der es wagte, ihm seine Verachtung so offen zu zeigen, nur zu gern vor den Augen seiner Besatzung heruntergeputzt. Da es aber extrem dumm gewesen wäre, ausgerechnet in einer so bedrohlichen Situation von Schiller in irgendeiner Form zu behelligen, schluckte er seinen Zorn hinunter und beschloss, sich die Rache für ein anderes Mal aufzusparen.

Grußlos drehte Thomsen sich um und verließ die Brücke. Kurz sah er nach, ob der Professor noch in der Kabine eingeschlossen war, dann ging er in den Salon, wo er an seinem Tisch eine Liste mit den Namen aller Passagiere auf ein Blatt mit dem Briefkopf der Deutschen Zeppelin Reederei schrieb. Bei der Gestapo nannte man das das „Zehn-kleine-Negerlein-Spiel". Thomsen wollte diejenigen durchstreichen, die auf keinen Fall der potenzielle Attentäter sein konnten, um so durch Reduktion die Zahl der Verdächtigen einzuschränken. Er grinste zynisch und strich dann Forsters Namen durch. Der Professor hätte zwar ein Motiv dafür, den „Graf Zeppelin" zu vernichten, bevor sie in Deutschland ankämen, aber wohl kaum die nötige Gelegenheit. Und doch: Was hatte Heydrich angedeutet? Warum hatte er gerade ihn, Thomsen, den Spezialisten für heikle Missionen, nach Rio geschickt? War der Professor am Ende doch nicht so harmlos, wie er wirkte? Thomsen fluchte leise und behielt den Namen, dick unterstrichen, schließlich auf seiner Liste.

Unauffällig beobachtete er dann die anderen Passagiere im Salon, versuchte, ihren Gesprächen zu lauschen. Wem würde er eine solche Tat noch zutrauen? Eine falsch gestellte Frage. Er hatte bei der Gestapo so viel gesehen, dass er wusste, dass fast jeder Mensch zu jeder Tat fähig war – vorausgesetzt, es gab das nötige starke Motiv oder einen genügend intensiven Druck.

Aus den Unterhaltungsfetzen, die er aufschnappte, erfuhr Thomsen bald, dass das Gerücht von einem noch nicht näher bekannten Unglück langsam zu den Passagieren durchsickerte – wenn auch so bruchstückhaft, dass keiner eine klare Vorstellung vom Ausmaß des Desasters haben konnte. Doch vielleicht würde sich in den nächsten Stunden noch mehr herumsprechen. Irgendwann würde dann der Name Hindenburg fallen. Wenn hier im Salon ein Verschwörer säße, dann wäre er spätestens dann gewarnt. Thomsen fluchte erneut.

Nach dem Mittagessen beobachtete er, wie der Journalist der *Frankfurter Zeitung* mit der jungen Amerikanerin in deren Kabine verschwand. Er lächelte dünn und setzte den Bleistift an, um die Namen der beiden aus der Liste zu streichen. Denn welcher Attentäter wäre schon nur wenige Stunden vor einem spektakulären Anschlag in der Stimmung für ein erotisches Abenteuer gewesen?

Zur Sicherheit, nur um die, wie er sich eingestand, extrem weit hergeholte Möglichkeit auszuschließen, dass die beiden in ihrer Kabine heimlich eine Höllenmaschine zusammenbauten, folgte er ihnen eine Viertelstunde später. Thomsen vergewisserte sich, dass niemand in dem Flur war, der zu den Kabinen führte, dann trat er schnell zur zweiten auf der Steuerbordseite. Die Türen waren aus Gründen der Gewichtsersparnis ziemlich dünn. Selbst wenn Thomsen nicht zum Lauschen, sondern rein zufällig hier vorbeigekommen wäre, hätte er die Geräusche aus dem Innern kaum überhören können. Sie waren eindeutig. Er verzog sein Gesicht zu einem verächtlichen Grinsen. Jaeger und die junge Amerikanerin hatten zurzeit alles Mögliche im Kopf, aber ganz bestimmt keine Pläne für ein Attentat.

Thomsen überlegte einen Augenblick, ob er sich nicht einen Spaß machen und den Amerikaner unter einem Vorwand bis vor die Tür zur Kabine seiner Tochter locken sollte. Da trat Ute Schmitz aus dem Waschraum für Damen. Schnell ging er weiter und tat so, als wäre er gerade auf dem Weg vom Salon zu seiner Kabine.

Auf halbem Weg trafen sie sich im Flur, die Blondine grüßte mit einem Nicken. „Die Fahrt in einem Zeppelin ist so inspirierend, finden Sie nicht auch?“, fragte sie und lächelte ihn kalt an, bevor sie sich wegdrehte und hochmütig wie eine Königin den Flur hinunterging.

Als Thomsen die Tür zu seiner Kabine aufriss, fand er Forster auf der Bank sitzend vor, vertieft in eine ziemlich abgegriffene Volksausgabe von Felix Dahns „Ein Kampf um Rom“.

„Es ist ziemlich kitschig“, sagte der Professor in entschuldigendem Tonfall, aber lächelnd. „Allerdings war es das einzige Buch, das ich auftreiben konnte.“

„Wo haben Sie das her?“, fauchte Thomsen.

„Ich habe den Steward auf dem Gang gehört und ihn gerufen. Er hat einen Generalschlüssel, wissen Sie“, setzte Forster mit schuldbewusstem Lächeln hinzu. „Ich habe mich aber an Ihre Anweisung gehalten und die Kabine nicht verlassen, sondern den Steward nur um eine Lektüre gebeten, und er hat mir dies hier ausgeliehen.“ Forster hatte deutlich bessere Laune als in den letzten Tagen.

„Wann hat Pflug Ihnen das gegeben?“, wollte Thomsen wissen.

Forster blickte ihn an. „Ich nahm mir die Freiheit, Herrn … Pflug um das Buch zu bitten, als Sie kurz vor dem Mittagessen gerade verhindert waren.“

„Verhindert?“, fragte Thomsen ungläubig.

„Sie waren auf der Toilette, urinieren, nehme ich an“, antwortete der Professor sachlich.

Thomsen spürte, wie er kurz davor war, die Beherrschung zu verlieren. Da hatte ihm Forster sozusagen nebenbei erklärt, wie leicht es für ihn war, aus dieser Kabine zu entkommen, wenn er nur wollte. Thomsen fragte sich, ob der Neurologe vielleicht wirklich sein Gehirn manipulieren konnte.

Mühsam zwang er sich, nach außen hin ruhig zu bleiben. Mit überlegener, schneller Präzision verpasste er dem erschrockenen Professor zwei Ohrfeigen, die ihn halb bewusstlos auf den Boden sinken ließen, ohne dabei in seinem Gesicht auffälligere Spuren als zwei leicht gerötete Stellen auf den Wangen zu hinterlassen. „Sie machen nichts ohne meine ausdrückliche Erlaubnis, Herr Professor", sagte er kalt, „gar nichts." Dann verließ er die Kabine und schloss wieder sorgfältig ab, während hinter ihm Forster stöhnte und mühsam versuchte, sich vom Boden auf die Sitzbank hochzuziehen.

Der Steward kam ihm im Salon entgegen und überreichte ihm einen Zettel. „Dieses Telegramm ist soeben für Sie aus Berlin eingetroffen." Dann wollte er sich eilig zurückziehen.

„Sie kommen genau richtig!", zischte Thomsen wütend, packte ihn mit der Linken am Kragen und streckte die Rechte fordernd aus. „Den Generalschlüssel!"

Pflug zögerte eine Sekunde, ängstlich flackerte sein Blick zwischen Thomsens Gesicht und der ausgestreckten Rechten hin und her, dann atmete er tief durch, griff in die Tasche seines schwarzen Jacketts und reichte dem Gestapomann den Schlüssel. Er wollte zu einer Entschuldigung ansetzen, doch Thomsen zischte ihn an: „Verschwinden Sie!"

Dann erst faltete Thomsen das Funktelegramm auseinander. Es war von der Zentrale des Sicherheitsdienstes: *namen passagiere ueberprueft – stop – keine erkenntnisse vorliegend – stop – namen besatzung ueberprueft – stop – bayer, mechaniker, verurteilung trunkenheit und ruhestoerung, friedrichshafen 1934 – stop – hornbach, rudergaenger, koerperverletzung, lindau 1934 – stop – parsch, funker, koerperverletzung, hamburg 1933 – keine sonstigen hinweise – stop – wichtig: sicherheit f hat vorrang vor allen anderen massnahmen – stop – wiederhole: sicherheit f oberste prioritaet – stop – sd*

Die anderen beiden erwähnten Besatzungsmitglieder hatte Thomsen sofort vergessen, doch den Namen des Funkers umkreiste er mit seinem Bleistift. Ein Zufall? Heute Morgen war er aus einem Gefühl der Langeweile heraus zu Parsch gegangen, weniger wegen eines konkreten Verdachts, sondern eher, weil er sich die Zeit vertreiben wollte. Doch jetzt dachte er an den anonymen Hinweis und die übertriebene Nervosität des Funkers. Thomsen lächelte. Er hatte plötzlich das Gefühl, als sei die Suche nach dem Feind vorbei. Jetzt konnte er mit dessen Eliminierung beginnen.

Nach dem Abendessen lungerte er auf der Brücke herum. Er hatte vor, hier zu warten, bis Parsch endlich den Funkraum verlassen würde. Er musste sich gedulden, bis der „Graf Zeppelin“ über die hell erleuchteten Straßen von Malaga dahinfuhr. Es war Freitagabend gegen 22 Uhr, noch 19 Stunden bis zur voraussichtlichen Ankunft am Bodensee.

Parsch zog die Aluminiumleiter zu sich herunter und stieg nach oben in die Hülle. Thomsen wartete ein paar Augenblicke und tat es ihm dann nach. Oben hielt er inne. Er hatte nicht bedacht, dass es nachts in der Hülle fast stockdunkel war.

Doch es war nicht schwer, die Spur von Parsch zu verfolgen. Er hatte einige Meter Vorsprung, war aber ahnungslos. Der Funker drehte sich um, rief: „Wer ist da?“, und fuchtelte vergeblich mit seiner Taschenlampe herum. Mit drei, vier großen Sätzen war Thomsen heran.

Als Parsch ihn endlich erkannte, weiteten sich seine Augen vor Schreck. Wortlos drehte er sich um und rannte davon, doch er kam nicht sehr weit. Thomsen stellte ihn, indem er ihm einen Schlag gegen den Hinterkopf versetzte, der ihn taumeln ließ.

Parsch fing sich wieder und drehte sich um. „Was wollen Sie von mir?“, keuchte er und hob die Fäuste.

Für Thomsen war es, als sei er plötzlich ein Beobachter seiner selbst, so als stände er über sich und sähe mit kühlem Interesse auf sich hinunter, wie er auf einmal die Kontrolle verlor. Eigentlich hatte er vorgehabt, Parsch auszufragen – wenn nötig mit der gebotenen Härte. Doch in dieser geheimnisvollen, halbdunklen Welt, unter den riesigen Gasblasen, die zu gigantischen Bomben werden konnten, im zitternden Licht der zu Boden gefallenen Taschenlampe, diesen großen, breitschultrigen, blonden, verunsicherten Mann vor sich, war es, als wenn in seinem Innern die letzte Sicherung in einer langen Kette durchbrennen würde. Erbarmungslos schlug er zu.

Parsch war größer als er, doch überrascht und verängstigt. Thomsen dagegen platzierte seine Schläge mit der methodischen Präzision des erfahrenen Boxers und einer Wucht, getrieben von einem überwältigenden Zorn. Der Funker taumelte nach hinten und sackte schließlich in die Knie. Thomsen sah sich kurz um und schlug dann einen rechten Schwinger an sein Ohr, sodass Parsch gegen einen Aluminiumträger knallte, zum Glück aber nicht von dem schmalen Laufgang in die Tiefe stürzte.

Der Funker krümmte sich am Boden, sein Gesicht blutüberströmt und schrecklich verformt. Thomsen beugte sich zu ihm hinunter und zerrte seine rechte Hand vom Boden weg. Es gab ein leises „Knack“, als er ihm mit einer ruckhaften Bewegung den kleinen Finger brach. Parsch wurde vor Schmerzen für einige Augenblicke bewusstlos.

„Ich will alles wissen“, zischte Thomsen, als Parsch wieder die Augen aufschlug, „oder ich werde dich bei lebendigem Leib in Stücke reißen!“

„Witze“, stöhnte der Funker, „doch … bloß … harmlose … Witze …“

Fünf Minuten später hatte Thomsen die ganze Geschichte von den Führerwitzen in Recife erfahren. Es war so erbärmlich. Instinktiv wusste er, dass Parsch ihn nicht belogen hatte. Er hatte seine Wut an einem elenden, aber harmlosen Witzbold ausgelassen – und er hatte wertvolle Zeit verplempert. Wütend stand er auf. Er gab Parsch, der sich am Boden krümmte und jetzt leise wimmerte, einen verächtlichen Tritt und zerrte ihn in das nächstgelegene Abteil. Hinter der Stoffbahn stapelten sich Postsäcke. Hier ließ er sein Opfer liegen, damit es nicht sofort entdeckt werden konnte, dann drehte er sich weg, um wieder in die Gondel zu gehen. Immerhin weiß ich jetzt, wer es nicht sein kann!, dachte Thomsen grimmig.

Ute Schmitz hätte gern gewusst, ob es wirklich einen Verrückten gab, der ihren Zeppelin in die Luft jagen wollte. Gegen zehn Uhr morgens hatte sie zufällig einige Sätze belauscht vom Dauerstreit der Schoschowskis, den diese schon den ganzen Tag geführt hatten. Der Dirigent hatte seiner Frau erzählt, dass etwas Schreckliches mit dem „Hindenburg“ passiert sei – offensichtlich wollte er sie irgendwie unter Druck setzen. Ute Schmitz interessierte sich herzlich wenig für die Ehekrise der Schoschowskis, doch das nebulöse Gerücht über das andere Luftschiff hatte sie nervös gemacht.

In einem ruhigen Moment hatte sie den Zweiten Funker abgepasst. Mit ihrem Aussehen und ihrer Erfahrung war es nicht schwer gewesen, ihm alles zu entlocken, was er wusste. „Aber behalten Sie absolutes Stillschweigen!“, hatte er hinzugesetzt, geschmeichelt von ihrem Interesse. Sie hatte gelächelt und es ihm versprochen – was nicht gelogen war, denn sie dachte nicht im Traum daran, mit einem ihrer Mitreisenden darüber zu sprechen, schon gar nicht mit Steicher.

Danach hatte sie sich für einige Zeit auf ihre Kabine zurückgezogen und ruhig darüber nachgedacht, wie sie der Gefahr begegnen sollte. Sie interessierte sich nicht einen Augenblick lang für die möglichen Motive des potenziellen Attentäters, sondern nahm die Gefahr so hin, wie sie auch eine natürliche Bedrohung hingenommen hätte: als unabänderbar. Es kam ihrer Meinung nach nicht darauf an, gegen solche Dinge anzukämpfen, sondern nur, damit richtig, und das bedeutete: zum eigenen Vorteil, umzugehen.

Der aufgeblasene Funker hatte ihr verraten, dass es „etwas über dreißig Tote“ gegeben habe – bei rund einhundert Menschen an Bord des „Hindenburg". Das, fand sie, war gar nicht so schlecht, bedeutete es doch, dass zwei von drei Insassen davongekommen waren. Das war eine bessere Chance zu überleben als damals im Gefängniskeller in Berlin während der Kämpfe.

Ute Schmitz überlegte sich, welches Schicksal Steicher zu erwarten hätte. Stürbe er, fiele seine Lebensversicherung an seine Familie. Sie ginge dabei auf jeden Fall leer aus. Bliebe Steicher am Leben, wäre er zwar perfekt zu erpressen, denn es wäre ihm wahrscheinlich äußerst unangenehm, wenn bei der offiziellen polizeilichen Untersuchung des Unglücksfalles ans Licht käme, dass er mit seiner Mätresse auf Kosten der Partei nach Südamerika gefahren war. Doch gäbe es dann noch etwas bei ihm zu holen? Was immer Steicher aus Rio mitgebracht haben mochte, es wäre im Falle eines Desasters verloren. Seine Schmuggelware würde verbrennen oder entdeckt und konfisziert werden. Steicher wäre ruiniert.

Sie dachte lange über diese Konsequenzen nach, doch ihr fiel weder ein, wie sie durch Steichers Tod, noch, wie sie durch sein Überleben hätte profitieren können. Der Parteibonze war gestorben – für sie zumindest, denn so oder so würde sie in wenigen Stunden einen bis jetzt höchst profitablen Liebhaber verlieren. Ich sollte diesen Zeppelin sprengen, dachte sie verärgert, dann hätte ich wenigstens das Vergnügen, Steicher in die Luft zu jagen!

Ute Schmitz schlenderte zurück in den Salon, setzte sich hin und lehnte sich entspannt in ihrem Stuhl zurück. Für jeden Beobachter wirkte sie in diesem Augenblick schläfrig und selbstzufrieden wie eine Katze in der Mittagssonne, doch in Wahrheit dachte sie schnell und methodisch nach.

Der Steward deckte den Tisch für das Mittagessen, die Küste Marokkos war voraus in Sicht gekommen. Wenn dem „Graf Zeppelin" wirklich etwas Ähnliches drohte wie dem „Hindenburg", dann auch erst während der Landung, glaubte sie. Bis dahin dauerte es noch mehr als 24 Stunden. Zeit genug, um sich vorzubereiten: bequeme, leichte Kleidung anzuziehen (vor allem flache Schuhe, in denen sie gut laufen konnte), allen wertvollen Schmuck am Körper zu tragen und aus Steichers Brieftasche heimlich alle großen Reichsmarknoten einzustecken.

Zeit genug auch, sich auf dieser Fahrt noch einmal richtig zu amüsieren, etwas Verrücktes zu tun, bevor sie sich in Berlin auf die mühselige Suche nach einem neuen lohnenden Stammfreier machen musste.

Sie musste Steicher nur noch so viel Aufmerksamkeit schenken, dass er nicht einen seiner cholerischen Anfälle bekam, ansonsten aber nahm sie nicht mehr viel Rücksicht auf ihn. Ute Schmitz hatte beschlossen, sich die letzte Nacht an Bord des „Graf Zeppelin“ mit dem jungen, ziemlich verschrobenen Inkaforscher zu versüßen.

Erich Bäcker war in seinem Fach unzweifelbar ein Genie. Das war auch der Grund dafür gewesen, dass er an der Universität eine Blitzkarriere hatte machen können. Doch für ein normales Leben schien er nicht geeignet zu sein. Immerhin hatte er jedoch angefangen, sich um sie zu bemühen. Allerdings war es der stümperhafteste Flirtversuch, den Ute Schmitz je erlebt hatte. Sie fragte sich, ob es auf der ganzen Welt wohl eine Frau gäbe, die von einem minutiös vorgetragenen Bericht über den aktuellen Stand der Forschungen zu den Mondkalendern der Mayas so angetan wäre, dass sie mit Bäcker ins Bett ginge. Sie lächelte. Offensichtlich gibt es eine, dachte sie und legte ihm dann die Hand aufs Bein.

Wenn sie ihm den Lauf einer großkalibrigen Pistole in den Rücken gerammt hätte, hätte er auch nicht verschreckter auf seinem Stuhl sitzen können. Ute Schmitz genoss ihren kleinen Triumph. Für sie war es ein Sieg in einer Reihe von Scharmützeln, an deren Ende die bedingungslose Unterwerfung stand. Seit den Tagen des Kampfes um Berlin wusste sie, dass Männer ihren Willen brechen und sie benutzen konnten. Wenn sie so etwas nie wieder erleben wollte, dann blieb ihr nur ein Weg übrig: den Spieß umzudrehen. Ihre Methoden waren nicht so roh und brutal wie die der Soldaten in jenem Winter, doch ihr Ziel war dasselbe, nämlich die absolute Herrschaft. Steicher mochte in blinder Wut Schläge austeilen, doch gegen sie hatte er nicht wirklich eine Chance. Das war etwas, was er noch nicht wusste, aber innerhalb der nächsten 24 Stunden lernen würde.

Bei Erich Bäcker lag die Sache etwas anders. Er war ein unerfahrenes Jüngelchen, dem eine Frau wie sie mit einer einzigen Geste oder einem Wort das Fundament unter den Füßen wegziehen konnte. Doch da war etwas anderes in seiner Seele, das ihn mindestens so sehr in Aufregung und Konfusion gestürzt hatte wie die Möglichkeit, mit einer Frau ins Bett zu gehen. Dieses Unbekannte in seiner Seele war ihr wahrer Gegner, den sie niederringen musste, wenn sie Erich Bäcker beherrschen wollte.

Ihr verführerisches Lächeln, ihr Charme, ihr Parfum waren genug gewesen, ihn zu verwirren – nicht genug jedoch, um ihn von dem anderen abzubringen, das seine Seele bewegte. Also griff sie zu härteren Waffen und strich langsam und lässig mit ihrer Rechten über seinen Oberschenkel, während sie oberhalb der Tischkante so tat, als passierte nichts, und weiter lächelnd mit ihm plauderte. Bäcker sah aus, als würde er jeden Moment explodieren, sein Gesicht war dunkelrot angelaufen, mit beiden Händen zerrte er an seiner Serviette, und seine Äußerungen kamen über ein gehetztes Stottern nicht mehr hinaus. Sein Glück war, dass sich Steicher, schon ziemlich angetrunken, und Ohlbaum auf der gegenüberliegenden Seite des Tisches angeregt unterhielten und nicht auf ihn achteten.

Ute Schmitz befürchtete nach einigen Minuten, dass Erich Bäcker nun gleich einen Herzinfarkt bekommen würde, also ließ sie ihre Hand zwar auf seinem Bein, bewegte sie jedoch nicht mehr. Umso erstaunter war sie, als er unmittelbar nach dem Mittagessen aufstand, etwas Unverständliches murmelte und eilig, geradezu fluchtartig aus dem Salon in seine Kabine stürzte.

Verärgert sah sie ihm nach. Das war eine Niederlage, mit der sie nicht mehr gerechnet hatte. „Nun erst recht", flüsterte Ute Schmitz entschlossen.

Die nächsten Stunden verbrachte sie damit, ihre Sachen zu packen und Steichers Taschen systematisch zu durchsuchen. Sie steckte 340 Reichsmark ein. Dann setzte sie sich wieder in den Salon und las die Ausgabe von *Vanity Fair*, die sie sich vor der Abfahrt in Rio de Janeiro gekauft hatte.

Sie sah, wie Walter Jaeger mit Sarah Livingston in Richtung der Kabinen verschwand, und fragte sich, wer hier wen unterworfen hatte.

Als sie später aus dem Waschraum kam, überraschte sie den kalten Gestapomann dabei, wie er an der Tür von Sarahs Kabine lauschte. Es war ihr egal, ob er aus beruflichen Gründen hinter den beiden herschnüffelte oder ob ihn diese Indiskretion einfach nur erregte, sie freute sich aber, ihm durch eine kurze, schnippische Bemerkung eins auswischen zu können. Was soll's?, dachte sie gut gelaunt, als sie seinen wütenden Blick bemerkte. Spätestens morgen vor der Landung hast auch du ganz andere Sorgen, mein Freund!

Nervös wartete sie auf das Abendessen. Fast hatte sie befürchtet, dass Erich Bäcker sich ängstlich in seiner Kabine versteckt halten würde, bis sie über Friedrichshafen schwebten, doch zu ihrer Erleichterung wagte er sich hervor, als der Duft von gebratenen Rindermedaillons und gedünstetem Gemüse von der Kombüse durch den Salon bis zu den Kabinen drang.

Er schien ihr sehr nervös zu sein, war einsilbig und vermied es, sie offen anzublicken. Sie bemerkte, wie er sie immer wieder verstohlen ansah, und vermutete, dass es seine Art war, sie zu bitten, da weiterzumachen, wo sie heute Mittag aufgehört hatte.

Von wegen, mein Bester, dachte sie und unterhielt sich betont angeregt mit Steicher. Sie bezwang sogar ihren Widerwillen und fand einige freundliche Worte für Ohlbaum, während sie Bäcker weitgehend ignorierte.

Gegen zehn Uhr abends fuhren sie über Malaga. Steicher brachte drei Toasts aus: auf die Señoritas, auf den Stierkampf und auf den Erfolg General Francos. Dann erhob er sich und machte ihr ziemlich eindeutig klar, dass sie ihm folgen sollte. Ute Schmitz wusste, was das bedeutete. Er wollte seine letzte Nacht im Zeppelin noch einmal „genießen", bevor ihn seine Frau morgen Nachmittag in Friedrichshafen abholen würde – falls sie denn heil bis zum Bodensee kämen.

Da es ihr ein zerschlagenes Gesicht einbringen konnte, ihm nicht zu gehorchen, machte sie gute Miene zum bösen Spiel und verabschiedete sich mit einem Nicken von Ohlbaum. Bäcker war neben ihr höflich aufgesprungen und sah sie verlegen an. Sie gab ihm die Hand. „Bis gleich", flüsterte sie.

In der Kabine war ihr einziger Gedanke, es so schnell wie möglich hinter sich zu bringen. Sie hatte sich vom Steward eine Flasche Cognac mitgeben lassen und schenkte Steicher einen großen Schwenker voll ein. Und während er noch satt und lüstern auf der Bank saß und gerade das Glas zu einem tiefen Schluck ansetzte, entzog sie sich mit einer geschmeidigen Bewegung der grapschenden Umarmung seiner fetten Hände, tauchte unter den gewaltigen Überhang seine Bauches und knöpfte schnell und routiniert seine Hose auf.

Fünf Minuten später hatte sie diese Arbeit erledigt, „auf Französisch", wie Steicher es nannte, „passend zum Namen".

Ihr Freier hatte, während er sich von ihr befriedigen ließ, das Glas abgesetzt und den Cognac direkt aus der Flasche getrunken. Als sie sich aufrichtete, sank er bereits schwer atmend und mit trüber werdendem Blick gegen das Kissen. Sie entwand die Flasche seiner Hand und griff sich wieder das Glas, weil sie ihm den Cognac so besser einflößen konnte. Sie half ihm, den vollen Schwenker zu halten. Steicher wollte einen Schluck nehmen, doch sie hielt das Glas hoch, sodass er drei- oder viermal hastig schlucken musste, bis es leer war. Er lächelte dümmlich. Sie sah, wie seine Augäpfel sich nach oben drehten, dann fielen seine Lider herunter, und er schnarchte.

Ute Schmitz füllte das Glas erneut mit Cognac und setzte es an die Lippen des Schläfers. Steicher würgte und hustete, doch er schluckte alles hinunter, ohne aufzuwachen. Sie wiederholte die Prozedur so lange, bis die Flasche leer war.

„Jetzt könnte man den Zeppelin sprengen und du würdest es nicht einmal merken", flüsterte sie höhnisch. Dann verließ sie die Kabine, ging in den Waschraum, spülte sich gründlich den Mund aus und schminkte sich sorgfältig. Bäcker hatte eine Kabine für sich allein, die letzte auf der Backbordseite, unmittelbar vor den Waschräumen. Sie sah sich kurz auf dem Flur um, bis sie sicher war, dass niemand sie beobachtete. Dann zog sie schnell und energisch die Tür zu seiner Kabine auf, ohne anzuklopfen.

Als Ute Schmitz eilig hineinschlüpfte, starrte Erich Bäcker sie an, als wäre ihm der Leibhaftige erschienen. Er hatte beide Kabinenlampen angemacht und kniete in der engen, hell erleuchteten Kammer auf dem Boden, vor sich auf der Bank einen aufgeklappten kleinen schwarzen Aktenkoffer. „Was wollen Sie hier?“, flüsterte er ängstlich.

Sie lächelte. „Dreimal dürfen Sie raten!“

Sie ging zu ihm, klappte den Aktenkoffer zu und stellte ihn weg, dann knipste sie eine der beiden Lampen aus. Die andere ließ sie noch an, während sie sich langsam auszog, damit er ihren Körper in seiner ganzen Pracht bewundern konnte.

Erich Bäcker blieb auf den Knien am Boden und starrte sie nur mit großen Augen an, sein Gesichtsausdruck eine heillose Mischung aus Angst, Erstaunen und Verlangen. Dann knipste sie auch die zweite Lampe aus.

Anfangs schreckte er vor ihrer streichelnden Hand, vor ihren Küssen, vor der leichtesten Zärtlichkeit zurück, als würde ihr ganzer Körper glühen und eine Berührung mit ihr ihn verbrennen. Doch als sie ihn endlich so weit hatte, dass er nackt neben ihr lag, atmete er plötzlich ruhiger und entspannte sich. Es war, als habe er endlich vor ihrem Ansturm kapituliert und überlasse sich nun ihrem Willen. Als Ute Schmitz sich schließlich rittlings auf ihn setzte, durchströmte sie ein ungeheures Triumphgefühl. Niemand auf der Welt beherrschte in diesem Augenblick einen anderen Menschen so, wie sie Erich Bäcker beherrschte.

CARL PFLUG war zum ersten Mal bewusst geworden, dass er keinen Menschen hatte, mit dem er wichtige Dinge besprechen konnte. Er hatte keine Freunde und nur eine ziemlich ungewöhnliche Familie. Bis zum Donnerstagabend war ihm das nie als Nachteil bewusst geworden, im Gegenteil: er fühlte sich frei und ungebunden in dem Wissen, dass es niemanden gab, der sich um ihn kümmern musste.

Das wilde, groteske Liebesabenteuer mit Annegret Schoschowski hätte er sich noch als unwiederholbare Verrücktheit durchgehen lassen, wenn er nicht den ganzen Freitag über hätte mit ansehen müssen, wie sich die Schoschowskis stritten. Es war dabei nicht die Tatsache an sich, dass sie sich stritten, die ihn so beunruhigte, sondern die Art, wie Annegret Schoschowski auf die heftigen, empörten Vorhaltungen ihres Mannes reagierte. Sie war kühl, überlegen und höhnisch. Pflug hatte das ungute Gefühl, dass sie über ihn redeten, doch wann immer er ihrem Tisch nahe kam, schwiegen sie. Der berühmte Dirigent warf ihm feindselige Blicke zu.

Dann kam natürlich die Sache mit dem „Hindenburg" hinzu. Kapitän von Schiller hatte es ihm Freitagmorgen verraten und ihm strengstes Schweigen befohlen. „Sehen Sie sich unauffällig unter den Passagieren um!", hatte er dann gesagt. „Vielleicht ist ja der Spitzbube unter ihnen zu finden!"

Pflug hatte genickt und die Hacken zusammengeschlagen, wie immer. Sein ganzes Leben lang hatte sein Beruf immer darin bestanden, Anweisungen entgegenzunehmen. Ihn hatte es nie gestört, er fühlte sich vielmehr in der Rolle des unauffälligen, allgegenwärtigen hilfreichen Geistes sehr wohl. Doch diese Order stürzte ihn in Verwirrung. Erwartete der Kapitän vielleicht, dass er die Passagiere verhörte? Oder sollte er heimlich in die Kabinen eindringen und das Gepäck durchsuchen? Er wäre eher mit dem „Grafen" in einem lodernden Feuerball verbrannt, als eine solche Indiskretion zu begehen!

Es genügte, wenn er sich, so gut es ging, bemühte, die Passagiere heimlich zu beobachten und ihre Gespräche zu belauschen. Und schon dabei hatte er das Gefühl, dass sie alle dies schnell bemerkt hatten und ihn nun mit der kalten Verachtung anstarrten, die ehrbare Menschen einem Spitzel gegenüber an den Tag legen. Zu allem Überfluss brachte diese peinliche Selbsterniedrigung nichts ein. Pflug hätte auch nach einem Tag intensiver Beobachtung nicht sagen können, welchem Passagier er ein Attentat zutraute. Oder genauer: Es gab niemanden, bei dem er eine solche Tat für möglich hielt.

Überhaupt war Pflug nicht sonderlich beunruhigt wegen der nebulösen Warnungen aus Friedrichshafen. Er war mit dem „Graf Zeppelin" Hunderttausende von Kilometern gefahren, über dem Atlantik und dem Pazifik, über den amerikanischen Prärien, den Dschungeln Brasiliens, der Tundra in Sibirien; sie hatten den Ausfall mehrerer Motoren überstanden und Stürme abgeritten, in denen große, moderne Schiffe in Seenot geraten waren. Seiner Meinung nach war das Luftschiff so solide, dass keiner der Passagiere in der Lage wäre, es ernsthaft zu beschädigen.

Das Einzige, was Pflug bei der heimlichen Überwachung der Reisenden mitbekommen hatte, war ein weiterer Streit zwischen den Schoschowskis.

Es war am Freitagabend, gerade als sie über die grünen Rebhänge vor Malaga hinwegfuhren. Annegret Schoschowski bezweifelte, dass ihr Mann wirklich ein guter Dirigent war. Pflug konnte Wörter wie „Kasper" und „Zirkusdirektor" verstehen, als sie mit ätzendem Spott seine Qualitäten bestritt. Aus irgendeinem Grund schien sie es sich in den Kopf gesetzt zu haben, ihren Gatten um jeden Preis zu demütigen.

Stunden später, Pflug lag in seinem Verschlag und war zum ersten Mal, seit er auf dem „Graf Zeppelin" fuhr, so nervös, dass er nicht einschlafen konnte, kam ihm ein weiterer, höchst beunruhigender Gedanke. Er erinnerte sich an die Mischung aus wilder Leidenschaft und kühler Überlegung, mit der Annegret Schoschowski ihn hoch in die nächtlich dunkle Hülle gelockt und verführt hatte – und er verband das mit dem Hohn, den sie seitdem für ihren Mann übrighatte. Pflug kam nach langem Grübeln zu dem Schluss, dass sie, wenn sie den großen Dirigenten wirklich mit allen Mitteln demütigen wollte, das kaum besser als durch eine schmutzige kleine Affäre mit einem gesellschaftlich weit unter ihr stehenden Mann tun konnte – mit ihm. Und diese Demütigung konnte natürlich nur funktionieren, wenn sie dafür sorgte, dass Rafael Schoschowski auch davon erfuhr …

Pflug dämmerte langsam, dass er nichts anderes war als eine Waffe, die Annegret Schoschowski in ihrem Ehekrieg gegen ihren Gatten skrupellos eingesetzt hatte. Und Rafael Schoschowski, der bedeutende Künstler, der Freunde und Gönner in den höchsten Kreisen von Partei und Staat hatte, würde er nicht den Mann vernichten wollen, der ihm eine solche Demütigung eingebracht hatte? Und wenn er den Augenblick der Rache gar nicht abwarten wollte? Wäre der exzentrische Dirigent in seiner Leidenschaft nicht unberechenbar genug, den „Graf Zeppelin" in die Luft zu sprengen? So könnte er seine ungetreue Frau und den verachteten Nebenbuhler in den Tod mitnehmen. „Ich fange an, Gespenster zu sehen!", flüsterte der Chefsteward. Ein feiner Film dünner Schweißperlen stand auf seiner Stirn, obwohl der kühle Nachtwind durch die silbrige Hülle pfiff.

Es war Samstag, der 8. Mai, gegen sechs Uhr morgens, als Pflug nach einer langen, schlaflosen Nacht die Tische zum letzten Frühstück auf dieser Fahrt deckte. Elf Stunden noch!, dachte er resigniert. Er ertappte sich bei dem heimlichen Wunsch, dass der „Graf Zeppelin" doch verbrennen und die verdammten Schoschowskis in die Hölle mitnehmen sollte.

Sie fuhren über den Hafen von Barcelona hinweg. Auf den Straßen und Plätzen war es noch fast menschenleer, nur auf den Kais und den wenigen Schiffen im Hafen arbeiteten schon Matrosen und Docker.

Pflug platzierte gerade die letzten Messer und Löffel in präziser Ordnung auf den Tischen, als er erschrocken innehielt: Annegret Schoschowski hatte den Salon betreten, heute wieder mit langem Rock und hochgeschlossener Bluse elegant, aber streng gekleidet, dezent geschminkt und so ausgeruht und heiter wirkend, als hätte sie zehn Stunden erholsamen Schlaf hinter sich. Ihr glattes, ebenmäßiges Gesicht verriet nicht die geringste Regung, als sie Pflug ansprach. „Mein Mann schläft noch. Und von den anderen Passagieren wird wohl niemand in der nächsten halben Stunde schon so weit sein, dass er Ihrer Aufmerksamkeit bedürfte. Wir haben also ausreichend Zeit. Kommen Sie!“

Pflug sah sie fassungslos an. „Gnä' Frau“, stammelte er. Trotz seiner Sorgen konnte er nicht verhindern, dass ein Teil seiner Seele in stolzer Vorfreude bebte, während der andere zurückschreckte und verzweifelt nach einem Ausweg suchte.

Annegret Schoschowski bemerkte sein Zögern und sah ihm in die Augen. „Ich möchte Sie nicht dazu zwingen, obwohl ich es könnte“, sagte sie.

Er verstand sofort, dass sie damit sein Verhältnis mit Amapá meinte, das sie in Recife zufällig beobachtet hatte. Eine offizielle Beschwerde von einer prominenten Passagierin über einen „deutschen“ Chefsteward, der in Brasilien ein halblegales Verhältnis mit einer „Farbigen“ hatte, und irgendein fanatischer Nazi bei der Deutschen Zeppelin Reederei oder im Reichsluftfahrtministerium würde auf der Stelle dafür sorgen, dass er seinen Posten verlor.

Doch statt diesen Trumpf offen auszuspielen, trat sie nah an ihn heran, lächelte, fuhr ihm mit einer langsamen Bewegung ihrer bewundernswert feingliedrigen Hand über die Brust und flüsterte: „Wenn Sie mich haben wollen, dann jetzt. Ich werde Ihnen später nie wieder eine Gelegenheit dazu geben!“

Annegret Schoschowski wartete nicht auf seine Antwort, sondern drehte sich um, ging durch den Salon nach vorn bis zum Flur und dort bis zu der Aluminiumleiter, die nach oben in die Hülle führte. Carl Pflug zögerte nur einen Augenblick, dann folgte er ihr.

WALTER JAEGER konnte sich nicht daran erinnern, wann er das letzte Mal so entspannt aufgewacht war wie an diesem Samstag im Zeppelin irgendwo über der im Morgendunst liegenden spanischen Küste. Milchiges Licht drang durch die Vorhänge, die sie gestern Abend zugezogen hatten. Sarah lag an seiner Seite, das Gesicht fast in seiner Achselhöhle vergraben, als wollte sie in tiefen Zügen den Duft seines Körpers einsaugen. Sie murmelte Unverständliches, bewegte ihren Körper kurz wie eine unwillige Katze und war dann wieder fest eingeschlafen. Er küsste sie behutsam und rührte sich nicht.

Gestern Nachmittag hatte er zunächst nicht gewusst, was er nun tun sollte, als er erst einmal in ihrer Kabine war. Der absurde Vorwand, von ihrem Fenster aus ein Foto machen zu wollen, war ihm spontan eingefallen, doch dann wagte er lange nicht, den nächsten, den entscheidenden Schritt zu machen. Amerikanische Frauen waren so viel freier und selbstbewusster als deutsche, er war sich nicht sicher gewesen, ob Sarahs Entgegenkommen in aller Offenheit nicht genau das war, was es zu sein schien: ein freundliches Angebot, einen ungewöhnlichen Platz für ein Foto zu nutzen. Einige Minuten hatte er am Fenster gestanden und gezögert, hatte gefürchtet, einen Skandal zu verursachen, wenn er sich ihr näherte.

Doch plötzlich war in seinem Geist eine Frage aufgetaucht: Wenn du jetzt nichts mehr riskierst, wann dann? Er wäre für immer an einen Beruf gekettet gewesen, für den er sich schämte, weil er ihn nur wegen der rohen politischen Säuberungen der braunen Machthaber bekommen hatte. Er hätte bis ans Ende seiner Tage mit einer Frau zusammengelebt, die er nicht mehr liebte – für die er nur Dankbarkeit empfand. Er hätte seine zwei Jungen in ständiger Furcht vor ihrem Verrat oder ihrer Verachtung großgezogen – und wäre doch stolz gewesen auf jeden noch so kleinsten Fortschritt, den sie auf ihrem Lebensweg machten.

Als er sich deshalb endlich zu Sarah Livingston beugte und sie küsste, tat er das nicht mit der Vorfreude eines erfahrenen Mannes auf ein schönes, aber unverbindliches sexuelles Abenteuer mit einer jungen Frau, sondern mit der Gier eines Ertrinkenden, dem die Wellen unverhoffterweise einen Rettungsring in die Arme getrieben haben.

Sie hatten sich den ganzen Nachmittag geliebt, bis Jaeger bemerkt hatte, dass es draußen langsam dunkel zu werden begann. Kichernd wie zwei Kinder nach einem gelungenen Streich hatten sie sich angezogen. Nacheinander waren sie in den Salon geschlendert, um mit den anderen das Abendessen einzunehmen, hoffend, dass niemand ihnen die letzten wilden Stunden ansah.

Jaeger glaubte nicht, dass den Livingstons das zeitweilige Verschwinden ihrer Tochter aufgefallen war, ihr Vater wirkte immer angespannter, je näher sie ihrem Ziel kamen, die Mutter immer verdrießlicher, je länger die Fahrt dauerte. Er hatte allerdings den Eindruck, dass Maria Ficcini sehr wohl wusste, was die Tochter der Herrschaften angestellt hatte. Er meinte jedenfalls, dass sie ihn seitdem mit einer kuriosen Mischung aus moralischer Empörung und komplizenhafter Kumpanei behandelte. Jaeger war der Gedanke gekommen, dass die Dienerin möglicherweise Gerry Livingston viel besser kannte, als es ratsam wäre, seiner Frau je zu verraten.

Krauss war dagegen entschieden beleidigt gewesen. Er hatte ihm etwas von „verantwortungslosem Verhalten in dieser ernsten Lage" zugezischt. Dann hatte er sich zu dem Parteibonzen gesetzt und damit begonnen, flüsternd auf ihn einzureden.

Doch Jaeger war in einer Stimmung gewesen, in der er alle Drohungen auf die leichte Schulter nahm. Nachdem ihm der Funker einige rätselhafte, unklare, aber auf jeden Fall reichlich beunruhigende Sätze über „Zeppeline, von denen es bald einiges zu berichten gibt" zugeraunt hatte, war er kurz darauf zusammen mit seinem Kollegen vom *Völkischen Beobachter* zum zweiten Mal an diesem Morgen im Funkraum aufgetaucht und hatte von dem immer unwilliger werdenden Parsch einige weitere Andeutungen zu hören bekommen. Erstmals war der Name „Hindenburg" gefallen. Daraufhin waren sie beide zum Kapitän gestürmt und hatten ihn mit Fragen bombardiert. Der hatte zunächst alles geleugnet, doch als Krauss gedroht hatte, Steicher und allen anderen Passagieren die wenigen Details aufzutischen, die er schon kannte, gab von Schiller nach und erzählte, dass der „Hindenburg" in Lakehurst verbrannt und aus Friedrichshafen eine Warnung vor einem möglichen Anschlag eingegangen sei.

Jaeger war schockiert gewesen über das Ende des größten Zeppelins der Welt, vermutete jedoch einen technischen Defekt als Ursache. Das Gerede von einem Sabotageakt oder Attentat hielt er für eine der üblichen übertriebenen Verschwörungstheorien, denen die braunen Machthaber anhingen. Mal steckten angeblich die Amerikaner dahinter, mal die Briten oder Russen, immer aber „Juden und Bolschewisten".

Krauss kannte die Anweisungen aus dem Propagandaministerium natürlich auch und glaubte tatsächlich an sie. Deshalb beschimpfte er ihn, aufs Äußerste erregt, bis Jaeger nach dem Vorwurf, er sei ein „Weichling", der Kragen geplatzt war. „Ich habe meine Standhaftigkeit schon bewiesen", hatte er so hochmütig wie möglich entgegnet, „schließlich habe ich als Soldat im Weltkrieg an der Front gekämpft – etwas, was Ihnen glücklicherweise erspart geblieben ist!"

Das saß. Sein kleiner, dicklicher Kollege hatte nämlich selbst nie auch nur einen Tag in der Wehrmacht gedient. Krauss war wütend abgezogen und zum zweiten Mal zu Steicher gegangen. Jaeger war sich nicht ganz sicher gewesen, vermutete aber, dass sein ungeliebter Kollege später dann auch beobachtet hatte, dass er mit Sarah Livingston verschwunden war. Das verbesserte die Stimmung des Redakteurs vom *Völkischen Beobachter* natürlich auch nicht gerade.

Doch Jaeger hatte sich an diesem Abend unbesiegbar gefühlt. Er flirtete so heftig mit seiner neuen Geliebten, dass es schließlich sogar Hannah Livingston aufgefallen war und Sarah ihm einen warnenden Blick zuwerfen musste. Doch dann war sie es gewesen, die nach dem Essen Deinhard kommen ließ und einen übermütigen Toast ausgebracht hatte: „Auf die letzte Nacht im Zeppelin!"

Als sich die Livingstons schließlich zurückzogen, lag der Lichtschein Malagas schon hinter dem „Graf Zeppelin". Jaeger wartete, bis Sarah, ihre Eltern und die Dienerin in ihren Kabinen verschwunden waren, ließ noch ein paar Minuten verstreichen, dann nahm er die noch halb volle Flasche Sekt vom Tisch und schlich damit in ihre Kabine.

Sie umarmte ihn, entdeckte den Deinhard und lachte amüsiert. „Weißt du eigentlich, dass ich dafür viel zu jung bin? Bei uns zu Hause ist Alkohol vor dem einundzwanzigsten Geburtstag tabu", flüsterte sie neckisch.

„Wenn das so ist", antwortete er und stellte die Flasche lässig ab, „dann weiß ich etwas anderes, mit dem wir uns die Zeit vertreiben können …"

An diesem Morgen danach schlüpfte Jaeger nun behutsam aus dem Bett, um Sarah nicht zu wecken. In der Nacht hatte ihn kein Albtraum heimgesucht, und Jaeger glaubte, dass seine Geliebte diesen Fluch von ihm genommen hatte.

Er blickte hinunter auf die Küste. Unter ihnen lag eine große Stadt, ein Hafen. Er brauchte einige Zeit, bis er darauf kam, dass es Barcelona sein musste. Bald würden sie über Frankreich sein, das Rhônetal hinauf an den Alpen vorbeifahren und dann den Bodensee sehen. Er hatte noch einen guten halben Tag Zeit, um zu versuchen, Sarah davon zu überzeugen, nicht nur die Nacht, sondern ihr ganzes Leben mit ihm zu verbringen.

Jaeger zog sich schnell an und eilte in den Waschraum. Er hatte keine Zeit mehr zu verlieren. Wenn er wirklich mit Sarah Livingston zusammenleben wollte, dann musste er mit ihr direkt nach der Landung in Friedrichshafen nach Amerika fliehen. Er zweifelte nicht daran, dass sie dabei mitmachen würde, doch er musste ein paar Vorbereitungen treffen, damit das Vorhaben nicht mit einer peinlichen Verhaftung in Deutschland endete.

Gestern Abend war es ihm nicht nur gleichgültig gewesen, dass Krauss allein in ihrer Kabine war und damit sozusagen den endgültigen Beweis für sein Liebesabenteuer geliefert bekam, es hatte ihn geradezu mit einer diebischen Freude erfüllt, sich vorzustellen, wie der kleine, dickliche Parteijournalist auf seinem Bett hockte und vor Neid und Eifersucht dampfte.

Heute Morgen sah er die Sache nüchterner. Krauss würde nach der Rückkehr versuchen, ihn bei der Partei anzuschwärzen, um sich an ihm zu rächen. Also blieb ihm nichts anderes übrig, als seinerseits etwas zu erfinden, was Krauss in der ersten Zeit nach der Landung so beschäftigt halten würde, dass er sich nicht sofort auf ihn stürzen konnte.

Jaegers Gesicht verzog sich zu einem hinterhältigen Grinsen. Warte ab, du kleiner brauner Mistkäfer, dachte er grimmig, du wirst dich noch wundern! Er fischte seinen Notizblock aus der Jacketttasche, legte ihn auf den Rand des Waschbeckens und notierte den Entwurf für einige Telegramme, die er mit „Bruno Krauss“ zeichnete und gleich aufgeben wollte. Es waren Denunziationen.

Jaeger imitierte den Stil empörter Parteimoral, mit dem Krauss seine Artikel zu versehen pflegte. War dieser Thomsen nicht Gestapomann? Gut: Jaeger entwarf ein Telegramm, in dem sich „Krauss“ beim Sicherheitsdienst über die „laxe Dienstauffassung“ und „Verächtlichmachung des Führers in der Öffentlichkeit“ seitens Thomsens beschwerte.

Hatte der weltbekannte Rafael Schoschowski nicht mächtige Förderer in der Partei? Gut: „Krauss“ monierte in einer Meldung an die Reichskulturkammer, dass der Maestro an Bord die abendliche Tischgesellschaft mit lobenden Vorträgen über Felix Mendelssohn Bartholdy, Jacques Offenbach und andere „unerwünschte“ jüdische Komponisten belehrt hatte.

War Augustus Steicher nicht ein hoher Funktionär? Gut: „Krauss“ meldete dem Propagandaministerium empört, dass der Bonze zusammen mit seiner Mätresse nach Brasilien gereist war und damit „dem Ansehen Deutschlands und insbesondere der nationalen Bewegung schwersten Schaden zugefügt“ habe.

Wenn alle drei Telegramme nicht nur an ihre Adressaten, sondern auch noch „zur Kenntnisnahme und Einleitung eventueller zusätzlicher Maßnahmen“ an den Hauptschriftleiter des *Völkischen Beobachters* gingen, dann sollte dies genügen, um einige sehr mächtige Männer gegen den ärgerlichen Quälgeist aufzubringen. Sie würden schon dafür sorgen, dass Krauss kaltgestellt wäre, vielleicht sogar länger als nur für ein paar Stunden. Auf jeden Fall wäre der Parteijournalist so lange blockiert, dass er Jaegers Fluchtpläne mit Sarah Livingston nicht durchkreuzen könnte.

Jaeger verließ den Waschraum und ging zum Salon. Verwundert sah er sich um. Die große Uhr an der Stirnseite gegenüber zeigte kurz nach sechs Uhr morgens an, alle Tische waren akkurat gedeckt – doch niemand war da. Er hatte zwar nicht erwartet, einen der anderen Passagiere um diese frühe Stunde hier anzutreffen, doch dass auch der Steward fehlte, erstaunte ihn.

Achselzuckend ging er weiter und öffnete die Tür zum Funkraum. Das Abteil war leer. Jaeger sah sich misstrauisch um, als könnte sich der Funker irgendwo versteckt halten. Er war sicher, dass Parsch jetzt Dienst hatte. Er wartete noch ein paar Minuten, weil er hoffte, dass der Erste Funker vielleicht nur verschlafen haben könnte, doch nach einiger Zeit wurde ihm klar, dass hier definitiv etwas nicht stimmte.

Er überlegte sich, ob es sinnvoll sein könnte, auf die Brücke zu gehen und das Verschwinden des Funkers zu melden. Das hätte natürlich zur Folge haben können, dass ihn jemand fragen würde, was er denn zu einer so ungewöhnlich frühen Zeit im Funkraum zu suchen habe, und Jaeger wusste, dass er, so trickreich seine fingierten Krauss-Texte auch waren, im direkten Gespräch ein sehr schlechter Lügner war. Was immer er sagen würde, es könnte Misstrauen auslösen. Also ließ er die Telegramme einfach auf dem Tisch neben den Telefunken-Kästen liegen und hoffte, dass der Funker, wann immer er auch käme, die Texte ohne weitere Nachprüfung sendete. Vielleicht war es sogar gut, dass ihn niemand dabei beobachtete.

Als Jaeger gerade den Funkraum verlassen hatte und noch in dem schmalen Gang stand, der Brücke und Salon miteinander verband, erstarrte er vor Schreck. Die Schiebetür zum Salon hatte er vorhin nur halb geschlossen, sodass er nun sehen konnte, wie Krauss und Steicher den Raum betraten.

Der Funktionär sah schrecklich aus: leichenblass, mit dick umränderten Augen, das Weiß der Augäpfel verschwunden unter einem dichten Netz blutrot aufgeplatzter feiner Äderchen, die braune Parteiuniform verrutscht, Spuren von Erbrochenem auf dem Hemd. Krauss hatte verquollene Augen, als hätte er schlecht geschlafen, ein gerötetes Gesicht und trug Jackett und Hose, unter denen noch die Ärmel beziehungsweise Beine seines weißen Pyjamas hervorlugten, seine Füße steckten barfuß in nicht zugeschnürten Halbschuhen. Er redete heftig gestikulierend auf Steicher ein.

Die beiden setzten sich an den vorderen der größeren Tische, direkt neben der Tür zum vorderen Flur. Jaeger drückte sich an die Wand und hielt den Atem an. Sie sprachen wütend über etwas, was mit ihm zu tun hatte, denn er hörte, wie sein Name immer wieder fiel.

Es dauerte einige Zeit, bis Jaeger aus dem wirren Gerede Steichers und den wütenden Attacken von Krauss eine zusammenhängende Geschichte konstruieren konnte. Soweit er verstand, behauptete der Parteifunktionär, dass seine „Sekretärin" ihm letzte Nacht Gift eingeflößt habe und seitdem verschwunden sei. Er sei nur wieder aufgewacht, weil er durch sein eigenes Erbrochenes einen Erstickungsanfall erlitten habe, der ihn im letzten Augenblick aus seiner Bewusstlosigkeit gerissen habe. Dann hatte Steicher auf der vergeblichen Suche nach seiner Mätresse alle Waschräume und Toiletten durchsucht und schließlich die Tür zur Kabine von Krauss aufgerissen, weil er „der einzige verlässliche Parteigenosse an Bord" sei.

Mit ohnmächtiger Wut musste Jaeger mit anhören, dass Krauss die unverhoffte Chance zur Rache am Schopf gepackt hatte. Auch Jaeger sei nicht da – wahrscheinlich sei er es, mit dem die „Sekretärin" die Nacht irgendwo verbringe. Vielleicht seien beide auch die Verschwörer, vor denen sie der Funkspruch aus Friedrichshafen gewarnt habe. Jaeger sei ihm gleich verdächtig vorgekommen. Es würde ihn überhaupt nicht wundern, wenn er gerade in diesem Augenblick für den „Graf Zeppelin" das gleiche Schicksal vorbereitete, das seine Genossen dem „Hindenburg" schon bereitet hätten. Schon vor der Abfahrt in Rio habe er sich verdächtig abfällig über den Zeppelin geäußert.

„Den Hund bringe ich mit eigenen Händen um!", schrie Steicher plötzlich und sprang so heftig auf, dass sein Stuhl nach hinten umkippte. Dann, als gehörte das eine untrennbar zum anderen, im gleichen zornigen Tonfall: „Wo ist dieser verdammte Steward? Gibt es hier keinen Kaffee?"

Krauss war ebenfalls aufgesprungen, über Steichers unerwarteten Wutausbruch sichtlich erschrocken. „Sofort!", rief er beflissen. „Ich werde mal in der Küche nachsehen."

Jaeger wurde blass und blickte sich verzweifelt um. Wenn die beiden ihn jetzt entdeckten, wären sie in ihrem Zustand fähig, ihn ohne Zögern totzuschlagen.

In den Funkraum? Auf die Brücke? Dort würde Krauss unweigerlich nachsehen, sobald er die Küche leer vorfände. Jaeger musste sich verstecken, bis die Blondine wieder auftauchte und Steichers Wut besänftigte oder zumindest auf einen anderen lenkte. Es gab nur einen Weg: Jaeger sprang zur Aluminiumleiter, zog sie mit einem Ruck herunter und kletterte hastig in die Hülle.

TAGESLICHT schimmerte wie fernes, diffuses Polarleuchten durch den Stoff der Hülle und verwandelte das Gewirr aus Aluminiumträgern, Drähten und riesigen Gassäcken in eine unbestimmt glimmende Höhle. Die dünnen Streben der Leiter vibrierten unter Carl Pflugs Händen. Gegenwind, dachte er.

Der „Graf Zeppelin" pflügte durch den Himmel wie ein Wal durch schwere See, jede Windböe war wie ein leichter Stromstoß in allen Teilen des Zeppelins zu spüren. Über ihm kletterte Annegret Schoschowski zum schmalen Mittelgang empor. Er konnte unter ihren Rock sehen und zitterte vor Erregung.

Gewandt wie eine Seiltänzerin balancierte sie über den Gang. Verträumt glitten ihre feingliedrigen Finger über die straff gespannte Hülle einer Gaszelle. Für einen winzigen Augenblick setzte Pflugs Herzschlag aus, denn er hatte plötzlich die Vision, als wolle die strenge, hochgeschlossene, abweisend wirkende Frau wie ein unnahbarer Todesengel durch den Zeppelin gehen und der ganzen Länge nach alle Gaszellen mit ihren langen roten Fingernägeln aufschlitzen. Du wirst langsam verrückt!, sagte er sich und atmete tief durch.

Als sie die Stelle erreichten, an der sie sich schon einmal geliebt hatten, lächelte sie ihn an und begann, ohne zu zögern, damit, sich die Bluse aufzuknöpfen. Da drangen aus der Tiefe Stimmen zu ihnen hinauf.

Pflug konnte weder die Stimmen erkennen noch die Worte verstehen. Er legte den Finger auf die Lippen, um Annegret Schoschowski davon abzuhalten, sich durch ein unbedachtes Wort zu verraten. Sie waren viel zu nahe an der in die Tiefe führenden Leiter und am unteren Laufgang. Der Steward deutete nach hinten.

Sie gingen eilig über den Mittelgang Richtung Heck wie auf einer Brücke, die auf geheimnisvolle Weise durch einen Ozean aus Stoff und Drähten führte. Fünfzig, siebzig, einhundert Meter. Sie passierten die Höhe der beiden vorderen Seitenmotoren, dann der hinteren, schließlich des Heckmotors. Der Gang wurde noch enger und öffnete sich dann plötzlich zu einem Kreuz schmaler Leitern, die nach backbord und steuerbord und nach oben und unten zwischen dunklen Stoffbahnen bis außer Sichtweite führten. „Das sind die Wartungsgänge, die in die Höhen- und Seitenleitwerke führen", flüsterte Pflug. „Wir sind jetzt im Heck des Luftschiffes. Bis hierher kommt während der Fahrt normalerweise niemand." Hier war der Motorenlärm ungefähr so laut wie im Innern eines großen Automobils. Sie lauschten, konnten aber keine Stimmen mehr hören.

Annegret Schoschowski nestelte an den letzten Knöpfen ihrer Bluse und lehnte sich dann entspannt gegen die nach oben führende Aluminiumleiter. „Beeilen Sie sich", sagte sie nüchtern, „wir haben nicht viel Zeit!"

Arthur Ohlbaum hatte eine schreckliche Nacht hinter sich. Sein Rücken schmerzte, weil er stundenlang hinter dem einen schwachen Benzolgestank verströmenden Treibstofffass gekauert hatte; seine Rechte war taub und kalt geworden, bis ihm endlich aufgefallen war, dass er noch immer den schweren Schraubenschlüssel mit aller Kraft umkrallt hielt.

Entsetzt hatte er mit ansehen müssen, wie Parsch von dem Gestapomann fürchterlich zusammengeschlagen wurde. Thomsen hatte von dem Funker etwas wissen wollen, doch Ohlbaum hatte von seinem Versteck aus nicht verstehen können, worum es dabei ging. Hätte Thomsen ihn entdeckt, er hätte ihn wahrscheinlich totgeschlagen wie einen räudigen Hund.

Auch als der Gestapomann sein Opfer in den Verschlag für die Postsäcke geschleift und dann den Laufgang Richtung Gondel wieder verlassen hatte, war Ohlbaum noch lange hinter seiner Deckung geblieben. Er hatte gehofft, dass Parsch irgendwann aus eigener Kraft wieder hervorkriechen würde, doch alles war schrecklich ruhig geblieben. Der stirbt da drinnen!, hatte sich Ohlbaum gesagt und gefühlt, wie eine Welle der Hysterie in ihm emporbrauste.

Schließlich, der erste fahle Morgendämmer drang in die Hülle, hatte er sich doch hervorgewagt und war in das Postabteil geschlichen. Parsch hatte schrecklich ausgesehen, das Gesicht blutverschmiert und auf doppelte Größe aufgequollen, große rote Flecken bedeckten sein weißes Hemd, doch er hatte noch geatmet, wenn auch flach.

Ohlbaum hatte sich davor geekelt, Parsch zu berühren – und sich dann doch überwunden und aus einem Sicherheitsventil des nächstgelegenen Wassersacks nach einigen Mühen so viel Flüssigkeit herausgedrückt, dass er damit einen Putzlappen aus der Werkzeugkiste benetzen und so das Gesicht des Ersten Funkers kühlen und säubern konnte. Schließlich hatte er noch aus den Postsäcken ein möglichst bequemes Lager gemacht und war dann wieder in das Gepäckabteil geschlüpft.

Sein Mut und seine Träume vom „richtigen Leben" hatten ihn verlassen. Ohlbaum klappte nun eilig den Koffer mit Steichers Schatz zu. Er legte ihn oben auf den Stapel des anderen Gepäcks. Nur raus hier!, dachte er, Spuren verwischen und abhauen. Lieber ein Leben lang Buchhalter, als jetzt erwischt zu werden!, sagte er sich. Wenn man ihn hier oben entdeckte, könnte man ihm womöglich auch noch einen Mord in die Schuhe schieben, falls Parsch doch stürbe. Er wollte die Stoffbahn zum Gang gerade hochklappen, als er draußen Stimmen hörte. Mit einem Satz hechtete er zurück zu den Koffern, kletterte hinauf und krallte sich auf der Rückseite wieder an das Gepäcknetz, das ihm nur zu vertraut war.

Er hörte die müden Stimmen der Rudergänger und zweier Offiziere, die sich über den „Hindenburg" unterhielten, während sie langsam achteraus gingen. Dann, in der anderen Richtung, das laute „Klack-Klack" harter Lederschuhe auf Aluminium – Der Steward!, dachte er entsetzt. Frühstückszeit – und er hockte noch immer hier oben!

Er wartete, bis Pflugs Schritte verklungen waren, dann wälzte er sich wieder über das Gepäck. Resigniert blickte er noch einmal Steichers Koffer an, dann fiel sein Blick zufällig auf seine Armbanduhr – und in diesem Augenblick hätte er am liebsten losgeheult wie ein trauriges Kind. Irgendwann in dieser turbulenten Nacht musste er sich heftig gestoßen haben. Das Glas der ZentRa war zerschlagen, ihr helles Zifferblatt zerkratzt, der große Zeiger wie ein schmaler Streifen nasses Papier in einer Rundung nach oben gebogen. Er hielt sie ans Ohr, doch aus dem tonneauförmigen Gehäuse drang kein leises Ticken mehr. Kein Zweifel: Er hatte seine Armbanduhr ruiniert.

Eine einsame Stimme der Vernunft rief in seiner Seele, dass es unverantwortlich sei, wegen einer ZentRa für 35 Reichsmark sein Leben zu riskieren, doch eine andere Kraft bemächtigte sich seiner. „Ich zeige es euch allen!", zischte er vor mühsam unterdrückter Wut, als wären die zusammengeschnürten Koffer eine Schar feindseliger Soldaten.

In blindem Eifer zerrte er Steichers Gepäck wieder heraus, knallte es auf den Boden und riss den Deckel auf. Dann suchte er seinen Koffer, öffnete ihn ebenfalls und stopfte hastig die ersten Stücke aus Gold und Jade zwischen seine Hemden und Unterhosen.

In diesem Augenblick wurde die Stoffbahn des Gepäckabteils geöffnet.

SARAH LIVINGSTON fühlte sich herrlich. Im Halbschlaf hatte sie noch mitbekommen, wie Walter leise aus ihrer Kabine schlich. Er musste vorsichtig sein, damit niemand sie ertappen konnte. Sie lächelte und kuschelte sich tiefer in die Decke. Kaum weniger als den Sex hatte sie in den letzten Stunden die ganze Aufregung darum herum genossen, die romantische Heimlichtuerei, die kleinen Zeichen und Andeutungen beim Abendessen, die verschwörerische Wachsamkeit beim Gang in die Kabine.

Sie träumte von einem Leben mit ihrem Walter, von einer abenteuerlichen Flucht aus Deutschland und auch vor ihren Eltern, von einem großen, hellen Haus irgendwo an der Ostküste, direkt am Atlantik. Sie malte sich aus, wo und wie sie in jedem Zimmer Liebe machen konnten.

Schließlich sprang sie auf. Sarah fühlte sich voller Tatendrang, erfüllt von dem unbändigen Wunsch, irgendeinen ersten Schritt hin zu ihrem Traumhaus zu tun. Sie blickte aus dem Fenster. Der Schatten des „Graf Zeppelin" glitt wie eine riesige schwarze Zigarre über eine endlose Fläche aus flachen Seen, Zypressenreihen, Feldern, Schilf- und Graswiesen, niedrigen Deichen und dunklen Entwässerungsgräben. Einige Tümpel waren schwarz, rostrot oder unnatürlich intensiv blau.

Als sie über einen großen See glitten, der so flach war, dass man von oben bis auf den schlammigen Grund blicken konnte, explodierte unter ihnen eine Wolke aus unzähligen rosafarbenen und weißen Splittern: Flamingos, die den Schatten des „Graf Zeppelin" fürchteten, als wäre er der eines gigantischen Raubvogels. Sie fuhren jetzt über die Camargue.

Das bedeutete, dass sie schon Frankreich erreicht hatten. Noch acht, neun Stunden, schätzte sie, dann waren sie in Friedrichshafen. Ihr blieb nicht mehr viel Zeit. Sarah hatte sich nicht geschämt, Walter ihre Unerfahrenheit einzugestehen, im Gegenteil: Sie hatte gewollt, dass er erfuhr, der Erste zu sein. Doch sie fühlte eine Notwendigkeit, ihm zu beweisen, dass sie trotzdem kein naives Mädchen mehr war. Sie wollte etwas tun, was ihn verblüffen würde, was er bewundern musste. Sie wollte nicht nur seine Liebe, sondern auch seinen Respekt. Und Sarah wusste auch, wie sie das erreichen konnte: mit Daddys Konstruktionszeichnungen.

Sie hatte eine Zeit gebraucht, bis ihr die Idee gekommen war, dass Daddys riesiger Umweg über Südamerika nichts anderes war als ein Haken, wie ihn auch ein gejagter Hase schlägt. Ihr Vater hatte jemanden täuschen oder abschütteln wollen. Wenn er beschattet wurde, dann war es ein genialer Trick gewesen, die Häscher zunächst bis Rio de Janeiro zu locken und dann im letzten Augenblick mit dem Zeppelin davonzufahren. Wer ihm jetzt noch folgen wollte, konnte das nur mit dem Schiff tun – und wäre erst zwei Wochen nach ihm in Europa.

Sarah erinnerte sich an Daddys Unruhe, seine Nervosität, sein Stundenzählen – er war besessen von dem Gedanken, endlich in Deutschland anzukommen. Sie wusste, dass er noch nie etwas Positives über die Nazis gesagt hatte, aber ihr fiel sein Lieblingsspruch ein: „Für ein gutes Geschäft würde ich meine Seele an den Teufel verwetten!" Sarah hatte nur vage Vorstellungen davon, was diese Pläne enthielten, und keine Ahnung, ob sich eher die deutschen Rüstungsfabriken oder Hitlers Geheimdienste dafür interessierten. Klar war ihr nur, dass die Nazis ihrem Vater dafür wahrscheinlich sehr viel Geld angeboten hatten.

Walter hatte ihr in der letzten Nacht nicht viel von seinem Leben erzählt, allerdings genug, dass sie erraten hatte, wie sehr er unter den Nazis litt. Wenn sie mit ihm nach Amerika durchbrennen würde und nebenbei auch noch Hitler und seinen Spießgesellen die geheimen Pläne vor der Nase wegnähme, dann hätte sie für alle Zeiten Walters Respekt gewonnen – und außerdem auf wirkungsvolle Weise verhindert, dass er je nach Deutschland zu seiner Frau zurückkehren konnte, ohne dabei die Verhaftung durch die Gestapo zu riskieren …

Sarah zog sich rasch an, lauschte kurz an der Kabinentür ihrer Eltern und war beruhigt, als sie den Doppelklang ihres Schnarchens hören konnte. Sie eilte durch den Salon und wunderte sich einen Augenblick, wohin der Steward verschwunden war, dachte dann jedoch nicht weiter darüber nach. Der versoffene Parteibonze saß in einem schrecklichen Zustand am Tisch und war eingenickt. Sie vermutete, dass er die ganze Nacht durchgezecht hatte. Aus der Kombüse hörte sie Lärm. Das wird der Steward sein, dachte sie und sprang schnell an der halb geöffneten Tür vorbei. Sie freute sich, dass die Aluminiumleiter zur Hülle bereits heruntergeklappt war, weil sie so kostbare Zeit sparte.

Unentdeckt huschte sie nach oben, eilte den Laufgang hinunter, riss die Plane vor dem Gepäckabteil zurück – und prallte zurück, als wäre sie vor eine Wand geknallt.

Arthur Ohlbaum kniete auf dem Boden, zwei geöffnete Koffer vor sich, eine große goldene Schale in der linken Hand.

„Was machen Sie denn hier?“, stammelte der Buchhalter.

Sarah sah, wie seine Rechte unwillkürlich nach einem gewaltigen Schraubenschlüssel griff. Sie versuchte, beruhigend zu lächeln und mit den Händen eine beschwichtigende Geste zu machen. „Ich glaube …“, sie überlegte krampfhaft, was sie sagen sollte, und suchte nach den richtigen deutschen Worten dafür, dann fuhr sie fort: „Ich habe eine Brosche in meinem Koffer vergessen, die ich heute bei der Landung unbedingt tragen will. Ein Talisman, verstehen Sie?“

„Sie lügen“, entgegnete er nüchtern.

Sarah fragte sich, was dieser unscheinbare Buchhalter hier zu suchen hatte und ob er wirklich so beherrscht war, wie er tat, oder ob sie es mit einem unberechenbaren Geisteskranken zu tun hatte. Sie beschloss, es mit einem verbalen Frontalangriff zu versuchen. „Also gut", sagte sie geschäftsmäßig nüchtern, während sie gleichzeitig unauffällig näher trat und die abdeckende Stoffbahn des Gepäckabteils hinter sich wieder schloss, „ich bin hier, um etwas zu nehmen, was mir nicht gehört – genau wie Sie. Machen wir einen Handel: Ich störe Sie nicht, und Sie stören mich nicht, okay?"

Ohlbaum starrte sie reglos an. Schließlich nickte der Buchhalter und legte den schweren Schraubenschlüssel beiseite. Erleichtert atmete Sarah tief durch.

„Okay", sagte Ohlbaum nüchtern. Ohne länger auf sie zu achten, beugte er sich wieder nach vorn und fuhr damit fort, rätselhafte Objekte aus Gold und Steinen von einem Koffer in den anderen zu packen.

Sarah hatte nicht die geringste Vorstellung davon, was der Buchhalter da gerade trieb. Sie zerrte Daddys Koffer hervor und öffnete ihn. Aus den Augenwinkeln beobachtete sie, wie Ohlbaum interessiert zu ihr herüberstarrte, einen kurzen Blick auf die Pläne warf, erstaunt die Brauen in die Höhe zog – und sich dann wieder hinabbeugte, um die Statuette aus Jade, die er gerade in der Hand hielt, in eine lächerlich altmodische Unterhose einzuwickeln, bevor er sie sorgfältig im rechten Koffer deponierte.

Sarah beachtete ihn nicht mehr, sondern griff sich die Konstruktionspläne und faltete sie so klein wie möglich zusammen. Sie stopfte sie tief in den Ausschnitt ihrer Bluse wie eine Saloontänzerin, die ein Bündel Dollarnoten einsteckt.

Sarah schloss Daddys Koffer wieder und schob ihn zurück auf seinen Platz. „Auf Wiedersehen!", sagte sie zu Ohlbaum. Der Buchhalter blickte nur kurz von seinem geheimnisvollen Schatz auf. Er lächelte dünn.

Sarah eilte den Laufgang zurück. Sie war so aufgeregt, dass sie einen Augenblick lang ernsthaft glaubte, dass das leise Klacken ihrer halbhohen Schuhe auf dem Aluminiumlaufgang genügte, um die ganze Besatzung zu alarmieren. Doch sie kam unentdeckt bis in die Gondel. Als sie aber gerade wieder von dem schmalen Flur in den Salon treten wollte, wurde die Schiebetür von innen aufgerissen – Thomsen stand vor ihr. Hinter seiner linken Schulter konnte sie die Spitzen des zerzausten Haarschopfes von Professor Forster erkennen. „Was suchen Sie hier?", herrschte der Gestapomann sie an.

Sarah versuchte, ihren Schreck zu unterdrücken. „Ich suche den Steward. Haben Sie ihn vielleicht irgendwo gesehen?", antwortete sie treuherzig.

Thomsens Miene blieb so unbeweglich, dass sie nicht einmal erkennen konnte, ob er sie überhaupt verstanden hatte. Schließlich nickte er. „Würden Sie bitte wieder in den Salon gehen“, sagte er mit der kalten Höflichkeit, die er schon seit Beginn der Fahrt an den Tag gelegt hatte und die Sarah beunruhigender fand als den kurzen unbeherrschten Ausbruch von vorhin. „Ich kümmere mich darum“, versprach er mit eisigem Lächeln.

Die hochnäsige, rotzfreche junge Amerikanerin erinnerte Thomsen an ein Mädchen aus der Nachbarschaft, als er noch auf die Oberschule ging. Sie hatte immer wieder über ihn gelacht, hatte ihn verspottet – bis er ihr mit einem wohlgezielten Schlag drei Vorderzähne ausgeschlagen und noch viel Schlimmeres angedroht hatte.

Er spielte kurz mit dem Gedanken, Sarah Livingston ein für alle Mal ihre unerträgliche Arroganz auszutreiben, doch war dies nicht der richtige Augenblick. Zu viele Zeugen. Außerdem hatte er nicht mehr viel Zeit. Thomsen schluckte seinen Ärger hinunter und schickte die Amerikanerin in den Salon zurück.

Er war die ganze Nacht wach geblieben, hatte einsame Streifengänge durch die Gondel gemacht und darauf gelauert, dass einer der Passagiere aus seinem Versteck kriechen und sich verraten würde. Doch die meisten hatten ganz andere Dinge im Kopf gehabt, als den „Graf Zeppelin“ in die Luft zu jagen.

Jaeger hatte es mit der Amerikanerin getrieben, aber auch aus der Kabine der beiden alten Livingstons waren eindeutige Laute gekommen – und sogar aus der Kabine des verklemmten Indianerforschers. Thomsen vermutete, dass dieser irgendwie die italienische Dienerin der Amerikaner herumbekommen hatte.

Als Thomsen gehört hatte, wie der Steward zur Vorbereitung des Frühstücks herunterkam, hatte er sich in einen Waschraum zurückgezogen und so lange Wasser über sein Gesicht laufen lassen, bis er sich wieder einigermaßen frisch gefühlt hatte.

Dann hatte er Forster geweckt. „Sie sind doch Arzt – ich habe Beschäftigung für Sie, damit Sie Ihre Zeit nicht mehr mit Schundromanen vertrödeln müssen!“

Steichers desolater Zustand hatte ihn erzürnt, die Begegnung mit Sarah Livingston hatte seine Laune auch nicht gerade verbessert – und als er an der Kombüse vorbeiging, sah er Krauss in einer lächerlichen Kombination aus Schlaf- und Straßenanzug zwischen großen Kannen hantieren.

Der Journalist blickte auf und wurde rot. „Ich mache Kaffee", sagte er, sah dabei aber so schuldbewusst aus, als sei er bei etwas Verbotenem ertappt worden. „Der Steward ist nicht da", setzte er lahm hinzu.

„Das haben andere vor Ihnen auch schon bemerkt", entgegnete Thomsen bissig. Er brauchte sich nicht umzudrehen, um zu wissen, dass Professor Forster die beiden lächerlichen Parteigenossen mit erstauntem Unglauben anstierte.

Thomsen fragte sich, was an diesem Morgen los war. Hatte es etwas mit dem Anschlag zu tun, drehten die Leute durch vor Angst? Der Koch kam gerade die Aluminiumleiter herunter, als er hochklettern wollte. „Na endlich!", raunzte er ihn an. „Da ist schon ein Gast in der Kombüse, der sich Kaffee machen will."

Der Koch sah ihn nur erstaunt an. „Aber der Steward hat doch schon seit einer halben Stunde Dienst!", entgegnete er.

Das ist kein Zufall mehr!, dachte Thomsen. „Kommen Sie, Herr Professor", sagte er zu Forster. „Ich zeige Ihnen ein lohnendes Studienobjekt und mache mich dann auf die Suche nach diesem verdammten Steward!" Thomsen wollte sich im Innern der riesigen Hülle umsehen, war aber inzwischen zu misstrauisch geworden, um seinen Gefangenen allzu weit hinter sich zurückzulassen, also hatte er ihn gezwungen mitzukommen. Sollte der Professor doch etwas mit dem Anschlag zu tun haben, war Thomsen zumindest nie weit entfernt.

Er brachte Forster zu Parsch. Sofort sah er, dass sich jemand in der Nacht um diesen gekümmert haben musste. Schon bereute es Thomsen, seinen Gefangenen bis hierhergeführt zu haben. Er hätte ihn besser auf dem Laufgang warten lassen sollen. Thomsen hatte sich in der Nacht, als sein erster Zorn verraucht war, überlegt, dass es zu viele Scherereien geben würde, wenn er den Ersten Funker des „Graf Zeppelin" einfach sterben ließe. Forster war der einzige Arzt an Bord, also hatte er ihn bis ins Postabteil gezerrt.

Der Professor starrte abwechselnd auf Thomsen und den Verletzten. Schweigend kniete er sich hin, klappte seinen altertümlichen Arztkoffer auseinander und fing an, sich um den Ersten Funker zu kümmern. Thomsen ließ die beiden widerstrebend allein. Er hoffte, dass Forsters ärztliches Ehrgefühl groß genug war, dass er bei dem Verletzten blieb. Der sollte dich so beschäftigen, dass du nicht auf dumme Gedanken kommen kannst!, dachte er.

Als er wieder auf den Laufgang trat, kamen ihm Krauss und Steicher entgegen. Der Parteifunktionär hielt seine Dienstpistole in der Faust, zitterte aber so stark, dass ihr Lauf wilde Kreisbewegungen machte.

Winzige Kleinigkeiten, geringste Widersetzlichkeiten und ungewollte Kränkungen konnten Thomsen bis zur Weißglut zornig machen, doch seine große Stärke war es, in Momenten echter Gefahr so ruhig zu bleiben, als grüble er über die Eröffnung eines Schachspieles nach.

Thomsen wusste, dass schon ein paar durch die Reibungshitze der hohen Schussgeschwindigkeit heiß gewordene Kugeln ausreichen mochten, hunderttausend Kubikmeter Wasserstoffgas in ein Höllenfeuer zu verwandeln.

Steicher war wütend und betrunken genug, dass er sein Magazin jederzeit in eine der Gaszellen pumpen konnte. „Thomsen!“, brüllte er im Kasernenhofton. „Ich brauche Sie, Deutschland braucht Sie! Es sind bolschewistische Verschwörer an Bord!“

„Selbstverständlich“, antwortete Thomsen in normaler Lautstärke und lächelte kalt. Er musste dem erregten Parteifunktionär die Pistole abnehmen, ohne dass dieser auch nur einen einzigen Schuss abfeuern konnte, egal wohin. Doch er hatte es leichter als gedacht. Thomsen ging den beiden entgegen und hob die Hand zum Führergruß: „Heil Hitler!“

Steicher glotzte ihn zwei Sekunden lang mit leerem Blick an, dann hatte er endlich verstanden. Mit fahrigen Bewegungen legte er die Pistole von der rechten in die linke Hand, nahm mühsam Haltung an und hob die Rechte ebenfalls zum Führergruß.

In diesem Augenblick schlug Thomsen zu. Sein blitzschneller Haken traf Steicher so hart am Kinn, dass der Parteifunktionär lautlos zusammensackte wie ein Kartenhaus in einer Windböe. Seine Pistole glitt ihm aus der Hand, fiel am Laufgang vorbei, schlug zweimal mit hellem, metallischem Klang gegen einen Aluminiumträger, stürzte dann auf die Stoffbahnen unter dem Kiel und rutschte schließlich außer Sicht.

Krauss starrte ihn mit offen stehendem Mund an, erleichtert, empört und verängstigt zugleich. Thomsen lächelte ihn höhnisch an. „Parteigenosse Steicher scheint sich nicht recht wohlzufühlen“, sagte er mit ätzendem Spott, „ich halte es für besser, wenn Sie ihn in seine Kabine bringen würden.“

FÜR HEINRICH PARSCH war die Welt dunkel geworden. Jede feine Vibration schüttelte seinen Körper durch, als läge er auf der Folterbank, das Seufzen der Gaszellen vermischte sich mit dem Dröhnen des Blutes in seinem Kopf zu einem rhythmischen Hohngesang. Sein Gesicht fühlte sich an, als hätte ihm jemand die Haut abgezogen. Seine rechte Hand war manchmal so kalt und gefühllos, als hätte man sie ihm abgehackt, dann plötzlich war jeder Pulsschlag wie ein Hammer, der seinen kleinen Finger zu Brei schlug.

Er dachte nicht über die letzten Stunden nach, spürte keinen Hass auf Thomsen oder den Zweiten Funker, der ihn verraten hatte, hatte nicht einmal einen Gedanken für seine schwangere Verlobte übrig. Nur ein Wille beherrschte ihn, bleib oben wie ein kleines Schiff in einem Meer aus Schmerzen: Nicht in die Schwärze stürzen!

Irgendwann glaubte er, dass sein Gesicht etwas weniger brannte, spürte etwas Kaltes und Flüssiges auf seinen Lippen – doch das ging schnell wieder vorbei.

Doch auf einmal – wie ein Motor, der, schon längst aufgegeben, plötzlich doch noch anspringt – war er wieder in der Welt. Die Schmerzen waren fürchterlich, aber nicht mehr so schrecklich irreal, so als seien sie Feuer irgendwo außerhalb seines Körpers, wie sie es zuvor gewesen waren. Er trank Wasser, hustend und würgend zwar und mit Schmerzen in den Eingeweiden, aber er trank. Er spürte einen Stich in seiner Armbeuge, dann breitete sich eine warme Flüssigkeit in seinem Körper aus.

Parsch schlug mühsam die blutverklebten Augenlider auf. Er lag in seinem Verschlag. Da waren die besorgten Gesichter zweier Mechaniker, der Zweite Offizier, Kapitän von Schiller – und der seltsam zerzauste deutsche Professor aus Brasilien.

Wie aus einem langen, dünnen Tunnel hallte eine schwache Stimme zu ihm. Es war der Kapitän: „Was ist passiert?“

Der Erste Funker schloss die Augen. Wenn er ihnen von Thomsens brutalem Angriff erzählte, dann musste er früher oder später auch die Gründe dafür erwähnen. Doch er hatte die Hoffnung noch nicht aufgegeben, dass der Kapitän die Sache mit den Führerwitzen für sich behalten würde. Also wollte er vor den anderen auch nichts andeuten. „Bin von der Leiter gefallen“, stöhnte er schließlich mühselig und versuchte, sein zerschlagenes Gesicht zu einem matten Grinsen zu verzerren.

Ute Schmitz rekelte sich wie eine Katze. Erich Bäcker war ein ziemlich schlechter Liebhaber gewesen, was sie nicht weiter verwundert hatte, schließlich hatte sie schon vorher gewusst, dass sie nicht mit Rodolfo Valentino ins Bett gehen würde. Sie war trotzdem auf ihre Kosten gekommen. Helles Morgenlicht flutete durch das Fenster.

Sie seufzte. Es war unwahrscheinlich, dass Steicher in den nächsten Stunden aufwachen würde, doch hielt sie es trotzdem für ratsam, bald in seine Kabine zurückzukehren, um ihn nicht misstrauisch zu machen. Sie streckte den Arm nach ihrem neuesten Liebhaber aus, um ihn zu wecken, damit sie sich noch einmal auf gebührende Weise von ihm verabschieden konnte. Doch Erich Bäcker war nicht da.

Missmutig stand Ute Schmitz auf und trat zum Fenster. Sie blickte auf Schwärme ängstlicher Flamingos, die auseinanderstoben wie gigantische rosafarbene Silvesterraketen. Sie schlug wütend gegen das Glas und wandte sich ab. Aus einer Laune heraus ging sie zum Spind und tastete die Taschen des einzigen dort hängenden, ziemlich billigen Anzugs nach Hinweisen ab, die ihr Bäckers rätselhaftes Wesen vielleicht erklärlicher machen konnten – nichts.

Sie griff nach der schäbigen Reisetasche, die auf der oberen Ablage stand, und wäre beinahe nach hinten weggekippt. Die Tasche war überraschend schwer.

Als Ute Schmitz sie öffnete, sah sie den Grund dafür: Bücher. Wörterverzeichnisse der Inkas, archäologische Grabungsberichte, Sonderdrucke wissenschaftlicher Zeitschriften, voluminöse Kupferstichreproduktionen von Maya-Hieroglyphen.

Doch obenauf lagen vier Zeitschriften. Erstaunt holte sie eine davon hervor. Es war eine Nummer der *Arbeiter Illustrierten Zeitschrift*, die bekannteste Zeitschrift linker deutscher Exilanten. Das Titelbild zeigte eine Fotomontage von Hitler, der mit seinem Gruß Tausenden von jungen Männern den Weg in ein Massengrab wies, darunter der Titel: „Ich führe euch ins Dritte Reich!“

Ute Schmitz glotzte die Illustrierte an, als wäre sie pures Gift. Wer eine solche Zeitschrift offen in seinem Gepäck mit nach Deutschland brachte, musste vollkommen verrückt sein. Oder aber …

Sie setzte sich langsam auf die Bank. Oder aber, Erich Bäcker rechnete fest damit, niemals in Deutschland anzukommen …

Sie blickte sich in der engen Kabine um. Der schwarze Aktenkoffer, an dem Erich Bäcker gestern hantiert hatte, war ebenfalls verschwunden.

Walter Jaeger verfluchte die beiden bornierten Nazis, die ihn bis in die Hülle getrieben hatten. Zunächst hatte er sich oberhalb der Aluminiumleiter auf den Laufgang gestellt, um dort zu warten, bis Ute Schmitz endlich aufgetaucht wäre.

Doch plötzlich waren Geräusche aus dem Gepäckabteil gekommen, jemand hatte dort mit schweren Koffern hantiert. Jaeger hatte vermutet, dass es ein Mann aus der Besatzung wäre, der am Tag der Landung noch einmal das Gepäck sichern wollte. Er hatte keine Lust gehabt, sich peinliche Fragen nach dem Zweck seines Versteckspiels stellen zu lassen, also hatte er sich hastig umgesehen. Eine schmale Leiter führte nach oben.

Jaeger war sie eilig hochgeklettert. Er stand auf dem schmalen Gang, der durch die Mitte der riesigen Hülle führte. Unter den sanft pulsierenden Gassäcken fühlte er sich wie ein Artist auf einer dünnen, aber unendlich langen Tribüne unter einem irrwitzig großen Zirkuszelt.

Der „Graf Zeppelin" kämpfte mit einem heftigen Seitenwind. Erschrocken bemerkte Jaeger, dass der Gang und das ganze riesige Aluminiumskelett sich bewegte, sich bog und krümmte unter dem Druck von Windböen und dann elastisch zurückfederte wie ein dicker Ast im Sturm.

So deutlich wie nie zuvor hatte Jaeger den Eindruck, sich nicht in einem von Menschenhand geschaffenen technischen Meisterwerk zu bewegen, sondern in einem schwebenden Lebewesen aus grauer Vorzeit, mit Knochen, Muskeln und gewaltiger Lunge.

Er rannte los Richtung Heck. Bald konnte er den Aufgang zur Leiter nicht mehr hinter sich sehen, während der Gang vor ihm scheinbar unendlich weit durch eine geheimnisvolle Welt aus Stoff, Aluminium und Gas führte. Keuchend hielt er an und lauschte, dann stutzte er, kniete sich hin. Der Boden des Ganges vibrierte unregelmäßig und erzitterte gelegentlich wie unter fernen Stößen. Oder Schritten. Jaeger kniff die Augen zusammen und versuchte, das Halbdunkel vor ihm zu durchdringen. Irgendwo dort war jemand.

Jaeger richtete sich vorsichtig wieder auf und schlich weiter. Nach ein paar Augenblicken konnte er einen Schatten erkennen, einen kleinen schwarzen Klecks auf dem metallisch schimmernden Gang: ein kniender Mensch.

In diesem Augenblick wurde Jaeger bewusst, dass die Funkwarnung aus Friedrichshafen mehr war als das Produkt eines durchgedrehten politischen Verfolgungswahns. Er spürte, wie seine Handflächen feucht wurden. Als er ein paar Schritte weitergeschlichen war, erkannte er den anderen: Erich Bäcker, der verklemmte Indianerforscher.

Er kniete auf dem Gang, zwar mit dem Gesicht zu Jaeger, jedoch gebeugt über einen offenen schwarzen Aktenkoffer, in dem er etwas zusammenzubauen schien. Einige Drähte ragten über den Rand des Koffers, die er gerade mit hastigen, zitternden Bewegungen zurückbog und irgendwo im Innern befestigte. Dann nahm er einen kleinen Reisewecker zur Hand, den er ebenfalls mit einigen Drähten verband, bevor er ihn vorsichtig zurücklegte.

„Was machen Sie da, Sie Wahnsinniger?!“, rief Jaeger und rannte los.

Bäcker blickte auf, das Gesicht weiß und schweißglänzend vor Angst, dann sprang er auf die Füße. „Stehen bleiben!“, schrie er. Seine Stimme klang vor Aufregung so hoch wie die eines Jungen im Stimmbruch. In der Hand hielt er eine schwarze, schwere Pistole.

Jaeger hielt abrupt inne. Verzweifelt überlegte er, wie er näher an den anderen herankommen könnte. „Warum tun Sie das?“, fragte er, bemüht, seine Stimme so ruhig wie möglich klingen zu lassen.

„Sie würden mich nicht verstehen“, presste Bäcker hervor, während er in die Knie ging und mit der Linken den Aktenkoffer vorsichtig schloss und aufhob.

Für ein paar endlose Sekunden folgten Jaegers Augen den langsamen, unbeholfenen Bewegungen, als wäre Bäckers linker Arm eine Schlange, die ihn in ihren Bann gezogen hatte.

„Du naiver Idiot!“, rief plötzlich jemand.

Jaeger fuhr erschrocken zusammen, wagte jedoch nicht, sich umzudrehen, solange die großkalibrige Waffe direkt auf seine Brust gerichtet blieb. Es war eine weibliche Stimme.

Bäcker sah über ihn hinweg nach vorn den Gang hinab und wurde plötzlich dunkelrot im Gesicht. „Was willst du hier?“, stotterte er.

Jaeger spürte das Zittern von Schritten auf dem schmalen Gang, roch einen leichten Hauch teuren Parfums und fühlte, wie jemand seine Schulter packte, um sich an ihm vorbeidrängen zu können. Es war Ute Schmitz. Sie hatte nichts mehr von der kühlen Unnahbarkeit, die sie sonst an den Tag legte.

Sie sah Bäcker wütend an. „Was denkst du, wer du bist?“, fauchte sie und näherte sich ihm weiter. Die Pistole in seiner Hand schien sie überhaupt nicht zu beachten.

Bäcker druckste herum wie ein verlegenes Schulkind. „Bitte geh!“, flehte er.

„Ich habe dich letzte Nacht ohne Bezahlung gebumst, das gibt dir jedoch noch lange nicht das Recht, mich und alle anderen im Zeppelin einfach in die Luft zu sprengen!“, schrie sie.

Jaeger begriff nicht richtig, was sie damit meinte, doch Bäcker schien sie nur zu gut zu verstehen. Er wurde noch um eine Spur dunkler und fuchtelte verlegen mit der Rechten in der Luft herum – der Hand, die die Waffe hielt.

Doch als Jaeger gerade losspringen wollte, war Ute Schmitz schon an Bäcker heran. Mit einer ruckartigen Bewegung riss sie das Bein hoch und rammte ihr Knie in seine Lenden, dann griff sie nach seiner Rechten und zerkratzte ihm dabei den Unterarm. Polternd fiel die Waffe zu Boden, doch dann hatte sich Bäcker gefangen und gab seiner Angreiferin einen schweren Stoß.

Ute Schmitz taumelte nach hinten und kippte in einer seltsam langsamen, rollenden Bewegung über den Rand des Ganges. Blitzschnell griff sie zu und krallte sich mit den Händen in die Verstrebungen eines Aluminiumträgers.

Dann war Jaeger heran. „Lassen Sie das!“, keuchte sie wütend, als er ihre Handgelenke packte. „Rennen Sie hinter dem Verrückten her, er hat die Bombe!“

Jaeger ignorierte sie und zog sie wieder auf den Gang herauf, wo sie schwer atmend liegen blieb. Erst dann machte er sich an die Verfolgung Bäckers.

Der Gang zitterte unter den Laufschritten der beiden Männer. Jaeger taumelte mehrmals und wäre einmal beinahe in die Tiefe gestürzt. Dann sah er, wie Bäcker, der vielleicht 15 Meter Vorsprung hatte, eine schmale Leiter erklomm, die zwischen den Stoffwänden zweier riesiger Traggaszellen nach oben führte.

Gleich darauf kletterte Jaeger hinterher. Der Indianerforscher war schon am oberen Ende und klappte eine schwere Stoffbahn zurück. Helles Tageslicht flutete plötzlich in den Schacht – die Leiter führte ins Freie.

Als Jaeger endlich auch oben war, setzte sein Herzschlag für einen Augenblick aus. Er kroch auf die Oberfläche des „Graf Zeppelin“ wie ein Insekt auf den Rücken eines Wals. Jaeger erinnerte sich vage daran, dass der Kapitän ihm erzählt hatte, dass die Besatzung während der Fahrt sogar Reparaturen an der Außenseite vornehmen konnte.

Der straffe, aluminiumhaltige, blank polierte Außenstoff der Hülle gleißte im Morgenlicht wie ein riesiger, nach beiden Seiten zuerst sanft, dann steil in die Tiefe abfallender Spiegel. Über ihnen erstreckte sich eine tiefblaue, wolkenlose Himmelskuppel, von unten drangen schwache, verwehte Motorengeräusche herauf. Rechts schimmerte am Horizont weiß die gezackte Kette der Alpen wie die Wellen eines urzeitlichen Riesenozeans, die beim Heranbranden plötzlich für alle Zeiten erstarrt waren. Der Fahrtwind von einhundert Stundenkilometer Geschwindigkeit und tückische seitliche Windböen tobten über die makellose abschüssige Silberfläche.

Jaeger warf sich flach auf die Hülle, die nach Regen, Öl und Imprägnierung roch, damit ihn der Wind nicht auf die in den Abgrund knickenden Seiten drücken konnte.

Dünne schwarze Halteleinen spannten sich knapp fünf Zentimeter über dem Stoff der Hülle entlang dem ganzen Rücken des „Graf Zeppelin". Bäcker war an ihnen entlang losgekrochen Richtung Heck, wo das obere Leitwerk in der Ferne aufragte wie eine scharfe, in der Luft schwebende Felsenklippe.

Jaeger glaubte, sein Herz müsste jeden Moment zerspringen. Selbst während des ersten feindlichen Trommelfeuers im Krieg hatte er nicht so viel Angst gehabt wie jetzt. Doch er sah, dass er Bäcker einholen konnte.

Der Indianerforscher war zehn, zwanzig Meter weit gekrochen, aber dann lag er starr und verkrampft auf der Hülle, das Gesicht gegen den Stoff gedrückt, mit der Rechten eine Halteleine umkrallend, die Linke mit dem Aktenkoffer diagonal vom Körper weggestreckt.

Jaeger schob sich langsam vollständig aus dem über der Leiter liegenden Mannloch, atmete tief durch und robbte los. Für einen Augenblick krallte er sich in einer Welle der Panik fest, weil der Fahrtwind in seine Hosenbeine fuhr und er das Gefühl hatte, mit unbändiger Kraft Richtung Heck und dann darüber hinaus in die Tiefe gedrückt zu werden. Es dauerte einige Sekunden, bis er sich wieder beruhigt hatte. Zentimeter für Zentimeter kämpfte er sich weiter voran, bis er endlich den anderen erreicht hatte.

„Ich bin nicht schwindelfrei", brüllte Bäcker immer wieder, „ich bin nicht schwindelfrei!" Es klang wie eine archaische Trauerlitanei voll tiefster Verzweiflung.

Jaeger griff nach dem schwarzen Aktenkoffer und hatte keine Mühe, ihn seiner Hand zu entwinden. Er richtete sich halb auf und schleuderte ihn in großem Bogen von der Hülle. Wie ein taumelnder, orientierungsloser Vogel segelte er durch die Luft, stürzte am silbrigen Rand des Zeppelins vorbei und verschwand lautlos in der Tiefe.

„Warum?", schrie Jaeger. „Warum wollten Sie uns alle töten?"

„Das kann ich nicht sagen", gab Bäcker kläglich zurück. Er war nur noch ein Nervenbündel, zitternd und heulend wie ein misshandeltes Kind krallte er sich fest, unfähig, sich noch zu bewegen.

Zorn wogte wie eine Welle durch Jaegers Geist und verdrängte die Angst.

„Zum Teufel mit Ihnen!“, schrie er. „Ich krieche jetzt zurück und lasse Sie hier hängen, bis der Wind stärker ist als Sie! Ich helfe Ihnen nur, wenn Sie mir alles sagen!“

„Forster darf nicht nach Deutschland!“, gab Bäcker zurück, körperlich und geistig am Ende.

Jaeger sah, dass der verrückte Indianerforscher tatsächlich gleich die Kraft verlieren und in die Tiefe stürzen würde, also packte er ihn am Gürtel. Mühsam kämpfte er sich zurück, eine Handbreit nach der anderen robbte er mit seiner Last gegen den heulenden Fahrtwind. Es dauerte eine halbe Ewigkeit, bis er endlich die oberste Sprosse der Aluminiumleiter umklammert hielt. Ungeheure Erleichterung durchströmte ihn.

Er zerrte Bäcker neben sich in das enge Mannloch und schloss die schwere Stoffbahn über ihren Köpfen.

Jaeger sah Bäcker, dem noch immer die Tränen über die Wangen liefen, mit einer Mischung aus Mitleid, Verachtung und Wut an. „Ich will die ganze Geschichte hören, bevor wir hier hinuntersteigen!“, sagte er in leisem, aber unerbittlichem Ton.

Bäcker bot ein groteskes Bild, wie er sich, umgeben von sanft zitternden dunklen Stoffbahnen, an die Aluminiumleiter klammerte und mit hängendem Kopf anfing zu erzählen. „Wir sind eine kleine Gruppe von Nazigegnern“, flüsterte er, „Kommunisten, Sozialisten, aber auch einige Konservative alten Stils, die die braunen Machthaber verachten. Wir sind alle an der Universität, Professoren, Assistenten, einige Studenten – in vielen Fächern. Zwei von uns sind Ärzte, und die haben vor einiger Zeit durch puren Zufall ein Gerücht gehört.“

Er drückte seinen Kopf gegen eine Aluminiumsprosse, und Jaeger befürchtete, dass er einen Weinkrampf bekommen könnte. „Weiter!“, drängte er.

„Hitler ist krank“, sagte Bäcker tonlos. „Der Führer hat irgendetwas am Gehirn, wir konnten nicht herausfinden, was – denn das ist natürlich alles äußerst geheim. Er soll angeblich innerhalb von wenigen Tagen behandelt werden müssen, sonst sterbe er. Und angeblich gibt es nur drei Neurologen auf der Welt, die diesen Eingriff durchführen können. Zwei sind Professoren in den USA, der dritte ist Professor Forster.“

Jaeger starrte den Indianerforscher an. Was er sagte, klang ungeheuerlich.

„Sonderflugzeuge der Luftwaffe kämen zur Not bis Nord- oder Südamerika, aber das ließe sich niemals geheim halten. Ansonsten gibt es auf der

Welt nur zwei Gefährte, mit denen man Menschen schnell genug von Kontinent zu Kontinent bringen kann: den ‚Hindenburg' und den ‚Graf Zeppelin'." Bäcker klang jetzt so teilnahmslos, als referiere er über etwas, das ihn persönlich gar nichts mehr anging. „Wenn wir die beiden Zeppeline zerstören, dann können die Ärzte niemals rechtzeitig in Berlin sein. Hitler wäre verloren. Bei dem ‚Hindenburg' hat es geklappt ..." Er seufzte. „Der ‚Graf Zeppelin' war schon unterwegs nach Brasilien, als unsere Gruppe von Hitlers Krankheit hörte. Es gab nur einen aus unserem Kreis, der zufällig bereits in Südamerika war und damit die Gelegenheit hatte, das Luftschiff abzufangen – mich." Bäcker zuckte die Achseln. „Ich hatte keine Chance, vor dem Start in Rio meine Bombe irgendwo zu platzieren, also blieb mir nichts anderes übrig, als mitzufahren. Den Rest der Geschichte kennen Sie."

Jaeger blickte ihn lange an und nickte dann. „Ja", sagte er müde, „den Rest der Geschichte kenne ich." Er wollte lachen über dieses wilde Gerücht von der geheimnisvollen Hirnerkrankung Hitlers, doch er ahnte, dass er hysterisch werden könnte, wenn er sich jetzt nicht beherrschte.

Für einen winzigen Augenblick überlegte er, was es bedeutet hätte, wenn der schluchzende Verrückte an seiner Seite Recht gehabt haben könnte. Dann hätte er, Walter Jaeger, eine Sekunde lang das Schicksal Deutschlands, vielleicht der ganzen Welt in der Hand gehalten. Er hätte den „Graf Zeppelin" ins flammende Inferno fahren lassen können. Er ahnte den Rausch der Allmacht, den ein Bombenleger seinen ahnungslosen Mitmenschen gegenüber fühlen musste.

Dann dachte er nicht mehr an Hitler, sondern an Sarah – und er war froh, die Bombe in die Tiefe geschleudert zu haben wie einen Sack Abfall. Müde machte er sich daran, die Leiter hinabzusteigen.

Doch Bäcker klammerte sich noch immer oben fest. „Werden Sie mich an die Gestapo verraten?", flüsterte er.

Auch dieser Gedanke bewegte Jaeger, seit er Bäcker auf dem Gang vor dem schwarzen Aktenkoffer kniend entdeckt hatte. Ein einziger Hinweis an Thomsen würde genügen, um ihm Orden, Ehrungen, eine schnelle Karriere und viele Privilegien einzubringen. Nie wieder müsste er Männer wie Krauss oder Steicher fürchten. Er musste nur einen Mann ans Messer liefern, der einen dutzendfachen Mord geplant hatte. Doch er hatte eine tiefe, unbezähmbare Angst davor. Würde er dadurch nicht die einzige Chance, sein Leben noch zu ändern, schon wieder vergeben, bevor sie sich ihm überhaupt richtig dargeboten hatte?

„Nein“, antwortete Jaeger langsam, „von mir wird niemals jemand etwas erfahren.“ Nicht einmal Sarah würde er diese Geschichte erzählen.

Der Indianerforscher antwortete nicht. Man konnte ihm nicht ansehen, ob er Jaeger glaubte oder nicht. Doch nach kurzem Zögern gab er sich schließlich einen Ruck und kletterte hinter ihm her nach unten.

Als sie am Fuß der Leiter angekommen waren, wartete Ute Schmitz auf sie. Bäckers schwere Pistole, die auf den Gang geflogen war, war nirgendwo zu sehen. Scheinbar unbeeindruckt blickte sie die beiden Männer an. „Ich denke, es ist jetzt Zeit für ein gutes Frühstück“, sagte sie mit kaltem Spott, drehte sich um und schritt ihnen voran über den schmalen Gang in der hochmütigen Haltung einer Königin.

ERST als Rafael Schoschowski den Bodensee sah, der still wie eine große Scheibe aus flüssigem Blei vor den Alpen lag, verließ er seine Kabine. Vorher hatte er seinen Haarkranz so sorgfältig in Form gebracht, als ginge er zur Premiere in die Philharmonie. Es war jetzt Samstagnachmittag, der 8. Mai 1937, kurz vor 17 Uhr.

Er hatte es vorher einfach nicht ertragen können, sich der Meute zu zeigen, also hatte er sich, mit knurrendem Magen zwar, aber hochmütig und stolz, in seiner Kabine eingeschlossen.

Jetzt durchschritt er den Salon, ohne nach links oder rechts zu blicken. Er wollte per Funktelegramm seinen Gönner im Reichsinnenministerium von der glücklichen Ankunft unterrichten. Als er den Funkraum betrat, hob Schoschowski erstaunt die Augenbrauen. Parsch hantierte mit der Linken ungeschickt an den Telefunken-Kästen herum, die Rechte war dick bandagiert. Sein Gesicht war aufgequollen und schillerte rot, blau und schwarz.

Der Erste Funker brachte ein schwaches Grinsen zustande. „Ich bin von der Leiter gestürzt“, lispelte er durch seine aufgeplatzten Lippen.

Schoschowski fühlte sich nicht ernst genommen, legte das Telegramm brüsk auf den Tisch und rauschte aus dem Raum. Dann betrat er wieder den Salon, doch niemand achtete auf ihn. Als der Steward ihn erblickte, wurde er dunkelrot und verschwand hastig in der Kombüse.

Alle Passagiere standen an den Fenstern und starrten hinunter, wo Schaffhausen und der Rheinfall langsam näher kamen. Steicher sah aus, als hätte er eine mehrtägige Zechtour mit anschließender Schlägerei hinter sich: seine Augen blutunterlaufen, die Oberlippe aufgeplatzt. Ute Schmitz stand neben ihm und redete leise und beschwörend auf ihn ein, bis er ergeben nickte, verlegen grinste und ungeschickt ihre Hand streichelte. Nichts war mehr übrig geblieben von dem radauhaften Gehabe des Parteifunktionärs.

Ohlbaum stand neben den beiden, hörte ihnen aber nicht zu. Er pfiff ein albernes Liedchen wie ein vorlauter Gassenjunge. Als sie genau über dem Bodensee schwebten, öffnete er eines der Panoramafenster und ließ seine billige Armbanduhr, die er irgendwo beschädigt haben musste, mit unbekümmerter, für einen Buchhalter geradezu frivoler Geste in die Tiefe stürzen.

Erich Bäcker starrte ihn dabei an und sah für einen Moment so verzweifelt aus, als wolle er der Uhr hinterherstürzen. Dann wandte er sich von den Fenstern ab, Tränen liefen über seine Wangen.

Die beiden Journalisten hatten sich zu der aufgeregten amerikanischen Familie gesellt. Bruno Krauss versuchte verdrossen, eine Unterhaltung mit Gerry Livingston in Gang zu halten, doch der war so nervös, dass er nur einsilbig antwortete. Er hatte sich unbewusst eine der feinen Stoffservietten mit dem Emblem der Deutschen Zeppelin Reederei gegriffen und zerrte so stark an ihr, dass sie schließlich zerriss.

Walter Jaeger und Sarah Livingston standen am Fenster so nah beieinander, dass sie sich immer wieder mit eiligen Gesten, die wie zufällig aussehen sollten, jedoch viel zu häufig waren, um irgendeinen Beobachter zu täuschen, zärtlich berührten.

Thomsen und Forster saßen abseits der anderen auf zwei Stühlen. Der Gestapomann blickte sich misstrauisch um; er hatte das rechte Handgelenk des Professors mit einer Handschelle an dessen Stuhl gekettet. Forster schien sich dafür sehr zu schämen, seine Verlegenheit war größer als die Angst vor dem, was ihn in Deutschland wohl erwarten mochte.

Ganz am Ende des Salons stand Annegret, eine Mokkatasse in der feingliedrigen Hand. Sie drehte ihm den Rücken zu, als sie ihn kommen sah.

Schoschowski blickte sie der Reihe nach bitter und verächtlich an, auch Annegret, von der er schon wusste, dass sich in ihren betörenden Duft wieder der vulgäre Hauch eines billigen Rasierwassers gemischt haben würde. Er fühlte sich ihnen unendlich überlegen. Wie sie da an den Fenstern standen, einige fröhlich winkend, andere blass und müde, sahen sie aus wie Millionen andere Menschen auch. Niemand von ihnen, glaubte Schoschowski, würde jemals etwas Außergewöhnliches vollbringen können.

EPILOG

Carl Pflug fuhr im Juni 1937 mit der *MS Monte Rosa* von Hamburg aus unter falschem Namen nach Brasilien. Hier verliert sich seine Spur.

Heinrich Parsch blieb Funker bei der Deutschen Zeppelin Reederei. Er meldete sich nach Kriegsausbruch noch im September 1939 freiwillig zur Marine und ging am 26. Dezember 1943 mit dem Schlachtschiff *Scharnhorst* im Nordmeer unter.

Augustus Steicher wurden am 20. Mai 1937, nach dem Konkurs seines Verlages, alle Ämter in Partei und Reichskulturkammer vorläufig entzogen. Später bekam er einen unbedeutenden Posten in der Gauverwaltung in Pommern. Nach 1945 engagierte er sich erfolgreich in der Kommunalpolitik, bekam 1961 das Bundesverdienstkreuz und starb 1964 als Bürgermeister einer bayerischen Kleinstadt.

Ute Schmitz heiratete 1938 einen Ministerialdirektor im Reichsluftfahrtministerium, der nach dem Zweiten Weltkrieg ein erfolgreiches Unternehmen für Flugzeugnavigationsgeräte gründete.

Erich Bäcker wurde sofort nach der Landung des „Graf Zeppelin" wegen der in seinem Besitz befindlichen Ausgaben der *Arbeiter Illustrierten Zeitschrift* verhaftet, kam aber nach Intervention seines Vaters bei höheren Stellen der Partei vorläufig frei. Es gelang ihm im Juni 1937, sich illegal nach Spanien durchzuschlagen, wo er als Mitglied der Internationalen Brigaden aufseiten der Republik kämpfte. Er starb im November 1938 unter ungeklärten Umständen, entweder im Feuergefecht mit Francos Soldaten oder bei einer politischen Säuberung in den eigenen Reihen.

Arthur Ohlbaum kündigte seinen Vertrag bei der Deutschen Zeppelin Reederei fristlos, ging noch im Mai 1937 nach New York und verkaufte dort einen großen Mayaschatz unbekannter Herkunft. Das FBI interessierte sich kurzzeitig für ihn, konnte jedoch nie feststellen, woher die kostbaren Stücke stammten. Er durfte sie schließlich legal an amerikanische Museen und Sammler verkaufen. Mit dem Geld aus diesem spektakulären Handel gründete er die „Swiss Watch and Chronometer, Inc." und etablierte sich in New York schnell als einer der erfolgreichsten Uhrenhändler Amerikas. Er starb als Millionär 1974.

Hans Thomsen diente, mehrfach befördert, auf verschiedenen Posten beim Sicherheitsdienst in Berlin. Sein Schicksal während des Kampfes um die Hauptstadt ist ungeklärt, seit März 1945 fehlt von ihm jedes Lebenszeichen. Er wurde 1947 in einem der Nachfolgeprozesse des Nürnberger Kriegsverbrechertribunals in Abwesenheit zum Tode verurteilt.

PROFESSOR JOHANN FORSTER wurde noch am 8. Mai 1937 von einer Maschine der Luftwaffe von Friedrichshafen nach Berlin geflogen, wo er in den Abendstunden angekommen sein und mehrere Wochen an einem unbekannten Ort verbracht haben muss. Der *Berliner Lokal-Anzeiger* meldete am 7. August 1937 seinen Tod „nach einem tragischen Verkehrsunfall".

RAFAEL SCHOSCHOWSKI blieb bis 1945 Dirigent der Berliner Philharmonie, wurde von den Alliierten kurzzeitig abgesetzt, aber bereits 1949 wieder auf diese Position berufen. Als er 1965 starb, würdigte ihn die internationale Musikwelt als einen der größten Dirigenten aller Zeiten.

ANNEGRET SCHOSCHOWSKI gebar am 15. Februar 1938 einen Sohn, dem sie den Namen „Carl" gab. 1949, am Tag nach der ersten gefeierten Nachkriegspremiere ihres Mannes, reichte sie die Scheidung ein. Sie verübte 1952 Selbstmord.

BRUNO KRAUSS arbeitete weiter beim *Völkischen Beobachter*. 1946 bekam er eine Stelle beim *Rosenheimer Blatt*, einer Lokalzeitung, die er von 1951 bis 1974 als Chefredakteur leitete.

GERRY LIVINGSTON zeigte nach der Landung der Kriminalpolizei Friedrichshafen den Diebstahl nicht näher beschriebener „wichtiger Geschäftsunterlagen" an, doch die Ermittlungen blieben, trotz sofortiger Intervention der Gestapo, ohne offizielles Ergebnis. Nach einer kurzen, erfolglosen Unterredung mit deutschen Regierungsvertretern kehrte er mit Frau und Dienerin in die USA zurück. Sein Unternehmen kämpfte zunächst mit wirtschaftlichen Schwierigkeiten, profitierte aber von der Flut amerikanischer Militäraufträge ab 1939. Er starb als vermögender, hochgeehrter Mann 1955. Seine Frau Hannah überlebte ihn um zwei Jahre.

WALTER JAEGER und SARAH LIVINGSTON erreichten bereits am 9. Mai 1937 abends mit der Reichsbahn Hamburg, wo sie sich am folgenden Morgen an Bord der *MS Bremen* nach New York einschifften. Dort setzte Jaeger die Scheidung von seiner ersten Frau und die Hochzeit mit der noch minderjährigen Sarah Livingston durch. Ein deutsches Gericht verurteilte ihn im September 1937 in Abwesenheit wegen eines nicht näher bezeichneten „Geheimnisverrats" zu zehn Jahren Zuchthaus. Er wurde amerikanischer Staatsbürger, anglisierte seinen Namen in „Jager" und unterrichtete lange als Professor für Journalistik an der Michigan State University. Heute leben er und seine Frau Sarah, eine landesweit bekannte Innenarchitektin, in einem kleinen Haus an der Atlantikküste bei Stonington, Connecticut. Beide reisten nie wieder nach Europa.

DIE LANDUNG von LZ 127 „Graf Zeppelin" markierte das Ende der letzten Transkontinentalfahrt eines Zeppelins. Danach wurde er als technisches Monument in einem Hangar in Frankfurt am Main zur Besichtigung ausgestellt und der moderne, riesige „Graf Zeppelin II", das Schwesterschiff des „Hindenburg", nur noch für kurze Rundfahrten über Europa und der Nordsee zu Test- und Spionagezwecken eingesetzt. 1940 wurden beide Luftschiffe in ihren Hangars auf Befehl von Luftwaffenchef Göring zerstört.

Foto: privat

Seine Spezialität: Reportagen aus der Vergangenheit

Cay Rademacher wurde 1965 in Flensburg geboren und lebt heute in Hamburg. Er studierte in Köln und Washington Angloamerikanische Geschichte, Alte Geschichte und Philosophie. Von 1991 bis 1999 arbeitete er als freier Journalist, seitdem ist er Redakteur der Zeitschrift *Geo*, wo er unter anderem als Geschäftsführender Redakteur die auf geschichtliche Themen spezialisierte Zeitschrift *Geo Epoche* betreut.

Rademachers journalistische Schwerpunkte liegen im Bereich der historischen Rekonstruktion, der Archäologie sowie der aktuellen See-, Luft- und Raumfahrt. In seinem Roman *Das Luftschiff* lässt er die Faszination der Zeppeline wieder lebendig werden. Für seine eindrucksvollen Beschreibungen hat der Autor mit zahlreichen Ingenieuren gesprochen und unter anderem auch Überlebende der „Hindenburg"-Katastrophe von Lakehurst interviewt.

Von Rademachers Verständnis für technologische Errungenschaften profitieren auch die Leser seiner Bücher über das riesige Passagierschiff *Queen Mary 2* und über den Untergang der *Estonia.*

Daneben spürt Rademacher in genau recherchierten historischen Kriminalromanen geheimnisvollen geschichtlichen Vorgängen nach. Während seiner Arbeit an dem Heft *Das Reich der Pharaonen* erforschte er das Leben jener Künstler und Handwerker, die im Tal der Könige die prachtvollen Gräber der altägyptischen Herrscher anlegten. Er war fasziniert von ihrer Arbeit und ihrem Alltag – so fasziniert, dass das alte Ägypten zum Schauplatz des spannenden Romans *Mord im Tal der Könige* wurde.

Was wir
aus
Liebe tun

KRISTIN HANNAH

Angie blickte dem Mädchen ins Gesicht. Die erste große Liebe. Fast hätte sie gesagt: „Sieh dich vor, Lauren, Liebe kann dir das Herz brechen." Aber das stand ihr nicht zu, und darum sagte sie nichts.

Eins

An diesem sonnigen Tag war einiges los auf den Straßen von West End. Überall im Ort standen die Mütter in der offenen Haustür, hielten die Hände schützend über die Augen und sahen ihren Kindern beim Spielen zu. Jeder wusste, dass vermutlich schon morgen die Frühlingssonne und der blaue Himmel wieder hinter dichten Wolken verschwinden würden. Schließlich war es Mai im amerikanischen Nordwesten, und in dieser Gegend gehörte der Regen zum Monat Mai wie die Gespenster im Oktober zu Halloween.

„Es ist echt warm", stellte Conlan fest. Er saß am Steuer ihres schicken BMW-Cabrios, und es waren die ersten Worte, die er seit fast einer Stunde äußerte.

Offenbar wollte er nett sein und ein harmloses Gespräch beginnen. Und es wäre sicher gut gewesen, wenn Angie den Ball aufgenommen und vielleicht eine Bemerkung über den in prachtvoller Blüte stehenden Weißdorn gemacht hätte. Doch sie schwieg. Die Blüten waren ohnehin bald verwelkt – was hatte es für einen Sinn, einem so flüchtigen Moment überhaupt Beachtung zu schenken?

Angie blickte aus dem Fenster auf ihre Heimatstadt. Seit Monaten war sie nicht mehr hier gewesen, obwohl West End nur knapp zweihundert Kilometer von Seattle entfernt war. In letzter Zeit hatte sie sich kaum dazu aufraffen können, am Wochenende das Haus zu verlassen, sosehr sie auch an ihrer Familie hing. Anders als in der Großstadt schien es in West End Babys zu geben, wohin man sah.

Sie erreichten den ältesten Teil von West End, in dem viktorianische Häuser eng nebeneinander auf schmalen Grundstücken standen und gewaltige Ahornbäume die Straßen säumten. In den Siebzigerjahren war dies der pulsierende Mittelpunkt von West End gewesen. Damals gab es hier sonntags nach dem Gottesdienst gemeinsame Grillpartys, die Kinder sausten herum, und in den Gärten wurden Laufspiele veranstaltet.

Conlan bog in den Maple Drive ein. Angie kam es immer so vor, als wäre hier die Zeit stehen geblieben. Das letzte Haus in der Straße sah noch genauso aus wie in ihrer Kindheit. Sein weißer Farbanstrich war makellos, die Zierleisten schimmerten smaragdgrün. Vierzig Jahre lang hatte sich Angies Vater um das Haus gekümmert. Nach den anstrengenden Wochenenden im familieneigenen Restaurant hatte er sich am Montag immer dem Haus gewidmet. Seit seinem Tod bemühte sich Angies Mutter, seinem Beispiel zu folgen. Es war für sie eine Art Trost, eine Möglichkeit, dem Mann verbunden zu sein, den sie fast fünfzig Jahre lang geliebt hatte. Zwei ihrer drei Töchter lebten in West End und waren immer bereit, ihr zu helfen, wenn die schwere Arbeit sie ermüdete.

Conlan fuhr an den Straßenrand und hielt vor dem Haus. „Bist du ganz sicher, dass es nicht zu viel für dich wird?", fragte er.

„Ich habe beschlossen zu kommen und jetzt sind wir hier", sagte sie. „Es wird schon gehen." Endlich sah sie ihn an. Er war erschöpft und entmutigt, das sah sie genau, aber sie wusste auch, dass er nichts weiter sagen würde. Nichts, was sie an das Baby erinnern könnte, das sie vor wenigen Monaten verloren hatten.

Stumm saßen sie nebeneinander. Früher hätte Conlan sie an sich gezogen, sie geküsst und ihr gesagt, dass er sie liebte. Aber das tat er nicht mehr. Die Liebe zwischen ihnen schien inzwischen so verblichen zu sein wie ein altes Foto.

„Wir könnten einfach wieder verschwinden", meinte er. „Wir könnten sagen, dass das Auto seinen Geist aufgegeben hat."

Sie senkte den Blick. „Machst du Witze? Die sind doch alle der Meinung, dass wir viel zu teure Autos fahren. Das Gerede über eine Autopanne mag ich mir gar nicht vorstellen. Abgesehen davon weiß Mama längst, dass wir da sind. Sie hat Ohren wie ein Luchs."

„Sie ist bestimmt in der Küche, um Cannelloni für zwanzig Leute zuzubereiten. Und deine Schwestern reden ohne Punkt und Komma, seit sie das Haus betreten haben. In dem Getöse fällt es gar nicht auf, wenn wir uns heimlich wieder aus dem Staub machen." Er lächelte, und einen kurzen Moment schien es, als ob zwischen ihnen wieder alles in Ordnung wäre, als ob keine Gespenster mit ihnen im Auto säßen.

„Wie ich Livvy kenne, hat sie mindestens drei Auflaufformen mit Lasagne gemacht", murmelte Angie.

„In der letzten Woche hattest du zwei wichtige Konferenzen und Aufnahmen für einen Werbespot. Du hattest gar keine Zeit zu kochen."

Vierzehn Jahre waren Conlan und sie jetzt verheiratet, und Conlan hatte immer noch nicht ganz verstanden, was die Wertmaßstäbe der Familie DeSaria waren. Für Angies Familie war Kochen eine Art Zahlungsmittel, über das Angie nicht verfügte. Nur Angies Vater hatte es zu schätzen gewusst, dass seine jüngste Tochter ihr Geld in einem Büro verdiente und nicht mit ihrer Hände Arbeit.

„Komm, lass uns reingehen!“, sagte sie rasch, weil sie jetzt nicht an ihren Vater denken wollte. Sie stieg aus und lief zum Kofferraum, öffnete ihn und holte einen Karton heraus, in dem sich eine opulente Schokoladentorte befand. Die Torte hatte sie in einer schicken Konditorei in Seattle gekauft, anstatt selbst zu backen, und sie wusste jetzt schon, was ihre Schwestern dazu zu sagen hatten. Als jüngste von drei Schwestern hatte sie immer fernsehen dürfen, wenn ihre Schwestern in der Küche helfen mussten. Livvy und Mira arbeiteten heute noch im Restaurant der Familie. Für sie war das *richtige* Arbeit, wie sie stets betonten, etwas anderes als Angies Tätigkeit in der Werbebranche.

„Komm“, sagte Conlan und hakte sich bei ihr ein. An der Tür klopfte er höflichkeitshalber kurz an, öffnete sie dann aber gleich selbst.

Drinnen ertönten von überall her laute Stimmen, Lachen und Kindergeschrei. Die Möbel in der Diele waren kaum zu sehen unter den Bergen von Mänteln und Jacken, die dort lagen, und im Wohnzimmer sausten die Kinder herum. Angie sah, dass Conlan sofort von Miras Mann Vince ins Gespräch gezogen wurde. Irgendjemand hielt ihr ein Glas Weißwein hin. Sie nahm es und lief durch den Flur zur Küche.

Auf der Schwelle blieb sie stehen. Ihre Mutter stand am Tisch in der Mitte der Küche und rollte Teig aus. Sie trug eine Brille mit dicken Gläsern, die ihre braunen Augen vergrößerten. Der Schweiß stand ihr auf der Stirn. In den fünf Monaten seit Papas Tod hatte sie stark abgenommen und aufgehört, sich die Haare zu färben, die nun schlohweiß waren.

Mira stand vor dem Herd und ließ Gnocchi in einen Topf mit kochendem Wasser gleiten. Obwohl sie vier Kinder zur Welt gebracht hatte, war sie noch immer gertenschlank. Und da sie oft Sachen ihrer halbwüchsigen Tochter trug, wirkte sie nicht wie 41, sondern gut zehn Jahre jünger. Heute hatte sie ihre langen schwarzen Haare zu einem Zopf geflochten, der ihr fast bis zur Taille reichte. Sie trug modische schwarze Jeans und einen roten Pullover. Während sie kochte, war sie pausenlos am Schwatzen, und Angie musste daran denken, wie ihr Vater immer gesagt hatte, dass Mira sich anhöre wie ein Mixer auf Hochtouren.

Livvy stand links an der Arbeitsfläche und schnitt Mozzarella auf. Sie trug unglaublich hohe Absätze, ein schmal geschnittenes schwarzes Seidenkleid und hatte sich ihre üppigen Haare auftoupiert und hochgesteckt. Als junge Frau hatte Livvy West End Hals über Kopf verlassen, um Fotomodell zu werden. Vor fünf Jahren, kurz nach ihrem 34. Geburtstag, war sie wieder nach Hause gekommen, enttäuscht über das Scheitern ihrer Träume und im Schlepptau ihre beiden kleinen Söhne, deren Väter niemand von der Familie je gesehen, geschweige denn kennen gelernt hatte. Seitdem arbeitete sie im Restaurant der Familie, aber sie tat es nicht gern. Vor Kurzem hatte sie wieder geheiratet, und alle hofften, dass sie mit ihrem Mann Salvatore endlich glücklich werden würde.

Angie lächelte. Wie viele Stunden hatte sie nicht schon in dieser Küche in Gesellschaft dieser drei Frauen verbracht! In Mamas Küche fühlte sie sich immer gut aufgehoben und geliebt. Und obwohl ihre Schwestern und sie so unterschiedlich waren und ganz verschiedene Lebenswege eingeschlagen hatten, hatte Angie noch immer das Gefühl, dass sie zusammen unbesiegbar waren.

Angie stellte ihren Karton ab. „Hallo, ihr drei!"

Livvy und Mira stürmten auf sie zu und nahmen sie fest in den Arm. Es roch nach Parfum und italienischen Gewürzen. Angie spürte Tränen in ihrem Nacken, aber Mira sagte nichts weiter als: „Schön, dass du da bist."

Angie drückte ihre Schwestern an sich und überließ sich dann den geöffneten Armen ihrer Mutter. Wie immer roch Mama nach Thymian, ihrem Parfum und Aqua-Net-Haarspray. Ihre Mutter hielt sie so fest, dass ihr fast die Luft wegblieb. Lachend wollte Angie sich befreien, doch ihre Mutter ließ es nicht zu. Sofort merkte Angie, wie sie sich verspannte.

Gib nicht auf, Angie. Gott wird deinen Wunsch nach einem Baby schon erfüllen … Das hatte ihre Mutter gesagt, als sie sie das letzte Mal so fest an sich gedrückt hatte.

„Bitte nicht", sagte Angie jetzt und versuchte zu lächeln.

Die leise Bitte war genug. Ihre Mutter streckte die Hand nach der Parmesanreibe aus. „Hol die Kinder, Mira!", sagte sie. „Das Essen ist fertig!"

Im Esszimmer fanden vierzehn Leute bequem Platz, heute waren es fünfzehn. Ein mächtiger Mahagonitisch aus der alten Heimat dominierte den in Rosa und Weinrot tapezierten Raum.

„Wir wollen beten", sagte Mama, sobald alle ihre Plätze eingenommen hatten. Als alle gehorsam den Kopf gesenkt hatten, sprach sie das Tischgebet, das früher immer Angies Vater gesprochen hatte: „Segne uns, Herr, unser Gott, und diese Gaben, die wir durch deinen Sohn Jesus Christus empfangen. Amen."

Dann stand sie auf und griff nach ihrem Weinglas. „Lasst uns auf Salvatore und Livvy trinken!" Ihre Lippen begannen etwas zu zittern. „Trinksprüche sind Männersache", sagte sie leise und setzte sich wieder hin. „Ich kann das nicht so gut."

Mira legte eine Hand auf die Schulter ihrer Mutter und erhob sich. „Wir heißen Salvatore in unserer Familie herzlich willkommen. Möget ihr beide die Liebe finden, die Mama und Papa verbunden hat. Wir wünschen euch stets eine volle Speisekammer, warme Betten und ..." Sie hielt kurz inne und fuhr dann leiser fort: „... viele gesunde Kinder."

Anstelle von Lachen und Prosten breitete sich Stille aus.

Angie versuchte ein Lächeln, konnte damit aber niemanden täuschen. Alle sahen sie an und schienen sich zu fragen, wie es für sie wäre, wenn ein weiteres Baby in der Familie geboren werden würde. Sie hob ihr Glas. „Auf Salvatore und Livvy!", sagte sie schnell und hoffte, dass die anderen ihre Tränen für Freudentränen hielten.

Die Unterhaltung kam wieder in Gang, Besteck klapperte auf Porzellan, Gelächter erklang. Obwohl die Familie sich an jedem Feiertag und an zwei Montagen im Monat traf, ging ihr doch nie der Gesprächsstoff aus.

Angie blickte in die Runde. Mira erzählte ihrer Mutter gerade von einer Schulveranstaltung, für die ein Büfett geplant werden musste; Vince und Onkel Francis diskutierten über das letzte Eishockeyspiel; Conlan erkundigte sich bei Tante Giulia nach ihrer Hüftoperation.

Angie konnte sich auf keines der Gespräche konzentrieren. Wenn ihre Schwester sich noch ein Kind wünschte, dann war sie sicher bald schwanger. Für Mira und Livvy war das nie ein Thema gewesen – sie wurden schon schwanger, wenn sie einmal ihr Diaphragma vergessen hatten.

Als Angie nach dem Essen das Geschirr spülte, sprach sie niemand an, aber alle, die in der Küche auftauchten, drückten ihre Schulter oder küssten sie auf die Wange.

Jeder wusste, dass es nicht viel zu sagen gab. Fast zehn Jahre lang waren so viele gute Wünsche und Hoffnungen geäußert worden, und doch waren Angie und Conlan noch immer allein, ein Ehepaar, aus dem vermutlich nie eine Familie werden würde.

Schließlich konnte sie es nicht mehr ertragen. Sie warf das Spültuch auf den Tisch und lief die Treppe hinauf in ihr altes Zimmer. In dem kleinen Raum mit der hübschen Rosentapete standen noch immer zwei Betten mit rosafarbenen Steppdecken. Sie setzte sich auf das Fußende des Bettes, in dem sie als Mädchen geschlafen hatte.

Die Tür öffnete sich, und Conlan kam herein. Ihr Mann, ihr groß gewachsener, dunkelhaariger, gut aussehender Mann. In ihrem verspielten Mädchenzimmer wirkte er auf seltsame Weise fehl am Platz.

„Es ist alles in Ordnung“, sagte Angie.

„Wenn du meinst.“

Sie bemerkte die Bitterkeit in seiner Stimme, und er tat ihr leid, aber sie wusste nicht, was sie sagen sollte. Er konnte sie nicht trösten. Das hatte sich oft genug gezeigt.

„Du brauchst Hilfe“, sagte er müde.

„Mir fehlt nichts.“

Er sah sie lange an. In seinen blauen Augen war nichts als Verzweiflung. Schließlich drehte er sich seufzend um, verließ das Zimmer und zog die Tür hinter sich zu.

Ein paar Sekunden später öffnete sie sich wieder. Ihre Mutter stand auf der Schwelle und stemmte die Fäuste in die schmalen Hüften. „Du bist schon immer in dein Zimmer geflüchtet, wenn du traurig warst. Oder wütend.“

„Und du bist mir immer hinterhergekommen.“

„Auf ausdrücklichen Wunsch deines Vaters. Das hast du nicht gewusst, oder?“ Ihre Mutter setzte sich zu ihr aufs Bett. „Er konnte es einfach nicht ertragen, dich weinen zu sehen.“ Sie seufzte. „Du bist achtunddreißig, Angela. Es ist höchste Zeit, dass du endlich erwachsen wirst. Und darin würde dein Papa – er ruhe in Frieden – mir sogar Recht geben.“

„Ich habe keine Ahnung, was das bedeuten soll.“

Ihre Mutter schlang einen Arm um sie. „Gott hat deine Gebete beantwortet, Angela. Es war nicht die Antwort, die du erwartet oder dir gewünscht hast, deshalb wolltest du sie nicht hören. Es ist aber an der Zeit, sie zur Kenntnis zu nehmen.“

MITTEN in der Nacht schreckte Angie aus dem Schlaf hoch. Das kalte Gefühl auf ihren Wangen kam von Tränen.

Wieder hatte sie von dem Baby geträumt. Den Traum, in dem Conlan und sie an gegenüberliegenden Ufern standen. Und zwischen ihnen, auf der ausgedehnten, schimmernden Wasseroberfläche, trieb ein kleines, in eine rosafarbene Decke gehülltes Bündel immer weiter von ihnen fort, bis es schließlich nicht mehr zu sehen war.

Dieser Traum kam immer wieder, seit sie und ihr Mann von einem Arzt zum nächsten gelaufen waren und alle erdenklichen Therapien ausprobiert hatten. In acht Jahren war sie dreimal schwanger geworden. Die ersten beiden Male hatten mit Fehlgeburten geendet, und das dritte Kind – ihre Tochter Sophia – hatte nur wenige Stunden gelebt. Danach hatten Conlan und sie nicht den Mut gehabt, es noch einmal zu versuchen.

Angie stand auf, nahm ihren Morgenrock und verließ das Schlafzimmer.

An der Wand im Flur hingen Dutzende von Familienbildern in schweren Mahagonirahmen. Sie zeigten fünf Generationen der Familien DeSaria und Malone. Sie blickte hinüber zur geschlossenen Tür am Ende des Flurs. Wann hatte sie das letzte Mal gewagt, diesen Raum zu betreten?

Gott hat deine Gebete beantwortet, Angela. Es war nicht die Antwort, die du dir gewünscht hast. Es ist aber an der Zeit, sie zur Kenntnis zu nehmen.

Langsam ging Angie an der Treppe und dem leeren Gästezimmer vorbei zu der Tür und öffnete sie mit zitternden Händen. Sie knipste das Licht an und zog die Tür hinter sich ins Schloss.

Vor Jahren schon hatten sie sich entschlossen, ein Kind zu adoptieren.

Wir haben ein Kind für Sie, Mrs Malone. Die noch minderjährige Mutter hat sich für Sie und Ihren Mann entschieden. Kommen Sie doch bitte in mein Büro, damit Sie sich kennen lernen können …

Als Conlan und sie Sarah Dekker kennen gelernt hatten, waren sie sich auf Anhieb sympathisch gewesen. „Wir werden Ihr Kind lieben", hatte Angie dem Mädchen versprochen.

Sechs wunderbare Monate lang hatten Angie und Conlan sich nicht mehr bemüht, schwanger zu werden. Sex hatte endlich wieder Spaß gemacht, das Leben war voller Vorfreude gewesen. Sie feierten mit ihren Familien. Sie luden Sarah zu sich ein und unterhielten sich mit ihr. Sie begleiteten das Mädchen zu jeder Vorsorgeuntersuchung. Zwei Wochen vor dem Geburtstermin hatten Sarah und Angie dieses Kinderzimmer angemalt: die Decke himmelblau mit weißen Wattewölkchen und an den Wänden Blumenranken an einem weißen Lattenzaun, mit Bienen und Schmetterlingen.

Als bei Sarah die Wehen einsetzten, hatten Angie und Conlan aneinandergeschmiegt am Telefon gesessen, sich an den Händen gehalten und vor Freude geweint, als sie von der erfolgreichen Entbindung hörten. Es dauerte ein Weilchen, bis auch die nächsten Worte zu ihnen durchgedrungen waren.

Tut mir sehr leid … es sich anders überlegt … behält das Baby …

Sie schlossen die Tür des Kinderzimmers ab. Über ein Jahr stand das Zimmer leer wie ein Schrein ihrer unerfüllten Träume. Sie suchten keine

Ärzte mehr auf, verzichteten auf alle Therapien. Dann wurde Angie wie durch ein Wunder erneut schwanger. Erst als sie im fünften Monat war, wagten sie es, die Tür wieder zu öffnen und den Raum mit ihren Träumen zu füllen. Sie hätten es besser wissen müssen.

Angie ging zum Schrank und zog einen großen Karton heraus. Sorgsam begann sie, ein Stück nach dem anderen hineinzupacken, während sie fast an den Erinnerungen erstickte.

„Was machst du denn hier?"

Plötzlich stand Conlan neben ihr. Sie hatte nicht einmal gemerkt, dass die Tür aufgegangen war.

Ihr war bewusst, dass sie ein absurdes Bild abgab. Mitten in der Nacht saß sie neben einem großen Karton, in dem sich all die Dinge befanden, die sie voller Vorfreude gekauft hatten: die Pu-der-Bär-Nachttischlampe, das gerahmte Aladin-Poster, Stofftiere, Bilderbücher.

Angie drehte sich zu ihm um und sah ihn an. Sein Gesicht verschwamm vor ihren Augen, und sie merkte erst jetzt, dass sie weinte. Sie hätte ihm gern gesagt, wie leid es ihr tat, dass zwischen ihnen alles schiefgegangen war. Doch alles, was sie herausbrachte, war: „Es hat mich um den Verstand gebracht."

Er setzte sich neben sie auf den Boden.

Angie wartete darauf, dass er etwas sagte, aber er saß nur da und beobachtete sie. Er hatte gelernt, sich in einer gefährlichen Situation erst einmal nicht zu rühren, denn Angie war durch die ständigen Enttäuschungen emotional unberechenbar geworden.

„Ich habe *uns* vergessen", sagte sie schließlich.

„Uns gibt es nicht mehr, Angie." Die ruhige Art, in der er das sagte, brach ihr das Herz, aber tief in ihrem Innern wusste sie, dass er Recht hatte.

„Ich weiß", sagte sie.

„Ich hätte auch gern Kinder gehabt."

Angie schluckte und bemühte sich krampfhaft, die Tränen zurückzuhalten. In den letzten Jahren hatte sie kaum noch daran gedacht, dass Conlan sich genauso sehnlichst wie sie Kinder gewünscht hatte. Irgendwann war es nur noch um sie gegangen, und sie hatte sich derart auf ihren Schmerz konzentriert, dass seine Empfindungen für sie keine Rolle mehr gespielt hatten. „Es tut mir unendlich leid", flüsterte sie.

Er nahm sie in die Arme und sie küssten sich, wie sie sich seit Jahren nicht mehr geküsst hatten. Lange Zeit saßen sie eng umschlungen nebeneinander.

Angie wünschte, ihre Liebe zueinander wäre ihr genug gewesen. Doch irgendwann war der Wunsch nach einem Kind zu einer Art Sturmflut geworden, die sie beide verschlungen hatte. „Ich habe dich so geliebt, Conlan …"

„Ich weiß."

Als sie später allein in dem Bett lag, das jahrelang ihr Ehebett gewesen war, wusste Angie nicht mehr, was sie am Ende ihrer Liebe zueinander gesagt hatten. Alles, woran sie sich erinnerte, war der Geruch von Conlans Shampoo und der Klang seiner Stimme, als er sich von ihr verabschiedete.

Zwei

Es war unglaublich, wie viel Zeit es kostete, ein gemeinsames Leben aufzulösen. Nachdem Angie und Conlan sich entschlossen hatten, ihre Ehe zu beenden, wurden Kleinigkeiten plötzlich immens wichtig. Wie teilte man alles gerecht auf, vor allem das, was gar nicht teilbar war wie Häuser, Autos und Herzen?

Ende September war es dann endlich geschafft. Ihr Haus war leer, ihre schicken Möbel hatten sie zum Teil verkauft, zum Teil eingelagert, und Angie hatte jetzt statt eines Zuhauses ein gefülltes Bankkonto. Sie setzte sich neben den Backsteinkamin auf den Boden und betrachtete die honigfarben schimmernden Holzdielen.

Als Conlan und sie das Haus gekauft hatten, hatte hier hellblauer Teppich gelegen. „Eichendielen", hatten Conlan und sie wie aus einem Mund gesagt und über ihre spontane Übereinstimmung lachen müssen. „Hellblauer Teppich ist nichts für Kinder." Wie lange war das her …

Es klingelte an der Tür. Conlan hatte nicht vorgehabt herzukommen, aber die Vorstellung, dass er es sein könnte, beunruhigte sie. Etwas nervös stand sie auf und öffnete. Vor ihr standen ihre Mutter, Mira und Livvy eng gedrängt unter dem Vordach, um nicht vom Regen durchnässt zu werden.

„An einem solchen Tag braucht man seine Familie", erklärte Mama und marschierte ihren Töchtern voran ins Haus. Dem Picknickkorb an Miras Arm entströmten leichte Knoblauchdüfte.

„Focaccia", erklärte Mira. „Essen hilft, wie du weißt, bei fast allem."

Livvy trat neben Angie. „Ich habe zwei Scheidungen hinter mir", sagte sie leise. „Essen ist nicht immer eine Lösung. Ich wollte Mama dazu überreden, eine Flasche Tequila mitzunehmen, aber das wollte sie nicht."

„Jetzt kommt!“ Mama war ihren Töchtern voran ins Wohnzimmer gegangen und suchte nach Sitzmöglichkeiten in dem leeren Haus, das am Tag zuvor noch ein Zuhause gewesen war. Angie, Mira und Livvy folgten ihr und setzten sich auf den harten, kalten Fußboden. Mama hockte sich vor den Kamin.

Mitfühlend sahen sie Angie an, und Angie hätte ihnen gern erklärt, wie es so weit hatte kommen können. „Wenn Sophia noch leben würde …“, begann sie.

„Hör auf damit!“, unterbrach Livvy sie scharf. „Das bringt nichts.“

In Angies Augen brannten Tränen. Am liebsten hätte sie sich einmal mehr ihrer Verzweiflung hingegeben, doch sie riss sich zusammen. „Du hast Recht“, sagte sie.

„Darf ich mal ganz offen sein?“, fragte Livvy, griff in den Korb und zog eine Flasche Rotwein heraus.

„Auf keinen Fall“, entgegnete Angie.

Aber Livvy redete einfach weiter. „Zwischen dir und Conlan hat es doch schon lange nicht mehr gestimmt. Glaub mir, ich weiß, wie es ist, wenn die Liebe irgendwann vergeht. Es war höchste Zeit, einen Schlussstrich zu ziehen.“ Sie goss den Wein in vier Gläser. „Du solltest irgendwohin fahren. Ein bisschen ausspannen.“

Doch Mira schüttelte den Kopf. „Weglaufen hilft nicht“, erklärte sie.

Livvy reichte Angie ein Glas. „Aber schaden kann es auch nicht.“

Sie tranken den Rotwein, aßen Focaccia und sprachen über das Leben in West End, das Wetter und alles Mögliche, aber Angie war kaum in der Lage, der Unterhaltung zu folgen. Immer wieder fragte sie sich, wie es gekommen war, dass sie jetzt allein war, geschieden und kinderlos. Die ersten Jahre ihrer Ehe waren so wunderschön gewesen …

„Mama will das Restaurant verkaufen“, sagte Mira.

„Was?“ Angie sah die anderen erschrocken an. Sie konnte sich ihre Familie ohne das Restaurant überhaupt nicht vorstellen.

„Heute ist nicht der richtige Zeitpunkt, um über dieses Thema zu sprechen, Mira“, sagte ihre Mutter.

„Was ist denn passiert, Mama?“, wollte Angie wissen.

„Das Restaurant geht wirklich schlecht. Ich weiß nicht, wie wir es halten sollen.“

„Aber … Papa hat … es so geliebt“, stotterte Angie.

Tränen traten in die dunklen Augen ihrer Mutter. „Das brauchst du *mir* nicht zu sagen.“

Angie sah Livvy an. „Und warum hat das Restaurant Probleme?“

Ihre Schwester zuckte die Schultern. „Tja, die allgemeine Wirtschaftslage …“

„Aber das ‚DeSaria’s‘ ist dreißig Jahre lang gut gegangen. Es kann doch nicht sein, dass …“

„Willst du uns etwa erklären, wie ein Restaurant geführt werden muss?“, fauchte Livvy. „Was verstehst du als Werbetexterin schon davon?“

„Ein Restaurant zu führen ist doch kein Hexenwerk! Man bietet den Gästen gutes Essen zu einem fairen Preis. Das kann doch nicht so schwer …“

„Hört auf zu streiten!“, rief Mira. „Das hat Mama gerade noch gefehlt.“

Angie sah ihre Mutter an und wusste nicht, was sie sagen sollte. Ihre Familie, die sie eben noch für das stabile Fundament ihres Lebens gehalten hatte, bekam plötzlich Risse.

Schweigen breitete sich aus. Angie dachte an das Restaurant, an ihren Vater, der sie stets zum Lachen gebracht hatte, selbst dann, wenn sie todunglücklich war, und an die heile, sichere Welt, in der sie und ihre Schwestern aufgewachsen waren.

„Vielleicht könnte Angie uns helfen“, sagte ihre Mutter.

Livvy schnaubte verächtlich. „Sie hat doch keine Ahnung vom Geschäft. Papas Prinzessin brauchte doch nie einen Finger …“

„Sei still, Livvy.“ Mama sah Angie unverwandt an, und Angie verstand, was sie ihr sagen wollte: Sie bot ihr eine Zuflucht vor den schmerzlichen Erinnerungen, sie bot ihr an, nach Hause zu kommen.

„Livvy hat Recht“, sagte Angie etwas lahm. „Ich verstehe wirklich nichts von Restaurants.“

„Aber deine Werbekampagne für das Restaurant in Olympia war doch ein großer Erfolg“, meinte Mira. „Papa hat uns alle Zeitungsausschnitte zum Lesen gegeben.“

Das stimmte. Angie hatte das Restaurant in Olympia wieder in Schwung gebracht. Mit einer zugkräftigen Werbekampagne und einer verbesserten Marketingstrategie.

„Vielleicht könntest du uns ja wirklich helfen“, sagte Mira.

„Ich weiß nicht recht“, entgegnete Angie. Sie hatte West End vor so langer Zeit verlassen … Wie es wohl wäre, jetzt wieder dorthin zurückzukehren?

„Du könntest im Strandhaus wohnen“, sagte ihre Mutter.

Das Strandhaus. Angie dachte an das kleine Häuschen an der rauen, zerklüfteten Küste, und tausend kostbare Erinnerungen stürmten auf sie ein.

Dort hatte sie sich immer wohl und sicher gefühlt. Geborgen. Vielleicht könnte sie dort ihr Lachen wiederfinden, an dem Ort, an dem sie als Mädchen so oft und gern gelacht hatte …

Sie sah sich um in dem leer geräumten Wohnzimmer des Hauses, das so viele traurige Erinnerungen barg. Vielleicht war es tatsächlich eine gute Idee, nach West End zurückzukehren, bis sie sich darüber im Klaren war, wie es in ihrem Leben weitergehen sollte. „Ja", meinte sie schließlich. „Ich könnte vielleicht für eine Weile aushelfen." Und plötzlich merkte sie, wie erleichtert sie war, dass sie nicht länger allein sein musste.

„Papa hat immer gesagt, dass du eines Tages zu uns zurückkommen wirst", sagte ihre Mutter lächelnd.

Livvy verdrehte die Augen. „Na großartig. Die Prinzessin ist so überaus gnädig, uns erbärmlichen Landeiern bei der Führung des Restaurants zu helfen."

EINE Woche später befand sich Angie auf dem Weg nach West End. Sie war ihren Umzug in ihre Heimatstadt angegangen wie alles, was sie anpackte: zügig und direkt. Ihren Job in der Werbeagentur hatte sie gekündigt und versuchte nicht zu sehr daran zu denken, wie oft Conlan sie gebeten hatte, genau das zu tun. *Wie sollen wir denn zur Ruhe kommen, wenn du stets auf Hochtouren läufst? Die Ärzte haben gesagt …*

Sie drehte das Autoradio lauter und trat aufs Gaspedal. Die Fahrt verging wie im Flug, und als sie West End erreichte, kam es ihr vor, als ob die kleine Stadt sie willkommen hieße. Es hatte zu regnen aufgehört. Die Straßen und das Laub der Bäume glitzerten in der Sonne, und die weichen Pastelltöne der Geschäftsfassaden an der Hauptstraße wirkten richtig malerisch. Angie öffnete das Fenster und atmete den Geruch von salziger Meerluft und harzigem Tannenduft ein.

An diesem Septembernachmittag war einiges los auf den Straßen. Vor der Apotheke stand Mr Peterson und hob grüßend die Hand, als Angie vorbeifuhr. Angie winkte zurück. Vermutlich würde er gleich hinübergehen in den Haushaltswarenladen nebenan, um Mr Tannen zu erzählen, dass Angie DeSaria wieder da war, und mit bekümmerter Miene hinzufügen: „Das arme Ding. Sie wissen, dass sie geschieden ist?"

Angie näherte sich einer Ampel – insgesamt gab es vier in West End – und fuhr langsamer. Sie wollte gerade links einbiegen, um zum Haus ihrer Eltern zu fahren, als ihr plötzlich war, als hörte sie den Ruf des Meeres. Rasch bog sie rechts ab und folgte der langen, gewundenen Straße, die aus

West End hinausführte. Links von ihr lagen die unendlichen Weiten des Pazifischen Ozeans und auf den Dünen wehte das Seegras.

Es war eine andere Welt hier draußen. Nur wenige Häuser gab es hier, und obwohl hin und wieder Schilder auf kleine Ferienhäuschen hinwiesen, lagen sie so versteckt, dass sie von der Straße aus nicht zu sehen waren. Noch immer war dieser Küstenstrich so, wie er in Angies Kindheit und Jugend gewesen war: unerschlossen und ursprünglich.

Schließlich kam sie zu einem verwitterten, rostigen Briefkasten mit der Aufschrift DESARIA und bog in die vollkommen zugewachsene Auffahrt ein. Das Grundstück war von einem dichten Teppich aus Kiefernnadeln und großen Farnen bedeckt.

Angie hielt vor dem Haus und schaltete den Motor aus. Ihr Vater hatte es vor vielen Jahren mit eigenen Händen erbaut. Das ursprüngliche Rotbraun der Holzschindeln war inzwischen durch Wind, Wetter und Sonne so ausgeblichen, dass es silbergrau wie Treibholz geworden war.

Als sie aus dem Auto kletterte, vernahm Angie die Sinfonie ihrer Kindheitssommer: das dumpfe Donnern der Brandung, das Rauschen des Windes in den Bäumen. Irgendwo in der Nähe ließ jemand einen Drachen steigen, und die Schnüre knatterten leise.

Plötzlich waren sie wieder präsent, all die komischen, empörenden und süßen Momente ihrer Kindheit und Jugend. Da drüben, hinter dem Brunnen, war immer das beste Versteck von allen gewesen. Und weiter hinten, verborgen von zwei gigantischen Kiefern, war die Farngrotte. Einmal hatten Conlan und sie mit ihren Nichten und Neffen eine ganze Nacht dort verbracht. Sie hatten zwischen den hohen Farnen Piraten gespielt, am Lagerfeuer gesessen, Gespenstergeschichten erzählt und Stockbrot geröstet. Damals hatte sie noch gedacht, dass sie so etwas eines Tages auch mit ihren eigenen Kindern erleben würden.

Angie seufzte und trug ihr Gepäck ins Haus. Links lag die Küche mit den gelb gestrichenen Schränken, den auf italienische Art gekachelten Arbeitsflächen und einem kleinen Esstisch in der Ecke. Den Rest des Erdgeschosses nahm der Wohnraum ein. An der Nordwand war ein aus Naturstein gemauerter Kamin und davor standen zwei blaue Sofas, ein Couchtisch und der alte Ledersessel ihres Vaters.

„Hallo, Papa“, wisperte Angie.

Die einzige Antwort war das Geräusch des Windes, der an den Fenstern rüttelte. Es klang wie das Knarren von Conlans Schaukelstuhl auf Holzdielen … Angie schüttelte den Kopf. Es war töricht gewesen zu glauben, dass sie nur durch einen Ortswechsel ihren Erinnerungen entkommen könnte. Wie denn auch? Natürlich hatte sie alle Probleme und Enttäuschungen hierher mitgebracht.

Langsam stieg Angie die Treppe hinauf und betrat das Schlafzimmer ihrer Eltern. Sie legte sich aufs Bett und rollte sich zusammen.

Es war doch keine so gute Idee gewesen, hierher zurückzukommen.

AM NÄCHSTEN Morgen erwachte Angie, als die Morgensonne ins Zimmer schien. Ihre Augen brannten und fühlten sich geschwollen an. Offensichtlich hatte sie wieder einmal im Schlaf geweint, aber damit musste jetzt endlich Schluss sein.

Energisch öffnete Angie ihren Koffer, holte sich frische Sachen heraus und ging ins Bad. Nach einer heißen Dusche fühlte sie sich schon erheblich besser. Sie band ihre Haare zu einem Pferdeschwanz zusammen, schlüpfte in eine Jeans und einen Rollkragenpulli. Sie wollte gerade das Haus verlassen, als sie zufällig einen Blick durchs Fenster warf.

Auf einem umgestürzten Baumstamm hockte ihre Mutter und redete heftig gestikulierend auf jemanden ein. Rasch lief Angie die Treppe hinunter und trat auf die Veranda, aber sie konnte außer ihrer Mutter niemanden entdecken.

„Wir wussten, dass du irgendwann herauskommst“, sagte ihre Mutter zu ihr, als sie sich neben sie setzte.

„Wir?“

„Dein Vater und ich.“

Also sprach sie noch immer mit ihm! Angie konnte ihrer Mutter kaum einen Vorwurf daraus machen, dass sie nicht loslassen konnte, aber ganz im Stillen fragte sie sich doch, ob diese Zwiegespräche nicht einen Anlass zur Sorge gaben. Behutsam berührte sie die Hand ihrer Mutter. „Und was sagt er?“

Erleichtert holte ihre Mutter Luft. „Deine Schwestern wollen, dass ich endlich mal zum Arzt gehe, aber du willst wissen, was Papa zu sagen hat. Ach, Angie, ich bin ja so froh, dass du wieder hier bist!“ Sie zog sie fest an sich. „Weißt du schon, ob du hierbleibst?“

„Wie meinst du das?“

„Mira meint, du brauchst nur jetzt gerade jemanden, der sich um dich kümmert, und einen Tapetenwechsel, bis es dir wieder besser geht. Die Leitung eines schlecht gehenden Restaurants ist keine leichte Sache. Sie ist der Meinung, dass du nächste Woche wieder weg bist.“

„Und was glaubst du?"

Ihre Mutter biss sich auf die Unterlippe. Diese nervöse Angewohnheit war Angie so vertraut wie das Rauschen des Meeres. „Papa sagt, dass er zwanzig Jahre darauf gewartet hat, dass du sein Restaurant übernimmst. Und er will nicht, dass sich dir irgendjemand in den Weg stellt."

Angie musste lächeln. Das war typisch ihr Vater! „Ich weiß nicht, ob ich euch wirklich helfen kann. Was ist, wenn ich gar nicht weiß, wo ich anfangen soll?"

„Du machst das schon."

Ihre Mutter legte einen Arm um Angie. Lange Zeit saßen sie schweigend nebeneinander und blickten auf den Ozean hinaus. „Woher wusstest du eigentlich, dass ich hier bin?", erkundigte sich Angie schließlich.

„Mister Peterson sah dich gestern vorbeifahren."

„Willkommen in der Kleinstadt!" Angie musste lachen, aber trotzdem gab es ihr ein gutes Gefühl, dass die Menschen im Ort sie kannten und Anteil nahmen.

In dem Moment hörten sie Motorgeräusche, und wenig später hielt ein tannengrüner Minivan vor dem Haus. Die Tür öffnete sich, und Mira stieg aus. Sie trug eine verwaschene Jeanslatzhose und ein altes T-Shirt. Im Arm hatte sie einen Stapel Kassenbücher. „Was du heute kannst besorgen und so weiter", verkündete sie. „Am besten guckst du sie gleich mal durch, bevor Livvy merkt, dass sie weg sind."

Maria DeSaria strahlte. „Siehst du", sagte sie. „Die Familie lässt dich nicht im Stich. Einer sagt dir immer, wie du weitermachen sollst."

IM FEINEN Nieselregen wirkte der mit Ziegelsteinen gepflasterte Hof der Fircrest Academy glänzend und wie frisch lackiert. Lauren Ribido stand neben dem Fahnenmast und sah zum zwanzigsten Mal in den letzten zehn Minuten auf ihre Armbanduhr. Inzwischen war es Viertel nach sechs.

Ihre Mutter hatte ihr fest zugesagt, pünktlich um halb sechs hier zu sein. Lauren konnte nicht fassen, dass sie wieder einmal darauf hereingefallen war. Dabei wusste sie es doch besser! Die Happy Hour in der „Tides Tavern" war schließlich erst um halb sieben zu Ende. Aber warum tat die Enttäuschung dann trotzdem so weh? Warum hatte sie sich immer noch kein dickes Fell zugelegt?

Frustriert lief sie auf die Sporthalle zu. Als sie die Tür fast erreicht hatte, rief jemand ihren Namen.

David! Lächelnd drehte sie sich um und sah, wie er aus einem neuen schwarzen Cadillac Escalade sprang und die Tür mit der Hüfte zustieß. David trug blaue Markenturnschuhe und einen gelben Kaschmirpullover. Seine blonden Haare waren nass vom Regen, aber auch so war er der bestaussehende Junge der ganzen Schule.

„Ich dachte, du wärst längst drinnen!“, rief er und rannte auf sie zu.

„Meine Mutter ist nicht gekommen.“

„Öfter mal was Neues.“ Er zog sie in seine Arme, und für einen kurzen Moment war ihre Welt wieder in Ordnung.

„Und was ist mit deinem Vater?“, fragte sie ihn leise und hoffte, dass Mr Haynes wenigstens dieses eine Mal Zeit für David gefunden hatte.

„Keine Chance.“ Die Bitterkeit in seiner Stimme war nicht zu überhören. Lauren wollte ihm gerade sagen, dass sie ihn liebte, als sie das Klappern hoher Absätze hörte.

„Hallo Lauren.“

Sie löste sich aus Davids Umarmung und sah seine Mutter an. „Guten Abend, Mrs Haynes.“

„Wo ist denn deine Mutter?“

Lauren dachte daran, wo ihre Mutter im Moment wahrscheinlich war: auf einem Barhocker in der Tides Tavern, im Mundwinkel eine geschnorrte Zigarette. „Sie muss länger arbeiten“, sagte sie.

„Am Abend der College-Informationsveranstaltung?“

Lauren hasste die Art, wie Mrs Haynes sie ansah, mit diesem „Du armes, armes Kind“-Ausdruck im Gesicht. Es war ein Blick, den sie seit ihrer frühesten Kindheit kannte. „Sie konnte sich leider nicht freinehmen.“

„Im Gegensatz zu Dad“, stellte David fest.

„Aber David“, entgegnete Mrs Haynes seufzend, „du weißt doch, dass dein Vater gekommen wäre, wenn er es hätte einrichten können.“

„Ja, natürlich.“ Er legte einen Arm um Laurens Schultern. Zusammen gingen sie hinüber zum Portal der Sporthalle, und Lauren versuchte, positiv zu denken. Auf keinen Fall durfte sie sich durch die Abwesenheit ihrer Mutter entmutigen lassen. Heute musste sie den Blick fest auf ihr Ziel gerichtet halten, und das Ziel war ein Stipendium für die Universität, auf die auch David gehen würde.

Sie war fest entschlossen, dieses Ziel zu erreichen. Schließlich hatte sie es auch an die Fircrest Academy geschafft, eine der besten Privatschulen im Bundesstaat Washington. In der vierten Klasse war sie mit ihrer Mutter von Los Angeles nach West End gezogen. Damals war sie furchtbar schüchtern gewesen, ein Mädchen, das aus Scham über seine schäbige Kleidung kaum gewagt hatte, den Mund aufzumachen. Irgendwann hatte sie den Fehler begangen, ihre Mutter zu bitten, ihr neue Schuhe zu kaufen.

„Die alten kann ich echt nicht mehr tragen, die haben Löcher in den Sohlen, Mommy. Wenn es regnet, kriege ich klatschnasse Füße."

„Wenn du nach mir kommst, gewöhnst du dich daran", hatte ihre Mutter nur gesagt.

Wenn du nach mir kommst ... Diese Worte waren für Lauren der Ansporn gewesen, ihr Leben fortan selbst in die Hand zu nehmen.

Und damit hatte sie gleich am nächsten Tag begonnen, indem sie den Nachbarn in dem heruntergekommenen Wohnblock, in dem sie mit ihrer Mutter lebte, ihre Dienste angeboten hatte. Sie fütterte die Katzen der alten Mrs Teabody im Apartment 4A und putzte Mrs Mauks Küche. Das Geld, das sie verdiente, sparte sie für neue Kleidung, und als Lauren aussah wie alle anderen, legte sie auch ihre Scheu ab und begann zu lächeln, zu winken und schließlich zu grüßen. Sie meldete sich für alle freiwilligen Aufgaben. Als es darum ging, auf welche Highschool sie gehen konnte, begannen sich ihre Bemühungen auszuzahlen. Sie bekam ein Stipendium für die Fircrest Academy, eine katholische Highschool, an der noch Schuluniformen getragen wurden. Sie wurde zur Klassensprecherin gewählt und war seither nie mehr ohne Amt gewesen. Lauren organisierte alle Schulpartys und saß als Oberstufensprecherin in der Schülervertretung. Vor vier Jahren war sie zum ersten Mal mit David ausgegangen, hatte sich sofort in ihn verliebt, und seither waren die beiden unzertrennlich.

Lauren warf einen Blick in die zum Bersten volle Sporthalle. Sie schien die Einzige zu sein, die nicht wenigstens von einem Elternteil begleitet wurde. Obwohl sie an dieses Gefühl des Alleinseins gewöhnt war, musste sie kurz anhalten, um sich auf die Situation einzustellen.

David drückte ihre Hand. „Na, Trixie, wollen wir nicht reingehen?"

Lauren lächelte, als er sie bei ihrem Kosenamen nannte. Er wusste genau, wie nervös sie war.

„Okay, Speed Racer", sagte sie.

Mrs Haynes ging voran, Lauren und David folgten. Ihre Mitschüler machten ihnen den Weg frei, um sie durchzulassen. Sie waren ebenso beliebt wie bekannt: das Paar, von dem alle glaubten, dass es eines Tages heiraten würde.

Sie gingen an der Reihe der Informationsstände entlang und sprachen mit den Repräsentanten der einzelnen Universitäten. Wie immer tat David alles, um Lauren zu unterstützen. Er erzählte jedem von ihren guten Zensuren und brillanten Leistungen und schien fest davon überzeugt zu sein, dass ihr jede Menge Stipendien angeboten werden würden. David hatte immer in einer Welt gelebt, in der ihm alles zugefallen war, und da war es leicht für ihn, an Wunder zu glauben.

Schließlich blieb er vor dem Infostand der Universität Stanford stehen. Wahrscheinlich würde David in Stanford studieren – an der Universität, die schon seine Eltern und sein Großvater besucht hatten, an der einzigen Hochschule an der Westküste, die es mit Yale oder Harvard aufnehmen konnte. Da reichten brillante Zensuren nicht. Auch glänzend bestandene Eignungstests garantierten keine Zulassung. Man musste auch Beziehungen haben.

Nie im Leben würde sie ein Stipendium für Stanford bekommen.

David drückte ihre Hand fester. Glaub einfach dran, sagte sein offenes Lächeln.

„Ich möchte Ihnen meinen Sohn vorstellen“, sagte Mrs Haynes gerade. „David Ryerson-Haynes.“

Das Familienunternehmen, die bekannte Ryerson-Haynes Paper Company, brauchte Mrs Haynes gar nicht zu erwähnen.

„Und das hier ist Lauren Ribido“, fügte David hinzu und drückte wieder ihre Hand. „Sie wäre eine echte Bereicherung für die Studentenschaft von Stanford.“

Der Collegevertreter lächelte David an. „Guten Tag. Sie haben also die Absicht, in die Fußstapfen Ihrer Familie zu treten, David. Wie schön. Wir in Stanford …“

Lauren stand da, hörte zu, hielt Davids Hand und wartete geduldig darauf, dass der Mann ihr seine Aufmerksamkeit zuwandte. Doch das geschah nicht.

DER BUS hielt an der Straßenecke. Rasch hob Lauren ihren Rucksack vom Boden auf und eilte zur Tür.

„Schönen Abend noch!“, rief ihr Luella, die Busfahrerin, zu.

Lauren winkte ihr kurz zu und lief die Main Street hinunter. Hier im Zentrum zeigte sich West End von seiner attraktivsten Seite. Vor Jahren hatten die Stadtväter beschlossen, auf die malerische viktorianische Architektur zu setzen, und den Ort unter Hochdruck restauriert. Es gab die ersten Sandburg- und Angelwettbewerbe, dann kamen die Touristen, und inzwischen war West End ein beliebtes Ausflugsziel geworden.

Doch wie alle Orte hatte auch West End seine vergessenen Viertel, düstere Ecken, die den Touristen verborgen blieben und von den Einheimischen gemieden wurden. Laurens Wohngegend.

Sie verließ die Main Street und lief zügig weiter. Mit jedem ihrer Schritte wurde die Umgebung schäbiger und trostloser. Weder zierten hier viktorianisch inspirierte Schnörkel die Hausfassaden, noch luden pittoreske Pensionen zu Übernachtungen ein oder warben Plakate für Spritztouren mit dem Wasserflugzeug. Die einzige Beleuchtung kam hier von den Neonreklamen.

Lauren nahm ihre Umgebung genau wahr, achtete auf jeden unvertrauten Schatten, jedes unbekannte Geräusch, verspürte aber keine Angst. Seit sechs Jahren war sie in dieser Straße zu Hause. Auch wenn die meisten ihrer Nachbarn auf der Schattenseite des Lebens ihr Dasein fristeten, achteten sie doch aufeinander.

Ihr Zuhause war ein heruntergekommenes sechsgeschossiges Mietshaus neben einem verwahrlosten, unbebauten Grundstück. Lauren drückte die Haustür auf – das Schloss war im letzten Jahr fünfmal aufgebrochen worden, und die Hausmeisterin Mrs Mauk weigerte sich, es erneut reparieren zu lassen – und rannte die Treppe zum vierten Stockwerk hinauf. So leise sie konnte, schlich sie an der Wohnung von Mrs Mauk vorbei.

„Lauren? Bist du das?“

Sie drehte sich um und bemühte sich um ein Lächeln. „Hallo Mrs Mauk.“

Die Hausmeisterin trat in den düsteren Flur. Im Licht, das aus ihrer Wohnung schien, wirkte sie bleich, aber ihr Lächeln war nicht unfreundlich. Sie trug ihre unvermeidliche geblümte Kittelschürze. „Ich war heute im Salon. Deine Mutter ist nicht zur Arbeit erschienen.“

„Sie ist krank.“

Mrs Mauk schnalzte mit der Zunge. „Hat sie wieder einen neuen Freund? Na, mir kann es ja egal sein. Ihr seid mit der Miete im Rückstand. Ich brauche das Geld spätestens am Freitag.“

„Okay.“ Lauren konnte beim besten Willen nicht mehr lächeln.

Mrs Mauk musterte sie von Kopf bis Fuß. „Der Mantel, den du da trägst, kann doch unmöglich warm genug sein. Sag deiner Mutter …“

„Mach ich. Wiedersehen!“ Sie drehte sich um und rannte die Treppe hinauf.

Die Tür war nur angelehnt, Licht fiel durch den Spalt. Für Lauren war das kein Grund zur Beunruhigung. Ihre Mutter vergaß häufig, die Wohnungstür zuzumachen, und sie schloss sie nie ab. Der Grund war, dass sie schon zu oft den Schlüssel verloren hatte. Jedenfalls sagte sie das immer.

Lauren ging hinein und schloss die Tür. Die Wohnung war ein einziges Chaos. Auf dem Couchtisch stand eine offene Pizzaschachtel mit angetrockneten Essensresten, daneben eine ganze Batterie von Bierflaschen. Überall lagen zusammengeknüllte Kartoffelchipstüten. Es stank nach kaltem Zigarettenrauch und Schweiß.

Mit weit von sich gestreckten Armen und Beinen lag ihre Mutter auf dem Sofa und schnarchte laut.

Seufzend räumte Lauren den Abfall weg und kniete sich dann neben die Couch. „Komm, Mom, ich bringe dich ins Bett."

„Was? Wie?" Ihre Mutter fuhr hoch und starrte sie mit getrübtem Blick an. Ihr kurzes, zurzeit platinblondes Haar stand wirr in alle Richtungen, und sie war sehr blass. Mit unsicherer Hand griff sie nach der offenen Bierflasche, die auf dem Tisch stand, nahm einen tiefen Schluck, wollte sie wieder abstellen, verfehlte aber den Tisch. Die Flasche landete auf dem Fußboden, und der Inhalt ergoss sich auf den Teppich.

Lauren sah ihre Mutter an, wie sie mit zur Seite geneigtem Kopf dasaß. Sie sah aus wie eine kaputte Puppe. Von ihrer einstigen Schönheit waren nur noch Reste zu erahnen; sie war der Zeit zum Opfer gefallen wie der Goldrand eines alten, abgenutzten Porzellantellers.

„Er hat mich verlassen."

„Wer, Mom?"

„Cal. Dabei hat er geschworen, dass er mich liebt."

„Das tun sie doch immer." Lauren bückte sich nach der Bierflasche und fragte sich, ob noch genügend Papiertücher da waren, um die Lache aufzuwischen. Wahrscheinlich nicht. Ihre Mutter brachte in der letzten Zeit immer weniger Geld nach Hause. Angeblich weil immer weniger Frauen in den Salon kamen, doch Lauren vermutete, dass das nur die halbe Wahrheit war, denn der Friseursalon war in derselben Straße wie die Tides Tavern.

Ihre Mutter steckte sich eine Zigarette an. „Sieh mich nicht schon wieder so an. Ich kann ihn nicht leiden, diesen ‚Scheiße, meine Mom ist eine Versagerin'-Blick."

Lauren hockte sich auf den Couchtisch. Sosehr sie sich auch bemühte, das Gefühl, dass ihre Mutter sie einmal mehr im Stich gelassen hatte, ließ sich einfach nicht verdrängen. „Heute war die College-Informationsveranstaltung", sagte sie.

Ihre Mutter zog an ihrer Zigarette und runzelte die Stirn. „Ich dachte, die ist erst Dienstag."

„Heute ist Dienstag.“

„Verdammt!“ Ihre Mutter lehnte sich auf dem lindgrünen Sofa zurück. „Tut mir leid, Schätzchen. Das habe ich total verschwitzt.“ Sie rutschte ein bisschen zur Seite. „Komm, setz dich zu mir. Wie war es denn?“

Sie setzte sich zu ihrer Mutter aufs Sofa. „Ich habe einen netten Mann von der University of California kennen gelernt. Er meinte, ich sollte versuchen, von ehemaligen Studenten eine Empfehlung zu bekommen.“ Sie holte tief Luft. „Es ist eben immer sehr hilfreich, wenn man Beziehungen hat.“

„Aber nur wenn die dann auch die Rechnungen bezahlen.“

Lauren zuckte bei dem scharfen Ton in der Stimme ihrer Mutter zusammen. „Ich kriege bestimmt ein Stipendium, Mom. Du wirst schon sehen.“

Ihre Mutter zog intensiv an ihrer Zigarette, atmete wieder aus und musterte Lauren durch die dünne Rauchwolke.

Lauren wappnete sich. Sie wusste, was jetzt kam. Nein, nicht heute, dachte sie. Bitte nicht …

„Ich war damals auch ganz sicher, dass ich ein Stipendium kriege, weißt du.“

„Ich weiß, Mom. Lass uns lieber über etwas anderes reden. Ich habe übrigens für mein Referat in Geschichte eine Eins plus bekommen.“ Lauren wollte aufstehen, aber ihre Mutter hielt sie am Handgelenk fest.

„Meine Noten waren auch gut“, sagte ihre Mutter, ohne zu lächeln. „Ich war richtig gut in Sport, meine Testergebnisse konnten sich auch sehen lassen, und ich war schön. Alle haben gesagt, dass ich aussehe wie Heather Locklear, du weißt schon, die kleine Blonde vom ‚Denver-Clan‘.“

Lauren seufzte. „Ich weiß.“

„Dann ging ich mit Thad Marlow tanzen. Ein paar Küsse, einige Gläser Tequila, und schwupp! ging er mir an die Wäsche. Vier Monate später, im letzten Jahr an der Highschool, musste ich mir Umstandskleidung kaufen. Für mich gab es kein Stipendium, kein College, keinen anständigen Job. Wenn nicht die Kosmetikschule gewesen wäre, würde ich heute vermutlich auf der Straße leben und …“

„Glaub mir, Mom, ich weiß, dass ich dein Leben ruiniert habe.“

Ihre Mutter seufzte. „Das hast du gesagt, nicht ich.“

„Ich frage mich, ob er noch andere Kinder bekommen hat“, sagte Lauren wie jedes Mal, wenn ihr Vater erwähnt wurde.

„Woher soll ich das wissen? Er war schon weg, als du noch gar nicht geboren warst.“

„Manchmal wünschte ich, ich hätte mehr Verwandte."

Ihre Mutter machte eine abfällige Geste und zog an ihrer Zigarette. „Familie ist gut und schön, Lauren, aber nur, bis du Mist baust. Dann geht es dir besser, wenn du keine hast."

„Ich wünschte bloß …"

„Unsinn. Familie macht einen nur unglücklich."

„Ja, ich weiß", sagte Lauren müde.

Drei

Nach ihrer Rückkehr nach West End tat Angie das, was sie am besten konnte: sie konzentrierte sich voll auf ihr Projekt. Sie stand früh auf und verbrachte den ganzen Tag mit Recherchen. Sie rief ehemalige Kunden an, die mit der Gastronomiebranche zu tun hatten, und notierte sich ihre Ratschläge. Danach knöpfte sie sich die Kassenbücher vor, bis ihr Einnahmen und Ausgaben bis auf Dollar und Cent genau vertraut waren. Als sie damit fertig war, suchte sie die Bibliothek auf, wo sie Stunde um Stunde vor Stapeln von Büchern und Zeitungsartikeln verbrachte.

Als die Bibliothek zumachte, lief Angie mit einer Tasche voll Büchern zu ihrem Auto, fuhr zum Strandhaus zurück und las weiter. Irgendwann schlief sie auf dem Sofa ein, was ihr zurzeit sehr viel angenehmer war, als allein im Bett zu liegen.

Während sie ihre Nachforschungen anstellte, rief ihre Familie in regelmäßigen Abständen an. „Was nützt die ganze Theorie, wenn du von der Praxis keine Ahnung hast?", fragte ihre Mutter jedes Mal.

„Bei mir funktioniert die Praxis nicht, wenn ich von der Theorie keine Ahnung habe, Mama", entgegnete Angela.

„So gründlich warst du schon als Kind!", sagte ihre Mutter dann.

Angie wusste, dass ihre Mutter damit Recht hatte. Wenn sie etwas anfing, gab es keine halben Sachen und erst recht kein Zurück. Diese Veranlagung hatte ihr beruflichen Erfolg beschert, aber privat war sie ihr zum Verhängnis geworden, als sie beschlossen hatte, dass sie Kinder haben wollte. Ihr Kinderwunsch war unerfüllt geblieben, aber sie hatte einfach nicht aufhören können, sich weiterhin eine Familie zu wünschen, und hatte damit schließlich ihre Ehe zerstört.

Manchmal, mitten bei der Arbeit, kehrten ihre Gedanken wie von selbst in die Vergangenheit zurück. Inzwischen würde Sophia bestimmt schon laufen können, dachte sie dann. Diesen Song hat Conlan besonders gern gehört …

Der Schmerz, den diese Gedanken verursachten, war so, als ob sie barfuß auf eine Glasscherbe treten würde. Sie zog zwar die Glasscherbe heraus und machte weiter, aber der Schmerz blieb.

Am Mittwochnachmittag hatte Angie das Gefühl, dass sie genug recherchiert hatte. Sie fuhr in die Stadt und parkte vor dem Restaurant. Mit ihrem Notizblock in der Hand, stieg sie aus – und bemerkte als Erstes, dass die Backsteinfassade dringend ausgebessert und die Regenrinne erneuert werden musste. Außerdem fehlten auf dem roten Neonschild mit der Aufschrift DESARIA'S der Apostroph und das I.

Sie blieb stehen und begann sich Notizen zu machen: *Dachziegel, Fassade überholen, Bürgersteig reinigen, Schild.* Dann stieg sie die beiden Stufen zum Eingang hinauf und blieb stehen. In einem Glaskasten an der Wand hing die Speisekarte. Spaghetti mit Fleischklößchen kosteten 5,95 $, Lasagne mit Salat 6,95 $.

Kein Wunder, dass sie nicht zurechtkamen. *Preise. Speisekarte.*

Angie öffnete die Tür.

Seit zwanzig Jahren hatte sich nichts verändert: die gedämpfte Beleuchtung, die rot-weiß karierten Tischdecken, die Bilder von italienischen Landschaften an den Wänden. Fast rechnete sie damit, ihren Vater um die Ecke kommen zu sehen, der sich lächelnd die Hände an seiner Schürze abwischte und sagte: *„Bella Angelina, du bist wieder da …“*

„Na endlich“, sagte Livvy. „Ich hatte schon befürchtet, dass du in deiner einsamen Hütte gestürzt bist und nicht wieder aufstehen konntest.“

Sie stand neben dem Tisch mit den Speisekarten, trug eine enge schwarze Jeans, eine schwarze, schulterfreie Bluse und hochhackige Pantöffelchen. Von ihr ging eine Art angespannter Feindseligkeit aus.

„Ich bin hier, um euch zu helfen, Livvy“, sagte Angie.

„Bedauerlicherweise kannst du nicht kochen. Außerdem hast du nicht mehr in unserem Restaurant gearbeitet, seit du deine Zahnspange losgeworden bist. Nein, warte. Du hast noch *nie* hier gearbeitet.“

„Ich möchte nicht mit dir herumstreiten, Livvy.“

Livvy seufzte. „Entschuldige. Aber die Situation hier macht mich fix und fertig. Wir haben kaum noch Einnahmen, was Mama aber nicht davon abhält, immer noch mehr Lasagneteig zu kneten. Mira macht mir ständig Vorwürfe, doch wenn ich sie um Hilfe bitte, sagt sie nur, dass sie nichts von Buchführung versteht und nur kochen kann. Und wer bietet mir dann schließlich seine Hilfe an? Du. Papas Prinzessin. Ich weiß wirklich nicht, ob ich jetzt lachen oder weinen soll.“ Sie zog ein Feuerzeug aus der Tasche und steckte sich eine Zigarette an. „Ich geh draußen eine rauchen. Sag mir Bescheid, wenn du eine Lösung für unsere Probleme gefunden hast.“

Angie sah ihrer Schwester einen Moment hinterher, bevor sie in die Küche lief, wo ihre Mutter Teigblätter in Lasagneformen schichtete. Neben ihr stand Mira und häufte Fleischbällchen auf ein riesiges Tablett.

„Angie!“, rief Mama erfreut. „Möchtest du kochen lernen?“

„Damit werde ich das Restaurant kaum retten können, Mama. Ich mache mir lieber Notizen.“

„Notizen?“ Mamas Lächeln verblasste.

„Über Dinge, die möglicherweise verbessert werden müssen.“

„Und damit fängst du ausgerechnet in *meiner* Küche an? Dein Papa …“

„Entspann dich, Mama. Ich sehe mich nur ein wenig um.“

Ihre Mutter wandte sich ab und begann die Nudelschicht mit einer Ricotta-Petersilien-Mischung zu bedecken. Mira und Angie sahen sich an. Beiden war klar, dass es schwieriger werden würde, als sie gedacht hatten. Eine mürrische Livvy war eine Sache, eine gekränkte Maria DeSaria eine ganz andere.

Angie brauchte einen Moment, bis sie sich traute, die erste ihrer Fragen zu stellen: „Wann wurde eigentlich das letzte Mal die Speisekarte geändert?“

„In dem Sommer, in dem ich im Ferienlager war.“ Mira schmunzelte.

„Sehr komisch“, fauchte Maria DeSaria. „Unsere Stammkunden lieben unsere Gerichte.“

„Das bezweifle ich nicht. Ich würde nur gern wissen, seit wann die Karte gleich geblieben ist.“

„Neunzehnhundertfünfundsiebzig.“

„Und bietet ihr ein besonderes Tagesgericht an?“

„Alle unsere Gerichte sind etwas Besonderes. Du bist nicht in Seattle, Angela. Hier haben wir unsere eigenen Gewohnheiten. Dein Papa – er ruhe in Frieden – hatte nie etwas einzuwenden.“ Kämpferisch reckte ihre Mutter das Kinn in die Luft. „Und jetzt entschuldige mich bitte, ich habe zu tun.“

Angie zuckte die Achseln und kehrte in den leeren Gastraum zurück. Livvy stand wieder am Tisch neben der Tür und unterhielt sich mit Rosa, die seit den Siebzigerjahren im DeSaria’s bediente. Angie winkte ihnen zu und ging die Treppe zum Büro ihres Vaters hinauf.

Sie blieb in der Tür stehen und sah in den stillen, leeren Raum. Ihr war, als ob ihr Vater immer noch an dem wuchtigen Eichenschreibtisch saß und über den Kassenbüchern brütete. Angie seufzte, setzte sich auf den Platz ihres Vaters und fing an, die Einnahmen- und Ausgabenbücher und Steuererklärungen durchzusehen. Als sie ein paar Stunden später damit fertig war, wusste Angie, dass das DeSaria's tatsächlich in ernsthaften Schwierigkeiten steckte. Müde rieb sie sich die Augen und ging die Treppe hinunter.

Es war sieben Uhr, Abendessenszeit. Aber im Restaurant waren nur zwei Tische besetzt.

„Ist es immer so leer?", fragte sie Livvy, die ihre Fingernägel betrachtete.

„Am letzten Dienstag hatten wir den ganzen Abend über nur drei Gäste. Und alle bestellten Lasagne. Schreib dir das lieber auf."

„Gab es denn etwas außer Lasagne?"

„Fängst du schon wieder an zu kritisieren?"

„Ich will dich nicht kritisieren, Livvy. Ich will euch helfen."

„Du willst uns helfen? Dann sag mir mal, wie wir Rosa ihren Lohn zahlen sollen." Sie blickte flüchtig zu der älteren Kellnerin hinüber, die sich im Schneckentempo durchs Restaurant bewegte.

„Wenn hier wieder mehr Geld reinkommen soll, dann sind ein paar Veränderungen unvermeidlich", begann Angie vorsichtig.

„Zum Beispiel?"

„Die Speisekarte. Werbung. Ausstattung. Preisgestaltung. Ihr kauft viel zu viel ein und müsst dann eine Menge wegwerfen."

„In der Küche eines Restaurants muss man nun mal für eine bestimmte Zahl Gäste kochen, selbst wenn sie dann nicht kommen."

„Ich sage doch nur …"

„Dass wir alles falsch machen!", rief sie so laut, dass ihre Mutter es hörte und aus der Küche geeilt kam.

„Was war das gerade?"

„Nach ein paar Stunden hier weiß Angie bereits genau, dass wir nicht die leiseste Ahnung haben, wie man ein Restaurant führt."

Ohne ein Wort zu sagen, sah ihre Mutter sie an, drehte sich dann um und lief in eine Ecke, wo sie lautlos ihre Lippen bewegte.

Livvy verdrehte die Augen. „Na klasse. Sie fragt Papa um Rat."

Als ihre Mutter zurückkam, verschränkte sie die Arme und biss sich auf die Unterlippe. Dann sah sie Livvy an. „Papa meint, wir sollten auf Angie hören. Zunächst einmal."

Livvy funkelte Angie zornig an. „Ich brauche mir dieses Theater nicht bieten zu lassen. Ich habe einen Mann, der es sehr gern sehen würde, wenn ich abends zu Hause bliebe und für Nachwuchs sorgte."

Das saß. Angie zuckte sichtbar zusammen.

„Und genau das werde ich auch tun." Livvy tätschelte Angies Rücken. „Viel Glück mit dem Restaurant, kleine Schwester. Es gehört dir. Ab jetzt kannst *du* jeden Abend und an den Wochenenden arbeiten." Sie drehte sich um und verschwand durch die Tür.

Angie sah ihr nach. „Ich habe nur gesagt, dass wir ein paar Sachen ändern müssen."

„Aber nicht an der Speisekarte." Maria DeSaria verschränkte wieder die Arme. „Die Gäste *lieben* meine Lasagne."

LAUREN versuchte sich auf die Multiple-Choice-Frage auf dem Übungsblatt zu konzentrieren, doch die Antwortmöglichkeiten verschwammen vor ihren müden Augen. In den vergangenen Wochen hatte sie täglich stundenlang für die bevorstehende Eignungsprüfung gelernt. Ihr war aber auch bewusst, dass es überhaupt nichts brachte, wenn sie den Test bestand, aber im Unterricht einschlief. Seufzend griff sie zu ihrem Stift. Sie hatte diesen Übungstest schon im letzten Jahr abgelegt und ein gutes Ergebnis erzielt. Diesmal erhoffte sie sich die Höchstpunktzahl. Als eine Stunde später der Wecker klingelte, hatte sie weitere fünf Seiten bewältigt.

Lauren ging in die Küche, um sich vor der Arbeit etwas zu essen zu machen. Sie hatte die Wahl zwischen einer Schale Müsli oder einem Apfel und entschied sich für den Apfel. Als sie ihn aufgegessen hatte, zog sie sich eine schwarze Hose und einen pinkfarbenen Pullover an, griff nach ihrem Rucksack – für den Fall, dass sie während ihrer Pause Zeit fand, ihre Trigonometrie-Hausaufgaben zu beenden – und verließ die Wohnung.

Sie rannte die Treppen hinunter und wollte gerade die Haustür aufziehen, als sie eine Stimme hinter sich hörte. „Lauren?"

Sie blieb stehen und drehte sich langsam um.

Mrs Mauk stand in der geöffneten Tür ihrer Wohnung. „Ich warte noch immer auf eure Miete."

„Ich weiß." Sie versuchte ganz ruhig zu bleiben.

„Es tut mir wirklich leid, Lauren, aber ich muss auf pünktlicher Zahlung bestehen. Sonst verliere ich meinen Job."

Lauren sank der Mut. Das hieß, dass sie ihren Chef um einen Vorschuss bitten musste. „Ich werde es meiner Mutter sagen."

„Ja, tu das."

Lauren öffnete die Haustür. „Du bist ein gutes Mädchen, Lauren!", rief Mrs Mauk ihr noch zu. Da Lauren keine Antwort darauf wusste, ging sie einfach weiter, aus der Haustür und in den regnerischen Abend hinaus.

Sie musste mit dem Bus fahren und zweimal umsteigen, um zu der Apotheke zu gelangen, in der sie arbeitete.

„Da bist du ja, Lauren", sagte Sally Ponochek, die Apothekerin, als sie das Geschäft betrat. „Mister Landers möchte dich sprechen."

„Okay, vielen Dank." Lauren brachte ihre Sachen in den Personalraum, stieg dann die Treppe hinauf zum Büro ihres Chefs und überlegte die ganze Zeit, wie sie ihre Bitte um einen Vorschuss vorbringen sollte. Indem sie ihn daran erinnerte, dass sie nun schon fast ein Jahr hier arbeitete, auch an Feiertagen, und nie gefehlt hatte?

„Sie wollen mich sprechen, Mister Landers?" Sie zwang sich zu einem Lächeln.

Er blickte von seinen Unterlagen auf. „Oh, Lauren. Ja." Er fuhr sich mit den Fingern durch seine schütteren Haare und räusperte sich. „Es fällt mir nicht leicht, dir das zu sagen, Lauren. Wir müssen uns leider von dir trennen. Du weißt ja selbst, wie schlecht die Geschäfte in letzter Zeit gegangen sind. Die Zentrale überlegt, ob diese Filiale vielleicht ganz geschlossen werden soll. Es tut mir wirklich sehr leid."

Es dauerte einen Moment, bis Lauren begriffen hatte, worum es ging. „Sie *feuern* mich?"

„Ich würde es eher eine vorübergehende Entlassung nennen. Sobald sich die Lage bessert …" Er reichte ihr einen Umschlag. „Ich habe dir ein glänzendes Zeugnis geschrieben. Ich bedaure es wirklich sehr, dich zu verlieren, Lauren."

IM STRANDHAUS war es unangenehm still. Angie stand am Kamin und blickte auf das mondbeschienene Meer hinaus. Das Feuer erhitzte ihre Beine, konnte sie aber nicht richtig wärmen. Fröstelnd verschränkte sie die Arme.

Es war gerade erst halb neun. Viel zu früh, um ins Bett zu gehen. Sie wandte sich vom Fenster ab und blickte zur Treppe. Wenn sie doch nur die Zeit zurückdrehen könnte, dann wäre sie wieder die Frau, die keine Probleme mit dem Einschlafen hatte.

In Conlans Armen war das nie ein Problem gewesen, und Angie hatte so lange nicht allein geschlafen, dass sie ganz vergessen hatte, wie groß ein

Bett sein konnte und wie viel Wärme vom Körper eines geliebten Menschen ausging. Sie wusste, dass sie heute Nacht bestimmt nicht einschlafen konnte, jedenfalls nicht in ihrem augenblicklichen Gemütszustand.

Angie stand auf, schnappte sich ihren Autoschlüssel und lief zur Tür. Fünfzehn Minuten später stellte sie ihr Auto in Miras Einfahrt ab. Miras Haus stand auf einem winzigen Grundstück neben anderen, ganz ähnlichen Häusern. Im Vorgarten lagen Fahrräder und Skateboards herum. Angie stieg aus. Der Abend war kühl und es regnete schon wieder. Schnell rannte sie zur Tür und klopfte.

Mira öffnete fast sofort. Sie trug ein altes Sweatshirt und eine Trainingshose, die langen lockigen Haare waren offen und standen wild um sie herum. „Ich habe mich schon gefragt, wie lange du da draußen noch allein herumsitzen willst. Komm rein. Irgendwie hatte ich damit gerechnet, dass du heute hier auftauchst!" Sie ging ihrer Schwester voran ins Wohnzimmer, in dem zwei breite braune Sofas auf einen Großbildfernseher ausgerichtet waren. Auf dem Couchtisch standen zwei Gläser Rotwein.

Angie musste lachen. Sie setzte sich aufs Sofa und griff nach einem Weinglas. „Wo steckt die Familie?"

„Die Kleinen schlafen, die Großen machen ihre Hausaufgaben und Vince ist beim Bowlen." Mira streckte sich auf dem anderen Sofa aus und sah Angie erwartungsvoll an. „Und?"

„Und was?"

„Komm schon, Angie. Livvy hat sich vom Acker gemacht, Mama verteidigt ihre Lasagne mit Händen und Füßen, und das Restaurant steht kurz vor dem Ruin."

Angie bemühte sich um ein Lächeln. „Und ich muss lernen, allein zu leben."

„Das scheint dir ja nicht besonders gut zu gelingen."

„Nein, das geht wirklich nicht so gut." Sie trank einen Schluck Wein, stellte das Glas ab, stand auf und ging zum Fenster. „Ich weiß auch nicht, was in letzter Zeit mit mir los ist."

Mira trat neben sie und legte sanft eine Hand auf ihre Schulter. „Du musst dir mehr Zeit lassen."

„Was meinst du damit?"

„Seit du ein Mädchen warst, bist du nur auf der Jagd nach der Erfüllung deiner Wünsche gewesen. Du konntest West End gar nicht schnell genug verlassen. Dann bist du durchs College gehetzt und hast dich kopfüber in die Werbebranche gestürzt." Ihre Stimme wurde leiser, weicher. „Und als

Conlan und du beschlossen hattet, eine Familie zu gründen, kanntest du nur noch ein Ziel: ein Baby, und zwar sofort."

„Du siehst ja, wohin mich das gebracht hat."

„Das Problem ist, dass du noch immer auf Hochtouren läufst. Fort von Seattle und deiner zerbrochenen Ehe und geradewegs hinein in die Sorge um das Restaurant. Wie willst du denn herausfinden, was du wirklich willst, wenn du permanent im Geschwindigkeitsrausch bist?"

„Was weißt du denn von Wünschen und Sehnsüchten?", fragte Angie und hörte selbst, wie verzweifelt ihre Stimme klang.

„Ich habe vier Kinder und einen Mann, der seinen Bowlingverein fast genauso liebt wie mich, und ich hatte nie einen Chef, der nicht mit mir verwandt war. Während du mir Postkarten aus New York, London und Los Angeles geschickt hast, habe ich versucht, genügend Geld für einen Friseurbesuch auf die Seite zu legen. Glaub mir, mit Wünschen und Sehnsüchten kenne ich mich aus."

Angie hätte ihrer Schwester gern in die Augen gesehen, doch das wagte sie nicht. „Ich hätte liebend gern die Reisen, meinen Lebensstil, die Karriere für eins deiner Kinder eingetauscht."

Sanft berührte Mira ihre Schulter. „Ich weiß."

Jetzt drehte sich Angie doch um und erkannte sofort, dass es ein Fehler war. Tränen standen in Miras Augen.

„Ich muss gehen", brachte Angie nur mit Mühe über die Lippen.

„Angie …"

Aber Angie lief schon zur Haustür. Draußen peitschte ihr der Regen ins Gesicht, nahm ihr die Sicht. Blindlings rannte sie zu ihrem Auto, sprang in ihren Wagen und startete den Motor, bevor Mira ihr folgen konnte.

Sie fuhr eine Straße hinauf und die nächste hinab, ohne zu wissen, wo sie sich eigentlich befand. Das Autoradio lief in voller Lautstärke.

Irgendwann fand sie sich auf dem Parkplatz eines Supermarktes wieder. Es kam ihr vor, als hätte die helle Reklame sie angezogen wie eine Motte das Licht.

Ich hätte das alles liebend gern eingetauscht …

Nein! Sie musste aufhören, sich selbst zu bemitleiden. Genug war genug. Entschlossen stieg sie aus und ging hinüber in den Supermarkt. Für den Anfang waren ein paar rezeptfreie Schlaftabletten vielleicht das Mittel der Wahl. Sie würde ein paar kaufen, nach Hause fahren und gerade genügend davon nehmen, um einschlafen zu können.

Angie ging durch die Regalreihen und fand schnell, was sie gesucht hatte. Sie war schon auf dem Weg zur Kasse, als sie sie bemerkte – eine ausgemergelte, schlecht gekleidete Frau mit drei Stangen Zigaretten und einem Zwölferpack Bier in der Hand. Um sie herum wuselten vier verwahrloste Kinder mit dreckigen Gesichtern und Löchern in ihren dünnen Stoffschuhen.

Unwillkürlich rang Angie nach Luft und dachte sofort: Warum bekommen manche Frauen mehr Kinder, als sie versorgen können, und andere …

Sie legte die Schlaftabletten irgendwohin und verließ, so schnell sie nur konnte, den Laden. Draußen peitschte der strömende Regen ihr ins Gesicht und mischte sich mit ihren Tränen.

In ihrem Auto saß sie lange Zeit einfach nur da und starrte durch die regennasse Windschutzscheibe, ohne sich zu rühren. Sie wusste, wenn sie nur lange genug sitzen blieb, dann ging auch dies vorbei. Trauer und Verzweiflung, das hatte sie gelernt, waren wie Regenwolken. Früher oder später zogen sie weiter – sie musste nur abwarten und ganz ruhig atmen.

Da klatschte etwas gegen ihre Windschutzscheibe. Ein pinkfarbener Zettel klebte vor ihr. SUCHE ARBEIT. BIN ZUVERLÄSSIG, stand da, doch bevor sie mehr lesen konnte, verwischte der Regen die Schrift.

Angie kurbelte die Scheibe herunter. Ein rothaariges Mädchen in einer viel zu dünnen Jacke lief trotz des strömenden Regens über den Parkplatz von einem Auto zum nächsten und verteilte unermüdlich seine Zettel.

Angie sprang aus dem Wagen. „Kann ich irgendetwas für dich tun?“, rief sie.

„Nein, danke.“ Das Mädchen wollte schon weitergehen.

Angie griff in ihre Jackentasche und zog Geld heraus. „Hier, bitte.“ Sie drückte ihr ein paar Dollarnoten in die kalte, nasse Hand.

„Das kann ich nicht annehmen“, flüsterte das Mädchen.

„Doch. Bitte. Du tust mir einen Gefallen“, sagte Angie.

Sie sahen einander lange an.

Schließlich nickte das Mädchen. „Danke“, sagte es leise, drehte sich um und rannte davon.

LAUREN betrachtete die Geldscheine in ihrer Hand. Einhundertfünfundzwanzig Dollar. Die Geste war natürlich gut gemeint gewesen, hatte Lauren aber auch schmerzlich bewusst gemacht, wie schwierig ihre Situation im Moment war. Denn eigentlich hätte sie so viel Geld niemals annehmen dürfen – aber stattdessen hatte sie es genommen, war den ganzen Weg nach Hause gerannt und klopfte nun an Mrs Mauks Tür.

Mrs Mauk öffnete. Als sie Lauren sah, wie sie völlig durchnässt vor ihrer Tür stand, verschwand ihr Lächeln. „Lauren, du bist ja nass bis auf die Haut."

„Alles halb so wild, Mrs Mauk. Hier ..." Lauren gab ihr das Geld.

Die Hausmeisterin nahm es und zählte. „Ich nehme mir hundert", erklärte sie nach einer kleinen Pause. „Von dem Rest kaufst du dir etwas Ordentliches zu essen, okay?"

Fast wäre Lauren schon wieder in Tränen ausgebrochen. Sie nickte, drehte sich hastig um und lief die Treppe hinauf.

In ihrer Wohnung rief sie nach ihrer Mutter. Doch niemand antwortete.

Seufzend ging sie zum Kühlschrank. Er war praktisch leer. Sie wollte gerade nach dem kärglichen Rest eines Sandwiches greifen, als es klopfte.

Lauren öffnete. Vor ihr stand David mit einer großen Pappschachtel. „Hey Trixie! In der Apotheke sagte man mir, dass du nicht mehr da arbeitest."

„Ja, stimmt." Lauren biss sich auf die Unterlippe. Das Mitgefühl in seinen Augen war beinahe mehr, als sie im Moment ertragen konnte.

„Also habe ich unseren Kühlschrank geplündert. Es war noch jede Menge übrig von Moms Dinnerparty gestern Abend."

„Danke." Mehr brachte sie nicht heraus.

David stellte die Schachtel ab und zog sie in seine Arme.

„Meine Eltern müssen morgen Abend nach New York", flüsterte er. „Vor Samstag kommen sie nicht zurück."

„Tatsächlich?" Lauren reckte sich auf die Zehen und küsste ihn. „Ich muss mir nach der Schule unbedingt einen neuen Job suchen. Aber gegen sieben könnte ich bei dir sein."

Er strahlte. „Super! Brauchst du vielleicht einen Chauffeur?"

„Nein, danke. Ich komm schon zurecht. Soll ich etwas mitbringen?"

Grinsend schüttelte er den Kopf. „Meine Mutter hat mir zweihundert Dollar dagelassen. Wir lassen uns Pizza kommen."

Zweihundert Dollar. Genau der Betrag, den Lauren und ihre Mutter noch immer an Miete schuldig waren. Und David konnte sie für Pizza ausgeben.

LAUREN packte die fünfzehn Kopien ihres Lebenslaufs und des Empfehlungsschreibens zusammen, die sie in der Schulbibliothek angefertigt hatte, und machte sich auf den Weg. Als sie das Zentrum von West End erreicht hatte, war es erst fünf, aber jetzt im Herbst dämmerte es früh. Der Himmel zeigte ein blasses, düsteres Purpur.

Als Erstes versuchte sie es im „Sea Side“, einem gut gehenden Ausflugslokal, das vor allem Fischgerichte und Austern auf der Speisekarte hatte. Eine Stunde später hatte Lauren fast alle Gasthäuser abgeklappert. In drei Restaurants war ihre Bewerbung höflich entgegengenommen worden, und man hatte ihr versprochen, sich zu melden, falls Bedarf an einer Hilfskraft bestand. Zwei weitere wollten keine falschen Hoffnungen wecken. In allen vier Lebensmittelläden hatte man sie gebeten, doch nach Thanksgiving noch einmal vorbeizuschauen. Nun stand sie vor dem letzten Restaurant an der Hauptstraße, dem DeSaria’s.

Lauren sah auf ihre Armbanduhr. Es war bereits zwölf Minuten nach sechs. Bis sieben würde sie es nicht schaffen, bei David zu sein. Seufzend stieg sie die Stufen zum Eingang hinauf und bemerkte, wie reparaturbedürftig diese waren. Kein gutes Zeichen. Neben der Tür blieb sie stehen, um einen Blick auf die Speisekarte zu werfen. Das teuerste Gericht waren Manicotti zu 8,95 $. Auch das war kein gutes Zeichen. Dennoch öffnete sie die Tür und ging hinein.

Das Restaurant war eher klein. Ein bogenförmiger Durchgang verband zwei etwa gleich große Räume, in denen jeweils fünf oder sechs Tische mit rot-weiß karierten Tischdecken standen. Einer der Gasträume hatte einen großen Kamin und an den Backsteinwänden hingen gerahmte Bilder.

Eine Familie saß beim Abendessen. Nur eine. Es hatte wenig Sinn, sich hier um einen Job zu bewerben. Es war besser, für heute Schluss zu machen, dann schaffte sie es vielleicht doch, um sieben bei David zu sein.

Rasch verließ Lauren das Restaurant wieder. Auf dem Weg zur Bushaltestelle begann es erneut zu regnen, und ein eisiger Wind fegte vom Meer her durch die Straßen. Ihr dünner Mantel war nicht annähernd warm genug, und als sie nach Hause kam, zitterte sie am ganzen Körper.

Die Wohnungstür war nicht geschlossen, und was noch schlimmer war: es war eisig kalt, weil ein Fenster offen stand.

Lauren stieß die Tür mit dem Fuß zu und rannte zum Fenster. Als sie es schließen wollte, hörte sie ihre Mutter draußen singen: *„If you’re going to San Francisco … be sure to wear some flowers in your hair.“*

Unbändiger Zorn stieg in ihr auf. Sie hatte keinen Job gefunden, kam zu spät zu ihrer Verabredung und jetzt auch noch das. Ihre Mutter saß betrunken auf dem Dach und kommunizierte mit den Sternen.

Sie kletterte aus dem Fenster und die Feuertreppe hinauf. Wie erwartet saß ihre Mutter auf dem Dach, bedenklich nahe an der Kante. Sie trug nur ein leichtes Baumwollkleid, das ihr völlig durchnässt am Körper klebte.

Ihre Füße waren nackt. Lächelnd sah sie Lauren an. „Hallo Schätzchen", sagte sie.

„Du bist zu dicht am Rand, Mom. Rutsch zurück."

„Manchmal muss man sich mal wieder bewusst machen, dass man lebt. Komm, setz dich zu mir." Sie klopfte mit einer Hand leicht auf den Platz neben sich.

Schon immer hatte Lauren Situationen wie diese gefürchtet, wenn sie Angst haben musste vor dem, was ihre Mutter als Nächstes tat. Ganz vorsichtig setzte sie sich neben sie. Auf der Straße tief unter ihnen fuhr ein einsames Auto vorbei, dessen Scheinwerfer im Regen auf sonderbare Art irreal wirkten.

Lauren spürte, dass ihre Mutter vor Kälte zitterte. „Wo ist denn dein Mantel, Mom?"

„Verloren. Nein. Ich hab ihn Phoebe gegeben. Hab ihn gegen Kippen eingetauscht. Durch den Regen sieht alles wunderschön aus, findest du nicht?"

„Du hast deinen Mantel für Zigaretten eingetauscht", konstatierte Lauren. Es war völlig sinnlos, sich aufzuregen. „Die Meteorologen sagen einen harten Winter voraus."

Ihre Mutter zuckte die Schultern. „Ich war pleite."

Lauren legte einen Arm um ihre Mutter. „Komm. Du musst dich aufwärmen. Ein heißes Bad wird dir guttun."

„Franco wollte mich heute anrufen. Hast du das Telefon gehört?"

„Nein."

„Sie lassen sich *nie* wieder blicken. Jedenfalls nicht bei mir."

Obwohl Lauren das schon tausendmal gehört hatte, empfand sie noch immer so etwas wie Mitgefühl. „Ich weiß. Nun komm schon." Lauren half ihr beim Aufstehen, führte sie zur Feuertreppe und folgte ihr die eisernen Stufen hinab. Unten in der Wohnung brachte sie ihre Mutter ins Badezimmer und ließ ihr ein Bad ein, bevor sie in ihr Zimmer ging, um sich für ihre Verabredung mit David fertig zu machen. Als sie fertig war, lag ihre Mutter bereits im Bett.

Lauren setzte sich zu ihr. „Kommst du klar, solange ich fort bin?"

Die Lider ihrer Mutter wurden schwer. „Wie kommt es nur, dass mich niemand liebt?"

Die geflüsterte Frage, in der so viel Verzweiflung mitschwang, tat Lauren weh. Ich liebe dich doch, hätte sie gern erwidert. Warum bedeutet dir das nichts? Doch sie sagte nichts.

Ihre Mutter drehte sich auf die Seite und schloss die Augen.

Langsam stand Lauren auf und ging. Auf dem Weg durch die Stadt konnte sie nur an David denken. Er würde die Leere in ihrem Herzen ausfüllen.

MOUNTAINAIRE, das Villenviertel von West End, lag an einem Berghang mit Blick auf den Ozean, war umgeben von einem schmiedeeisernen Zaun und wurde bewacht von einem Pförtner. Hier, in Davids Welt, waren die Einfahrten prachtvoll gepflastert, die Eingänge von Säulen flankiert, und man aß von feinstem Porzellan. An Abenden wie diesem sahen die Regentropfen im Licht der Laternen aus wie funkelnde Diamanten.

Lauren war nur allzu bewusst, dass dies nicht ihre Welt war, als sie auf die Pförtnerkabine zuging.

„Ich möchte zu David Haynes", sagte sie.

Ein Summen ertönte, dann schwang das Tor auf. Lauren folgte der schwarz glänzenden Asphaltstraße und ging an Häusern vorbei, die aussahen wie Titelbilder von Architekturzeitschriften, bis sie das Grundstück der Familie Haynes erreicht hatte. Der Weg zur großen Mahagonihaustür war von Rosen gesäumt.

Lauren läutete und es dauerte nur ein paar Sekunden, bis David öffnete. „Du kommst spät." Lächelnd zog er sie an sich und küsste sie.

Lauren wollte ihm sagen, dass er damit warten solle, bis sie die Tür hinter sich geschlossen hatten, aber sobald er sie küsste, vergaß sie alles um sich herum. Die einzige Erklärung, die sie dafür hatte, war Liebe. Was sonst konnte einem ansonsten vernünftigen Mädchen das Gefühl geben, dass die Sonne vom Himmel verschwand und die Welt kalt, dunkel und trostlos wurde, wenn sein Freund nicht in der Nähe war?

„Es ist so cool, dass du hier sein kannst. Wenn meine Eltern da wären, müsste ich mir ein Dutzend Ausreden einfallen lassen, um mit dir ungestört zu sein."

Lauren versuchte sich vorzustellen, wie es wäre, wenn eine Mutter auf einen wartete, sich Sorgen um einen machte. Seit ihrer Kindheit bestimmte Lauren selbst, wann sie nach Hause kam. Selbst wenn sie die ganze Nacht weggeblieben wäre, hätte ihre Mutter nichts gesagt, aber Lauren hätte diese Freiheit gern eingetauscht gegen einen Gutenachtkuss am Abend.

Lächelnd trat David einen Schritt zurück und griff nach ihrer Hand. „Ich habe eine Überraschung für dich."

Lauren folgte ihm durch die weitläufige Eingangshalle in Richtung Esszimmer. Laut klapperten ihre Absätze auf den elfenbeinfarbenen Marmorfliesen. Das Esszimmer sah aus wie eine Filmkulisse. Um einen großen Tisch aus schimmerndem Holz standen sechzehn elegant geschwungene Stühle. Die Mitte der Tafel zierte ein Gesteck aus weißen Rosen, weißen Lilien und grünen Zweigen.

An einem Ende des Tisches waren zwei Plätze gedeckt. Goldumrandetes Porzellangeschirr stand auf Deckchen aus cremefarbener Seide. Goldenes Besteck glänzte im Schein einer Kerze.

Lauren sah David an, der sie anstrahlte wie ein kleiner Junge am letzten Schultag vor den Ferien. „Ich hab Stunden gebraucht, um das ganze Zeug zu finden."

„Es ist wunderschön."

David führte Lauren zu ihrem Platz und zog den Stuhl zurück.

„Ich liebe dich", flüsterte Lauren.

„Ich liebe dich auch." Wieder lächelte er. „Und darum möchte ich dich auch jetzt ganz offiziell fragen, ob du meine Tanzpartnerin auf dem Abschlussball sein möchtest."

Lauren lachte. „Es ist mir eine Ehre." Seit sie sich kannten, waren sie zu jeder Tanzveranstaltung der Schule zusammen gegangen. Und dies nun war der letzte Schulball an der Highschool. Plötzlich musste sie an das nächste Jahr denken und die Möglichkeit, dass sie getrennt wurden. Ernst sah sie ihn an. Sie wusste, dass er fest an ihre Liebe glaubte und daran, dass auch eine Trennung ihnen nichts anhaben könnte, doch Lauren wollte kein Risiko eingehen. Er war der einzige Mensch, der ihr jemals gesagt hatte, dass er sie liebte.

Es klingelte an der Tür.

„Sind das etwa deine Eltern?", fragte sie erschrocken.

David lachte. „Immer mit der Ruhe. Sie haben vor einer Stunde aus New York angerufen. Bleib einfach, wo du bist." Damit verschwand er.

Eine Minute später kam er mit einer Pizzaschachtel zurück. Mit seiner tief sitzenden, weiten Jeans und dem sportlichen T-Shirt sah er so gut aus, dass ihr das Atmen zunehmend schwerfiel.

Er legte die Schachtel auf den Tisch. „Eigentlich wollte ich ja was für dich kochen", meinte er. „Aber irgendwie ist mir der ganze Kram total verbrannt."

Lauren erhob sich und ging auf ihn zu. „Macht nichts. Pizza ist doch klasse."

„Wirklich?"

Der Ton seiner Stimme verriet ihr, wie sehr er ihr zuliebe alles absolut richtig machen wollte, und das berührte sie tief. Sie wusste nur zu gut, wie es sich anfühlte, wenn man jemandem gefallen wollte. „Wirklich!“, versicherte sie, reckte sich auf die Zehenspitzen und küsste ihn.

Er zog sie so fest an sich, dass ihr glatt die Luft wegblieb.

Als sie endlich die Pizza aßen, war sie längst kalt.

Vier

Livvys neues Heim war eine Maisonettewohnung aus den Siebzigerjahren in einer der reizvolleren Siedlungen von West End. Angie parkte auf Livvys Einfahrt hinter dem Subaru-Kombi, mit dem die Familie immer unterwegs war, und stieg aus.

Dass sie äußerst behutsam vorgehen musste, war ihr klar. Vor allem musste sie Livvy dazu bringen, wieder im Restaurant zu arbeiten, weil Angie keine Ahnung hatte, wie sie das Restaurant allein führen sollte. Und außerdem hatte sie auch keine Lust, das möglicherweise für längere Zeit zu tun.

Sie klopfte. Und wartete. Klopfte noch einmal.

Endlich öffnete sich die Tür. Livvy trug einen eng anliegenden pinkfarbenen Nickijogginganzug mit den Buchstaben J. Lo quer über der Brust. „Ich hab damit gerechnet, dass du irgendwann auftauchst. Komm rein.“ Sie trat zurück und stieg die Treppe hinauf ins Wohnzimmer. „Setz dich doch. Wie wär's mit einer Tasse Kaffee?“

„Gern.“ Angie nahm auf dem Sofa Platz.

Ihre Schwester ging in die Küche und kam mit zwei Tassen zurück. Eine der beiden reichte sie Angie und setzte sich dann ihr gegenüber.

Angie starrte eine Weile in ihren Kaffee. „Du weißt, warum ich hier bin“, sagte sie schließlich.

„Natürlich.“

„Es tut mir leid, Livvy. Ich wollte dich bestimmt nicht beleidigen oder kritisieren und schon gar nicht deine Gefühle verletzen.“

„Ist schon klar. Du tust es immer ganz unabsichtlich.“

„Ich bin nun mal anders als du und Mira, wie du selbst oft genug betont hast. Manchmal kann ich zu sehr auf etwas … fixiert sein.“

„Bei uns Kleinstadtmädels heißt das zickig. Oder zwanghaft.“

„Komm schon, Livvy. Nimm meine Entschuldigung an und sag, dass du ins Restaurant zurückkommst. Ich glaube schon, dass das Restaurant zu retten ist, wenn wir zusammen versuchen, Mama zu helfen."

Livvy holte tief Luft. „Ich *habe* Mama bereits geholfen. Fünf Jahre lang habe ich in diesem Restaurant geschuftet und mir täglich ihre Ansichten anhören müssen, über meinen Haarschnitt bis hin zu den Schuhen. Kein Wunder, dass es so lange gedauert hat, bis ich einen anständigen Kerl gefunden habe." Sie beugte sich vor. „Jetzt habe ich einen Mann, der mich liebt, und ich möchte meine Ehe nicht aufs Spiel setzen. Es ist höchste Zeit für mich, nicht mehr zuerst und vor allem eine DeSaria zu sein."

„Du willst einen Neuanfang", sagte Angie leise.

„Genau."

„Siehst du denn gar keine Möglichkeit, mir zu helfen? Wenigstens mit deinem Rat?"

„Du fragst mich um Rat?"

„Nur ausnahmsweise, und vielleicht richte ich mich auch gar nicht danach." Angie griff nach ihrer Tasche, um ihren Notizblock herauszuholen.

Livvy lachte. „Also gut, lies mir deine Liste vor."

„Woher weißt du …"

„Na, ich bitte dich! Du hast schon in der dritten Klasse immer Listen geschrieben von all den Dingen, die du unbedingt erreichen wolltest. Hat mich echt wahnsinnig gemacht." Sie zuckte die Achseln. „Vielleicht hätte ich auch mal Listen schreiben sollen."

Mit einem Lächeln streckte Angie ihrer Schwester den Block hin.

Livvy schien es unterhaltsam, geradezu amüsant zu finden, was sie las, und als sie fertig war und den Kopf hob, sah sie aus, als sei sie kurz vor einem Lachanfall. „Das alles hast du tatsächlich vor? Kennst du deine Mutter? Ich meine die Frau, die seit mehr als drei Jahrzehnten den Weihnachtsbaum mit immer denselben Kugeln schmückt?"

Angie sah Livvy etwas unsicher an. Es stimmte. Ihre Mutter würde mit den Veränderungen kaum einverstanden sein.

„Allerdings könnten deine Ideen das DeSaria's tatsächlich retten", fuhr ihre Schwester fort.

„Womit würdest du denn anfangen?"

Livvy blätterte in der Liste. „Das hast du gar nicht aufgeschrieben."

„Was denn?"

„Als Erstes musst du eine neue Kellnerin einstellen. Rosa Contadori hat schon im Restaurant serviert, als du noch gar nicht geboren warst. In der Zeit, die sie mittlerweile braucht, um eine Bestellung aufzunehmen, könnte ich glatt Golf spielen lernen. Ich habe versucht, es durch mein Tempo auszugleichen, aber …“ Sie zuckte resigniert die Schultern.

Angie widersprach nicht. „Sonst noch was?“

„Jede Menge. Aber zuerst noch etwas anderes …“ Ihre Schwester beugte sich vor. „Darf ich ganz offen sein?“

„Auf gar keinen Fall!“ Angie versuchte zu lachen.

„Du bist in den letzten Jahren … ichbezogen geworden. Damit meine ich nicht egoistisch. Sich sehnlichst ein Kind zu wünschen und dann Sophia zu verlieren … Du bist … viel stiller geworden … warst am liebsten allein, zumindest sah es so aus.“

„Ich hab mich oft gefühlt, als hinge ich an einem seidenen Faden über einem gewaltigen Abgrund.“

„Und am Ende bist du doch abgestürzt. Vielleicht ist es an der Zeit, sich anderen Dingen zuzuwenden. Arbeit ist nicht alles im Leben.“

Angie schluckte. „Nein.“

„Vielleicht wäre es ganz heilsam, wenn du dich irgendwo engagieren würdest, anderen Menschen hilfst, die in Not sind.“

Nachdenklich sah Angie ihre Schwester an. Ihr fiel das junge Mädchen ein, das sie auf dem Parkplatz vor dem Supermarkt gesehen hatte. Ihre mitfühlende Geste gegenüber dem Mädchen hatte auch ihr selbst geholfen. In der Nacht hatte sie tief und fest geschlafen.

Möglicherweise war das ja die Antwort: anderen Menschen zu helfen.

Zum ersten Mal in ihrem Leben fühlte sich Lauren beim Aufwachen so richtig geborgen. David hielt sie fest an sich gedrückt, selbst im Schlaf. Sie genoss dieses behagliche Gefühl und stellte sich vor, dass es immer so sein würde, wenn sie erst verheiratet waren.

Lange Zeit lag sie nur da und beobachtete ihn im Schlaf. Schließlich löste sie sich vorsichtig aus seinen Armen und stand auf, um für sie beide Frühstück zu machen und es ans Bett zu bringen. Rasch streifte sie sich eines von Davids langen T-Shirts über und lief die Treppe hinunter ins Erdgeschoss.

Noch nie hatte sie eine so schöne, gut ausgestattete Küche gesehen. Überall Granit und schimmernder Stahl. Lauren stöberte im Kühlschrank und in den Schränken herum, bis sie gefunden hatte, was sie benötigte. Dann bereitete sie Rühreier mit Speck zu, kochte Kaffee und schob ein paar Scheiben Weißbrot in den Toaster. Als alles fertig war, stellte sie das Frühstück auf ein Tablett und trug es die Treppe hinauf.

David saß im Bett und gähnte. „Da bist du ja!“, rief er ihr lachend entgegen. „Ich habe mir schon Sorgen gemacht!“

„Als könnte ich dich jemals verlassen!“ Sie kroch neben ihn ins Bett und stellte das Tablett zwischen sie.

„Das sieht ja echt toll aus.“ Er küsste sie auf die Wange.

Während sie frühstückten, sprachen sie über alle möglichen Dinge: die bevorstehenden Eignungstests, Football, den üblichen Schulklatsch. David erzählte Lauren von dem Porsche, den er mit seinem Vater zusammen restaurierte. Es war das Einzige, was er mit seinem Vater gemeinsam unternahm, und die gemeinsamen Stunden in der Garage bedeuteten David sehr viel. Genau genommen sprach er so oft von dem Porsche, dass Lauren kaum noch zuhörte. Auch diesmal sah sie zum Fenster hinaus, während er ihr gerade das Getriebe erklärte.

Die Sonne schien ins Zimmer, und sie musste wieder an Kalifornien und ihre gemeinsame Zukunft denken. Ihrer Einschätzung nach hatte sie an einer privaten Hochschule die besten Aussichten auf ein Stipendium. Von diesen war die University of Southern California ihre erste Wahl. Aber leider lagen zwischen der USC und Stanford acht Stunden Autofahrt.

„... erstklassiges Leder. Lauren? Hörst du überhaupt zu?“

Sie sah ihn an. „Natürlich. Du hast über das Getriebe geredet.“

David lachte. „Ja, vor ungefähr einer Stunde. Ich wusste doch, dass du mit den Gedanken ganz woanders bist.“

„Entschuldige. Ich habe über das Studium nachgedacht.“

Er griff nach dem Tablett und stellte es neben sich auf den Nachttisch. „Immer machst du dir Gedanken um die Zukunft.“

„Im Gegensatz zu dir.“

„Weil es ja doch nichts bringt.“ Bevor Lauren etwas sagen konnte, beugte er sich über sie, um sie zu küssen. Ihre Sorgen verblassten. Sie ließ sich von ihm in die Arme ziehen, gab sich seinen Küssen hin.

Am Sonntagmorgen fuhr Angie die menschenleere Küstenstraße entlang. Der Pazifik zu ihrer Linken schien sich auf einen Herbststurm vorzubereiten. Weiße Gischt trieb über den Strand. Der Himmel zeigte ein düsteres Stahlgrau. Es schüttete so heftig, dass die Scheibenwischer die Regenfluten kaum bewältigen konnten, obwohl sie auf Hochtouren liefen.

An der Azalea Lane bog Angie ab und folgte einer schmalen Straße, die mehr Schlaglöcher aufwies als Asphalt. Das Haus der Nachbarschaftshilfe lag am Ende der Straße, ein hellblaues viktorianisches Gebäude zwischen verwitterten Wohncontainern.

Sie fuhr auf den unbefestigten Parkplatz vor dem hellblauen Haus und war überrascht, wie viele Autos dort bereits standen. Es war nicht einmal zehn Uhr. Sie holte die Kiste mit Spenden – Konserven, Toilettenartikeln und ein paar Lebensmittelgutscheinen – aus dem Kofferraum und lief über einen Kiesweg zur Tür. Auf der Veranda stand ein Gartenzwerg und grinste sie an. Lächelnd öffnete sie die Tür und landete in einem unglaublichen Trubel.

Überall waren Menschen. In einer Ecke spielte ein Haufen Kinder mit Legosteinen, an der Wand saßen Frauen mit müden Gesichtern und füllten Formulare aus, und weiter hinten waren zwei Männer dabei, Kartons mit Konserven auszupacken.

„Kann ich Ihnen helfen?"

Angie brauchte eine Weile, bis sie begriff, dass sie gemeint war. Sie lächelte die Frau hinter dem Schreibtisch an. „Hallo, mein Name ist Angie Malone."

„Dana Herter. Was können wir für Sie tun?"

„Ich dachte …", Angie zuckte etwas verlegen die Schultern, „… ich würde mich hier gern ein bisschen engagieren."

Dana zog eine Schublade auf. „In dieser Broschüre sind unsere Dienste zusammengefasst. Lesen Sie sie sich in Ruhe durch und schauen Sie dann, was Ihnen zusagt." Sie lächelte. „Ihre Spenden können Sie da drüben abgeben."

„Mach ich." Angie trug ihren Karton zu den beiden Männern. Dann suchte sie sich einen Platz an der Wand und blätterte die Broschüre durch.

Als sie kurz aufsah, bemerkte Angie das Mädchen. Es kam zur Tür herein und sah aus wie direkt aus dem Wasser gezogen. Regen tropfte von Haaren, Nase, dem Mantelsaum. Die langen Haare waren rot, die Haut blass. Sie hatte riesige braune Augen und Sommersprossen. Es war das Mädchen vom Supermarktparkplatz, das Mädchen, das dringend einen Job benötigte.

Zögernd bewegte sie sich auf Dana Herters Schreibtisch zu.

„Ich habe von der Mantelsammlung erfahren", sagte das Mädchen. Es zitterte vor Kälte.

„Bitte schreib hier deinen Namen und deine Telefonnummer auf. Sobald etwas in deiner Größe hereinkommt, rufen wir an."

„Der Mantel soll für meine Mutter sein", sagte das Mädchen. „Sie hat eine kleine Größe."

„Und wie wäre es mit einem guten Mantel für dich? Du scheinst dringend …“

Das Mädchen lachte nervös. „Nicht nötig.“ Es kritzelte etwas auf einen Zettel und schob ihn über den Schreibtisch. „Ich heiße Lauren Ribido. Vielen Dank.“ Das Mädchen drehte sich um und marschierte direkt wieder zur Tür hinaus.

Angie starrte die Tür an. Ihr Herz hämmerte wild in ihrer Brust. Lauf ihr nach!, rief eine innere Stimme. Es war eine verrückte Idee, das war Angie bewusst, aber das Mädchen hatte etwas Besonderes an sich.

Und bevor sie überlegt hatte, was sie tun sollte, hatte sie das Haus auch schon verlassen. Draußen prasselte der Regen, und weit hinten rannte das Mädchen dem Ende der Straße zu.

Angie stieg in ihr Auto, und während sie über die Schlaglöcher holperte, fragte sie sich, was um Himmels willen sie da eigentlich machte.

Einem halbwüchsigen Mädchen auflauern, sagte die sachliche Stimme in ihr.

Nein, nur helfen, widersprach die Träumerin in ihr.

Kurz vor der Straßenecke drosselte sie das Tempo. Sie wollte gerade das Fenster herunterkurbeln, um das Mädchen zu fragen, ob sie es irgendwohin mitnehmen könne, als ein Bus vorfuhr. Die Bremsen fauchten, die Türen öffneten sich, und das Mädchen verschwand im Inneren.

Angie konnte nicht anders – sie fuhr dem Bus hinterher. In einer der übelsten Wohngegenden von West End stieg das Mädchen schließlich aus und verschwand dann in einem heruntergekommenen Wohnblock mit dem absurden Namen „Luxury Apartments“. Wenig später ging hinter einem Fenster im vierten Stock das Licht an.

Angie parkte am Straßenrand und blickte an dem Gebäudekomplex empor. Kein Wunder, dass das Mädchen so dringend Arbeit suchte.

„Du kannst sie nicht alle retten“, hatte Conlan immer gesagt, wenn Angie sich wieder einmal über die Ungerechtigkeit auf der Welt beklagte. Damals konnte sie sich von Conlan in die Arme nehmen lassen, wenn sie in dieser Stimmung war. Aber jetzt war sie auf sich allein gestellt.

Sie konnte das Mädchen natürlich nicht retten, das kam ihr auch gar nicht zu. Aber vielleicht fand sie eine Möglichkeit, ihm zu helfen.

WENN das kein Wink des Schicksals ist, dachte Angie, als sie am Montagvormittag vor dem Schaufenster von „Clothes Line“ stand. Da war er, direkt vor ihr. Ein dunkelgrüner, knielanger Wintermantel mit einem Kragen und

Ärmelmanschetten aus Pelzimitat. Er war genau das Richtige für ein blasses, rothaariges Mädchen mit traurigen braunen Augen.

Angie dachte nur ganz kurz darüber nach, ob es vielleicht besser war, den Mantel nicht zu kaufen. Schließlich kannte sie das Mädchen gar nicht, sie durfte sich nicht einfach in dessen Leben einmischen. Doch dann hatte sie das Gefühl, dass sie einfach das tun musste, was sie für richtig hielt. Entschlossen stieß sie die Tür auf und betrat das kleine Geschäft.

Eine Stunde später verließ sie es mit zwei Wintermänteln, zwei Paar Handschuhen, robusten Turnschuhen und einem Paar bequemer Schuhe für die Arbeit und fuhr zum Papierwarengeschäft, um einen Karton für die Mäntel zu besorgen.

Eigentlich hatte sie fest vorgehabt, den Karton bei der Nachbarschaftshilfe abzugeben. Aber dann stand sie doch vor dem heruntergekommenen Wohnblock, in dem das Mädchen wohnte.

Angie klemmte sich den Karton unter den Arm und lief zum Eingang. Die ramponierte Haustür war unverschlossen, und Angie betrat den düsteren Flur. An der Wand hing eine Reihe von Briefkästen mit Zahlen darauf. Der einzige Name war der der Hausmeisterin: DOLORES MAUK, 1A.

Angie ging zu ihrer Wohnungstür und klopfte.

Auf der Türschwelle erschien eine Frau von etwa Mitte sechzig mit einem strengen Gesicht, aber sanften Augen. Sie trug eine geblümte Kittelschürze.

„Sind Sie Mrs Mauk?“, fragte Angie und kam sich plötzlich fehl am Platz vor.

„Bin ich. Was wünschen Sie?“ Die Frau sah sie misstrauisch an.

„Ich würde gern das Paket hier für Lauren Ribido abgeben.“

„Lauren …“ Der Mund der Frau verzog sich zu einem Lächeln. „Sie ist ein gutes Mädchen.“ Doch dann runzelte sie die Stirn. „Aber Sie sehen nicht gerade aus wie eine Lieferantin.“

Angie fühlte sich zu Erklärungen genötigt. „Ich war gerade bei der Nachbarschaftshilfe und bekam zufällig mit, dass Lauren nach einem Mantel für ihre Mutter fragte. Und da bin ich. Könnte ich das Paket vielleicht bei Ihnen lassen?“

„Das wäre wohl das Beste. Im Moment sind sie nämlich nicht zu Hause.“

Angie streckte Mrs Mauk den Karton entgegen. Sie wollte sich gerade verabschieden, als die Hausmeisterin nach ihrem Namen fragte.

„Angela Malone. Früher hieß ich DeSaria.“

„Gehören Sie zu der Familie, die das Restaurant besitzt?“

Angie lächelte. „Ja, genau. Schauen Sie doch wieder einmal bei uns herein. Ich sorge dafür, dass Sie gut bedient werden."

„Danke", erwiderte Mrs Mauk mit belegter Stimme und schloss die Tür.

Angie lief zu ihrem Auto zurück. Hinter dem Steuer blieb sie noch eine Weile sitzen und betrachtete nachdenklich die trostlose Nachbarschaft. Ein gelber Schulbus bog um die Ecke und hielt. Mehrere Kinder sprangen heraus. Angie spürte, wie der altbekannte Schmerz in ihr erwachte.

Die Kinder waren fast schon aus ihrem Blickfeld verschwunden, als Angie bewusst wurde, was sie die ganze Zeit über irritiert hatte. Etwas fehlte … Mäntel. Kein einziges von ihnen trug einen Mantel, obwohl es draußen bitterkalt war.

Da kam ihr eine Idee. Eine Mantelsammlung im DeSaria's. Für jeden neuen oder noch gut erhaltenen Mantel bekam der Spender ein Essen. Angie sah die Anzeige schon vor sich.

Ein brillanter Einfall. Sie konnte es kaum erwarten, Mira und Livvy davon zu erzählen.

LAUREN eilte über den Schulhof. Die Kälte brannte auf ihren Wangen. Ihr Atem verwandelte sich in weiße Wölkchen, die schnell zerstoben.

David stand neben dem Fahnenmast. Als er Lauren entdeckte, strahlte er über das ganze Gesicht. „Ganz schön frisch hier draußen." Er zog sie fest an sich und küsste sie leidenschaftlich. Gemeinsam schlenderten sie über den Rasen, unterhielten sich leise, winkten Freunden zu.

Vor Laurens Klassenraum blieben sie stehen. David küsste sie noch einmal und wandte sich dann um, um in seine eigene Klasse zu gehen. Nach wenigen Schritten blieb er jedoch stehen und drehte sich noch einmal zu ihr um. „Sag mal, welche Farbe soll denn mein Smoking für den Schulball haben?"

Lauren fühlte, wie sie blass wurde. Nur noch zehn Tage bis zum Abschlussball! Sie war Oberstufensprecherin, hatte die Dekoration beschafft, den DJ engagiert. Aber sie hatte nicht an ihr Kleid gedacht!

„Nun, vielleicht Schwarz? Schwarz passt immer." Sie versuchte zu lächeln.

„Alles klar", erwiderte er leichthin.

Während der Trigonometriestunde konnte sie sich kaum konzentrieren. Als es klingelte, verzog sie sich in eine Ecke der Bücherei und kramte in ihrem Rucksack fieberhaft nach Geld. Ihr Kassensturz ergab gerade einmal sechs Dollar und zwölf Cent. Mehr hatte sie nicht. Gut, dass sie vorige Woche zwanzig Dollar unter ihrem Kopfkissen versteckt hatte.

Nach der Schule machte sie sich rasch auf den Heimweg. Zentnerschwer hing ihr mit Büchern und Heften vollgestopfter Rucksack auf ihrem Rücken, als sie den rissigen Betonplattenweg zu ihrem Wohnhaus entlangging. So schnell sie konnte, lief sie die Treppen hinauf und stieß die Tür auf, die wieder einmal nur angelehnt war.

„Mom!"

Wahrscheinlich war sie gegen fünf von der Arbeit nach Hause gekommen (falls sie sich überhaupt in den Salon bequemt hatte), war rasch in ihre Motorradbrautkluft geschlüpft und wieder losgezogen in die Tides Tavern.

Lauren lief in ihr Zimmer. Mit zitternden Fingern und angehaltenem Atem griff sie unter ihr Kopfkissen.

Aber da war nichts. Die zwanzig Dollar waren fort.

Sie wünschte, sie könnte weinen wie früher. Tränen bedeuteten, dass es immerhin noch Hoffnung gab. Doch wenn die Augen trocken blieben, dann war auch die Hoffnung dahin.

Da flog die Wohnungstür auf und krachte gegen die Wand. Ihre Mutter stand im Türrahmen. Sie trug einen schwarzen Minirock, schwarze Stiefel und ein enges blaues T-Shirt. Alkohol, Zigaretten und nacktes Elend hatten ihre frühere Schönheit zerstört, und dabei war sie gerade einmal vierunddreißig. Nur das faszinierende Grün ihrer Augen war geblieben. Früher hatte Lauren ihre Mutter immer wunderschön gefunden – wie viele andere Leute auch. Und solange sie schön war, war Laurens Mutter eigentlich ganz gut durchs Leben gekommen, aber als sie älter wurde und ihre Schönheit verblasste, kam sie auch mit dem Leben nicht mehr zurecht.

Ihre Mutter nahm einen tiefen Zug aus ihrer Zigarette und blies den Rauch in die Luft. „Was starrst du mich so an?"

Lauren seufzte. Es war also wieder einer dieser Abende, an denen es ihr nicht gelungen war, sich in einen Zustand seliger Gleichgültigkeit zu trinken. „Ich starre dich nicht an."

„Du solltest eigentlich bei der Arbeit sein."

„Du auch."

Lachend ließ sich ihre Mutter auf das Sofa fallen. „Ich war auf dem Weg. Aber du weißt ja, wie es ist."

„Klar. Du musst an der Tides Tavern vorbei." Lauren merkte selbst, wie verbittert ihre Stimme klang.

„Fang jetzt bloß keinen Streit mit mir an."

Lauren ging zum Sofa und setzte sich auf die Armlehne. „Du hast dir die zwanzig Dollar unter meinem Kopfkissen genommen. Das war *mein* Geld."

Ihre Mutter drückte ihre Zigarette aus und steckte sich eine neue an. „Und?"

„In zehn Tagen ist unser Abschlussball. Ich brauche ein Kleid."

Ihre Mutter sah sie mit ihren durchdringenden grünen Augen an. „Ich wurde auf meinem Abschlussball flachgelegt."

„Ich weiß. Vielen Dank, Mom. Du bist wie immer eine große Hilfe."

„Du wirst es schon noch kapieren. Wenn du mal älter bist." Ihre Mutter lehnte sich zurück, blies Rauch in die Luft. Ihre Lippen bebten. „Es ist alles völlig unwichtig. Was du dir wünschst. Wovon du träumst. Du musst von dem leben, was übrig ist."

Lauren dachte, dass sie es gar nicht schaffen würde, morgens aufzustehen, wenn dies ihre Überzeugung wäre. „Für mich wird es anders, Mom." Sie beugte sich vor und strich ihrer Mutter eine blondierte Haarsträhne aus dem Gesicht.

Der Ansatz eines Lächelns erschien auf dem Gesicht ihrer Mutter. „Das hoffe ich", flüsterte sie.

„Irgendwie finde ich schon einen Weg, die Miete zu bezahlen und mir ein Kleid zu kaufen", erklärte Lauren entschlossen. Sie glitt von der Couch, lief ins Schlafzimmer ihrer Mutter und suchte im Schrank nach etwas, was sich möglicherweise in ein Kleid für den Ball umändern ließ. Als sie gerade ein schwarzes Satinnachthemd in den Händen hielt, klingelte es an der Tür.

„Mrs Mauk ist da!", rief ihre Mutter einen Moment später.

Ein Stöhnen unterdrückend, kehrte Lauren ins Wohnzimmer zurück.

Mrs Mauk lächelte sie an. Zu ihren Füßen stand ein großer Karton. Daneben stand ihre Mutter und knöpfte sich gerade einen Mantel zu. Er war aus weicher schwarzer Wolle, in der Taille schmal geschnitten und hatte einen Schalkragen.

„Der ist ja ein bisschen altbacken, findest du nicht?", murrte sie und lief ins Bad, um sich im Spiegel zu betrachten.

Lauren sah Mrs Mauk fragend an.

„Für dich ist auch einer da." Die Hausmeisterin bückte sich und zog einen grünen Mantel mit Pelzbesatz aus dem Karton.

Lauren riss die Augen auf. „Für mich?" Sie strich über das weiche Fell. „Das hätten Sie nicht … Das ist doch viel zu teuer …" Lauren zog verwirrt die Hand zurück.

„Die Mäntel sind nicht von mir“, erklärte Mrs Mauk. „Eine Frau von der Nachbarschaftshilfe hat sie vorbeigebracht. Angela DeSaria von dem Restaurant an der Driftwood Street. Also wenn du mich fragst, sie sah so aus, als ob die nicht zu teuer für sie waren …“

Eine Frau von der Nachbarschaftshilfe, dachte Lauren. Irgendjemand, der mich gesehen hat und Mitleid mit mir hatte.

„Der Mantel macht mich viel zu alt!“, rief Laurens Mutter aus dem Schlafzimmer. „Wie sieht deiner aus, Lauren?“

„Los, probier ihn an“, sagte Mrs Mauk und drückte ihr den Mantel in die Hände.

Lauren zog ihn an und fühlte sofort seine wohlige Wärme. Und erst jetzt wurde ihr bewusst, wie lange sie schon fror – eigentlich schon den ganzen Herbst.

„Wie kann man sich denn überhaupt für so etwas Wunderschönes bedanken?“, flüsterte sie.

Mitfühlendes Verständnis trat in Mrs Mauks Augen. „Es ist nicht leicht, auf Hilfe angewiesen zu sein“, sagte sie.

Einen Moment lang sahen sie sich schweigend an. „Ich glaube, ich fahre jetzt gleich mit dem Bus zum Restaurant, um mich bei ihr zu bedanken.“

„Das ist eine gute Idee.“

„Ich bin bald wieder da, Mom!“, rief Lauren ihrer Mutter zu.

„Bring mir einen besseren Mantel mit!“, bekam sie zur Antwort.

Eine halbe Stunde später stand Lauren vor dem DeSaria’s und öffnete die Tür des Restaurants. Das Erste, was sie wahrnahm, war der Duft. Es roch geradezu himmlisch, und sie merkte, wie hungrig sie war.

„Du hast mich also gefunden.“

Die Frau war nur wenig größer als Lauren und eine eindrucksvolle Erscheinung mit ihren schwarzen Haaren, den dunklen Augen und einem strahlenden Lächeln. Ihre Kleidung war eindeutig nicht von der Stange: schwarze Hose mit ausgestelltem Bein, hochhackige schwarze Lederstiefel und ein blassgelber Pullover mit rundem Ausschnitt. Und sie kam Lauren irgendwie bekannt vor.

„Sind Sie Angela DeSaria?“

„So ist es. Hier sagen alle Angie zu mir.“ Sie sah Lauren aus sanften braunen Augen an. „Und du bist Lauren Ribido.“

„Vielen Dank für den Mantel“, brachte Lauren heiser über die Lippen und wusste plötzlich, wo sie die Frau schon einmal gesehen hatte. „Sie haben mir auf dem Parkplatz das Geld gegeben."

Angie lächelte, aber es wirkte etwas verlegen. „Tja, weißt du, ich bin erst seit Kurzem wieder in West End und versuche noch, mich hier wieder zurechtzufinden. Und dann habe ich dich im strömenden Regen gesehen und wollte dir einfach helfen."

„Sie haben mir sogar sehr geholfen", sagte Lauren und empfand Dankbarkeit und Scham zugleich.

„Das freut mich. Kann ich sonst noch etwas für dich tun?"

„Ich könnte einen Job gebrauchen", flüsterte Lauren.

„Hast du schon mal als Bedienung gearbeitet?", fragte Angie.

„Ja, in den Sommerferien auf der Hidden Lake Ranch." Am liebsten wäre Lauren im Erdboden versunken. Sie war sich ganz sicher, dass dieser eleganten Frau nichts entging, was Lauren gern vor ihr verborgen hätte: die Haare, die dringend geschnitten werden mussten, die ausgetretenen Schuhe, der schäbige Rucksack.

„Sparst du für dein Studium?"

Ja, wollte Lauren sagen, aber als sie das Verständnis in Angies dunklen Augen sah, kam ihr etwas anderes über die Lippen. „Ich brauche ein Kleid für den Abschlussball", sagte sie und konnte es selbst nicht fassen, dass sie einer wildfremden Frau das anvertraute.

Angie betrachtete sie schweigend. „Ich mache dir einen Vorschlag", sagte sie schließlich. „Setz dich doch hier an den Tisch und iss was, und danach überlegen wir, was wir tun können."

„Ich habe keinen Hunger", erklärte Lauren, doch ihr knurrender Magen strafte sie Lügen.

Angie lächelte nur. „Iss erst mal etwas", wiederholte sie. „Und dann reden wir miteinander."

ANGIE fand ihre Mutter in der Küche. Auf dem Tisch standen vier Auflaufformen mit frischer Lasagne.

„Die Bolognese ist fast fertig", verkündete Maria DeSaria. „Das reicht für morgen."

„Heute haben wir sieben Gäste, Mama."

„Das ist doch nicht schlecht für einen Wochentag. Über die Feiertage wird es sicher besser werden."

Angie änderte ihre Taktik. „Ich habe Rosa neulich Abend beobachtet, Mama. Ich habe noch nie gesehen, dass sich jemand so langsam bewegt."

„Sie ist schon lange bei uns. Zeig etwas mehr Respekt."

„Wir müssen dringend ein paar Veränderungen vornehmen. Deswegen bin ich schließlich hier, oder?"

„Du wirst Rosa auf keinen Fall kündigen." Ihre Mutter warf den Abwaschlappen in die Spüle wie einen Fehdehandschuh.

„Das würde ich nie tun. Komm mit." Angie griff nach der Hand ihrer Mutter und zog sie aus der Küche. Im Schatten des Durchgangs blieb Angie stehen. „Siehst du das Mädchen da? Ich habe vor, sie abends und an den Wochenenden hier als Kellnerin arbeiten zu lassen."

„Sie ist zu jung."

„Sie ist keineswegs zu jung. Livvy und Mira haben schon viel früher mit dem Bedienen begonnen."

Maria DeSaria sog scharf die Luft ein. „Jetzt hör mir mal gut zu …"

„Willst du, dass ich dir mit dem Restaurant helfe?"

„Ja, aber … Rosa wird tief gekränkt sein."

„Ich glaube eher, dass sie froh ist, wenn sie Hilfe hat."

„Mit Mädchen von der Highschool hat man immer Scherereien. Frag deinen Vater."

„Wir können Papa nicht fragen. Wir müssen das beide allein entscheiden."

Das schien zu wirken. „Ihre Haare sehen ziemlich unordentlich aus."

„Draußen regnet es. Ich glaube, sie braucht dringend Arbeit. So wie du damals kurz nach deiner Heirat mit Papa."

„Armes Ding. Trotzdem …" Sie runzelte verdrossen die Stirn. „Die letzte Rothaarige, die hier arbeitete, hat sich mit den Einnahmen eines ganzen Abends aus dem Staub gemacht."

Sie marschierte auf die Küche zu, murmelte vor sich hin und gestikulierte wild mit beiden Händen. Und fast konnte Angie ihren Vater neben der Küchentür stehen sehen, wie er milde lächelnd den theatralischen Auftritt seiner Frau über sich ergehen ließ.

Ihre Mutter machte kehrt und kam zurück. „Er sagt, du weißt, was du tust, und ich soll dich machen lassen. Also gut, dann stell das Mädchen ein, aber lass sie bloß nicht an die Kasse."

Fast hätte Angie gelacht, so absurd war das, aber sie sagte nur: „Okay, Mama."

„Abgemacht."

„Danke, Papa", flüsterte Angie und lief durch das leere Restaurant zu Laurens Tisch.

Lauren sah zu ihr auf. „Das hat wunderbar geschmeckt“, sagte sie ein bisschen nervös. Sie faltete die Serviette ordentlich zusammen und legte sie auf den Tisch.

„Meine Mutter kann wirklich ganz ausgezeichnet kochen.“ Angie setzte sich dem Mädchen gegenüber. „Bist du zuverlässig?“

„Absolut.“

„Wir können also fest damit rechnen, dass du pünktlich zur Arbeit erscheinst?“

Lauren nickte ernst. „Selbstverständlich.“

Angie lächelte. „Okay. Wenn du willst, kannst du schon morgen anfangen.“

Fünf

Lauren erschien eine Viertelstunde zu früh zur Arbeit. Für ihren ersten Tag im DeSaria's hatte sie ihre beste schwarze Jeans und eine weiße Baumwollbluse angezogen. Sie klopfte an die Eingangstür und wartete. Als nichts passierte, öffnete sie die Tür und spähte ins Restaurant.

Es brannte noch kein Licht, die Tische waren nur vage auszumachen. „Hallo?“ Lauren schloss die Tür hinter sich.

Mit schnellen Schritten näherte sich eine Frau mit einer weißen Schürze und blieb direkt vor Lauren stehen. Diese fühlte sich wie ein Insekt unter einem Mikroskop, als die Frau sie stirnrunzelnd betrachtete. Durch die dicken Gläser der altmodischen Brille wirkten ihre Augen geradezu riesig.

„Bist du die Neue?“

Sie nickte und spürte die Hitze, die ihr in die Wangen schoss. „Ich heiße Lauren Ribido.“ Sie streckte die Hand aus. Der Händedruck der Frau war kräftiger, als Lauren erwartet hatte.

„Ich bin Maria DeSaria. Ist das hier dein erster Job?“

„Nein. Ich arbeite schon jahrelang neben der Schule. Seit dem letzten Sommer war ich bei der Apothekenkette Rite Aid.“

„Wie sieht es mit Drogen aus, Schuleschwänzen, Problemen mit der Polizei? Bist du vielleicht eine von denen, die einem nur Scherereien machen?“

„Nein. Ich bin an der Fircrest Academy und habe gute Noten. Und mit der Polizei hatte ich noch nie irgendwelche Schwierigkeiten.“

„Fircrest? Soso. Dann bist du also katholisch, das ist gut. Auch wenn du rothaarig bist. Hast du schon mal bedient?"

„Ja."

„Also weißt du, wie man die Tische deckt?"

„Ja, Ma'am."

„Die Bestecke sind da drüben in der Kommode", erklärte Maria DeSaria. „Dann fang mal an."

Fünf Stunden später war Lauren klar, dass sie im DeSaria's nie genug Geld verdienen würde, um die ausstehende Miete zu bezahlen und sich ein anständiges Kleid für den Ball zu kaufen. Dennoch, ihr gefiel das Restaurant, und das Essen war großartig. Lauren gab sich alle Mühe und suchte sich Aufgaben, bevor Maria DeSaria ihr sagen konnte, was sie tun sollte. Sie füllte gerade frisches Olivenöl in die Karaffen, als Angie zu ihr kam und ihr einen Teller mit Tiramisu entgegenstreckte. „Komm, Lauren, Feierabend! Leiste mir ein bisschen Gesellschaft."

Zusammen setzten sie sich an einen Tisch vor dem Kamin. Flammen züngelten an den knisternden Holzscheiten empor.

Lauren spürte Angies Blick und hob den Kopf. „Es war sehr nett von Ihnen, mir hier einen Job anzubieten. Aber im Grunde brauchen Sie keine zweite Kellnerin." Sofort wünschte sie, sie hätte das nicht gesagt. Sie brauchte wirklich dringend Geld.

Doch Angie lächelte nur. „Wart's ab. Ich habe mit dem Restaurant noch viel vor, obwohl ich von der Branche wenig verstehe. Meine Schwester Livvy ist sogar fest überzeugt, dass ich die ganze Sache in den Sand setze."

Lauren konnte sich nicht vorstellen, dass jemand wie Angie Malone mit irgendetwas scheiterte. „Ich bin ganz sicher, dass Sie es schaffen. Das Essen ist echt große Klasse."

„Ja. Meine Mutter und Mira sind wirklich ausgezeichnete Köchinnen." Angie schob sich eine Gabel Tiramisu in den Mund. „Erzähl mal, seit wann wohnst du schon in West End? Vielleicht bin ich ja mit deinen Eltern zur Schule gegangen."

„Das glaube ich nicht." Lauren hoffte, dass es nicht allzu bitter klang. „Wir sind hergezogen, als ich in der vierten Klasse war. Nur meine Mutter und ich. Haben Sie immer in West End gelebt?"

„Ich habe hier meine Kindheit verbracht. Dann bin ich weggezogen, um zu studieren, und habe geheiratet …" Angie verstummte kurz. „Nach der Scheidung bin ich wieder zurückgekommen." Sie lächelte etwas gezwungen. „Es fällt mir immer noch schwer, das zu sagen."

„Oh." Mehr brachte Lauren nicht heraus. Sie konzentrierte sich auf ihr Tiramisu, und das Klappern des Bestecks auf den Porzellantellern klang plötzlich unangenehm laut.

„Soll ich dich nach Hause bringen?", fragte Angie schließlich.

Die Frage überraschte Lauren. „Nein danke", sagte sie. „Mein Freund wollte mich abholen."

In diesem Moment hupte es vor dem Restaurant. „Da ist er schon." Sie warf einen Blick auf die leeren Teller. „Soll ich vorher noch schnell …?"

„Nein, das mach ich schon. Bis morgen."

DIE MENGE tobte. Wie alle anderen Zuschauer sprang Lauren von ihrem Sitz auf, klatschte in die Hände und schrie. Auf der Anzeigetafel flackerte es, die Zahlen veränderten sich, und dann war der aktuelle Spielstand des Footballspiels zu sehen: FIRCREST – 28, KELSO – 14.

Davids Pass war einfach perfekt gewesen, eine 30-Meter-Spirale direkt in Jareds Hände. Lauren hoffte, dass sein Vater es gesehen hatte.

„Kommt", sagte jemand. „Gleich ist Halbzeit."

Sie folgte den anderen Mädchen die Betonstufen hinunter zu den Seitenlinien, an denen verschiedene Stände aufgebaut waren, und lief zum Hotdog-Stand. In der Halbzeitpause, während die Kapelle über das Spielfeld marschierte, verkaufte sie Hotdogs und Hamburger. Alle redeten nur von David. Er spielte das Spiel seines Lebens.

Nach dem Ende der Halbzeitpause ging Lauren wieder auf die Tribüne und sah sich den Rest der Begegnung an. Wie erwartet siegte Fircrest haushoch über die Kelso School.

Langsam leerten sich die Tribünen. Zusammen mit ihren Freundinnen räumte Lauren den Stand auf, dann liefen sie zu den Kabinen, um auf die Spieler zu warten. Schließlich öffneten sich die Doppeltüren, und die Spieler verließen lachend und sich gegenseitig knuffend die Kabinen. David war mittendrin, und doch hob er sich von den anderen irgendwie ab. Das Flutlicht im Stadion schien nur auf ihn gerichtet zu sein, und seine ganze Person leuchtete förmlich, von den blonden Haaren bis zu seinem Lächeln.

Lauren rannte auf ihn zu. Rasch löste er sich aus der Gruppe und zog sie fest in die Arme. „Du warst große Klasse", flüsterte sie ihm zu.

Er grinste triumphierend. „Das kann man wohl sagen, oder? Hast du die Bombe gesehen, die ich Jared verpasst habe? Mannomann, die war echt spitze!" Lachend gab er ihr einen Kuss.

Die anderen hatten inzwischen ihre Autos erreicht. Wagentüren wurden zugeschlagen, es ertönte lautes Hupen. Es sah so aus, als ob die Strandparty am Abend mehr als turbulent werden würde.

„Hey, David!“, rief jemand. „Kommst du mit Lauren auch zum Strand?“

„Ja, klar!“ David winkte den anderen zu.

„David, Lauren! Da seid ihr ja!“ Mit zügigen Schritten kam Mrs Haynes auf sie zu und umarmte ihren Sohn. „Ich bin sehr stolz auf dich.“

„Danke, Mom.“ Er warf einen Blick über ihre Schulter.

„Dein Vater hat eine Besprechung. Er konnte leider nicht kommen.“

David zog die Augenbrauen hoch. „Wie immer.“

„Komm, David, ich lade euch zu einer Pizza ein. Wir könnten …“

„Danke, Mom, aber am Clayborne Beach findet eine Party statt.“ David nahm Laurens Hand und zog sie mit sich.

Seine Mutter folgte ihnen zum Parkplatz. Als David Lauren die Tür zu seinem Auto öffnete, sah Mrs Haynes ihren Sohn an. „Aber sei um Mitternacht zu Hause“, sagte sie.

David lief um das Auto herum zur Fahrertür. „Versprochen.“

Als sie später im Kreis ihrer Freunde um ein Feuer saßen, rückte Lauren eng an David heran. „Ich bin mir ganz sicher, dass dein Vater sehr gern zum Spiel gekommen wäre“, flüsterte sie.

Er seufzte. „Klar. Nächsten Freitag kommt er bestimmt“, sagte er, doch er klang nicht überzeugt. „Ich liebe dich, Lauren.“

„Ich dich auch.“ Zärtlich drückte sie seine Hand.

Er lächelte. Endlich.

ANGIE war unermüdlich. Sie stand jeden Morgen noch vor Sonnenaufgang auf, setzte sich an den Küchentisch und breitete ihre Unterlagen vor sich aus. In diesen frühen Stunden erarbeitete sie ein Konzept für ihre Mantelsammlung und dachte sich eine Reihe von Werbemaßnahmen aus. Gegen acht traf sie sich mit ihrer Mutter im Restaurant, um mehr über die Arbeit hinter den Kulissen zu lernen.

Sie gingen gemeinsam zu den Großhändlern, und Angie beobachtete ihre Mutter beim Einkaufen. Ihr fiel auf, dass sie jeden Tag die gleichen Gemüsesorten auswählte: Tomaten, Paprikaschoten, Auberginen, Eisbergsalat, Zwiebeln. Steinpilze oder Zuckerschoten, Radicchio oder schwarze Trüffeln würdigte sie keines Blickes. Bei Fisch und Fleisch war es ähnlich. Ihre Mutter kaufte ausschließlich die kleinen Krabben für Cocktails, große Mengen gemischtes Hackfleisch sowie ausgelöste Hähnchenbrust.

Am vierten Tag schickte Angie ihre Mutter nach ihrem Einkauf unter einem Vorwand nach Hause und ging wieder hinein, sobald Maria DeSaria verschwunden war.

„Stellen wir uns einmal vor, das DeSaria's wäre ein ganz neues Restaurant", sagte sie zu dem Händler.

Mehr war nicht nötig. Der Händler gab ihr so viele Informationen, dass Angie der Kopf schwirrte. Sie machte sich jede Menge Notizen und setzte ihre Recherchen beim Fischhändler fort.

Am Ende der Woche hatte Angie eine ziemlich genaue Vorstellung davon, wie die Speisekarte des DeSaria's verbessert werden konnte. Sie machte sich daran, nach Rezepten der angesagtesten Restaurants in Los Angeles, San Francisco und New York zu fahnden, durchforstete die Unterlagen ihres Vaters nach besonderen Gerichten und löcherte ihre Schwestern, bis die nur noch stöhnend die Augen verdrehten.

Am Samstagabend überprüfte sie Rechnungen, füllte Zahlungsanweisungen aus und notierte sich, welche Vorräte zur Neige gingen. Als die letzten Gäste das Restaurant verließen, war sie restlos erschöpft, holte zwei Portionen Eis aus der Küche und setzte sich an den Tisch vor dem Kamin. Sie liebte diese ruhigen Momente am Ende des Tages. Die Stille des geschlossenen Restaurants fand sie entspannend, und manchmal hatte sie das Gefühl, dass sie die Anwesenheit ihres Vaters spürte.

„Ich gehe jetzt, Angie." Lauren tauchte im Durchgang zwischen den beiden Gasträumen auf.

„Hier wartet noch eine Portion Eis auf dich. Es ist absolut himmlisch." In den letzten Tagen war es zu einer Art Ritual geworden, dass sich Angie und Lauren spätabends noch zu einem Dessert zusammensetzten.

„Wenn das so weitergeht, werde ich noch schneckenfett hier." Lauren grinste.

Angie lachte. „Unsinn. Setz dich zu mir. Zu schade, dass wir heute kaum Gäste hatten. Deine Trinkgelder können nicht gerade berauschend sein."

„Stimmt."

Die Sorge in Laurens Stimme entging Angie nicht. „Was kostet denn heutzutage ein Kleid für den Abschlussball?", fragte sie.

„Unsummen."

Angie betrachtete ihr Gegenüber nachdenklich. „Welche Größe hast du?"

„Achtunddreißig."

„Genau wie ich. Ich könnte dir ein Kleid leihen. Conlan, mein ... Exmann, ist Reporter für die *Seattle Times*. Hin und wieder mussten wir zu irgendwelchen gesellschaftlichen Anlässen. Daher habe ich ein paar Abendkleider."

Der Ausdruck auf Laurens Gesicht war eine Mischung aus Sehnsucht und Scham. „Das kann ich wirklich nicht annehmen. Aber danke für das Angebot."

Angie beschloss, es dabei zu belassen. „Gehst du mit dem Jungen hin, der dich abends immer abholt?"

Lauren errötete. „Ja. Sein Name ist David Haynes."

Angie wusste, was die roten Wangen bedeuteten: eindeutig Liebe. Es überraschte sie nicht. Lauren war nicht der Typ, der sich schnell verliebte und ebenso schnell wieder trennte. „Seit wann seid ihr zusammen?"

„Seit vier Jahren."

Angie sah sie an. Schuljahre zählten doppelt und dreifach. Vier Jahre waren eine Ewigkeit. Doch bevor sie etwas sagen konnte, hielt cin Auto vor dem Restaurant und hupte.

„Das ist David." Lauren sprang auf.

Angie betrachtete das parkende Auto durchs Fenster. Es war ein alter Porsche Speedster, das Chassis grau grundiert. Die verchromten Radkappen glänzten, und die Reifen waren offensichtlich neu. „Das ist ja ein toller Wagen!"

Lauren trat neben sie. „Manchmal nenne ich David ‚Speed Racer', wie in der alten Zeichentrickserie. Er lebt förmlich für den Wagen."

Angie blickte dem Mädchen ins Gesicht. Die erste große Liebe. Fast hätte sie gesagt: Sieh dich vor, Lauren, Liebe kann dir das Herz brechen. Aber das stand ihr nicht zu und darum sagte sie nichts.

„Dann bis Dienstag!", rief Lauren und lief zur Tür.

ALS MIRA ihre Kinder zur Schule gebracht hatte und nach Hause zurückkam, stand Angie vor ihrer Tür.

„Du bist heute aber früh auf den Beinen", stellte Mira fest, während sie mit schnellen Schritten näher kam. „Und du siehst ganz schön schlecht aus."

„Du hast es gerade nötig. Trägt man neuerdings ausgeleierte Jogginghosen und Gummistiefel, wenn man seine Kinder zur Schule fährt?"

„Die meisten Mütter ja. Komm rein." Lächelnd führte sie Angie ins Haus, in dem es nach Kaffee und Pfannkuchen duftete. Sie ging Richtung Küche, hob unterwegs herumliegendes Spielzeug auf und goss Kaffee in zwei Tassen. „Hier", sagte sie und gab Angie eine der Tassen, bevor sie sich im Wohnzimmer aufs Sofa setzte. „Also, dann erzähl mal, warum du hier bist und warum du aussiehst wie eine Dschungelcamp-Kandidatin."

„Sehr komisch." Angie sank auf das Sofa. „Ich habe die ganze Nacht durchgearbeitet."

„Du kommst wohl nie zur Ruhe, was?" Mira trank einen Schluck Kaffee.

Angie reichte ihr einen Block. „Hier. Ich habe meine Pläne für das Restaurant aufgeschrieben."

Mira setzte die Tasse ab, nahm den Block und las. Ihre Augen wurden immer größer.

Angie steuerte immer wieder Erläuterungen bei, während Mira las. „Abgesehen von der Mantelsammlung möchte ich dienstags künftig Weinabende veranstalten, an denen alle Flaschen zum halben Preis angeboten werden. Die Donnerstage würde ich gern unter das Motto ‚Ausgeh-Abend' stellen. Jedes Pärchen, das bei uns isst, erhält zwei Kinokarten. Und für freitags und samstags dachte ich an Happy Hours. Und was hältst du von ‚Erleben Sie romantische Stunden im DeSaria's' als Slogan für unsere Werbekampagne? Man könnte den Gästen zum Beispiel Rosen überreichen. Außerdem möchte ich die Hälfte der bisherigen Gerichte von der Karte streichen und die Preise der anderen verdoppeln. Wir müssen mehr Fisch und – je nach Saison – frisches Gemüse anbieten."

„Papa hätte das alles spitzenmäßig gefunden, Angie", sagte Mira.

„Glaube ich auch. Allerdings mache ich mir Sorgen um Mama. Wie schaffe ich es nur, ihr meine Pläne nahezubringen?"

„Aus sicherer Entfernung. Und im Kettenhemd."

„Sehr witzig."

„Okay, Prinzessin. Es gibt nur zwei Wege, Mamas Zustimmung zu bekommen. Der erste und erfolgversprechendste führt über Papa. Letzten Endes hat sie sich seinen Wünschen immer gefügt. Und der andere ist: Bring sie dazu, das Ganze für ihre eigene Idee zu halten."

„Und wie gehe ich vor?"

„Indem du sie erst einmal um Rat fragst."

ANGIE saß am Küchentisch und hatte ihre Notizen vor sich ausgebreitet. Mit verschränkten Armen lehnte ihre Mutter am Spülbecken. Ihre Lippen waren zu einem dünnen Strich zusammengepresst.

„Ich war im Kino und habe mit Scott Forman gesprochen", begann Angie vorsichtig. „Er ist bereit, uns fünfzig Prozent Rabatt auf die Karten einzuräumen, wenn wir ihn in unsere Werbung einbeziehen."

„Die Filme heutzutage sind allesamt grauenhaft. Zu viel Gewalt. Das schlägt den Leuten doch auf den Magen."

„Sie werden doch vor dem Kinobesuch bei uns essen."

„Eben."

„Hältst du es denn nicht für eine gute Idee?"

Ihre Mutter zuckte die Schultern. „Warten wir's ab."

„Und wie findest du die Anzeigen?"

„Wie viel kosten sie?"

Angie suchte das entsprechende Angebot heraus und hielt es ihrer Mutter hin. Die warf nur einen Blick darauf. „Zu teuer."

„Ich werde mich bemühen, günstigere Preise auszuhandeln." Unauffällig holte sie eine Speisekarte des „Cassiopeia's" unter ihrem Notizblock hervor, eines italienischen Viersternerestaurants in Vancouver. „Hast du irgendwelche Vorschläge für die Weinabende?"

Ihre Mutter rümpfte die Nase. „Wir könnten mit Victoria und Casey McClellan reden. Ihnen gehört das Weingut in Walla Walla. Und Randy Finley in den Mount Baker Vineyards würde uns vermutlich preislich ebenfalls ein bisschen entgegenkommen. Randy liebt mein *Osso bucco*."

„Das ist eine hervorragende Idee, Mama." Schnell notierte sich Angie die Namen und stieß dabei wie unabsichtlich gegen die Speisekarte aus dem Cassiopeia's.

Argwöhnisch reckte ihre Mutter den Hals. „Was willst du denn mit der Speisekarte da, Angie?"

„Mit der da? Oh, ich wollte mich nur informieren, was die Konkurrenz zu bieten hat."

Geringschätzig wedelte ihre Mutter mit der Hand. „Das sind Leute, die noch nie in Italien waren."

„Ihre Preisgestaltung ist interessant."

„Warum?"

„Die Hauptgerichte beginnen bei vierzehnfünfundneunzig." Sie schüttelte den Kopf. „Es ist ziemlich bemerkenswert, dass so viele Menschen hohe Preise mit Qualität gleichsetzen."

„Gib her!"

Maria DeSaria riss Angie die Speisekarte aus der Hand und schlug sie auf. „Kräuteromeletts mit Waldpilzen und gebratenem Weißfisch für einundzwanzigfünfundneunzig. Soll das etwa ein italienisches Gericht sein? Meine Mutter, sie ruhe in Frieden, bereitete einen *Tonno al cartoccio* zu, der einem auf der Zunge zerging."

„In dieser Woche hat der Großhändler Thunfisch im Angebot, Mama. Ahi auch. Und seine Calamari sind einfach klasse."

„Erinnerst du dich an das Lieblingsgericht deines Vaters? *Calamari ripieni*. Dazu braucht man aber die allerbesten Tomaten."

„Genau die hat mir Johnny versprochen."

„Calamari und Ahi sind nicht billig."

„Einen Versuch wäre es wert, an einem oder zwei Abenden als Spezialangebot. Wenn wir keinen Erfolg haben, streichen wir es eben wieder."

Es klopfte an der Küchentür. Angie musste sich beherrschen, um nicht laut zu fluchen. Jetzt hatte sie ihre Mutter gerade so weit, dass sie fast zugestimmt hätte, da konnte sie absolut keine Unterbrechung gebrauchen.

Mit ihrer zusammengefalteten Schürze in der Hand kam Lauren herein.

Angie lächelte sie an. „Gute Nacht, Lauren. Schließ ab, wenn du hinausgehst."

Doch Lauren rührte sich nicht und sah sie unsicher an.

„Was ist denn noch?", fragte Angie.

„Ich ... äh ... ich kann morgen doch zur Arbeit kommen."

„Schön. Dann sehen wir uns also morgen um fünf."

Als Lauren verschwunden war, nahm Angie den Faden wieder auf. „Also Mama, was sagst du dazu, wir heben die Preise ein wenig an und haben täglich ein besonderes Fischgericht auf der Karte?"

„Du willst also die Speisekarte ändern!"

„Nur ein paar kleine Änderungen, die uns weiterbringen." Angie sah sie an. „Papa hätte zugestimmt, Mama, das weiß ich."

„Er hat meine *Calamari ripieni* geliebt, das ist wahr." Ihre Mutter verließ endlich ihren Standort vor dem Spülbecken und setzte sich neben ihre Tochter. „Er wusste, dass man mich zu Veränderungen zwingen muss."

„Ich möchte dich nicht zwingen."

„Das tust du aber." Ihre Mutter seufzte. „Dein ganzes Leben ging es darum, deinen Willen durchzusetzen, Angela. Das hat dein Vater an dir geliebt, und jetzt wäre er ganz besonders stolz auf dich."

Plötzlich dachte Angie nicht mehr an die Speisekarte, sondern an ihren Vater: an die Art, wie er sie auf seine Schultern gehoben hatte, wie er abends mit ihr gebetet und sie beim Frühstück mit kleinen albernen Scherzen aufgemuntert hatte.

„Daher werden wir es zunächst mit ein paar Fischgerichten versuchen", fuhr ihre Mutter fort. In ihren Augen glänzten ein paar Tränen. „Und dann sehen wir weiter."

„Es wird ganz bestimmt ein Erfolg, Mama. Wart's nur ab. Es werden wieder mehr Leute ins DeSaria's kommen."

„Es kommen schon jetzt mehr Gäste. Es war eine gute Idee, das Mädchen einzustellen. Lauren ist eine gute Bedienung. Am Anfang habe ich befürchtet, dass wir mit einem rothaarigen Mädchen nur Scherereien bekommen, und als ich von dir dann auch noch hörte, dass das arme Ding noch nicht einmal ein Kleid hat, dachte ich …"

„O nein!" Angie sprang auf. „Morgen ist der Abschlussball! Deswegen hat sie vorhin so herumgedruckst. Sie hat sich nicht getraut, mich daran zu erinnern, dass sie morgen freihaben wollte."

„Und warum hat sie dann extra gesagt, dass sie zur Arbeit kommt?"

„Keine Ahnung." Angie zog ihren Mantel vom Haken neben der Tür. „Gute Nacht, Mama. Bis morgen."

Hastig rannte sie auf die Straße hinaus. Es fiel ein leichter Nieselregen. Sie blickte die Straße hinauf und hinunter. Nirgendwo eine Spur von Lauren.

Angie sprang in ihr Auto und fuhr auf der Driftwood Street nach Norden. Sie wollte schon auf die Umgehungsstraße fahren, als ihr Blick auf die Bushaltestelle fiel. Selbst aus der Entfernung war Laurens kupferrotes Haar im Licht der Straßenlaterne gut zu erkennen.

Angie hielt direkt vor ihr an. Lauren hob den Kopf. Ihre Augen waren rot und geschwollen. „Oh", sagte sie nur.

Angie stieß die Beifahrertür auf. „Steig ein."

Lauren zeigte hinter sich. „Vielen Dank. Aber mein Bus muss gleich kommen."

„Morgen findet der Ball statt, stimmt's? Das war es, was du mir in der Küche sagen wolltest."

„Ich gehe nicht hin."

„Warum denn nicht? Ist es wegen des Kleides? Du weißt doch, dass ich dir eins leihen würde."

Lauren nickte.

„Brauchst du denn eins?"

„Ja." Die Antwort war kaum zu verstehen.

„Okay. Dann komm doch morgen um drei ins Restaurant. Wie wäre es, wenn du dich bei mir für den Ball fertig machen würdest? Das wäre doch nett."

„Ist das Ihr Ernst? Gern."

„Also abgemacht. Sag David, dass er dich bei mir abholen soll. Miracle Mile Road, die erste Einfahrt nach der Brücke."

Am nächsten Morgen musste Angie richtig früh aufstehen, weil ihre Mutter und sie sich schon um sieben Uhr mit Lieferanten treffen wollten. Gegen zehn waren die Vorräte für die Woche bestellt, Zahlungsanweisungen ausgefüllt, Wechselgeld in der Registrierkasse deponiert und die Tischdecken zur Wäscherei gebracht. Als Mama das Restaurant verließ, um private Dinge zu erledigen, fuhr Angie zur Druckerei, um die Flyer und Gutscheine für den Weinabend und den Ausgehabend abzuholen. Danach brachte sie die erste Ladung Mäntel zur Nachbarschaftshilfe und fuhr zur chemischen Reinigung. Als alles erledigt war, war es bereits kurz nach drei.

Um Viertel nach drei hielt Angie vor dem Restaurant.

Lauren wartete unter der grün-weißen Markise.

Angie ließ das Fenster herunter. „Entschuldige, ich habe mich verspätet."

„Ich dachte schon, Sie hätten es vergessen."

Angie sah sie an und fragte sich im Stillen, wie oft Lauren es schon erlebt hatte, dass Versprechen nicht eingehalten worden waren.

„Komm, steig ein", sagte sie und stieß die Beifahrertür auf. Lauren setzte sich neben sie und zog die Tür zu. Regen prasselte auf das Wagendach.

Während der Fahrt schwiegen sie beide und hingen ihren Gedanken nach.

Als sie das Strandhäuschen erreichten, wandte Angie sich Lauren zu. „Was meinst du, sollten wir deine Mutter anrufen? Vielleicht wäre sie gern dabei."

Lauren lachte kurz und verbittert auf. „Das glaube ich kaum." Sie fügte schnell hinzu: „Sie macht sich nichts aus Bällen."

Angie beschloss, nicht weiter über die tiefere Bedeutung dieser Worte nachzudenken. „Okay", sagte sie. „Dann lass uns hineingehen und nachsehen, was ich für dich habe."

Mit Märchen und Zaubergeschichten war Lauren nicht aufgewachsen. Im Gegensatz zu den meisten ihrer Freundinnen hatte sie ihre Kindheit vor dem Fernseher zugebracht, um sich Sendungen anzusehen, in denen Mord und Totschlag, Prostitution und Verbrechen an Frauen an der Tagesordnung waren. In den Augen ihrer Mutter das wahre Leben. Lauren hatte sich nie vorgestellt, Aschenputtel oder Dornröschen zu sein. Bis zu diesem Tag.

An diesem Nachmittag öffnete Angie Malone Lauren eine Tür, und sie warf einen Blick auf eine Welt, in der alles möglich zu sein schien.

Das Holzhaus, in dem Angie wohnte, stand im Schatten riesiger Bäume.

In der Ferne rauschte das Meer und auf der Veranda standen Schaukelstühle aus Rohrgeflecht, von denen aus man auf den Ozean hinausblicken konnte.

Wie gebannt blieb Lauren stehen. Dieses Haus sah genauso aus, wie sie es sich immer erträumt hatte. Auch drinnen war es wunderschön. Vor dem Kamin aus Natursteinen standen zwei gemütliche Stoffsofas und ein mächtiger Baumstamm zwischen ihnen diente als Tisch. Die Küche war klein und freundlich, mit buttergelben Schränken und einem Fenster, das auf den Rosengarten hinausging.

„Es ist wunderschön", flüsterte Lauren.

„Mein Vater hat es gebaut. Als ich Kind war, haben wir hier draußen immer den Sommer verbracht." Angie bückte sich, um Feuer im Kamin zu machen. „Aber nun zur Sache. Welcher Stil ist dir am liebsten?"

„Welcher Stil?"

Angie drehte sich zu ihr um. „Wie willst du heute Abend aussehen? Sexy? Mädchenhaft? Wie eine Prinzessin?"

„Mir ist jedes Kleid recht."

Angie schüttelte den Kopf. „Los, komm mit", sagte sie und eilte die Treppe hinauf. Schnell lief Lauren ihr nach in das luftige Schlafzimmer mit den schrägen, weiß gestrichenen Holzwänden und dem großen Himmelbett. Angie trat vor den begehbaren Schrank und zog an einer Schnur, um das Licht anzumachen.

„Lass mal sehen … ich habe nur ein paar meiner Abendkleider mitgebracht." Sie zog den Reißverschluss eines Kleidersacks auf und holte ein langes schwarzes Kleid heraus. „Wie findest du das?"

Das schmal geschnittene Kleid hatte ein Nackenband aus Strass und zwei Reihen größerer Steine um die Taille. Der Stoff wirkte glatt und federleicht, wahrscheinlich Seide.

„Ich weiß nicht …" So ein elegantes Kleid konnte Lauren sich unmöglich ausleihen. Was war, wenn sie etwas darauf verschüttete?

„Du hast Recht. Zu seriös. Nichts für einen Schulball." Angie legte das Kleid weg und suchte eifrig weiter zwischen den Kleidersäcken.

„Ah!" Sie holte ein anderes Kleid aus seiner Schutzhülle. Die Farbe war ein zartes Muschelrosa. Es war aus einem fließenden Material gearbeitet, das sich an den Körper der Trägerin anschmiegte. Das Kleid war ärmellos, hatte vorn einen schlichten runden Ausschnitt, ließ hinten aber viel Rücken frei.

„Wie viel hat das gekostet?", fragte Lauren leise.

„Das alte Ding? Das habe ich in einem Secondhandladen gefunden."

Lauren musste grinsen. „Klar doch. Sicher."

„Es gefällt dir also?"

„Es gefällt mir sehr, aber was ist, wenn ich es schmutzig mache?"

„Wenn es dir gefällt, dann zieh es heute Abend an!" Angie hängte das schwarze Kleid in den Schrank zurück und legte das rosafarbene Kleid aufs Bett. „Dann würde ich sagen, es ist jetzt Zeit für die Dusche." Lauren folgte ihr ins Bad.

„Hast du eigentlich Schuhe?"

Lauren nickte. „Schwarze."

„Wenn wir alles richtig zusammenstellen, könnte das passen", sagte Angie, als sie die Dusche anmachte. Sie öffnete einen Schrank und kramte zwischen Flaschen, Tuben und Tiegeln herum. „Hier ist eine Peeling-Creme. Und das hier ist eine Feuchtigkeitsmaske."

Angie drückte Lauren die Pflegemittel in die Hände. „Jetzt dusch erst mal, dann kümmern wir uns um deine Haare und dein Make-up."

Als Lauren in ein riesiges Handtuch gehüllt wieder aus dem Badezimmer auftauchte, saß Angie inmitten von verschiedenem Kram auf dem Bett. „Ich habe einen perlenbestickten schwarzen Schal gefunden, eine passende Abendtasche und das hier." Sie hielt eine Haarspange in der Hand, einen wunderschönen rosa-schwarzen Schmetterling. „Komm, setz dich." Angie griff nach einem Kopfkissen und warf es neben dem Bett auf den Fußboden. Gehorsam setzte sich Lauren mit dem Rücken zum Bett auf das Kissen.

Angie begann ihr Haar zu bürsten und zu frisieren. Das fühlte sich so angenehm an, dass Lauren wohlig seufzte.

„Okay", sagte Angie nach einer Weile. „Und nun setz dich aufs Bett und mach die Augen zu."

Die beiden wechselten die Positionen. Hauchzarte Pinselhärchen berührten ihre geschlossenen Lider … Rouge wurde auf ihre Wangen gestäubt … Wimpern wurden getuscht …

„So, fertig", sagte Angie schließlich.

Lauren stand auf, schlüpfte in das rosafarbene Kleid, und Angie zog den Reißverschluss zu.

„Einfach perfekt", sagte Angie zufrieden. „Überzeuge dich selbst."

Langsam trat Lauren vor den großen Spiegel an der geschlossenen Schranktür – und wollte ihren Augen nicht trauen. Das Kleid passte wie angegossen. Sie sah aus wie eine Prinzessin aus den Märchenbüchern, die sie nie gelesen hatte.

Sechs

Angie holte die Kamera aus der Schublade und ging die Treppe hinunter. Lauren stand vor dem Kamin. Der rotgoldene Schein der Flammen hinter ihr verlieh ihrer blassen, sommersprossigen Haut einen Bronzeschimmer. Das rosafarbene Kleid war vielleicht eine Spur zu groß, aber das fiel nicht im Geringsten ins Gewicht. Und der von der Schmetterlingspange gehaltene französische Zopf stand ihr wirklich gut.

„Du siehst wunderschön aus“, sagte Angie, als sie ins Wohnzimmer kam, und stellte fest, dass sie tatsächlich ein bisschen gerührt war. Es war doch keine große Sache, einem jungen Mädchen bei der Vorbereitung für den Abschlussball zu helfen. Also warum dann diese unerwarteten Gefühle?

Sie machte ein Foto von Lauren. „Setz dich“, sagte sie dann. „Lass uns noch einen Tee trinken, bis David kommt.“

Angie verschwand in der Küche, brühte zwei Becher Tee auf und trug sie ins Wohnzimmer. Lauren sah unglaublich jung aus, wie sie da am äußersten Rand des Sofas hockte. Offensichtlich befürchtete sie, das Kleid zu zerknittern. Sie nahm den Becher entgegen, nippte vorsichtig daran und hielt ihn mit beiden Händen umfasst.

Angie hatte Angst davor, was die Welt einem Mädchen wie diesem antun könnte, einem Mädchen, das manchmal viel zu einsam schien. Und sie fragte sich, wie eine Mutter sich nur diesen kostbaren Moment entgehen lassen konnte.

Lauren stellte die Teetasse ab. „Darf ich Sie etwas Persönliches fragen?“

„Nur zu.“ Angie lehnte sich zurück.

„Warum tun Sie das alles für mich?“

„Ich mag dich, Lauren. Und darum wollte ich dir einfach ein bisschen helfen. Das ist alles.“

„Ich glaube, Sie tun es aus Mitleid.“

Angie seufzte. Sie konnte der Frage nicht ausweichen. „Vielleicht auch, aber nicht ausschließlich. Ich weiß, wie es ist, wenn Wünsche nicht in Erfüllung gehen.“

„Das kann ich mir gar nicht vorstellen.“

Angie schluckte trocken und bereute schon, dieses Thema überhaupt angeschnitten zu haben. „Ich habe keine Kinder“, sagte sie leise.

„Warum nicht?“

Die Direktheit der Frage gefiel Angie. Frauen ihres Alters neigten dazu, sie wie ein Minenfeld zu umgehen. „Die Ärzte wissen es nicht genau. Ich bin zwar dreimal schwanger geworden, aber …“ Sie dachte an Sophia und schloss kurz die Augen. „Aber ich hatte kein Glück.“

„Es hat Ihnen also Spaß gemacht, mir beim Anziehen zu helfen?“ In Laurens Stimme klang Wehmut mit.

„Ja, genau so ist es“, sagte Angie leise. Sie wollte gerade noch etwas hinzufügen, als es an der Tür klingelte.

„Das ist David!“, rief Lauren und sprang auf.

„Halt!“, rief Angie. „Eine Lady wird gerufen, wenn ihr Kavalier sie abholen will. Lauf ins Schlafzimmer hinauf. Ich mache auf.“

Sobald Lauren verschwunden war, ging Angie zur Tür und öffnete sie. Vor ihr auf der Veranda stand ein junger Mann. In seinem tadellos geschnittenen schwarzen Smoking mit weißem Hemd und silbergrauer Fliege war er der personifizierte Mädchentraum.

„Sie müssen David sein. Ich habe Sie vor dem Restaurant parken sehen. Ich bin Angie Malone.“

Er drückte ihre Hand so kraftvoll, dass sie fast Angst um ihre Gelenke bekam. „David Ryerson-Haynes.“ Nervös lächelnd blickte er über ihre Schulter.

Angie trat zur Seite. „Haynes? Das Holzunternehmen?“

Er nickte. „Ist Lauren fertig?“

Angie rief Laurens Namen. Zwei Sekunden später erschien sie auf dem oberen Treppenabsatz.

David starrte sie an. „Whow!“, sagte er leise und ging auf die Treppe zu. „Du siehst wirklich toll aus.“

Lauren eilte die Stufen herab. Mit bebenden Lippen sah sie ihn an. „Findest du?“

Er überreichte ihr einen Strauß weißer Blumen und küsste sie. Selbst aus der Entfernung entging Angie nicht, wie viel Zärtlichkeit in dem Kuss lag. Sie lächelte.

„Kommt, ihr beiden“, sagte sie. „Höchste Zeit für das obligatorische Foto. Stellt euch vor den Kamin.“

Wieder und wieder drückte Angie auf den Auslöser. „Okay“, sagte sie endlich. „Viel Spaß! Und fahrt vorsichtig!“

An der Tür schlang Lauren beide Arme um Angie und drückte sie fest an sich. „Das werde ich Ihnen nie vergessen“, wisperte sie. „Vielen Dank.“

„Keine Ursache“, flüsterte Angie zurück.

Sie sah zu, wie David Lauren zum Auto geleitete und ihr galant die Tür öffnete. Ein kurzes Winken, dann waren sie verschwunden.

Angie ging ins Haus und schloss die Tür. Die plötzliche Ruhe wirkte bedrückend. Sie spürte, wie sie einen Abhang hinabzugleiten begann, den sie nur zu gut kannte. Unten an der Talsohle war es einsam und kalt. Angie wünschte, sie könnte jetzt einfach Conlan anrufen. Er hatte es immer wieder geschafft, sie vor dem Abgleiten zu bewahren. Aber diese Zeit war vorbei.

Es klingelte. Gott sei Dank! Angie rannte zum Telefon.

„Na, wie ist es gelaufen?“, fragte ihre Mutter.

„Großartig. Sie sah einfach bezaubernd aus.“ Angie zwang sich zu einem Lachen und hoffte, dass es natürlicher klang, als es sich anfühlte.

„Und wie geht es dir jetzt?“

Die Frage ihrer Mutter tat ihr gut. „Ganz gut, Mama.“

„Sei vorsichtig bei diesem Mädchen“, sagte ihre Mutter sanft.

Angie fragte sich, ob es ihr wohl gelingen würde, diesen Rat zu befolgen.

SONNENSCHEIN an einem Herbstmorgen ist ein Gottesgeschenk im Nordwesten der Vereinigten Staaten. Für Lauren war das gute Wetter ein Zeichen. Sie streckte sich träge und wurde langsam wach.

Unten auf der Straße rauschte der Verkehr, in der Wohnung nebenan stritten die Nachbarn, und im Zimmer gegenüber schlief ihre Mutter den Rausch der letzten Nacht aus. Für den Rest der Welt war es ein ganz gewöhnlicher Sonntagmorgen.

Lauren drehte sich auf die Seite. Die alte Matratze ächzte. David lag auf dem Rücken und schlief, seine strubbeligen Haare verdeckten die Hälfte seines Gesichts. Der Abschlussball war wundervoll gewesen. Mehr als wundervoll. Als David sie zu den Klängen von Aerosmiths „Angel“ auf die Bühne führte, war ihr, als schwebte sie auf Wolken. Ob sie später einmal ihren Kindern davon erzählen würde? Von dem legendären Abend, als ihre Mutter zur Homecoming Queen gewählt wurde?

Neben ihr begann David sich zu rühren. Er schlug die Augen auf und lächelte sie an. „Ich muss meinen Eltern sagen, dass ich künftig häufiger bei Jared übernachte.“

Er zog sie in seine Arme und küsste sie.

„Sonntags wacht meine Mom nie vor zwölf auf“, murmelte sie.

„Aber ich muss in einer Stunde zu Hause sein. Mein Onkel Peter kommt, weil ich einen Termin mit einem großen Tier von Stanford habe. Komm doch einfach mit."

Ihr Lächeln schwand. „Vielen Dank."

„Jetzt sei doch nicht gleich eingeschnappt."

„Ach, komm schon, David, hör auf zu träumen! Ich werde nie ein Stipendium für Stanford kriegen. Du hingegen könntest problemlos auch an die USC gehen."

„Wir können uns auch noch sehen, wenn du an der USC studierst. Wir lieben uns, Lauren. Daran werden auch ein paar Kilometer Entfernung nichts ändern."

„Ein paar Hundert Kilometer." Lauren sah an die Decke, die man schon längst einmal hätte streichen müssen. „Ich muss heute ohnehin arbeiten."

Er zog sie wieder an sich und küsste sie auf diese ganz besondere Art, die ihr Herz immer viel schneller schlagen ließ. Ihre Verärgerung verebbte. Als er sich schließlich von ihr löste, um aufzustehen, fröstelte sie.

David zog sich an und setzte sich dann neben sie. „Du machst dir zu viele Sorgen."

„Sieh dich doch um, David." Lauren hörte, wie heiser ihre Stimme klang. „Ich musste mir schon immer Sorgen machen. Um alles."

„Aber nicht um mich. Ich liebe dich."

„Das weiß ich." Sie glaubte es mit jeder Faser ihres Herzens. Lauren streckte die Arme nach David aus und küsste ihn. „Viel Glück!"

DEN GANZEN Tag über klingelte das Telefon. Es war der dritte Sonntag im Oktober, und auf der Titelseite der Unterhaltungsbeilage der kleinen *West End Gazette* war eine großformatige Anzeige erschienen.

Unter der Überschrift ROMANTISCHE STUNDEN IM DESARIA'S wurden alle Neuerungen aufgezählt – Weinabend, Dinner mit anschließendem Kinobesuch, Happy Hours. Zudem gab es Coupons zum Ausschneiden: fünfzig Prozent Rabatt beim Kauf einer Flasche Wein, ein kostenloses Dessert zu jedem Hauptgericht, montags bis freitags ein Mittagessen für zwei zum Preis von einem.

Leser, die das DeSaria's längst vergessen hatten, erinnerten sich an nette Abende, die sie vor langer Zeit in der kleinen Trattoria an der Driftwood Street verbracht hatten. Und einige von ihnen griffen unverzüglich zum Hörer, um einen Tisch zu reservieren. Zum ersten Mal seit Jahren war das Restaurant ausgebucht.

„Ich weiß nicht recht", sagte Maria DeSaria, während sie Ahi-Steaks abspülte und auf Pergamentpapier ausbreitete. „Niemand kann vorhersagen, wie viele Gäste heute Abend Fisch bestellen werden. Es war keine gute Idee, Angela. Wir sollten mehr Cannelloni und Lasagne vorbereiten."

Verstohlen zwinkerte Angie Mira zu. „Für den Fall eines Atomkrieges hätten wir genügend Lasagne in der Tiefkühltruhe, um ganz West End zu versorgen, Mama."

„Mach keine Scherze über den Krieg, Angela! Gib mir die Schalotten, Mira."

Angie verließ die Küche und kehrte in den Gastraum zurück. Schon jetzt, Viertel nach fünf, war die Hälfte der Tische besetzt. Rosa und Lauren nahmen Bestellungen auf. Angie ging von Tisch zu Tisch und begrüßte die Gäste, wie ihr Vater es früher getan hatte. Sie traf Leute, die sie seit Jahren nicht gesehen hatte, und jeder wusste eine Anekdote über ihren Vater zu erzählen. Als sie in die Küche zurückkehrte, war ihre Mutter einem Nervenzusammenbruch nah. „Schon jetzt acht Fischbestellungen! Ich bin zu alt für …"

Die Tür flog auf, und Livvy stand vor ihnen. „Ist das wirklich wahr? Mama hat die Speisekarte geändert?"

„Wer hat dich angerufen?", fragte Mira und wischte sich die Hände an der Schürze ab.

„Mister Tannen. Er hatte es in der Reinigung von Mister Garcia gehört, der in der Druckerei arbeitet."

Maria DeSaria würdigte ihre Töchter keines Blickes. Sie würzte die Fischfilets mit Salz und Pfeffer und streute frischen Thymian, Petersilie und gehackte Cocktailtomaten darauf.

„Es stimmt tatsächlich!", hauchte Livvy ergriffen. „Was ist das denn?"

„Tonno al cartoccio", antwortete ihre Mutter herablassend. „Nichts Besonderes. Da drüben habe ich Heilbutt. Für *Rombo alla capperi e pomodori*. Noch ein Leibgericht deines Vaters."

Heute wurde der Fisch mit marinierten Paprikaschoten, gegrillten Zucchini und Polenta serviert.

Später am Abend, als die letzten Gäste vor ihrem Tiramisu oder der Zabaione mit frischen Himbeeren saßen, kam Maria DeSaria aus der Küche, um sich zu erkundigen, wie ihre Gerichte geschmeckt hatten.

Bei ihrem Erscheinen klatschten die anwesenden Gäste.

„Vielen Dank. Und morgen mache ich Spargel-Gnocchi mit frischen Tomaten." Lächelnd sah sie Angie an. „Es ist das Lieblingsgericht meiner jüngsten Tochter."

Der Oktober verging wie im Flug, im November hingegen schienen sich die Tage hinzuschleppen. In den vergangenen beiden Wochen hatte sich Lauren so selten wie möglich zu Hause aufgehalten, denn ihre Mutter hatte einen neuen Freund, der jetzt immer bei ihr war. Lauren versuchte, ihm aus dem Weg zu gehen, indem sie fast jeden Abend und an den Wochenenden im Restaurant arbeitete. Wenn sie nicht arbeitete, war sie in der Schulbibliothek oder traf sich mit David.

Ihre Bemühungen, Geld zu verdienen und gleichzeitig ihre bereits glänzenden Noten weiter zu verbessern, hatten nur einen Nachteil: Sie war ständig müde. Gerade jetzt kostete es sie große Anstrengung, im Unterricht nicht einzuschlafen. Vorn stand Mr Goldman neben einem Bild und erzählte begeistert von der Art und Weise, wie Jackson Pollock Farben einsetzte. Als es endlich klingelte, klappte Lauren ihr Buch zu und schob sich zusammen mit ihren lachenden, drängelnden, schwatzenden Mitschülerinnen zur Tür hinaus.

Draußen an der Fahnenstange spielte David mit einigen anderen Hacky Sack mit einem kleinen weichen Ball.

„Wenn ich nicht gleich etwas zu essen bekomme, sterbe ich!“, rief jemand.

„Ich auch.“

David nahm Laurens Hand, schlenderte mit ihr und den anderen die Straße hinunter zum Imbiss.

„Hört mal“, sagte jemand, „habt ihr auch die Mitteilung der kalifornischen Colleges bekommen? Am Wochenende findet eine große Infoveranstaltung in Portland statt.“

Portland. Eine anderthalbstündige Autofahrt. Laurens Herz begann schneller zu schlagen. „Toll!“ Sie drückte Davids Hand. „Wollen wir zusammen hinfahren?“

David schüttelte den Kopf. „Am Wochenende muss ich zu meinen Großeltern nach Indiana fahren“, sagte er und verzog das Gesicht. „Sie feiern goldene Hochzeit.“ Er sah sich am Tisch um. „Kann vielleicht einer von euch Lauren nach Portland mitnehmen?“

Doch alle in der Runde fanden irgendeine Entschuldigung.

Das hieß, dass sie mit dem Bus hinfahren musste. Und nicht nur das. Einmal mehr wäre sie auf einer derartigen Veranstaltung die Einzige ohne elterliche Begleitung.

Nach und nach verließen die anderen den Imbiss, bis David und Lauren allein am Tisch saßen.

„Es gefällt mir nicht, dass du allein nach Portland fahren musst", sagte David. „Vielleicht könnte ich eine Erkältung vortäuschen …"

„Nein. Wenn ich Großeltern hätte, würde ich auf jeden Fall zu ihrer goldenen Hochzeit fahren."

„Kannst du nicht Angie fragen, ob sie dich begleitet? Sie scheint doch sehr nett zu sein."

Lauren sah ihn nachdenklich an und fragte sich, ob sie Angie wirklich um so einen großen Gefallen bitten konnte. „Stimmt", sagte sie, mehr um David zu beruhigen. Aber der Gedanke ließ sie nicht mehr los.

Am Freitag haderte Lauren noch immer mit sich. Das Restaurant war gut besucht, und sie rannte von Tisch zu Tisch, um die Gäste zufriedenzustellen. Hin und wieder musterte sie Angie verstohlen, um sich darüber klar zu werden, wie sie ihre Bitte wohl aufnehmen würde.

„Also gut", sagte Angie, als sie spät am Abend die Kasse abschloss. „Was hast du auf dem Herzen?"

„Wie?"

„Den ganzen Abend schon lässt du mich nicht aus den Augen. Möchtest du dir morgen freinehmen?"

Jetzt oder nie. Lauren holte ihren Rucksack, zog einen bedruckten Zettel heraus und gab ihn Angie.

„Kalifornische Colleges … Umfassende Information über Studienangebote … Treffen mit Hochschulrepräsentanten. Hm."

Angie sah Lauren an. „Möchtest du morgen freihaben, damit du nach Portland fahren kannst?"

„Ich-würde-gern-könnten-Sie-mich-vielleicht-hinfahren?", sagte Lauren so schnell, dass sie kaum zu verstehen war.

Angie runzelte die Stirn.

„Vergessen Sie es. Ich nehme mir morgen frei, okay?" Lauren bückte sich nach ihrem Rucksack.

„Ich mag Portland", sagte Angie.

„Echt?"

„Ja. Ich fahre mit dir dahin, Lauren. Und noch eins, sag nächstes Mal gleich, was los ist. Wir sind Freundinnen. Da gehört es dazu, einander hin und wieder einen Gefallen zu tun."

DER SAAL platzte fast aus den Nähten. Hinter einem langen Konferenztisch auf dem Podium saßen fünfzehn Vertreter unterschiedlicher Universitäten. Der Diskussionsleiter erteilte ihnen nacheinander das Wort, damit sie Aufnahmebedingungen erläuterten und Unterschiede zwischen den Colleges deutlich machten.

Die ganze Zeit machte Lauren sich emsig Notizen.

Angie beobachtete sie und dachte immer wieder, dass sie sich genau so eine Tochter wie Lauren gewünscht hatte. Klug. Ernsthaft. Ehrgeizig.

Am Ende der Veranstaltung wusste Angie eins mit Sicherheit: Unter den aktuellen Bedingungen hätte Lauren nicht die geringste Chance, an der University of Southern California angenommen zu werden. Und um heute in Stanford studieren zu dürfen, musste man mindestens nobelpreisverdächtig sein.

Lauren klappte ihr Notizbuch zu. „Das wär's dann."

Um sie herum standen Zuhörer auf und bewegten sich auf die Ausgänge zu.

„Und, bist du jetzt schlauer?", fragte Angie. Sie blieb sitzen.

„Ja, ich weiß jetzt, dass fast neunzig Prozent der Studenten an kalifornischen Colleges auch in Kalifornien zu Hause sind. Und dass die Studiengebühren steigen." Lauren seufzte. „Alle meine Freunde können sich das College aussuchen, das ihnen gefällt. Ich muss ein College finden, dem ich gefalle."

„Kommt es da nicht vor allem auf das Bewerbungsschreiben an?"

„Ja. Und auf Empfehlungen."

Angie blickte hinüber zur Bühne. Die Vertreter von der University of Southern California und der University Santa Clara saßen noch am Tisch. „Wo würdest du am liebsten studieren?", fragte sie Lauren.

„An der USC. Sie wäre Davids zweite Wahl."

„Du darfst die Wahl deiner Universität nicht von deinem Freund abhängig machen, Lauren. Es kommt darauf an, was für dich das Richtige ist." Angie stand auf.

Lauren verstaute das Notizbuch in ihrem Rucksack. „Wo wollen Sie denn hin?", fragte sie, als Angie auf das Podium losmarschierte.

„Wir wollen doch nicht, dass die weite Reise hierher umsonst war", erklärte Angie und stieg die Stufen zum Podium hinauf. Mit Lauren im Schlepptau baute sie sich vor dem Repräsentanten der USC auf.

Der Mann hob den Kopf. „Was kann ich für Sie tun?"

„Mein Name ist Angela Malone", sagte sie munter, reichte ihm die Hand und schüttelte sie. „Ich habe an der University of Los Angeles studiert, aber Lauren hier scheint ganz versessen auf die USC zu sein. Auch wenn ich nicht ganz begreife, warum."

Der Mann lachte. Er sah Lauren an. „Wie ist Ihr Name?"

Sie wurde rot. „Lauren Ribido. Fircrest Academy.“

„Ah! Eine Schule mit einem ausgezeichneten Ruf.“ Er lächelte sie an. „Und was möchten Sie bei uns studieren?“

„Journalismus.“

„Wie sehen Ihre schulischen Leistungen aus?“

„Ich gehöre zu den Besten meines Jahrgangs.“

„Und sie arbeitet neben der Schule zwanzig Stunden in der Woche“, fügte Angie hinzu. „Kennen Sie William Layton?“

„Den Dekan der Fakultät für Wirtschaftswissenschaften? Aber sicher.“

Angie nickte. „Ich bin mit seiner Tochter zur Schule gegangen. Er würde Lauren eine Empfehlung schreiben. Was meinen Sie dazu?“

Der Mann zog ein schmales Messingetui aus seiner Brusttasche. „Hier ist meine Karte, Lauren. Schicken Sie Ihre Bewerbung direkt an diese Adresse. Ich werde mich persönlich darum kümmern.“ Er sah Angie an. „Eine Empfehlung von William Layton wäre sehr hilfreich.“

Sieben

Tau lag auf dem Gras wie feine silberne Perlen. Angie saß auf der Veranda, trank eine Tasse Kaffee und blickte aufs Meer hinaus. Das war die Begleitmusik ihrer Jugend: das rhythmische Aufbranden der Wellen, das Prasseln von Regentropfen auf Rhododendronblättern, das Knarren von Schaukelstühlen auf der verwitterten Veranda.

Nur die Stimmen fehlten. Angie wandte den Kopf, um etwas zu Conlan zu sagen, und erkannte zu spät, dass sie allein war. Langsam stand sie auf und ging ins Haus, um sich frischen Kaffee zu holen. Sie wollte gerade nach der Kanne greifen, als es an der Tür klopfte.

„Ich komme!“

Ihre Mutter stand auf der Veranda. „Er will, dass ich hingehe“, sagte sie. Sie sah aus, als hätte sie geweint.

Angie führte sie ins Wohnzimmer zum Sofa. „Was ist denn los?“

Ihre Mutter griff in ihre Tasche und zog einen weißen Umschlag heraus. „Papa will, dass ich hingehe.“

In dem Umschlag befanden sich zwei Karten für „Das Phantom der Oper“. Ihre Eltern hatten immer ein Abonnement für das Fifth Avenue Theatre im Zentrum von Seattle gehabt. Es war der einzige Luxus, den ihr Vater sich gegönnt hatte.

„Ich wollte sie eigentlich verfallen lassen, wie schon die Karten für ‚The Producers' im Juli. Aber Papa meint, wir beide sollten zusammen hinfahren."

Angie schloss kurz die Augen und sah ihren Vater in seinem besten schwarzen Anzug vor sich. Er war immer gern ins Theater gegangen, aber die Musicals hatte er besonders geliebt.

„Das ist eine gute Idee, Mama. Wir gönnen uns ein Dinner im ‚Palisades' und ein Zimmer im ‚Fairmont Olympic'. Das wird uns beiden guttun."

„Ich danke dir, Liebes", sagte ihre Mutter. „Genau das hat dein Papa auch vorgeschlagen."

AM NÄCHSTEN Morgen stand Lauren zeitig auf und bereitete sich ein Frühstück zu. Aber als sie sich dann an den Tisch setzte, wurde ihr beim Anblick der Spiegeleier plötzlich schlecht. Sie schob den Teller so abrupt zur Seite, dass die Gabel scheppernd auf den Tisch fiel. Einen Moment lang befürchtete sie, sich übergeben zu müssen.

„Was hast du denn?"

Überrascht hob Lauren den Kopf. Ihre Mutter stand in der Tür mit Augenringen wie ein Pandabär. Sie trug ein altes T-Shirt mit dem Aufdruck BLACK SABBATH über einem absurd kurzen pinkfarbenen Stretchminirock und zog an einer Zigarette.

„Schön, dich wiederzusehen, Mom. Wo ist denn der Märchenprinz?"

Ihre Mutter lehnte sich gegen den Türrahmen. Auf ihrem Gesicht lag ein verträumtes, zufriedenes Lächeln. „Er ist ganz anders als die anderen."

„Das sagst du immer."

„Was bist du denn so zickig?" Ihre Mutter nahm einen tiefen Zug aus ihrer Zigarette. Während sie den Rauch langsam wieder ausstieß, knabberte sie an ihrem Daumennagel. „Hast du vielleicht deine Tage?"

„Hab ich nicht. Aber wir sind schon wieder mit der Miete im Rückstand."

„Es geht dich zwar nichts an, aber es ist durchaus möglich, dass ich ihn liebe."

„Der Letzte, von dem du das behauptet hast, hörte auf den schönen Namen ‚Snake'. Was kann man von einem Typen erwarten, der den Namen eines Reptils trägt?"

„Du bist heute Morgen unausstehlich." Ihre Mutter setzte sich aufs Sofa und legte die Füße auf den Tisch. „Ich glaube wirklich, er könnte der Richtige sein, Lauren. Als er in die Bar kam, sah er aus wie der Revolverheld in einem Western, aber als ich am nächsten Morgen neben ihm wach wurde, sah er natürlich nicht mehr aus wie ein Filmstar. Aber er hat mich geküsst. Am helllichten Tag.“

Lauren spürte eine winzige Öffnung in der Mauer zwischen ihnen. Sie setzte sich neben ihre Mutter. „Du hörst dich irgendwie anders an, wenn du seinen Namen aussprichst.“

„Ich hätte nicht geglaubt, dass mir das noch passieren würde.“ Als sie merkte, was sie da gerade gesagt hatte, lächelte sie abwehrend. „Aber wahrscheinlich hat es gar nichts zu bedeuten.“

„Ich könnte ihm ja zumindest mal Hallo sagen.“

„Mach das. Ich glaube, er denkt, ich hätte mir dich nur ausgedacht.“ Ihre Mutter lachte. „Als würde ich ein Kind erfinden.“ Sie zog wieder an ihrer Zigarette und atmete verträumt lächelnd wieder aus.

Der Rauch stieg Lauren geradewegs in die Nase. Sie musste würgen und spürte, wie sich ihr der Magen umdrehte. Sie schaffte es gerade noch ins Bad und übergab sich. Hinterher spülte sie ihren Mund aus, putzte sich die Zähne und ging mit etwas wackligen Knien ins Wohnzimmer zurück. „Wie oft habe ich dich schon gebeten, mir nicht deinen Rauch direkt ins Gesicht zu blasen!“

Ihre Mutter drückte die Zigarette aus und musterte Lauren. „Oft. Aber gekotzt hast du noch nie.“

„Ich muss los.“ Lauren griff nach ihrem Teller, um ihn in die Küche zu bringen. „David und ich wollen nach der Schule noch lernen.“

„Wer ist David?“

Lauren verdrehte die Augen. „Ich bin seit vier Jahren mit ihm zusammen.“

„Oh, der gut aussehende Junge.“ Ihre Mutter sah sie durch den noch in der Luft hängenden blauen Dunst an. „Du weißt, warum sich ein Mädchen morgens plötzlich übergeben muss, oder?“

„Ich fasse es nicht! Wie konnte ich mich nur von dir zu diesem Kleid überreden lassen?“, fragte Angie und betrachtete sich im Spiegel ihres Hotelzimmers.

„Ich habe dich nicht dazu überredet!“, rief ihre Mutter aus dem Bad. „Ich habe es dir gekauft.“

Kritisch musterte sich Angie im Profil und bemerkte etwas erschrocken, wie sehr die fließende Seide ihren Körper betonte. Und dann noch in Rot! Rot war eine so aufdringliche Farbe. Normalerweise hätte sie so ein Kleid nie ins Theater angezogen, aber als ihre Mutter das Kleid bei Nordstrom erspäht hatte, war sie sofort darauf zugestürmt.

„Das kann ja wohl nicht dein Ernst sein", hatte sie kopfschüttelnd zu ihrer Mutter gesagt. „Wir gehen ins Theater und nicht zur Oscarverleihung."

„Du bist wieder ein Single, Angie." Ihre Mutter hatte gelächelt, aber auch ein bisschen traurig ausgesehen.

„Meinst du, ich erhöhe meine Chancen auf ein neues Leben, wenn ich mich aufdonnere wie ein Hollywoodstar?", fragte Angie jetzt, als ihre Mutter aus dem Bad kam.

„Ich finde einfach, es ist für dich höchste Zeit, nach vorn zu blicken und nicht zurück. Deine Veränderungen im Restaurant sind ein Riesenerfolg, besonders der Pärchenabend. Ich möchte einfach, dass du auch mal wieder glücklich bist."

„Ich liebe dich, Mama. Habe ich dir das eigentlich mal gesagt in letzter Zeit?"

„Nicht oft genug. Aber jetzt lass uns gehen. Sonst kommen wir noch zu spät, sagt dein Vater."

Eine knappe Viertelstunde später erreichten sie das Theater und betraten das Foyer.

„Dein Papa war unglaublich gern hier. Er hat jedes Mal eins von diesen teuren Programmheften gekauft, und dann sind wir direkt an die Bar gegangen."

„Na, dann machen wir es doch genauso." Angie kaufte ein Programm, bahnte ihnen einen Weg zur Bar und holte für jeden von ihnen einen Weißwein. Mit den Gläsern in der Hand schlenderten sie umher und bewunderten die prächtige barocke Ausstattung des Foyers.

Um zehn vor acht klingelte es das erste Mal. Sie tranken ihren Wein aus und gingen dann langsam zu ihren Plätzen in der vierten Reihe. Gedämpfte Geräusche füllten das Theater: Schritte, Flüstern, im Orchestergraben wurden die Instrumente gestimmt.

Dann begann die Vorstellung. Für die nächste Stunde zog das Geschehen auf der Bühne die Zuschauer in ihren Bann.

Als in der Pause die Lichter angingen, wandte Angie den Kopf zu ihrer Mutter. „Wie findest du es?"

Ihre Mutter hatte Tränen in den Augen. „Oh, das wäre ganz nach Papas Geschmack gewesen", sagte sie. „Und zu Hause hätte er die Lieder immer und immer wieder gesungen, bis sie mir zu den Ohren herausgekommen wären."

Angie drückte sanft die Hand ihrer Mutter. „Du wirst ihm später alles ganz genau erzählen."

„Er will nicht mehr so oft mit mir sprechen. ‚Es ist an der Zeit, Maria', sagt er. Aber ich weiß nicht, was ich ohne ihn machen soll, so allein."

„Du bist nicht allein, Mama. Du hast Kinder, Enkel, Freunde."

„Das ist nicht dasselbe."

„Ja, das stimmt."

Eine Weile saßen sie schweigend und in Erinnerungen versunken nebeneinander. „Würdest du mir bitte was zu trinken holen?", fragte Maria DeSaria schließlich.

„Klar." Angie stand auf und eilte zur Bar, vor der sich schon eine lange Schlange gebildet hatte.

Und dann sah sie ihn. Sie holte tief Luft und ließ sie ganz langsam wieder entweichen. Er sah gut aus. Atemberaubend und herzbeklemmend gut. Er war schon immer der attraktivste Mann gewesen, dem sie je begegnet war. Und ihre erste Begegnung an der Huntington Beach würde sie nie vergessen. Sie wollte damals surfen lernen, scheiterte aber kläglich, als eine gewaltige Welle über ihr zusammenschlug und sie unter sich begrub. Sie hatte gespürt, wie sich Finger fest um ihr Handgelenk schlossen und sie an die Oberfläche gezogen wurde. Und dann hatte sie in die strahlendsten blauen Augen geschaut, die sie je gesehen hatte.

„Conlan", sagte Angie, so ruhig sie es vermochte.

Sie starrten sich an, machten einen Schritt aufeinander zu, als wollten sie sich umarmen, blieben aber beide stehen.

„Wie geht's dir?", fragte er. „Wohnst du immer noch in West End?"

„Ja. Ich scheine ein gewisses Talent für das Restaurant zu haben. Wer hätte das gedacht?"

„Dein Vater", sagte er. Wie gut er sie kannte!

„Ja, das stimmt", sagte sie. „Und wie sieht's im Blätterwald aus?"

„Gut. Ich schreibe gerade eine Serie über den Autobahnmörder. Vielleicht hast du sie gelesen?"

Angie wünschte, sie könnte Ja sagen. Früher hatte sie immer alles, was er geschrieben hatte, zuerst zu lesen bekommen. „Leider nein. Über Lokalnachrichten komme ich neuerdings nicht hinaus."

„Oh."

Sie spürte ein schmerzhaftes Ziehen in der Herzgegend. Allein schon seine Nähe tat weh. „Bist du allein hier?", hörte sie sich fragen.

„Nein."

Angie nickte. „Natürlich nicht. Nun, ich sollte jetzt lieber …“

„Warte.“ Er umfasste ihr Handgelenk. Sie blieb stehen und betrachtete seine langen, gebräunten Finger.

„Wie geht es dir?“, fragte er und kam ganz nahe an sie heran. „Ganz ehrlich!“

„Es geht mir eigentlich ganz gut. Ich bin gerne in West End.“

„Dabei hast du immer gesagt, dass du nie wieder dorthin zurückkehren wirst.“

„Ich hab vieles gesagt. Und vieles auch wieder nicht.“

Sie sah, wie sich sein Gesichtsausdruck veränderte. „Nicht, Angie …“

„Du fehlst mir.“ Hatte sie das tatsächlich gesagt? Bevor er darauf reagieren konnte, zwang sie sich zu einem Lächeln. „Ich bin viel mit meinen Schwestern zusammen. Und meinen Nichten und Neffen.“

„Conlan?“ Eine blonde Frau trat auf ihn zu. Sie war etwa Anfang dreißig und trug ein marineblaues Kostüm mit einer Perlenkette. Alles an ihrer Erscheinung war perfekt. Sie sah aus wie die Besitzerin einer kleinen, exklusiven Boutique.

„Ich möchte dir Lara vorstellen, Angie. Lara, das ist Angela.“

„Ich freue mich, Sie kennen zu lernen. Nun, ich muss mich jetzt ein bisschen beeilen …“, sagte Angie.

„Es tut mir sehr leid“, sagte Conlan leise. „Ruf mich doch mal an.“

Angie hatte einige Mühe, ihr krampfhaftes Lächeln nicht fallen zu lassen. „Mach ich, Conlan. Vielleicht laufen wir uns ja irgendwann mal wieder über den Weg. Würde mich freuen. Bis dann.“

NOCH nie zuvor in ihrem Leben hatte Lauren einen Schultag geschwänzt. Steif saß sie auf ihrem Platz im Bus und blickte durchs Fenster auf die vorbeifliegende Landschaft.

Du weißt, warum sich ein Mädchen morgens plötzlich übergeben muss, oder?

„Ich bin nicht schwanger“, flüsterte Lauren und hoffte inständig, dass es stimmte.

„Gallen Street!“, rief der Fahrer.

Lauren griff sich ihren Rucksack und verließ den Bus. Hier roch es nach Abgasen wie in der Großstadt. Sie musste zwei Blocks weit laufen bis zur Chester Street, dann stand sie vor einem großen, quadratischen Betonklotz mit Flachdach. BERATUNGSCENTER FÜR FAMILIENPLANUNG stand auf dem Schild. Lauren seufzte tief und merkte plötzlich, dass ihr Tränen über die

Wangen kullerten. Hör auf!, dachte sie. Du bist nicht schwanger. Du lässt dir nur bestätigen, dass du es nicht bist.

Mit schnellen Schritten lief sie über den Plattenweg. Ohne zu zögern, stieß sie die Tür auf und betrat den Wartebereich. Als Erstes fielen ihr die Frauen und Mädchen auf, die vor ihr gekommen waren. Nicht eine sah aus, als ob sie gern hier wäre.

Lauren ging direkt zum Empfang. Die Frau hinter dem Schreibtisch lächelte ihr freundlich zu. „Kann ich Ihnen helfen?“, fragte sie.

Lauren beugte sich vor. „Ribido“, flüsterte sie. „Ich hatte angerufen …“

Die Frau warf einen Blick in ihre Unterlagen. „Ach ja, der Schwangerschaftstest“, sagte sie nicht besonders leise.

Lauren zuckte zusammen. „Ja, richtig.“

„Setzen Sie sich bitte. Es dauert noch einen Moment.“

Ohne eine der wartenden Frauen anzusehen, suchte Lauren sich einen Stuhl und setzte sich. Es kam ihr vor wie eine Ewigkeit, bis ihr Name endlich aufgerufen wurde.

„Kommen Sie doch bitte mit“, sagte eine Frau. „Ich heiße Judy.“ Sie führte Lauren in einen kleinen Untersuchungsraum und forderte sie auf, sich auf eine papierbedeckte Liege zu setzen. „Sie sind also gekommen, um einen Schwangerschaftstest vornehmen zu lassen?“

„Ich bin fast sicher, dass er nicht nötig ist, aber …“ Sie versuchte ein Lächeln.

„Haben Sie Geschlechtsverkehr?“

„Ja“, murmelte Lauren peinlich berührt.

„Nehmen Sie Verhütungsmittel?“

„Ja, natürlich. Wir haben nur *ein* Mal kein Kondom benutzt.“

Die Frau schenkte ihr ein mitfühlendes Lächeln. „Einmal reicht leider, Lauren.“

LAUREN stand vor der halb geöffneten Zimmertür ihrer Mutter. Gerade wollte sie anklopfen, als sie drinnen Stimmen vernahm.

Na toll! Ihr neuer Freund war wieder da, was sonst.

„Erinnerst du dich an den Abend, an dem wir uns kennen gelernt haben?“, fragte er mit rauer Stimme. Alle Freunde ihrer Mutter hörten sich so an, als hätten sie seit frühester Jugend filterlose Zigaretten gequalmt.

„Klar“, gab ihre Mutter zurück. „Wie könnte ich das vergessen?“

„Damals habe ich dir gesagt, dass ich nur für kurze Zeit in West End bleibe. Jetzt bin ich schon einen Monat hier.“

„Ach.“ Ihre Mutter hörte sich überraschend verletzt an. „Ich weiß schon Bescheid. Es hat Spaß gemacht, aber irgendwann hat alles mal ein Ende.“

„Lass das“, sagte er leise.

„Was soll ich lassen?“

„Ich bin kein toller Fang, Billie. Ich habe im Leben schon ziemlich viel Mist gebaut, hab Menschen wehgetan. Vor allem den drei Frauen, die mich geheiratet haben.“

„Glaubst du etwa, ich bin Mutter Teresa?“

„Es wäre nicht sonderlich schlau von dir, mit mir mitzukommen“, sagte er.

„Heißt das, du willst mich mitnehmen?“

„Ja, ich glaube, das soll es wohl heißen.“

„Im Juni macht Lauren ihren Highschool-Abschluss. Wenn du so lange …“

„Warten ist nicht mein Ding, Billie.“

Es folgte ein langes Schweigen. „Schade, Jake“, sagte ihre Mutter schließlich. „Vielleicht hätte aus uns etwas werden können.“

„Ja. Schlechtes Timing.“

Lauren hörte, wie er aufstand und sich der Tür näherte. Sie stolperte ins Wohnzimmer zurück und tat so, als wäre sie in diesem Moment nach Hause gekommen.

Mit schnellen Schritten kam Jake aus dem Schlafzimmer. Als er Lauren sah, blieb er stehen und lächelte. Er war groß – knapp einsneunzig –, hatte lange blonde Haare und trug die typische Biker-Kluft: schwarze Lederhose, nietenbeschlagene schwarze Lederjacke, schwarze Stiefel. „Hallo“, sagte er nur und nickte ihr zu.

Lauren sah ihm nach, wie er die Wohnung verließ, und blickte dann zur Zimmertür ihrer Mutter. Die Tür flog auf und Laurens Mutter stolperte heraus. „Wo sind meine Kippen?“

„Auf dem Couchtisch.“

„Danke. Du bist aber früh zu Hause. Ist irgendwas?“

„Ich bin schwanger.“

„Soll das ein Witz sein?“, fuhr ihre Mutter sie an.

Lauren machte einen Schritt auf sie zu. Sie konnte nicht anders. Obwohl sie in der Vergangenheit unzählige Male enttäuscht worden war, sehnte sie sich gerade jetzt danach, in den Arm genommen und getröstet zu werden, die Worte „Es wird alles gut“ zu hören, auch wenn es eine Lüge war. „Ich bin schwanger“, wiederholte sie leiser.

Ihre Mutter holte aus, und gleich darauf verspürte Lauren einen scharfen

Schmerz im Gesicht. Die Heftigkeit des Schlags überraschte beide. Keuchend holte Lauren Luft, aber es war ihre Mutter, die Tränen in den Augen hatte.

„Nicht weinen“, sagte Lauren. „Bitte nicht.“

Fassungslos starrte ihre Mutter sie an. Ihre pinkfarbene Hüftjeans und das knappe weiße T-Shirt wollten so gar nicht passen zu ihrem verlebten Gesicht. „Hast du denn gar nichts von mir gelernt?“

Dumpf starrte Lauren vor sich hin. „Du musst mir helfen.“

„Und wie?“

Schon immer hatte sich Lauren in der Gegenwart ihrer Mutter einsam gefühlt, aber nie stärker als in diesem Moment. „Ich weiß es auch nicht.“

„Lass es wegmachen“, sagte ihre Mutter. „Du kannst dir nicht von einem kleinen Fehltritt dein ganzes Leben ruinieren lassen.“

„Also das bin ich für dich? Ein Fehltritt?“

„Sieh mich doch an. Stellst du dir so deine Zukunft vor?“

Lauren schluckte und wischte sich über die Augen. „Es ist ein Baby, nicht irgendein Ding. Wenn ich es behalten würde, würdest du mir helfen?“

„Nein.“

„*Nein?* Einfach so?“

Schließlich berührte ihre Mutter sie doch. Aber so flüchtig, dass Lauren es kaum spürte. „Ich habe für meinen Fehler bezahlt. Für deinen werde ich das nicht tun.“

DER ROCKBUND von Laurens Schuluniform schien nicht mehr ganz zu passen. Prüfend betrachtete sie sich im Spiegel und versuchte sich einzureden, dass in diesem frühen Stadium noch niemand etwas sehen konnte. Rasch wusch sie sich die Hände und verließ den Toilettenraum.

Die letzte Unterrichtsstunde war eben zu Ende, es war das Wochenende von Thanksgiving. Schreiend und lachend rannten Mitschülerinnen an Lauren vorbei. Bemerkte wirklich keine von ihnen, was mit ihr los war?

„Lauren!“ Seinen Rucksack neben sich herschleifend, lief David auf Lauren zu. Als er sie erreicht hatte, ließ er ihn fallen und umarmte sie.

Lauren klammerte sich an ihn. Als sie sich schließlich von ihm löste, merkte sie, dass sie am ganzen Körper zitterte.

„Wo hast du gesteckt?“, wollte David wissen.

„Können wir uns irgendwo in Ruhe unterhalten?“

„Dann weißt du es schon? Dabei habe ich extra jedem gesagt, dass ich dich damit überraschen will.“

Sie blickte David an, und ihr fiel auf, wie seine Augen leuchteten. „Ich habe keine Ahnung, wovon du redest."

„Echt nicht?" Er strahlte noch mehr, packte sie bei der Hand und zog sie mit sich, vorbei an der Bibliothek und in eine dunkle Nische in der Nähe des Musiksaals. Dort drückte er ihr einen festen Kuss auf die Lippen, angelte einen Briefumschlag aus der Tasche und hielt ihn ihr lächelnd hin.

Lauren griff danach und sah den Absender: STANFORD UNIVERSITY. Mit angehaltenem Atem überflog sie die ersten Zeilen. „Sehr geehrter Mister Haynes, wir freuen uns, Ihnen mitteilen zu können …"

Tränen schossen in Laurens Augen, sie konnte nicht weiterlesen.

„Ist das nicht toll?", fragte David. „Es hat auf Anhieb geklappt!"

„Wow!" Lauren war es nicht möglich, ihm in die Augen zu blicken. Wie konnte sie es ihm jetzt noch sagen?

„Jetzt geht's los, Lauren! Du gehst an die USC oder nach Berkeley, und wir können jedes Wochenende zusammen verbringen."

Es war nicht mehr wichtig, auf welches College sie gehen konnte. „Du fährst heute Abend weg, oder?" Selbst in ihren eigenen Ohren hörte sich ihre Stimme dumpf an.

„Wir verbringen Thanksgiving bei Onkel Frederick." Er zog sie fest an sich. „Aber danach können wir beide feiern."

Lauren wollte sich für ihn freuen. Stanford … davon hatte er immer geträumt. „Ich bin stolz auf dich, David."

„Ich liebe dich, Lauren."

Ja, er liebte sie. Gestern noch war Lauren darüber glücklich gewesen. Heute sahen die Dinge anders aus. Es war leicht, jemanden zu lieben, wenn es keinerlei Komplikationen gab.

ALS LAUREN am Morgen von Thanksgiving wach wurde, dachte sie: Zum ersten Mal bin ich zu einem richtigen Truthahnessen eingeladen.

„Wir möchten dich und deine Mutter an Thanksgiving zu uns einladen", hatte Angie zu ihr gesagt. „Wir treffen uns alle gegen eins im Haus meiner Mutter. Überleg's dir, ja? Bitte!"

Ihre Mutter hatte sich geweigert hinzugehen. Lauren wollte sehr gern gehen, aber wie konnte sie in ihrem jetzigen Zustand? Bestimmt brauchte Angie sie nur ein paarmal anzusehen, bevor sie Bescheid wusste. Und davor fürchtete sich Lauren seit dem Augenblick, an dem sie erfahren hatte, dass sie schwanger war.

Gegen elf, Lauren war noch immer unschlüssig, was sie tun sollte, klingelte das Telefon.

„Lauren? Ich bin's, Angie. Soll ich dich nachher vielleicht abholen?"

„Nein, danke."

„Aber du kommst um eins, oder?"

Die Sanftheit in Angies Stimme und ihr eigener dringender Wunsch, endlich so etwas wie Zugehörigkeit zu erfahren, machten es Lauren unmöglich, Nein zu sagen. „Ja, natürlich, ich bin um eins da", sagte sie also.

Eine Stunde später hatte sie all ihre Sachen auf dem Bett ausgebreitet und wusste noch immer nicht, was sie anziehen sollte. Als die Zeit langsam knapp wurde, entschied sie sich für einen mit indianischen Motiven bedruckten Rock, ein weißes T-Shirt mit schwarzer Spitze am Ausschnitt und den Mantel, den sie von Angie bekommen hatte. Sie bürstete sich die Haare und fasste sie im Nacken zu einem Pferdeschwanz zusammen. Dann legte sie einen Hauch Make-up auf.

Um Viertel vor eins stieg Lauren in den Bus. Sie war der einzige Fahrgast und sah vermutlich etwas verloren aus. Und doch war dies das erste Thanksgiving in ihrem Leben, das sie in einer großen, lärmenden Familie verbringen würde, im Gegensatz zu den Menschen, die an diesem Tag allein waren und sich ein Fertiggericht in die Mikrowelle schoben.

An der Ecke vom Maple Drive verließ sie den Bus und eilte die Straße entlang. Sie zählte die Hausnummern mit, bis sie das Haus der DeSarias erreicht hatte, und drückte auf die Klingel.

Die Tür flog auf, ein kleines blondes Mädchen erschien. Es trug ein hübsches schwarzes Samtkleid mit weißen Paspeln. „Wer bist du denn?", fragte das Kind.

„Ich heiße Lauren. Angie hat mich zum Essen eingeladen."

„Ach so." Das Mädchen lächelte, drehte sich um und rannte davon.

Lauren machte einen Schritt ins Haus hinein. Zögernd durchquerte sie die Diele und blieb an der Tür zum Wohnzimmer stehen. Hier herrschte drangvolle Enge. Drei Männer mit Cocktailgläsern in den Händen standen vor dem großen Erkerfenster und diskutierten lebhaft über das Footballspiel, das gerade im Fernsehen lief. An einem Tisch spielten ein paar größere Kinder Karten, und auf dem Teppich lagen ein paar kleinere Kinder um ein Brettspiel herum.

Etwas unsicher ging Lauren weiter und fand sich schließlich auf der Schwelle zur Küche wieder. Als Erstes nahm sie den Duft wahr. Er war einfach himmlisch. Mira schälte Kartoffeln, Livvy verteilte Antipasti auf einer silbernen Servierplatte, Angela schnitt Gemüse klein und Maria rollte Pastateig aus. Alle sprachen wild durcheinander.

„Lauren!", rief Angie. „Da bist du ja!"

„Vielen Dank für die Einladung. Meine Mom ist leider erkältet."

„Schade, aber wir freuen uns, dass du da bist."

Lauren half Mira beim Tischdecken, trug mit Livvy die Vorspeisen ins Wohnzimmer und wusch gemeinsam mit Angie die benutzten Schüsseln und Teller ab.

Zu keinem Zeitpunkt hielten sich weniger als fünf Frauen in der Küche auf, aber jede schien genau zu wissen, was zu tun war. Als es schließlich so weit war, sich zum Essen zu setzen, fand sich Lauren auf einem Stuhl zwischen Mira und Salvatore wieder.

Nie zuvor hatte sie eine solche Fülle von Speisen gesehen. Es gab natürlich Truthahnbraten und zwei verschiedene Soßen, Berge von Stampfkartoffeln, grüne Bohnen mit Zwiebeln und Knoblauch, Risotto mit Parmesan und Schinken, Pasta in Hühnerbrühe, gefüllte Zucchini und Tomaten, selbst gebackenes Brot.

An der Stirnseite des großen Tisches faltete Maria DeSaria die Hände und sprach ein Gebet. Dann stand sie auf. „Es ist unser erstes Thanksgiving ohne Papa ..." Schnell machte sie die Augen zu. „Aber ich bin sicher, dass er mit großer Liebe an uns denkt." Sie hatte Tränen in den Augen, als sie sie wieder aufmachte. „Lasst es euch schmecken", sagte sie hastig und nahm wieder Platz. Nach kurzem Schweigen fingen alle wieder an, sich zu unterhalten.

Lauren füllte ihren Teller, bis kaum noch Platz darauf war. Und ein Gericht schmeckte köstlicher als das andere.

„Was machen deine College-Bewerbungen?", erkundigte sich Mira.

„Ich habe sie alle abgeschickt." Lauren versuchte, ein wenig Enthusiasmus in ihre Stimme zu legen.

„Wo hast du dich denn überall beworben?"

„Bei der University of Southern California, der University of Los Angeles, Pepperdine, Berkeley und Stanford", zählte sie auf.

„Wow, ich bin beeindruckt. Kein Wunder, dass Angie stolz auf dich ist."

Lauren sah Mira an. „Angie ist stolz auf mich?"

„Das sagt sie die ganze Zeit." Mira schnitt ihren Braten in mundgerechte Happen. „Ich wünschte, ich hätte auch ein College weiter weg besucht. Aber ich habe Vince kennen gelernt und ..." Sie lächelte. „Ich hatte nicht damit gerechnet, dass zwischen meinem Highschool-Abschluss und dem

College-Abschluss acht Jahre liegen würden. Das Leben verfolgt eben seine eigenen Pläne." Sie blickte zum Tisch mit den Kindern hinüber.

„Also hat Sie ein Baby vom Studium abgehalten?"

„Nein, es hat mich nicht abgehalten, es hat meine Ausbildung nur verzögert."

Danach schmeckte Lauren das Essen nicht mehr richtig. Unablässig musste sie an das Kind denken und wie es in ihr immer größer werden und ihr immer engere Grenzen setzen würde.

Mit ihren Gedanken war sie noch immer meilenweit weg, während sie mit ihrem Stück Kuchen zwischen Livvys kleinen Söhnen auf dem Sofa saß. Einer der Jungen fragte sie nach Spielzeugen, die sie nicht kannte, und nach Filmen, die sie nie gesehen hatte. Wie sollte sie sich auf die Wissbegierde eines Kindes konzentrieren, wenn in ihr ein Baby wuchs und mit jedem Schlag ihres Herzens größer wurde?

„Komm mal mit, Lauren."

Erschrocken hob Lauren den Kopf. Mit einer Wolldecke über der Schulter stand Angie vor ihr. Ohne auf Laurens Reaktion zu warten, drehte sie sich um und lief auf die Glasschiebetür zu.

Lauren folgte ihr auf die hintere Veranda. Sie setzten sich auf eine Holzbank und legten die Füße auf das Geländer. Sorgfältig legte Angie die Decke um sie beide.

„Also, wenn du darüber sprechen möchtest, ich höre zu."

Dieses freundliche Angebot weckte in Lauren den verzweifelten Wunsch, sich endlich jemandem anvertrauen zu können. Sie sah Angie an. „Sie wissen doch, wie das ist, wenn man liebt, oder?"

„Ich habe Conlan über viele Jahre geliebt, und meine Eltern waren fast fünfzig Jahre miteinander verheiratet."

„Aber Sie sind geschieden. Also wissen Sie auch, dass es mit der Liebe irgendwann vorbei sein kann."

„Ja. Sie kann enden. Aber auch ein ganzes Leben lang halten."

„Haben Sie Ihren Mann geliebt?"

„Ja."

„Also hat *er* aufgehört, Sie zu lieben?" Als Lauren Angies verletzten Gesichtsausdruck sah, wünschte sie, sie hätte die Frage nicht gestellt.

„Ach, Lauren …" Angie seufzte. „Wenn es um Gefühle geht, sind die Antworten nicht immer eindeutig. Die Liebe kann uns alle Probleme überwinden lassen, aber auch selbst unser größtes Problem sein." Sie betrachtete ihre ringlose linke Hand. „Ich glaube, er hat mich geliebt. Lange Zeit."

„Trotzdem hat Ihre Ehe nicht gehalten. Ihre Tochter …"

„Als sie starb, war das das Ende für Conlan und mich. Aber lass uns über dich sprechen. Habt ihr euch getrennt? David und du?"

„Nein."

„Dann muss es etwas mit dem College zu tun haben. Willst du mit mir darüber reden?"

Lauren seufzte. Sie hatte gerade ihre College-Bewerbungen abgeschickt. Und jetzt war sie schwanger, aber noch viel zu jung, um Mutter zu werden. Außerdem hatte sie genug bittere Erfahrungen mit ihrer eigenen Mutter, die ihre Tochter immer abgelehnt hatte. Das wollte sie ihrem Kind auf keinen Fall antun. „Es ist nur … dass es bei uns zu Hause im Moment besonders schlimm ist. Meine Mutter hat wieder mal einen neuen Freund, sie geht kaum noch arbeiten. Und wir … streiten uns ständig."

Angie rückte noch näher. „Du hast mir gesagt, dass deine Mutter noch jung ist. Vierunddreißig, stimmt's? Das heißt, dass sie noch ein halbes Kind war, als sie dich bekam. Das kann nicht leicht gewesen sein. Wir sollten versuchen, den Menschen zu verzeihen, die wir lieben, selbst wenn es schwerfällt."

„Ja", flüsterte Lauren tonlos.

Acht

Also hat er aufgehört, Sie zu lieben? Laurens Frage ließ Angie die ganze Nacht hindurch keine Ruhe. Am Morgen konnte sie kaum noch an etwas anderes denken. In all den Monaten, in denen ihre Ehe Stück für Stück zerbrochen war, hatte keiner von ihnen je zum anderen gesagt: „Ich liebe dich nicht mehr." Sie hatten aufgehört, ihr gemeinsames Leben zu lieben. Aber das war ganz und gar nicht das Gleiche.

Allmählich schlich sich die Frage „Was wäre, wenn?" in Angies Gedanken. Was wäre, wenn er sie noch immer liebte? Oder wenn er sie wieder lieben könnte? Sobald sich Angie diese Fragen gestellt hatte, trat alles andere in den Hintergrund. Sie rief ihre Schwester an. „Livvy, du musst mich heute unbedingt im Restaurant vertreten."

„Es ist Thanksgiving-Wochenende. Warum sollte ich …"

„Ich fahre zu Conlan."

„Okay. Ich bin da."

Es war fast Mittag, als Angie direkt gegenüber dem *Times*-Gebäude einen freien Parkplatz fand. Und plötzlich fragte sie sich, was sie hier eigentlich machte. Sie konnte sich nicht einmal sicher sein, ob er an diesem Tag arbeitete. Sie wusste absolut nichts über sein neues Leben. Und wie war sie eigentlich auf die Idee gekommen, er könnte sie sehen wollen?

Was würde ihr Vater jetzt sagen? „Nur Mut, Angie!"

Sie schnappte sich ihre Tasche und betrat das Gebäude. Die Dame am Empfang war neu.

„Guten Tag. Ich möchte zu Conlan Malone."

„Werden Sie erwartet? Mister Malone ist sehr beschäftigt."

„Angie?" Mit einem breiten Lächeln kam der Wachschutzmann Henry Chase auf sie zu. Er arbeitete schon so lange bei der *Times*, dass er praktisch zum Inventar gehörte. „Na, wir haben uns aber lange nicht mehr gesehen."

Sie atmete erleichtert auf. „Hallo Henry."

„Wollen Sie zu ihm? Kommen Sie mit."

Angie folgte Henry Chase zu den Fahrstühlen, verabschiedete sich und fuhr in die dritte Etage hinauf.

In der Großraumredaktion sah sie eine ganze Reihe bekannter Gesichter. Journalisten und Reporter hoben die Köpfe, lächelten nervös und blickten zu Conlans Büro hinüber. Entschlossen reckte Angie das Kinn, umklammerte ihre Tasche und marschierte weiter. Sie sah ihn durch die Glastür seines Büros, bevor er sie entdeckte. Er stand am Fenster und telefonierte, während er sich gleichzeitig den Mantel anzog.

Plötzlich wurde sie von Erinnerungen überwältigt. Sie dachte daran, dass er sie morgens immer als Erstes geküsst hatte, selbst wenn er schon zu spät dran war, und dass sie ihn dann manchmal zur Seite geschoben hatte, weil ihr andere Dinge durch den Kopf gingen.

Sie klopfte an.

Conlan drehte sich um. Langsam wurde sein Lächeln dünner, seine Augen schmaler. Aus Verärgerung? Enttäuschung? Sie war sich nicht sicher.

Er winkte sie herein und sprach weiter ins Telefon. „Das ist *nicht* okay, George. Wir haben einen Termin ausgemacht. Der Fotograf sitzt bereits unten und wartet."

Angie betrachtete seinen Schreibtisch.

Die Fotos von ihr waren verschwunden. Es gab überhaupt nichts Persönliches mehr, keinen Hinweis darauf, wer er in seiner Freizeit war.

„Zehn Minuten, George. Rühren Sie sich nicht von der Stelle." Conlan beendete das Gespräch und wandte sich ihr zu. „Angie …" Mehr sagte er nicht, doch die Frage „Warum bist du hier?" schwang ganz deutlich mit.

„Ich war gerade in der Stadt. Ich dachte, wir könnten vielleicht …“

„Schlechter Zeitpunkt, Angie. Ich habe einen Termin in …“, er warf einen Blick auf seine Armbanduhr, „… exakt siebzehn Minuten.“ Er bückte sich nach seinem Aktenkoffer.

„Ach so.“ Unwillkürlich wich sie einen Schritt zurück und wünschte sich, er würde ihr irgendein kleines Zeichen der Ermutigung geben.

„Entschuldige, aber ich muss los.“ Damit verließ er das Büro.

Sie sank auf seinen Schreibtischstuhl und versuchte, ihre Fassung wiederzugewinnen.

„Angie?“

Jetzt drehte sie sich um und sah sich Conlans Kollegin Diane gegenüber. „Diane! Wie schön, dich zu sehen.“

Diane und ihr Mann John waren gute Freunde von ihr und Conlan gewesen. Noch wochenlang nach der Scheidung hatte Diane ihr immer wieder auf den Anrufbeantworter gesprochen, doch Angie hatte nie zurückgerufen.

„Lass ihn in Ruhe, um Himmels willen! Er ist gerade dabei, sein Leben wieder auf die Reihe zu kriegen.“

Angie runzelte die Stirn. „Was soll das denn heißen? Ich hatte nicht den Eindruck, dass die Scheidung ihn sehr mitgenommen hat.“

Schweigend sah Diane sie an, als würde sie sich ihre nächsten Worte sehr genau überlegen. „Zweimal bin ich in diesem Jahr in sein Büro gekommen, und er war in Tränen aufgelöst. Einmal nachdem Sophia gestorben war, und einmal nachdem ihr beschlossen hattet, euch scheiden zu lassen.“ Ihre Stimme und ihr Blick wurden sanfter. „Ich weiß noch, dass ich nach Sophias Tod dachte: Traurig, dass er in die Redaktion kommen muss, um weinen zu können.“

„Hör auf“, flüsterte Angie.

„Ich habe versucht, dir das alles damals zu sagen, als es noch wichtig gewesen wäre, aber du hast mich ja nie zurückgerufen. Warum bist du jetzt hier aufgetaucht?“

„Ich dachte …“ Angie stand auf. „Egal. Ich muss jetzt gehen. Es war dumm von mir zu kommen.“ Sie hastete zur Tür, aber sie hörte noch, was Diane ihr hinterherrief.

„Lass ihn in Ruhe, Angie! Du hast ihm schon genug wehgetan.“

IN DIESER Nacht träumte Angie schwarz-weiß. Die Bilder hatten die Qualität von Fotos aus einem alten Familienalbum, Aufnahmen von Momenten, die Vergangenheit waren und nie wiederkehren würden. Sie war beim

Karussell in Searle Park und winkte einem kleinen dunkelhaarigen Mädchen zu, das die blauen Augen seines Vaters hatte.

Langsam verblasste das Mädchen, als wäre nebliger Dunst aufgezogen, um die Welt zu verschleiern.

Dann sah sie Conlan beim Training der *Little League*. Die Bilder wirkten verschwommen und undeutlich, denn sie hatte nie selbst am Spielfeldrand gestanden und zugesehen, wenn ihr Mann die Söhne seiner Freunde im Football trainierte.

Damals war sie zu Hause geblieben und hatte sich in ihrem Bett verkrochen. „Es tut einfach zu weh", hatte sie zu Conlan gesagt, wenn er sie gebeten hatte, doch mitzukommen. Warum hatte sie nie an ihn gedacht, daran, was er vielleicht brauchte?

„Verzeih mir, Conlan", flüsterte sie im Traum, und dann fuhr sie aus dem Schlaf hoch. Lange Stunden lag sie wach und versuchte die Erinnerungen wieder wegzupacken, dorthin, wo sie nicht mehr so schmerzten. Irgendwann schlief sie wieder ein, aber auch im Schlaf weinte sie immer wieder.

Sie wurde erst wach, als es an der Haustür klopfte. Schlaftrunken setzte sie sich auf, strich sich die Haare aus dem Gesicht und stolperte die Treppe hinunter. „Ich komme!", rief sie.

Es waren Mama, Mira und Livvy. „Erster Advent", erklärte ihre Mutter. „Du kommst mit uns in die Kirche."

„Vielleicht nächsten Sonntag", wehrte Angie ab. „Gestern Abend ist es spät geworden. Ich habe nicht gut geschlafen."

„Natürlich nicht", antwortete ihre Mutter ungerührt.

Angie wusste, dass jeder Widerstand zwecklos war, wenn die DeSaria-Frauen sich zu etwas entschlossen hatten. „Also gut …"

Sie brauchte fünfzehn Minuten, um zu duschen und sich die Haare zu trocknen. Um kurz vor zehn hielten sie auf dem Parkplatz der Kirche. Es kam ihr vor, als hätte jemand die Zeit zurückgedreht. Sie war wieder das kleine, weiß gekleidete Mädchen bei seiner Erstkommunion … dann die junge Braut in Weiß bei ihrer Trauung … und schließlich eine Frau in Schwarz, die um ihren Vater trauerte.

Im Verlauf der nächsten Stunde folgte sie den festen Regeln der katholischen Messe, wie sie es als Kind gelernt hatte. Sie taten ihr gut, die vertrauten Rituale, und beim Schlussgebet wurde ihr bewusst, dass ihr Glaube sie nie verlassen hatte. Er war immer in ihr gewesen, und es schien, als hätte er darauf gewartet, dass sie sich ihm wieder zuwandte. Eine Art Frieden überkam sie. Sie fühlte sich stärker, sicherer.

Nach dem Gottesdienst trat sie in die klare, frische Luft hinaus und blickte hoch in den blassblauen Himmel.

„Angie." Das war Mira. „Geht es dir gut?"

„Ja." Das Lächeln fiel ihr überraschend leicht. „Es geht mir tatsächlich ganz gut."

LAUREN brauchte den ganzen nächsten Tag, um den Mut aufzubringen, nach Mountainaire zu fahren. Als sie dort ankam, wurde es bereits dunkel. Das Tor war verschlossen, und im Pförtnerhaus war niemand. Ein Mann in brauner Uniform war damit beschäftigt, Lichterketten um den schmiedeeisernen Zaun zu winden. „Kann ich Ihnen helfen?"

„Ich möchte zu David Haynes."

Er ging zum Pförtnerhaus. Das Tor vor ihr schwang auf. Langsam ging sie die Straße hinauf. Das Haus, in dem David wohnte, sah aus wie auf einer Weihnachtskarte – festlich geschmückt mit Lichterketten in allen Fenstern und einer Tannengirlande über dem Portal.

Lauren schob die kleine Pforte auf und lief über den gepflasterten Weg zur Haustür.

Mr Haynes öffnete ihr. Er trug eine khakifarbene Hose mit messerscharfen Bügelfalten und ein schneeweißes Hemd. Sein Haar saß perfekt, er war leicht gebräunt. „Hallo Lauren. Das ist aber eine Überraschung."

„Ich weiß, es ist schon ziemlich spät, Mister Haynes. Ich wollte vorher anrufen, doch es war immerzu besetzt, und da habe ich beschlossen, einfach zu kommen."

Er lächelte. „Kein Problem. Ich bin sicher, David freut sich über deinen Besuch. Geh ruhig schon hinein. Ich sage ihm Bescheid."

Der Wohnraum hatte einen flachsfarbenen Teppichboden, eine cremefarbene Wildledersitzgruppe mit braunen und goldenen Kissen, einen Couchtisch aus blassem Marmor. Hinter geschnitzten Holztüren verbarg sich ein riesiger Plasmabildschirm. Mit leichtem Unbehagen setzte sie sich auf die Sofakante. Einen Moment später kam David hereingestürmt und zog sie in seine Arme.

Lauren klammerte sich an ihn. Sie hätte alles dafür gegeben, die Zeit zurückdrehen zu können zu einem Punkt, als sie ihm nichts Wichtigeres zu gestehen hatte als ihre Liebe. „Ich liebe dich, David." Sie hörte selbst die Verzweiflung in ihrem dünnen Stimmchen.

Nachdenklich sah er sie an. „In letzter Zeit benimmst du dich irgendwie seltsam." Er warf sich aufs Sofa und zog sie auf sich.

Hastig befreite Lauren sich. „Deine Eltern sind da. Wir können doch nicht …"

„Nur mein Vater. Mom ist bei irgendeiner Benefizveranstaltung." Wieder wollte er sie an sich ziehen.

Sanft schob sie ihn zurück. „David …" Allein seinen Namen auszusprechen schien unglaubliche Kraft zu kosten. Tränen brannten in ihren Augen.

„Was ist denn nur los? Langsam machst du mir echt Angst." Zärtlich berührte David ihr Gesicht, wischte die Tränen fort. „Ich habe dich noch nie weinen sehen."

Sie holte tief Luft. „Erinnerst du dich an das Spiel gegen Longview? Das erste Heimspiel des Jahres?"

David war sichtlich überrascht. „Klar, einundzwanzig zu sieben."

„Danach sind wir in den State Park gefahren."

„Ja, stimmt. Aber worauf willst du eigentlich hinaus, Lauren?"

„Du hattest dir den Escalade deiner Mutter geliehen", sagte sie leise und erinnerte sich, wie er den Rücksitz zurückgeklappt, eine hellblaue Decke und ein Kissen hervorgeholt hatte. An alles hatte er gedacht, nur nicht an das Wichtigste. Sie hatten am äußersten Rand des Strands geparkt, unter uralten Kiefern. Es war Vollmond gewesen, und sein Licht hatte ihren Gesichtern einen matten Glanz verliehen.

David erinnerte sich auch. Das sah sie ihm an. Und auch, dass ihm allmählich klar wurde, worum es ging.

„Ich bin schwanger", sagte sie.

Er gab ein Geräusch von sich, das ihr ins Herz schnitt, einen Seufzer, der im Nichts verhallte. „O nein!" Er schloss die Augen. „Bist du dir sicher?"

„Ja, ganz sicher."

„Oh. Und jetzt?", fragte er mit belegter Stimme.

Lauren sah ihn nicht an. „Ich weiß nicht."

„Könntest du … du weißt schon … könntest du nicht …?"

„… es abtreiben lassen?" Lauren hatte das Gefühl, dass etwas in ihr zerbrach. „Wahrscheinlich ist das die Lösung."

„Ja", sagte er ein bisschen zu schnell. „Ich bezahle es natürlich. Und ich begleite dich."

Lauren hatte das Gefühl, langsam unter Wasser gezogen zu werden und zu ertrinken. „Okay." Selbst in ihren Ohren hörte sich ihre Stimme fern und fremd an.

LAUREN versuchte, nicht daran zu denken, wohin sie fuhr oder was sie vorhatte. David saß neben ihr und umklammerte mit beiden Händen das Lenkrad. Seit fast einer Stunde hatten sie kein Wort mehr miteinander gesprochen. Worüber denn auch?

Die Fahrt nach Vancouver wollte partout kein Ende nehmen, aber als in einiger Entfernung endlich die Klinik in Sicht kam, schloss Lauren die Augen und kämpfte gegen eine plötzlich aufsteigende Panik an. Einen schrecklichen Augenblick lang konnte sie sich nicht rühren.

David parkte, stieg aus, kam um den Wagen herum und öffnete ihr die Beifahrertür. Zusammen gingen sie auf den Eingang der Klinik zu. Immer einen Fuß vor den anderen setzen, dachte Lauren. Etwas anderes wagte sie nicht zu denken.

David hielt ihr die Tür auf.

Das Wartezimmer war voller Frauen, sehr junger Frauen, die offenbar alle allein gekommen waren, denn David war der einzige Mann. Lauren begab sich zur Anmeldung und füllte ein paar Formulare aus. Die Frau hinter dem Schreibtisch überflog sie.

„Setzen Sie sich bitte“, sagte sie dann. „Sie werden aufgerufen.“

Lauren ging zu einem freien Stuhl. David nahm neben ihr Platz. Sie hielten einander bei den Händen, sahen sich aber nicht an. Lauren wusste, dass sie in Tränen ausgebrochen wäre, wenn sie David in die Augen geschaut hätte. Stattdessen las sie das Infoblatt, das auf dem Tisch lag.

> Der Eingriff dauert für gewöhnlich etwa 15 Minuten. Nach einer Ruhephase von 24 bis 48 Stunden ist die Aufnahme von Arbeit wieder möglich … minimale Beschwerden …

Lauren legte das Infoblatt auf den Tisch zurück. So jung sie auch war, wusste sie doch, dass die Schmerzen oder die Ruhephasen ebenso unwichtig waren wie die Dauer des Eingriffs. Was wirklich zählte, war, ob sie mit der Entscheidung gegen das Kind würde leben können.

Sie legte eine Hand auf ihren noch flachen Bauch. Da drinnen, in ihr, wuchs etwas Lebendiges heran. Es war natürlich leichter, es nicht so zu betrachten, sondern sich vorzustellen, dass ein Eingriff von fünfzehn Minuten ihr Problem beseitigen konnte. Aber wenn es damit nicht getan war? Wenn sie für den Rest ihres Lebens um dieses verlorene Baby trauerte?

Eine Frau kam in den Warteraum und verlas Namen vom Zettel auf ihrem Klemmbrett. „Lauren. Sally. Justine.“

David drückte Laurens Hand. „Ich liebe dich."

Mit zitternden Knien stand Lauren auf. Sie warf David einen letzten, unsicheren Blick zu und folgte der Schwester über den Flur.

„Lauren, Raum drei", sagte die Frau und stieß die entsprechende Tür auf.

Lauren betrat den Raum, zog ihre Kleider aus und den Baumwollkittel an, der bereitlag, und setzte sich auf den Rand des Untersuchungstischs. Die Stahlschränke und Instrumententische glänzten im grellen Licht der Neonröhren.

Die Tür ging auf, und ein älterer Mann kam herein. Er trug eine OP-Mütze und sein Mundschutz hing ihm locker um den Hals. „Hallo", sagte er und warf einen Blick in ihre Unterlagen. „Lauren, legen Sie die Beine in die Schienen hier und strecken Sie sich auf dem Rücken aus. Machen Sie es sich so bequem wie möglich."

Als Lauren lag, kam eine Schwester herein. Sie war jung und hübsch. „Hallo. Ich heiße Martha." Beruhigend tätschelte sie Laurens Hand. „Keine Angst, in ein paar Minuten ist es vorbei."

Vorbei. In ein paar Minuten.

Sie atmete tief durch. Und dann, plötzlich, setzte sie sich auf. „Ich kann es nicht." Tränen liefen ihr die Wangen hinunter. „Ich könnte damit nicht leben."

STUNDEN später saß Lauren neben David auf der cremefarbenen Couch im Wohnzimmer seiner Eltern. Anderswo ging vermutlich das normale Leben weiter, doch hier war es geradezu unheimlich still. Sie drückte Davids Hand so fest, dass sich ihre Finger fast taub anfühlten. Und sie schien mit dem Weinen einfach nicht aufhören zu können.

„Ich denke, wir werden wohl heiraten", sagte er fast tonlos.

Es schmerzte Lauren, wie unglücklich er sich anhörte. Sie wandte sich zu ihm, drückte ihn an sich und spürte seine Tränen an ihrem Hals. Dann sah sie ihn an. Er bemühte sich sehr, reif und erwachsen zu sein, aber seine Augen waren weit vor Furcht, seine Lippen bebten.

„Nur weil ich schwanger bin, brauchen wir doch nicht …"

Da sah David auf und riss sich von ihr los. „Mom!"

In der Tür stand Mrs Haynes mit einem flachen Karton in der Hand. „Dein Vater rief an und sagte, ihr zwei würdet euch vielleicht über eine Pizza freuen", sagte sie und starrte ihren Sohn entsetzt an. Dann begann sie hemmungslos zu schluchzen.

LAUREN hatte eigentlich gedacht, dass sie sich nicht noch elender würde fühlen können, aber sie wurde an diesem Abend eines Besseren belehrt. Mrs Haynes weinen zu sehen war schon nahezu unerträglich, Davids Reaktion auf die Tränen seiner Mutter noch schlimmer.

Sie saß mit David und seinen Eltern im Wohnzimmer, ließ das Schluchzen, Schreien und Streiten über sich ergehen und versuchte, sich so klein wie möglich zu machen. Und sie hatte das Gefühl, alles wäre allein ihre Schuld.

Natürlich wusste sie, dass das nicht stimmte. Für dieses Baby waren sie beide verantwortlich, aber wie oft hatte ihre Mutter sie ermahnt, vorsichtshalber immer Kondome einzustecken? Sie hätte auf sie hören sollen.

„Ich kenne eine Handvoll Ärzte in Los Angeles und in San Francisco." Mr Haynes fuhr sich mit einer Hand durch seine ungewohnt strubbeligen Haare. „Hervorragende Mediziner. Und sehr diskret. Niemand brauchte je etwas zu erfahren."

„Sie hat es doch schon versucht", sagte David.

„In Vancouver", fügte Lauren leise hinzu.

Mrs Haynes sah sie an. „Wir sind katholisch", sagte sie schließlich.

Lauren war dankbar über dieses Minimum an Entgegenkommen. „Ja", flüsterte sie. „Und … das war es nicht allein." Sie wollte das Wort „Baby" oder „Leben" endlich laut aussprechen, aber es ging nicht.

„Ich habe Lauren gebeten, mich zu heiraten", sagte David.

Sie konnte sehen, wie sehr er sich bemühte, stark und verantwortungsvoll zu sein, aber auch, wie nahe er einem Zusammenbruch war. Und dass er allmählich begriff, was dieses Kind für seine Zukunft bedeutete.

„Ihr seid viel zu jung für eine Heirat. Sag ihnen das, Anita."

„Wir sind auch zu jung, um ein Kind zu bekommen", erklärte David.

Schweigen breitete sich aus.

Mrs Haynes sah sie an. „Es gibt die Möglichkeit einer Adoption."

David hob den Kopf. „Das stimmt, Lauren. Es gibt sicher Menschen, die dieses Baby lieben werden."

Als sie die Hoffnung in seiner Stimme hörte, schossen Lauren erneut die Tränen in die Augen. Sie wollte widersprechen und sagen, dass auch sie dieses Baby lieben könne, ihr gemeinsames Baby. Aber sie brachte keinen Ton heraus.

„Ich werde Bill Talbot anrufen", sagte Mr Haynes. „Ich bin sicher, dass er Rat weiß. Wir werden Leute finden, die ein gutes Zuhause bieten können."

Mrs Haynes sah zu, wie ihr Mann das Zimmer verließ, und senkte mit einem tiefen Seufzer den Kopf. Verunsichert runzelte Lauren die Stirn. Sie taten alle so, als wäre es bereits beschlossene Sache.

„Komm, Lauren", sagte Mrs Haynes schließlich und stand auf. „Ich bringe dich nach Hause."

„Ich kann sie doch nach Hause bringen, Mom."

„Nein, das mache ich", sagte Davids Mutter mit einer Stimme, die trotz ihrer Brüchigkeit keinen Widerspruch zuließ.

„Dann fahre ich mit." David zog Lauren vom Sessel hoch.

Sie folgten Mrs Haynes in die Garage, in der der Cadillac Escalade stand.

Der Tatort.

David hielt die Beifahrertür auf, und Lauren stieg ein. Während sie fuhren, sagte keiner von ihnen ein Wort.

„Sie können mich vor dem Supermarkt rauslassen", meinte Lauren schließlich, als sie sich der Gegend näherten, in der sie wohnte.

Davids Mutter hob die Brauen. „Es ist fast Mitternacht. Das halte ich für keine gute Idee."

Lauren schluckte, aber sie sagte nichts. Hinter ihr gab David seiner Mutter eine Wegbeschreibung zu Laurens Wohnblock. Wenig später hielten sie davor an. David stieg aus und kam zur Beifahrertür.

Mrs Haynes drückte auf die Türverriegelung und sah sie an. „Hier wohnst du?"

„Ja."

Zu ihrer Überraschung wurde Mrs Haynes' Gesichtsausdruck sehr viel sanfter. „David ist das einzige Kind, das ich bekommen konnte", sagte sie. „Es war wie ein Wunder für uns, als er auf die Welt kam. Vielleicht habe ich ihn zu sehr geliebt. Ich wollte, dass er glücklich wird und all die Chancen bekommt, die ich nicht hatte." Sie sah Lauren an. „Wenn ihr heiratet und das Baby behaltet …" Sie verstummte kurz. „Ohne Geld und eine gute Ausbildung ist das Leben mit einem Kind sehr schwer. Ich weiß, wie sehr du David liebst. Und er liebt dich – so sehr, dass er für euch alles aufgeben würde. Eigentlich kann ich sehr stolz auf ihn sein."

David klopfte an die Scheibe. „Mach die Tür auf, Mom!"

Lauren wusste, was Mrs Haynes ihr eigentlich sagen wollte. *Wenn du David wirklich liebst, dann darfst du nicht zulassen, dass er sich seine Zukunft verbaut.*

Genau das hatte sie sich auch schon überlegt. Wenn er sie genug liebte, um alles aufzugeben, müsste sie ihn dann nicht genug lieben, um genau das zu verhindern?

„Falls du noch mal über das alles sprechen möchtest, dann bin ich jederzeit für dich da", sagte Mrs Haynes.

Das Angebot überraschte Lauren. „Danke."

„Sag deiner Mutter, dass ich sie morgen anrufen werde."

Lauren wagte an den Verlauf dieser Unterhaltung nicht einmal zu denken. „Okay." Sie öffnete die Tür und stieg aus.

LAURENS Mutter saß im Wohnzimmer, als sie nach Hause kam. Sie saß auf der Couch und zog nervös an ihrer Zigarette.

„Ich wollte dich heute wirklich begleiten. Aber dann traf ich zufällig Neddie, und das Tides war offen …" Sie betrachtete Lauren prüfend. „Du siehst schlecht aus. Willst du ein Aspirin? Ich hol dir eins."

„Nein, mir fehlt nichts."

„Tut mir leid, Lauren", sagte sie leise.

Zum ersten Mal hörte Lauren aufrichtiges Bedauern in der Stimme ihrer Mutter.

„Schon gut." Sie bückte sich, um leere Pizzakartons und Zigarettenschachteln vom Boden aufzuheben. „Sieht ganz so aus, als hättest du ziemlich gefeiert mit Jake." Sie hob den Kopf und sah, dass ihre Mutter weinte. Lauren ging zum Sofa und kniete sich neben sie. „Du brauchst doch nicht zu weinen, Mom. Mir geht es gut."

„Er verlässt mich. Mein ganzes Leben liegt in Scherben."

Das schmerzte mehr als jeder Schlag. Selbst an einem so furchtbaren Tag wie heute dachte ihre Mutter nur an sich. Lauren schluckte trocken, stand auf und räumte weiter auf. Sie kämpfte mit den Tränen. „Ich habe es nicht durchgezogen", sagte sie schließlich leise.

Ihre Mutter hob den Kopf. „Was? Ich hab mich wohl verhört."

„Nein, hast du nicht." Hilflose Verzweiflung überkam Lauren. Obwohl es geradezu ein Ding der Unmöglichkeit war, sehnte sie sich danach, dass ihre Mutter die Arme ausbreitete, sie an sich zog und tröstete. „Ich konnte nicht. Es ist meine Schuld. Für die muss ich bezahlen und nicht …" Sie warf einen Blick auf ihren Bauch.

„Das Baby", sagte ihre Mutter kalt. „Du kannst ja noch nicht mal das Wort aussprechen."

Lauren biss sich auf die Lippe. „Ich habe Angst, Mom. Ich dachte …"

„Das solltest du auch. Sieh mich an. Sieh dich um hier." Sie stand auf und lief mit weitausholender Geste quer durchs Zimmer. „Ist das etwa das Leben, das du dir wünschst? Hast du dafür in der Schule gebüffelt wie eine

Verrückte?“ Sie packte Lauren bei den Schultern und schüttelte sie. „Du wirst wie ich. Willst du das? Willst du das wirklich?“

Lauren riss sich los. „Nein“, gab sie kleinlaut zu.

Ihre Mutter seufzte schwer. „Wenn du schon eine Abtreibung nicht hinbekommst, wie willst du dann mit einem Kind fertig werden, um Gottes willen? Morgen gehst du in die Klinik zurück. Diesmal komme ich mit.“ Ihre Wut schien verraucht. Sie strich Lauren das Haar aus der Stirn, schob eine Locke hinter ihr Ohr. Es war vielleicht die zärtlichste Geste, die Lauren je erlebt hatte.

Doch die Zärtlichkeit war schlimmer, als angeschrien zu werden. „Ich kann nicht.“

Mit Tränen in den Augen starrte ihre Mutter sie an. „Du hast dich entschieden. Gut. Ich habe mein Bestes versucht.“ Sie bückte sich nach ihrer Handtasche. „Ich brauch jetzt was zu trinken.“

„Geh nicht! Bitte!“

Doch ihre Mutter hatte die Türklinke schon in der Hand. Sie drehte sich noch einmal um. Lauren stand mitten im Zimmer und sah sie verzweifelt an.

„Tut mir leid“, murmelte ihre Mutter und verließ die Wohnung.

AM NÄCHSTEN Morgen wurde Lauren durch Bruce Springsteens Stimme geweckt, die laut aus den Boxen durch die Wände drang.

Langsam setzte sie sich auf und rieb sich die brennenden, verquollenen Augen.

Offensichtlich hatte es ihre Mutter nicht bei einem Drink belassen. Eigentlich kaum überraschend. Wenn sich die siebzehnjährige Tochter in andere Umstände gebracht hatte, konnte man schließlich nichts anderes tun, als ausgiebig zu feiern.

Seufzend kletterte sie aus dem Bett, stolperte ins Bad und duschte lange. Nachdem sie ihr Bett gemacht hatte, zog sie ihre Schuluniform an und lief durch den Flur. An der geöffneten Wohnzimmertür blieb Lauren stehen und stutzte. Irgendetwas stimmte da nicht. Die Aschenbecher auf dem Couchtisch waren geleert. Nirgends standen benutzte Gläser oder halb volle Flaschen. Die verschlissene purpurrote Decke, die normalerweise über der Rückenlehne der Couch hing, war fort.

Fort. Unmöglich. Ihre Mutter würde doch nicht einfach …

Sie hörte, wie draußen auf der Straße ein Motor angelassen wurde. Es war das unverkennbare, heisere Röhren einer Harley Davidson.

Lauren rannte zum Fenster und zerrte die Vorhänge zur Seite.

Ihre Mutter saß hinter Jake auf dem Motorrad und blickte zu Lauren auf.

Lauren presste ihre Finger gegen die Fensterscheibe. „Nein!“, schrie sie.

Langsam und zögernd, als täte ihr jede Bewegung weh, hob ihre Mutter den Arm und winkte ihr zu. Und dann setzte das Motorrad sich in Bewegung, raste die Straße hinunter, bog um die Ecke und verschwand.

Und Bruce Springsteen sang noch immer: *„Baby, we were born to run …“*

BEREITS zum dritten Mal wählte Angie Laurens Nummer.

Ihre Mutter kam aus der Küche. „Noch immer kein Glück?“

„Nein. Es sieht ihr überhaupt nicht ähnlich, einfach nicht zur Arbeit zu erscheinen. Langsam fange ich an, mir Sorgen zu machen.“

„Mädchen in ihrem Alter haben mitunter Flausen im Kopf. Ich bin überzeugt, dass es nichts Ernstes ist.“

„Vielleicht sollte ich eben schnell bei ihr vorbeifahren.“

„Nun übertreib mal nicht. Sie ist heute nicht gekommen. Na und? Morgen ist sie bestimmt wieder da. Warum kommst du nicht mit mir nach Hause, auf ein Gläschen Wein?“

Angie lächelte. „Lieber ein anderes Mal“, sagte sie. „Ich möchte einen Weihnachtsbaum kaufen. Wenn du nichts dagegen hast, würde ich gern ein bisschen früher gehen.“

„Du willst das Haus ein bisschen weihnachtlich machen? Das würde Papa sehr freuen.“

Die leise Melancholie in Maria DeSarias Stimme entging Angie nicht. Kein Wunder. Dies war das erste Weihnachten ohne ihren Mann. Sie legte einen Arm um die Taille ihrer Mutter und zog sie an sich. So standen sie eine Weile und sahen hinaus in die Dunkelheit.

Schließlich verabschiedete sich Angie, nahm ihren Mantel und verließ das Restaurant. Trotz der Kälte wimmelte es von Menschen im Zentrum der kleinen Stadt. Touristen schlenderten durch die Straßen und bewunderten die herrliche Weihnachtsbeleuchtung. Die Einheimischen murrten, dass sich ihr Ort in der Adventszeit in ein Disneyland verwandelte, waren aber ebenfalls unterwegs, und das Restaurant war schon die ganze Woche proppenvoll gewesen.

Als Angie den „Christmas Shop“ erreichte, begann es zu schneien. Sie betrat das Geschäft und fand sich in einem Weihnachtswunderland wieder. Überall glitzerte, schimmerte und funkelte es. Direkt vor ihr stand eine mit silbernen und goldenen Kugeln geschmückte Fichte. Die schönen Kugeln erinnerten Angie an ihre Sammlung von Christbaumschmuck. Das erste Stück hatte ihr Conlan vor vielen Jahren geschenkt, einen kleinen Holzschuh aus Holland. Zu jedem Fest war etwas Neues hinzugekommen. Natürlich hatte sie die Sammlung noch, aber es hingen einfach zu viele Erinnerungen daran, deshalb hatte sie beschlossen, sich neuen Baumschmuck zu kaufen.

„Hallo Angie!“, rief jemand.

Angie sah sich um und sah, wie Tillie, die Inhaberin, auf sie zukam. „Wie man hört, hast du das DeSaria’s wieder in Schwung gebracht! Deine Mutter ist unheimlich stolz auf dich. Ich muss unbedingt mal zu euch zum Essen kommen.“

Angie lächelte. „Ja, mach das. Wir freuen uns.“

„Wie kann ich dir helfen, Angie?“

„Ich brauche neuen Christbaumschmuck.“

„Ich mache dir einen Vorschlag: Ich stelle dir etwas Schönes zusammen. Zum Selbstkostenpreis. Und dafür lädst du Bill und mich bei euch zum Essen ein.“

Angie nickte lachend. Auf diese Weise hatte auch ihr Vater Geschäfte in West End gemacht. „Ja, gute Idee. Ich hole mir schnell einen Baum und komme dann wieder.“

Eine Stunde später befand sich Angie auf dem Heimweg. Der Baum war sicher auf dem Wagendach vertäut, auf dem Rücksitz lagen ein Karton mit Christbaumschmuck und ein paar Lichterketten. Im Radio lief „Jingle Bells“.

Angie parkte vor dem Haus und stieg aus. Sie blieb einen Moment neben dem Auto stehen und starrte den Baum an, während Schneeflocken auf ihr Gesicht fielen. Er wirkte plötzlich sehr viel größer als auf dem Verkaufsgelände.

Seufzend holte sie sich ein Paar alte Arbeitshandschuhe ihres Vaters aus der Garage und machte sich daran, den Baum abzuladen. Als sie es endlich geschafft hatte, war sie zweimal hingefallen und hatte einen neuen Kratzer am Auto. Sie packte den Stamm mit beiden Händen und zog ihn Schritt für Schritt zum Haus.

Als sie die Tür fast erreicht hatte, bog ein Auto auf die Einfahrt ein. Angie ließ den Baum los und hielt sich eine Hand schützend über die Augen. Bestimmt war das Mira, die ihr helfen wollte.

„Hallo!“, rief Angie. „Das blendet!“

Doch die Scheinwerfer blieben an und die Fahrertür wurde aufgestoßen.

„Mira?“ Verunsichert wich Angie einen Schritt zurück. Plötzlich wurde ihr bewusst, wie einsam es hier draußen war. Lautlos kam jemand auf sie zu. Der frische Schnee dämpfte jeden Schritt.

Erst jetzt erkannte sie, wer es war. „Conlan!“

Er kam noch näher. „Hallo Angie!“

Angie wusste nicht, was sie sagen sollte. Sie wartete, dass er noch etwas hinzufügte, doch das tat er nicht. „Ich wollte gerade den Baum aufstellen“, sagte sie.

„Das sehe ich.“

„Du hättest nicht zufällig Lust, mir zu helfen, ihn ins Haus zu tragen?“

„Ich würde lieber zusehen, wie du dich mit ihm abplagst.“

„Du bist eins fünfundachtzig. Ich bin eins dreiundsechzig. Bring ihn bitte rein.“

Lachend bückte er sich nach dem Baum, und sie rannte voraus, um ihm die Tür zu öffnen. Drinnen hoben sie gemeinsam den Baum in den Ständer. Sobald er sicher verankert war, lief sie in die Küche. „Ich hole uns schnell ein Gläschen Wein.“ Es tat schon weh, ihn nur anzusehen.

Angie atmete tief durch, goss Rotwein in zwei Gläser und kehrte ins Wohnzimmer zurück. Conlan stand vor dem Kamin und blickte sie an. Sein schwarzes Haar war länger als früher und gehörte geschnitten – er sah ein bisschen aus wie ein in die Jahre gekommener Rockmusiker in seinem schwarzen Pullover und der ausgewaschenen Jeans.

„Ich könnte ja behaupten, dass ich auf dem Weg zu einem Interview war und kurz vorbeigekommen bin“, sagte er.

„Ich könnte antworten, dass es mir gleichgültig ist, warum du hier bist.“

Sie setzten sich einander gegenüber und unterhielten sich über unverfängliche Themen. Angie war bereits bei ihrem dritten Glas Rotwein, als er fragte: „Warum hast du mich neulich in der Redaktion besucht?“

Darauf gab es die unterschiedlichsten Antworten. Wie weit wollte sie sich vorwagen? Lange Zeit hatte sie Conlan Halbwahrheiten aufgetischt, um ihm Enttäuschungen zu ersparen. Ein Irrweg, wie sie inzwischen wusste. „Du hast mir gefehlt“, sagte sie. „Habe ich dir auch gefehlt?“

„Wie kannst du mich das fragen?“

Angie stand auf, ging auf ihn zu. „Habe ich dir gefehlt?“, wiederholte sie und kniete sich vor ihn hin. Ihre Gesichter waren einander so nahe, dass sie sich in seinen blauen Augen sehen konnte. „Es hat mich um den Verstand gebracht“, sagte sie. Es war genau derselbe Satz, den sie vor vielen Monaten im Kinderzimmer gesagt hatte.

„Und bist du jetzt wieder vernünftig?"

„*Vernünftig* ist ein schrecklich *vernünftiges* Wort. Aber es geht mir viel besser. Ich habe mich endlich damit abgefunden."

„Du machst mir Angst, Angie", sagte er leise.

„Warum?"

„Du hast mir schon einmal das Herz gebrochen."

Sie beugte sich kaum merklich vor. „Du brauchst keine Angst zu haben", flüsterte sie und streckte die Arme nach ihm aus.

Neun

Angie hatte vergessen, wie es war, geküsst zu werden. Es gab ihr das Gefühl, wieder jung zu sein; es war sogar noch besser, weil da nichts von den Ängsten und Unsicherheiten der Jugend war – nur diese erregende Empfindung. Sie seufzte leise.

Conlan schob sie von sich.

Sie blickte ihn verwirrt an. „Conlan?"

Für einen Moment hatte er sich hingegeben, das sah sie an seinem Blick und seinen halb geöffneten Lippen, aber jetzt riss er sich wieder zusammen. „Ich habe dich geliebt", sagte er.

Die Vergangenheitsform sagte eigentlich schon alles, was er ihr sagen wollte. Doch Angie griff nach seinem Arm und sah ihm in die Augen. Sie konnte seine Angst und Verunsicherung erkennen, aber auch einen Schimmer von Hoffnung, und das gab ihr Mut.

„Sag mir, was du denkst", sagte sie. Viel zu lange hatte sie nicht hingehört, bis er gelernt hatte, nicht mehr mit ihr zu reden. In den Monaten nach Sophias Tod war sie so zerbrechlich gewesen, dass er Schweigen für das Klügste gehalten hatte.

„Was wäre denn jetzt anders?"

„Was meinst du damit?"

„Unsere Liebe war dir nicht genug."

„Ich habe mich geändert."

„Nach acht Jahren hast du dich plötzlich geändert?"

„Plötzlich?" Sie ließ seinen Arm los. „Im letzten Jahr habe ich meinen Vater verloren, meine Tochter und meinen Mann. Glaubst du wirklich, das ist spurlos an mir vorübergegangen? Papa und Sophia … das war Schicksal. Aber du …" Ihre Stimme wurde zu einem Flüstern. „Dass ich dich verloren habe, war einzig und allein meine Schuld. Ich war nicht für dich da. Jedenfalls nicht so wie du für mich."

„Ich wusste, wie sehr du leidest."

„Und für mich zählte nichts anderes als mein Schmerz." Sanft berührte sie sein Gesicht. „Dabei hast du auch eine Tochter verloren. Du hast auch gelitten."

„Ja."

Lange sahen sie sich schweigend an. „Liebe mich." Ihre Worte überraschten sie selbst. Die Verzweiflung in ihrer Stimme war nicht zu überhören.

Conlan lachte. „So einfach ist das nicht."

„Warum nicht? Unser ganzes Leben lang haben wir getan, was von uns erwartet wurde. Jetzt gibt es für uns keinen vorgezeichneten Weg mehr. Wir sind zwei Menschen, die schwere Zeiten durchgemacht haben und an einem unbekannten Ort angekommen sind." Sie beugte sich zu ihm. „Geh mit mir ins Bett", sagte sie leise.

Er fluchte verhalten. Es hörte sich zornig an – und entwaffnet.

„Bitte. Liebe mich."

Stöhnend zog er sie an sich.

AM NÄCHSTEN Morgen erwachte Angie vom vertrauten Trommeln des Regens auf dem Dach. Selbst im Schlaf hatte Conlan sie in seinen Armen gehalten. Wohlig kuschelte sie sich an ihn und genoss das Gefühl seiner Nähe auf ihrer Haut, seinen ruhigen, gleichmäßigen Atem in ihrem Nacken. Behutsam löste sie sich von ihm, um sich umzudrehen. Sie musste ihn sehen.

Er schlug die Augen auf.

„Guten Morgen", sagte Angie und wunderte sich über ihre heisere Stimme.

„Morgen." Er küsste sie zärtlich und lehnte sich zurück. „Und was nun?"

Unwillkürlich musste sie lächeln. Das war typisch Conlan. Die „Es gibt für uns keinen vorgezeichneten Weg"-Theorie war nicht das Richtige für einen Mann, der sein Geld damit verdiente, dass er die richtigen Fragen stellte und Antworten suchte.

„Ich schätze, wir warten einfach ab, was passiert."

„Das konnten wir noch nie besonders gut. Du weißt doch, was wir sind: große Planer."

Wir. Das war mehr, als er gestern gesagt hatte. „Diesmal müssen wir es anders angehen, oder?"

„Du hast dich wirklich verändert.“

„Das bringen Verluste so mit sich.“

Er seufzte, und Angie wünschte, sie könnte die Worte zurücknehmen. „Ich muss gegen Mittag in der Redaktion sein“, sagte er.

„Geh nicht hin. Sag, du bist krank. Wir könnten …“

„Nein.“ Er schlug die Decke zur Seite und schwang sich aus dem Bett. Nackt stand er neben ihr und betrachtete sie nachdenklich. „Im Bett waren wir immer gut, Angie. Das war nie das Problem.“ Er bückte sich nach seinen Sachen.

Während er sich anzog, überlegte sie, was sie sagen könnte, um ihn zurückzuhalten. Aber es fiel ihr nichts ein. „Komm wieder“, sagte sie schließlich, als er in der Tür stand. „Irgendwann. Wenn du bereit dazu bist.“

Er drehte sich zu ihr um. „Ich glaube nicht, dass ich das kann. Leb wohl, Angie.“

Und dann war er fort.

VON TAG zu Tag wurde es schwerer, mit dem normalen Schulalltag klarzukommen. Lauren fürchtete sich wie eine Außerirdische, die auf der Erde gelandet war und nicht wusste, wie sie überleben sollte. Sie konnte sich nicht auf den Unterricht konzentrieren, sich nicht unterhalten und nicht essen, ohne sich zu übergeben. Ich bekomme ein Kind, ein Kind … das war der einzige Gedanke, der in ihrem Kopf kreiste.

Sie hatte Angst vor dem Moment, wenn die Wahrheit herauskam und das Getuschel begann. Sie wusste nicht, ob ihre Freunde zu ihr stehen würden, aber im Grunde war es ihr egal. Sie hatte mit ihnen nichts mehr gemein. Wen interessierte schon das Pop-Quiz in Trigonometrie oder die Szene, die Robin und Chris einander auf dem Schulball gemacht hatten? Das alles kam ihr jetzt reichlich albern vor.

Auch David hatte sich verändert. Sie wusste, dass er sie noch immer liebte. Aber manchmal wollte er jetzt lieber allein sein und ging dann nach Hause. Lauren wusste, dass er dann über all das nachdachte, was er für ihre Liebe aufgeben musste.

„Lauren?“

Sie schreckte hoch und merkte jetzt erst, dass sie den Kopf auf den Tisch gelegt hatte. Neben ihr stand ihr Lehrer Mr Knightsbridge.

„Langweile ich dich, Lauren?“

Die anderen kicherten.

Hastig richtete sie sich auf. „Nein, Sir.“

„Dann ist es ja gut." Er gab ihr einen rosafarbenen Zettel. „Mrs Detlas möchte dich sprechen."

Lauren war überrascht. Warum wollte die Konrektorin sie sehen? Für eine Antwort von den Colleges war es noch zu früh.

Sie packte Bücher und Hefte in ihren Rucksack und ging den Korridor entlang. Vor Mrs Detlas' Büro blieb sie stehen, holte tief Luft und klopfte.

„Herein."

Lauren stieß die Tür auf. „Tag, Mrs Detlas."

„Guten Tag, Lauren. Setz dich." Kein Lächeln, kein belangloses Geplauder. Das konnte nichts Gutes bedeuten.

„Vorhin habe ich mit David gesprochen, und er erwähnte, dass er daran denkt, doch nicht nach Stanford zu gehen. Er sagte, ihm sei etwas dazwischengekommen. Weißt du, was das sein könnte?"

Lauren schluckte. „Wie könnte er Stanford aufgeben?"

„Genau. Wie könnte er?" Mrs Detlas pochte mit ihrem Stift auf den Tisch. „Natürlich hat mich das beunruhigt. Also habe ich Mrs Haynes angerufen. Sie wollte mir nichts sagen, daher habe ich seinen Trainer gebeten, mit David zu sprechen. Du weißt, dass sie sich gut verstehen."

„Ja, Mrs Detlas."

„Du bist schwanger."

Lauren schloss die Augen. David hatte versprochen, niemandem etwas zu sagen. Jetzt würde es sich innerhalb von Stunden herumsprechen.

„Es tut mir leid, Lauren", sagte Mrs Detlas nach einer langen Pause. „Mehr, als du ahnen kannst."

„Was soll ich jetzt tun?"

Mrs Detlas schüttelte den Kopf. „Das kann ich dir nicht sagen. Aber ich weiß, dass an der Fircrest noch nie ein schwangeres Mädchen seinen Abschluss gemacht hat." Mrs Detlas öffnete einen Aktenordner, las den Inhalt und schloss ihn wieder. „Ich habe mich mit dem Direktor der West End Highschool in Verbindung gesetzt. Du kannst das Semester dort beenden und im Januar dort deinen Abschluss machen."

„Ich verstehe nicht recht."

„Du bist mit einem Stipendium auf unserer Schule, Lauren. Das kann jederzeit widerrufen werden. Und dafür gibst du uns jetzt einen hinlänglichen Grund."

„Es sind doch nur noch sechs Wochen bis zum Semesterende. Bitte! Ich möchte meinen Abschluss an der Fircrest machen."

„Ich fürchte, das könnte für dich etwas unangenehm werden. Mädchen können schrecklich grausam sein. Geh zur West End Highschool und mach dort deinen Abschluss“, sagte Mrs Detlas freundlich.

Denn da gehörst du hin … Lauren hörte die Worte so deutlich, als wären sie laut ausgesprochen worden.

Aber auch das war eine Lüge. Sie gehörte nirgendwohin.

Als Lauren nach Hause kam, wartete bereits Mrs Mauk auf sie. Am liebsten wäre Lauren umgekehrt, aber dafür war es zu spät.

Mrs Mauk sah sie seufzend an. „Heute wollte ich deine Mutter auf ihrer Arbeitsstelle besuchen.“

„Und? Haben Sie sie angetroffen?“

„Natürlich nicht. Aber das weißt du selbst. Ihre Chefin sagte, sie hätte gekündigt und West End verlassen.“

„Ich suche mir noch einen Job. Ich verspreche Ihnen, dass …“

„Das hilft doch nichts, Kindchen. Der Hausbesitzer ist ohnehin sauer, dass deine Mutter die Miete nie pünktlich zahlt. Er will, dass ich euch vor die Tür setze.“

„Bitte, tun Sie das nicht!“

Traurig verzog Mrs Mauk das Gesicht. „Tut mir leid.“

Wenn nur noch ein Mensch ihr sagte, es täte ihm leid, würde sie schreien. Lauren stieg die Treppen zu ihrer Wohnung hinauf und schlug die Tür hinter sich zu.

„Denk nach“, sagte sie laut und appellierte an die frühere Lauren, die alle Hürden genommen hatte. „Lass dir etwas einfallen.“

Es klopfte.

Lauren rannte zur Tür und riss sie auf. „Mrs Mauk …“

Vor ihr im düsteren Flur stand Angie. „Hallo Lauren.“ Angies Lächeln war herzlich. „Möchtest du mich nicht hereinbitten?“

Lauren stellte sich vor, wie Angie Malone die Wohnung betrat, über den fleckigen Teppich zur schäbigen Couch lief, sich setzte, sich umsah und Lauren zutiefst bedauerte. „Nein. Lieber nicht.“

„Lauren!“, sagte Angie so nachdrücklich, dass sie zur Seite wich und sie vorbeiließ.

Hilflos stolperte Lauren hinterher und sah die Wohnung mit Angies Augen: vergilbte Wände, ungeputzte Fenster, die keinen anderen Ausblick boten als auf das heruntergekommene Nachbarhaus … Sie konnte Angie unmöglich einen Platz anbieten. „Möchten Sie … äh … eine Cola?“, fragte sie nervös.

Zu Laurens Überraschung nahm Angie auf der Couch Platz, und zwar nicht nur vorsichtig auf der Kante, sondern richtig. „Ich möchte keine Cola. Aber vielen Dank."

„Falls es um den Job geht … Ich hätte anrufen sollen."

„Das wäre besser gewesen. Warum hast du es nicht getan?"

Verlegen schlang Lauren die Finger ineinander. „Ich hatte eine schlimme Woche."

„Setz dich, Lauren."

Sie wollte Angie nicht zu nahe kommen, also nahm sie sich einen Stuhl.

„Ich dachte, du vertraust mir", sagte Angie. „Du steckst in irgendwelchen Schwierigkeiten, stimmt's?"

„Ja."

„Kann ich dir vielleicht helfen?"

Lauren begann zu schluchzen. „Nein. Dafür ist es zu spät."

Angie ging zu Lauren, zog sie vom Stuhl hoch und nahm sie in die Arme. Das Schluchzen wurde lauter. Beruhigend strich Angie Lauren über die Haare. „Es wird alles wieder gut."

„Nein, wird es nicht", schniefte Lauren. „Meine Mom hat sich aus dem Staub gemacht. Sie ist zusammen mit ihrem Freund abgehauen."

„Ach, Liebes. Sie kommt bestimmt bald zurück."

„Nein", sagte Lauren leise und war erstaunt, wie weh diese Feststellung tat. Obwohl sie seit vielen Jahren wusste, wie wenig ihre Mutter sie liebte, schmerzte es sie noch immer. „Und Mrs Mauk sagt, dass ich hier nicht mehr bleiben kann. Aber wie soll ich genug Geld für eine eigene Wohnung verdienen?" Sie blickte zu Boden und dann zu Angie. „Und das ist noch nicht mal das Schlimmste."

„Gibt es denn etwas Schlimmeres als das?"

Lauren holte tief Luft. „Ich bin schwanger."

ANGIES erste Reaktion war – Neid. Ein feiner Stich ins Herz, und schon breitete sich das Gift langsam aus.

„Neunte Woche", flüsterte Lauren bedrückt.

Angie schob ihre Empfindungen beiseite. Sie sah Lauren an. Die roten Haare hingen ihr wirr ins Gesicht, in den braunen Augen war kein einziger Hoffnungsschimmer. Und sie sah so unglaublich jung aus. Wenn je ein Mädchen dringend bemuttert werden musste …

Nein. „Hast du es deiner Mutter gesagt?"

„Deshalb ist sie ja abgehauen. Ich habe versucht, es abtreiben zu lassen. Aber dann … dann habe ich es nicht über mich gebracht."

„Du hättest zu mir kommen sollen, Lauren."

„Wie hätte ich damit zu Ihnen kommen können? Ich wusste, wie sehr es Sie verletzen würde." Langsam stiegen Tränen in Laurens Augen. „Ich weiß nicht, was ich tun soll. David will auf Stanford verzichten und mich heiraten, aber ich bin sicher, dass er irgendwann anfängt mich zu hassen, weil er alles für mich aufgegeben hat." Lauren wischte sich schniefend über die Augen. „Ich möchte Sie wirklich nicht mit meinen Sorgen belästigen. Aber ich habe Angst. Ich weiß nicht, was ich tun soll, und jetzt muss ich mir auch noch eine neue Wohnung suchen."

„Das wird sich finden, Lauren. Beruhige dich." Sie sah das Mädchen an. „Wollt ihr das Baby behalten, David und du?"

„Ich weiß nicht …" Sie sackte auf ihrem Stuhl zusammen, senkte den Kopf und begann lautlos zu weinen, als hätte sie gelernt, Tränen für sich zu behalten. „Es ist mein Problem. Ich habe mir die Suppe eingebrockt, und jetzt muss ich selbst sehen, wie ich sie auslöffle. Vielleicht lässt mich ja Mrs Mauk noch eine Weile länger hier wohnen."

Angie spürte, dass auch ihr die Tränen kamen, und kniff schnell die Augen zu. Sie dachte daran, wie sie Lauren bei der Nachbarschaftshilfe gesehen hatte, bibbernd vor Kälte, aber um einen Mantel für ihre Mutter bittend … an einem regnerischen Abend auf dem Supermarktparkplatz, wie sie Flyer an die Windschutzscheiben klebte … und so glücklich vor dem Abschlussball in ihrem geliehenen Kleid.

Lauren hatte niemanden auf der Welt. Sie war ein gutes, verantwortungsbewusstes Mädchen, das sich nach Kräften bemühte, das Richtige zu tun, aber sie brauchte Hilfe.

Doch Angie hatte unendlich lange gebraucht, um aus dem dunklen Tal ihrer Sehnsucht nach einem Kind herauszufinden; wie konnte sie Lauren bemuttern und mit ansehen, wie Laurens Bauch von Tag zu Tag dicker wurde?

Auf der anderen Seite konnte sie das Mädchen in dieser Situation unmöglich alleinlassen.

„Was hältst du davon", begann Angie, weil sie sich außerstande sah, etwas anderes zu sagen, „was hältst du davon, zu mir zu ziehen?"

Lauren sah sie mit großen Augen an. „Das meinen Sie nicht im Ernst."

„Doch."

„Bestimmt ändern Sie Ihre Meinung. Sie werden sehen, wie ich immer dicker werde und …"

„Hast du denn noch nie jemandem vertraut?"

Lauren antwortete nicht, aber das war auch nicht nötig.

„Dann vertraue mir. Zieh eine Weile zu mir, bis du dir über deine Zukunft klar geworden bist. Ich glaube, du musst jetzt mal ein bisschen umsorgt werden.“

„Ich werde für Sie putzen und waschen. Ich kann auch kochen …“

„Du brauchst bei mir nicht zu putzen.“ Angie lächelte. Obwohl sie Angst hatte vor dem, was da auf sie zukam, hatte sie doch ein gutes Gefühl. Vermutlich würde sie nie selbst Mutter werden, aber das hieß ja nicht, dass sie jetzt nicht Lauren für eine Weile die Mutter ersetzen konnte. „Komm einfach wieder zur Arbeit und sieh zu, dass du weiterhin gute Zensuren nach Hause bringst. Alles andere findet sich. Einverstanden?“

Lauren schlang ihre Arme um Angies Hals. „Einverstanden“, murmelte sie dankbar.

LAUREN packte ihre Kleidung, Toilettensachen und ein paar Erinnerungsstücke ein, und noch immer war Platz in ihrem Koffer. Als Letztes griff sie nach einem kleinen, gerahmten Foto von sich und ihrer Mutter. Lauren konnte sich nicht entsinnen, wann und wo die Aufnahme entstanden war.

Auf dem Weg zur Haustür klingelte sie bei Mrs Mauk. „Hier sind die Schlüssel“, sagte sie.

„Und wo willst du jetzt hin?“

Lauren führte sie zum Fenster. Draußen auf der Straße stand Angie neben ihrem Auto. „Das ist Angie Malone. Ich werde bei ihr wohnen.“

„Ich erinnere mich an sie.“

„Verkaufen Sie die Möbel für mich? Für die ausstehende Miete?“

„Gut.“ Ein trauriges Lächeln überzog Mrs Mauks Gesicht. „Tut mir wirklich leid, Lauren. Du hattest es nicht leicht, Kindchen. Entschuldige meine Offenheit, aber deine Mom ist ein echtes Miststück.“

Lauren streckte der Hausmeisterin einen Zettel entgegen. „Hier“, sagte sie leise. „Wenn meine Mom wieder da ist, wird sie wissen wollen, wo ich bin.“ Sie hörte selbst, wie sehnsüchtig ihre Stimme klang – trotz allem. Aber die Hoffnung tat nicht mehr so weh.

„Du bist ein liebes Mädchen, Lauren. Ich wünsche dir alles Gute.“

„Vielleicht komme ich Sie mal besuchen.“

„Lieber nicht, Lauren. Wenn du diese Gegend erst einmal hinter dir gelassen hast, solltest du besser wegbleiben. Aber falls du mich brauchst, bin ich für dich da.“ Mrs Mauk lächelte ihr noch einmal zu und verschwand wieder in ihrer Wohnung.

Auf der Fahrt starrte Lauren schweigend aus dem Fenster. Hin und wieder warf sie einen Seitenblick auf Angie, die leise vor sich hin summte. Vermutlich wusste sie genauso wenig, was sie sagen sollte.

Lauren schloss die Augen und versuchte sich vorzustellen, wie ihr Leben mit Angie als Mutter gewesen wäre. Bestimmt wäre alles viel harmonischer und liebevoller verlaufen. Angie hätte ihre schwangere Tochter nie geschlagen oder sie einfach zurückgelassen …

„So, wir sind zu Hause."

Lauren riss die Augen auf. Hatte sie etwa kurz geschlafen? Jedenfalls kam ihr alles vor wie ein Traum.

Angie parkte und stieg aus. Auf dem Weg zur Haustür und die Treppe hinauf redete sie unentwegt über die Schulter hinweg auf Lauren ein. „… Backofen ist es rund zwanzig Grad heißer, als die Anzeige angibt. Ich habe keine Mikrowelle. Tut mir leid. Diese alten Kabel …" Sie blieb stehen und drehte sich um. „Hier ist dein Zimmer. Früher haben meine Schwestern und ich darin geschlafen." Sie öffnete eine Tür am Ende des Flurs.

Es war ein schöner, großer Mansardenraum mit einer Dachschräge und Holzbalken. Rosa Blümchentapeten schmückten die Wände, und auf den beiden Etagenbetten lagen dazu passende Tagesdecken. In einer Ecke stand ein kleiner Eichenschreibtisch, links davon eröffneten drei schmale, hohe Fenster den Blick aufs Meer.

„Wow!", entfuhr es Lauren.

„Die Bettbezüge sind eine Weile nicht mehr gewaschen worden. Ich könnte sie schnell in die …"

„Nein, ich kann meine Wäsche selbst waschen." Lauren lief auf Angie zu und umarmte sie. „Vielen Dank", flüsterte sie.

Als Lauren merkte, dass ihr die Tränen kamen, wollte sie sich von Angie lösen, doch die hielt sie fest. Statt sie gehen zu lassen, strich sie ihr beruhigend über die Haare und murmelte immer wieder: „Alles wird gut, Lauren. Keine Angst, alles wird gut."

„Was?" Das Wort wurde ihr förmlich entgegengeschrien. Aus drei Kehlen und doch unisono.

„Lauren ist bei mir eingezogen."

Fassungslos starrten ihre Schwestern und ihre Mutter sie an.

„Habe ich dir nicht gesagt, du sollst das Mädchen nicht zu nah an dich heranlassen?", wollte ihre Mutter empört wissen.

„Ich finde es großartig", erklärte Livvy. „Sie werden einander guttun."

Gereizt fuchtelte ihre Mutter mit der Hand in der Luft herum. „Sei still! Deine Schwester hat offenbar ihren Verstand verloren.“ Sie trat einen Schritt vor. „Du kannst doch nicht einfach eine rothaarige Fremde in dein Haus einladen.“

„Sie ist keine Fremde“, wandte Livvy ein. „Sie hat im Restaurant gearbeitet. Und sie war gut.“

„Bis sie drei Tage lang nicht mehr aufgetaucht ist“, fauchte ihre Mutter. „Woher wollen wir wissen, dass sie nicht kriminell ist?“

Livvy lachte nur und schüttelte den Kopf.

Nervös trat Angie von einem Fuß auf den anderen. Mit einer derart heftigen Reaktion hatte sie nicht gerechnet. Und noch war kein Ende abzusehen.

„Angie …“ Mira musterte sie argwöhnisch. „Da ist doch noch mehr, du verschweigst uns doch etwas.“

Angie krümmte sich innerlich.

„Was? Du hast Geheimnisse vor uns?“, schnaubte ihre Mutter. „Du weißt genau, dass mir Papa immer alles erzählt.“

Angie saß in der Falle. „Lauren ist schwanger“, sagte sie.

Sie gingen nicht nur an die Decke, sie rasteten völlig aus.

LAUREN sah auf den Wecker. Sechs Uhr. Draußen war es noch dunkel. Heute war ihr erster Tag auf der West End Highschool – als schwangere Transferschülerin, die nur bis zum Ende des Semesters blieb. Man würde sie sicher begeistert empfangen.

Lauren schlug die Bettdecke zurück, stand auf und duschte schnell. Dann suchte sie nach etwas, was sie anziehen konnte. Am Ende entschied sie sich für eine Hüfthose mit einem Wildledergürtel und einen weißen Pullover. Als sie den Pullover über den Kopf streifte, löste sich einer ihrer Ohrringe, die David ihr geschenkt hatte, und schlitterte über den Fußboden.

Lauren kniete sich auf den Boden und blickte sich suchend um. Da lag das Schmuckstück, unter dem Bett.

Sie fand aber auch noch etwas anderes. Ganz hinten unter dem Bett stand ein Holzkistchen, so flach und schmal, dass es kaum zu sehen war. Lauren zog es unter dem Bett hervor. Neugierig öffnete sie den Deckel und entdeckte alte Schwarz-Weiß-Fotos. Die meisten zeigten drei kleine Mädchen in hübschen Kleidern, die sich um einen dunkelhaarigen, gut gekleideten Mann scharten. Er war groß, schlank und hatte Augen, die, wenn er lachte, sein ganzes Gesicht erstrahlen ließen.

Mr DeSaria.

Lauren blätterte in den Fotos und sah Bilder einer Kindheit, von der sie immer geträumt hatte: Familienausflüge zum Grand Canyon und nach Disneyland; Karussellfahrten und Zuckerwatte auf der County Fair in Grays Harbor; Abende an einem Lagerfeuer hier am Strand.

Es klopfte an der Tür. „Halb sieben, Lauren! Zeit zum Aufstehen!"

„Ich bin schon wach!" Sie schob das Kistchen in sein Versteck zurück, machte ihr Bett und ging nach unten.

Angie war in der Küche. „Guten Morgen", sagte sie und löffelte Rührei aus einer Pfanne auf einen Teller. „Du kommst gerade recht."

„Ist das Frühstück etwa für mich?"

„Ja. Oder möchtest du gar nicht frühstücken?"

„Doch, sehr gern!"

Angie lächelte. „Du musst in den nächsten Monaten ordentlich essen."

Schweigend sahen sie sich an. Das ferne Rauschen des Ozeans hörte sich plötzlich sehr viel lauter an.

„Vielleicht hätte ich das nicht sagen sollen", meinte Angie etwas verlegen.

„Ich bin nun mal schwanger. Warum also nicht die Dinge beim Namen nennen?" Lauren setzte sich an den Tisch. „Das Frühstück riecht köstlich."

Angie reichte ihr einen Teller mit Rührei, Zimttoast und etwas Honigmelone. „Ich fürchte, das ist so ungefähr das Einzige, was ich zustande bringe."

„Vielen Dank", sagte Lauren leise.

Angie nahm ihr gegenüber Platz. „Keine Ursache." Endlich lächelte sie wieder. „Und, wie hast du geschlafen?"

„Gut. An die Ruhe hier draußen muss ich mich erst noch gewöhnen."

„Kann ich verstehen. Als ich nach Seattle zog, brauchte ich eine Ewigkeit, um mich an den Lärm zu gewöhnen."

„Vermisst du die Großstadt?"

Angie wirkte etwas überrascht bei dieser Frage, als hätte sie darüber noch gar nicht nachgedacht. „Eigentlich nicht. In letzter Zeit schlafe ich erstaunlich gut. Das muss Gründe haben."

Sie plauderten noch eine Weile, dann stand Angie auf. „Den Abwasch überlasse ich dir. Ich gehe schnell duschen. In zehn Minuten bin ich zurück, und dann fahre ich dich in die Schule. Ach übrigens – trägt man an der Fircrest denn nicht eine Schuluniform?"

„Doch."

„Und warum hast du sie dann nicht an?“

Lauren spürte, dass sie rot wurde. „Man hat mir das Stipendium entzogen. Ich schätze, es gibt keine Uniformen in Zeltgröße.“

„Soll das heißen, dass man dich von der Schule geworfen hat, weil du ein Kind erwartest?“

„Es ist wirklich keine Katastrophe.“ Lauren hoffte, dass man ihr nicht anhören konnte, was sie tatsächlich empfand.

„Wasch das Geschirr ab, Lauren, und zieh deine Uniform an. Wir werden der Fircrest Academy einen kleinen Besuch abstatten.“

EINE Stunde später waren sie im Büro von Mrs Detlas. Lauren stand mit dem Rücken an der Wand und hätte sich am liebsten in Luft aufgelöst. Angie hatte Mrs Detlas gegenüber Platz genommen, die mit gefalteten Händen hinter ihrem Schreibtisch saß.

„Ich freue mich, Sie endlich kennen zu lernen, Mrs Ribido“, sagte Mrs Detlas. „Es gibt da anscheinend ein paar Missverständnisse über Laurens weiteres Verbleiben an der Fircrest Academy.“

„Genau darüber wollte ich mit Ihnen sprechen“, erklärte Angie.

„Verstehe. Nun, da müssen Sie sich an die Studienberatung der West End Highschool wenden. Sehen Sie …“

„Was ich sehe“, fiel ihr Angie ins Wort, „ist ein Rechtsstreit. Oder auch die Schlagzeile ‚Katholische Schule schließt Einser-Schülerin aus, weil sie ein Kind erwartet‘. Gerade neulich sagte mein Exmann, er ist Reporter bei der *Seattle Times*, dass die Stadtzeitungen inzwischen sehr gern saftige Kleinstadtskandale bringen. Die Leute interessiert so etwas.“

„Wir haben Lauren formal nicht relegiert. Ich habe lediglich zu bedenken gegeben, dass Mädchen mitunter zu einer Schülerin in ihrer Situation sehr grausam sein können. Von Ihrem Exmann wusste ich nichts.“ Sie vertiefte sich in Laurens Schulakte.

Angie sah Lauren an. „Befürchtest du, dass deine Mitschülerinnen unangenehm zu dir werden könnten?“

Lauren schüttelte nur stumm den Kopf, es hatte ihr die Sprache verschlagen.

Zögernd schloss Mrs Detlas Laurens Akte. „Es wäre wahrscheinlich schon möglich, dass sie das Semester hier beendet, im Januar die Prüfungen ablegt und früher abgeht, aber ich fände es wirklich besser …“

Angie stand auf. „Vielen Dank, Mrs Detlas. Lauren wird an der Fircrest ihren Highschool-Abschluss machen, genau so, wie es geplant war. Und ich werde meinem Onkel auf jeden Fall berichten, wie es für Lauren ausgegangen ist."

„Ihrem Onkel?"

„Habe ich etwa vergessen, ihn zu erwähnen? Kardinal Lanza, der Bruder meiner Mutter."

Mrs Detlas schien auf ihrem Sessel zu schrumpfen. „Oh", hauchte sie.

„Komm, Lauren!" Angie ging auf die Tür zu.

Benommen stolperte Lauren hinter ihr her. „Das war echt Wahnsinn!", sagte sie, als sie draußen im Flur standen.

„Ich hoffe nur, dass es tatsächlich einen Kardinal Lanza gibt", meinte Angie lachend.

Auf der Heimfahrt versuchte Angie möglichst wenig über das Getuschel an der Schule nachzudenken, mit dem Lauren jetzt fertig werden musste. Zum Glück schrillte ihr Mobiltelefon und unterbrach diese Gedanken. Hastig kramte sie es aus der Handtasche und meldete sich nach dem dritten Klingeln.

„Angie?"

Erst jetzt merkte Angie, wie sehr sie auf diesen Anruf gewartet hatte. „Hallo Conlan", sagte sie ruhig.

„Wegen neulich Nacht. Ich möchte noch mal mit dir reden."

„Ich auch mit dir. Möchtest du nicht heute Abend zu mir kommen?" Doch sofort fiel ihr ein, dass Lauren jetzt bei ihr wohnte. Darüber war er bestimmt nicht gerade erfreut.

„Heute eher nicht. Vielleicht …" Seine Stimme verlor sich in unschlüssigem Schweigen.

„Es ist Montag. Das Restaurant hat geschlossen. Ich könnte nach Seattle kommen, und wir gehen zusammen Mittag essen."

„Mittag essen?"

„Komm schon, Conlan. Selbst wenn du viel zu tun hast, musst du mittags etwas essen."

„Was hältst du vom ‚Al Boccalino'?"

„Ich könnte gegen halb zwölf da sein." Angie setzte den Blinker und wendete.

„Ich versuche, pünktlich zu sein. Bis dann."

„Ja, bis dann." Angie wollte sich freuen, musste aber unentwegt an das Mädchen denken, das jetzt bei ihr lebte. Conlan würde diese Neuigkeit gar nicht gut aufnehmen.

In Rekordzeit erreichte Angie das Zentrum von Seattle, parkte den Wagen und ging den Rest des Weges zu Fuß. Als sie noch vier Blocks entfernt war, begann es zu schütten. Angie spannte ihren Regenschirm auf und eilte auf das Restaurant zu.

So früh am Tag war es noch leer im Al Boccalino. Carlos, der Besitzer, kam um die Ecke. Als er Angie erkannte, strahlte er über das ganze Gesicht. „Mrs Malone! Wie schön, Sie wiederzusehen!"

„Ich freue mich auch." Sie ließ sich Mantel und Schirm abnehmen und folgte Carlos durch das Restaurant. Der Duft nach Knoblauch und Thymian erinnerte sie an zu Hause.

Carlos lächelte. „Sie müssen unbedingt wieder einmal Ihre Mama mitbringen", sagte er.

Angie lachte. Ein einziges Mal war sie mit ihren Eltern hier gewesen. Ihre Mutter hatte die ganze Zeit in der Küche verbracht und dem Küchenchef Vorwürfe gemacht, weil er die Tomaten für die Marinara mit dem Messer geschnitten hatte. „Man muss sie zerdrücken", hatte sie ihn zurechtgewiesen, „dafür hat Gott uns Hände gegeben."

„Das mache ich gern, Carlos", meinte Angie lächelnd.

Doch dann sah sie, dass Conlan schon da war und auf sie wartete. Sie wurde ernst.

Carlos begleitete sie an den Tisch, rückte ihr den Stuhl zurecht, reichte ihnen zwei Speisekarten und verschwand.

„Ein seltsames Gefühl, hier zu sitzen", sagte Angie.

„Ja. Ich bin seit unserem Hochzeitstag nicht mehr hier gewesen."

Sie schwiegen und sahen sich nur an.

Carlos tauchte mit einer Flasche Prosecco am Tisch auf. Er füllte zwei Gläser und sah Conlan an. „Soll ich Ihnen das Menü zusammenstellen?"

„Ja, gern", antwortete Conlan, aber er hörte nicht auf, Angie anzusehen.

Sie fühlte sich verunsichert durch seinen Blick, verletzlich. Und sie wusste, was sie jetzt zu tun hatte. Sie musste ihm von Lauren erzählen.

„Conlan ...", begann sie genau in dem Moment, als Carlos wieder erschien, um *Mozzarella caprese* zu servieren. Als sie die Vorspeise genügend bewundert hatten, hatte Angie ihr Mut verlassen.

Conlan beugte sich vor und stützte die Ellbogen auf den Tisch. „Heute früh hat mich mein Agent angerufen. Mir ist ein Buchvertrag angeboten worden." Er machte eine kurze Pause und fügte dann hinzu: „Und der einzige Mensch, dem ich das erzählen wollte, bist du. Was hat das deiner Meinung nach zu bedeuten?"

Angie wusste, wie schwer es ihm fiel, ihr das zu erzählen. Am liebsten hätte sie nach seiner Hand gefasst und ihm gesagt, dass sie ihn liebte, dass sie ihn immer lieben würde. „Ich glaube, es bedeutet, dass wir uns lange geliebt haben", sagte sie stattdessen.

„Die meiste Zeit meines Lebens."

Sie hob ihr Glas und stieß mit ihm an. Das leise Klingen hörte sich an wie ein verheißungsvoller Neubeginn. Angie wusste, dass sie jetzt eigentlich von Lauren berichten müsste, aber der Moment war zu kostbar, sie wollte ihn nicht zerstören. „Erzähl mir alles ganz genau."

Er erzählte ihr von einem Mann aus Seattle, der wegen der Vergewaltigung und Ermordung mehrerer älterer Frauen verurteilt worden war. Während seiner Recherchen war Conlan zu der Überzeugung gelangt, dass der Mann unschuldig war, was kürzliche DNA-Tests dann schließlich bestätigt hatten. „Es ist eine tolle Sache", sagte er. „Ich bekomme einen anständigen Vorschuss, um ein Buch darüber schreiben zu können."

Er redete noch immer über den Fall, als sie ihr Dessert beendet und die Rechnung bezahlt hatten.

Angie stand auf und stellte fest, dass sie ein bisschen beschwipst war. „Ich freue mich wirklich sehr für dich, Conlan."

Sein Gesicht wurde ernst. „Das kann nicht gut enden."

„Was? Ich …"

Conlan zog sie an sich und küsste sie mitten im Restaurant, vor allen Leuten.

„Wow!", sagte Angie, als sie wieder atmen konnte. Ihr Herz klopfte wild. „Wir müssen unbedingt miteinander reden", erklärte sie, bemüht, einen klaren Kopf zu bewahren.

„Später", erwiderte er heiser. Er griff nach ihrer Hand und zog sie zur Tür. „Wir gehen zu mir."

Zehn

Nackt stand Angie im Apartment ihres Mannes – ihres Exmannes – am Fenster und blickte auf die Elliott Bay hinaus. Der Regen verlieh der Welt ein undeutliches, verschwommenes Aussehen.

„Du siehst etwas besorgt aus", stellte Conlan fest. „Was ist los?"

Wie gut er sie doch kannte! Selbst wenn sie ihm halb den Rücken zugewandt hatte, wusste er Bescheid.

Sie drehte sich nicht zu ihm um. „Besorgt ist nicht ganz das richtige Wort. Vielleicht nachdenklich."

Die Sprungfedern quietschten. Er hatte sich aufgesetzt. „Angie?"

Sie drehte sich um, ging zum Bett und setzte sich neben ihn. Sanft strich er ihr über den Arm, küsste sie auf eine Brust. „Was ist los?"

„Ich muss dir etwas sagen. Da ist dieses Mädchen."

„Und?"

„Sie ist ein tolles Mädchen. Sehr gut in der Schule. Fleißig."

„Und sie ist in irgendeiner Weise für uns relevant?"

„Sie arbeitet an den Wochenenden und nach der Schule im Restaurant. Mama gibt es zwar nicht gern zu, aber sie ist die beste Kellnerin, die wir je hatten."

Conlan ließ sie nicht aus den Augen. „Und was ist der Haken an der Sache?"

„Ihre Mutter hat sie im Stich gelassen. Ist eines Tages einfach auf und davon."

„Und du hast irgendwo eine neue Unterkunft für sie …"

„Bei mir."

Conlan holte scharf Luft und stieß sie wieder aus. „Du hast dir also einen Teenager ins Haus geholt."

„Es ist nicht wie damals. Ich möchte ihr nur ein bisschen helfen, bis …"

„Bis was?"

Angie bedeckte ihre Augen mit der Hand. „Bis ihr Kind geboren ist."

„Angie!" Conlan warf die Decke von sich und sprang auf. Er stürmte ins Bad und knallte die Tür hinter sich zu.

Sie hatte gewusst, dass er es nicht gut aufnehmen würde. Seufzend bückte sie sich nach ihren Kleidern und zog sich an. Dann setzte sie sich auf die Bettkante und wartete.

Endlich kam er aus dem Bad. Er trug eine alte Levi's und ein blassblaues T-Shirt. Seine Wut schien verraucht zu sein, aber er sah vollkommen deprimiert aus. „Und du hast gesagt, du hättest dich geändert."

„Das habe ich auch."

„Die alte Angie hat sich einen schwangeren Teenager ins Haus geholt. Das war für uns der Anfang vom Ende. Daran kann ich mich noch sehr gut erinnern, auch wenn du es vielleicht vergessen hast."

„Wie könnte ich das vergessen haben! Gib mir einfach eine Chance."

„Ich habe dir Tausende von Chancen gegeben, Angie." Er sah betont auf das Bett. „Das war ein Fehler. Ich hätte es besser wissen müssen."

„Diesmal ist es anders. Das schwöre ich."

„Wie anders?“

„Sie ist eine Siebzehnjährige, die niemanden hat, der sich um sie kümmert. Ich habe mich damit abgefunden, dass ich kein Kind bekommen werde. Wenn du sie kennen lernen würdest …“

„Ich soll sie kennen lernen? Nach dem, wie es mit Sarah Dekker gelaufen ist?“

„Sie ist nicht wie Sarah. Komm einfach zu mir nach Hause und lern sie kennen. Bitte. Tu es für mich.“

Lange und durchdringend sah er sie an. „Ich möchte das alles nicht noch einmal durchmachen. Die Hochs, die Tiefs, die Obsessionen.“

„Conlan, glaub mir doch bitte, dass ich …“

„Wage es nicht, den Satz zu beenden!“ Er nahm seine Schlüssel von der Kommode und lief zur Tür.

„Tut mir leid“, sagte sie.

Er blieb stehen. Ohne sich umzudrehen, sagte er: „Dir tut es immer leid, nicht wahr, Angie? Wie konnte ich das nur vergessen?“

In all ihren Jahren auf der Fircrest Academy hatte Lauren sich stets bemüht, unter keinen Umständen negativ aufzufallen. Nicht ein Mal war sie zu spät zum Unterricht erschienen, hatte nie gegen Regeln verstoßen, nie etwas Abfälliges über Mitschüler geäußert. Immer hatte sie versucht, über jeden Tadel erhaben zu sein.

Jetzt schienen alle sie anzustarren, zeigten mit Fingern auf sie und tuschelten. Selbst die Lehrer benahmen sich, als hätte sie eine ansteckende Krankheit. Nach Schulschluss ließ sie sich von der lachenden, johlenden Menge treiben und fühlte sich dabei unendlich einsam.

„Lauren!“

Ihre Clique hatte sich am Fahnenmast versammelt. Susan und Kim hockten auf dem gemauerten Sockel, David und Jared spielten Hacky Sack.

„Hallo!“, rief sie und ging auf die Gruppe zu. David hielt zögernd inne. Aus der Distanz sahen sie einander an.

Die beiden Mädchen standen auf, zerrten Lauren am Arm, und sie folgte ihnen vom Schulhof und hinaus zum Footballfeld. David und Jared spielten weiter Hacky Sack mit ihrem kleinen Ball und folgten ihnen langsam.

„Und?“, fragte Kim. „Wie fühlst du dich so?“

„Ziemlich schrecklich“, antwortete Lauren. Sie wollte eigentlich nicht darüber sprechen, aber es war immer noch besser, wenn mit ihr gesprochen wurde als über sie.

„Was willst du denn jetzt machen?“ Susan kramte in ihrem Rucksack und zog schließlich eine Cola heraus. Sie öffnete die Flasche, trank einen Schluck und reichte sie weiter.

David trat von hinten an Lauren heran und legte ihr einen Arm um die Taille. „Wir wissen es noch nicht genau.“

„Warum hast du eigentlich nicht abtreiben lassen?“, erkundigte sich Kim.

Lauren zuckte die Schultern. „Ich konnte es einfach nicht.“

„David sagt, du würdest es zur Adoption freigeben. Das ist echt cool. Meine Tante hat im letzten Jahr ein Baby adoptiert, und jetzt ist sie total happy“, sagte Susan.

Lauren sah David an. Zum ersten Mal kam ihr der Gedanke, dass er sich einfach entziehen und diese Sache hinter sich lassen könnte wie jetzt die Highschool. Warum hatte sie an diese Möglichkeit bisher nicht gedacht?

„Komm mit“, flüsterte sie David zu, und er folgte ihr in eine dunkle Ecke neben der Tribüne.

Lauren sehnte sich danach, von ihm in den Arm genommen und geküsst zu werden, doch er sah sie nur liebevoll und leicht verstört an.

„Mein Vater hat einen Termin mit einem Anwalt vereinbart. Es geht um die Adoption.“

„Es einfach weggeben …“ Sie klang verbittert.

„Wir sollten uns wenigstens anhören, was er zu sagen hat.“ David sah aus, als würde er gleich in Tränen ausbrechen.

„Du hast Recht“, sagte sie. „Wir sollten es uns anhören.“ Plötzlich kam sie sich irgendwie anders vor als er, älter.

„Ich liebe dich“, sagte er leise.

Die Worte hörten sich nicht an wie sonst, auf eigenartige Weise gedämpft, wie unter Wasser ausgesprochen. Als sie nach Hause kam, konnte sie sich an den Klang überhaupt nicht mehr erinnern.

LAUREN lag auf dem Bett und sah sich die Fotos an. Mr und Mrs DeSaria, ihre drei Töchter, am Meer, in den Bergen. Lauren betrachtete die Bilder und stellte sich vor, wie es wäre, so behütet und geliebt zu werden, einen Vater zu haben, der lächelnd auf sie zukam und die Hand nach ihr ausstreckte. Komm, würde er sagen, heute wollen wir …

Es klopfte.

Rasch sprang Lauren vom Bett und zog die Tür gerade so weit auf, um hinausspähen zu können.

Angie blickte sie durch den Spalt an. „Wir gehen in zehn Minuten."

„Ich weiß. Viel Spaß." Lauren schloss die Tür.

Es klopfte erneut. Sie öffnete wieder.

„Was meinst du damit?", fragte Angie.

„Ich wünsche dir einen schönen Abend in der Stadt."

„Es ist Heiligabend."

„Ja, ich weiß. Deswegen fahrt ihr alle in die Stadt, und deswegen wünsche ich dir viel Spaß."

„Du glaubst also allen Ernstes, dass ich dich am Weihnachtsabend hier allein lasse, um mit meiner *richtigen* Familie auf dem Weihnachtsmarkt Kekse zu essen und Glühwein zu trinken?"

Lauren wurde rot. „Nun ja … also …"

„Los, zieh dich an, Lauren!"

Lauren strahlte über das ganze Gesicht. „Ja, Ma'am." Sie warf die Tür zu, rannte zum Bett, raffte die Fotos zusammen, warf sie in das Kistchen und schob es unter das Bett. Dann zog sie, so schnell es ging, ihre Jeans an, einen schwarzen Pullover und ihren fellbesetzten Mantel.

Unten wartete Angie bereits. Sie sah hinreißend aus in ihrem tannengrünen Wollkleid, schwarzen Stiefeln und einem schwarzen Cape. In großzügigen Wellen fielen ihr die langen, dunklen Haare auf die Schultern. Lauren fand, sie sah total hip aus.

Als sie die Front Street erreicht hatten, kamen sie nur noch im Schritttempo voran.

„Ich fasse es nicht, dass am Weihnachtsabend so viele Leute unterwegs sind", meinte Lauren.

„Niemand will sich entgehen lassen, wie zum letzten Mal die Lichter am Baum angezündet werden."

„Aha." Doch eigentlich verstand Lauren die ganze Aufregung nicht. In all den Jahren, die sie in West End gewohnt hatte, war sie nicht ein Mal bei einem Lichterfest gewesen, weil sie an Wochenenden und Feiertagen immer gearbeitet hatte.

Nachdem sie eine Weile herumgesucht hatte, fand Angie endlich eine freie Parklücke und stellte den Wagen ab. Der Marktplatz war von Hunderten Touristen bevölkert, die von einem Stand zum nächsten schlenderten, an denen von heißer Schokolade über Rumkuchen bis zu Zuckerwatte nahezu alles angeboten wurde, was lecker war.

„Angela!", rief Maria DeSaria über das Gedränge hinweg.

Ehe Lauren begriff, wie ihr geschah, sah sie sich von der Familie DeSaria umringt. Alle redeten wild durcheinander, scherzten und lachten. Sie gingen von Stand zu Stand, probierten alles, was angeboten wurde, und ließen sich einpacken, was sie nicht an Ort und Stelle verzehren konnten.

„Es ist so weit", sagte Mira irgendwann. Wie aufs Stichwort blieb die Familie stehen. Der ganze Ort schien zu erstarren.

Alle Lichter gingen aus. Nachtschwarze Dunkelheit senkte sich über West End. Eine gespannte Erregung schien die Menge zu erfassen. Angie griff nach Laurens Hand und drückte sie leicht.

Plötzlich setzte ein geradezu überirdisches Leuchten ein. Die Lichter am Baum erstrahlten. Aber nicht nur die, auch die Lichterketten zwischen den Bäumen und vor den Geschäften funkelten und blinkten. Es war überwältigend.

„Toll, was?", fragte Angie.

„Ja." Lauren musste sich räuspern. Ihre Kehle war ganz trocken.

Sie verbrachten noch etwa eine Stunde auf dem Platz und gingen dann alle zusammen in die Messe in die katholische Kirche, bevor jeder seiner Wege ging. Es fing an zu schneien, als Angie und Lauren zusammen zum Auto zurückliefen.

Langsam fuhren sie nach Hause, während draußen träge die riesigen Flocken zur Erde schwebten. Lauren konnte sich nicht erinnern, wann es zu Weihnachten zum letzten Mal geschneit hatte. Draußen auf der Miracle Mile Road lag auf der Straße und auf den Ästen der Bäume richtig viel Neuschnee. Der Rasen vor dem Haus lag unter einer glitzernden weißen Decke.

„Wer ist denn das?", fragte Lauren, als sie in die Auffahrt einbogen.

Im Lichtschein der Lampe über der Tür stand ein Mann. Sein Gesicht war in dem Schneetreiben kaum zu erkennen.

Das Auto hielt. Angestrengt spähte Lauren durch die Windschutzscheibe. Der Mann kam die Verandastufen herunter und langsam auf sie zu. Und plötzlich wusste Lauren Bescheid. Der Mann in der Lederjacke und der ausgewaschenen Jeans war Conlan. Sie sah Angie an. Sie war blass und ihre Augen wirkten in diesem Moment viel größer als sonst. „Ist er das?"

Angie nickte. „Ja. Das ist Conlan."

Lauren fand, er sah aus wie James Bond höchstpersönlich. Sie stieg aus.

Seine Schuhsohlen knirschten in dem Neuschnee. „Du musst Lauren sein."

Lauren fand es nicht ganz leicht, ihm direkt in die Augen zu schauen – die blauesten Augen, die sie je gesehen hatte. „Ja."

„Conlan …“, flüsterte Angie ungläubig und trat neben Lauren.

Aber er sah Angie nicht an. Sein Blick blieb unverwandt auf Lauren gerichtet. „Ich bin hier, um dich kennen zu lernen.“

CONLAN bemühte sich ganz offenkundig um Abstand zu Lauren. Er trug seine berufliche Distanziertheit wie eine Rüstung. Sehr aufrecht saß er an der Stirnseite des Tisches und mischte Karten. Seit einer Stunde spielten sie Hearts und unterhielten sich die ganze Zeit, obwohl Angie es nicht „Unterhaltung“ genannt hätte. „Verhör“ wäre weitaus passender gewesen.

„Hast du dich schon bei Colleges beworben?“, fragte er, als er die nächsten Karten austeilte. Dabei sah er Lauren nicht an. Das war eine alte Reportermasche: Sieh dein Gegenüber bei Fragen nicht an, dann sieht es so aus, als ob dir die Antwort nicht wichtig wäre.

„Ja“, erwiderte Lauren, ohne von ihren Karten aufzublicken. „Bei der University of Southern California, der University of Los Angeles, Pepperdine, Berkeley und Stanford.“

„Willst du denn immer noch aufs College?“

Laurens Blick war überraschend direkt. „Auf jeden Fall.“

„Leicht wird das nicht“, meinte er und zog eine Karte.

„Das Leben ist nie leicht“, erwiderte Lauren. „Mein Stipendium für die Fircrest Academy habe ich nur bekommen, weil ich darum gekämpft habe. Und ich werde auch ein College-Stipendium bekommen. So schnell lasse ich mich nicht unterkriegen.“

„Hast du Verwandte, die dich eventuell unterstützen können?“

„Angie will mir helfen.“

„Und was ist mit deiner eigenen Familie?“

„Da gibt es niemanden“, antwortete Lauren leise.

Der arme Conlan. Angie sah, wie die Reportermiene verschwand und er Lauren voller Sorge ansah. „Angie sagte mir, dass du dich für Journalismus interessierst. Vielleicht hast du Lust, mich irgendwann mal in der Redaktion zu besuchen. Ich könnte dich mit ein paar Kollegen bekanntmachen, dir zeigen, wie der Arbeitsalltag eines Reporters aussieht.“

Von diesem Moment an war alles anders. Das Verhör war beendet. Sie fingen an, ganz unbefangen miteinander zu plaudern, lachten, scherzten und spielten einfach nur Karten.

Gegen Mitternacht klingelte das Telefon. David rief aus Colorado an, wo er mit seinen Eltern zum Skilaufen war, und Lauren ging nach oben in ihr Zimmer, um ungestört mit ihm sprechen zu können.

Conlan wandte sich Angie zu. Sie hatte das Gefühl, dass er sie zum ersten Mal an diesem Abend wirklich anschaute.

„Warum bist du gekommen?“, fragte sie.

„Es ist Weihnachten. Ich wollte bei dir sein.“

Am liebsten hätte Angie die Arme nach ihm ausgestreckt und ihn geküsst, aber sie ließ es sein. „Gewohnheit ist nicht genug“, flüsterte sie.

„Nein.“

„Könnte es ein Neuanfang sein?“

Bevor er antworten konnte, kam Lauren strahlend ins Zimmer zurück. „Er hat Sehnsucht nach mir“, erzählte sie, setzte sich auf ihren Stuhl und rutschte an den Tisch heran. Sofort ging das Kartenspielen weiter.

Als Lauren schließlich erklärte, sie sei müde und wolle ins Bett, war es bereits halb zwei. „Gute Nacht“, sagte sie und lief auf Angie zu, um sie zu umarmen. „Frohes Fest“, flüsterte sie. „Das war der schönste Heiligabend meines Lebens.“ Dann lächelte sie Conlan kurz zu und ließ die beiden allein.

Angie lehnte sich zurück.

„Wie willst du eigentlich ihre Schwangerschaft durchstehen?“, fragte Conlan leise. „Wie wirst du es ertragen, die Bewegungen des Babys zu fühlen und mit ihr die ersten Strampler für das Kind zu kaufen?“

„Das wird sicher schlimm. Aber nicht für sie da zu sein wäre noch schlimmer.“

„Im Hoffen warst du schon immer groß, Angie. Das ist einer der Gründe, warum wir gescheitert sind. Du kannst nicht aufgeben.“

„Die Hoffnung war alles, was ich hatte.“

„Nein. Du hattest mich.“

Sie nickte, denn sie wusste, dass er damit Recht hatte. „Ich liebe dich, Conlan. Ist das genug für heute Abend? Alkoholiker gehen immer einen Tag nach dem anderen an. Vielleicht können wir es genauso machen.“

Er legte eine Hand an ihren Nacken, zog sie an sich und küsste sie. Dieser Kuss war alles, was sie ersehnt hatte. Dann hob er sie auf seine Arme und trug sie die Treppe hinauf.

ALS ANGIE am nächsten Morgen erwachte, rollte sie sich auf die Seite und kuschelte sich an Conlan. „Frohe Weihnachten“, wisperte sie und strich mit der Hand zärtlich über seine Brust.

Blinzelnd schlug er die Augen auf. „Frohe Weihnachten.“

Eine kleine Ewigkeit sah sie ihn nur an und empfand ein so intensives, bittersüßes Verlangen, dass es fast schmerzte. Sie küsste ihn, und in diesem Kuss lag alles: die guten Zeiten, die schlechten und alles dazwischen. „Liebe mich“, flüsterte sie.

„Ich habe versucht, dich nicht zu lieben. Ohne Erfolg“, sagte er und zog sie in seine Arme.

Sehr viel später, als Angie wieder ruhiger atmen konnte, stand sie auf und suchte nach ihrem Morgenmantel. „Kommst du eigentlich mit zu Mama?“

Er grinste. „Das würde die Gerüchteküche mit Sicherheit zum Kochen bringen.“

„Bitte.“

„Wo sollte ich denn sonst den Weihnachtstag verbringen?“

Angie lachte. Sie fühlte sich großartig. „Zieh dich an, sonst kommen wir noch zu spät!“ Rasch schlüpfte sie in ihren Morgenrock und lief über den Flur zu Laurens Zimmer.

Lauren schlief noch tief und fest.

Angie setzte sich zu ihr aufs Bett. „Aufwachen, Lauren“, sagte sie und strich ihr eine Haarsträhne aus der Stirn.

Langsam öffneten sich Laurens Augen. „Guten Morgen“, murmelte sie.

„Aus den Federn, du Schlafmütze! Es ist Weihnachten!“

„Oh. Ach ja.“ Sie machte die Augen wieder zu.

Angie runzelte die Stirn. Welches amerikanische Kind sprang nicht am Weihnachtsmorgen wie gestochen aus dem Bett?! Aber Lauren war eben ein Kind, für das es nie ein richtiges Weihnachten gegeben hatte. „Komm, Schätzchen. In einer Viertelstunde müssen wir bei meiner Mutter sein. In unserer Familie ist früh Bescherung.“

Lauren schlug die Decke zurück und rannte ins Bad.

Angie ging wieder ins Schlafzimmer. Conlan stand am Fenster. Er hielt eine kleine, silbern verpackte Schachtel in der Hand.

„Du hast ein Geschenk für mich?“

Er überreichte ihr sein Präsent. „Es ist nur eine Kleinigkeit.“

Angie entfernte das Silberpapier und öffnete die Schachtel. Vor ihr lag ein Engel aus feinem Kristallglas mit unglaublich filigranen Flügeln.

„Den habe ich mitgebracht, als ich im November in Russland war.“

Angie starrte auf den wunderschönen Engel. „Den hast du schon im November gekauft?“

„Du hast mir gefehlt“, sagte er leise.

Angie ging zur Kommode. Als sie sich wieder zu Conlan umdrehte, hielt sie ein kleines Samtetui in der Hand. „Ich habe auch etwas für dich“, sagte sie.

Sie wussten beide, was es war. Er nahm ihr das Etui ab und ließ den Deckel aufspringen.

Ihr Trauring. Der Diamant funkelte auf dem dunkelblauen Samt. Sie fragte sich, ob er wie sie an den Tag zurückdachte, an dem sie ihn ausgesucht hatten. Zwei junge Liebende, die Hand in Hand von einem Geschäft zum nächsten gelaufen waren und ganz fest daran geglaubt hatten, dass ihre Liebe für immer Bestand haben würde.

„Du gibst ihn mir zurück?“

Angie lächelte. „Vielleicht weißt du irgendwann etwas damit anzufangen.“

LAUREN trat durch die Tür von Angies Elternhaus und fand sich in einem richtigen Märchenland wieder. Alle Tische und Fensterbretter waren dekoriert. Sie entdeckte winzige Rentiere aus Glas, Porzellanschneemänner und Schlitten voll vielfarbiger Kugeln. Der Baum reichte fast bis zur Decke und war so dicht behängt, dass man kaum noch die Äste sehen konnte. Auf seiner Spitze glitzerte ein herrlicher weißer Stern.

Sie brauchten fast eine halbe Stunde, um das Wohnzimmer zu durchqueren. Jeder, der Conlan sah, sprang kreischend von seinem Sitz auf und stürmte auf ihn los. Das Ganze glich dem Auftritt eines Rockstars. Lauren klammerte sich an Angies Hand. An der Küchentür blieben sie stehen.

Maria DeSaria stach Plätzchen aus einem grünlichen Teig aus, während Mira Karottenstreifen und Oliven auf einem Kristalltablett anordnete. Livvy goss eine cremeweiße Flüssigkeit in eine Pastetenform.

„Jetzt wohnst du gerade mal vier Kilometer entfernt und kommst immer noch zu spät!“, schimpfte Maria.

Conlan betrat die Küche. „Das ist meine Schuld, Maria. Ich habe Angie gestern Abend davon abgehalten, rechtzeitig ins Bett zu gehen.“

Die Frauen schrien unisono auf, warfen die Arme in die Luft und rannten auf Conlan zu, um ihn zu küssen und zu umarmen.

„Sie lieben ihn einfach“, sagte Angie zu Lauren und trat schnell zur Seite, um von ihren Schwestern nicht umgerissen zu werden.

Nachdem sie Conlan genug geherzt und geküsst hatten, wandten sich die Frauen wieder der Kocherei zu, bis schließlich die Kinder in die Küche gelaufen kamen und darum bettelten, endlich die Geschenke auspacken zu dürfen.

„Also gut.“ Maria wischte sich Mehl von den Händen. „Es ist Zeit!“

Im Wohnzimmer war jede Fläche genutzt, auf der man sitzen konnte: Sessel, Stühle, Sofa, Fußschemel, Boden. Die Kinder scharten sich um den Baum, lasen die Namen auf den Geschenken vor und verteilten sie an die Anwesenden. Lauren setzte sich neben Angie auf den Kaminvorleger. Die kleine Dani kam zu ihr und streckte ihr ein Geschenk entgegen.

Lauren wusste nicht, was sie sagen sollte. „Danke", flüsterte sie und deponierte das Paket vorsichtig auf ihrem Schoß. Dann wurde ihr ein weiteres Päckchen überreicht und noch eins. Noch nie hatte Lauren so viele Geschenke bekommen. Sie sah Angie an. „Aber ich habe doch gar nichts für ..."

„Das hier ist kein Wettkampfsport, Schätzchen. Meine Familie hat eben bei ihren Weihnachtseinkäufen auch an dich gedacht. Ganz einfach."

„Das war's, Nanna!", rief eins der Kinder. Wie auf Kommando begannen alle ihre Geschenke auszupacken. Papier raschelte wie trockenes Laub im Herbst. Jubelnd und lachend sprangen Erwachsene und Kinder aufeinander zu, um sich zu umarmen und sich zu bedanken.

Lauren griff nach einem ihrer Geschenke. Es war von Mira, Vince und ihren Kindern. Vorsichtig löste sie Klebestreifen um Klebestreifen und faltete das Papier ganz behutsam auseinander. Sie hob den Deckel des weißen Kartons und entdeckte eine hübsche, handbestickte Folklorebluse.

Das nächste Päckchen enthielt ein silbernes Kettenarmband von Livvy und ihrer Familie. Angies Mutter hatte ihr ein Kochbuch geschenkt. Ihr letztes Präsent war ein wunderbares ledergebundenes Tagebuch von Angie. *Für meine liebe Lauren,* lautete die Widmung, *das jüngste Mitglied unserer Familie. Willkommen. In Liebe, Angie.*

Angie neben ihr holte scharf Luft. „Oooh!" Sie hatte Laurens Geschenk geöffnet. Es war ein Holzrahmen, vierzig mal fünfzig Zentimeter mit einem Passepartout, in dem unterschiedlich große Fotos Platz fanden: Schwarz-Weiß-Aufnahmen, die Lauren aus dem Kistchen ausgewählt hatte.

Mit dem Zeigefinger strich Angie über ein Foto. Darauf trug sie eine geblümte Schlaghose und einen Pullover mit V-Ausschnitt und bunten Querstreifen. Sie saß auf dem Schoß ihres Vaters und erzählte ihm offensichtlich eine lustige Geschichte, denn er lachte über das ganze Gesicht.

„Wo hast du die Fotos gefunden?", fragte Angie.

„Es sind Abzüge. Die Originale sind noch in dem Kistchen unter meinem Bett."

Im Zimmer wurde es langsam immer stiller. Als Erste stand Maria DeSaria auf und durchquerte den Raum. Sie ging vor Angie in die Hocke und betrachtete die Bilder. „Das ist unser Ausflug in den Yellowstone-Park ...

und unsere Silberhochzeit. Ich dachte, die Fotos hätten wir irgendwann verloren."

„Nein, haben wir nicht …"

Maria DeSaria umarmte Lauren herzlich und drückte sie fest an sich. „Danke." Als sie die Arme wieder sinken ließ, lächelte sie, obwohl ihr Tränen über die Wangen liefen. „Das ist, als wäre mein Tony wiedergekommen, um mit uns Weihnachten zu feiern. Ein besseres Geschenk gibt es nicht. Und morgen bringst du mir auch noch die anderen Fotos, ja?"

„Gern." Lauren lächelte glücklich.

Ein Weihnachtsessen bei der Familie DeSaria war immer schon eine sehr laute, fröhliche Veranstaltung gewesen, aber Angie hatte erwartet, dass das erste Weihnachtsfest ohne ihren Vater ein etwas ruhigeres, melancholisches Fest werden würde. Doch Laurens Geschenk hatte die Stimmung verändert. Anstatt den Erinnerungen auszuweichen, tauschten sie sie nun aus. Es wurde erzählt und immer wieder herzlich gelacht.

Angie schaute hinüber zu Lauren, die sich gerade angeregt mit Mira unterhielt.

„Sie ist wirklich ein ganz besonderes Mädchen", sagte Conlan links neben ihr mit gedämpfter Stimme.

„Ja, das finde ich auch."

„Ich mache mir Sorgen, Angie. Wenn sie wieder geht …"

„Ich weiß." Sie stupste ihn mit der Schulter an. „Aber soll ich dir was sagen, Conlan? Mein Herz ist groß genug, da macht es nichts, wenn ich hin und wieder ein Stück davon verliere."

Er lächelte. „Hoffentlich." Er wollte noch etwas hinzufügen, aber in dem Moment schlug jemand mit einer Gabel gegen sein Glas. Livvy und Salvatore waren aufgestanden. Als alle still waren und sie anschauten, legte Salvatore seinen Arm um Livvy. „Wir möchten euch mitteilen, dass es nächstes Weihnachten ein neues Baby in unserer Familie gibt."

Niemand sagte ein Wort.

Livvy sah Angie an, und langsam füllten sich ihre Augen mit Tränen. Angie wartete darauf, dass der bekannte, dumpfe Schmerz einsetzte. Unter dem Tisch spürte sie Conlans Hand ganz fest auf ihrem Oberschenkel. Bleib ruhig, Angie, dachte sie. Es überraschte sie selbst, als sie merkte, dass sie tatsächlich ruhig war.

Lächelnd erhob sie sich, ging um den Tisch herum und umarmte ihre Schwester. „Ich freue mich für euch. Sehr sogar."

Erleichtert sah Livvy sie an. „Im Ernst? Ich hatte solche Angst, es dir zu sagen."

Angie lächelte immer noch. Ganz unberührt ließ Livvys Neuigkeit sie nicht, aber es tat nicht mehr so weh wie früher. „Im Ernst."

Überall am Tisch setzten die Gespräche wieder ein, und Angie kehrte zu ihrem Stuhl zurück.

Conlan beugte sich ganz nah zu ihr hinüber. „Ist wirklich alles in Ordnung?", flüsterte er.

„Ja", sagte sie und lächelte ihn an. „Es ist wirklich alles in Ordnung."

Lange sah er sie schweigend an, dann flüsterte er: „Ich liebe dich, Angela Malone."

„WIE SPÄT ist es?", fragte Lauren und blickte von ihrer Zeitschrift auf.

„Zehn Minuten später als bei deiner letzten Frage", erwiderte Angie. „Keine Angst, er kommt schon."

Lauren warf das Magazin auf den Boden. Sie ging zum Wohnzimmerfenster und sah hinaus. Langsam senkte sich die Dunkelheit über das Meer. Die Brandung war kaum mehr sichtbar, man konnte nur noch einen schmalen silbernen Streifen am nachtschwarzen Strand erkennen. Mit dem Januar war ein scharfer Ostwind gekommen.

Es klingelte.

„Das ist er!" Lauren rannte zur Tür und riss sie auf. In Lederjacke und Jeans und mit einem Strauß roter Rosen in der Hand stand David vor ihr.

Sie warf sich ihm in die Arme. „Du hast mir so gefehlt!"

„Du mir auch."

Sie griff nach seiner Hand und zog ihn ins Haus. „Hey, Angie! Das ist David! Ihr habt euch ja schon mal gesehen, oder?"

Angie kam ihnen entgegen, und Lauren war richtig stolz, weil sie so schick aussah in ihrer schwarzen Hose und dem schwarzen Pullover, mit ihren langen, dunklen Haaren und dem strahlenden Lächeln. „Wie schön, dich zu sehen, David! Hattest du ein schönes Weihnachtsfest?"

Er zog Lauren an sich. „Es war ganz nett. Aspen ist große Klasse, wenn man Pelz trägt und Martinis schlürft, aber das ist nicht so richtig mein Ding. Lauren hat mir schrecklich gefehlt."

Angie lächelte. „Das glaube ich gern. So oft, wie du angerufen hast! Lauren, bist du bitte so gegen Mitternacht wieder zu Hause?"

Lauren grinste. Vermutlich war sie das einzige Mädchen auf der Welt, das sich darüber freute, dass es zu einer bestimmten Zeit zu Hause sein musste.

David sah Lauren an. „Was wollen wir unternehmen? Ins Kino gehen?“

Ihr war es eigentlich egal. Sie wollte nur eins: mit ihm zusammen sein. „Vielleicht könnten wir einfach hierbleiben und Karten spielen. Oder Musik hören.“

Unsicher runzelte David die Stirn.

„Ich habe oben zu arbeiten“, sagte Angie schnell. „Ihr könnt euch aus dem Kühlschrank etwas nehmen. Du weißt, wo die Popcornmaschine steht, Lauren.“ Sie sah David mit gespielter Strenge an. „Ab und an werde ich allerdings hier unten auftauchen.“

Lauren lachte. „Okay“, sagte sie.

Angie nickte ihnen kurz zu und ging die Treppe hinauf.

Als sie allein waren, stellte Lauren die Rosen in eine Vase. Dann holte sie eine kleine Schachtel aus der Küche und gab sie David. „Dein Weihnachtsgeschenk.“

Sie ließen sich auf der Couch nieder und kuschelten sich eng aneinander. „Nun mach schon auf!“, sagte Lauren ungeduldig.

Er öffnete die Verpackung. In der Schachtel lag eine kleine goldene Medaille, auf der der heilige Christophorus abgebildet war.

Sie sah ihn unsicher an. „Das ist der heilige Christophorus“, sagte sie, „du weißt schon, der Schutzpatron der Reisenden. Die Medaille soll dich beschützen, wenn wir nicht zusammen sind.“

„Vielleicht bekommst du ja ein Stipendium für Stanford.“ Doch er hörte sich nicht überzeugt an.

„Ist schon gut“, murmelte Lauren. „Unsere Liebe hält das aus.“

Er sah sie an, griff in seine Tasche und zog langsam ein Päckchen hervor. Sie nahm das Geschenk entgegen und packte es aus. In der Schachtel lag ein Paar Diamantohrringe, zwei kleine Herzen an feinen Weißgoldfäden. „Sie sind wunderschön“, hauchte sie. „Ich hätte nie gedacht, dass ich einmal Diamantohrringe besitzen würde.“

„Eigentlich wollte ich dir einen Verlobungsring kaufen.“

„Die Ohrringe sind wunderschön. Wirklich.“

„Aber meine Eltern finden, dass wir noch nicht heiraten sollten.“

Ihr war plötzlich leicht schwindelig. „Und was meinst du dazu?“

„Ich weiß nicht. Erinnerst du dich, dass mein Vater mit einem Anwalt reden wollte? Er sagte, dass es Leute gibt, die das Baby gern hätten, die es lieben würden wie ihr eigenes Kind.“

„*Unser* Baby“, flüsterte Lauren.

„Ich kann einfach noch nicht Vater werden.“ Er sah so unendlich traurig und verzweifelt aus, dass sie am liebsten in Tränen ausgebrochen wäre. „Ich meine, ich werde Vater, das weiß ich, aber …"

Sanft strich sie mit den Fingerspitzen über Davids Wange und fragte sich, wie lange der Schmerz ihrer Enttäuschung wohl nachwirken würde. Und zum ersten Mal wurde ihr klar, dass es das Ende ihrer Liebe bedeuten konnte.

Zu gern hätte sie ihm gesagt, dass alles gut werden würde, dass sie dem Rat seiner Eltern folgen würde, damit sie all ihre lang gehegten Zukunftspläne verwirklichen konnten. Aber sie wusste nicht, ob sie es tatsächlich schaffte, das Kind fortzugeben.

Sie sah ihn an. Im Schein des Kaminfeuers sah sie die Tränen in seinen Augen. „Ich möchte, dass du mit dem Studium in Stanford anfängst und das alles hier vergisst."

„Bitte sprich mit dem Anwalt. Vielleicht findet er irgendeine Lösung." Seine Stimme brach.

Lauren seufzte. „Okay."

„Lauren", sagte Angie kopfschüttelnd, als sie ins Wohnzimmer kam. „Hörst du die Zeituhr am Herd nicht?"

„Doch, sie piept", erwiderte Lauren, zog die Knie bis ans Kinn und blieb vor dem Kamin auf dem Fußboden sitzen.

Angie kniete sich neben sie. „Was ist nur mit dir los? Du verkriechst dich ja förmlich hier im Haus. Gestern bist du schon um sieben ins Bett gegangen. Ich habe gedacht, dass du mit mir sprichst, aber …"

„Ich muss noch mein Zimmer aufräumen." Lauren wollte aufstehen.

Doch Angie hielt sie zurück. „Unsinn, Schätzchen. Dein Zimmer könnte nicht sauberer sein. Was ist los?"

„Ich möchte nicht mit dir darüber sprechen."

Angie seufzte. „Also geht es um das Baby. Ich bin nicht mehr so labil, ich kann es vertragen."

„Deine Schwestern sagen etwas anderes."

„Meine Schwestern reden zu viel."

Lauren sah Angie an. „Wie bist du eigentlich damit fertig geworden?", fragte sie. „Als du Sophia verloren hast, meine ich."

„Wow, so direkt hat mich das noch niemand gefragt." Angie setzte sich neben Lauren und legte ihr einen Arm um die Schultern. Starr blickten sie in die knisternden Flammen. „Du willst wissen, wie man mit einem gebrochenen Herzen weiterleben kann", stellte sie nach einer Weile fest.

„Ja, ich glaube, das möchte ich wissen."

„Ich hielt sie in den Armen – habe ich dir das eigentlich jemals erzählt? Sie war unglaublich klein und ganz blau. Und so hilflos." Mit einem schweren Seufzer holte sie Luft. „Als sie gestorben war, konnte ich gar nicht mehr aufhören zu weinen. Sie fehlte mir so sehr, und ich konnte sie einfach nicht vergessen. Schließlich drehte sich alles nur noch um meine Trauer, sie fraß mich förmlich auf. Dann hat Conlan mich verlassen, ich kam nach West End zurück, und dann ist etwas ganz Erstaunliches passiert."

„Was denn?"

„Eine schöne, gescheite junge Frau trat in mein Leben und zeigte mir, dass es noch etwas anderes in der Welt gibt außer meiner Trauer. Ich erkannte, dass mein Papa Recht hatte, wenn er immer sagte: ‚Die Zeit heilt alle Wunden, Angie.' Auch ein gebrochenes Herz heilt. Irgendwann stellt man fest, dass man eine Stunde nicht an seinen Kummer gedacht hat, dann mal einen Tag …"

„Die Zeit heilt alle Wunden?"

„Du kannst dir das wahrscheinlich nur schwer vorstellen, aber es ist wirklich wahr."

„Vielleicht. Alle wollen, dass ich das Kind zur Adoption freigebe."

Dann gib mir das Baby, war Angies erster Gedanke, und sie schämte sich sofort dafür. Sie dachte kurz daran, wie sie das Kinderzimmer eingerichtet hatte, an ihre alten Träume, aber sie kämpfte gegen diese Gefühle an und schob sie weit genug zur Seite, um ganz ruhig fragen zu können: „Und was willst du, Lauren?"

„Das weiß ich nicht. Ich möchte Davids oder mein Leben nicht ruinieren. Aber ich kann auch nicht mein Baby weggeben." Sie sah Angie an. „Was soll ich bloß machen?"

Seufzend zog Angie sie in ihre Arme. Sie sagte nichts, aber eigentlich war klar, dass Lauren ihre Entscheidung längst getroffen hatte.

Elf

Endlich war der nasse, kalte Winter vorbei und der Frühling hielt Einzug in West End. Die Sonne hatte wieder die Kraft, die grauen Wolkenschichten zu durchbrechen, violette Krokusse fingen an zu blühen und zartes Grün überzog die Wiesenhänge. Dann entfalteten die Bäume ihre Blattknospen, und Narzissen schmückten die Straßenränder mit ihrem strahlenden Gelb.

Auch Lauren blühte auf. Inzwischen hatte sie fast fünfzehn Pfund zugelegt. Sie bewegte sich langsamer, und manchmal musste sie im Restaurant vor der Küchentür innehalten, um erst einmal Luft zu holen.

Im April begann sie, sich der entscheidenden Frage zu nähern: Und was jetzt?

David hatte ihr gerade – wieder einmal – die große Frage gestellt.

Eng umschlungen saßen sie auf der Couch. Im Kamin knisterte ein Feuer.

„Ich weiß es nicht", flüsterte Lauren. Sie konnte diese vier Wörter selbst nicht mehr hören.

„Meine Mutter hat in der letzten Woche mit dem Anwalt gesprochen. Er kennt mehrere Ehepaare, die es wahnsinnig gern nehmen würden."

„Nicht *es*, David. Unser Baby."

„Das weiß ich, Lauren. Glaub mir, ich weiß es." Er machte sich von ihr los und stand auf. „Was für Eltern wären wir denn? Was sollen wir tun, wenn wir das College aufgeben? Womit …"

„Du gehst nach Stanford. Unter allen Umständen."

„Ich soll also einfach verschwinden", sagte er tonlos.

Sie wollte ihm sagen, dass sich schon alles fügen würde, dass sie alles durchstehen würden, wenn sie sich nur liebten, aber im Moment fand sie einfach nicht die Worte, und die zarten Stöße in ihrem Bauch erinnerten sie daran, wie unterschiedlich die Situation für sie beide war.

Es klingelte an der Tür, und sie ging hin, um zu öffnen. Vor ihr stand der Postbote und streckte ihr ein paar Päckchen und Briefe entgegen. „Bitte, schönen Tag noch."

„Danke, ebenfalls." Lauren legte die Päckchen auf den Tisch und sah die Briefe durch. Einer war an sie adressiert.

„Von der USC", sagte sie und spürte, wie ihr Herz zu klopfen begann. Bei der Anspannung der letzten Wochen hatte sie kaum noch an ihre Bewerbungen gedacht.

David kam in die Diele. Er sah so nervös aus, wie sie sich fühlte. „Ich bin ganz sicher, dass sie dich nehmen", sagte er.

Lauren öffnete den Brief und las die Worte, von denen sie geträumt hatte. „Ich habe es geschafft", flüsterte sie. „Nie hätte ich …"

Er zog sie zu sich. „Erinnerst du dich an unser erstes Date? Nach dem Spiel gegen Aberdeen? Wir saßen am Strand neben dem gigantischen Lagerfeuer. Alle anderen rannten herum, tanzten und tranken, aber wir haben uns unterhalten. Du hast gesagt, dass du eines Tages den Pulitzerpreis bekommst, und ich habe dir geglaubt. Und jetzt bist du die Einzige, die nicht zu wissen scheint, wie toll du bist.“

„Was soll ich nur tun?“, wisperte sie.

„Das Stipendium annehmen natürlich“, erwiderte er.

Es war die einzig richtige Entscheidung, zumindest sagte ihr das ihr Kopf. Wie konnte sie ohne Ausbildung, ohne Zukunftsaussichten ein Kind aufziehen? Sie musste an ihre Mutter denken, die den ganzen Tag Haare schnitt und die halbe Nacht trank und an dunklen Orten nach Liebe suchte. Lauren wollte studieren, das war schon immer ihr Ziel gewesen. „Der Anwalt hat also Ehepaare gefunden, die gut für unser Baby sorgen würden?“

„Ja.“

„Können wir uns mit ihnen treffen? Können wir sie selbst auswählen?“

Strahlend sah er sie an und verwandelte sich wieder in den Jungen, in den sie sich verliebt hatte. Er zog sie so fest an sich, dass sie kaum Luft bekam, und küsste sie, bis ihr ganz schwindlig wurde. „Ich liebe dich, Lauren.“

Seine Begeisterung irritierte sie, machte sie zornig. „Du kriegst auch immer, was du willst, oder?“

Er wurde ernst. „Was meinst du damit?“

„Du hast doch von Anfang an gewollt, dass ich es loswerde.“

„Glaubst du etwa, ich will mir meine ganze Zukunft verbauen?“

„Ach, und ich will es? Du Mistkerl!“ Sie stieß ihn von sich.

Er schien in sich zusammenzusacken. Es kam ihr fast so vor, als würde er vor ihren Augen schrumpfen. Sie standen sich gegenüber und starrten sich an. Schließlich bewegte sich David auf sie zu. „Tut mir leid. Wirklich.“

„Die ganze Sache bringt uns noch auseinander“, sagte sie.

Er griff nach ihrer Hand und zog sie zur Couch zurück. „Lass uns nicht mehr streiten, sondern in Ruhe darüber sprechen“, sagte er leise. „Über alles.“

Der flache, garagenähnliche Bau war einer von Dutzenden. Angie schob den Schlüssel ins Schloss ihres Lagerraumes und drehte ihn um. Die Metalltür ratterte in die Höhe. Angie machte Licht. Eine nackte Glühbirne beleuchtete Stapel von Kisten und Kartons und mit Decken verhüllte Möbel.

Die Überbleibsel ihrer Ehe. Da war das Bett, in dem Conlan und sie so viele Jahre geschlafen hatten. Der Schreibtisch, an dem sie während ihres Studiums gesessen hatte. Die große Couchgarnitur, die gekauft worden war, weil eine ganze Familie darauf liegen und fernsehen konnte.

Aber wegen all dieser Dinge war sie nicht hergekommen, sondern wegen Lauren. Angie hob einen Karton nach dem anderen herunter, um die

Beschriftungen zu lesen, und fand schließlich, wonach sie gesucht hatte: drei Pappkartons mit der Aufschrift „Kinderzimmer".

Sie kniete sich auf den kalten Zementboden und öffnete die erste Kiste. Auf einem Stapel rosa Flanellbettwäsche lag die Pu-der-Bär-Lampe. Wie kleine Kostbarkeiten ihres Lebens, die sie irgendwann verloren, aber niemals vergessen hatte, lagen die Sachen da. Angie hob einen weißen Strampelanzug hoch und hielt ihn sich an die Nase, aber er roch nur leicht nach Karton. Weder nach Babypuder noch nach Johnson's Shampoo.

Natürlich nicht. Kein Baby hatte ihn je getragen oder war im gedämpften Schein der Pu-der-Bär-Lampe eingeschlafen. Sie schloss die Augen und dachte an den Abend, an dem sie das alles verpackt hatte.

Und sah im Geiste ein kleines, schwarzhaariges Mädchen mit den blauen Augen seines Vaters. „Pass gut auf unser Kind auf, Papa", wisperte Angie und stand wieder auf.

Es war Zeit, dass die Dinge aus diesem dunklen Schuppen kamen. Sie waren dazu da, dass ein Kind sie trug, mit ihnen spielte. Nacheinander trug Angie die Kartons zu ihrem Wagen und spürte, wie gut es ihr tat. Jahrelang hatte sie sich vor diesem Tag gefürchtet, dem Tag, an dem sie sich von den Babysachen trennte. Aber sie wusste jetzt, dass sie in der Vergangenheit feststeckte, wenn sie die Dinge weiterhin aufbewahrte.

Sie wünschte, Conlan könnte sie jetzt sehen, und drückte auf die Schnellauswahl des am Armaturenbrett befestigten Mobiltelefons.

„Tag, Angie! Bist du in Seattle?", tönte es kurz darauf aus dem kleinen Lautsprecher.

„Nein, auf dem Weg nach West End."

„Du fährst in die falsche Richtung."

Sie lachte. „Rate mal, was in meinem Kofferraum ist."

„Keine Ahnung."

Angie kam sich vor wie ein Alkoholiker, der endlich bereit ist, über seine Sucht zu sprechen. „Die Babysachen."

Er schwieg. „Und wieso?"

„Ich habe alles aus dem Lagerschuppen geholt. Lauren wird es brauchen."

Angie wusste, dass Conlan auch hörte, was sie nicht laut aussprach. *Und wir nicht.*

„Und wie fühlst du dich?"

„Ich fühle mich gut, Conlan, irgendwie befreit."

„Ich bin stolz auf dich, Angie. Lass uns das morgen feiern."

„Ja, sehr gern."

Angie beendete das Gespräch und lächelte noch immer, als sie West End durchquerte und schließlich vor ihrem Haus parkte. Sie stieg aus und rannte ins Haus. „Lauren!"

Niemand antwortete. Im Kamin knisterte ein Feuer.

Nach einer Weile, die ihr wie eine Ewigkeit erschien, kam ein klägliches „Hier sind wir".

Lauren saß auf der Couch. Ihre Augen waren rot und verquollen. Neben ihr saß David und hielt ihre Hand.

Lauren nahm einen Brief vom Tisch und streckte ihn Angie entgegen.

> Sehr geehrte Miss Ribido,
> wir würden uns freuen, Sie als Studentin an der University of Southern California begrüßen zu können … Studium und Unterkunft kostenlos … um Antwort bis zum …

„Ich wusste immer, dass du es schaffst", sagte Angie leise. „Ich bin sehr stolz auf dich."

„Das verändert vieles", sagte Lauren leise.

„Man kann auch mit einem Kind studieren."

„Mit einem zwei Monate alten Baby?" Laurens Stimme hallte nach und verklang, als würde sie die Worte in einen Brunnenschacht werfen.

„Das ist natürlich ein Problem. Aber du bist ja ein starkes, kluges Mädchen …"

„Ein kluges Mädchen hätte das alles anders geregelt." Lauren versuchte zu lächeln und sah David an, der ihr ermutigend zunickte.

Einen Moment lang sprach niemand ein Wort, die beiden saßen einfach nur da und sahen sie an. Ein kalter Schauer überlief Angies Rücken.

Dann sagte Lauren: „Nimm unser Baby, Angie."

„Nein", flüsterte Angie heiser und spürte, dass sie kaum noch Luft bekam.

„Bitte. Wir möchten, dass du unser Kind adoptierst. Es ist der einzige Ausweg."

Angie schloss die Augen. Sie hatte ihn hinter sich gelassen, diesen Traum. Für immer. Sie durfte nicht einmal daran denken, wie es wäre, ein Kind in den Armen zu halten.

Und dennoch. Wie konnte sie dem Ganzen einfach den Rücken zukehren?

Sie öffnete die Augen wieder.

Ein Baby …

Lauren starrte sie an. „Bitte“, flüsterte sie und begann zu schluchzen.

Angie wusste ganz genau, dass sie Lauren dieses Versprechen auf keinen Fall geben konnte, aber sie hatte keine Ahnung, wie sie es ablehnen sollte. Sie konnte nicht Nein sagen, nicht zu Lauren und nicht zu sich selbst. Aber tief im Innern wusste sie, dass sie das Falsche tat, als sie leise ihre Antwort gab. „Ja.“

„Mit dir stimmt heute doch etwas nicht“, stellte Maria DeSaria fest und musterte Angie argwöhnisch durch ihre Brillengläser.

Ihre Tochter wandte den Blick ab. „Unsinn. Mir geht es gut.“

„Ach ja? Jerrie Carl musste dich dreimal nach einem freien Tisch fragen, bevor du ihr überhaupt geantwortet hast.“

„Und als Mister Costanza um mehr Rotwein bat, hast du ihm die Flasche entgegengestreckt“, sagte Mira.

Angie hätte nicht in die Küche kommen dürfen. Schließlich wusste sie, über was für Sensoren Mira und ihre Mutter verfügten – wie Hyänen, und jetzt hatten sie Witterung aufgenommen.

„Mir geht es gut“, wiederholte sie, drehte sich um und verließ die Küche.

Im Gastraum bemühte sie sich, ganz normal zu wirken. Sie tat alles, was sie sonst auch tat, lächelte, sprach mit den Gästen, brachte Wein, aber sie war nicht bei der Sache. Seit vierundzwanzig Stunden hielt sie einen Deckel über ihre Gefühle, den sie nicht zu lüften wagte. Sie wollte nicht über die Abmachung nachdenken, die Lauren und sie getroffen hatten, denn sie sah einen Weg vor sich, der nur mit Verletzungen und Schmerz enden konnte. Angie kam es vor, als hätte sie sich in einen kleinen, dunklen Raum eingeschlossen, aus dem es keinen Ausweg gab.

Wie sollte es weitergehen? Das war die Frage, die sie die ganze Nacht wach gehalten hatte. Etwas in ihr wollte sich auf das Baby freuen, mit einer Intensität, die ihr Angst machte, doch gleichzeitig ahnte sie, dass Lauren am Ende nicht imstande sein würde, sich wirklich von ihrem Kind zu trennen. Das hieß für Angie, dass sie entweder Lauren und das Kind haben konnte oder im schlimmsten Fall beide verlieren würde.

„Angie?“

Erschrocken fuhr sie herum. Hinter ihr stand Conlan mit einem Strauß pinkfarbener Rosen.

Sie hatte ihre Verabredung vergessen! Sofort zauberte sie ein Lächeln auf ihr Gesicht, aber es fiel wenig überzeugend aus. „Du kommst früh“, sagte sie.

Er runzelte die Stirn. „Höchstens zwei, drei Minuten. Ist alles in Ordnung?"

„Natürlich. Warte, ich hole nur meinen Mantel und sag noch eben Gute Nacht." Sie lief in die Küche.

„Conlan ist da. Kann ich vielleicht heute ein bisschen früher gehen?"

Ihre Mutter und Schwester tauschten wissende Blicke aus. „Also das war es", meinte Maria DeSaria. „Du hast an Conlan gedacht."

„Ich bringe Lauren nach Hause", versprach Mira. „Viel Spaß."

Spaß? Angie ging zu Conlan zurück. „Und? Wohin soll's gehen?" Sie griff nach den Rosen.

„Wart's ab." Conlan führte sie zu seinem Wagen und hielt ihr galant die Tür auf. Wenig später verließen sie West End und fuhren Richtung Süden. Angie blickte aus dem Fenster.

„Ist es wegen der Babysachen? Bist du deshalb so schweigsam?" Da war sie wieder, diese Vorsicht in Conlans Stimme.

„Nein. Das war okay gestern. Ich habe die Kartons für Lauren ins Cottage gebracht."

Nimm unser Baby, Angie.

„Bei deinem Anruf hast du sehr optimistisch geklungen", sagte er wachsam.

„So habe ich mich auch gefühlt." Sie hoffte, dass ihre Stimme nicht wehmütig klang. In der Zwischenzeit war viel passiert.

„Wir sind da." Conlan bog auf einen Parkplatz ein.

Angie spähte durch die Windschutzscheibe und entdeckte eine sehr schöne Backsteinvilla inmitten hoher Kiefern und üppiger Rhododendronbüsche. WILLKOMMEN IM SHELDRAKE INN, stand auf einem Schild. Zum ersten Mal an diesem Abend lächelte sie Conlan wirklich an. „Offenbar geht es um mehr als ein Date."

Er grinste. „Du wohnst jetzt nicht mehr allein. Da muss man ein bisschen planen."

Angie stieg aus und folgte Conlan in das Gästehaus.

„Mr und Mrs Malone", sagte der Mann am Empfang. „Herzlich willkommen!"

Conlan füllte die Anmeldung aus, überreichte seine Kreditkarte und zog sie die Treppe hinauf in eine wunderschöne Zweizimmersuite mit einem geradezu magischen Ausblick auf die mondbeschienene Küste.

„Angie?"

Langsam drehte sie sich zu ihm um. Wie sollte sie es ihm nur beibringen?

„Komm her.“

Er nahm sie in die Arme, so fest, dass ihr fast schwindlig wurde.

Sie musste es ihm sagen.

Sofort.

Wenn es für sie eine gemeinsame Zukunft geben sollte, musste sie jetzt offen sein. „Conlan …“

Er küsste sie unendlich zärtlich und sah sie dann an. Angie hatte das Gefühl, im Blau seiner Augen zu ertrinken.

„Als wir gestern telefonierten, konnte ich kaum glauben, dass du die Sachen weggeben willst. Jetzt sehe ich dich an und kann wieder frei atmen. Vermutlich ist mir erst gestern klar geworden, wie lange sich das alles in mir angestaut hat.“

„Oh, Conlan! Wir müssen …“

Ganz langsam fiel er vor ihr auf die Knie und streckte Angie ihren Trauring entgegen. „Ich weiß jetzt, was ich mit dem Ring soll“, sagte er. „Heirate mich noch einmal, Angie.“

Auch Angie ging in die Knie, aber es war mehr ein Zusammensacken. „Ich liebe dich, Conlan. Vergiss das nicht. Mehr als alle Regentropfen, die auf die Erde fallen, wie mein Vater immer sagte.“

Er runzelte die Stirn. „Eigentlich hatte ich mit einem schlichten Ja gerechnet.“

„Ich möchte dir auch ein schlichtes Ja geben, aber erst muss ich dir noch dringend etwas mitteilen. Vielleicht änderst du dann deine Meinung.“ Angie holte tief Luft. „Als ich dich gestern anrief, war ich richtig froh. Ich konnte gar nicht schnell genug nach Hause zu Lauren kommen und ihr die ganzen Sachen geben.“ Sie stand auf, ging zum Fenster und blickte auf die Brandung hinaus. „Aber als ich dort ankam, saß sie mit David im Wohnzimmer. Sie hatte geweint.“

Conlan erhob sich. „Und?“

„Die University of Southern California bietet ihr ein Stipendium an. In zwei, drei Jahren könnte sie es vielleicht packen, aber mit einem zwei Monate alten Baby? Auf keinen Fall kann sie gleichzeitig studieren, arbeiten und ein Kind aufziehen.“

„Und?“ Conlans Stimme hörte sich heiser an.

„Sie will das Baby zur Adoption freigeben, weil sie glaubt, das wäre das Beste für das Kind.“

„Wahrscheinlich mit Recht. Sie ist noch sehr jung.“ Er trat hinter Angie, berührte sie aber nicht.

„Und dann hat sie zu mir gesagt: ‚Nimm unser Baby, Angie.‘ Einfach so.“ Angie hörte, wie er tief Luft holte. „Sie sagte das ohne jede Vorwarnung. Ich war völlig überrumpelt.“

„Und du hast Ja gesagt.“ Seine Stimme hörte sich dumpf an.

Sie drehte sich zu ihm um. „Blieb mir denn eine Wahl? Ich mag Lauren so sehr. Vielleicht hätte ich sie nicht in mein Leben lassen dürfen. Nein. Das stimmt nicht. Ich bin so froh, dass sie in mein Leben getreten ist. Durch sie habe ich zu mir zurückgefunden. Und zu dir.“ Sie legte ihre Arme um seinen Hals. „Und wenn uns nun Sophia darum gebeten hätte?“

„Sie ist nicht Sophia.“ Angie merkte, wie weh es ihm tat, das auszusprechen.

„Aber eine verängstigte Siebzehnjährige, die einen Menschen braucht, der sie gern hat und sich um sie kümmert. Wie konnte ich da Nein sagen? Ihr sagen, sie soll das Kind Fremden geben, obwohl es mich gibt? Obwohl es uns gibt?“

„Verdammt, Angie!“ Conlan befreite sich aus ihrer Umarmung und lief ins Nebenzimmer.

Sie wusste, dass sie ihm Zeit geben sollte, aber die Furcht, ihn wieder zu verlieren, war größer als die Vernunft. „Wie könnten wir es ablehnen?“ Sie ging ihm nach und blieb dicht vor ihm stehen.

„Hör auf.“ Seine Stimme war kaum mehr als ein Flüstern.

„Wie könnten wir es ablehnen?“, wiederholte sie leiser und musste an das denken, was Diane ihr gesagt hatte. Dass er in sein Büro gegangen war, um weinen zu können, weil er es bei ihr nicht gekonnt hatte.

Seufzend fuhr sich Conlan mit einer Hand durchs Haar. „Ich glaube nicht, dass ich das noch einmal durchmachen kann.“

„Ich weiß“, sagte sie und senkte den Kopf. Er hatte Recht. „Ich liebe dich sehr, Conlan“, flüsterte sie.

„Und ich liebe dich.“ Es hörte sich an wie ein Fluch. „Weißt du eigentlich, was für ein Gefühl es für mich war, dich immer wieder weinen zu sehen, dich zu trösten, das Gefühl zu haben, dass alles irgendwie meine Schuld war?“

Mit den Fingerspitzen strich sie sanft über seine Wange. „Hast du denn nie geweint?“

„Doch.“

„Und ich konnte dich nie trösten, weil ich dich nie weinen gesehen habe.“

„Du warst so verzweifelt …“

„Diesmal ist es anders, Conlan. *Wir* sind anders. Vielleicht gibt uns Lauren das Baby, und wir werden die Eltern, die wir immer sein wollten. Vielleicht behält sie es doch, und dann ist es auch gut. Uns wird weder das eine noch das andere etwas anhaben. Das schwöre ich.“ Angie kniete sich vor ihn hin und flüsterte: „Heirate mich, Conlan.“

Er blickte zu ihr hinunter, seine Augen glänzten. „Angie“, flüsterte er und ging gleichfalls in die Knie. „Ich kann ohne dich nicht mehr leben.“

„Das brauchst du auch nicht. Bitte …“ Sie küsste ihn. „Vertrau mir, Conlan. Diesmal ist es für immer.“

ES WAR fast Mitternacht, als Lauren nach Hause kam. Sie schloss die Tür, lehnte sich von innen dagegen und seufzte tief. Erst als sie ins Wohnzimmer ging, bemerkte sie, dass aus der Stereoanlage sanfte Musik ertönte und Angie und Conlan auf dem Sofa am Kamin saßen.

„Oh!“, rief Lauren überrascht. „Ich dachte, ihr wolltet euch irgendwo einen romantischen Abend machen.“

Angie stand auf und lief Lauren entgegen. Sie streckte ihr die linke Hand hin. Am Ringfinger funkelte ein Diamant. „Wir heiraten wieder!“

Mit einem Freudenschrei warf sich Lauren in Angies Arme. „Das ist ja echt super!“ Sie wollte sie kaum wieder loslassen. „Jetzt bekommt mein Baby auch einen Daddy!“

Conlan räusperte sich. „Genau deshalb sind wir nach Hause gekommen. Um mit dir darüber zu sprechen.“

Lauren schloss kurz die Augen. „Okay.“

Angie nahm Laurens Hand und drückte sie beruhigend. Gemeinsam setzten sie sich auf die Couch. Conlan saß leicht nach vorn gebeugt, seine Unterarme ruhten auf seinen Oberschenkeln. Im Licht der Flammen wirkten seine Augen unglaublich blau.

„Du bist noch ein halbes Kind“, sagte Conlan, und seine Stimme klang überraschend weich, „deshalb tut mir das alles so leid.“

Lauren lächelte. „Ich habe vor ein paar Monaten aufgehört, ein Kind zu sein.“

„Du hast zwar Erwachsenenprobleme, aber das heißt nicht, dass du auch erwachsen bist.“ Er seufzte. „Die Sache ist die … Angie und ich haben da ein paar Bedenken.“

„Ich dachte, ihr wünscht euch ein Baby“, sagte Lauren erstaunt.

„Das tun wir auch.“ Angie hörte sich angespannt an. „Vielleicht zu sehr.“

„Aber dann müsstet ihr doch eigentlich glücklich sein.“ Lauren sah erst

Angie an, dann Conlan. „Ich gebe euch … Oh.“ Plötzlich verstand sie, worum es ging. „Ihr denkt an das andere Mädchen, das sich dann am Ende anders entschieden hat. Das würde ich euch nie antun. Das verspreche ich. Ich habe euch so gern. Und ich liebe mein Baby. Ich möchte das Richtige tun.“

Angie lächelte sanft. „Das wissen wir, Lauren. Wir möchten nur sicher sein, dass du es dir auch gründlich überlegt hast. Es wird nicht leicht sein, dich von deinem Kind zu trennen.“

„Natürlich nicht“, sagte Lauren und wischte sich über die Augen. „Aber ich habe immer wieder darüber nachgedacht. Es ist die beste Lösung. Ihr könnt mir vertrauen.“

Das folgende Schweigen wurde nur vom Knacken eines Holzscheits unterbrochen, der im Kamin in sich zusammenfiel.

„Ich finde, wir sollten uns von einem Anwalt beraten lassen“, sagte Conlan schließlich.

„Warum?“

Angie versuchte zu lächeln. „Weil ich dich liebe, Lauren. Ich möchte dein Baby sehr gern aufziehen, aber ich weiß auch, was auf dich zukommt. Der Entschluss, ein Baby fortzugeben, ist eine Sache. Es dann zu tun, eine ganz andere. Ich möchte, dass du dir ganz sicher bist, was das alles bedeutet.“

Nach dem ersten Satz hörte Lauren kaum noch hin. „Ich liebe dich, Lauren“, hatte Angie gesagt. Nur von David hatte sie diese Worte bisher gehört. Sie sah Angie an. „Ich würde dir nie so wehtun“, flüsterte sie heiser. „Niemals.“

„Dann hast du also nichts gegen eine Rechtsberatung einzuwenden?“, fragte Conlan.

„Natürlich nicht.“ Zum ersten Mal an diesem Tag brachte Lauren ein Lächeln zustande, das auch von Herzen kam. „Ich mache alles für euch.“

Angie drückte sie fest an sich, und aus einiger Entfernung hörte Lauren Conlan ganz leise sagen: „Dann brich ihr nicht das Herz.“

IM BÜRO des Anwalts waren alle Stühle besetzt. Links saßen David und seine Eltern, rechts Angie neben Conlan. Laurens Stuhl stand in der Mitte.

Der Anwalt, ein großer, stämmiger Mann in einem eleganten schwarzen Anzug, informierte sie ausführlich über das Adoptionsverfahren – welche Dokumente unterzeichnet werden mussten und von wem, über die Überprüfung der häuslichen Umstände, das Erlöschen der Rechte der natürlichen Eltern, den Prozessvertreter, den ein Gericht für das Baby bestellen musste.

Angie hatte das alles schon einmal gehört und wusste, dass es auf diese juristischen Spitzfindigkeiten letztlich nicht ankam. Was zählte, waren die Gefühle. Selbst wenn eine junge Frau sich ganz genau informiert hatte und die Rechtslage genau kannte, konnte sie nicht wissen, was sie empfand, wenn es wirklich ernst wurde. Deshalb hatte der Gesetzgeber es so geregelt, dass eine Adoption vor der Geburt des Kindes nicht möglich war. Lauren musste also erst ihr Kind auf die Welt bringen und es im Arm halten, bevor sie auf ihre Rechte verzichtete. Bei der Vorstellung begann Angies Herz schneller zu schlagen und sie fragte sich beklommen, wie sie alle das Ganze ohne größere emotionale Verletzungen überstehen sollten …

„Ich würde gern die Modalitäten der Adoption schriftlich festhalten. Das kann später vieles erleichtern", sagte der Anwalt und sah Lauren an. „Haben Sie Wünsche im Hinblick auf die späteren Kontakte?"

Lauren runzelte die Stirn. „Was meinen Sie damit?"

„Nun, ich könnte mir vorstellen, dass Sie nach der Adoption eine gewisse Verbindung aufrechterhalten möchten. Vielleicht durch Anrufe am Geburtstag des Kindes oder zu Weihnachten. Oder durch Briefe und Fotos in regelmäßigen Abständen."

Lauren schnappte nach Luft. So weit hatte sie noch gar nicht vorausgedacht. Hilfesuchend blickte sie Angie an.

„Wir werden oft zusammen sein", sagte Angie zu dem Anwalt. „Wir … Lauren gehört praktisch zu unserer Familie."

„Ich bin mir nicht sicher, ob eine Offenheit dieser Art im Interesse des Kindes liegt", entgegnete der Anwalt. „Die Erfahrung hat gezeigt, dass klar definierte Grenzen sehr hilfreich sind."

„Oh!" Lauren biss sich auf die Lippe. „Das hatte ich mir noch gar nicht richtig überlegt." David beugte sich vor und nahm Laurens Hand.

„Es geht nicht anders, wir müssen eine ganz normale Adoption daraus machen", sagte Angie. „Alles andere findet sich." Sie konnte sich ein Leben ohne Lauren gar nicht mehr vorstellen – aber lief nicht alles darauf hinaus?

Lauren blickte sie an. Zum ersten Mal sah sie richtig erwachsen aus. „Ich weiß. Ich hatte es mir nur nicht richtig klargemacht." Tapfer bemühte sie sich um ein Lächeln. „Du wirst eine tolle Mutter sein, Angie. Mein Baby hat großes Glück."

„Unser Baby", sagte David leise. Lauren lächelte ihn wehmütig an.

Angie wusste nicht, was sie sagen sollte.

Lauren sah den Anwalt an. „Sagen Sie mir bitte, was Ihrer Erfahrung nach das Beste ist."

Das Gespräch zog sich hin. Formulierungen wurden entworfen, korrigiert und zu Papier gebracht, schwarze Buchstaben, die genau festlegten, wie sich jeder von ihnen verhalten sollte.

Und während der ganzen Zeit wünschte sich Angie nur, Lauren in die Arme zu nehmen und ihr zuzuflüstern, dass alles gut werden würde.

Aber würde wirklich alles gut werden?

AM OSTERSONNTAG herrschte strahlender Sonnenschein. Die Bürgersteige waren voller Menschen, die festlich gekleidet aus allen Richtungen ihren Kirchen zustrebten.

Angie ging zwischen Conlan und Lauren. Vor ihnen begannen die Glocken zu läuten, und sie erkannte eine ganze Reihe von Freunden und Verwandten, die schon hineingingen. Sie blieb stehen.

„Wir sagen es ihnen erst später, bei der Ostereiersuche, oder?"

Conlan nickte, und Angie drehte ihren Ring so, dass man den Diamanten nicht mehr sah, obwohl sie wusste, dass sie ihre Mutter und ihre Schwestern nicht lange täuschen konnte.

Der Gottesdienst schien kein Ende nehmen zu wollen und dauerte doch nicht lange genug. Angie konzentrierte sich ganz darauf, Lauren durch die Rituale zu geleiten: aufstehen, knien, wieder aufstehen. Als es Zeit für das Gebet war, kniete Angie nieder und senkte den Kopf. „Lieber Gott", betete sie lautlos, „zeig uns bitte den richtigen Weg. Behüte und beschütze Lauren."

Nach dem Gottesdienst standen sie noch alle vor der Kirche und genossen den klaren Morgen.

„Okay, Kinder!", rief Pastor O'Houlihan, dessen irischer Akzent noch immer unverkennbar war. „Drüben im Park sind überall Eier versteckt. Los geht's!"

Laut kreischend stürzten die Kinder davon, und die Erwachsenen folgten ihnen langsam. Lauren ging zu der kleinen Dani, die sich unschlüssig an Mira drückte. „Komm", sagte sie. „Ich helfe dir beim Suchen."

Wie immer stand der gesamte DeSaria-Clan eng beisammen. Wie Gänse, dachte Angie. Immer stehen wir in Formation und reden alle wild durcheinander – selbst unsere Unterhaltung klingt von Weitem wie Vogelgeschnatter. Angie räusperte sich und spürte, wie Conlan neben ihr ihre Hand nahm und sie drückte. „Ich möchte euch zwei Dinge mitteilen …" Da niemand zuhörte, wiederholte sie den Satz.

Neugierig sahen Mira und Livvy sie an. Angie streckte die linke Hand aus, um ihren Ring zu zeigen.

Die Begeisterungsschreie waren so laut, dass die Fensterscheiben ringsum erbebten. Alle sprachen durcheinander, gratulierten und erklärten, sie hätten es schon immer gewusst.

Als die Welle schließlich abgeebbt war, sah sich Angie den prüfenden Blicken ihrer Mutter ausgesetzt. „Und was ist die zweite Neuigkeit? Hörst du im Restaurant auf?"

„Nein. Wir werden erst einmal in West End bleiben. Conlan hat einen Buchvertrag bekommen und schreibt wöchentlich eine Kolumne für seine Zeitung. Das kann er gut von hier aus machen."

„Das ist ja großartig!" Maria DeSaria strahlte.

Livvy kam näher. „Was ist es dann? Raus mit der Sprache, kleine Schwester."

Angie griff nach Conlans Hand. „Wir werden Laurens Kind adoptieren."

Beklemmende Stille breitete sich aus. Angie spürte, wie das Blut in ihren Ohren rauschte.

„Das ist keine gute Idee", erklärte ihre Mutter.

„Sie hat mich darum gebeten. Hätte ich denn Nein sagen sollen? Und zusehen, wie sie das Kind Fremden gibt?"

Wie auf Kommando drehten sich alle nach Lauren um. Sie lief drüben bei den Schaukeln herum und suchte mit Dani Ostereier.

„Lauren hat ein großes Herz", sagte Maria DeSaria, „und eine traurige Vergangenheit. Das ist eine gefährliche Kombination, Angela."

„Wirst du damit fertig, wenn sie es sich anders überlegt?", fragte Livvy.

„Ja", sagte Angie und brachte sogar ein Lächeln zustande. „Conlan und ich werden damit fertig. Das Schlimmste wird sein, mich von Lauren zu trennen."

„Vielleicht", wandte ihre Mutter ein. „Das letzte Mal …"

„Das letzte Mal steht nicht zur Debatte", fiel Conlan ihr ins Wort und brachte damit alle zum Schweigen.

Sie blickten alle noch einmal zu Lauren hinüber und wandten sich anderen Themen zu. Angie atmete auf. Das Ärgste war überstanden. Natürlich würde die ganze Angelegenheit in ihrer Familie weiter diskutiert werden, das war ihr klar. Jeder würde sich seine Meinung bilden und seine Vorhersagen treffen. Doch das war egal. Manche Dinge im Leben waren nicht vorhersagbar. Man musste einfach abwarten.

ALLE paar Minuten schwang die Tür auf, und neue Gäste kamen herein mit hübsch verpackten Geschenken. Im Wohnraum hatten sich die Männer versammelt, verfolgten die Sportübertragungen im Fernsehen und tranken Bier. Im Arbeitszimmer drängte sich mindestens ein Dutzend Kinder.

Aber der größte Trubel herrschte in der Küche. Mira und Livvy bereiteten Platten mit Antipasti vor. Ihre Mutter schichtete Manicotti in Auflaufformen und Angie rührte eine Ricotta-Füllung für Cannelloni an. In der Ecke auf dem kleinen Tisch stand eine prachtvolle dreistöckige Hochzeitstorte zwischen Bergen von Servietten und Silberbestecken.

„Fang bitte an, das Büfett im Esszimmer herzurichten, Lauren", sagte Maria DeSaria.

Lauren nickte, nahm Servietten und Bestecke, trug sie ins Esszimmer und blieb etwas unschlüssig stehen vor der riesigen, mit blassgrünem Damast gedeckten Tafel. Sie wollte unbedingt alles richtig machen, hatte aber keine Ahnung, wie.

„Die Bestecke kommen hier vorne hin", sagte Angie neben ihr. „So. Siehst du?"

Lauren sah zu, wie Angie das Silber arrangierte, und plötzlich dachte sie: Bald bin ich nicht mehr hier.

„Ist alles in Ordnung mit dir, Schätzchen?"

Lauren zwang sich zu einem Lächeln. „Ich finde es eigentlich nicht richtig, dass du deine eigene Hochzeitstafel deckst", wich sie aus.

„Das ist das Großartige, wenn man zum zweiten Mal denselben Mann heiratet. Da kommt es auf die Trauung an, nicht auf die Feier." Sie kam näher. „Ich habe Mama gesagt, sie soll keine große Sache daraus machen, aber du kennst sie ja."

Angie drehte sich wieder zur Tafel um, und Lauren hatte plötzlich das Gefühl, als trenne sie ein ganzer Kontinent.

„Die Frau von der Beratung … sie meinte, es ist wichtig, dass ich alle Fragen an dich ganz offen ausspreche."

„Du kannst mit mir über alles reden. Das weißt du doch."

„Diese Vereinbarung, die wir beim Anwalt getroffen haben …" Lauren schluckte. „Wirst du dich daran halten … mir Briefe und Fotos schicken?"

„Oh, Liebes, natürlich machen wir das!"

Die Zärtlichkeit, mit der sie das Wort „Liebes" aussprach, war zu viel für Lauren. „Du wirst mich vergessen, Angie."

Mit Tränen in den Augen sah Angie sie an. „Niemals", flüsterte sie und nahm Lauren in die Arme.

ALS DIE Musik einsetzte, scheuchte Maria DeSaria alle in den Garten, wo ein weißer, mit pinkfarbenen Seidenrosen geschmückter Gitterbogen aufgebaut war. Unter dem Bogen stand Conlan in einer schwarzen Levi's und einem schwarzen Pullover und neben ihm Pfarrer O'Houlihan in vollem Ornat.

Zu den Klängen von Nat King Coles „Unforgettable" – unvergesslich – schritt Angie über den Plattenweg. Sie trug einen weißen Kaschmirpullover und einen wadenlangen weißen Rock. Ihr Brautstrauß bestand aus einer einzelnen weißen Rose.

Als Angie an Lauren vorbeikam, lächelte sie. Ihre Blicke trafen sich, und Lauren dachte: Ich liebe dich auch.

Angie überreichte Lauren die Rose und ging langsam weiter.

Fassungslos betrachtete Lauren die Blume in ihrer Hand. Selbst jetzt, in diesem für sie so wichtigen Moment, hatte Angie an Lauren gedacht.

„Da siehst du, wie viel Glück du hast", flüsterte sie im Stillen ihrem Baby zu und berührte ihren runden Bauch. „Das wird deine Mutter."

Aber sie hätte am liebsten geweint.

Zwölf

Der Juni brachte die Wärme in den Westen von Washington. Tag für Tag schien die Sonne. Überall in West End öffneten Rosen ihre duftenden Blüten. Die Luft roch nach Salzwasser und in der Sonne trocknendem Tang.

Am zweiten Sonnabend im Juni saßen Conlan, Angie und Lauren am Esszimmertisch und spielten Karten.

„Ihr steckt jetzt in echten Schwierigkeiten", erklärte Lauren und machte den Stich mit der Karoacht. „Und was sagt ihr jetzt?" Sie drosch die Herzzehn auf den Tisch.

Conlan sah Angie mit gespielter Verzweiflung an. „Kannst du ihren Sieg noch irgendwie verhindern?"

„Leider nein."

Lauren lachte schallend. Es hörte sich so jung und übermütig an, dass Angie unwillkürlich schlucken musste.

„Mannomann! Ich glaube, ich sollte jetzt besser schlafen gehen", erklärte sie und stand auf.

Conlan lachte. „Erst alle Stiche einsacken und dich dann einfach verdrücken. Ich weiß nicht, wie ich das finde."

Lauren war schon halb aus dem Zimmer, als es klingelte. Und bevor einer aufstehen und öffnen konnte, flog auch schon die Tür auf. Bepackt mit mehreren Pappkartons, stürmten Maria DeSaria, Mira und Livvy ins Haus.

Sie eilten direkt in die Küche, um ihre Last abzustellen: in Tupperdosen eingefrorene Essensportionen, die jederzeit im Handumdrehen aufgewärmt werden konnten. Jede der drei hatte Mahlzeiten für mindestens eine Woche vorbereitet, denn wie man wusste, hatten junge Mütter wenig Zeit und mussten gut essen.

„Kommt her!", rief Angie. „Wir spielen gerade Karten! Wie wäre es mit einer Runde Poker, Mama?"

„Ich will euch doch nicht arm machen!"

Mira und Livvy lachten. „Sie schummelt schamlos", sagte Livvy zu Lauren.

Empört warf sich Maria DeSaria in die Brust. „Ich und schummeln? Ich habe einfach Glück!" Sie zog sich einen Stuhl heran und setzte sich.

„Bin gleich wieder da. Ich muss schon wieder aufs Klo. Heute bestimmt zum fünfzigsten Mal", sagte Lauren im Hinausgehen.

„Das kenne ich." Mit einem kläglichen Grinsen strich Livvy sich über den Bauch.

„Wir haben Essen mitgebracht", sagte Mira.

„Das habe ich gesehen! Danke."

In dem Moment kam Lauren zurück ins Wohnzimmer. Sie war kreidebleich. „Ich glaube, es geht los."

„Du musst ganz ruhig atmen", sagte Angie und machte es ihr vor.

Kerzengerade fuhr Lauren bei der nächsten Wehe im Bett hoch und schrie vor Schmerzen. Angie wischte ihr mit einem kalten, feuchten Tuch über die Stirn, als sie wieder in den Kissen lag. „Du machst das gut, Süße. Immer ruhig atmen. Du darfst dich nicht verkrampfen."

Lauren blickte sie erschöpft an. „Ich halte es nicht mehr aus", flüsterte sie verzweifelt, als die nächste Wehe kam. „Ich … oh!" Sie sackte in die Kissen zurück. „Es tut so weh." Sie begann zu schluchzen. „Gibt es denn kein Schmerzmittel?"

„Ich hole jemanden." Angie küsste sie auf die Stirn und lief den weißen Korridor auf und ab, bis sie den Arzt gefunden hatte. „Lauren braucht irgendein Schmerzmittel. Ich fürchte …"

„Keine Sorge, Mrs Malone. Ich sehe nach ihr." Er winkte einer Hebamme und machte sich auf den Weg zum Kreißsaal.

Angie lief zum überfüllten Warteraum. Miras Familie, Livvys Familie, Tante Giulia, Conlan und Mama drängten sich auf der kleinen Fläche. Gegenüber der Tür saß David. Er sah benommen und verängstigt aus.

„Ich glaube, es ist bald so weit", sagte Angie.

David stand auf. In seinen blauen Augen schimmerten Tränen. „Wie geht es ihr?"

Angie legte ihm eine Hand auf den Unterarm und spürte, wie kalt er war. Als sie ihm ins Gesicht sah, wusste sie, warum Lauren ihn so liebte. Sein ganzes Herz lag in seinem Blick. „Den Umständen entsprechend. Möchtest du sie sehen?"

„Ich kann nicht", flüsterte er tonlos. Angie fragte sich, wie lange ihn diese Entscheidung wohl verfolgen würde – wie lange der ganze Tag ihn verfolgen würde –, und nicht nur ihn, sondern sie alle. „Sagen Sie ihr, dass ich hier bin, ja?"

„Ich sage es ihr."

Conlan trat neben sie, legte seine Hand auf ihre Schulter, und sie lehnte sich an ihn. „Kommst du mit?"

Er nickte, und sie machten sich gemeinsam auf den Weg zum Kreißsaal. Als sie die Tür öffneten, schrie Lauren Angies Namen.

„Ich bin hier, Liebes. Ich bin bei dir." Sie rannte zum Bett und nahm Laurens Hand. „Versuche ruhig zu atmen, Schätzchen."

„Es tut so wahnsinnig weh!"

Angie musste schlucken, als sie Lauren so hilflos daliegen sah.

„Ist David hier?", fragte sie und begann zu weinen.

„Er ist im Warteraum. Soll ich ihn holen?"

„Nein. Oh, es geht schon wieder los." Von Schmerzen gepeinigt, bäumte sie sich auf.

„Ah, das sind die ersten Presswehen", sagte der Arzt. „Jetzt nicht mehr hecheln, Sie brauchen Ihre ganze Kraft. Das Kind ist gleich da. Los, Sie müssen pressen! Kräftiger!"

Keuchend richtete sich Lauren halb auf, und Conlan stützte sie, während sie sich anspannte und presste und schrie …

„Es ist ein Junge", sagte der Arzt wenige Minuten später.

Lauren sank aufs Bett zurück. Der Arzt durchschnitt die Nabelschnur und gab das Kind der Hebamme.

Durch einen Tränenschleier strahlte Angie Lauren an. „Du hast es geschafft, Süße." Sie strich ihr die feuchten Haarsträhnen aus dem blassen Gesicht.

„Ist alles in Ordnung mit ihm?"

„Ein Prachtjunge", erklärte der Arzt.

Traurig sah Lauren Angie an. „Du erzählst ihm von mir, ja? Dass ich nicht schlecht bin, auch wenn ich einen Fehler gemacht habe. Und dass ich ihn so sehr liebte, dass ich ihn weggegeben habe."

„Er wird dich kennen lernen, Lauren", sagte Angie mit belegter Stimme. „Wir gehen nicht einfach so auseinander."

„Ja, ich weiß. Trotzdem. Und jetzt möchte ich schlafen. Ich bin todmüde." Sie drehte sich um, vergrub das Gesicht im Kissen.

„Soll dir die Schwester deinen Sohn bringen?", fragte Angie.

„Nein. Ich will ihn nicht sehen."

LAUREN erwachte inmitten eines Blumenmeers. Wenn es ihr nicht so schlecht gegangen wäre, hätte sie gelächelt. Sie fragte sich, was auf den Karten stand. Wie gratulierte man einem Mädchen, das gerade ein Kind geboren hatte und es nicht behalten konnte?

Ein Klopfen bewahrte sie vor weiteren Überlegungen. „Ja, bitte?"

Die Tür öffnete sich. David kam in den Raum. Er wirkte blass und unsicher.

Als Lauren den Jungen ansah, den sie über alles liebte, konnte sie nur daran denken, wie flach ihr Bauch jetzt war, wie leer. „Hast du ihn gesehen?"

David schluckte, nickte. „Er ist so winzig."

Stumm blickten sie einander an.

„Er hat dein Haar", sagte er.

„Bitte … ich will es nicht wissen", wisperte Lauren. Wieder breitete sich eine unbehagliche Stille aus. Lauren fühlte sich plötzlich meilenweit von ihm entfernt.

Wir werden es nicht schaffen, dachte sie plötzlich, und die Erkenntnis traf sie wie ein Schlag. Sie erkannte, dass sie es schon lange geahnt hatte, dass die Vermutung in ihrem Herzen gewesen war wie ein dunkler Schatten. Jetzt, nachdem das Kind geboren war, steuerten sie auf getrennte Lebenswege zu, ohne dass einer von ihnen etwas daran hätte ändern können. Natürlich würden sie versuchen, sich während des Studiums weiterhin zu treffen, aber letzten Endes konnte das nicht funktionieren. Schon jetzt wusste David nicht mehr, was er zu ihr sagen, wie und ob er sie berühren sollte. Sie hatte sich verändert, und das spürte er.

„Ich habe die Papiere unterschrieben", sagte er. „Es war ein komisches Gefühl, ihn einfach so … wegzugeben."

„Was hätten wir sonst tun können?"

Er stieß einen Seufzer aus und lächelte. „Tja."

Ihn anzusehen tat zu weh, und Lauren schloss die Augen. „Ich bin müde."

„Oh. Dann gehe ich jetzt und lass dich in Ruhe.“ Er küsste sie zum Abschied. „Ruh dich aus. Nach dem Abendessen komme ich noch mal vorbei.“

Endlich konnte sie ihn wieder ansehen. „Okay.“

„Ich liebe dich“, sagte er.

Lauren begann zu weinen.

GANZE vierundzwanzig Stunden lang weigerte Lauren sich standhaft, ihren Sohn zu sehen, weil sie absolut kein Risiko eingehen wollte. Jedes Mal wenn eine der Kinderkrankenschwestern das Zimmer betrat, erklärte sie, dass sie alles, was mit dem Kind zu tun hatte, mit den Malones besprechen sollte.

Am Abend des nächsten Tages ging es ihr so gut, dass sie langsam genug hatte vom Krankenhaus. Das Essen war ungenießbar, die Aussicht trostlos, der Fernsehempfang schlecht, und außerdem konnte sie die Geräusche von der Säuglingsstation hören. Sobald ein Baby zu schreien begann, musste sie mit den Tränen kämpfen. Immer wieder versuchte sie, sich auf das Vorlesungsverzeichnis der Universität zu konzentrieren, aber es wollte ihr nicht recht gelingen.

Irgendwann hatte sie beschlossen, dass ihr Sohn Johnny heißen sollte, und nun lag sie mit geschlossenen Augen im Bett, hörte das Geschrei der Neugeborenen im Nebenzimmer und dachte: Wann kümmert sich endlich jemand um Johnny? Und sie konnte nicht aufhören, darüber nachzudenken, was Angie ihr am Abend zuvor gesagt hatte.

Spät am Abend war sie noch in Laurens Zimmer gekommen. Ihre Augen waren ganz rot und verquollen gewesen, offensichtlich hatte sie geweint. Sie hatte ziemlich lange bei Lauren gesessen, ihr immer wieder die Haarsträhnen aus der Stirn gestrichen, die Decke aufgeschüttelt und ein Glas Wasser geholt, bis sie endlich auf den Anlass ihres Besuches zu sprechen kam.

„Du musst ihn unbedingt sehen, Lauren.“

Lauren hatte in Angies Augen geblickt und gedacht: Da ist sie, die Liebe, nach der ich mich ein ganzes Leben lang gesehnt habe.

„Aber ich habe solche Angst.“

„Ich weiß, Liebes. Aber es ist wichtig.“

Nachdem Angie wieder gegangen war, hatte Lauren die halbe Nacht darüber nachgedacht und erkannt, dass Angie Recht hatte. Sie musste ihren Sohn in den Armen halten, ihn auf die Wange küssen und ihm sagen, wie sehr sie ihn liebte. Sie musste sich von ihm verabschieden.

Doch sie fürchtete den Moment noch immer. Allein die Vorstellung, sich von ihm trennen zu müssen, war schon eine Qual. Was würde sie wohl erst empfinden, nachdem sie ihn in den Armen gehalten hatte?

Es war schon fast Morgen, als sie sich zu einer Entscheidung durchrang. Sie klingelte. Als die Schwester kurz danach das Zimmer betrat, sagte Lauren: „Bringen Sie mir bitte mein Baby."

Die nächsten zehn Minuten schienen kein Ende nehmen zu wollen.

Schließlich kehrte die Schwester zurück, und Lauren sah zum ersten Mal ihren kleinen Sohn. Er hatte Davids Augen, das spitze Kinn ihrer Mutter und Laurens rote Haare. In seinem Gesichtchen konnte sie alles erkennen, was ihr Leben ausmachte.

Behutsam legte die Schwester das Baby in Laurens Arme. Hingerissen betrachtete sie ihr Kind, dieses kleine Wunder. Er war so winzig und doch irgendwie die ganze Welt. Ihr Sohn.

Ihr ganzes Leben lang hatte sich Lauren vergeblich Verwandte gewünscht. Sie kannte weder Großeltern noch Geschwister, Onkel, Tanten oder Cousins, aber nun hatte sie einen Sohn. „Johnny …", wisperte sie und berührte seine winzige Faust.

Er umklammerte sofort ihren Finger.

Sie schnappte nach Luft. Wie sollte sie sich bloß von ihm trennen? Sie brach in hilfloses Schluchzen aus, als sie an das Versprechen dachte, das sie gegeben hatte … Woher hätte sie denn wissen sollen, was für ein Gefühl es war, das eigene Kind in den Armen zu halten?

Lauren kniff die Augen zu. Wie konnte sie Angie jetzt so bitter enttäuschen? Angie, die Frau, die darauf wartete, die beste Mutter zu werden, die Johnny sich wünschen konnte. Die Frau, die Lauren gezeigt hatte, wie es war, eine Familie zu haben.

Langsam öffnete Lauren die Augen wieder und betrachtete ihren Sohn durch einen Tränenschleier. „Aber *ich* bin deine Mommy."

AM NACHMITTAG saß David neben ihrem Bett.

Lauren blickte ihn an. „Bist du ganz sicher, dass wir das Richtige tun?"

„Bin ich. Es ist zu früh für uns beide."

Er hatte Recht. Es *war* zu früh für sie. Plötzlich musste Lauren an ihre gemeinsame Zeit denken, an die lange Zeit, die sie ihn geliebt hatte. Ihr fielen all seine kleinen Eigenheiten ein, wie er stundenlang über nichts anderes als sein Auto geredet hatte, dass er mitten in Filmvorführungen im Kino munter drauflosplauderte und dass er immer schrecklich falsch sang und sich nie den Text merken konnte; aber vor allem dachte sie daran, dass er immer gewusst hatte, wenn sie sich fürchtete oder verlassen fühlte, und dann beruhigend und tröstend ihre Hand festgehalten hatte. Ein Teil von ihr würde ihn immer lieben. „Ich liebe dich, David", flüsterte Lauren.

„Ich liebe dich auch." Er zog sie an sich.

Als sie sich aus seiner Umarmung löste, nahm er ihre Hand fest in seine.

„Das ist unser Ende, David", sagte Lauren leise und wünschte sich, dass er sie lachend in die Arme zog und „Nie im Leben" sagte. Stattdessen begann er zu weinen.

Auch ihre Augen brannten. Am liebsten hätte sie ihre Worte zurückgenommen und beteuert, dass sie es nicht so gemeint hatte, aber sie war jetzt erwachsen und wusste es besser. Manche Träume ließen sich nicht verwirklichen. Und das Schlimmste war, dass sie beide es vielleicht geschafft hätten, wenn sie nicht viel zu früh schwanger geworden wäre.

„Ich möchte, dass du in Stanford studierst und das alles hier vergisst", sagte sie und fragte sich, wie lange ihre Liebe zu ihm noch schmerzen würde.

Er nickte mit Tränen in den Augen. „Es tut mir so leid", meinte er und begann zu weinen. Schließlich griff er in seine Tasche und zog einen kleinen rosafarbenen Papierschein hervor. „Hier", sagte er und drückte es ihr in die Hand.

Lauren runzelte die Stirn. „Aber das ist der Fahrzeugbrief zu deinem Auto."

„Ich möchte es dir schenken."

Lauren konnte ihn durch ihre Tränen kaum erkennen. „Oh, David. Nein."

„Es ist alles, was ich habe."

Diesen Moment würde Lauren ihr Leben lang nicht vergessen. Ganz gleich, was auch geschehen war, sie konnte sich ganz sicher sein, dass er sie geliebt hatte. Sie gab ihm das Dokument zurück. „Küss mich, Speed Racer", flüsterte sie und wusste, dass es das letzte Mal war.

ALS ANGIE und Conlan an der geöffneten Tür des Schwesternzimmers vorbeiliefen, sagte eine der Schwestern: „Mrs Malone? Miss Connelly möchte Sie sprechen."

Angie wusste sofort, was geschehen war. Sie ließ Conlans Hand los und rannte den Krankenhausflur hinunter. Die Absätze ihrer Sandalen klapperten durchdringend laut auf dem Linoleum. Sie stieß die Tür auf, Laurens Bett war leer.

„Sie ist fort“, sagte sie zu Conlan, als er sie eingeholt hatte. Nebeneinander standen sie auf der Türschwelle, hielten sich an den Händen und blickten stumm auf das gemachte Bett.

„Mrs Malone?“ Es war Miss Connelly, die Prozessvertreterin von Laurens Sohn. „Sie hat einen Brief für Sie hinterlassen.“

„Danke“, sagte Angie und öffnete das Kuvert mit zittrigen Fingern.

> Liebe Angie,
> ich hätte ihn niemals in den Armen halten dürfen. Mein ganzes Leben habe ich mich nach einer Familie gesehnt, und jetzt, wo ich einen Sohn habe, kann ich ihn einfach nicht verlassen. Es tut mir sehr leid.
>
> Ich wünschte, ich wäre stark genug, Dir das persönlich zu sagen. Aber ich bin es nicht. Ich kann nur hoffen, dass Du und Conlan mir eines Tages verzeiht. Ich möchte, dass Du weißt, dass irgendwo eine junge Mutter abends beim Einschlafen an Dich denkt und sich wünscht, sie wäre Deine Tochter gewesen.
>
> In Liebe
> Lauren

Angie sah Conlan an. „Sie ist ganz allein da draußen.“

„Nicht ganz allein“, wandte Conlan sanft ein.

„Dann eben *zu* allein.“

Er zog sie an sich und ließ sie in seinen Armen weinen. Schließlich schaute sie zu ihm auf und sah ihm in die Augen. Ihr ganzes Leben lag in seinem Blick. Eine Zeit lang hatte es so ausgesehen, als wäre ihnen ihre Liebe abhandengekommen. Jetzt wussten sie es besser. Sie hatten um ihre Liebe gekämpft, hatten geglaubt, ihr Herz wäre gebrochen, aber ihre Liebe war stärker gewesen.

„Lass uns nach Hause fahren“, sagte sie.

„Ja“, antwortete er. „Nach Hause.“

LAUREN verließ den Bus und betrat ihre alte Welt. Sie drückte Johnny fester an sich, der friedlich in der Tragetasche vor ihrem Bauch schlief. Sie wollte nicht, dass er in dieser Gegend aufwachte. „Du gehörst nicht hierher, Johnny. Das darfst du nie vergessen.“

Es wurde langsam dunkel, die Wohnblöcke wirkten düster und unheimlich in der Dunkelheit. Dies war nicht mehr ihre Welt, sie fühlte sich fremd hier.

Aber es gab kein Zurück mehr. Sie hatte Angies und Conlans Vertrauen missbraucht. Was die beiden Lauren gegenüber an Zuneigung empfunden haben mochten, war unwiederbringlich dahin, und Lauren konnte es ihnen nicht übel nehmen.

Schließlich stand sie vor ihrem ehemaligen Wohnblock. Als sie an der Fassade emporblickte, lief ihr ein Schauer über den Rücken. Sie hatte lange darum gekämpft, hier herauszukommen. Aber jetzt hatte sie einen kleinen Sohn, den sie noch lange nicht in eine Kindertagesstätte geben konnte, und dies war ihre einzige Zuflucht. Sie hatte ohnehin nicht vor, lange in West End zu bleiben, wo sie alles an Angie erinnerte.

Lauren stellte ihren kleinen Koffer ab. Die Wirkung der Tabletten ließ langsam nach, und ihr Unterleib schmerzte. Seufzend griff sie wieder nach ihrem Koffer und lief weiter über den rissigen Betonplattenweg zur Haustür. Das Schloss war noch immer nicht repariert, und sie stieß die Tür auf, ohne zu klingeln. Als sie drinnen stand, wunderte sie sich darüber, dass ihr früher nie aufgefallen war, wie schummrig es hier war.

Sie ging zum Apartment 1A und klopfte. Drinnen waren schlurfende Schritte zu hören, dann öffnete sich die Tür. In ihrer geblümten Kittelschürze stand Mrs Mauk vor ihr. „Lauren“, sagte sie überrascht.

„Hat meine Mom … irgendwann nach mir gefragt?“ Lauren hörte selbst, wie viel Hoffnung in ihrer Stimme mitschwang und wie absurd das war.

„Nein. Aber das hattest du auch nicht ernsthaft geglaubt, oder?“

„Nein.“ Es war kaum mehr als ein Flüstern.

Die Falten auf Mrs Mauks Stirn schienen noch tiefer zu werden. „Und wer ist das?“

„Mein Sohn.“ Sie lächelte, aber leicht fiel es ihr nicht. „Johnny.“

Mrs Mauk streckte die Hand aus und strich dem Baby über den Kopf. Sie seufzte.

Das Geräusch kannte Lauren gut. Es war Resignation. Ihre Mutter hatte auch ständig geseufzt. „Eigentlich wollte ich Sie fragen, ob ich ein Apartment mieten kann.“

„Es ist nichts frei. Aber komm erst einmal herein. Für eine Nacht kannst du mit Johnny hier schlafen.“

Laurens Knie begannen zu zittern, so erleichtert war sie. „Danke.“

Mrs Mauk führte sie in ihr Wohnzimmer. Einen Moment lang fühlte sich Lauren in ihr altes Apartment zurückversetzt: der gleiche Kunststoffesstisch, der gleiche billige Teppichbelag, das alte Sofa, die mit Kunstleder bezogenen Fernsehsessel.

Mrs Mauk verschwand in der Küche. Lauren setzte sich auf das Sofa und packte Johnny aus. Sofort begann er zu schreien. Sie wechselte seine Windel, aber er beruhigte sich nicht. Sein lautes Krähen erfüllte das ganze Apartment.

„Bitte, Johnny", flüsterte Lauren und wiegte ihn beruhigend hin und her. „Du kannst keinen Hunger haben, das weiß ich genau."

Erst als Mrs Mauk mit zwei Tassen Tee erschien, merkte Lauren, dass ihr die Tränen hinabliefen. Sie wischte sich über die Augen und versuchte zu lächeln.

Mrs Mauk stellte die Tassen auf den Tisch und nahm auf einem der Sessel Platz. „Dein Johnny ist ja noch ganz winzig."

„Er ist erst zwei Tage alt."

„Und da bist du hier, um nach einer Unterkunft zu fragen? Ach, Lauren …"

Lauren sah Johnny an. „Ich wollte ihn zur Adoption freigeben, aber … dann konnte ich es nicht."

„Weil du ihn liebst …" Mrs Mauks Stimme wurde sanfter. „Was ist mit dem Vater?"

„Den Vater liebe ich auch. Deshalb bin ich ja hier." Lauren spürte, dass sich ihre Augen schon wieder füllten. „Tut mir leid. Es liegt an den Hormonen. Ständig kommen mir die Tränen."

„Wo bist du all die Monate gewesen, Lauren? Ich erinnere mich noch an die Frau, die dich damals abgeholt hat."

„Das war Angie Malone." Es tat weh, ihren Namen auszusprechen.

„Ich weiß, ich bin nur eine alte Frau, die den ganzen Tag zu Hause hockt und sich Wiederholungen im Fernsehen ansieht, aber ich hatte den Eindruck, dass sie dich mag."

„Ich hab's vermasselt. Ich hatte versprochen, ihr das Baby zu geben, bin dann aber mit Johnny verschwunden. Sie will bestimmt nichts mehr mit mir zu tun haben."

Mrs Mauk lehnte sich in ihrem Sessel zurück und musterte Lauren nachdenklich. „Mach die Augen zu."

„Aber …"

„Frag nicht. Mach einfach die Augen zu. Und nun stell dir deine Mom vor."

Lauren sah ihre Mutter vor sich, wie sie in einem Jeansminirock und einem knappen T-Shirt auf der durchgesessenen Couch lag, die Haare platinblond gefärbt, das einst schöne Gesicht vorzeitig gealtert. Von der Zigarette in ihrer Hand stiegen Rauchspiralen auf. „Und?"

„So wird man, wenn man immer nur davonläuft."

Langsam öffnete Lauren die Augen wieder und blickte Mrs Mauk an.

„Ich habe gesehen, wie hart du für eine Chance im Leben schuften musstest, Lauren. Du hast stapelweise Bücher nach Hause geschleppt, dir Jobs gesucht und dir ein Stipendium an der Fircrest erarbeitet. Du hast mir die Miete gebracht, wenn deine unglückselige Mutter alles Geld in der Kneipe verprasst hatte. Ich war voller Hoffnung für dich, Lauren. Weißt du eigentlich, wie selten man in diesem Haus Grund dazu hat?"

Lauren schloss die Augen wieder. Diesmal stellte sie sich Angie vor. Sie sah sie auf der Veranda stehen und über das Meer blicken. Ihre schwarzen Haare wehten im Wind.

„Ich glaube, dir ist klar, was du tun musst", sagte Mrs Mauk.

„Aber ich habe Angst."

„Lauren, glaub mir, ich weiß, wo man endet, wenn man immer davonläuft. Und du weißt es auch."

„Und wenn sie mir nun nicht verzeihen kann?"

„Komm schon, Lauren, du weißt es doch besser. Was ist, wenn sie es kann?"

„DU BIST doch Reporter, verflixt noch mal! Bitte finde sie."

„Angie, ich weiß ja nicht mal, wo ich anfangen soll. Der Mann am Busbahnhof erinnert sich nicht, ihr eine Fahrkarte verkauft zu haben. Ihr altes Apartment ist neu vermietet. Als ich die Vermieterin nach Lauren fragte, hat sie einfach aufgelegt. Die Frau im Zulassungsbüro der Universität sagte mir, dass sie auf ihr Stipendium verzichtet hat. Ich habe nicht die leiseste Ahnung, wo sie stecken könnte."

Angie stellte den Mixer an, und sein lautes Surren erfüllte die Küche. Sie sah stumpf in die wirbelnden Brocken. Dann schaltete sie den Mixer wieder aus und goss den Inhalt über die Blaubeeren. Ihre Schwestern behaupteten immer, Kochen und Backen hätten eine therapeutische Wirkung. Es war mittlerweile der dritte Blaubeerkuchen, den sie in den Ofen schob. Ob es wirklich geholfen hatte, konnte sie nicht sagen, aber sie wusste, dass sie keine Lust mehr zum Backen hatte.

Conlan trat hinter Angie, schlang seine Arme um sie und küsste sie auf den Nacken.

Seufzend lehnte sie sich an ihn. „Es ist eine unerträgliche Vorstellung, dass sie ganz allein ist und niemanden hat, der sich um sie kümmert. Sie ist doch noch ein halbes Kind."

„Sie ist jetzt eine Mutter. Da wird man schnell erwachsen."

Sie drehte sich um und legte ihre Hände an seine Brust. Sein Herz schlug beruhigend gleichmäßig.

Er küsste sie. „Sie weiß, dass du sie liebst. Sie wird zurückkommen", flüsterte er.

„Nein", sagte sie. „Sie glaubt, ich könnte ihr das nicht verzeihen. Ihre Mutter hat sie nie wirklich geliebt. Lauren weiß nicht, dass Liebe auch von Dauer sein kann. Nur, wie schnell sie vergeht."

„Ich wundere mich ein bisschen, dass du gar nicht über das Baby sprichst."

„Ich glaube, tief drinnen habe ich die ganze Zeit gewusst, dass sie sich am Ende nicht von ihrem Kind trennen kann. Jetzt wünschte ich, ich hätte mit ihr darüber gesprochen. Dann wäre sie wahrscheinlich nicht einfach so verschwunden."

„Du hast ihr gezeigt, worauf es wirklich ankommt. Nach der Geburt hast du Lauren gesagt, wie sehr du sie liebst, wie stolz du auf sie bist. Eines Tages, wenn ihre Verzweiflung über das gebrochene Versprechen nachlässt, wird sie sich daran erinnern. Und dann kommt sie zurück. Vielleicht hat ihre Mutter ihr nicht gezeigt, was Liebe ist, aber du hast es getan."

Wie schaffte er es nur, immer genau das Richtige zu sagen? „Habe ich dir eigentlich schon gesagt, wie sehr ich dich liebe, Conlan Malone?"

„Du hast es *gesagt*." Er blickte zum Backofen hinüber. „Wie lange muss das Ding da backen?"

Angie musste lächeln. „Fünfzig Minuten."

„Das reicht, es mir auch zu zeigen, oder?"

ANGIE stand ganz vorsichtig auf, um ihren schlafenden Mann nicht aufzuwecken, zog sich einen Jogginganzug an und verließ das Schlafzimmer.

Unten war alles ganz still. Sie hatte das Gefühl, dass es mit Lauren im Haus nie so still gewesen war …

„Wo bist du?", flüsterte sie halblaut. Die Welt da draußen war so groß und Lauren so jung. Alle möglichen schrecklichen Szenen liefen vor ihrem inneren Auge ab.

Als sie in die Küche gehen wollte, um sich eine Tasse Kaffee aufzubrühen, sah sie den Karton in der Diele. Vermutlich hatte Conlan ihn gestern hier abgestellt. Gestern, als noch alles anders gewesen war …

Sie kniete sich vor den Karton und öffnete den Deckel. Oben lag die Pu-der-Bär-Lampe auf einer rosa Baumwolldecke. Angie hob sie aus dem Karton. Zu ihrer Überraschung verspürte sie nicht sofort die vertraute

Trauer über den Tod des Kindes, für das die Lampe gekauft worden war. Sie trug die Lampe in die Küche und stellte sie auf den Tisch. „Da“, sagte sie. „Sie wartet auf dich, Lauren. Komm bitte nach Hause!“

Aber niemand antwortete.

Angie ging auf die Veranda und blickte auf das Meer hinaus, so intensiv, dass es eine Weile dauerte, bis sie die Gestalt zwischen den Bäumen bemerkte.

Sofort rannte sie die Stufen hinunter und durch das Gras auf Lauren zu. Sie wollte sie erleichtert in die Arme schließen, aber Lauren sah sie so ernst an, dass Angie stehen blieb.

„Wir haben uns solche Sorgen um dich gemacht!“ Angie trat näher.

Lauren sah das Baby an, das in ihren Armen lag und schlief. „Ich hatte doch versprochen, ihn dir zu geben, aber …“ Sie hob den Kopf. Tränen stiegen in ihre Augen.

„Oh, Lauren!“ Mit zwei Schritten war Angie bei ihr und strich mit den Fingerspitzen sanft über ihre Wange. „Ich glaube, ich wusste, dass du es nicht schaffst, und ich hätte mit dir darüber sprechen müssen. Aber es fiel mir so schwer, mich an Sophias Geburt zu erinnern und an die wenigen Minuten, die ich sie in meinen Armen halten durfte. Irgendwie wusste ich, dass es dir ebenso gehen würde wie mir, sobald du deinem Kind in die Augen blickst.“

„Du wusstest, dass ich mich nicht von ihm trennen würde?“

„Ich war mir ziemlich sicher.“

„Aber du bist trotzdem bei mir geblieben. Ich dachte …“

„Es geht um *dich*, Lauren. Hast du das denn immer noch nicht begriffen? Du gehörst zu unserer Familie. Wir lieben dich.“

Laurens Augen wurden ganz groß. „Auch nachdem ich dich so enttäuscht habe?“

„Vielleicht mutet uns die Liebe mitunter einiges zu, Lauren. Aber deswegen hört sie doch nicht einfach auf.“

Lauren sah sie an. „Als ich klein war, hatte ich oft einen Traum. Ich hatte ein grünes Kleid an, eine Frau ging neben mir und griff nach meiner Hand. Wenn ich aufwachte, musste ich immer weinen.“

„Und warum?“

„Weil sie die Mutter war, die ich nicht haben konnte.“

Angie war sich später ganz sicher, dass dieser wundervolle Moment der Grund war, warum Lauren und sie einander begegnet waren. „Du hast mich, Lauren“, sagte sie.

Dicke Tränen kullerten über Laurens Gesicht. „Oh, Angie! Es tut mir so schrecklich leid."

„Es gibt nichts, was dir leidtun müsste. Du hast mir gezeigt, was man als Mutter empfindet. All die Jahre über habe ich mir mein kleines Mädchen auf einem Karussell vorgestellt. Dabei bist du schon viel zu groß für den Spielplatz."

Lauren dachte an ihre Kindheit, an die Jahre, in denen sie sich verzweifelt eine Mutter gewünscht hatte, die sie liebte, die ihr abends eine Geschichte erzählte und einen Gutenachtkuss gab. „Ich habe immer von einer Mutter wie dir geträumt", sagte sie.

Angie wischte sich über die Augen. „Und wen hast du uns da mitgebracht?"

„Das ist John Henry." Lauren hob das Baby hoch und streckte es Angie entgegen. Sie nahm es ganz vorsichtig und bettete sein Köpfchen in ihre Armbeuge.

„Er ist sooo klein!", hauchte Angie und verspürte eine Mischung aus Zärtlichkeit und Erstaunen. Sie küsste Johnny ganz sachte auf die Stirn.

„Und wie geht es jetzt weiter?", fragte Lauren leise.

„Das musst du wissen. Was willst du denn?"

„Ich möchte unbedingt studieren. Es wird wohl nur für ein ganz gewöhnliches College hier in der Nähe reichen, aber wenn ich ein paar Monate arbeite und ein bisschen Geld zurücklege, könnte ich im Frühjahr mit dem Studium beginnen."

„Selbst das wird nicht leicht werden", gab Angie zu bedenken.

„Daran bin ich gewöhnt. Aber wenn ich wieder im Restaurant arbeiten könnte …"

„Und wenn du wieder hier einziehst?"

Lauren schnappte nach Luft. „Ist das dein Ernst?"

„Ja, das ist mein Ernst."

„Ich … *wir* würden nicht lange bleiben, nur bis ich genügend Geld für eine kleine Wohnung und einen Platz in der Kindertagesstätte zusammenhabe."

„Begreifst du denn immer noch nicht, Lauren? Du brauchst keine Kindertagesstätte. Du gehörst jetzt zu einer großen, lärmenden, manchmal etwas anstrengenden Familie. Johnny ist nicht das erste Kind, das im Restaurant aufwächst, und ich würde sehr gerne hin und wieder babysitten."

„Wirklich?"

„Ja, wirklich." Angie sah Lauren an, wie jung und verletzlich sie in diesem

Moment aussah. „Übrigens, du kommst gerade recht. Tante Giulia hat heute Geburtstag. Ich habe drei Blaubeerkuchen gebacken, die außer dir und Conlan bestimmt keiner essen will. Wir kommen noch zu spät, wenn wir uns jetzt nicht fertig machen."

Lauren musste schlucken. „Ich hab dich lieb, Angie."

„Ich weiß, Liebes. Aber es ist nicht immer leicht, oder?"

Hand in Hand gingen sie ins Haus. Drinnen lief Lauren gleich zur Stereoanlage und schaltete das Radio ein. Ein alter Aerosmith-Song dröhnte durchs Haus. Hastig stellte sie die Musik leiser, aber nicht schnell genug.

Conlan kam die Treppe herunter. „Was ist denn hier los?", rief er.

Lauren sah ihn unsicher an. „Hallo Conlan. Ich …"

„Das wurde aber auch Zeit!", rief er, als er sie sah. Er rannte auf sie zu, schloss sie in seine Arme und wirbelte sie herum.

„Sie ist wieder da!" Lächelnd betrachtete Angie den trotz des Lärms schlafenden Johnny. Durch die offen stehenden Türen konnte sie die Pu-der-Bär-Lampe auf dem Küchentisch sehen. Endlich würde sie neben einem Babybett leuchten. „Unser Mädchen ist wieder zu Hause."

KRISTIN HANNAH

Foto: Martin Bydalek

„Das Meer ist meine Inspiration."

Kristin Hannah studierte in San Francisco Rechtswissenschaften und arbeitete anschließend erfolgreich als Anwältin. Sie wurde 1960 in Kalifornien geboren, ihr Sternzeichen ist die Waage. „Deswegen war Jura auch genau das Richtige für mich", sagt sie. „Ich betrachte die Dinge gern von allen Seiten, bevor ich mich entscheide. Das ist typisch für die Waage."

Ob Waage-Frauen auch gut schreiben? Es scheint so, denn Kristin Hannah blieb nicht bei dem Beruf der Anwältin, sondern wurde zu einer überaus erfolgreichen Schriftstellerin. Eine Karriere, die sie so nicht geplant hatte.

Ihren ersten Roman schrieb Kristin Hannah, als sie wegen ihrer Schwangerschaft lange liegen musste. „Nachdem ich wirklich jedes Buch gelesen hatte, das wir besaßen, erinnerte mich mein Mann daran, dass ich vor Jahren mit meiner Mutter zusammen an einem historischen Roman gearbeitet hatte. Und er fragte mich, ob es mir nicht Spaß machen würde, wieder zu schreiben. Zeit genug hatte ich ja."

Kristin Hannahs erstes Buch eroberte auf Anhieb die Bestsellerlisten, und seither wartet ihre ständig wachsende Fangemeinde mit Spannung auf jedes neue Buch von ihr. Vierzehn Romane sind es bis heute.

Kristin Hannah lebt mit ihrem Mann und ihrem Sohn in Seattle im Staat Washington. Ihr Sohn beendet gerade die Highschool und wird im Sommer aufs College gehen. Für Kristin Hannah, wie wohl für die meisten Mütter, eine schwierige Zeit. Denn einerseits freut sie sich auf die neue Zweisamkeit mit ihrem Mann, aber sie hat auch, wie sie ganz offen bekennt, etwas Angst vor „dem leeren Nest".

WEIL DEINE AUGEN IHN NICHT SEHEN
Originalausgabe: *Two Little Girls in Blue*
erschienen bei Simon & Schuster, New York

MARLEY UND ICH
Originalausgabe: *Marley & Me*
erschienen bei Harper Collins, New York

DAS LUFTSCHIFF

WAS WIR AUS LIEBE TUN
Originalausgabe: *The Things We Do For Love*
erschienen bei Ballantine Books, New York

Übersetzer:
Weil deine Augen ihn nicht sehen: Andreas Gressmann
Marley und ich: Gabriele Zigldrum
Was wir aus Liebe tun: Hedda Pänke

Illustrationen und Fotos:
Marley und ich: S. 4 (rechts), 160 und Bildseiten: Copyright mit freundlicher Genehmigung von John Grogan
Das Luftschiff: S. 5 (links), 292/293: ullstein bild – Alinari; S. 294 und Dame: ullstein bild

Umschlaggestaltung Softcover: Reader's Digest Deutschland: Verlag Das Beste, Stuttgart, unter der Verwendung der im Folgenden aufgeführten Fotos: 1) Marley: Copyright mit freundlicher Genehmigung von John Grogan (Mitte rechts) ; 2) Zeppelin: ullstein bild; ullstein bild – Alinari (oben/unten links). Foto Rückseite: mit freundlicher Genehmigung von John Grogan

Die ungekürzten Ausgaben von „Weil deine Augen ihn nicht sehen", „Marley und ich", „Das Luftschiff" und „Was wir aus Liebe tun" sind im Buchhandel erhältlich.